复旦大学新闻系1948年全体合影。中坐者陈望道，第三排右坐第四人为王火。

　　1946年3月与中共南方局陈展、祝华等同志由渝飞抵沪宁筹办《新华日报》。南京洞庭路十号房屋当时可办报用。

　　王火1946—1948年活跃在沪宁一带采访写稿

　　2014年夏与五妹赵平萍及女儿王凌、王亮重返上海成都南路99弄5号故居，此处是当年地下党的一个活动地点。

　　王火、凌起凤金婚纪念时，中共四川省委老干局赠合成制作的二人1952年在沪结婚照。

1949 年 5 月底在
上海解放后的王火

1949 年 6 月在上海
总工会筹委会工作时

湖上岚气重重，水色树影迎来了人垂钓。

夏强忽也想到了鲁迅写的《论雷峰塔的倒掉》。在那篇杂文中，鲁迅说："我却见过未倒的雷峰塔，破破烂烂的映掩于湖光山色之间，……"，"那时我唯一的希望，就是这雷峰塔的倒掉。后来我长大了，到杭州，看见这破破烂烂的塔，心里就不舒服。……"、"现在，它居然倒掉了，则普天下的人民，其它竟大欢喜？"……

丹丹讲的故事，神秘得像寓言。听完丹丹讲的故事，夏强心里像有无滞深闷在激荡，说不出的有一种无法表述的情感和雄心。他用含情脉脉的眼光看着丹丹，迟疑了一下又低声地说："丹丹，你讲这些，是想勉励我去砸碎这破破烂烂的旧堡垒？"

谁知丹丹却说："不！我也不知为什么要讲

王火手迹

第二卷

霹雳三年　浓雾中的火光

王火文集

四川文艺出版社

图书在版编目（CIP）数据

王火文集. 第二卷，霹雳三年　浓雾中的火光 / 王火著.
—成都：四川文艺出版社，2017.4
ISBN 978-7-5411-4624-4

Ⅰ. ①王… Ⅱ. ①王… Ⅲ. ①中国文学—当代文学—作品
综合集②长篇小说—小说集—中国—当代　Ⅳ. ①I217.2

中国版本图书馆 CIP 数据核字（2017）第 067482 号

王火文集 ｜ 第二卷

PILI SANNIAN　NONGWU ZHONGDE HUOGUANG

霹雳三年　浓雾中的火光

王　火　著

责任编辑　朱　兰　蔡　曦
编辑统筹　周　轶　彭　炜
封面设计　叶　茂
版式设计　史小燕
责任校对　文　诺
责任印制　唐　茵等

出版发行　四川文艺出版社（成都市槐树街 2 号）
网　　址　www.scwys.com
电　　话　028-86259287（发行部）　　028-86259303（编辑部）
传　　真　028-86259306

邮购地址　成都市槐树街 2 号四川文艺出版社邮购部　610031
排　　版　四川胜翔数码印务设计有限公司
印　　刷　成都东江印务有限公司
成品尺寸　149mm×210mm　1/32
印　　张　26.25　　　　　　　　　　　字　　数　680 千
版　　次　2017 年 6 月第一版　　　　　印　　次　2017 年 6 月第一次印刷
书　　号　ISBN 978-7-5411-4624-4
定　　价　198.00 元

目 录

霹雳三年

历史是一面明亮的镜子

酝酿发酵后，我决定在这跨世纪之交，用记者笔法写这样一本记者生活的小说。节奏快些，纪实性强些，文字简洁朴实，鸟瞰的味道浓些，同读者的距离可以近些。用记者笔法写记者生涯，和作品的意蕴吻合，有利于这样一部作品。自然，这也算是一种尝试。我希望它能充分表达一个记者对当时客观世界和今天面向未来的一种整体感受。

书中所写的从1946年6月到1949年6月解放战争时期的那三年历程，是惊天动地的三年，血火交织风霜煎熬的三年；是一个旧政权丧失人心分崩离析的三年，也是一个新政权获得人心取得胜利的三年。腐烂了的政权结束了，崭新的时代开始了，它在中华民族的历史上是不该也不能被遗忘或忽视的三年。没有那三年就没有新中国！那三年是什么样的呢？有人或已遗忘，青年可能不知，我愿用浓墨重彩来如实描绘方生与未死、光明与黑暗的搏斗，把你带到五十年前纷繁复杂火热沸腾的情景中去。

写这三年，决定胜负的战争放到背景上去了。我沉浸在历史长河中，真实地写那三年中人的思想感情，人的心灵和命运，通过人的种种见闻和遭际，用人的悲欢离合和生死考验来再现逝去的峥嵘岁月，回溯那段艰难崎岖的历史，用当时一些形形色色的人物，希望精练而厚实地来展开那矛盾丛聚、险象环生的社会环境、广阔的社会生活面及许多印象深刻的事件。

历史是一面明亮的镜子。一对年轻的男女新闻记者登场做主角，讲述他们不平凡的独特经历，讲述他们的爱、恨和苍凉青春。这对恋人，活跃在十里洋场的上海和当时的心脏地带首都南京。那三年中的上海和南京，正像晴雨表或风向标似的足以表现出大局的去从和走向。社会变革不可抗拒，历史前进雄浑悲壮，他和她沐浴了大时代的暴风骤雨，又经历了新中国成立后几十年的坎坷曲折，进入了改革开放的好时光。如今，紧扣时代脉搏，娓娓动情地将感悟和带传奇性的故事浓缩了讲给你听。

一位看了我部分手稿的朋友说："喜欢你写的'苍茫莫愁湖'、'多情花神庙'那类章节……"他这可能是指的一种苦难中的诗情。但他跟着问："是写的你自己?"不! 小说中虽有作者的生活和生命体验，但既是小说，必然有大量的想象和合情合理的虚构。只是在写作中，我确实灵魂贯注于那霹雳的三年之中，放笔纸上，常常仿佛又回到了五十年前。我的思绪指向历史、掠向现实，那时我只有二十几岁，青春焕发，豪情满怀，悲天悯人，不怕冒险，却又机智敏捷……但现在我早已白发衰老，当年的一些引路人、同行者和亲友，不少均已离开人间。写这部作品时，壮怀激烈之余，不胜伤逝与悼亡，常常悲喜交作，心灵震颤，有复杂疲惫的心情，有凝重的思考，也常似直面人生，在同生者和死者对话。倘若书中的历史含义、忧患意识、沧桑感慨或风格气韵能使读者得到一些感染与启示，或许能帮我消除写作过程中付出的劳累与困乏。

我们那一代人中的大多数，凭正义和自己追求真理的良知做出抉择，寄托了对民族命运的兴亡与思虑，上下求索，追随前辈，为共和国的诞生，曾不惜流血牺牲献出一切。光阴匆匆如同流水，五十年弹指而过，1999 年就要庆祝中华人民共和国建国五十周年。这部作品恰于此时完成，愿将它献给亲爱的伟大祖国! 祝祖国繁荣昌盛!

王 火
1998 年夏

往事犹如潮涌

过去了的，一切都成了过去，只有回忆。但有些回忆是永远忘不了的。

昨天下午刚见面，想不到五十年前发生在两兄弟间的那场辩论，如今又继续发生了。

喜爱沉默不多说话的二哥夏国坐在客厅沙发上吸着他的万宝路香烟，悠悠从鼻孔里喷出烟来，说："其实那场你们叫作解放战争的仗是白打的！打了三年，死了许多中国人，是场很糟的大灾难。现在呢？还得讲统一。台湾回来旅游的人那么多，美国的华裔回来的也那么多，我离去半个世纪也又回来了！"

啊！五十年！半个世纪了！

往事犹如潮涌，在眼前浪花飞溅。

打仗的确是一场大灾难。但那场内战是谁发动的呢？如果没有那场内战会怎么呢？中国人对那三年的记忆是深刻难忘的……对于一些关键的历史来说，那三年等于不知多少年呀！

夏强实在不想同二哥在分别五十年后重逢时再进行这场辩论。恩格斯说过，没有哪一次巨大的历史灾难，不以历史的进步作为补偿。也就是说，历史付出的沉重代价，是会以历史的进步作为补偿的。但如果这样说，二哥理解不了，何况，二哥的个性从小固执，年轻时，就有人叫他"犟牛"，明明理屈词穷，也不肯服输。亲兄弟分开快五十年了，一朝团聚，心中波澜荡漾，高兴还来不及，何必立刻抬杠呢！因此，夏强同坐在一旁的丹丹会心地互相望了一眼，说："二哥，你昨天下午刚到，从今天开始，我们就先陪你游览重庆，接着，陪你去上海、苏州、南京、北京等地游一游、逛一逛。可以说，从经济发展、政治稳定和人民生活的改善方面看，当前是建国以来最好的时期。你多看看多听听。然后，我们可以尽兴地探讨些问题。你说好吗？"

二哥没表示反对。时间真是一个小偷，偷去了人的青春，偷去了人的黑发……他满头白发已经稀疏，脸上皱纹宛如刀刻。当年修眉下那双明亮的眼睛已经混浊，但高大的身躯依然挺拔，不像七十七岁的老人。他悠悠地吸着香烟，说："其实我这么大年岁了，这些年来也不喜欢过问政治，刚才并不是想同你像五十年前那样辩论，只不过是突然萌发的一种感想。我这些年在美国，一直关注着中国，知道大陆改革开放以来建设日新月异，人民生活水平提高，自然而然想到：如果当年没有那场战争，岂不是更好。想法也许天真，怎么想也就怎么说了。你要我多看看多听听，我愿意……"说到这，他笑了笑，说："丹丹，你知道当年我们兄弟俩激烈争吵的事吗？"

丹丹微笑点头："那时我已去了香港，但后来知道了。五十年前的事，恍然还如同昨日。"她当年是以美丽著称的，如今已七十四岁，人家仍说她是个"漂亮老太太"。说这话时，她似陷入了沉思。夏强能明白丹丹的心情。五十年风风雨雨，人事沧桑，胸里自然淤积着历史的尘埃，只要略一回顾，谁能不牵动心弦！

二哥夏国年轻时从当时重庆的一所名牌大学毕业刚一年，正逢抗战胜利。他入军界，回南京在一所保密厂工作，在厂里很受重用。解放军发动渡江战役后，他与做记者的二嫂白丽莎在上海乘船同去台湾。在台湾，因有岳父白南史照拂，他离开军界，进了待遇优厚的渔管处当科长，以后又到加工出口区等部门做过主管。70年代初，白南史病故，白丽莎的哥哥白旮由于1970年4月随蒋经国访美，在纽约蒋经国被人行刺未遂，他负有疏于防范之责。蒋经国不满，白昝失宠。蒋经国想不开，耿耿于怀，发了些牢骚，竟怀疑他了，要审查他是否有通共行为。白昝气得发昏，不久，竟突犯脑溢血去世。昝嫂江美娟未生子女，改嫁给一个同她合伙做橡胶生意的印尼华侨，去了雅加达。在白丽莎活动下，二哥与白丽莎一同弃职从商，并去美国弄到了绿卡，以后两人遂定居美国，一同做进出口生意。他们在马里兰州置了房产。儿子长大取得了医学博士学位，媳妇是犹太血统的美国人，带着第三代住在旧金山。十年前，夏强、丹丹同二哥二嫂取得联系后，从通信中知道的就这些情况。夏强、丹丹一直要二哥和二嫂回来看看，见见面。但二哥一直说不想回来。去年，二嫂白丽莎患病去世。今年初，二哥来信说："侨居新大陆，虽到节日有儿孙欢聚，但对祖国总像老马恋栈。你们二嫂去世后，我心情更感寂寞。人能离开故土但无法从心中夺走故土，所以决定趁腿脚还能动弹回来看看，要凭吊一些地方，寻找当年的一些足迹，还要给母亲上坟。"夏强、丹丹复信时，建议他先到重庆，然后再陪他去上海、苏州、南京、北京等地游览。丹丹在信中热情地加写了一段："二哥，1月28日是春节正月初一，希望您能在春节前回来，一同过个团圆年。"想不到这信寄到，二哥从美国马里兰州的长途电话就来了："我很快就去旧金山儿子处。但你们二嫂忌辰是元宵节，我要过了她的忌辰2月16日才能来重庆。届时你们到机场接我……"

　　天下事每每说难也难，说易也易。夏强和丹丹在机场出口处看到夏国那高大而比当年苍老得不知多少的身影蹒跚着出现时，都再也抑制不住眼泪了。夏强叫了一声"二哥"，就迎了上去。真情爆发，热烈拥抱，夏国又将丹丹也抱在一起，当场三个人都哭了。夏国连声说："我太高兴了！太高兴了！"然后感叹地拭泪："唉！看到你们都这么老了，我真难过！……"其实，他真老得不行了！难过的又哪仅仅在此呢？五十年的离别，千言万语也说不完。夏强明白，二哥是心情复杂地回来的，自己和丹丹也是心情复杂地接他的。雇了辆出租车回家，夏强叮嘱司机慢慢地开，想兜风似的让二哥一路能看看重庆的新市容。

　　途中，夏国很少说话，透过车窗细细眺望四周，堵车时看得格外仔细。离开几十年了，重庆有他的往事，他的回忆，怎么能不看看？剧变中的重庆，老旧的石头房子与钢筋水泥的高楼大厦毗邻，对他来说已完全陌生。二哥是1945年抗战胜利那年深秋离开重庆回下江到南京的。五十多年的岁月流逝，面貌焕然一新的重庆，已和当年抗战时作为陪都时的情况不同。高层建筑林立，商业区热闹喧哗，多项经济开发计划正在实施，港口设备走向现代化……抵家已是傍晚，他若有所思地下车叹口气说："变了，几乎完全不认得了！"

　　夏强和丹丹的住处，二哥觉得挺不错，两个大一套二打通连接的居室，包括两个卧室、两间书房、一间客厅、一个餐室、一间浴室、两个厕所、三个阳台和一个用阳台改装成的厨房。他们的两个儿子，大的在成都一所大学里执教，夫妻俩带着一个女儿定居在成都；小的和妻子都在英国伦敦一家公司里工作。夏强和丹丹老两口住这样的房子是很宽敞的。二哥夏国说："嗬，布置得很精致，比我想象中要好得多呢！"当晚，丹丹做了几样素淡美味的菜肴招待夏国，建议二哥早点休息，解决好时差问题。二哥却喝了杯浓咖啡，兴致勃勃："不，我要看看山城重庆的夜景！"

　　坐出租车到了市中区枇杷山，三人登临红星亭俯瞰山城夜景，只见万家灯火连天，宛如天上星星全部坠落人间。夏国俯视山下市内的密密灯盏，忽然伤感："这倒跟以前还有点相像！我以前在台湾、后来在美国，多少次都梦到过重庆的夜景。你们二嫂也一样。如今站在这里，真恍若隔世。她对我说过：'我常思念重庆的冬天，从山上往下看，万家灯火使人温暖，还有滚烫麻辣的火锅、通红的橘柑、甜甜的醪糟……'她同我都常常梦回重庆，连打漩的江水都想念。只是，她没能同我一起来这里看看了！"

　　后来，又让司机把车开到朝天门江边。在万里长江与嘉陵江交汇处看着缓缓夜航的船只和潺潺的江水。再让车驶到长江大桥边。大桥银灯灿烂，宛似长龙蜿蜒，粼波闪辉，分外壮观。江水转着漩涡，掀着缓缓的波澜，正似他们心中在掀起情感的波澜。夏国从那开始，到回家就寝前，始终冰冷地沉默不语，独自吸着闷烟。丹丹要他早点休息，他全身显得迟钝、忧郁，从一只提包里取出白色药片来要丹丹给他倒一杯白开水。丹丹递水给他，问："什么药？"他吁了一口气答："安眠药！不吃今夜怕是睡不着了！"

那场日本帝国主义侵略造成的八年抗战，中国军民伤亡三千五百多万人。对夏家来说，五口之家就为抗日献出了两条生命，而且是父亲夏澄教授和空军飞行中队长大哥夏中这两个最主要人物的生命。

母亲龚梦兰抗战胜利前后常爱说："我们这一家算得上是忠勇之家了！……"夏澄教授与做中学教师的龚梦兰都是狂热的爱国者。龚梦兰要生第一个孩子时，夫妻商议给孩子取名字。夏澄说："用'中国'两个字，顺序给孩子做名字吧！"生了夏中，又生夏国，都是男孩，到生第三个孩子时，夏澄说："把'中国'两字再续上'强盛'两字，老三就叫夏强。"结果，第四个是个女孩，取名夏盛。这不像个女孩的名字，却已无可更改。

姓夏的一家人，都是正直、爱国、热血沸腾的中华儿女，绝未想到抗战胜利后却分裂了。分裂主要发生在二哥夏国同老三夏强及小妹夏盛之间。母亲起初想把子女仍团在一起，免不了说些调和劝解的话，只是最后终于也同夏强和小妹站到一起。二哥二嫂走了，过海去台湾了！然后，海峡两岸音讯断绝，晃晃悠悠几十年雷电霜雪。母亲早已去世，大家都老了，何尝想到今天夏强又同二哥团聚在山城重庆了呢？

"重庆从入冬到翌年都有一段浓雾笼罩的时间。在上清寺街，有家'三六九'汤圆铺，味道鲜美。两路口、观音岩直到朝天门一带，当时有许多小饭店。抗战胜利那年，街上常有美军吉普车驶过，酒吧、舞厅、音乐茶室也开了不少，这些好像刻在我脑海里永远也不会忘记。"第二天，当夏强和丹丹陪二哥在市中心区都邮街一带逛街时，二哥用回忆的音调说，"如今，变化得太多了——"他突然手指着前边的国泰电影院说："就这个电影院，似是当年留下来的。我还记得，我与你们二嫂白丽莎初相识，一同在这看过电影。"说着，拉开了相机摄影。

啊，人有回忆多么好！死去的人可以在回忆中永生，经历的往事可以在回忆中重现，难忘的事可以在回忆中永远保留，青春的欢乐可以在回忆中永不磨灭。老年时保留着回忆就会保留着年轻时鲜亮的印象。二哥显然是常常思念二嫂的。陪他逛街，市容、街道变化太大，除了国泰电影院他似乎很难寻到旧梦，逛得淡然无味，反倒平添许多惆怅。夏强建议："明天去南岸游黄山，那里有蒋介石当年常住的官邸，现在开放，可以去看看。"谁知二哥说："我一直只是个被强迫集体入党的国民党普通党员，并不是老蒋的忠实信徒，我并不很有兴趣去看。"丹丹说："二哥，那里现在是个景点，海外来人和台湾游客都爱去看。到了重庆，该去南岸逛逛。"夏国表示同意，下午逛完街，三人找了家好馆店吃火锅，余下的时间就全花在聊天上了。

在夏国心目中，夏强和丹丹过去一定在许多"运动"中遭遇许多磨难，尤其是"文革"。吃饭前后，夏国要听弟弟和丹丹讲讲过去。夏强和丹丹坦率地大致将经历讲了一番。他静静听了，有时叹息，有时点头，甚至还掏出纸来拭去泪水。

吃晚饭时，夏强说："二哥，有个哲人说过：'生活始终向着未来，而悟性则经常来自过去。'历史的磨难总是一种不幸。但如今实行的改革开放和以经济建设为中心的悟性，如今形成的民主与法治的趋向等等，恰恰正是发自对过去磨难的不满和反思。你能理解吗？"

夏国不同意，生硬地笑笑："把遭到的劫难还看作是好事，不算一种愚蠢吗？"

"劫难绝非好事，'文革'当然否定。但现在，国家和人民在向好的方向前进和发展，纠缠于过去就感到没意思了。虽然问题和困难仍不少，令人不满的现象也不少，需要继续改进、改变的地方也很多。但并不奇怪，因为中国的未来、中国的希望都在眼前，我们自然就有我们的心情和看法……"

二哥不再问夏强，却转身问雷丹："丹丹，夏强说的这些都是真心话吗?"

丹丹笑了，点头说："是真心话！磨难对于他和我都造成过痛苦，甚至是极大的痛苦，但没有使我们丧失自信心和顽强的生命力。我们俩现在都是作家，常合写作品。我们所受的磨难和解悟化为作品，已不是我们精神上的重负和压迫了！"

二哥不再问什么，只一口一口咂着那一小杯红葡萄酒，讽刺地笑笑说："你们的脑筋都洗得不错！"他将酒咂光，饭后，说有些疲倦了，想早些去睡。夏强和丹丹又看到他服安眠药了。夏强猜测，二哥心里面极不平静，自己和丹丹同二哥之间，要在互相理解上拉近距离还需要看更多的地方，有更多的交谈和相处。

第二天上午，三人坐一辆奥托出租车由市中区经由长江大桥直达黄山。抗战时期，蒋介石夫妇住在黄山时，最初由龙门浩乘凉轿上山，极不方便。后来在南岸修建了一条简易公路，专供他们上黄山之用。这条简易公路由南岸海棠溪四公里处曲折盘旋上山，绕越悬崖峻岭，跃上葱茏，带有险情，现在行程短了，安全舒适。蒋宋官邸那时是禁区，如今修葺一新开放了供人游览。当拾级走向云岫楼和松厅前时，夏国忽然吁了一口气感慨地说："蒋家已经油尽灯枯了！一百零一岁的宋美龄在美国孤单凄凉。台湾有本杂志叫《新新闻周刊》，上面写过一篇长文章，记叙蒋家及与其密切相关的几个家族宋家、孔家的情况，结论是说：'蒋家天下陈家党、宋家兄妹孔家财'的风云局面，使中国动乱了几十年，如今这些家族已成败柳残絮，一个已经消失的时代实际已经画下了休止符号了！"

丹丹说:"是啊,蒋经国死了,他的三个姓蒋的儿子也都死了,一个女儿蒋孝章在美国,蒋方良的老境很凄凉。"

夏强说:"二哥,你可能不清楚,蒋孝章的丈夫俞扬和,是俞大维的儿子。他是我抗战前在南京中大实校时的同学。那时我们常在一起骑自行车、打打闹闹。扬和是个混血儿,他母亲是德国人。他的模样棕发碧眼也像德国人。蒋方良是俄国人,儿女已是中俄混血儿,女婿又是中德混血,血统真是太杂了。怕也不是老蒋希望看到的事呢!"

丹丹笑了:"这是你的想法。蒋孝章夫妇早是美国籍了。美国是个移民国家,什么样的混血儿都有,他们恐怕无所谓。"

夏强说:"中国人口十二亿多,占世界人口的22%,对世界影响不可能不大。中国人的移民会使华裔在外国越来越多;中国人与外国人结婚,使有中国血统的混血儿大量增加,再过若干年,不知发展到什么样子呢!"

二哥点头,他拾级上行,有点吃力,脚步蹒跚,说:"是呀,我那儿子,娶了个犹太血统的美国人,起先丽莎反对,后来就同意了。但孙辈面貌既不像中国人,也不会讲中国话。丽莎生前和我都说不出的遗憾。我常告诫儿子,不要忘记自己是中国人,鼓励他让孙儿孙女学点中文。但我们自己也入了美国籍,又有什么能多说的。这是时代造成的。只是到他们那一代,对中国的感情也就淡化,与我们有差别了。这是使我想起来无论如何也心里不舒服的。"

话未谈完,已站在云岫楼面前了,是座三层楼房,半中半西的式样,矗立在右面高坡上。当年蒋介石住楼上右角,房屋三面都有大玻璃窗。临窗眺望,可看到重庆全景。楼下有侍从室及卫士住处。宋美龄的住处松厅在云岫楼后面山下不远处的幽谷里,属中式平房结构。有特别宽敞的走廊。因四周都是松树,故叫"松厅"。拿今天眼光看,这种建造在抗战时的"官邸"极为简陋。房里恢复了当年的陈设,相当朴实简单,陈列的照片和资料很客观。游客入内,要购买白塑料鞋套穿上才可入室。

转了一圈，除了远眺景色，一切都索然无味。但夏国却发表了几句使夏强出乎意料的话："回来后，我感到许多地方都同想象中不同。"夏强问："怎么呢？"夏国说："比如蒋介石这官邸的保留和开放，是件小事，却使我意识到了一种政治胸襟与历史观点。""你觉得这样好吗？""当然好，政策好！""是呀，二哥，香港去年7月1日回归了，澳门明年也要回归，台湾问题总也要向统一方向解决的。"夏国点头："我已进入晚年，最大的心愿是希望能够看到中国统一，不但统一，而且富强！……"

回来的路上，丹丹一路扶着二哥，二哥这自诩为不喜欢过问政治的人突然又问："回顾这几十年来，你们有过很多沉浮，中国会继续推进改革开放政策吗？"夏强说："必然会的！"二哥问："有什么保证呢？"夏强说："要把庞大的国家保持为一体，使它富强，中国就需要一个共同的理想。这理想就是中国必须实现现代化，不能落后。这问题是中国历史上经久不衰的主题。爱国的中国人也有这样的理想，改革开放使我们得到了好处，'文革'及以前极'左'的教训使我们感到了坏处，人民都已知道拥护什么、反对什么。"

夏国微微点头，声调发自内心："我无法懂得历史的玄机、生活的深奥，只是能感到你说得有道理。多看看，多听听，然后我们可以尽兴地探讨些问题。我愿这样做。"

这晚，突然下雨了。雨声淅沥，二哥又喝了一小杯红葡萄酒，但没有急着就休息。他说不累，并说："夏强、丹丹，我这次回来，是看看我一直深爱着的中国，也是为了看看你们。回来后，一直像做梦似的陷在回忆中。"他瞧瞧窗外，雨丝击窗，突然诵起唐诗说："'君问归期未有期，巴山夜雨涨秋池。何当共剪西窗烛，却话巴山夜雨时。'古人的诗写得多好，今夜，我迟点睡。我们一起回忆着过去谈谈经历、谈谈亲人和故友，好吗？"

第一章　复仇与报恩

（一）飞回江南

随着岁月流逝，往事多已模糊，但抗战胜利消息传来的那天造成的心情激动，是刻骨铭心怎么也忘不了的。当时，夏强在山城重庆，消息传来：日本无条件投降，人们马上蜂拥上街狂欢地跳呀、叫呀，不认识的陌生人也互相拥抱、握手。天黑时，像人家一样，他买了支竹篾编成的火把夹在沸腾的人流中游行，兴奋地高呼口号，满面是泪，浑身是汗，抽搐着哭泣，嗓子嘶哑了，心中是无法形容的快乐和欢欣，也是无法形容的悲伤与创痛。想起八年抗战的艰苦历程，想起父亲神秘的死，想起大哥的悲壮牺牲，想起带着小妹在"孤岛"上海过着类似亡国奴痛苦生活的母亲，他心里五味俱全……他随疯狂游行的人流一同欢呼着口号，看到有人放鞭炮，有人敲锣打鼓，有人拿着酒瓶往嘴里灌酒，有人用筷子敲脸盆……有美军吉普驶过，车上的美国兵用右手食指和中指竖成 V 字，有人跟上去同他们热烈握手。那天，他哭得痛快，欢笑得也痛快。回到《时事日报》馆，挥笔用激情写完了胜利之夜的一篇花絮稿，却又莫名其妙地抱头伏在桌上号哭起来。

1939 年秋天在上海。在大学做教授的父亲夏澄突然被汪伪极司斐尔路七十六号特工总部绑架了！以后就再也没有回来。在空军作战的大哥夏中和在重庆已考上大学的二哥夏国得知噩耗，写信要母亲让夏强快离开"孤岛"到大后方求学。夏强独自在次年春天启程离沪经浙赣路转道入川，同两个哥哥见面，暑假考进了国立复兴大学新闻系开始了流亡学生的生活。

夏强想起了大哥夏中。他对弟弟是那么关心爱护，每个月按时寄零用，也常常给弟弟寄衣物书籍。但夏强在大学二年级那年10月，一个下着连绵秋雨的下午，却得到了大哥的噩耗：夏中驾驶一架侦察机去湖北敌占区侦察没有回来。他曾有过击落击伤日机六架的纪录。从那，再也看不到大哥雄伟强健的身影和坦荡英俊的面容了。那个下雨天，沉浸在悲痛中，窗玻璃上的淋漓雨水仿佛是眼泪。雨把一切都弄得朦朦胧胧。夜，漫长难熬，桐油灯下，听着雨声。夏强给远在上海的妈妈和小妹写信，报告大哥失踪，劝慰妈妈不要悲伤，说也许大哥会突然又回来的。以后许久许久，每当听到天上有飞机声，夏强就抬头仰望，期望是大哥驾着飞机又回来了……再以后，每当下雨天，夏强就会忆起传来大哥失踪噩耗时那种刺心锥骨的感受和淌在窗上眼泪般的淋漓雨水。

夏强身上有深仇大恨，是对日寇、汉奸的仇恨。他觉得有复仇的责任。心上交汇国仇家恨。当胜利翩然降临，向敌伪复仇的欲望更强烈了。他一心想早日回到南京和上海，在审判日本战犯和汉奸时，进行采访，口诛笔伐，实现愿望。

这机会后来是林东方给夏强的。

林东方是夏强大学时的好友、进步同学方之介绍给夏强认识的。夏强在大学里，同方之常在一起。同学时，大家都对国民党政府的贪污腐败和法西斯特务统治强烈不满，夏强思想上受方之的影响很深。方之临毕业前突然有事要离校去川北，夏强依依地送方之去船码头，船开前，方之才坦率告诉夏强他是共产党人，勉励夏强应当做一个站在时代前列的斗士，要夏强以后像对待他一样地对待林东方。只是隔了几个月，有一天林东方来，沉痛告诉夏强："方之一到川北就失踪了。不久，在一条河里发现了他的尸体，浑身是伤，显然是死后被抛在水里作为溺死者出现的……"夏强听了心酸。那时候与人相交，很少刨根到底问人家的出身种种，只要相处融洽知己就行。只知东方读过大学，译过几本外国书无法出版，弃学从商，想有点经济基础再做学问。夏强对做生意不感兴趣，但对东方的渊博、豪爽和思想活跃很有好感。他觉得东方有点像方之，很爱听东方讲时事，说人生，谈文学。东方极像一位年长的大哥。

1946年5月下旬的一天。这时，国民党正热衷打内战，抢占东北。东方穿套粗呢藏青西装。五月天这衣嫌厚了，他淌着汗夹个公事包来约夏强在青年路一家茶馆里喝茶。两人泡了菊花茶，嗑着葵花子和干炒胡豆聊天。东方突然说："有个机会可以免费让你坐飞机回沪宁。打了八年仗，胜利了，回去交通仍这么难，你定是盼望早日回下江的。我想约你陪我一同回去。我单身一人，以后有你这个好朋友，可以有你家做个落脚点。你还可以帮我介绍些亲友，方便我做生意，你看行吗？"

东方戴一副近视眼镜，络腮胡子总是刮得精光，皮肤透出淡青色，平添几分男子气概。夏强从他严肃坦诚的目光中觉察到他绝非开玩笑。夏强当时就似能意会到他要干什么。夏强心里明白他同方之是一路人，只是大家"心照不宣"而已。

夏强听到能有机会回下江，激动着说："我二哥夏国去年底就回南京了。我也早归心似箭想回上海看看母亲和妹妹，只是还没有找到门路。报馆又舍不得花路费派我复员回去当特派记者。如果我自己能回去，可以争取报馆同意让我做京沪特派记者，我回去能给报馆写大批人们关注的稿件，报馆一定会答应的。"

东方说："努力试试，力争成功好吗？"

夏强点头："如果去，什么时候走？"

"很快就走！但这一切都要保守秘密。你是个机智的人，跟报馆里也只说你是自费设法回下江就是。以后千万不要使人觉得你进步。最好像个自由主义者，不左不右不偏不倚，那样就是写了倾向进步的文章出了问题也有个辩护和退路，你觉得对吗？"

夏强点头。同东方约定两天后原地再见。

夏强实在想早点回到南京、上海和江南一带，除了想念母亲和小妹以外，也想念丹丹和雷老伯。丹丹随家已早到了南京，前不久写信说，雷伯母的灵柩托人由重庆用木船包运到南京，不幸在过滟滪堆时翻了船，船上的灵柩全部沉入江中。丹丹很伤心，来信说雷老伯也十分伤心。雷伯母是抗战中期因心脏病去世的。她是个贤惠和善的人……知道这事后，夏强也难过，写信安慰了丹丹，但心中更思念丹丹想早点回去了。

胜利后，报界竞争激烈。有些报馆早派了优秀记者回下江，发回的特写、报道、电讯都吸引了读者，增加了销路，扩大了影响。渴望复员的下江人在四川都想知道下江近况，关心接收、关心和谈、关心审判汉奸和日本战犯。民营的《时事日报》舍不得钱，几个老记者不是下江人，派去怕打不开局面，派夏强去论资排辈轮不着。现在，夏强毛遂自荐，说可以自己筹款回下江，白胖的总编辑丁一凡一口就答应了，皮里都泛着笑说："哈哈，很好，这事就这么定！夏强，给你个'本报上海、南京特派员'的名义，发表稿子时就标上这头衔。你的薪水之外，在沪、宁一带的活动费，主要当然是车马费、邮电费及必要的少量交际费，可以报销，但一定要节省了用，不要狮子大开口，那样有人要闲话的。"又说："哈哈，我知道，你丈人雷香山雷老是党国元老，全家已回南京。你嫂子的父亲白南史是中央委员，听说快去上海履新任市党部主任委员。你回下江大有可为，要多写些引起注意的稿件。"接着更叮嘱："收复区新闻检查办法虽然一月里取消了，但那是做给美国人和老百姓看的。写稿分寸你好好掌握，别去太岁头上动土。

你去后，我们直接联系。哈哈，稿子寄我处理。专电太花钱，多发航空快信吧，一切拜托了！……"

没等他说完，夏强急着更正解释说："雷香山雷老不是我岳父，我只是与他女儿同过学。"

丁一凡善意笑着说："别谦虚了！哈哈，反正我看八九不离十了。我情报是灵通的。哈哈！"他绰号叫"麻辣蹄膀"，说话却喜欢打哈哈。夏强既达到了目的，也就不多计较了。但他的话却引起了夏强对雷丹的思念。丹丹回南京后曾说要设法调夏强回南京，现在夏强自己回去了，岂不更好。多想尽快见到她呀！

两天后，夏强与东方又在茶馆见面。东方说："抓紧安排，三天后正是月底，我们启程，先到上海再到南京。我们坐美军运输机去上海。"这三天真是紧张，夏强将书籍全部送给同事，轻装上阵。启程那天，夏强随东方和另外一些人午后在市中心的美军 A.T.C. 办公楼前上了一辆大型吉普车，到白市驿机场坐 C-54 飞机起飞。"机票"像一张英文的信件，有一个美军上校的签字。夏强会英文，一看票上说明乘机的是军调处执行部中共代表团的人员。这使夏强对东方的身份更清楚，只是大家仍心照不宣罢了。

飞抵上海江湾机场已经天黑。一辆美军大吉普将他们由机场送到市内停在外滩，夏强带着东方雇了一辆三轮车回家。上海那些布满灯光和霓虹灯的嘈杂繁荣的马路，栉比鳞次的住房，稠密的人海，狭小的里弄，处处都可见到的石库门房子仍存在，但一种历经沧桑和萧条的气氛也同时存在。夏强心里像惊涛拍岸：日思夜想的妈妈和小妹哟！我看到你们将多么快乐，你们突然见到我将多么惊喜！……

终于陪着东方带着箱子和提包站在成都南路霞飞巷五号的门口了。

黑漆斑驳的大门上两只磨亮了的铜环依然未变，弄堂里亮着街灯。夏强敲响了门上的铜环，高声叫着："妈妈！小妹！开门！……"

然后，看到了双鬓银白瘦弱的妈妈和已经出落得十分美丽的小妹夏盛出现在眼前……

成都南路口就是繁华的霞飞路。这条路在 1901 年由法国人兴建，最初叫宝昌路，第一次世界大战后改名霞飞路。太平洋战争后，叫泰山路，如今改名叫林森中路。路名也有一番沧桑历史了。霞飞巷里都是双开间的石库门房子，夏家住的是三楼的客堂间、厢房间以及楼下的厢房间。二房东邵家住的是楼下客堂间和整个二楼。

弄堂口那家小烟纸店仍是老样子，出售日用杂货、针线、零食，甚至邮票和信纸信封，常有弄堂里的人——烫着头发拖着拖鞋的女人、戴着礼帽的男人、挽着菜篮的老太太来买东西。弄口的皮匠摊也在，只是姓陈的老皮匠头发全白了，背也驼得更凶了。

夏强知心知意地替东方将户口报在家里。户长就是母亲龚梦兰，东方算是夏强的一个表兄，过继给母亲做干儿子。

由于接收成了"劫收"，沦陷区百姓厌恶地把重庆来的给他们带来极大灾难的接收人员叫作"重庆人"，说他们是"天上来，地下来，老百姓活不出来"，说他们是"五子登科"①、"三洋开泰"②。可见百姓的仇恨了。但正因如此，保甲办公室不敢得罪重庆来的人，东方和夏强去办手续，第二天就拿到了身份证。

夏强告诉母亲和小妹："东方是我的好朋友，做生意的。"东方是个活络人，亲热地跟着夏强叫母亲"妈妈"，也跟着夏强叫夏盛"小妹"。他勤快，抢着干家务。夏强发现，母亲和小妹很快就喜欢上他了。东方很忙，在夏强家落下脚，就外出忙"生意"去了。他历来就是个"独行侠"似的人物。说要三四天后再回来住。

夏强同母亲和小妹沉浸在团聚的悲欢交集中。母亲说："你大哥牺

---

① 五子登科：指抢占车子、房子、金子、衣服料子、女子。
② 三洋开泰：指爱东洋、捧西洋、要现洋。

牲后，我们更加想念你二哥和你。你二哥夫妇回南京已到上海看望过我们。剩下你一人在四川，我就更不放心。现在你突然回来了，就算大团圆了！"说着，流下泪来。小妹是高三毕业班的学生，她已不是那个在微风细雨的七月清晨，哭泣着与母亲一同在外白渡桥边目送着哥哥带着行李坐黄包车去北火车站离沪赴大后方的小妹了。她秀气朴素，眼睛明亮，神情宁静，美在于天然，没有任何粉饰，自然卷曲的齐耳黑发，使她显得高傲圣洁。乱世使人早熟。东方似有意又似无意地说："抗战胜利了，受尽战争苦难的中国人都希望和平，好休养生息重建家园。我们生意人更希望别打内战。可是现在关外大打，关内小打。抗战的胜利是全国人民团结一致打败日本得来的。现在却又要打仗，让老百姓受罪，真叫人痛心！"小妹眼里燃着火焰马上说："强盗般的掠夺、凶手般的打内战！反民主！法西斯！"

当时夏强看看母亲，说："妈妈，你看小妹好成熟呀！"他发现小妹有思想也有个性。东方也欣赏地看着小妹。母亲的脸上带着赞许，眼神带着自豪，叹气说："唉，这些年的日子有时像在水里火里，有时像压在石磨底下，有时像断了线的风筝虚飘飘的，锻炼人哪！"这个同她相依为命的小女儿，是她的心肝宝贝。母女之间是息息相通的呀！

母亲和儿子见面后，谈呀谈呀谈不完。夏强抓紧时间，到《新闻报》《申报》《大公报》等结识新闻界的朋友，为以后开展工作打下基础。亲戚朋友们知道夏强归来，都跑来看望，谈话和打听的不外是：时局会怎样发展？内战停不停得住？贪官怎么这样多？物价和金价会飞涨下去吗？鬼子和汉奸怎么办？……二房东邵师母和丈夫邵先生来看望，问这问那；表哥杨之造和表嫂顾青也来看望，问这问那……仿佛从重庆回来的人这些都能回答似的。母亲对夏强说："小妹到方先生家去过了。方先生也许会来看你的。他是个好生意人。我们承了人家情，他现在倒霉落魄了，我应该带你去看看他。"母亲是个受人恩惠必报的人，夏强当然点头说好。

方先生名叫方国华。夏强对他印象很深。那时，父亲还未遭难，夏家住在马立斯新马安里三号二楼，方先生夫妇住在楼下。方先生那时还未发大财，他四十岁光景，高高胖胖的，脸上常带笑容，待人和气。方太太张佩华比方先生年轻十来岁，白净而娇弱文静，打扮入时，对外交际和对内持家都挺能干。两家来往机会多，方先生常来向夏澄教授请教一些法律方面的问题。方太太喜欢小妹，方先生外出做生意，她常要小妹夜里去陪她睡。夏澄被七十六号秘密逮捕后，方先生到处托人打听消息设法营救。当时慷慨地对母亲说："夏师母，需要钞票，我可以拿，你不要客气。"夏澄被杀害的消息也是他花钱找门路探听来的。夏澄死后，夏家搬离新马安里来到这房屋较小房价较廉的霞飞巷居住。方先生后来发了大财，在环龙路买了大花园洋房居住，方太太生了两个儿子，却仍喜欢小妹。临近胜利那两年，母亲带了小妹生活更加艰难。方先生知道母亲为人清高不喜欢受人布施，采用的接济方式是：过年，给小妹压岁钱说是作学费用；有时事先征求母亲的意见说："夏师母，有笔生意好做，我想替你搭一成股子，本钱你就先别拿，亏了以后你还我，赚了钱我就把你的一份送来。"他既给人面子又给人实惠非常诚恳，自然使母亲和小妹感激。回来知道这情况后，夏强在报仇之外，又有"报恩"的想法了。夏强觉得：二哥夏国有书呆子气，天生沉默寡言待人冷淡，做了白南史的女婿，住在南京丈人家里，二嫂白丽莎是个娇滴滴任性的小姐，从母亲和小妹的话中，夏强察觉由于二嫂的原因，二哥根本不大顾这个家。那么，夏强想：我作为母亲膝下现在这种地位的儿子，该怎么呢？我当然应该担负起复仇和报恩的责任来喽！

　　发了大财的方国华是怎么落魄了的呢？

　　母亲和小妹说不清楚，只说：方先生在环龙路的大花园洋房被军统接收了，方先生夫妇带了两个小孩秘密藏在南昌路一个弄堂里。听说有仇家敲诈未遂诬告了他，军统占了房还要抓他。

事情复杂，夏强思忖着说："好吧！妈妈，你带我去看他一趟。"心中却不禁嘀咕：方先生会不会唯利是图做了汉奸或同敌伪有什么勾结呢？如果他是汉奸，我怎么能帮助汉奸呢？……

南昌路离成都南路不远。夜间，夏强随母亲到光明里。弄堂很干净，是西式单开间三层楼的居家住宅。在六号后门母亲敲门，先敲三下，又敲三下，方国华开了门热情将夏强和母亲迎了进去。

空气里弥漫着煮中药的药味又有檀香木焚烧的芳香。方国华剃着平顶头，挺着肚子，长得像个弥勒佛，笑容可掬，将客人请入客堂间坐下。那里有一尊佛龛，供着观音瓷像。坛前一只瓷钵烧着檀香，香烟缭绕。客堂间里有一套配着茶几的小沙发外加小圆桌和两把椅子。方先生眉心间多了条深刻的皱纹，眼露疲乏和不安，亲自用热水瓶的开水泡茶，说："啊呀，几年不见，小阿哥越发长得一表人才了！听说小阿哥从重庆回来了，我和佩华都特别高兴。想去看望又怕不方便。你们来了，真不敢当！"接着，就对母亲说："佩华病了，在楼上躺着，两个孩子也都在楼上。老太太您要不要上楼坐坐？"方国华这人能干，论辈分他是该同母亲一辈的人，是夏强的长辈，但却有时叫母亲"夏师母"，有时叫"老太太"，以示尊重，就像他跟着小妹叫夏强"小阿哥"一样。上海社会上人们是常常注意用这种混淆辈分的称呼以示对人尊重的。方太太人长得漂亮，但是个长年累月病恹恹、软绵绵的人，大病没有，小病不断，一年三百六十五天至少有二百天要喝中药。母亲听说方太太又病了，说："那好，夏强，你陪方家伯伯谈谈，我上楼去看看。"

夏强觉察出这是方先生有意安排一个单独深谈的机会，母亲走后，立刻表达了谢意，谢谢他在家里最艰难的时期给予的帮助，并且单刀直入问起他现在的处境，问他怎么会陷入这种困境的。

方先生弥勒佛似的脸上竟落泪了，说："小阿哥，我是在做一个噩梦啊！我明白你和夏师母来看我是关怀我、想救我。你是新闻记者，从重庆来的，交游广阔，有站得住脚的亲戚和朋友可以帮忙。我从心里感激，我现在确实是倒霉透顶、走投无路了。但我向你保证，也向菩萨发誓，我不是汉奸！我这人对日本人和汉奸是恨得咬牙切齿的。抗战时期，我常烧香要菩萨保佑中国胜利。天亮了，胜利了，消息传来，我让用人放了八挂炮仗。谁想到重庆人来了，军统马上劫收了我的花园洋房，赶我全家人出门，东西全霸占了，楼上保险箱里的一百多根金条也全部拿走了，后来还要逮捕我，我只得狼狈躲在这里。幸亏放在银行保险箱里的一点条子还在，能维持今天的生活。听说害我的那个姓徐的仇家，向军统检举了我，又向高院告了我，罪名是'通敌资匪'，好狠毒啊！我如今是死路一条了！……"说着，竟像个小孩似的呜呜哭了起来，不断拭泪。

夏强听得一知半解糊里糊涂，说："怎么能扣你一个'通敌资匪'的罪名呢？"

方国华停止哭泣，说："对小阿哥你，我是什么话都可以老实说的。我是苏北南通人，年轻时，在苏北靖江、泰兴、如皋等地都做过生意。五年前，有个同乡徐光扬牵线介绍我认识了一个名叫柳明的朋友。柳明说愿同我合作做生意。他豪爽、讲义气、守信用，做中间生意也不拿佣金，倒是宁可把佣金让给常做捎客生意的徐光扬。后来我才知道，柳明是共产党，新四军的人。"

夏强听到这里，吃了一惊，端起茶喝，更专心地听着方国华往下讲。

方国华抬起布满忧郁的眼睛："结交柳明后，成了好朋友，一天谈深了，他说，苏北抗日的新四军急着需要医药用品和器械，还需要一批小五金和钢材，问题是要在上海有一个爱国商人支持。这人最好是苏北人，在苏北有熟悉的社会关系，在上海有仓库、有货源、有资金，殷实正派。言下之意，我就是这样一个他们看中了的商人。他问我，你恨鬼子吗？我答，当然！他说，对了，如果我不是了解你是个爱国的商人，我也不来求你。现在很好！有这一条我们就一致了！新四军是坚决抗日的！现在作战负伤的战士很多，没有医药就救不了命，抗日力量必然削弱，你能袖手不管？我说，我是苏北人，知道新四军抗日英勇！当然不该袖手旁观，但干这种事有大风险，我害怕！他说，风险你别担心，我们说话是算数的。我向你保证，货物运到苏北，一块钱一定让你变成三块钱！当然，这么高的利对我是有吸引力的，但我老实地说，我说的风险主要并不是指钱。为了爱国，钱赚多赚少我不计较。我是个不惹政治的生意人，做这种生意，不打通鬼子和汉奸的路子有困难，我不愿意接触敌伪。我怕的是接触了敌伪卷进了是非窝将来受不了！"

夏强听着想，他这倒是有点预见的！

"谁知柳明说，爱国的行为，抗日的行动，大家会记住你的贡献的！你是生意人，你还是当作做生意来办这件事就行！这生意包你有钱可赚，你花点钱打通敌伪的关节是为了办爱国的正经事，为了做生意，那不损害你的人格！而且，有些事无须你亲自出马，押船领路和到苏北交接的人都由我们派，只要用你这块做生意的金字招牌出面经营让人去打点就行。有些关节我们也有专职的人员会把事办妥的。决不会害你！只要合作，这件事不致有麻烦的！就这么谈定了好不好？"

夏强问："后来就这么决定了？"

方国华的目光向他压来："他们确是言而有信的！说到的后来都做到了，我们在上海备足了货，用船运往苏北，买通了汪伪海军部的人，给予放行，到苏北约定地点上岸。有时从陆路运到江阴附近过江到苏北登陆。这中间，那个徐光扬，他在生意场上绰号叫作'混江龙'，办事门槛精，会钻营。我因为与他同乡，对他多三分信任，柳明又是他牵线认识的，他又擅长干那种买通关节的事，他熟识汪伪海军部里一个姓黄的有实权的大汉奸，用金条通过那大汉奸上下打点，柳明又有他那方面的种种关系，配合起来干得倒也顺利。在抗战胜利前，前后一共运过六次物资去苏北。柳明还传给我过新四军里对我的口头嘉奖。但谁知这次的问题却就出在徐光扬这个'混江龙'的身上……"

夏强说："他不也参加这事的吗？他怎么了？"

方国华叹口气怏怏地说："这人金钱第一，他一直认为我赚的钱多，发的财大，眼红，怎么分给他钱也满足不了他的血盆大口。一胜利，他就攀搭上了军统，居然跑来敲诈我，要我给他两百根大条子。我没顺从他，他说他是重庆政府军统派在上海的地下工作者，说我'通敌资匪'，'通敌'当然指的是汪伪海军部，'资匪'指的是运物资给新四军。不都是为了抗日吗？居然把新四军叫作'匪'了！怪不怪？"

夏强忍不住也叹了口气，他能意识到涉及共产党的案件会多麻烦，头脑里忽然闪现出东方那眼镜下两只露出犀利光芒的眼睛来了。他能意识到时局正像暴风雨前汹涌的海洋。报载蒋介石偕白崇禧、杜聿明等到长春召集军事会议布置内战，国军正分三路自长春北进，并分三路向吉林进发……他似能体会到未来会怎样。此刻，听着方国华讲来龙去脉，他心里却岔开去走神了。

方国华脸上一丝弥勒佛的笑容也没有，继续说："于是，军统劫收了我的房子，把我女人小孩和用人都赶了出来。幸亏菩萨保佑，我当时有种不祥的预感已躲了起来，不然，人准被他们套住进监牢了！我秘密藏在这里，幸好有两个可靠的朋友还在帮助我，给我送消息，张罗杂事，但我这样躲着，高院又要抓我，我怎么办呢？真一点办法也没有了！"

怎么办呢？夏强真想不到方国华的事竟这么复杂、这么奇怪、这么出乎意料。一时也想不出什么高明的办法来回答，只能安慰着说："不要急，总会找出办法来的。我一定尽全力办这件事。"夏强心里有底的是，方国华不是汉奸，他做的事实际是支持抗战，这样的事别说是"报恩"了，就是主持正义也是该办的。但可以想象得到这件事是棘手的。在这国民党发动内战要消灭共产党的时候，在这舆论界正大量反映要求惩治汉奸的要求的时候，方国华的案件涉及新四军，有一顶"通敌资匪"的帽子，要来脱去这顶帽子，难度该多大呀！夏强发现由于自己的劝慰和承诺，方国华此时此刻已经表现得很满意了。他虽仍心事沉沉，但眼睛骤然亮了起来，满怀感激地嘴里喃喃说着感激的话，翻来覆去地连声道谢，又商人气地说："小阿哥，办这种事，我是舍得花费的。我不是那种吝啬的不知恩的人，只要有路子该送礼我送礼，该送金条我送金条，不会舍不得的。包括你小阿哥，我也是要重谢你的！"

方国华说得俗，夏强心想，我是报恩，岂是要你报答的！正要说话，听见脚步声，是母亲下楼来了。夏强为要方国华安心，也为使母亲安心，当着方国华面说："妈妈，方先生的事我一定尽力办。事比较难办，但我会努力的。目前，方先生躲避一下很必要。我过几天要去南京，去了就办这事。方先生放宽心，从南京回来我再来看你。"

方国华千恩万谢，脸上出现了强作出来的笑容，说："唉，我原先觉得自己是掉在一口暗井里了。阿弥陀佛！现在小阿哥来了，真是来救我命了！"

夏强与母亲同他告别，走在路上，夏强将方国华讲的故事告诉了母亲，母亲反倒犯愁了，说："夏强，你打算怎么办呢？有能耐办吗？"

夏强叹口气说："做一件事首先要确定该不该做。这件事能办成怎样心中无数。但为了报恩，我决定努力去办！"

母亲说："你到南京，找找你二哥，告诉他，这是我的意思要他出把力！"说到这里，却又叹息一声，说："不过，他这人呀，谁知他办不办！再说，你那二嫂，官家的大小姐，架子大，又任性，就怕我们家的事她是不肯帮忙的。"

夏强没有答母亲的话，却忽然冲动地把自己同丹丹相爱的事告诉了妈妈。这件事他在过去同妈妈通信时从未说过。此时忽然想全盘如实告诉妈妈了，还介绍了丹丹的家庭。

妈妈高兴地问:"这姑娘一定很好!不好我知道你也选不中,但究竟多么好,你倒告诉告诉我。"

夏强笑了,看得出妈妈为儿子找到了女朋友喜悦,如实地说:"她长得很美,不是一般的美,是那种潇洒纯洁讨人欢喜的美;她很能干,能交际能动笔也能动嘴,如今同二嫂一样,也做记者;最重要的是她的人好,心也好。保险将来你会喜欢她!"

母亲真的开口笑了,她不信佛,却风趣地说:"阿弥陀佛!我现在就已经喜欢她了!"

(二)夏强和丹丹

六月天,已经燠热。一清早,夏强陪东方离开上海坐火车到南京去。

火车拥挤,跑单帮的男男女女特别多,人声嘈杂得像满了座的小茶馆。车票难买。夏强找了在铁路局工作的表哥杨之造才买到了两张坐票,拼命挤上了车,占到了两个座位。

由昆山、苏州往无锡去,窗外是疾速移动的田野、村庄和闪烁的树影。一路都有战争疮痍、田地荒芜和民生凋敝的印象。沿铁路的一些破烂墙壁上残留着日本人的药品广告、"清乡"口号、"大东亚共荣"的标语,也有蓝底白字新刷漆上去的"抗战必胜,建国必成"、"蒋主席万岁"、"欢迎国军凯旋"的宣传墙。一些疏疏落落点缀着的白垩瓦房、一片树林、一池清水塘,一群鸽子在飞、一些男女农民在路边张望火车驶过……时常混杂着童年的记忆侵入夏强的回忆中。

火车夹在两道铁轨上没命地往前急驶,夏强因为到南京后就能见到丹丹和雷老伯而激动,同时却又心情沉重。倒不仅是这种战争创伤造成的江南水乡残破使他沉重,而是刚由重庆回来,工作还未开始,一团乱麻似的尚找不到一个头绪;复仇和报恩的事也还没有顺利展开。

火车上有卖报的。夏强买了一份《新闻报》和几份小报，同东方一起看起报来。

大汉奸伪国民政府代主席陈公博四月间被判死刑，报载前天已在苏州狮子口监狱执行枪决。看了新闻，夏强那种急躁情绪更强烈，心想，我应该早点开始采访审判汉奸和审判日本战犯才行！应当看着这些仇人这些国贼受到惩罚！我感到了身上担子的沉重。这沉重的担子里当然也包括了我对东方的承诺。我要陪他完成他需要我做的事，也要实现对母亲和方国华所作的承诺，要寻找一个办法使方国华得到保护。事情真多，担子真重呀！

东方在上海忙忙碌碌好几天，说是打算在上海批发廉价毛衣去苏北卖，又打算在上海把孟山都糖精运去苏北出售。后来，他要夏强介绍表哥杨之造和表嫂顾青同他认识。之造表哥在铁路上工作，顾青在邮局工作，夏强陪东方去表哥表嫂家看过，东方还买了厚礼带去，大家一见如故，谈得很亲热。在到南京之前的一个晚上，入睡前，夏强与东方抵足共眠聊天时，将方国华的事告诉了东方，目的是听听他的意见。他听了，反问："你想怎么办？"夏强谈了想法。东方点头："如果方国华说的全是真的，你的看法对！"后来又真情实意地说："可惜这方先生现在倒了霉，不然你介绍我认识他，说不定他在生意场上能帮我一把呢！"现在，火车"孔隆孔隆"前驰，东方看着《新闻报》上枪毙陈公博的新闻，突然指给夏强看，说："你看看这段，怪有意思的。"

夏强接过报纸，看到这段新闻写的是：

......陈公博入刑场之前，开始写遗书，一封给家属，一封给蒋主席。他向蒋主席表示："我至死仍悬悬放不下的还是一个共产党问题，因为这个问题，关系到国家前途，关系到党的前途，更关系到先生的前途......我虽然死，不得不尽量和先生说，或者死之言可以使先生动听，也未可知。"时至中午，给蒋主席的信才写了一半，陈公博突又决定不写了。于是，历史上便留下了一封未完成的致蒋书……他搁下笔，起身向刑场正中走去，并回头对执行枪决的法警央求："请多帮忙，为我做得干净些。"待陈氏走到刑场中央，法警就在后面开了枪，子弹从后脑子进，前面穿出，陈立时仆倒在地……

看完，夏强心里有一种喝酒时突然发现一只屎头苍蝇那种感觉，摇摇头，说："信未写完，实际是写不下去才未写完。看来他临死还想拍马讨好呢!"

东方尖剌地说："汪精卫这伙汉奸一直打着'和平反共'的旗子，汉奸心里悬悬放不下的同今天最高当局悬悬放不下的是相同的问题，这很可笑。"

夏强想，胜利快十个月了，那么多大汉奸一直拖着养着，有的还保护起来，在民心不平舆论大哗的情况下才被逼开始审判。上个月秘密枪毙了一个伪考试院长缪斌，新闻界传说缪斌掌握重庆方面与日方媾和的机密，必须杀了灭口。那是大汉奸被处决的第一个。现在杀了陈公博算是第二个，好慢呀! 因此，夏强吐露心声说："我告诉过你我想报仇，回来后这种心更迫切了。忙完你的事，我将集中全力早点投入采访，实现愿望。"

东方说："你在上海帮了我大忙，重要的是户口落在你家，有了上海的身份证，你家成了我这流浪者的立脚点。到南京，你估计会顺利吗?"

夏强说："丹丹是她父亲的掌上明珠，在家里举足轻重。只要她同意，我就把你的户口落在她家。但住在她家恐怕不太方便。"

东方说："不住不住，当然不去住的，我俩到南京后就找个旅馆住下。你介绍我认识他们，户口上在她家能有个南京身份证就行。那样，做生意就方便了。以后我到南京，也无须住在他们家。其实，我平时还是在上海的时间多。"

两人一路谈谈停停。车上空闲得无聊，夏强掏出记事本，在上边用笔写了起来。他写的是仇人名单，日寇的名单他开不出。因为大到日本天皇和东条英机之流，小到在侵华战争中屠杀过中国人的日军和宪兵都该算仇人。汉奸的仇人名单他却开列了八个，依次是：

汪精卫、陈公博、周佛海、梅思平
丁默村、李士群、吴世宝、梁鸿志

汪精卫、陈公博是汉奸的一、二号人物，自该列上，其他六人都同夏澄之死有关。现在，汪精卫早已病死于日本，李士群早被日本人和周佛海等合谋毒死，吴世宝早被日本人毒死，今天看到报纸，陈公博已被枪决。他将这张名单上的汪精卫、陈公博、李士群、吴世宝四个名字上都打了"×"，只剩四个了！他要促使这四个汉奸判死刑，也要看着这四个汉奸一个个被处死。

破旧的火车喘喘嘘嘘一路奔驰，车厢里满地的废纸和水果皮核，飘溢着难闻的烟草味。两人有时看看车窗外的萧条景色，有时翻翻报纸，有时打打盹，说是特快车，却像条老牛。车过无锡，天上忽然下起雨来。火车慢慢朝雨幕深处驶去。田野间有纵横交错的沟壑，还是敌伪"清乡"时留下的痕迹。雨下下又停了，过了常州、丹阳，常有迎面驶来或在车站调头的火车头如泣如诉的汽笛声传来。到了镇江，这里根本没有下过雨。到达南京和平门车站已是傍晚了。远望玄武湖，只见灰黑色的城墙下是一片茂深的芦苇，深绿的荷叶和岸堤上的杨柳郁郁葱葱，有惊飞的野鸭时而飞落进苇丛里。

雷公馆在宁夏路，白公馆在江苏路，离鼓楼都不远。东方和夏强两人一起在下关车站下车后，雇了辆破破烂烂的出租汽车到鼓楼。经过1937年12月城陷于日军的大屠杀后，南京元气一直未恢复，下关模样变化极大，一路破败寥落，人烟稀少。夏强想起童年时随父母在南京上小学时留下的印象，对比现在，心中感到凄凉。在鼓楼找了一家名叫金陵旅馆的客栈住了下来。暮霭已经爬上窗户涂暗了玻璃，对街的轮廓一片模糊。夏强心中急切想看到丹丹，同东方吃了晚饭商定，晚上他一人先去宁夏路九号雷家作好铺垫，明天再同东方一起到雷家去。

雷家在宁夏路九号的公馆是抗战前在南京盖造的。那时，政界人士时兴在城北兴建住宅。起先是在高楼门、百子亭、傅厚岗一带，后来则发展到在山西路一带较密集地盖住宅，总称为新住宅区，一般都是两层楼或假三层的洋房。雷家的公馆是一幢两层楼的青砖西式房子，前面附带一个小花园。不远处宁夏路二号就是监察院院长于右任的花园洋房。1937年12月南京城陷直到来年2月，日寇在南京大肆屠杀，门东区、下关、通济门、城东区、中华门、水西门等处，房屋被毁的特多，城北损失较小，雷公馆和附近的一些房屋包括于公馆都仅有小的损坏。抗战胜利，托在南京的熟人前去探望，花园凋零荒芜，但也还有些花草树木，房屋原来被汉奸汪伪考选委员会副委员长焦某占住。焦某似乎并未做长久居住的打算，花园既不讲究，房屋也只小小做了修葺。那焦某在日本投降后就全家逃跑了，这房屋迅即被三青团的一个接收大员接收居住。雷香山的长子雷龙和媳妇徐素贞都在行政院救济总署工作，先返南京，立刻交涉收回了故居。丹丹随后也就陪父亲回到了南京。她进了《秣陵晚报》做记者。雷家并非富户，没有田地或公司股份，但生活也不匮乏。雷香山因是元老，自己陆续挂着些头衔，从立法委员、监察委员到国民参政员都干过。参政员任期快满，现在是立法委员、党史编纂委员、赈济委员会委员、中央组织部设计委员、中央党部抚恤委员会委员。前两个头衔是拿薪的，后三个纯粹是空头衔。雷龙和徐素贞在"行总"①，一个是处长，一个是科长，待遇优厚。所以，不靠丹丹那些工资，全家生活也是舒适的。

夏强来到宁夏路五号时，从黑色铁门缝里瞥见那幢由砖墙围起的二层楼洋房里楼上楼下都透出金色的灯光。楼上一扇开着的窗户里传出了叮叮咚咚的钢琴声，奏的是舒伯特的小夜曲。他听出是丹丹在弹奏钢琴，心里激动。揿了铁门边的电铃，门房老柴是个满脸皱纹的老头儿，来开门，问清情况，陪着夏强进去。走过黑幽幽的花园，走近那幢二层楼洋房的正门檐下时，从玻璃窗里，夏强看到雷老伯正在客厅里陪两个客人谈话。有个大胖子，秃顶的光头在灯光下熠熠发光。老柴在门口喊："丁嫂！丁嫂！"一个白净女佣走了出来。她南京口音，梳着发髻，约莫三十多岁。夏强停了步，拿出一张记者名片，说："丁嫂，你请小姐出来好吗？我在这等着。"

女佣进去上楼，一会儿，夏强听到钢琴声停了，又听到了由楼上下来的脚步声，他估计到这是丹丹。丹丹的声音急切地在问："丁嫂，客人呢？"听到南京口音的丁嫂答："在楼下门口呢！"夏强忙闪身到门边暗处，只听见"乒"的门响了，丹丹婀娜快捷的身影到了门外。

她剪着齐耳短发，是个轮廓鲜明、曲线玲珑、肌肤白皙、冰雪聪明、大学生式的青春少女，神态带着安详也带点骄傲。见到她，夏强的心跳加速了，从暗处闪身出来，突然站在她面前，说："嗨，想不到吧？"

丹丹掩嘴笑了，看着他倜傥而有风度的身影，说："当然，你怎么突然来了？"

"离别如风，爱情如火！风把我吹来了！"夏强故意问，"欢迎不？"

"不欢迎！你快走吧。"灯光将丹丹的脸辉映得明月一般皎洁，她

---

① 行总：1945年9月，反法西斯战争胜利后，联合国成立善后救济总署，当时中国政府为配合此一工作，成立行政院善后救济总署，简称"行总"。

两眼闪着愉快的光影，顽皮地说，但又立即拉住夏强的手说，"别磨蹭了！快进去谈吧。"

夏强说："我见老伯在同客人谈话，所以没进来。再说，也想让你惊喜一下！"

他边说边随丹丹进了堂屋。同在重庆时一样，堂屋正中挂着一幅孙中山的照片，两边是孙中山亲笔送雷香山的一副对联，上联是"把世界文明迎头赶上去"，下联是"把中华民族从根救起来"。上联抬头写着"香山同志"，下联署名是"孙文"，日期是"民国八年七月"。

夏强真心诚意地对丹丹说："雷伯母灵柩翻沉的事，你写信告诉我后，我知道了很难过。"

丹丹没有作声，似乎黯然神伤，看看夏强的眼，她明白夏强的心，说："爸爸才伤心哪！"她克制住感情，又被夏强的突然来到刺激得兴奋了，说："我得告诉爸爸你来了，好让他快把客人打发走。"说着，只见她朝客厅里走进去，大声说："爸爸！夏强从重庆回来了！"好像听到雷香山"啊"了一声，那声音里带着对夏强的喜欢，说："在哪里？"夏强忙到客厅门口叫了一声："老伯！"

丹丹对父亲说："你陪客人吧，我带他上楼了。"说着，招呼夏强："走，上楼！"她带着路就走上楼去。那白净女佣丁嫂刚下楼来，丹丹介绍说："这是丁嫂！"对丁嫂说："这是夏家少爷！"丁嫂叫了一声"夏家少爷"，丹丹陪夏强上楼，又说："哥哥和嫂子都在家，先带你看一下他们！"

夏强点头说："好！……"

雷龙比丹丹足足大八岁，在美国学经济的，回国后到中央银行工作过，在那里认识了徐素贞，两人相爱结婚。抗战胜利了，成立了行政院救济总署，因为待遇高，徐素贞之父徐树庄是财政部的高级官员，将女儿女婿都设法安插到了"行总"。雷龙有点美国大少爷那种脾气，什么主义、信仰、理想，似乎同他无关。有钱爱花爱享受，夫妻俩志同道合。但雷龙待人还是亲热坦诚的。徐素贞则心眼儿比较多，她长得不难看，也不算漂亮，看上雷龙是个美国留学生，雷香山又是国民党的元老，因此过门后表现得平平和和，同雷香山和丹丹处好关系，同雷龙也处好关系，能不知不觉间使雷龙听她的话由她牵着鼻子走。从外表看，她则是颇好相处的。因为知道丹丹同夏强好，她对夏强面上也总是挺亲热。

现在，夏强由丹丹带着出现在雷龙夫妇的房门口了。房里开着收音机，正播着京戏。夏强叫了一声："雷龙哥，你好！"又叫了一声："嫂嫂，你好！"雷龙同徐素贞都"哎"了一声。雷龙笑问："你怎么神通广大突然就来了？"又打趣说："是天上来的？还是地下来的？"

夏强含糊地笑着说："有个机会让我飞来，我就回来了！"

丹丹说："好吧！快跟我走！到我房里喝咖啡和菊花牌淡乳，吃美军的 Ration①！龙哥和嫂嫂'行总'的救济物资，他们拿回家来救济我，我马上救济救济你！"又笑着说："我要带你到我房里去欣赏我的钢琴，还有一幅汉奸的艺术品！"说着，拉着夏强的衣袖说："今晚，你在楼下住好吗？……"

徐素贞笑着说："夏强，快去同丹丹好好谈谈吧，我们以后有的是谈话的机会。"

她话未说完，夏强就被丹丹拉走了。

到了丹丹陈设十分简单的房里，夏强闻到一股咖啡香，又看到屋里南边的粉墙上玻璃罩内古怪地用黑漆涂饰着密密麻麻的一幅隶书屏条，每个字有鸡蛋大。他猜想这准是丹丹说的汉奸艺术品。本想立刻看看写的什么，可是丹丹进房把门一关，他就禁不住一把紧紧抱住了丹丹。丹丹也用脸紧紧贴住他的胸，紧紧拥抱着他，但没有让他吻她。

---

① Ration：美军盒装的"每日口粮"，抗战胜利后，作为剩余物资大量在沪、宁一带出售，午餐、晚餐的一盒中包括一罐火腿蛋、一罐乳酪、一块巧克力、若干压缩饼干及水果糖、咖啡、汤料等。

两人什么都没说，却又似什么都说了。一会儿，大家松了手，都在椅子上坐下了。丹丹轻轻又将房门开了。

窗开着，绿纱窗外夜空浓黑。房里放着两张小铁床。夏强问："怎么两张床?"丹丹说："我带丁嫂睡。这丁嫂，不但人长得洁净漂亮，心地也善良。她遭遇可惨啦! 我同情她，所以带她一房睡，有时好同她谈谈，做做伴，劝劝她。"说着，丹丹去倒电炉上先一会儿已经煮好尚未冷却的咖啡，说："你来，我太高兴了! 本来，也要设法让你很快回来完成你的报仇任务的!"说着，递过一杯兑了菊花牌淡奶的咖啡给夏强，说："快说说吧! 你怎么来的? 报社派的?"

夏强想说真话不愿瞒丹丹，可又不愿说真话怕不利于东方，含糊地说："报社派我来做上海、南京特派员，有个名叫林东方的好朋友与我结伴同行一起来的。他在京沪认识的人不多，我想帮帮他的忙，给他介绍些熟人，他好做生意。明天我带他来让他认识认识你!"

丹丹笑了："认识我干什么? 我又不做生意。"

"他并不是普通商人，大学毕业后翻译了书出版不了，才愤而经商，是个带学者味挺好的朋友，我把他当老大哥待的。"

丹丹说："你来，怎么一点消息也不透? 我不要听别人的事，只要听你的事。你回过上海的家没有? 母亲和妹妹好吗?"

夏强说："不告诉你，不是使你更惊喜吗? 我是由上海来的，母亲和小妹都好。"他把向母亲介绍丹丹的话告诉了丹丹。丹丹不禁笑了，说："贴金贴得太多了! 你该把我说得丑些、差些，不那么完美，那反倒好!"

话说到这，丹丹指指屋侧放着的一架钢琴说："看，这是哥哥买给我的一架旧琴，便宜极了，可能是鬼子或汉奸家里卖出来的，比我在重庆回来前卖掉的那架好得多。我哪天好好弹一曲你听。"

夏强用手指敲敲琴键，钢琴发出清脆好听的声音，说："先一会儿在楼下，听到你的钢琴声，我就高兴地想：啊! 她在家! 我马上就能见到她了！"说着，出于那种新闻记者的职业习惯，夏强不由自主地端着杯喝着咖啡走到南墙前看起那幅"汉奸艺术品"来了。

这是镌在石上镶入墙内罩上玻璃罩的一幅书法艺术品，他一看，不禁摇头笑了，上面写的是：

> 同文同种又连疆，兄弟谊重感情良。
>
> 为弟贫弱兄富强，全赖我兄来帮忙。
>
> 中日握手共相将，东洋和平便发光。
>
> 中国百姓得安康，皇军救我恩莫忘。
>
> 皇道王道整宣扬，天下太平何难望。
>
> 旭日东升正堂堂，此光未艾此运长。①
>
> 毓珣仁兄雅属　　江东周颜柳敬书

夏强鄙视："什么玩意儿！看了这我真懂得汉奸的脑袋跟我们的有多不同了！乱七八糟，卖国卖得太肉麻了！"

丹丹说："毓珣就是敌伪时期占住这房子的汉奸。这江东周颜柳是个拍敌伪马屁的名书法家。听说这汉奸请周颜柳写了这首《亲日歌》刻在石上镶在房中以示忠诚，多次请日本人来家宴，让日寇看他这件艺术品。他本在伪华北临时政府里做汉奸，汪伪政权成立，伪临时政府解散，这汉奸靠日寇的赏识遂在伪考选委员会分得一杯羹。这件'艺术品'就是他做汉奸的一件法宝！"

夏强厌恶地说："这种汉奸'艺术品'还不赶快敲掉算了，放在这儿看了不恶心吗？"

丹丹嘴边有常开不败的微笑，说："看了确实恶心，但还不能砸。姓焦的汉奸如果逮到了，这是他的罪证。我已跟有关部门联系过。这

---

① 这是汉奸特务组织伪新民会的《亲日歌》歌词。

东西以后可以让爱国的中国人看一看。最近我在晚报上辟了'锄奸小议'一栏，经常由我写尖锐的小文章，颇受读者欢迎。例如这块《亲日歌》，我拍了照写了短文刊登讽刺过了，反响挺不错。"

夏强喝彩，说："对，你这个点子好！把照片借我，我也写个短文配了发回重庆给《时事日报》登一登。"

两人喝着咖啡，亲热地谈了起来。夏强谈了自己的打算。正谈间，脚步声响，丹丹说："爸爸来了！……"马上迎出门去，夏强也跟着出了房门。只见果然是身躯清瘦、面目威武的雷香山，手里夹着一支雪茄式叶子烟上楼来了。雷香山头发花白剃的平头，头发竖得有点倔强，穿一件灰绸长衫，脚步轻捷，有一双洞达豁朗的眼睛。丹丹迎上去叫"爸爸"，夏强也迎上去叫"老伯"。看得出雷香山喜欢夏强，说："想不到，你怎么突然回来了！送走客人，我就急着上来看看你了。"

丹丹说："报馆把他派回来了，做上海、南京特派员呢！"

雷香山嘴里说着好，已被丹丹扶进房里坐在沙发上了。丹丹和夏强都坐下来。雷香山吸一口雪茄问了问重庆的近况，夏强作了回答。

雷香山忽然叹息，说："接收大失人心，如今更糟的是人心思念和平，希望休养生息，可是偏偏又要不管百姓死活再来打内战。三月里在重庆开参政会，中共代表拒绝参加，那是因为国民党在参政会中占绝大多数，要在会上反共。那次会开得太糟，我都后悔去出席了。政协决议破坏了，煽动内战达到了最高峰。我这四届参政员，任期到下月就届满。我是决不再干了！局面险恶，令人痛心啊！"他历来有个绰号叫"雷大炮"，是个敢说敢主持正义放大炮的人。

丹丹问："刚才胡仲辉他们来谈了些什么？"

雷香山目光明亮满脸愠色说："用人的腐败，是最大的腐败！如今，用人都用坏人，令人叹息啊！这个胡仲辉做汉奸当过汪伪第二集团军副司令人所共知；可是鬼子垮台，一下子成了老蒋委任的江南先遣军总司令，要他负责维持地方治安，不得受共军改编。如今虽然不得不免去了他的先遣军职务，却认为他反共有功要派他去郑州绥靖公署当中将高参。他得意忘形来看望我。我说，你过去曾是我的小把兄弟，但自从你投汪做汉奸后，我们已经情断义绝了。不管你现在有多少理由为自己辩护，我这人是听不进的。我现在基本是赋闲养老的老朽，你少我这么一个朋友不要紧。但汉奸就是皮厚，胡仲辉听了只是笑，不在乎。"

丹丹插嘴问："你发火把他赶跑了？"她知道爸爸那铁硬的脾气。

雷香山吸烟摇头："没有。陪他来的是国防部三厅副厅长黄灿。他帮着胡仲辉打圆场说好话，说胡是曲线救国'身在曹营心在汉'，而且有功于党国。我才弄清楚他们之间的关系。国防部的那个黄灿的父亲是我当年的朋友，也是同盟会的。黄灿找人写了他父亲当年的一段历史，要托我把这材料交给党史编纂委员会，胡仲辉带他来引见。看来，胡仲辉是在巴结黄灿，仗着如今成了郑州绥靖公署的高参，估计我不会太使他难堪，带黄灿来找我。黄灿的父亲是个好人，早年就病故了，我没有理由忘却故人或冷淡故人之子。所以材料我收下了，既未肯定也未否定。他们互相利用，又想一同来利用我。我看了材料再说就是。"

丹丹笑了，说："爸爸这样处理不错！"

夏强说："老伯，刚才我看了这墙上的汉奸《亲日歌》，现在又听你讲了胡仲辉的事，许多汉奸摇身一变满天飞，不但不审判，反而重用，真大失人心！"

雷香山掏出手帕拭脸，说："当然！人要有了私心，办事就不公正了。蒋这人要独裁，要唯我独尊，要剿共，能为他所用的汉奸，当然要庇护。刚才，黄胡二人谈起打共产党，劲儿大得很。我说：'北伐时国共合作很好，抗战初合作得也好。国共好像两只手，两只手共同建设是正常，不能互相捶殴。我不要看到中国人杀中国人，我反对打内战！'他们则不同。黄灿说，如今的方针是集中兵力，迅速消灭关内共军主力，控制平汉、津浦两线，稳定江南，确保华北，马上要调动几十个整编师在刘峙率领下向鄂豫皖进剿，同时解决东北的问题。估计可在三个月至六个月内统一全中国，消灭共产党。"

夏强从雷老伯的话里，嚼住了一点严肃的感觉，关切地问："老伯，可能吗？人心都思念和平，逆人心而动，行吗？"

雷香山那双洞达豁朗的眼睛射出光芒，喷出一口浓烟，叹息地说："唉，天下从来没有一厢情愿的事，我看不可能。共产党懂得人心这个大问题。人心所向，如果不估计到这一点，是不行的！我倒不替共产党愁，共产党有它自己的办法和力量，决不会听任消灭的。我伤心的是百姓涂炭、中国元气大伤。"他摇着头站起身来，说："好！夏强，你来了，我很高兴。今晚住哪里？就住这里吧？这里离白南史家也不远。你还没去看过你二哥吧？"

夏强说："还没呢！我住在鼓楼的旅馆里，明天我再来。这以后，我会常来看老伯的。"说这话时，他心里正急着想一回去就把雷老伯讲的黄灿说的话告诉东方。他也不知为什么要这样，但这是一种关心。他觉得东方可能需要知道这个消息。

雷香山说："好，那你明天来吃饭。丹丹让张妈明天多烧两只好菜，买点盐水鸭、清蒸点鲫鱼招待夏强。"

丹丹答了一声："嗯！"雷香山起身说："夏强，你同丹丹谈谈，我去雷龙房里坐坐。他们那个'行总'，人叫它'救己总署'，民谣说：'救济救济，先救自己；灾民难民，饿瘪肚皮；美军干粮，廉价处理；克宁奶粉，早已过期；剩余物资，盗卖便宜；行总行总，叫人叹气。'"

丹丹说："爸爸是从晚报上看到的吧？"

雷香山点头说："嗯！就是你们《秣陵晚报》。"

丹丹说："这是我们采访部的记者采访来的。"

雷香山说："我要向你哥嫂了解了解情况，叫他们今后不准把什么美国咖啡美国牛奶带回家来！"

丹丹说："那都是发给他们的，又不是他们随便拿的。"

雷香山说："发的也不准带回来！"说着，就出房去了。

夏强对丹丹做了个鬼脸，指指咖啡说："唉，你看，听了老伯讲的民谣，我刚才喝的这杯咖啡，如今在嘴里更苦涩了。"

丹丹提起咖啡壶又给夏强把杯子斟满，笑说："吃得苦中苦，方为人上人！喝完这杯，以后不喝！"

听到雷香山在隔壁房里同儿子媳妇大声说话，夏强同丹丹继续聊起天来。夏强向丹丹了解南京新闻界的情况，也想听听丹丹对他开展采访工作的意见。方国华的事他本想就告诉丹丹的，又一想：不必急，先把东方的户口问题解决再说，就未讲。他告诉丹丹："明天上午，我陪东方来看你和老伯。"

丹丹笑了，说："见见我就行了吧！爸爸，你是知道的，他对商人不感兴趣。"

"那就告诉老伯，东方是我的好朋友，还是个学者，译过书……"

"他想认识爸爸干什么？"

"认识认识总可以的吧？仰慕而已，他并无所求。"

"好吧好吧！"丹丹说。

夏强得寸进尺，说："我和东方想把户口落在你们这儿，好各领一张南京的身份证，那样方便些。你看行不？"

丹丹笑了："你说我能说不行吗？看来，这个东方是为了这才想认识我们的吧？"

夏强起身出房，向雷老伯和雷龙夫妇道别。丹丹送他下楼，叫老柴开了铁门。在大门口，说："我对你这个好朋友东方毫不了解。他既是大学毕业，能翻译书，却又做生意，倒是有点怪的。他不会是个不可靠的人吧？"

夏强说："如果我不可靠，那他也不可靠。"又补一句说："难道我会将坏人报到雷公馆的户口上吗？他是我的一位绝对正派可靠的兄长。"

丹丹没有再说话，但用笑容回答了夏强，那意见表现在脸上似是说："我相信你。"然后，当夏强回身走时，她说："夏强，我们的话还没谈完呢！明天上午九点，你们准时来！"

（三）白南史公馆

丹丹洁白、温雅，像天鹅一样美丽。她明朗妩媚，温柔多情，内心热烈，性格坚强。这是东方对丹丹的印象。

东方的户口落在雷家的事，顺利地得到了丹丹的同意。东方也同雷老伯和丹丹见了面。

上午，夏强向雷香山介绍东方时，按照与东方商量好的措辞说："老伯，这是我的好朋友，他是位学者、翻译家，译过好几部外国书，目的是想把外国的有益于中国的学说和书籍介绍到中国来。但出版业凋敝，他愤而弃学从商，要奠点经济基础然后再来做学问……"雷香山有个尊重知识和人才的特点，听了倒是刮目相看。东方也亲切地跟着夏强叫雷香山为"雷老伯"。寒暄了几句，因有客人来了，丹丹就把夏强和东方带到楼上她的房里坐了。丹丹用新上市的枇杷和南京脆甜的小白桃招待东方。她观察着东方，感到这人确不像一般的生意人，既不是肥头胖脑，也不铜臭熏天；既不出口庸俗，也不阿谀奉承。话不多，但措辞文雅得当，看了那件墙上的汉奸艺术品，东方只淡然地诵了两句诗说："欲以无耻换名利，却得唾骂臭万年。"接着说："汉奸的丑事太多，做过伪华北政务委员会委员长和汪伪考试院长的大汉奸王揖唐现已收监，他告诉人，我从前清混到现在，做人和做官的经验敢说不弱于谁，照我的看法，'无耻'二字颇不易得，无论如何，'无耻'也是做人的手段之一。他见日本人时总是九十度深鞠躬，对人说：'我一向认为，恭敬为顺从之本，越恭敬就越能讨好日本人。只要日本人满意，脑袋瓜子低下个尺儿八寸的，又有什么关系？'供这块《亲日歌》碑的汉奸，同王揖唐完全一样，在汉奸中倒是并不稀奇。"

见他谈吐不凡，丹丹也添了几分敬重，却忽然忍不住当着东方的面对夏强说："咦，他好像我们认识的一个人唷！不但形似，而且神似，就不过年岁大些个儿高些，可他凸出的高高的颧骨却一样。"

夏强一愣，问："谁？"

"方之呀！"丹丹说，"我们的同学，你的好朋友方之呀！他跟我也不错的呢！那是个很优秀的人，只是后来他退学说是回家去了，没拿毕业文凭。你忘了？"

给她一说，夏强突然感到东方的脸孔和眉眼气质细细端详和捉摸确跟方之十分相像，尤其是高高的颧骨更像。这种印象起初他曾有过，后来同东方处多了，这种印象却渐渐淡薄了。现在丹丹一提，使他确也有了这种感觉。方之介绍东方给他的事，他连丹丹也没说过。方之是共产党的事，更没提过。因为在重庆时，特务造成的那种压力太大了。为了友谊，他不能不三缄其口。现在，丹丹提到方之，使他惊叹了，他不禁用打趣的态度道："是有点像呢！苏东坡有两句绝妙的诗叫作'刚被太阳收拾去，却教明月送将来'。大约因为我们同方之都不错，所以见到有点像方之的人就想起方之而且希望他顶好就是方之了呢！"

东方脸上平静，没有表情，却岔开话题说他已拜谒了雷老伯，也认识了丹丹，很高兴了，他还有事想告辞了。他请丹丹转达对雷老伯接待他的感谢，并也谢了丹丹，然后，同丹丹握手告别，要夏强送他下楼。

楼下客厅里，雷香山正在会客。他常说："锁在大门里不会客吧，有关在深院里的寂寞。常常会客吧，又浪费生命。真不知如何是好。"夏强送东方出大门。门房里那个年不满五十却满脸皱褶的老柴忙来开门。夏强听丹丹说：老柴战前是干警察的，鬼子侵占南京时，他奉命留守在国际安全区里维持秩序，日寇入城后他与许多警察同被押到水西门一带城墙下，日军机枪扫射集体屠杀，他右臂、腰脊部负伤，身卧尸堆下幸未毙命。日军走后，他半夜爬出尸堆，才活了命，并知全家老小都死在南京大屠杀中。他现在右臂僵直，腰脊上有很深的刺刀疤痕。雷家是同情这个残疾人才雇他做门房的。他是个既老实又负责的门房，兼带侍弄花园。见夏强陪客人出来，忙将铁门开了自己等着。

天气晴朗，阳光灿烂。大门旁有个紫藤花架，站在紫藤花架下，阳光洒下疏朗的光影。园子里的大杨树上蝉声叫得密密匝匝地响。东方说他要去办点事，要夏强同丹丹好好谈谈，并同夏强约定：下午三点两人同去办理户口和身份证的事。临分手时，夏强忽然心中一动，说："东方，丹丹说得不错，你的确有点像方之！"

不料东方点点头，深沉地说："夏强，我不必瞒你。方之是我的弟弟，我们是同胞亲兄弟。"

夏强百感交集，热血沸腾，热情奔放地说："太好了！方之离开了我，现在你代替了他，我真高兴！"

东方说："生活中有许多偶然，偶然中往往蕴含着必然。我们的相识也是这样……"

夏强觉得东方像一个智者。

东方继续说："我弟弟的闪失是由于他太暴露了。他身上像穿了一件红袍，岂能不引起注意。其实，如今这天下，不满这政权的人太多。有些爱国青年并非共产党，也被逮捕杀害。你思想进步，我只要求你两条，一条是管住你的舌头，一条是千万注意别给人'红'的印象！"

夏强感到东方已经告诉他了许多。知道东方是方之的哥哥，他觉得感情上同东方离得更近了。东方已经迈步走远了，夏强愣在那里，用手掌遮住耀眼的阳光，朝东方张望着，想着。

屋前那个小花园，是用围墙圈着的。围墙上爬满了牵牛和茑萝的藤蔓，开着喇叭形的花。小花园里有树有花也有草坪。风来时，月季摇曳；下雨时，花上闪着水珠。一条通向铁门的卵石道上，石缝中长着苍苔。雷香山和老柴常在花园里松土、浇水、种花侍草、收拾树叶……

雷家楼下有空房，丹丹催促夏强搬到家里住。雷老伯也说："夏强，来住吧！我一向喜欢你给我写写信、读读报，也喜欢同你谈谈时局。你何必住什么旅馆！以后只要你在南京，就住在这里，给你单独留一间房间。"

说实话，夏强感到雷老伯喜欢他甚至超过喜欢雷龙。雷龙虽是美国留学生，又当上"行总"的处长，但同父亲没有共同语言。他的"外国脾气"总叫雷香山看不惯。比如，他表现得自私，他鄙视中国传统的人情，他讲话爱夹用英语，因喜欢欧化的饮食常挑剔家中的伙食，他认为人生在世重要的是如何吃得好、穿得讲究、玩得开心，好莱坞的影星名字他个个熟悉，中国有多大版图他弄不清；他看报主要看广告，读书只读闲书，崇拜美国的一切，认为国家大事无须关心。雷香山骂他"不是中国人是个美国人"。他同父亲谈时局，总要抬杠争吵起来，每每不欢而散。雷香山训斥他"留了一次学，祖宗都忘了"。有时说："孙中山、宋庆龄他们对美国比你熟悉，我都接触过，可绝不像你！"……所以，夏强感到雷老伯的话是真诚的，他也愿替老人干点秘书性质的工作，陪陪老人。昨夜，夏强回到旅馆，把雷老伯听黄灿说的话告诉了东方。东方听了，脸上平静，心里显然并不平静，说："其实，这种事是可以料到的。只不过这确实也是个新消息，一是打算从中原解放区动手大打，二是主观上希望三至六个月解决问题。不过雷老伯的看法是很有道理的。我同意他的观点。"讲这话时，已是夜晚九点钟了。东方忽然说他想出去一次。天下着小雨，他冒雨匆匆走了。夏强猜测他可能是急着把刚才谈的那个消息去转告什么人。当然，仅仅是猜测，东方有点神秘。夏强不想去窥测东方的秘密。今天下午，在与东方一同把户口和身份证办好后，东方说他打算要去苏州无锡等地转一转，又对夏强说："这以后，我随时想同你见面就能见面的！我住无定所，像个托钵云游的和尚，但有了上海你家的户口，有了南京雷公馆的户口，我们虽分开也是合在一起的。"夏强见他这样说，就告诉他："我打算搬到宁夏路雷家去住，报馆的工作我还未开始，想抓紧干了！……"离开东方，他有点依依不舍，但工作压在肩上，又有复仇和报恩的任务，他已摩拳擦掌想立刻动手了。他需要在搬到雷家后，立即同丹丹商量，既有工作上的事，也有方国华托他办的事。

晚上8点钟，夏强穿件风雨衣独自骑丹丹的自行车到江苏路十五号白公馆去看望二哥夏国和在中央社做记者的二嫂白丽莎。

天空黑暗，飘着毛毛雨。雨夜昏黄的路灯，照不亮多少路面。雨与雾气混沌在一起，使宁谧的夜晚变得神秘而凉气袭人。

从宁夏路到江苏路仍旧是城北僻静的花园洋房区，晚上外边行人很少。白公馆这幢用砖墙围起来的青砖花园洋房是假三层，属西班牙式的。花园中央有嵯峨的假山石，有雪松、龙柏，也有绕成 U 字形的修剪过的冬青环绕。房屋、花园气势都比雷公馆大。

没想到夏国和白丽莎去新街口附近的安乐酒家赴宴去了。夏强听丹丹说，夏国的岳父白南史已去上海任市党部主任委员去了。白丽莎的哥哥白旮是军统局在南京接收中赫赫有名的人物。他晚上去时，白旮和太太江美娟在家。白旮是旁若无人颇有傲气的。江美娟喜欢作最时髦的打扮，在家里也是唇膏涂得通红，脸上搽得雪白，穿得花枝招展。她是军令部次长江鸿钧的女儿，如今在金泰贸易公司挂个副董事长头衔，很能聚财。"金泰"全是些官家的少爷小姐及姨太太少奶奶当的股东，主要是看准了抗战胜利后南京经过战火房屋缺乏，当官的人口袋里有钱，回来都要建屋，因此"金泰"经营建筑材料，并从美国订购了大批"活动房屋"推销给那些缺房的机关单位。这种活动房屋是美国人赚中国人钱的货色，也是"金泰"这种公司向美国人买来大赚中国人钱的货色，起了个促销的美丽名字——"流动金屋"，宣传得很凶，说只要有空地皮，搭用方便，舒适美观，价廉物美，是来自美国的一流新创造、新产品。销路起初倒也不错，其实说穿了只是一种洋铁皮拼凑的房屋，夏热冬冷，根本不可能舒适美观。新的时候还好看，风吹日晒后就像那种高等"滚地龙"了。好在货卖出后也不能退。上当的人上了当，赚钱的人已赚钱。"金泰"推销"流动金屋"使许多人上当的事，曾被报纸揭露，最后是股东们大施神通请出了亲亲戚戚头面人物把报上掀起的风波压了下去。好在钞票已经下了腰包，如今"金泰"已经不再经营"流动金屋"，只经营吃香的建筑材料了。

见夏强来了，白旮夫妇显得热情，请到摆设漂亮的房里去坐。梳妆台、大衣橱、铜床、屏风……看得出主人的阔绰和地位。说来也怪，白丽莎曾对夏国说："我哥哥同你弟弟可有缘了！他对夏强印象特好，认为夏强是不可多得的人才，不但仪表举止好，知识渊博，口才表达也好，一笔字漂亮，写起文章来是快笔，英文又棒。他老想把夏强拉去做他的贴心部下呢！"在重庆时，因为夏国的关系，夏强同白旮有过接触。那次，白旮刚被提拔，上边给个重要英文技术资料让他赶译出来，他是军校毕业但英文不顶好，来不及译。临时拉夏强的差，夏强又快又好地译完，使他钦佩。白旮说："一个好汉三个帮，单枪匹马没贴心人干是不行的。"他在离开重庆来南京接收时，邀夏强同回南京跟着他干。夏强对军统特务厌恨，当然婉辞拒绝。丹丹对白旮印象不好。两年前，在重庆时，白南史托人来为白旮找雷香山说媒，想把丹丹说给白旮做妻子。白旮比丹丹大五岁，那时在一个偶然的场合里看见过丹丹，就入了迷。丹丹早听说白南史这个儿子很能干，仪表也不错，因为巴结戴笠，在军统里相当吃香，但她讨厌干特务的，而且那时她对夏强已有很好的印象，她自然不同意。雷香山就用白旮年龄太大为借口拒绝了白家的要求。后来，丹丹听说白旮对夏强很好，她就有种特殊的想法。谁知道干特务的心呢？她怕白旮不安好心，曾将这种过分的担心告诉过夏强。所以夏强见到白旮心里也警惕三分，同白旮接触或谈话，总是态度极好，十分谨慎，心里敬鬼神而远之。但看来白旮并未死心，他确实看得中夏强。

今晚，见到夏强，白旮热情地泡龙井茶，客气地让江美娟拿水果。在江美娟面前，白旮常讨好得像一只温柔的老虎那样做出猫的昵态，说："娟！请你把花旗橘子拿出来切给夏强尝尝。"

记者生涯使夏强懂得了一种人生哲理，采访中他常遇到一些采访对象使他厌恶反感甚至仇恨，但又不能不打交道。他仍须用一种平静而不失分寸的态度对待完成采访任务。记者不能排除同各式各样的人打交道。对白旮自然也如此。是亲戚，又想从白旮处了解些内幕新闻。又想到方国华的事需要找白南史帮忙，方国华的事是军统干的，戴笠虽然三月间飞机失事死了，但军统将改为国防部保密局由毛人凤负责，军统实际仍是存在。白南史和白旮父子绝对办得了这件案子……这么一想，更不想得罪白旮，就从自己由报馆派回来当记者的事谈起，表示工作上希望白旮关照。白旮满口应承，说："嗨，没问题！工作上有事兄弟你要我办的，尽管说！"他说话好嗨啊嗨的，中气很足，两眼骄横跋扈有点凶光逼人。

夏强表示感谢，强调刚回下江，一切生疏。想不到白旮听了这话，马上旧事重提，诚恳地说："夏强，我一直欣赏你这个人才。现在一些世家出身的年轻人，吃喝嫖赌俱全，我虽然因为交际应酬，有时也得敷衍敷衍，心里是看不起那些人的。你洁身自好，我器重。其实还是跟着我干好。做记者你那种单位水小滩浅，捞不着大鱼的！何必舍不得放弃这块肉骨头？我们是亲戚，我现在就是缺少自己的手足。我给你安排一条宽广的人生大道，你看如何？"他掏出白手帕来响亮地擤着鼻涕。

江美娟切了橘子又削了一盘桃子招呼夏强吃，自己袅袅婷婷走到那边房里去了。

夏强吃着桃子看着白旮心想，我才不会跳进你那臭泥坑里去呢！脸上笑着说："旮哥的好意，我心领了！只是我学的新闻，就爱这本行，现在报馆刚开始重用我，我想好好发挥一下自己的抱负。不怕你见笑，将来我还想自己或者合伙别人办一张报纸，做个大报人呢！我与旮哥你不同，你才干是多方面的，军界政界任凭邀游，而且已成大器，我则没有那种气魄才干，只能这么循规蹈矩走我的记者路了！"

白旮给戴了高帽子，一双眼睛有三分得意，笑着点头："那好那好，我们以后再谈。"突然问："你住在哪里？雷公馆吗？雷丹好吗？"

夏强点头，心里明白自己同雷家的关系、同丹丹的关系白旮都知道，说："他们一家都好。"

白旮有礼貌地说："见到雷老伯和雷丹他们，请都代我问候。"

夏强点头答应。

白旮拿香烟点上了火说："吃点花旗橘子吧。美国的可比四川广柑强多了！人家真会做生意。四川的橘子广柑运不来，美国加利福尼亚的却一下都运到南京上海来了。"

不知什么时候，雨下大了。淅淅沥沥的雨声透过玻璃窗传进房来。夏强吃着橘子问："听说马上还要发动大攻势，三个月至六个月内解决中共，统一全国，是不？"

白旮朝夏强看看，说："嗳，如今什么密也保不住啊！你说的不错，是有这个打算。这个月下旬就要大规模围攻大别山了。"

夏强说："为什么要围攻大别山？"

白旮的声音故意转了个弯，增加了神秘色彩："这儿太重要了！老头子认为这里可以北出黄淮平原以扰中原；南下武汉以窥两湖；西进随县枣阳以控荆州襄阳；并可切断平汉路中原之大动脉。调十万精兵一举歼灭之，才可安枕。"

夏强问："东北不是国共双方协议停战十五天吗？美国特使马歇尔不仍在调处吗？"

白旮笑了，骄横地说："别书生之见了！打打停停，停停打打，兵家常事。美军驻华司令部上个月成立了，任务中就有协助训练中国军队、协助中国军运及处理美军剩余财产的规定。美国军事正在援华，'调处'算什么！说实话，现在正是消灭共产党最好的时机！"

夏强心里叹息一声，请教地问："怎么呢？"

白旮跋扈地笑笑："我是唯武器论者！现在我们占绝对优势。四百三十万军队中有两百万正规军有现代化美械装备，又接收了一百万日军的武装。经济上，我们统治着全国四分之三的地区和人口，控制着大城市与交通要道，得到美国的财政援助。对方呢？一百多万军队中正规军顶多只占一半。武器破破烂烂。他们占的土地虽近全国四分之一，人口占一亿多，都是落后贫穷地区，也无外援。这种态势下，不消灭它，更待何时！"说到这里，他杀气腾腾了。

雨声喧嚣，聒噪成一片。夏强一时沉默起来，有一种汗毛里冷风飕飕吹过的反感。白旮分析的确是实情，但又觉得雷老伯的头脑是清醒的。雷老伯说："天下从来没有一厢情愿的事！……共产党懂得人心这个大问题。"可是你看白旮呀！他却想也不去想想这个"得人心"和"失人心"的问题，岂非浅薄！

两人本来似乎还想谈些什么，这时听到雨中传来汽车喇叭声。江美娟从隔壁房里走过来，说："他们回来了。"这当然指的是二哥夏国夫妇。

白旮起身说："走，我陪你下楼。你可以在楼下同你哥哥嫂嫂谈谈。"

夏强跟着白旮下楼，看到一个女佣在开门，白丽莎和夏国从门口走进来。白丽莎在前，夏国在后。白丽莎正用小手帕在拭身上的雨滴。夏强迎上去叫了一声："二嫂！"又叫了一声："二哥！"

夏国惊喜地说："你怎么来了！"

白丽莎笑着说："我猜得到，报馆派你回来的，是吗？"她对夏强一向还是不错的。

白旮插嘴说："妹妹神机妙算，一猜就中，我同夏强已谈了不少时候了。"他转脸对夏国说："我一直认为令弟是个人才，我们谈得很高兴。"

白丽莎声音脆朗地说："你们兄弟就在楼下客厅里好好谈谈吧。"她又对夏强打招呼："夏强，这下好！你！雷丹！你俩都跟我同行！人家同行是冤家，我们可不一样。以后，我可以供给新闻和背景材料给你。"她做了个"再会"的浪漫手势，走向楼梯。

夏强不能不点着头笑，心里却想，怎能要你供给新闻呢！你那中央社人叫它"造谣社"，如果我用你供给的新闻那就糟了。

白丽莎高跟鞋"托托"地同白旮边谈边上楼去了，夏国将夏强引到楼下客厅。大客厅很有气派，一大两小的两套墨绿色沙发摆成一圈，墙上挂着徐悲鸿画的一幅火辣辣的枫树林，张善孖画的一幅威武的猛兽。另有两幅古色古香的山水画，看来是明清甚至宋代的精品。见夏强在仔细看那两幅山水，夏国介绍说："都是白旮接收时到手的。他和我们都不懂，但岳父说都是无价之宝，东边的那一幅是北宋画家董源的。"

两人在沙发上坐下，女佣用茶盘送了茶来轻轻放在茶几上说了一声："请用茶！"就出去了。

雨声中，兄弟俩谈起来。夏强总感到二哥与大哥夏中太不相同，同他谈话常像喝冰水，冷而无味。二哥内心一向重帷深锁，二哥虽有一副好仪表：下巴棱角分明，鼻梁高挺，两道修眉下是一双明亮的眼睛，但为人寡言少语，脸上没有开朗的笑。有一次，二嫂曾不满地对夏强说："你二哥呀！坐在那里有时就像一尊哑炮，冰冷无声！"现在，弟兄俩谈话，也是夏强谈得多，夏国很少说话。夏强觉得应当快点把方国华的事提出来，就直率地谈了方国华的事，强调了方国华被人陷害，实际是个正当商人，对共产党的事避而不谈。说完，夏国淡淡地说："既然妈妈要我出力，我当然要出力。但这种事，我不会办。我也不可能到上海去一趟。是不是让你二嫂和我联名写信给你白老伯。他你是认识的，你去找他也许就行。"

夏强求之不得要哥哥说这句话。但也明白哥哥的分量没有二嫂重。白南史特别偏爱这个任性的女儿，对女儿百依百顺、言听计从。因此说："二哥，让二嫂马上写封信给我带到上海行不行？我过几天就要回上海的。"

夏强不急不慌说："别太急！她那人，要在她高兴时找她。要不，会碰钉子的。她对我们家，这倒不是对你，也是对妈妈和小妹，话不投机，生活方式也不同，她不感兴趣。我们去过上海，她不知为什么总是别扭，因此我们家的事看要怎么对她说才合适，我得想一想。她现在肯定在楼上洗澡，不能打扰她。"

夏强不快地说："那我什么时候来拿信？"

夏国说："你不就住在宁夏路雷家吗？我会打电话给你的。"

夏强不想多留，决定离开。雨小了，但仍在下。他冒着雨骑车离开了白公馆。雨水溅洒在脸上觉得清凉，也觉得松了一口气。路面在昏黄的路灯光照映下，闪烁跳跃着晶亮的雨珠。灯光外，是一片昏沉沉的黑暗。从无边黑暗处喧响着纷杂的雨声。在白家，说话要留意，要克制，做客他感到有一种压抑。

（四）金陵沧桑

夜城下了一场夏日常有的那种骤雨。一会儿雨停了，过后又下起了无声的小雨。从开着的窗口望出去，在门灯的微光下，雨丝像一缕缕银线，从黑蒙蒙苍穹中乱纷纷挂下来，非常美丽。

丹丹在台灯下给晚报"锄奸小议"一栏写稿，文章题目是：《揭露汉奸的回马枪》。

她在采访中看到了大汉奸梅思平的"抗告"。梅思平是汪伪汉奸中央政治会议成员、汪伪国民党中执委的常委、组织部长，还得过"工商部长"、"内政部长"的肥缺。在汪伪组织伪国民政府时与日方谈判他是主要成员，一直是实权人物。被判死刑后，他居然不服，异想天开，写了个"抗告"给法院，竟说："我等倡导和平，实为救国救民……南京国民政府之土地是取自日本人之手，而非取自重庆政府之手。而延安方面之土地是夺自重庆国民政府之手。孰有功孰有罪，是非分明。但如今延安方面之人士，飞来飞去享以上宾之礼，我等则均成阶下之囚，黑白颠倒，岂能使人心服……"

据说梅思平这份汉奸"抗告"，可能要驳回仍维持死刑，但丹丹看到了"抗告"觉得气愤。梅思平是夏强写在本子上的仇人之一，她决定在"锄奸小议"上揭露梅思平的丑恶祸心，也鞭挞汉奸的凶险伎俩。听着雨声，带着激情，丹丹不多久，就把犀利的短文写成。她估计矮瘦戴老花镜的编辑主任范东华看到这稿一定又会夸奖说："丹丹的新闻鼻就是灵，这根笔也就是锋利！……"她倒并不稀罕范东华这种重复类似的夸奖，她稀罕的是夏强的满意。

自从夏强突然飞回来，丹丹心里是难以形容的快乐。陷入爱情的年轻人，不见面想见面，见了面就谈不完。两人都是记者，同行的语言更多，可以讨论的事更多。夏强既要报仇又要报恩，丹丹觉得夏强这种心愿既包括了对国家民族的大义，也包括了对国仇家恨的清醒认识，她更爱夏强了。她墨玉般的眼睛里闪着坚毅的光，说："我支持你！帮你一同干！"现在写矛头直指梅思平的稿子时，她觉得这也就是在为夏强干些什么。

雨声变得好似在落黄豆粒儿了。窗外楼下花园里一片雨声，罗列着一些树木摇曳的阴影。特别那棵大槐树，像个干瘦的老人似的，伸着两支臂膀在雨中仰天若有所言。丹丹感到有点疲倦。这几天，她陪夏强一同干过不少事，给夏强介绍认识了一些南京的新闻记者。他俩曾一同到小营国防部战犯拘留所采访。

那里，囚禁着一些日本战犯。审判战犯军事法庭是二月间成立的，目前说是正在调查搜集罪证，从五月初已开始进行审讯。可是侵华的大战犯，那些甲级战犯如东条、土肥原、坂垣、松井、畑俊六等等都在日本东京由国际法庭审判。南京这个军事法庭只能审判侵华乙级、丙级战犯。丹丹陪夏强到了小营国防部战犯拘留所，那里囚禁着的战犯，主要是有在香港、广东等地纵兵屠杀俘虏、伤兵及非战斗人员的中将战犯酒井隆。听说在南京进行过大屠杀的日本第六师团长谷寿夫及曾任香港总督的中将矶谷廉介将由东京巢鸭监狱押解来中国审讯，但何时来到还无讯息。

战犯拘留所不让记者直接采访战犯，只允许夏强和丹丹在战犯放风时远远看一看。

约莫二三十个战犯仍穿着日本军服，但去掉了军衔、肩章。放风的那块操场有着疏落的草皮，约有两百平方米大小，四周围着高高的铁丝网。有荷枪的士兵四周警戒。战犯们或单独或两个一起在场地内散步踱踱。有牙刷胡的，有戴眼镜的，有仍戴日本军帽的，有光着脑袋的，也有穿马靴的。虽在囚禁中，仍旧不脱武士道军人的凶悍模样。他们颇受优待，脸色很好。看了一会，夏强问陪同的拘留所的一个上尉军官："冈村宁次哪里去了？他怎么不是战犯？他为什么逍遥法外？"想不到上尉笑笑，说："我们只管看押解到这儿的战犯，别的无可奉告。"

其实，外面早已盛传这个日寇驻华最高指挥官已被当局用作"顾问"和"参谋长"在为中国打内战出力，所以受到包庇，安然住在南京城里的一幢大花园洋房里享福。听了上尉的回答，夏强告诉丹丹："我有一种气得想爆炸的感觉。"

那天回到家里，丹丹对夏强说："你注意丁嫂没有？你可能想不到她是南京大屠杀的幸存者吧？"

夏强问："怎么？"他对丁嫂印象极好：善良、勤劳、和蔼，但他也觉得丁嫂体弱，面色有时惨白，话语太少。

丹丹说："那年12月鬼子进南京时，丁嫂二十三岁，刚结婚不久，丈夫和父母全被鬼子杀了。她被强奸，因反抗遭日寇刺了三刀，至今胸部、背部都有刀疤。她受刺激太深犯了精神病，后来好了，但常闷闷不乐。"

夏强"啊"了一声，一种同情心油然而生。

丹丹说："所以我们对她很好，工钱也付得高，她心里淤积着委屈、怨恨，有时仍独自哭泣。我要她陪我睡，实际也是我陪她。现在她情绪比以前好多了，但只要想到南京那场大屠杀，就又会发怔、流泪……"

关于1937年12月南京城陷后开始的那场大屠杀，有关单位张贴布告正在收集调查日寇的罪证。丹丹本想让丁嫂去提供材料控诉日寇的，考虑到她会受刺激，就只让老柴瞒着丁嫂悄悄去登记提供证明、录下亲身经历。丹丹陪夏强随军事法庭的调查人员到中华门外金陵兵工厂后边山上的万人坑去开挖埋葬在那里的尸骨坑，也到莫愁湖广州公墓旁及汉中门外二道杆子看挖出的无数遇难者的骸骨……仿佛可闻到南京大屠杀的血腥味，也仿佛看见了当年城陷后日寇大规模杀戮的人间地狱景象。南京抗战前本有一百万出头的人口，加上守军，加上沿沪宁线逃难来到南京的难民，总数该有一百数十万人。这当中，如果说，逃离的人有一半的话，剩下留在南京的也该有七八十万人。可是一场大屠杀后南京变得人口稀少，汪伪在1940年3月"还都"时，南京依然十分凄凉，路上行人寥寥。胜利后，四川复员回来了许多人，南京还是冷冷落落。可见当年日寇杀戮之凶。夏强和丹丹在调查人员处看到了一块石碑的拓文，是1939年1月汉奸南京市长高冠吾立的"无主孤坟碑"，碑文上说："……时去南京事变将及一载，城阇、丛莽、山巅、水浒有遗骨焉……乃下其事于卫生局……悉收残骨得三千余具葬于灵谷寺之东……立无主孤魂之碑……"

夏强说："丹丹，你看，南京大屠杀一年之后，尸骨早已大批被日寇焚毁或抛入江中，也经过红十字会和红卐字会掩埋，仍能在灵谷寺附近的旷野地方看到三千余具尸骨，使汉奸也不忍不把它埋葬立碑。说南京大屠杀死难三十万人以上，这'三十万'是只少不多的！"

丹丹说："日寇二月进南京城时，紫金山下，两个少尉野田岩和向井敏明用军刀比赛杀人。一个杀了一百零五人，一个杀了一百零六人，连军刀都砍缺口了。听说这两个日本军官如今也已关押在拘留所里。从这件事就可看出当年南京人是怎样被日寇疯狂屠杀的！'皇军'真是野兽的军队！"

跟着调查南京大屠杀情况，既有体力上的疲劳，更有精神心灵上的疲劳。走街串巷找到一些大屠杀中的幸存者、受害者听取证言做下记录，夏强和丹丹心情凄凉悲愤。早出晚归，几天下来，两人日晒雨淋，疲劳憔悴，心情抑郁。丹丹每天总择好的题材及时给晚报写一些短小精悍的短稿。夏强开夜车写了两篇关于调查南京大屠杀的特写，又写了一篇《重庆归来看京沪》的通讯一并寄回报馆给总编辑丁一凡。他肯定"麻辣蹄膀"一定会满意这些稿子的，仿佛能想象出丁一凡老花眼镜架在鼻架上，赤着膊带着笑意手执红毛笔在审阅他寄去的稿子。

丹丹陪夏强打听大汉奸们的情况：褚民谊、梅思平判了死刑正在上诉等待复判；陈璧君在苏州江苏高院居然不判死刑，只判处了无期徒刑，她竟申明"我对判决绝对不服，但也绝对不要上诉"。那一天，夏强与丹丹采访南京大屠杀时，巧遇二嫂白丽莎。她打扮得很入时，穿一套美军丝光咔叽女军服，挎着照相机，唇膏涂得鲜红。见到夏强和丹丹，她显得热情友好。从她那里，知道周佛海、罗君强、丁默村三人还秘密藏在重庆，那是军统戴笠生前包庇安排的，至今仍享受优待的生活。夏强最注意周佛海和丁默村二人了！这两个汉奸都是他开列在本子上的仇人。周佛海是左右汪伪大局的巨奸大憝；丁默村在夏澄教授被上海极司斐尔路 76 号绑架杀害时是 76 号的"主任"。夏强请丹丹在"锄奸小议"中写了一篇《三个失踪的大汉奸在哪里?》,点出周佛海、丁默村外加罗君强这三个大汉奸的名字及下落,历数他们的卖国罪行,要求立即将他们交付审判予以严惩。

丹丹这篇小议发表后,反应强烈。现在,她写关于梅思平的这篇《揭露汉奸的回马枪》,写得很顺手。写好读了一遍,感到满意。刚想下楼拿给夏强去看,却听到有人上楼的脚步声,知道这是夏强上楼来了。

果然,一会儿,夏强挺拔利落的身影出现在眼前了,说:"丹丹,写好了吗?"

丹丹递过稿子去,说:"交卷,看打多少分!"

夏强接过稿子坐下看了,夸道:"文笔犀利,条理清楚,深刻尖锐,短小精悍,一百分!"

丹丹笑了,说:"我们老这么忙也不行!明天是礼拜天,抽个空去东郊明孝陵前的梅花山一带去骑驴逛一逛,好吗?"

夏强说:"下雨呢!"

丹丹听着雨声,朝黑暗的窗外看看,说:"雨停了!明天不一定又下雨。雨中到野外空气更好。"又说:"汪精卫前年 11 月病死在日本东京,尸体运回葬在梅花山。今年 1 月,坟被工兵炸掉了,尸体也烧了,坟上盖了个亭子镇压着,你不想去看一看?"

夏强想了一想,说:"那地方我知道。汪精卫的坟如果在,我不可能学伍子胥去刨坟鞭尸;坟已炸平,更不想去了。我们出游,该找个好点的地方。"

丹丹说:"其实那里本是三国时吴大帝孙权的墓,靠近明孝陵,是风景区。"

夏强说:"孙权墓其实就是个土山。至于朱元璋,我讨厌:他是个独裁者,杀功臣,搞文字狱杀了三万多人。到那地方想起那段历史,不舒服。我提议是不是去兴中门外的狮子山，日军围攻南京时，那里守军曾英勇作战。这几天采访南京大屠杀，心情压抑，那里面对大江，山下还有个明代鼎盛时建造的静海寺，我俩去沐沐江风，想想悲壮慷慨的历史，清除一下这几天的晦气心境，岂不是好?"

丹丹点头同意，说："爸爸战前在南京住过多年，刚从重庆回来时，跟些朋友重游南京名胜，说不定静海寺他也去过。"

夏强说："走，去老伯房里坐坐，陪陪他，也问问他。我有时总感到他有点寂寞。"

丹丹好意地看了夏强一眼，颔首说："怪不得他欢喜你，你是会讨他欢喜!"

夏强笑着问："他知道我们俩好吗?"

丹丹笑着说："你说呢?"

夏强故意不笑："那我怎么知道。"

"那你就是个傻子!"丹丹说，"你看不出来他喜欢你吗?"

两人去雷香山房里。雷龙夫妇又到朋友家打麻将、赌沙蟹去了，常常总是深夜回来。他们的房门紧闭着。当丹丹陪夏强进房时，雷香山正戴着老花镜在灯下写字。桌上大砚台里溢着松烟墨香，笔筒里插着几支狼毫、羊毫大字笔。老人写得一手龙飞凤舞的好草书。他这间书房兼卧室，放着三大橱书，有从重庆带回来的，大多是在夫子庙旧书店里搜罗来的，包括一部线装的《二十四史》。书桌边的墙上挂着雷伯母的照片，一个端庄美丽而且善良的东方女性，丹丹眉眼有点像她。房里弥漫着叶子烟的味儿，老人露出笑容放笔揿熄雪茄型的叶子烟对夏强说："坐! 坐!"

丹丹说："爸爸，夏强提议我一同来陪陪你。他有事要请教你这位老南京呢!"

雷香山笑了，问："什么事呀?"

夏强说："明天想到狮子山和静海寺去看看。这几天，采访南京大屠杀，听到看到的全是中国人惨遭杀戮的惨事，心情十分压抑，想去守军同日寇猛烈杀搏的狮子山和明代昌盛时期建造的静海寺看一看，换换情绪，使心中增加点慷慨激昂。老伯熟悉南京，又爱读史书，这狮子山、静海寺值得一去吗？"

想不到，雷香山拿起揿灭了的烟又点上了火，喷了一口浓烟，又喷一口浓烟，用眼看看夏强和丹丹说："你们到那里想换换情绪是办不到的！"

丹丹忙问："为什么？"

"我们这个中国，悲惨压抑的历史太多了！"雷香山感情激动地说，"从晚清末年到现在，帝国主义侵略中国，每次打仗，无一不是中国屈辱地打败或者签订了不平等条约。只有这八年抗战是胜利了，但政府腐败专制又要打内战，胜了也是惨胜。静海寺抗战中已经毁了。守狮子山的官兵是英勇作战的，但南京终于沦陷遭到了大屠杀。守狮子山的官兵壮烈牺牲不能不使我们心情压抑。至于静海寺，1842年英国八十艘兵舰打到南京下关，在静海寺侵略者与丧权辱国的清廷官吏谈判，面对炮口枪尖，订了《南京条约》，这是中国近代外国侵略者强迫签订的第一个不平等条约。这种国耻，想起就使人痛心。苦难深重的中华民族啊！你们年轻人想换换情绪轻松愉快些，我看很困难啊！"

夏强心里震动，丹丹身上发冷。

只听雷香山说："刚回南京不久，立法院的几个老朋友约我去过狮子山，目的也是凭吊一下，并看看静海寺和天妃宫。去是去了，看到山势依旧，但乱树荒草，一派萧瑟。那是个阴天，彤云密布，在山下寻访静海寺，可是历尽沧桑和战火劫难，铜驼荆棘，杂草丛生，碎石瓦砾间，静海寺早已不见。只有南面的天妃宫遗址上残存着一块高约五米的大石碑记载着永乐年间建造天妃宫的盛况。我心上激荡着一股仇恨帝国主义又痛心于时局杌陧的愤懑之气，回来后仍久久难以平静。"

夏强听了，也感染到了雷老伯的愤懑。看看在静听的丹丹，轻轻吁了口气，说："老伯说得对！我们这一代人面对蜩螗的现实，责任重大，要想轻松和逃避是不可能的！"

丹丹点头："国家兴亡，匹夫有责！正是这意思吧？"

谁知雷香山喷一口浓烟，声音洪亮地说："国家兴亡，匹夫有责的话是对的！但我们——包括我和你们都无责！我过去不怕抛头颅洒热血尽了自己的力，但后来就受排挤无法发挥作用了！你们年轻，满腔赤诚，希望国家好，可是现在呢？当政者把国家糟蹋成这样，该叫你们负责吗？"

他说话威严，语气铿锵，震动着夏强和丹丹的心。

空气沉闷。后来，夏强就同丹丹出房，让雷香山睡了。出房后，丹丹问夏强："明天还去狮子山吗？我看不去了吧？"

夏强说："当然不去！让我们就笼罩在这种压抑的心情下，多干一点、多写一点吧！"

（五）吓　鬼

晚上，夏国打电话叫夏强去拿信。

在楼下客厅里，二哥同夏强见面。白昝夫妇都不在家，二嫂白丽莎在楼上没下来。夏强看了信。信上也署了夏国的名，但白丽莎的名字放在前边。信是白丽莎亲笔写给白南史的，写得诚恳，也很撒娇，有"您一定要给我办成，不然，我以后就不叫您爸爸"这样的句子。信上说介绍夏强陪方国华"专诚前去看望"。

拿到信看完，夏强心里高兴，决定再过两三天就动身回上海。这时，二嫂下楼来了，见到夏强，娇嗔地说："夏强，那天你和雷丹问起我周佛海、丁默村这几个人在哪儿，我告诉了你们。谁知接着我就看到了雷丹写的'锄奸小议'在晚报上登出来了。这可不好！这事现在敏感，不让提的。如追根刨底，岂不是要带累我？以后有事我可不敢告诉你们了！"

夏强心平气和地笑着说："二嫂，惩治汉奸的事，你一定也主张写的。再说，丹丹的文章上也没说是从哪里得到的消息，谁知道是哪个告诉我们的呢？你别介意。"

白丽莎笑笑说："雷丹在的那张晚报，销路不错，但就老是好跟政府唱唱对台戏，那可不好。你记着，还是按中央社的路子走好。我在想，你到中央社来好不好？现在我还说得上话，你到中央社，比你在重庆《时事日报》好得多！"

夏强看出她倒是真心关怀，说："二嫂，以后吧。报馆刚派我来不久，我还没给报馆出力就挪位子，说不过去。以后我再请二嫂帮忙。"

白丽莎问："我写的介绍信看过了？"

夏强点头："看了，谢谢二嫂！"

白丽莎浅浅的笑靥里埋下一种莫测高深的内白："如今，不兴空手办事的。办什么事总得有个代价，亲戚也不例外。所以我介绍信上写了两个名字。方国华既然有钱，钱能通神嘛！我想只要他舍得，不是守财奴，会替他把事办圆的。"

夏强心里不是滋味，脸上不好表露，点头说："二嫂，你先给白老伯打个长途电话招呼一声，我去时也方便些。"

白丽莎大大咧咧说："没问题！"

她说要出去有事，上楼打扮去了。夏国仍是扎嘴的葫芦不多说话，冷冷冰冰。夏强就告别哥哥回来了。

想不到第二天发生了一件事。

上午有个三十来岁瘦瘦黑黑面容憔悴广东口音穿旗袍的妇女来访，没有名片，自称名叫朱始，是朱执信的女儿，特来看望雷香山。丹丹去报馆了，夏强像个秘书似的接待了这个满面愁怨显得憔悴的女人，请她在客厅里坐。因为听说是"朱执信的女儿"，夏强马上叫丁嫂给客人端茶，自己就上楼去请雷香山下楼会客。

夏强知道朱执信是同盟会员，与雷香山是老同志老朋友。辛亥革命前广州起义时就同雷香山认识，民国二年二次革命失败后，在日本东京又同雷香山一起参加孙中山领导的讨袁运动。后来，朱执信在广州孙中山大元帅府任军事联络，民国九年为策动虎门桂系军队反正，被桂系军阀枪杀，追认为烈士。这些年通用的有一张捌分邮票上就有朱执信的像。那是一个脸形瘦长剃着平头鼻子高高眼睛大大有点小髭穿西装的中年人。雷香山为人正直，但讲旧谊，夏强估计朱始来访，雷香山一定是高兴的。但上楼通报时，提醒了一句，说："朱执信是浙江人，但这个朱始讲的是广东话。"

雷香山穿上绸大褂，扣着纽扣说："这不奇怪。朱执信长年在广东生活，他女儿讲广东话很可能。"又沉吟着说："他这女儿我没见过，但听说——"听说什么呢？他没说出来，却对夏强说："我去同她谈谈，看看是什么事。"说着，就下了楼。夏强下楼后走在前边，给雷香山开了客厅的门，让雷香山进去谈话。这是惯例，雷香山会客谈话时，一般不喜欢也不需要别人在场陪同。

蝉声悠扬，"知了——知了——知了——"吵得人心烦，天气也燥热。

夏强见报纸已由门房老柴送来搁在楼下餐厅桌上了，拿起报到自己住的那间房里看报。约莫半个小时，听见前边脚步声，知道客人走了，就快步走到前面去，果然看见雷香山在送客到门口。夏强发现那个女客朱始说话时嘴唇凄楚地哆嗦着，两眼哭得通红，走时向雷香山深深一鞠躬，还在用手帕拭泪，然后出门走下台阶向大门口走去。夏强心里纳闷：什么事呢？

雷香山似乎也不愉快，怀着心事，背着手走进客厅，夏强也随他走进客厅。

天热，雷香山脱下绸长衫在沙发上坐下了，搓着脸说："这真是朱执信的女儿，但她也是汪精卫和陈璧君的姻亲。她丈夫是陈璧君的弟弟陈昌祖。陈昌祖是伪中央委员、伪航空署长，敌伪军人，已被捕交付军事审判。朱始到处奔走，用他父亲朱执信的名字找她父亲的老友帮忙。她对我说：已经找了一些人，目的只是希望不判死刑，徒刑判得轻一些。并且给陈昌祖解脱，说陈昌祖这个航空署长，其实日本人根本不给办什么航空，一架能上天的飞机都没有。又说陈昌祖是个老实人、书呆子。我听不下去了，说：'你别讲了！做了汉奸总是事实吧？我同你父亲是有交情的，我同汪精卫、陈璧君之流也是老熟人，但我恨汉奸，我不愿为汉奸出什么力或说什么话。况且，我也不是当政的大官儿，给你说话未必有用。'"

夏强听到这里，肃然起敬，但心里不禁想起了方国华的事情。

蝉声忽而吵叫，忽而停歇。

雷香山从茶几上烟盒里拿出一支雪茄型叶子烟，点火燃上又说："朱始就又哭起来，说他们的房子在附近不远的宁海路上，可是连房子带全部财产都被军统接收了。占住的是南京卫戍司令部稽查处处长倪超凡。倪超凡只给了她和两个孩子在传达室旁的一小间平房住，而且天天派人驱赶她带着孩子搬走。她说已经走投无路，如果不是为了孩子早就不想活了。我心软了，对她说：'你把地址写下来，这件事我替你找人办了试试，估计总不能叫你和孩子无枝可栖。'她就写了这个地址……"雷香山指指茶几上的一张纸条，闷闷抽烟，心里似乎被这件事搅得颇不愉快。

夏强说："陈昌祖也算汪精卫的上层亲信了，现在许多大汉奸都在找人庇护，周佛海、丁默村和罗君强迄今仍在重庆逍遥法外，那个伪立法院长老牌汉奸梁鸿志这些天正在上海高院开庭审理，报上说他请了三个律师，居然还拿出了行政院长孔祥熙的亲笔信，证明梁鸿志抗战期间曾通过地下人员向重庆提供过情况，还弄出一个姓薛的出庭做证，说他就是给梁鸿志转递过情报的人。现在尚未宣判，但丹丹说，新闻界盛传梁鸿志将他在沦陷区搜刮到的大批珍贵书画文物和古董都派人送给了孔祥熙，孔才给他写这信的。汉奸的罪恶，人所共愤，他们过去在敌人卵翼下兴高采烈为非作歹，今天哭了，也是该的。"

蝉声又起，随风传来，不绝于耳。

雷香山沉思着用宽厚平和的音调说："是啊，是这么回事。我绝不同情汉奸，但想起朱执信，心中总是惨然。朱始有两个孩子，小孩无罪，如今军统劫收了房子要赶得他们无地容身，这也不对。对军统乱劫收发汉奸财的勾当，我深恶痛绝。所以我才答应帮她解决一下住的问题的。"

夏强问："老伯打算怎么办？"

雷香山吸着烟说："宁海路离这不远，按这地址先拿我名片去看一次倪超凡。我知道这是个军统少将特务，权力不小。但戴笠死后军统里争权夺利激烈，南京是首都，他可能怕胡作非为引起舆论，会出问题。所以，谅他不敢太过分。而且，他一定也知道我。我要是写信告他一状，败事是有余的。所以你拿我的名片见他，就说朱始是朱执信的女儿。陈昌祖该惩办，但朱执信的两个小外孙年幼无罪，不能赶到马路上住。请他让孩子和母亲仍旧住在小屋里或者另安排个可以栖身之处。你看如何？"

夏强听着想着，觉得可以，就应承下来说："好！我今晚去一趟！"忽然觉得这几天常常想把方国华的事同雷老伯说，却总踌躇，现在却是个同雷老伯谈方国华案件的机会，决定开口，就说："有件事，我想请教一下老伯，我该怎么办？"

雷香山吸着烟问："什么事？"他感觉夏强说话态度郑重，语气也沉重，觉察到是一件重要的事。

夏强就把抗战胜利后，自己决定复仇和报恩的决心和想法讲了。雷香山用心听着，听完，点头说："孩子，很好啊！你是个有心人，也是个有为的青年。你父亲牺牲得早，很不幸，但有你这样的儿子，他在地下也会欣慰的。你看，在这方面我能帮你做些什么吗?"

夏强又感到雷老伯那种父亲般的慈爱关怀了，就把方国华的事粗线条地讲了一遍。他不想隐瞒、欺骗雷老伯，但讲话时又觉得要有分寸。因此着重讲明方国华是个殷实正派的爱国商人，痛恨日寇和汉奸，因做生意的原因结识了苏北的同乡。那时正在抗战，苏北的新四军抗日负伤患病的极多，苏北同乡找到他，要他购买大宗药品及医疗卫生用品运往苏北支援抗战。他念及抗战及救活抗日将士的性命决定这么做。货物由上海运至苏北必须通过敌占区及江上封锁线。牵线人认识伪海军的人员，行贿放行都是牵线人干的事。谁知抗战胜利，那个牵线人对他敲诈未遂，以"通敌资匪"告到军统……

风又将吵闹的蝉声吹进房来。

雷香山听了，先是默默思索，吸了烟，喷出雾来，又吸烟，再喷雾，说:"其实这件事，丹丹已经告诉过我了，我也考虑过不止一次了。尽管丹丹对我说，你二哥二嫂已给白南史写了信，那是应该有用的。你抓紧找他。我呢? 给你写封信介绍你找一下钱大钧。他从上海市长和淞沪警备司令的位置上刚下台，现在上海市市长换上了吴国桢。吴国桢我不认识，只是市府秘书长林之涣原是钱大钧的人，因此我写信你找钱大钧，让他找林之涣。不过钱大钧做上海市市长名声不好，上海人叫他'钱大钓'，讽刺他劫收捞钱宛如钓鱼。所以我信是给你写，能不找他尽量不找。按我判断，方国华的事只要白南史肯办他是办得了的! 给钱大钧写信你作为备用好了。"

夏强点头兴奋地说好。

但雷香山说:"只是给你个任务，你代我起草一封信给钱大钧，看怎么措辞得当，怎么能使他办成此事。"

午后，夏强同丹丹去首都电影院看电影《一江春水向东流》，这是白杨、陶金、舒绣文等主演的片子。影院里淌眼泪的观众不少。

银幕上的光将丹丹的脸辉映得忽明忽暗，夏强觉得她美得十分可爱。

丹丹轻声说："你是在看电影还是在看我？"

夏强笑了，轻声说："都在看！"

后来，电影散了，丹丹说："我不再去报馆了，我们一同回家去吧。我骑我的自行车，你坐公共汽车。"

夏强坐公共汽车到丁家桥那一站下车时，丹丹的自行车也到了。两人就并肩走回家去。

天气极热，两人都淌着汗，走进屋时，看到雷香山正坐在客厅里看报纸。

丹丹叫了一声："爸爸！"就说："热死我了！"脸色绯红地往客厅沙发上一坐，说："夏强，你嘴渴吗？要是你喝茶请顺便带一杯给我。"

夏强和雷香山都笑了。

夏强幽默地说："你要我倒茶干脆就吩咐我倒，偏要说什么'你嘴渴吗请顺便带一杯给我'，真是司马昭之心了！"说着，向客厅外走。

外边，花园里门房老柴用长竹竿在驱赶大杨树上的鸣蝉，嘴里还"嘘——嘘——"地叫。蝉就"喳——喳——"地飞走了。

雷香山笑着说："其实让蝉叫叫也挺热闹，何必非把它赶跑。"

丹丹说："这是哥哥和嫂嫂给老柴的任务！不过办不到，蝉会打游击，飞走了一会儿又飞来了。"

大家都笑，夏强自己喝了些水也给雷香山和丹丹一人带了一杯茶来，朝丹丹说："上午，我把方国华的事讲给老伯听了，老伯叫我起草一封信给钱大钧。我想，还是我们两个一同起草的好！你喝了我倒的茶了，这件事不至于不行吧？"

丹丹笑着顽皮地说："那行吧！爸爸对你可比对我还好！我把方国华的事告诉爸爸，要他帮你报恩。可他嗯呀啊的，哼呀哎的，没给我个正面回答。这倒好，我上午不在，你们却秘密谈判成功了！"

引得雷香山和夏强又都笑起来。夏强心里感激丹丹，觉得她真好。

雷香山站起身来，似乎想上楼了，忽然问丹丹："你今天有什么内幕新闻带回来没有？"

丹丹摇头："一天到晚，哪有那么多内幕！我跟夏强看电影了，电影不错，不过您不爱看电影，我就不讲了。这样吧，我带来一个好消息一个坏消息，讲给您听行吗？"

雷香山摇头："你老是一个好消息、一个坏消息！"

丹丹顽皮地说："先说坏消息，我今天早上急着去报馆，骑车险险撞了一个人。"

夏强知道丹丹爱在她爸爸面前说说笑话，引得老人开心，问："好消息呢？"

丹丹说："编辑主任今天又夸我了，说：'丹丹真是女才子！'"

雷香山被逗乐了，拔腿走出客厅去上楼，笑着说："这种表扬啊，我听过一百遍了！"

夏强和丹丹都咯咯笑将起来。

夜幕已无声地罩满大地。

晚上七点半钟，夏强带了雷香山的名片骑着丹丹的自行车到宁海路去看望倪超凡。临走，雷香山叫住他，说："夏强，这儿有个信封，你带给朱始，里边有点钱，我看她被抄了家，似乎很穷。告诉她，这是为我的故友朱执信给他的外孙的。陈昌祖有罪，小孩无罪。我的帮助只能到此为止。"

夏强拿了装钱的信封，就出发了。路上不禁一路想，人世间的事真是复杂，汉奸可恨，但像雷老伯这样处理朱始的事，既照顾公理，也照顾人情，不能说是错的吧？

这一带比较空旷，都是一家家的花园洋房，有的有围墙，有的有竹篱笆围着，行人不多。路上经过一些空地，见到一处处磷火闪动。南京大屠杀时，这一带鬼子杀了不少人。有些乱坟堆就是那时留下的。

磷火的闪耀似是喊冤控诉，提醒人别忘记那场屠杀。夏强心情沉重。

　　他到了那幢汉奸陈昌祖原来住的又漂亮又宽大的花园洋房门口，揿门铃后，传达室里出来一个卫兵开了门盘问。夏强拿出名片，说明来由，扶车跨进了铁门。进黑色大铁门时，夏强特别注意了一下朱始住的屋子。果然看到传达室旁连着的一间平房里有灯光，并有小孩的哭声。传达室里的那个卫兵拿了雷香山和他的记者名片请他进去。里边一个黄军衣的卫兵又将他请到一间铺着地毯有着满堂沙发的客厅里坐。

　　花园静悄悄，客厅里也静悄悄，闻得到花园里传来的夜来香的刺鼻香味。一会儿，倪超凡从楼上下来了。这是个四十来岁个儿高大白白胖胖的军人，领章上一颗金星闪闪发亮。特务的少将又是南京的稽查处长，权力是不小的，这夏强知道。倪超凡笑着，笑容带着狰狞，也含着骄横。夏强说明了来意，倪超凡脸上泛出一阵寒霜，先问了一句："你是记者？"夏强说："是的。"倪超凡笑了一笑，却多话不说，只客气地表示："雷香老我未见过面，但早知人人都叫他'雷大炮'，是我党的老前辈了。明天晚上八点钟我去看望雷香老。"

　　外边月色如水，洒得地上银白。

　　夏强出来，倪超凡也未送。夏强到传达室后，问传达朱始住处。传达指指与传达室相邻的那间平房，说："就住那儿。"

　　夏强去敲门，门一开，亮着灯，见到朱始抱着个小女孩，有个男孩在床边坐着。夏强将信封递去，将雷香山的话说了，并且多说了一句："房子的事，正在办。"

　　夏强回到家里，嘴角抿出深刻的棱角，同雷老伯和丹丹在客厅里把情况说了。雷香山说："好啊！他知道我叫'雷大炮,'这就好！"思索了一会，又说："我同他不相识，看来这个老牌特务是想到我这里来看看虚实，同时，想摸摸我的底细，这是做特工的人的惯技。说不定现在他正通过特务系统了解我的身份和关系呢。明晚他来也好嘛。这样吧！我们也做点准备！"

丹丹问："做什么准备？"

雷香山说："对付这种特务，只有以他害怕的权势压他才有用。这当然是不得已而为之。你去把我六十岁做寿时老蒋送我的那幅祝寿的中堂挂到客厅中央。明晚八点丹丹你再把黄灿约来，就说我要同他商量一下他父亲那份材料的事。"

夏强和丹丹一下子就明白雷香山的用意了。丹丹笑了："妙极了！妙极了！爸爸是要借大鬼来吓小鬼啊！其实，外边有孙中山先生的对联，也够对付他了！"雷香山摇头叹息一声说："孙先生人不在了，在特务的眼前，他不值钱的！"丹丹说："那好，我马上去把那幅中堂拿来挂上，再打电话给黄灿。"

夏强问："是幅什么字？"

丹丹说："爸爸在重庆时，曾在参政会上放了一炮，提出简任以上的大官财产不得超过战前折价的五万元至十万元，超过的捐献国家，拒绝登记或捐献的一律罢免。这一炮惊动了蒋介石，不久，一些老朋友给爸爸庆祝六十寿辰，侍从室突然送来了一幅蒋的字给爸爸祝寿。爸爸说这幅字是他放了一炮骂出来的，目的在于拉拢安抚。我们一直压在箱子里不挂，如今对特务派派用场倒正好！"

说着，她灵巧地快步就上楼去了。

雷香山坐在沙发上，疲倦地搓着脸。

一会儿，丹丹从楼上下来了，手里拿着那幅卷成轴子的中堂说："拿来了！"递到夏强手中。

夏强拉开一看，写的是：

香山先生六十华诞

忠清縣寿

蒋中正

中华民国三十三年七月

丹丹从客厅门背后将画叉拿起，夏强帮她将一幅南京名书法家陈尧臣的立轴取下卷起，将于右任的字用画叉叉了挪到旁边，将蒋介石送的中堂挂在中央。丹丹说："外边堂屋挂着孙中山的对联，客厅里挂着蒋介石这条祝寿的中堂，吓吓倪超凡这个鬼准绰绰有余。"

雷香山要去拿茶几上的烟抽。丹丹过去说："爸爸，少抽点烟吧！昨天半夜，我听到你有点咳嗽，起来倒水你喝，你不是说烟抽多了吗？"

雷香山乖乖放下了烟，说："就挂今夜到明晚！陈尧臣的立轴仍旧要挂。"叹口气又说："我这种做法也算是官场现形记了！那个姓倪的一走就把这中堂收起来，恢复原样。陈尧臣立轴上这首诗我喜欢。"

夏强也喜欢陈尧臣写的陆放翁的《书愤》诗："早岁那知世事艰，中原北望气如山。楼船夜雪瓜洲渡，铁马秋风大散关。塞上长城空自许，镜中衰鬓已先斑。出师一表真名世，千载谁堪伯仲间。"这诗给人一个阔大闲旷的世界，悲壮豪放，自然浑成，有垂垂老矣抱负未伸的悲愤，但充满爱国正气。他仿佛从这诗里可以看到雷老伯的心态。雷老伯阅历丰富，人情世故，政坛手腕，什么事他不懂，但他有正义有热血，为人总是按自己的良心和是非标准办事，不好的事绝不做。拿儿子雷龙来说，雷龙从美国回来，到"行总"去当处长，不是雷香山推荐的，是媳妇徐素贞找父亲徐树庄办的。徐树庄如今官场得意，十分发财，有心要帮亲家也发发财，但雷香山同这个亲家见面虽互相尊重客客气气，往来极少，颇有"道不同不相为谋"的味道。夏强心中感到雷香山在处理朱始的事上分寸掌握得很好，觉得人生真像一本大书，读来可以学到的东西真是很多很多。

三人正亮着大灯在客厅里谈着看着，听到汽车声和门铃声。老柴在开门，雷龙夫妇回来了。两人是有人请出去吃饭的，看来没打麻将或沙蟹，所以回来得早。到了客厅里，雷龙一眼就看到了那幅中堂，说："啊，这我还没见到过呢！是什么时候送的？写得真不错！"

丹丹说:"送来好久了!那时你还在吃美国面包呢,一直压在箱子里没当回事。"

徐素贞说:"怎么一直不挂的呢?挂在这里多好啊!喜气洋洋的,哪天我叫我爸爸来看看蒋主席的这幅字!这可是能做传家宝的呢!"她话说得俗气。

雷龙说:"你看这个'寿'字好有气魄!不是大人物就写不出这种气魄来。"

雷香山说:"绝不是他自己写的!这不知是哪个秘书代笔的。我知道,这不是他的字!"说着问:"你们今晚怎么回来得这么早啊?"

雷龙答:"'行总'的胡处长请吃饭。吃了饭我们就回来了。素贞人有点不舒服。"

雷香山说:"那你们快上楼休息吧,我也有点困了。我们一起上楼吧。夏强和丹丹还要给我起草一封信呢。"说着,带着头,同雷龙夫妇一起出客厅上楼去了。

夏强感到雷老伯确实喜欢自己,也常留机会让自己与丹丹在一起相处,对丹丹说:"走吧!到我房里,我们一同起草信吧。"

两人一同到了楼下夏强房里。进了房,未开电灯,可以看到敞开的窗外漆黑的天空上星星像钻石似的一闪一闪眨眼。

丹丹说:"啊,好漂亮的星星呀!"

夏强一下子就抱住了丹丹,亲着她的头发说:"你比星星还要漂亮!"

丹丹说:"开灯吧。"

夏强说:"不开!开了就看不见星星了!"

他继续亲着她的头发说:"丹丹,我想后天就回上海了!"

丹丹也紧紧抱住他。她历来只准他吻她的头发,说:"什么时候再来呢?"

夏强说:"到该来的时候就再来!这以后,我会常常在上海、南京和京沪沿线跑来跑去的。"

丹丹松开了拥抱的手，俏皮地说："别抱得那么紧，太热了！"她"啪"的开了电灯，说："起草信吧！这信我看还有点难写呢。"

夏强点头："只能笼统写，不能具体写。具体的只好等我去见'钱大钧'时当面看情况面陈了。"

丹丹问："你打好腹稿了吗？"

夏强坐在写字台前，拿纸铺开，执起毛笔，舀水磨墨，挥毫就写，说："你看……"他洋洋洒洒，胸有成竹地写了下去。不一会儿，就将腹稿写了出来，问："这样写行不行？"

丹丹拿起他的草稿在绿色台灯下读了，没有吱声。

夏强说："不行？"

丹丹摇头："没说你不行！"

夏强说："行？"

丹丹说："也没说行。"

夏强说："那你是什么意思？"

丹丹说："你一笔毛笔字倒漂亮，但这信不好写，你写得也并不太坏，只是什么'舍亲方国华'啦、'表侄夏强前来拜谒'啦，有分量也没分量。'钱大钧'收到这信，一了解情况，说是'通敌资匪'，重点在这'匪'字上，牵涉到共产党，怕他就却步了！"

夏强点头说："可不，这信不含糊不行，含糊了又不行！"

丹丹说："关键在要能把方国华的这个罪名解决了，才好救人。而且，说穿了，现在这社会风气啊，你要是找人办事，干找是无效的，这我太知道了。真正的汉奸都在用金条、古玩、美女、房产在上下打点。方国华不是汉奸，但不花钱找谁都不行，包括白南史、'钱大钧'，他都得孝敬孝敬才有效。爸爸先一会儿不说是官场现形记吗，这也才是今日的官场现形记！"

夏强想起方国华表露过愿意花钱的意思，实实在在地把方国华的话也说了一遍告诉丹丹。

丹丹颔首："做生意的人这种事是该会办的，这我相信。这个问题解决了，关键是如何把这'通敌资匪'的罪名抹掉。要是不抹掉任凭你长着三寸不烂之舌也不好办。"

夏强真的给难住了。他明白，丹丹生长的家庭不同，官场上的事她见闻得多，刚才起草信稿时，他也是感到写着写着就力不从心了。虽然敷衍成篇了，信总是写得无力，因此犹豫着说："丹丹，你说的都对，但怎么办呢？"

丹丹说："这我也答不上来。不过，我想，这信你送给爸爸过下目，照样写了带着。我呢，给你几张立法院的空白信笺，好在我是掌玺大臣。爸爸图章归我保管，我给你盖上爸爸印鉴让你带着。你到上海，先找白南史，他在上海炙手可热，力争让他解决问题。'钱大钧'放在第二步，空白信纸任你使用，你把'表侄夏强前来拜谒'改成'小婿夏强前来拜谒'，也由你！"

夏强给逗笑了，他特别喜欢丹丹这种讨人开心的幽默，说："说实话，如果信上写明是小婿，那分量的确重多了！"

丹丹笑着说："别以为你稳稳当当就要做丑女婿呢！你又不是一点不知道。回南京后上门来说媒的人比在重庆更多了。什么中将、少将呀，什么三青团的主任秘书呀，什么想续弦的中央委员呀……都想来找这个年轻的姑娘呢！再说，大哥大嫂对你印象不坏，可说穿了还嫌你不是大官儿的家庭，没有靠山。大哥大嫂就说他们要给我介绍个留学美国的博士或者大官家的公子呢！"

夏强诚心诚意地说："丹丹，这些事我还是知道一些的，也感觉到一点的。我确实爱你，十分爱你，终生会爱你。但有时我确也想过，我能使你幸福吗？我穷，没有个有权有势又有钱的爸爸，我很怕爱你反倒害了你！……"

丹丹打断了他的话，带嗔地上来，用右手捂住夏强的嘴，说："别说了！我刚才要说什么，你知道吗？你得听我说完。我才不管你父亲是不是行政院长或财政部长呢！我也不怕你穷！我告诉你，来说媒的多并不奇怪，但反正不是给爸爸回绝了就是给我回绝了！爸爸可是喜欢你看重你的呢！你不能感觉到吗？他对这官场看透了。他说官场之上无好人，他喜欢你这样的有志向有能力有思想的青年。他对我说过，就是还要看看你的表现。看你对我能否真心实意爱一辈子，看你能否自己掌握命运和前途。你懂吧？他是真喜欢你呢！他说过，什么官呀钱呀，俱是身外之物靠不住的，只有人本身的素质最重要！他熟读历史，又经历过从清末到现在的五十年，看到过无数大官、富豪倒台殒命、儿女沦落，他有自己独特的体会呢！"

夏强专注地听着，沉思着。

丹丹拉了他一把，幽默地说："走吧！上楼，把你信稿给爸爸看一下。别泄气，那些癞蛤蟆是吃不到天鹅肉的。你有你的竞争，我有我的挑选。我手里现在还没拿起绣球呢！只要你持之以恒，我将来像王宝钏一样把绣球抛给你接住好不好？"

她带着夏强上楼。雷龙夫妇的门紧闭着，雷香山的门开着，但传出轻微的鼾声，老人在床上睡着了。丹丹踮脚进房，替老人轻轻在腹部盖上了毛巾被，又轻轻踮脚走出来，对夏强说："明天再把信稿给他看吧。"

雷香山第二天看了夏强的信稿，又听了丹丹的建议，说："这信不好写，也只能这么写。带点空白信纸去也好。丹丹，你就这么给夏强办吧！"当然，他不知道丹丹让夏强把"表侄"改成"小婿"的事。

夜里八点钟，月光映着窗帘，幽幽动人。倪超凡坐一辆军用吉普，果然来了。夏强像个秘书似的将他请到客厅，叫丁嫂上茶。留下他独自坐在客厅观看那幅祝寿的中堂，夏强上楼去请雷香山下来会客。

这时，国防部的黄灿厅长突然坐一辆黑色轿车来了。门房老柴引黄厅长进来，夏强正陪着雷香山从楼上下来。双方寒暄，一同进了客厅，倪超凡同黄灿认识，于是又一番互相寒暄。

倪超凡对雷香山毕恭毕敬，雷香山对他也相当客气。见黄厅长似乎同雷香山有要事商量，不等雷香山开口，倪超凡寒暄完就解释说："那房子是接收后卫戍部分配给我住的。朱始我不知她是朱执信先生的女儿。她的房子就让她带小孩住在那儿不动。我打算给她用篱笆围个小院子，另开一道门出入，请香老放心！"

事情就这么容易地解决了。倪超凡一走，雷香山同黄灿谈起了那份材料，问了些情况，告诉黄灿，决定将他父亲的材料转给其他编纂委员去看。黄灿感谢再三地告辞。雷香山送客后，就叫夏强："好了，鬼吓跑了！这一幕官场现形记可以结束了。你把这幅中堂立轴取下来。把于胡子的字放在中央，陈尧臣的书法也仍旧回到原位。"

夏强是次日坐午班特快车回上海的。

头天晚上，倪超凡走后，他特地给二哥夏国打电话，给他和二嫂白丽莎辞行，又给白旮通话，向他和娟嫂辞行。夏国既冷又沉默，只说了一句："给妈妈说我们都好。"连小妹也未提。白旮倒是热情，说："下次来南京，你一定要再来谈谈。我喜欢同你聊天。我要是去上海，也会找你聊聊的，有什么事要我办，别客气，提出来就是！"

离开南京，夏强舍不得的是丹丹。头天夜里，他们谈到夜深。从窗子里望出去，天上稀落的几颗星星，老是像哆哆嗦嗦发抖。由于前一天夜晚丹丹说过求婚说媒的人很多，那番话无意触动了夏强的心，使他忽然变得拘谨了。聪明的丹丹感觉到了。她本来似乎是在望着窗外的星空冥思幻想，这时说："夏强，我昨晚那番话并无恶意。如果你不喜欢我就收回。我说那些话，是让你知道爸爸和我多么喜欢你，是让你知道实况勉励你发奋。说实话，我爱你！"

夏强想吻吻她，或者抱抱她，但突然不敢这样做，沉默着点头：

"我知道!"他看到她那双黑色的眼睛,有翘起的黑羽般的长睫毛,美丽得动人心弦。

"那么,你吻吻我的头发!"丹丹说。

夏强遵照着丹丹提出的做了。丹丹的头发那么黑,那么光滑,使他感到温暖而且有一种难以形容的香味。他忽然一把抱住丹丹。

丹丹先没有拒绝,一会儿又挣脱了夏强的手,像对孩子似的说:"别这样!丑女婿!别这样!"

夏强只好松开了手,说:"那,明天我就回上海了。"

丹丹笑了,顽皮地说:"早点睡吧!好在我了解你,不久你一定又会来的!这儿有人要抛绣球呢!"

"只有滩声似旧时"

浩瀚的长江波涛滚滚，气度非凡。

在游轮上沿江而下，江风浩荡，风景奇峻。日出时可以看江上金鳞闪烁，黄昏时可以看西天一片赭红。船舷激起飞溅的浪花，陡立的岸边显现着凸凹的侧影。天黑时，可以看到没入夜幕的村庄和高崖。间或有星星点点灿然的灯光，发人玄想。

那天一早，到达了瞿塘峡外的白帝城下，苍穹广阔安详。这时，纷纷扬扬飘起雪花来了！瞿塘峡口危岩壁立，夔门如雄关险隘，江水湍急形成可怕的漩涡，山高峡窄，可以望见峭壁千仞，岩间有僰人的悬棺和古栈道……

雪花簌簌抖落，一阵急过一阵，地上转瞬铺起了薄薄的白雪，远山、远路、远村，全都融进了雪里……

二哥夏国由夏强和丹丹陪着，在雪中的甲板上仰脸观望，不久就看见左侧云团和雪雾中的神女峰了！但听到江水在淙淙流淌。甲板上的旅客们都波动起来，指指点点，有用望远镜张望的，有摄影留念的，热闹得很。寒气无声无息地袭来，夏国看着神女峰，也不拍身上的雪花，却只轻轻呻吟似的说了一句话："抗战胜利后复员那一年，我同你们二嫂丽莎就是坐船由重庆回南京的……"他没有多说，但夏强和丹丹体会到二哥是沉浸在回忆中，他又在思念二嫂了。

其实那以后，二哥和二嫂白丽莎感情上曾有过波折，曾不止一次闹过要离婚。是后来到台湾后才又好起来的，到了晚年就谁也不愿离开谁了。感情这东西，是变幻莫测的呀！

船过夔门不久，雪就停了，船乘风破浪航行在浩瀚的江上，快到湖北省境了。一路上，除了看两岸景色外，三人主要时间都花在聊天上了。

人到老年，容易怀旧，往事如烟，有些事想起来豪情满怀，有些事想起来激愤难禁，有些事想起来却悲怆伤心，有些事想起来无限凄凉和唏嘘……

二哥夏国话总还是很少，态度也总又冷又闷。但夏强和丹丹知道，这次他回来心中是藏着热情的。只是他就是这种冷淡的性格，总是要表露出来的。对他不能苛求。有时候，他还是会说些动感情而且十分亲切的话的。

虽然以前通过信，但双方对情况都了解得不详不多。船顺流而下，风景如画，时间充裕，三个人交流思想感情自有比在重庆时更好的环境。夏国谈了他和白丽莎到台湾后的种种，又谈了后来到美国的情况。夏强和丹丹谈了在上海、在北京、在山东以及后来到重庆的情况。几十年的往事压缩着谈，穿插着谈，很快也就谈掉了。但几十年思想上的触动和感情上的翻腾，岂是一下子就能忘却或消逝的呢！

"一个人到了老年，心头如果留下的只是唏嘘和悲伤，那是真正值得悲哀的。"

"但如果确实只存在唏嘘和悲伤呢？"

"生老病死是自然规律，人生道路平坦少而坎坷多，历史总常会嘲弄人，因此确常使人唏嘘感叹。最重要的是按自己的意志走完了自己的路，体现了自己的价值和智慧。个人属于历史，属于人民。无负于历史和人民，就能心态平静，把唏嘘和悲怆放在脑后，继续尽自己的一分贡献。"

听了夏强的话，二哥夏国又沉默许久。人同人之间本来并不容易事事都沟通，何况处在两个迥然不同的地方，几十年都没有见面。一朝相聚，即使热情拥抱，亲情洋溢，但又哪能立即互相理解。何况，二哥又是那样性格的一个人。

夏强怎么也忘不掉上海解放前夕最后一次同二哥的激烈辩论。那时，夏强同母亲、小妹劝二哥留下别走，二哥高声激动地说："不，我不留在这儿！"

"你一定要去陪着殉葬？"夏强问。

"看吧！看以后怎样吧！"

"什么意思？"

"同丽莎商量过，我们认为国民党有了教训如果能痛改前非振作起来，也许垮不了！共产党我还不了解！它如果一直好下去，它当然是胜利者，那时我们可以向它投降。万一它也走国民党的老路呢？我得看看！"

"你走，你会后悔的！"小妹尖厉说。

"我不喜欢政治，我只是个大时代里的小人物，一个技术人员，就是台湾解放了，我仍是我。"

夏强忍不住了："你顽固不化！"

"你没有资格骂我！我知道你历来对我不满。你如果骂我，我们从此情断义绝就是！没什么了不起的！"

言犹在耳，一晃五十年啦！

就像这奔腾不息的江水一样，时光流逝，昼夜不停。自古到今，多少英雄人物不见踪影，多少宏图付与落花流水，多少大浪淘沙的故事，多少崇敬与诅咒，多少辉煌与衰败，只剩下这山这水，这美丽的大自然，似是一种永恒的象征，一种可以摆脱沉重苦涩的慰藉。

而今，重庆已经成为拥有三千多万人口的中央直辖市了！震动世界的三峡移民计划第一期早已完成，庞大的三峡工程正在兴建。沿着三峡航行，旅途中，既听到人们谈论三峡，也能看到三斗坪三峡工程坝址施工地点……人已老，世事不断变化，连大自然都在被惊人地不断改造。长江能被切断，大片沿江的山崖、建筑物、农田、果园会被淹没，险峻的峭壁千仞会被炸飞……大自然如果有生命，也在经受流血的痛楚。随着科技和人类的进步，人的生命会更易丧失也会变得更加长寿。大自然的改变会变得更加频繁和彻底或保持得更加永久和美丽。这是否是一种关于存在与消失的辩证法？那么，从这种观点来看待那些人生经历中的风霜雨雪，那些短暂生命中的艰难苦辛，同大自然所受的爆炸、切割、肢解相比，只要换来的是进步、是美好，又有什么不该、不能忍受的呢？

夏强记得，当1957年"反右"时，听说小妹夏盛竟成了"右派分子"，当时真像被一个巨大的霹雳惊呆了。这怎么应该又怎么可能呢？当时夏强所在的报社，划了十多个"右派"，原因仅在于这些同志在党号召的"大鸣大放"中坦率而真诚地提了一些并不错误甚至完全正确的意见。夏强在一天晚上轻声同丹丹痛心地说："别的不谈，我只怕这种做法扩大了，今后上边就听不到真话也了解不到下情了！"隔了一年多，当全国弥漫着浮夸风时，他又说："可怕啊！说真话的成了坏人，吹牛拍马说谎话的倒可以成为好人。这恐怕是天下最不幸的悲剧了！"

那次"打退资产阶级右派分子猖狂进攻"的政治运动，事后知道是按照排队的方法各单位按百分比来划定右派的。那场反右派运动有十几万知识界的宝贵人才被错划。领导人曾鼓励号召鸣放，说明"言者无罪，闻者足戒"。当人们响应号召，却又说这是"阳谋"、"引蛇出洞"，党的威信自然受到了损害。

那是一段想起就使人不寒而栗的历史。夏强忘不了，却不想同二哥夏国说。同他多说他也是无法理解的。老是习惯用阶级斗争观点来看待问题的人才会比较容易懂得这是怎么一回事。

夏强记得在"文革"中，一次夜里审讯他，问："按你的出身和社会关系，你不跟国民党走却冒着生命危险跟共产党跑，你不觉得说不通吗？"当时夏强回答："社会是复杂的。我跟国民党走，确也许很方便也有利可图，但我不。为什么我这样，百折而不悔，这就是因为我悟到一种'道'。我愿殉道！这'道'就是我的理想、信仰，我的道德、情操和品质。我能明是非，辨善恶！"可惜，当时审讯他的红卫兵和造反派似乎并不理解他的话……

夏强一路上常在想这些问题，他把想法告诉丹丹和夏国，对丹丹说："雷老伯那年说过：'只要这个国家能富强起来，什么我都能忍受！只要谁使这个国家富强了、人民生活改善了，我就拥护谁！'你还记得吗？"

丹丹点头，提起父亲，她的泪水似禁不住要流出来，她的眼眶湿了……

雷香山现在安葬在他家乡的"三胞公墓"里。前年清明前，年迈衰老走路龙钟的雷龙，从香港坐飞机捧着父亲的骨灰盒回来，同丹丹和夏强一起在安徽合肥相会，在当地统战部门的支持下，按照老人的遗愿将骨灰下葬在家乡。只不幸的是雷龙办完安葬的事，却在打算回香港前的那个晚上突然中风，脑溢血抢救无效病故。雷龙的骨灰由他的儿子雷家骥从香港赶来带回香港同十多年前去世的徐素贞的骨灰合葬在香港的公墓中去了。雷家骥经商，早已入了加拿大籍，生意做得不错，但丹丹和夏强感到同他有很远的情感和思想上的距离。丹丹明白，以后爸爸的坟上只有自己和夏强会在清明时献上一束鲜花了！雷龙的后代，在雷龙死后，主要是在加拿大居住，没有感情会付与埋在中国的爷爷了。丹丹想起这心里就五味俱全，事实就是这样残酷，又怎么说？

二哥夏国问起过雷老伯的不幸遭遇，曾说："其实，他还是应该去台湾。那时我老岳写信劝他去，他是国民党的元老，又是国大代表，他去了，人家会捧他的！但他坚决不去。唉，后来的不幸真叫人难过！"

丹丹说："他是如愿以生，如愿以死。那时，南京有特务监视，可能是想挟持他去台湾的。但哥哥嫂嫂去了香港，他带着我说是去广州却一下子由广州也去了香港。那时，他对国民党完全失望和反感。他要为中国的未来负责。"

"听说他被邀请到北京开了会，还在香港做了策反工作？"二哥问。

夏强说："是的，他本来曾有些消极，但他同孙夫人宋庆龄在上海见了面，去香港后，接触了许多思想进步的老朋友，认为消极不对，决心要为建立新中国出点力。这才有了后来的那些事。"

"他对你们是抱着什么态度的呢？"

丹丹说："当时人心多数全倾向于共产党了，他说，希望共产党能使中国变一变，使中国变好。你们年轻人，走你们自己选择的路吧！在香港时，我告诉他了夏强的事，他很高兴。他说：'一有机会，你就到夏强身边去。你们一同多奉献点力量吧！'……"

看到丹丹语声凄楚，流下泪来，夏国叹了一口气，说："台湾实施戒严法几十年，那种特务统治可怕得很。但大陆运动接着运动，我们在外边看到报纸，也常替你们担心。要是早像现在这样的政策，那就好了！"

他的话含义丰富，含糊而又明白，但夏强认为拿今天的一切来要求过去，已不可能。过去属于过去，今天属于今天。进步每每是在错误的教训和挫折的觉悟下产生的。人世间在几十年的漫长时间中哪有现成的直行道可以畅行呢？

巫山十二峰，重峦叠嶂，各有奇姿美态，游船漂至湖北巴东县的官渡口，就是西陵峡了。这是三峡中的最后一峡。江面广阔，江涛汹涌，这里没有一点下过雪的踪迹。船停秭归，秭归是屈原故里，使夏强想起了陆游的七绝："江上荒城猿鸟悲，隔江便是屈原祠。一千五百年间事，只有滩声似旧时。"

好一个"只有滩声似旧时"呀！吊古伤今，情词悲咽。许多游客拥挤在船的一侧，打算上岸观光。有一个年轻的母亲抱着一个可爱的胖男孩，穿得都很讲究。那男孩正在牙牙学语，母亲吻他红彤彤的小脸，教着他说话："船!"孩子大着舌头说："团!"母亲伸着右手说："手!"小孩又大着舌头说："走!"边上听到的人都笑了。于是，丹丹、夏强和二哥也都笑了。

船在这儿停泊，游客纷纷上岸游览，自由活动。下船走上码头，可以看到许多背筐、搬货的人，也有一些小的搭着棚子的小饭馆。有一条陡陡的石板路通向上边。

问二哥是不是愿意上去看看逛逛，但二哥夏国说他累了。静下来时，天籁之声使他浮想联翩。他只想在船上休息，不想上岸了。他对夏强和丹丹说："你们上去逛逛吧!"

丹丹说："我们是陪二哥游览的。你不去，我们也就不去了。"

第二章　上下求索

（一）"有条有理"

晚上，从南京回到上海家中，母亲和小妹见到夏强回来了，都十分高兴。母亲忙着去炒蛋炒饭，小妹用脸盆端来了洗脸水。

不知邻家一个什么孩子在吹口琴，吹的曲子顷刻就温暖了夏强的心，使他想起了童年和当年住在上海家中的情景。那时，他也常吹口琴的。

夏强谈了到南京以后的种种情况。

母亲说："东方上周来过，带来了南京的板鸭和香肚等土特产给家里。在家里吃了一顿饭，但没肯在家里住。"夏强突然发现家里楼上客堂间里安了电话，问："怎么安了电话？"

母亲说："是方先生让电话公司来安装的，说是他有事可以同我们通电话，跑来跑去不方便。又说，夏强做新闻记者，有个电话也好派用场！"母亲说："安装电话要花不少钱，让方先生花钱，心里不安，但他坚持让人来装了。"

夏强也觉得是。但电话装也装了，方先生说有事同他联系起来方便些，也确是实情。又感到自己做记者确实要个电话方便得多，就不说什么了。

天气热，扇着扇子在灯下聊天，有微风从通向阳台的落地门外吹过来，母亲和小妹听夏强谈话，中心依旧是报恩、复仇。夏强说："明天我就去看方先生，陪他去办事。"母亲说："方先生早急得像热锅上的蚂蚁了。我让小妹去看过他一次。可靠的熟人找他，在后门上敲三下再敲三下，他才肯开门。他躲在家里像只煨灶猫似的胡子长了也不剃，萎靡得很，问你到南京有什么消息，什么时候回来。你说，这件事有把握没有？"

夏强说："努力试试吧！我也不敢把话说得太满，这件事确不太好办！"

话题转到复仇上，夏强拿出报纸来，把丹丹写的"锄奸小议"上的《揭露汉奸的回马枪》和《三个失踪的大汉奸在哪里？》等交给母亲和小妹看。小妹说："写得真好！"母亲看了，想着往事，又伤心了，流下泪说："夏强！鬼子和汉奸都是我们的仇人。但汉奸中我最恨的就是你写在本子上的那些人。当初，因为梅思平认识你父亲，是他知道你父亲住在上海租界提供了你父亲的名字，征得周佛海同意后派人劝说你父亲参加汉奸的'和平运动'，遭到拒绝后，他们又用杀人魔窟七十六号的名义寄来恐吓信。那时，七十六号是丁默村、李士群负责，吴四宝是七十六号的警卫总队长。后来，绑架你父亲直到杀害他都是他们干的！在这当中，梁鸿志趁火打劫，又贪又坏。如今，汪精卫和他的继承人陈公博这两个大汉奸头子死了，李士群、吴四宝也早死了，周佛海、梅思平、丁默村、梁鸿志这四个汉奸还在，想起你爸爸的死，我真伤心！"

夏强劝慰妈妈说："梅思平5月9日已经宣判了死刑，他提出'抗告'，民愤大，估计逃不脱枪毙！我跟丹丹说过，随时注意梅思平的死刑什么时候执行，及时通知我到南京，我要看着枪毙他！梁鸿志最近也要宣判。丁默村和周佛海、罗君强现在仍受着包庇，我和丹丹写文章追究他们的下落也就是为了报仇。我们看到上海和外地许多报纸上起了连锁反应也提出了要求严惩这几个大汉奸。反正，血债要用血来还！丁默村、周佛海迟早我一定要看着他们死！妈妈，你放心！我绝不会忘掉为爸爸报仇的！"

母亲停止了啜泣。小妹夏盛的眼眶也早湿润了。夏强劝母亲和小妹去睡，小妹明天还要上学。夏强躺在床上，有臭虫从床上木板缝和席子缝里爬出来咬得他身上发痒。他辗转反侧，不能入睡，其实很疲劳了。但想到明天要陪方国华去见白南史办事，心事重重，就难以入眠了。听着五斗橱上那只座钟敲了一点，又敲两点，才昏昏睡去。

第二天早上八点钟，夏强带了白丽莎和二哥的信悄悄地去到南昌路方国华的家里。他很谨慎，很注意是否背后有人盯梢。看到背后确实无人，才按母亲说的轻轻敲响方国华家的后门，先敲三下，再敲三下。果然，门"吱呀"开了，夏强看到酷似弥勒佛的方国华脸色苍白、愁容满面、胡子也未剃站在面前，一副狼狈样。

他很惊喜，把夏强拽进门内，轻轻锁上门，心里熨帖地说："阿弥陀佛，太好了！小阿哥！你终于回来了！我真是早盼晚盼天天盼着你回来啊！"

厨房间的煤气灶上煮着的红枣莲心汤发出清香。他将夏强引进客厅坐上沙发，客厅里有檀香味，也有股不通风的霉味。他忙着要去泡茶。这时，长得白净漂亮却又病恹恹的方太太从楼上下来了，亲热地招呼着夏强，马上就泡了香茶端来给夏强。夏强说："不喝茶了，我们还要出去办事。"方太太放好茶，让夏强同方国华谈心，自己不声不响就又上楼去了。不等方国华询问，夏强把南京之行的情况讲了，又把白丽莎写给白南史的信拿给方国华看了，把雷老伯写给钱大钧的信也拿了出来。最后说："先找白南史，如果能成最好；不成，再找钱大钧。"

方国华谢天谢地满面感激，问："那怎么办？我也去？"他激动而兴奋。

夏强点头，说："这信上是说我们俩一同去的。"

方国华沉吟着说："去倒是好，但我仍是害怕！万一不行，万一……怎么办？"他语无伦次地用手不断摸着下巴，下巴上胡髭未剃，像涂着一层青苔。

夏强想起了在南京拿介绍信时，二嫂白丽莎说的那番话了，觉得没有必要不告诉方国华，就把白丽莎的话原封不动地讲了。

谁知方国华听了白丽莎的话反而显得很高兴，说："钱，好办！我不是守财奴。我知道！我懂！只要给我去掉这'通敌资匪'的冤枉帽子，我什么都舍得。我是做生意的，还能不懂得好歹！"

看到方国华兴奋的劲头，夏强提醒他："重要的就是把'通敌资匪'这四个字去掉。但怎么去掉？我还想不出办法。且听听我二嫂的父亲怎么说。他问这件事，就得按真实情况谈，谈清三点：第一，你没做汉奸，也不同汉奸来往，为运物资到苏北打通关节，是姓徐的同乡一手干的；第二，你同共产党没有关系，是个只顾做生意不涉政治的商人，搞不清国民党同共产党的究竟，当时只觉得抗日应当支持，人说苏北家乡抗日的伤病员需要送药，救人一命胜造七级浮屠又有钱可赚才这么做的，当时说国共合作抗日，确不知这竟是'资匪'；第三，这事发生是由于姓徐的勾结军统想霸占你的全部财产，所以要置你于死地，其实是莫须有的冤案。"扼要把胸中酝酿很久了的三点一说，夏强征求意见问："方先生，你觉得这样对不？"

方国华认真听着，点头说："阿弥陀佛，事实确是你说的那样，我会如实讲的。我很懂，我就像只小蚂蚁，人家一个指头就能碾死我！但只是这些大人物高抬贵手护一下我，就没事了！我天天仔细看报，冈村宁次和周佛海都受包庇，我这个根本不是汉奸又为抗日出了力的生意人却处境这么可怜，我真是触尽了霉头！我们夫妻天天拜菩萨，总算把你这位救命菩萨拜来了。那我就跟你去，马上去！你等一下，我上楼换换衣服洗把脸。"

夏强独自坐在沙发上静静等着方国华，心里盘算着等一会儿怎么去找白南史。刚想好，方国华刮了胡子穿了件浅灰纺绸长衫拿了把纸折扇下来了。两人一起走出门去。方国华说："我已经在楼上打电话叫了辆祥生出租汽车了。我们坐汽车去。"

果然，一辆灰色出租汽车已经停在弄堂口了。

天气出奇地好，天上没一丝云彩，热得很。两人上车到爱棠路市党部去。这地方在沪西，两人都没去过，但司机知道。这是一幢豪华的大花园洋房，三层楼的，形状像只压缩了的巨轮。花园里树木阴森，绿草坪虽然未加护理，仍然绿得耀眼。传达室里有两个传达。夏强递了名片，在名片上写了一句"丽莎二嫂嘱来请安"。一个年轻些的传达拿了名片进去了。方国华来到这里，心里既忐忑又似乎放宽了些，轻声说："要是白主任委员肯帮忙，我就心里踏实了。"

一会儿，传达出来，让两人进去，说："上楼，向左边，就是主任委员的办公室。"

夏强在前边，同方国华一起上楼走向左边，看见一间明亮宽敞有柚木地板的办公室里，白南史正朝外坐在一张巨大的罩着玻璃台板的大写字台上低头不知在写什么。五十多岁的白南史顾长的个儿，长长的脸，皮肤白里透红，头发已稀疏带点花白，穿套浅色西装，服饰整洁衬衣雪白，打条深蓝白点的花领带。他的表情在夏强心中，一直感到阴沉严肃，就是笑时似也露出心计。

夏强带着方国华进房，用手轻轻叩叩开着的门扇，只见白南史抬起了头。夏强忙叫了一声："白老伯!"大脑神经的弦，始终绷得紧紧的。

白南史微微笑了一笑，点点头。笑意瞬即消失了，变得落落寡合。他指指面前的两只椅子，说："啊，来了? 坐，坐!"眼睛只看夏强，却不看方国华。

夏强和方国华走向前坐下了。夏强将白丽莎的信呈递给白南史说："二嫂的信。"

白南史接过信，仍旧只看看夏强，不看方国华。接过信后，也没抽出信笺就看。夏强揣摸：一定是二嫂给他打过电话，他全知道了，所以也就不看信了。也不好催他看信，只是结结巴巴地说："我……刚从南京回来……"他的步骤似被打乱了，不知如何办好了。

办公室迎面的墙上，挂着一个镜框，尺把高，是一幅蒋介石的戎装侧面照相，咖啡色的。蒋介石戴着白手套，未戴军帽，手握一把指挥刀。照片两边写着："南史同志"、"蒋中正赠"。挂着这照片，表明了主人的身份，也增加了办公室的威严。

白南史仍不看信，也仍不看方国华，对着夏强说："目前，肃奸的任务很重。你是记者，应当了解这情况吧？"

夏强不知他用意何在，说："是啊，了解一点。"

白南史皱起两道眉毛，左手拭拭脸，说："涉及汉奸的事，你是听说了吧？'五子登科'，有此五子，可以减罪负罪，也可以买命。有人说是造谣，我说目前确是如此，我就知道军统方面不少这种事。而且，这还得早，迟了就是肯花金条，也来不及救命了。他们是心辣手狠的。"

听着白南史讲话，方国华端正尴尬地坐着，如坐针毡，喉咙口一阵阵苦涩。

夏强不知如何回答，也估不透他说这话的用意，只好点点头，又点点头，好像在听训话。

白南史咳嗽一声说："做汉奸的，在敌伪时期个个都捞饱了。他们要保住自己不遭毁家杀身之祸，聪明的当然懂得怎么办。只要有人检举，自然罪有应得。既然有罪，把捞到的钱拿出来还之于国，也是天经地义，谁也不会同情。但军统抢先在上海接收，干的这种事太多，弄得名声不好，令人气愤。我为此就写过专门报告给中央反映实况。

我是不怕军统的！"

白南史说话时，架子很大，面孔铁板，口气很凶。夏强依然只好点头又点头。军统和 C. C. 有矛盾，人所共知，但白南史说这些干什么，夏强摸不透。

方国华像个弥勒佛似的坐着，听了这些，心里像灌满了冰水。

白南史又说："如今外边百姓有句话，说'有条有理'，你懂是什么意思吗？"

夏强说："那是指军统的人，有金条就能讲理，不送金条就不讲理。"

"还有人说'无法无天'，听说过没有？"

"听说过。"夏强点头，"这'法'就是指的'法币'。"

白南史"喝"了一声，仍然未看方国华，就像眼前不存在这个人似的。方国华刚才在楼下与夏强一同上楼时，情绪较好。自从进了白南史的大办公室坐下迄今未被理睬，甩在一边，早像个泄气皮球似的萎了。但用心听着白南史的每句话、每个字，似在品味一杯辛辣刺激的劣质白酒。

白南史继续说："我的住址你记下。我住在大西路 1182 弄 4 号，晚上一般都在家。有事找我可以到家里，那样方便些。但话说在前面，一点点东西我都不收的。不要带什么香烟水果鱼翅海参这些东西来！"

夏强掏出钢笔和小本子，记下了地址，心想，可能在这市党部里办事不方便，所以嘱咐晚上到他家里去谈？

白南史忽然拿起放在桌上白丽莎的信来，将信笺抽出信封看了起来。看了不久，信未看完，又忽然抬头用目光盯着方国华问夏强："这是谁？"他用手指指方国华，似乎现在看了信才发现方国华在面前。

夏强不知该怎么回答才好，老实地说："这就是方国华……方先生。"

谁知，白南史勃然大怒了，"乒"的一拍桌子，说："岂有此理！"

他朝着夏强吼："怎么事情没弄清，竟把当事人带到我这里来了？……"他的话冰冷得像冬天的铁棒。

方国华这被"铁棒"打得头晕眼花，脸色忽红忽白，撕心裂肺地吓得哆嗦，躬身站立嘴唇笨拙地蠕动，不知如何是好。

只听白南史声音略为和缓对夏强说："办这种事，岂能这么堂而皇之？要是被人知道，对我名声不好。丽莎真是幼稚！"

夏强也吓呆了，马上对方国华做了"走"的手势，叫他快走。

方国华丧魂落魄地闪身一溜烟蹿出去了。

夏强也起身想告辞，不料白南史脸色一变，带了三分和蔼，说："来，你坐下。我把信看了，我们谈谈。"

有个穿西装的年轻人，手拿一叠文件卷宗，敲敲开着的门扇要进来。白南史朝他看看，挥挥手，嘴里不清不楚地说："等会儿再来！"年轻人走了，白南史边看信边对夏强说："我刚才不是赶姓方的走，我是觉得办这种事要机密，不宜公开把当事人带到办公室来。我们是亲戚，就是丽莎不写信，我也理应出力。这种事个别悄悄办比较好。军统如今变成国防部保密局了，但他们耳目众多呀！你回去对方国华说——"他将信全部看完，"叫他不妨独自一人来找我！晚上迟一点到我公馆来即可……"

后来，夏强告辞白南史。白南史笑着同他握握手，送到门边。夏强受宠若惊地独自下楼走出来了，心里惶惶惑惑的，感到白南史这种做大官的简直太像一个出色的演员了。这种老练的党棍子，伎俩精湛，确实姜是老的辣。刚才的一幕，真真假假，忽而凶忽而善，说的那些话叫人似懂非懂，抓得住又抓不住。夏强不知刚才方国华受了那场惊吓怎么了？后悔自己太不老练，怎么把事情想得那么简单那么容易办成呢！现在，他弄不准下一步该怎么办了。

他离开市党部，决定还是要去南昌路方国华家同方先生商量商量。没想到在前边不远处的电线杆旁看到方国华肥胖的身影躲躲闪闪，原来方先生藏在那儿等着他呢。他快步上前，招呼着方国华："方先生！……"

方国华哭丧着脸额上冒着汗急吼吼地说："吓死我了！我走后，他谈了些什么？"

夏强站在那儿如实一字不漏地将方国华走后白南史讲的话一枝一瓣全说了，甚至连表情都全部描述了。

方国华那张弥勒佛的脸上忽然放光，眼珠转了又转，突然兴高采烈地说："好了！这事好了！"

夏强诧异地问："怎么？"

方国华好像大彻大悟地说："我看'有条有理'、'无法无天'还是对的！民谣早在说了：'重庆派的汉奸不审不捉，有金条的汉奸金条来赎！'我不是汉奸，但被扣上了汉奸帽子，要想平安，岂能不花金条来赎！我明白，'一点点东西他是不收的'！"

夏强皱眉，说不出话来。

方国华又说："白主任委员的住址有了，今夜，打铁趁热，我一个人去看望他。小阿哥，你说好不好？"

夏强迟疑了："你有把握了？"

方国华叹气："唉，江湖上走久了，做生意想赚钱也常常要冒险的。凭我的感觉，我听他的话虽不敢说听懂了百分之百，至少听懂了百分之九十。我决定去试一试。"

夏强点头："看来，你体会得有点道理。"

他不能不让方国华去试一试，但他心里对能否有成果抱着疑惑。

第二天，是个阴晦无风的日子，天空低沉得像要一直压到地面。一早，夏强同方国华通电话。

夏强打电话过去，问："昨晚顺利吗？"

方国华笑答："不错！不错！"声音里带着信心和喜悦。

"他态度怎样？"

"态度不错，小阿哥你放心！"

"能解决问题吗？"

方国华说："过一会儿我要再去。白主任委员有点伤风感冒，今天不去上班，在家休息，约我到他家去。"

方国华同夏强约定有了头绪和结果再通电话。夏强决定抽空到提篮桥采访一下仇人大汉奸梁鸿志。审判梁鸿志时，夏强在南京未赶上旁听，现在他得去监牢看一看。

梁鸿志是北洋时代的老官僚了。北洋政府垮台，他失势隐居。日寇侵华时期，他抱着极大的政治野心，无耻地依靠日寇的刺刀，组织汉奸的"中华民国维新政府"，在南京出任"行政院长"，以后又参加汪伪政府，成了汪伪国民政府监察院长和立法院长，成为当时沦陷区内三大巨奸之一，即汪精卫、梁鸿志与在北京的伪华北临时政府行政委员会委员长王克敏。汪精卫抗战胜利前病死于日本。王克敏1945年8月抗战胜利后在北平被捕，12月间畏罪服毒自杀在狱中。独有梁鸿志有孔祥熙等写信庇护，尚未宣判。

那是夏强的父亲夏澄教授被76号秘密逮捕后，母亲到处找人打听消息并营救。夏澄教授在历史学界素有名望，历来爱收集、珍藏名画文物。母亲托了夏澄教授的一位同事胡教授营救夏澄。胡教授是个热心人，说："我认识大汉奸梁鸿志，但不屑与他来往。为营救夏先生，只好去央求他，但梁鸿志十分贪婪，喜欢书画文物。他有三十三幅宋代字画，书房就起名为'三十三宋斋'。夏先生爱收集字画文物，如果找梁鸿志，空手去怕也只能空手而回。嫂夫人应割爱一些最好的古字画由我带去，好谈营救之事。"母亲连连说是，立刻选了夏澄最珍爱的古字画交胡教授去送礼。梁鸿志满口应承，但表示："夏澄收藏的有些明朝字画珍品我很喜欢……"于是，母亲又托胡教授送去了第二批珍贵字画。谁知梁鸿志吞下了礼品其实未救夏澄……

怀着深深的仇恨心,夏强上午凭记者名片和介绍信先到高院拿了探监介绍信匆匆赶往提篮桥。

天气闷热,阴而潮湿。提篮桥监狱在虹口,本是公共租界英国人关禁囚犯的大监狱。墙高墉厚,有笨重的大铁门,里边一排排四层楼阴森森已经灰暗发旧的牢房窗户上全有粗重的铁槛。通过大铁门一边的窄口,经过法警盘问、检查介绍信才能进去。里边共有十几所大监房。囚禁外国犯人的西牢条件比较好,有狱医,男女犯人分开监禁。一些抓进来的小偷、小流氓、小瘪三则单独囚在感化院。一所所的大监牢,各用忠、孝、仁、爱、信、义、和、平八个字命名。梁鸿志等大汉奸囚在"忠"字监。这里其实就是"江苏高院第二分院"的临时看守所。卖国的汉奸囚在"忠"字监里,颇有讽刺意味。

夏强要求见典狱长或看守所长。一个法警向东边指指。夏强看见在一片大草地旁的那条水泥路上,有一个瘦高条子穿套白帆布西装背着身子正与一个黄脸皮约莫四十多岁的看守所长在谈话。夏强上前,那人一回头,是个方脸盘、大眼睛、五官端正,眉骨和鼻梁有棱有角,仪表清秀的年轻人。夏强不禁"啊"地叫了起来:"濮松涛!是你啊!"

真想不到此时此地会同濮松涛相会。松涛是新闻系同学,杭州人。在校时,不大爱说话,同夏强相处得还算可以。毕业后,互相没见到过。现在,松涛见到夏强,笑着亲热地说:"夏强,想不到老同学又见面了!"

热情握手。夏强又同看守长握手,把高院的介绍信给了看守长。想不到松涛也要到"忠"字监采访梁鸿志,说:"一路去!"

看守所长陪着两人去"忠"字监,说:"只许看看,不准同犯人接触、谈话,时间限五分钟!"

条件苛刻,只好照办。路上,夏强问松涛:"你在什么报?"把自己名片给了松涛。

松涛给夏强名片,名片上是:

上海《大众常识》报副主编

上海《求生周刊》记者

濮 松 涛

杨树浦路 372 弄 4 号

电话：96384

夏强还没见过这一报一刊，但在上海新闻界里碰到一位老同学很高兴。他还没顾上在上海新闻界里找朋友呢。他收起名片，说："太好了！以后我有伴了。"

濮松涛说："夏强，你毕业后到了《时事日报》，我常看到你写的文章。你在校时，给外边报刊写的一些文章我也看了些，写得挺好的。你知道施剑平去了台湾吗？他在那里办了一张《公平报》，挺不错的，销路很好。"又补充一句："挺进步的一张报！"

夏强知道松涛同施剑平很好，问了施剑平的地址，说："我要写信同他联系！"他同濮松涛一起跟着看守长走进"忠"字监，沿水泥台阶走上楼去。

幽幽的廊道，阴暗而充满臭味。两边是一间间有铁栅门的狭小的囚室。廊道上端亮着十五支光的电灯泡。每隔六间囚室才有一盏。虽是白昼，这里光线幽暗，灯光昏黄照得囚室里的犯人像鬼影憧憧。有手里拿着大把钥匙的看守走过来，钥匙"哐啷啷"地响。

看守长将夏强、松涛带到那提钥匙的看守身旁的一间囚室跟前，用手指了指："就在这！"又说："梁鸿志是住单间的，门口日夜都特别加岗的！"

光线黑暗，夏强、松涛凑上前看。囚室很小，有趣的是没有床铺、没有桌子、没有灯，有一个肥头肥脑方面大耳朵挺着肚子的人，穿一身绸短褂裤，脚登黑缎面布底鞋，正在囚室里踱步。他抬头看到了夏强、松涛，居然勉强笑笑讨好地点头招呼。

夏强铁板着脸，仇恨地盯着梁鸿志，脑海中想起了早被杀害了的父亲夏澄，心中在说："爸爸，儿子今天是在替你报仇！梁鸿志受到报应了！……"默默讲到这里，心里发酸，听到松涛轻声在问看守长："他什么时候宣判？"

黄脸皮的看守长摇头："听说快了！"

夏强问："他会判死刑吗？"故意声音较响，好让梁鸿志听到。

"说不准。"看守长轻声回答。

松涛说："你们这儿执行死刑为什么常常事先不声张？"

"杀了就杀了！惹那些麻烦干什么？说真的，你们这些当记者的最烦人！"

夏强明白梁鸿志尽管有人包庇，但不判死刑恐怕会引起舆论大哗，也明白枪毙汉奸虽大快人心，但监狱中每每秘密执行，刑前不想声张。心中不禁想："只要判了死刑，我就是无法亲眼看到他死，也心安了！"

看守长催促："好了好了，超过时间了！"他急着带夏强、松涛走。

松涛要求再多看一些汉奸，包括曾任伪司法院长的温宗尧、伪广东省长陈春圃、伪《新闻报》副社长陈日平、伪中央储备银行副总裁钱大魁等，但看守长说："要再去高院办手续！"夏强、松涛只好离开梁鸿志那间囚室。一路上，询问起看守长关于梁鸿志的情况来，看守长倒不拒绝回答，说东道西，比如梁鸿志怎么被捕，四月初怎么押来，他在监狱里经常念《阿弥陀经》，写了许多诗，诗稿起名《入狱集》和《待死集》，有两个年轻小老婆常来探监送东西……夏强决心回去后给《时事日报》写一篇"忠"字监里囚梁鸿志的通讯，进行讨伐。

天阴沉沉的。出了"忠"字监，到了楼下，两人谢了看守长，握手告辞，一起走出提篮桥监狱。松涛说："找个时间，我们一同去采访集中起来了的日俘日侨。国民党对日本人仁爱之至，很快都要遣送回国了。其实那些日俘中杀人凶手很多。"

夏强说："我本来有这打算，约个日子我们同去！"

松涛突然说:"今天你也别急着回去了。到我那儿去坐坐好吗?离这儿不远,就在杨树浦路,坐电车一共三站。"

夏强看看手表,时间尚早,说:"也好,我去坐坐。"

电车上,松涛说:"夏强,你给施剑平写篇《提篮桥探奸记》寄去好吗?他约我写,所以我今天来采访。但最近杂事太多,他的稿要得急,你就找点背景材料加上今天的目睹耳闻给他写了寄去。老同学之间,互相支持,他会感谢你的。"

夏强感到这没有困难,他在校时同剑平也处得可以,剑平思想同松涛一样都比较进步,人也正派,爽快地说:"好!"就问松涛:"你们那一报一刊情况如何?"

松涛轻声介绍:"这一报一刊都是去年才创办的,朋友拉我一同办。《大众常识》以职工为对象,注重群众性,报道职工关心的事,比如要求停止内战、争取和平,帮助职工了解时事形势。《求生周刊》发动群众办刊,组织职工自己写稿、发行、阅读,反映职工心声,为职工服务。现在物价飞涨,特务横行,我们从反映职工切身问题入手。等会儿,我拿点刊物给你看看。"说到这,他又轻轻地说:"你可能想不到,这一报一刊还没得到正式批准出版呢!虽然发行份数都有两千多,很受职工欢迎。我们办报刊也力求合法,但书报摊上的刊物,常被没收或撕毁,工作很艰难啊!"

夏强推心置腹地说:"依你的才干,找一家待遇优厚工作条件好的报纸不难。但我知道你是个有所为有所不为的人,你守住这一报一刊,肯定是这工作有意义才这样的!"

松涛也不否认,却问:"你怎么知道我有所为有所不为?"

夏强笑了:"在校时,号召'十万青年十万军'。当时有人号召报名,也有响应的。你这个不多说话的人,背下却对同学们说:打鬼子自该拥护,组织青年军目的是为了将来别有用途,这明眼人都看得清。我们决不上当去做这种炮灰。你忘了吗?"

松涛笑了:"你记性真好!"含有深意地忽然说:"那时你跟方之要好。方之可是个好人。只是后来听说遭到不幸了。"

提到方之,引起夏强许多回忆。从松涛提起方之的话里,夏强感到自己同松涛之间心靠得很近乎了。

到站了,两人下车向前走过去。天气使人挥汗如雨。走到左侧一个小弄堂,进去后简直像进了棚户区。见到处拉着些麻绳、草绳,晾着破旧的、滴着水的衣服。有些人家门前在破脸盆里种着太阳花。有两个白发老头坐在小板凳上没精打采地赤着膊聊天。转来转去,到了一排木板房子跟前,松涛说:"到了!"

夏强看看,并无报刊的牌子或标志。松涛把他带进一个黑黝黝的屋子,"啪"的开了电灯。灯光一亮,看到屋里边四壁毛糙不平,竟是没有光泽的水泥地,阴暗潮湿。残缺破旧的家具只有简单的两张堆满书报纸张的桌子外加几把椅凳。

夏强说:"啊!就在这里工作啊!"

松涛说:"只能这样!我们在这工作的几个人,除了我是专职,别人都有正当社会职业,白天上班或晚上上班,抽出时间来采访、写稿和编校稿件。今天我去采访梁鸿志,就是想再看一看汉奸的生活。你知道吗?梁鸿志等一批地位较高的汉奸被捕后,最初关在福履理路条件非常好的大花园洋房里,梁鸿志的厨师天天给汉奸做菜吃,梁鸿志的小老婆每天白天去陪伴。汉奸们可以下棋喝酒吟诗,有的甚至可以抽鸦片。我在刊物上揭露过。你知道,当局对肃奸一直是让老百姓失望的。非要弄得民怨沸腾不可开交了才不得不判一些杀一些汉奸来敷衍一下。"

夏强表示赞赏,说:"我对工人不熟悉,也不了解。这以后,有机会我也跟着你了解了解工人,熟悉熟悉他们的生活。"

松涛脸上有赞许的神情:"好的!上海有一百万工人,是有光荣传统的。你接触了他们就会了解到他们有多么优秀的品质,也会了解到他们曾受到奴役受到多么沉重的压迫。正因为这样，我才宁愿用一种牺牲精神在办这一报一刊。以后，我们多联系多来往，有些事也可以多商量。"

夏强心中愉快，说："那好那好！"突然想到了雷丹，说："松涛，你不知道吧？雷丹在南京，在《秣陵晚报》做记者！我在南京见过她。"

松涛问了地址，说："好啊！你同我们的'校花'关系有进展吗？这个姑娘不错。"

夏强笑了，推诿地说："老同学嘛，谈什么进展不进展。"

松涛也笑："下次我如果去南京，一定去看她。你要是写信，替我致意。"说到这，忽然问："夏强，你感觉到不？局势很不平静呢！当局执意要打内战，实行专制统治，首先是破坏了生产，刚刚开工的工厂又纷纷关门，失业工人越来越多，无人来管。上海从英商电车工人到江海关职工，再到沪西、沪东各工厂的工人都在争取和平反对内战，要求民主。上海人民呼吁和平请愿团已经组成，后天清晨就要去南京请愿。你知道不？"

夏强说："我刚回来，同上海新闻界发生联系还不够，实际是自己在唱独角戏。再加上近来有些家事要办，所以还真不知道呢。你给我说说，以后有什么消息随时告诉我。"

松涛说："后天，6月23日，清晨你到北火车站去吧！到那里，我们见面，好不好？"

夏强点点头说好，问松涛："马思南路一百零七号周公馆，实际是中共代表团驻沪办事处，我还没接触过，听说有时开记者招待会，哪天我们一同去采访好吗？"

松涛坦率地说："我也是想去那里看看的。但那一带常有特务监视。听说周公馆马路对面的马思南路九十八号里边就有秘密监视点，日夜监视，还派人跟踪调查进出周公馆的人员。那儿周围，连摆摊的、收废品的、拉黄包车踩三轮的都有背景。我们不是不可以去，如果必须去就是有危险也得去。如果非必要的去，惹些麻烦倒是必须警惕的。"

夏强觉得松涛讲的话，同东方说的话意思相仿，点头表示同意。

有个黑瘦穿破旧短打的工人进屋来了，松涛亲热地招呼："坐一下，我有个朋友，陪他一下我们就谈。"

夏强见松涛忙，说："我就回去了。施剑平的稿回去就写。明天上午八点半我来找你一同访问日俘日侨，后天清早我们一准在北站见。"

松涛也不留他，两人握手分别。夏强出来，心里因为遇到松涛，十分高兴。他坐电车回去，本想回家，但不放心方国华的事，决定去南昌路方家看看。坐电车到了外滩，在一家小店里吃了碗面，匆匆又转车去霞飞路。

天突然变得昏沉沉的了。像个灰色网套笼罩在头上，十分闷热。在霞飞路金神父路一站下了车，夏强徒步走到南昌路方家。进了弄堂，仍照规矩从后门找到了六号方家。不知附近哪家人家在拉胡琴唱京戏。一个男人扼着嗓子跟着胡琴在唱《苏三起解》："……初见面银子三百两，喝一杯香茶就动身……"按规矩敲了门，仍是方国华来开门。一见方国华容光焕发，又听到客厅里的收音机里播着戚雅仙唱的绍兴戏，夏强猜到他一定有了好消息。到充满檀香味的客厅坐下，方国华"啪"的关上了收音机，满面笑容。

夏强说："方先生，怎么样？事情有进展了？"

雪白娇小常常多病的方太太下楼来了。她是苏州人，旗袍腋下纽扣上喜欢别一串喷香的白兰花。一口吴侬软语，头发烫的大波浪，搽了口红，漂亮得很，泡茶、拿糖，十分热情，说："小阿哥，吃饭没有？"夏强说吃过了，方太太又说："小阿哥，真要谢谢你啊！菩萨保佑，要不是你我们一家都完了啊！"说着，坐下陪客。

夏强听了这话，心中有报了恩的快慰，但猜不透事是怎么办成的，说："方师母，不要客气。要说感谢的话，该我来说呢。"他望着方先生，又说："但不知这件事现在办得怎样了？"

方国华笑笑："你不是说过吗？主要是把陷害我的'通敌资匪'这顶帽去掉，我也觉得关键在此。昨晚和今天上午我去找白主任委员发现他非常爽快，到底是大官，有魄力，说话算话，守信用，阿弥陀佛，今天上午他已经给我把问题解决了！"

夏强看看方国华和方太太两张光彩照人扬扬得意的笑脸，简直猜不透这葫芦里卖的是什么药了，心想，哪这么容易呢？问："解决了？是怎么解决的呢？"

方国华哈哈一笑："小阿哥，这叫作难者不能，能者不难！我拿样宝贝你看！"说着，起身去靠墙的那只茶几抽屉里拿出一封信来，说："你看看！"

夏强抽出一看，是中国国民党上海特别市市党部的信封信笺写的一张证明：

证　明

方国华同志忠贞党国，经委派于民国二十九年三月起以经商身份在上海及苏北从事地下工作，担负策反及刺探情报等任务，屡著功勋，除已予嘉奖在案外，特此予以证明。

中国国民党上海特别市市党部（印）

主任委员　白南史（印）

中华民国三十五年三月十日

夏强手拿"证明"，不禁目瞪口呆，既为方国华的事解决了高兴，更有一种形容不出的苦涩，心情复杂透了。白南史啊！你真聪明老练，怎么一下子就将方国华这么复杂难办的问题解决了呢？回想起昨天在市党部听白南史讲话、表演的那一幕，夏强像做了一个梦。白南史固然是一个好演员，方国华也不愧是老到的生意人。闻到一阵风就知道来自东南还是西北，听到一番话就能辨出成败和吉凶。怎么能料想白南史拿起笔来，写上几行凭空捏造的事，盖上红印章，签上名，就不费吹灰之力将方国华搭救了并且将偌大一个冤案化解了。但这样办，这件事是好是坏呢？是对是错呢？他真糊涂了！不知说什么好了，拿着证明呆呆地发愣。

方国华像弥勒佛般咧嘴笑着："小阿哥，今上午我去，其实他早将盖好公章的空白信纸放在家里抽屉里了！我去后，他当着我面就写了这个证明。写完，还问我：'你看，这样行不行？'这哪有不行的呢？当然行啰！我这就明白了！怪不得现在地下工作者那么多。我也算插上一脚了！哈哈！"他十分得意地发出笑声，方太太在一边也陪着微笑。

夏强将信还给了方国华，仍不知说什么好，却想起了雷老伯说的"用人的腐败，是最大的腐败"那句话了。白南史这样的人，历来被重用，腐败可知了。

方国华感激地说："这次全是托你小阿哥的福了！你啊，将来一定大富大贵。我和她——"他指指方太太，"都感谢你，永远不忘！本来，你不来，我晚上也要到老太太处告诉你们的。现在，我可以大摇大摆上街，无须躲躲藏藏了。我本想收回环龙路的洋房的，白主任委员劝我，现在他们同保密局之间关系不太协调，多一事不如少一事。已经开了证明，房子的事破点财就算了。我想想也对。我现在只想能出头露面不再躲躲藏藏，生意人总要做生意的，做生意就能把损失的钞票捞回来！"

夏强肚里明白，方国华虽然没明说，肯定送了金条给白南史了！真是"有条有理""无法无天"啊！白南史那场表演暗示得够明白的了！……想到这，他简直无话可说，但听到方国华强调"出头露面"，强调"大摇大摆"上街，却不放心了，好意地说："今天我去提篮桥采访汉奸梁鸿志，听说梁鸿志本来躲在苏州，人都不知他藏在何处。但他新娶了一个小老婆。小老婆去上海料理私事，在火车上被一个认识的人发现，跟踪找到了梁鸿志，梁鸿志才入了狱。梁是大汉奸，你是冤枉的，但现在的事常青红皂白不分。如果被陷害你的人找到，可能还是会引起些麻烦的。不如暂时还是小心些的好。"

方太太朝着方先生说："国华，小阿哥说得对！"

方国华却未答话，夏强感到他有了"证明"胆大气粗了。方国华迟疑了一下，说："我本来连用人都不敢用，只有一个可靠的老厨师隔天给送点菜和吃食来。这下，我用人总要用的。老厨阿方我要叫他来，还要用个娘姨。我已经请白南史夫妇星期天下午来我这里打麻将吃夜饭。我会请几位有身价的太太来作陪的……"

夏强感到无话可说了，起身告辞。

（二）日俘、日侨

"京沪区日本徒手官兵管理处"的牌子，挂在上海江湾一幢脏兮兮的灰色三层楼建筑的大门外，门口有汤恩伯第三方面军的荷枪戴钢盔的士兵站岗警戒。这些房屋原先是日寇的兵营，如今有些地方用铁丝网拉着，有些场地连铁丝网也未拦。

几棵大杨树上有些鸣蝉，在烈日下单调地疯狂鼓噪"知了……知了……"，叫得人昏昏欲睡，也叫得人心烦。

这里不叫"俘虏"而叫"徒手官兵"，是一种创造，目的似是怕刺激日本官兵。百姓早有议论，弄不清为什么对来侵华杀人放火的鬼子兵这么好。

上午，夏强和松涛来访问，在办公室见到的那个管理处长名叫王光汉，是个少将。他架子挺大，让夏强和松涛整整等了一小时才露面。他矮矮胖胖的个儿，说话好龇牙，河南口音，性格倒直率，说："有二十七万多日本徒手官兵归我们管。现在集中在江湾、南通、苏州、南京等地的营地里，全早都缴了械，正陆续在遣送回国。"

夏强问："这些日本官兵表现如何？"

王光汉龇着牙说:"日本军人养成了不可一世以征服者自居的性格。他们很多人认为投降是天皇的权宜之计,是为了避免本土遭到更严重破坏,以备将来重显国威。"

松涛问:"有些什么思想状况呢?"

王光汉坐在那儿拿起桌上的一叠报纸当扇子扇着风说:"当然害怕中国人民报复。他们大多有罪恶!现在说话变得低声下气、点头鞠躬,但有的遣返上船在船离岸时竟高喊:'我们要回来的!你们等着吧!……'那意思是有朝一日仍要回来报仇的。"

夏强不由得心里一惊,天热,心里更火辣辣了,问:"要多少时候遣送完?"

回答出乎意外:"七年的事,我们打算十个月干完。现在送走的已经很多了。"王光汉回答时已经有点不耐烦了。他正在拭汗。

"送走多少人了?"松涛问。

"无可奉告!"

松涛又问:"听说有的战俘还有留声机,晚上还可以跳舞?"

"有过!人道主义嘛!"

"听说我们大量留用了日本战犯,也征用了日本战俘为我所用,是否确有此事?"

"不知道!你是怎么知道的?"王光汉对松涛的问题既不回答,又很不满,瞪着眼珠,似乎触到了什么隐私。

"日本宪兵有多少人,怎么样了?"夏强问。

"上海区就有一千多人吧。都是解除武装了,有的已经遣返。"

"日本宪兵个个手上都沾满鲜血,竟连罪大恶极的也不惩办?"夏强问。

"这不属我回答的范围!"王光汉龇着牙接待到这里,说,"我还有事!就谈到这里吧!"说着站起身来,甩下当扇子用的那叠报纸。

松涛说:"我们能否采访一下战俘,参观一下?"

王光汉摇头："以前可以，现在为防止引起日本徒手官兵的思想波动，给工作带来麻烦，这一段我们谢绝参观采访。等我们下次举办记者招待会时再请你们来，那时可以安排。"

夏强说："是否同意我们短短地采访一下？我想弄清些问题。比如，'八一三'之前，从上海到南京去，铁路沿线每个站上都有日本的'仁丹'广告，有大有小。当时并不太介意，只以为是日本倾销商品。等到抗战爆发，才知其实这是日寇包藏侵略祸心为侵略战争蓄谋而预先布置下的指路牌，日军只要看到这广告，就知道这个地方的规模大小，甚至地形、河流、山川在上边也有暗示。现在，这些广告大部早已铲除，但也还有剩余的可以见到。不知这事得到过印证没有？"

王光汉马虎应付道："这事自然不假，鬼子打中国之前，历来早早就心中有数，对中国的地貌地象等，了解得比我们的五万分之一地图还清楚得多。但我们事儿太多，现在主要是平平安安把日本徒手官兵遣返。别的事顾不得太多了。"说着，拭着汗把军帽朝额上一推，说："我忙，话也说得不少，对不起，二位请回吧！"

看样子，王光汉下逐客令了。他陪松涛和夏强走了出来，同两人握手告别，告诉二人可以到虹口第三方面军日侨管理处去采访日侨，说："那里的日本人不是军人，采访比较方便。都一样是日本人，你们可以去看看。"

夏强和松涛赶车去虹口，路上不禁气愤地谈了起来。松涛说："现在，无论美国还是中国的当政者，用包庇的办法处理日本战犯和日俘，而不是用严肃认真肃清日本军国主义的态度来处理这些在战争中两手沾满鲜血的日本人，只怕以后这批可怕的人中有的不但不知罪还要卷土重来呢！真令人浩叹啊！"

夏强说："我看到《大公报》上有篇记者写的报道，说日本军人至今还没承认他们确已战败。广州区代表日寇签降的日军司令官田中久一认为：如果天皇不下令停战，日本仍有战胜希望。记者同他谈到战争罪犯问题，田中久一说，他认为什么人该是战犯很难下明确界限。他说：'比如我，是一个司令官，也当然有部分责任，可是我是一个军人，我只是奉命打仗。而且中国许多年来的反日教育，也该负其责任！'松涛，你说叫不叫人气愤！"

松涛说："中国有反日教育，是日本数十年侵略造成的结果。这种日本军人倒因为果太坏了！"稍停又说："有可靠的消息，冈村宁次已经充任老蒋的秘密军事顾问了！国防部已经建立了一个第三研究组，大量留用日本战犯和日俘帮助打内战，已经有许多日俘被留用和征用了。"

夏强吁了口闷气，不由得说："日本这些战犯战俘，如果不经过彻底整肃，把他们身上的法西斯细菌清除掉，对中国对亚洲对世界将来都是一种不可忽视的危险。"

松涛点头说："八年抗战中国人被日寇烧杀奸掠，凶残蹂躏，军民起码伤亡二三千万人以上，财产、精神损失就难以数计了。如今，在美国有心包庇和扶助下，想留下日本的军国主义势力好来对付苏联，连战犯的惩治都稀稀松松、慢慢腾腾，真叫人不平气啊！"

夏强不由得介绍了一些南京大屠杀的情况，松涛听了，说："日寇在中国的暴行，南京大屠杀确是一个突出的例子，中国军民被杀三十万人以上。其实，性质相同的类似的屠杀在中国大地上是到处都开着血花的。华北日寇的'三光'政策，起码杀了几百万中国人，火烧了上万村庄。当年，美机轰炸日本后，日寇为破坏浙江、江西一带飞机场，十万鬼子兵在浙赣扫荡，据说起码杀了二三十万人。类似这种事，将来历史学家都会研究、统计出来的。"

太阳暴烤，公共汽车来了，两人上车。车上人多，两人站着，挤得厉害，汗流浃背，不便谈话。夏强看看手表，建议："到虹口后，先吃中饭吧。看来，得两点钟以后才能找第三方面军日侨管理处陪着看一看，然后召集日侨开个座谈会，听听日侨怎么说，你看好不好？"

松涛同意:"我也这么想。"

到了虹口,两人找了一家小饭馆,一人吃了一客烂糊肉丝盖浇饭。这种饭价廉物美,又出得快,一盘饭上浇了许多白菜肉丝和汤汁。吃完饭,两人走到唐山路,找到了挂着"第三方面军日侨管理处"牌子的房子,是一幢十分宽大三开间三层楼的花园洋房,既新式,又有石库门房子的风味,估计原来是个什么大汉奸的私宅。花园里依然树木葱茏,盆花很多,有太阳花和茉莉花盛开,也有些盆景。客厅样的一间大房作为饭堂正开过饭。伙食很差,木桶里剩下的粗米饭颜色发黄发红,菜是炒黄豆芽。地上撒吐着不少饭菜。到办公室,接待的是一个戴少校领章的军官,名叫张家云,刚吃过饭在剔牙。他比王光汉谦和多了。递了记者名片,向他提出要求后,他说:"行!"但让两人坐着看报纸等一等,说他有点事。等了半个多小时他才来,陪着夏强、松涛说:"走!先陪你们看看。"

虹口依然带着点日本味儿,这是日侨在此大批居住造成的。夏强、松涛随张家云边走边谈。

张家云介绍:日寇投降后,从各地集中沪上的日侨本来有十万,一直还过着相当自由衣食无缺的生活。已经遭返四万了,现在虹口区只是集中的日侨的一部分,不足一万人。日侨原先在这经商的很多,也有开烟馆贩卖鸦片和红丸白面及吗啡的,更有开赌场和日本妓院的。日军在虹口也设立了慰安所。现在这些都早关门了。但小本经营的多起来了。尤其是小吃食店,卖茶、卖点心的小食摊子很多。他又用手指指在街边走动的一些男男女女和老人,说:"这些都是日本人!"

夏强看到日本人男的多数是西装、中装,女的多数穿的是中国旗袍,极少见穿日本和服的。可能他们有一种心理,想尽量不表现出自己是日本人。但有时还是看到有穿木屐的日本女人,脸上粉搽得雪白,画着眉毛,短肥躯干,摆摆地走着,一眼看出不像中国人。

张家云满头大汗地陪同夏强和松涛走到了唐山路原"日本第九国

民小学"的地方。这里居住着三百多名日侨，多数来自苏州。早先住在这儿的日侨已遣返日本。在未遣返日本前，被移民来上海虹口落户的日本人的学龄子女，都在日本人办的国民小学读书。如今小学停办。小学校舍、课堂的房屋都比较整洁。门口，有一家小吃食店，日本人开的，一个日本老太在洗碗碟。门口招牌上大字写着"民主烧馒头"。"烧馒头"实际就是油煎包，有栗子粉的馅儿，看上去味道不错。

张家云用手指指"民主"二字，说："这'民主'二字是如今加上的时髦话！正如上海人在胜利后馆店出售的'胜利饭'、'胜利茶'、'胜利酒'一样。'民主'是日本人新的憧憬吧！"

有些日本人经过，看到张家云穿着军服，都微笑着低头行礼。张家云说："这些日本人，现在见到中国人都表现得比旅店茶房还恭顺，咧开嘴唇讨好地笑表示友好。其实以前并不都这样，现在打败了，投降了，不当中国人的面，他们都是失去笑脸的人。"

到了一间教室，里边有些课桌课椅，但绕墙放着榻榻米。松涛看看手表，催促张家云说："谢谢你快帮忙组织个座谈会，时间不早了，有七八个人参加也就可以了。"

张家云会讲日语，是个比较朴实的人，说："可以！我马上去找人，你们先把桌椅摆一摆。"说完，就匆匆走了。

松涛和夏强动手把榻榻米抬了合排在一起，把桌椅排好，布置开座谈会。

不到二十分钟，张家云带了八个日本人来了。男的两个，都是老年人，女的六个，有两个年轻女的抱着婴孩，其余四个都是中年或年龄较大的。来后，照例恭敬地鞠躬行礼，满面含笑十分礼貌地脱鞋登上榻榻米，像中国北方人上炕似的盘腿坐下。抱婴孩的母亲马上大方地敞开胸膛露出雪白硕大的乳房来给小孩喂奶。夏强、松涛和张家云则在椅上坐下了。

多数的日本人都能说点中国话，夏强和松涛就直接交谈；也有的日本人不会说中国话或不愿说中国话装作不会说的，都通过张家云翻译交谈。知道除了一个年岁最大的老头佐藤秀三是上海自然科学研究所研究黑热病的专家外，其余这些日本侨民都是在苏州经商的。教育程度，除佐藤秀三外，都是中学以上。张家云悄悄告诉夏强和松涛，这个佐藤秀三很可能是研究细菌战的专家，但他不肯承认。他脾气古怪，寡言少语。

从交谈中，这些日侨首先都表示感谢中国的宽大，然后又都表示这次战争是受了军阀之骗。好几个人都说："投降前，我们总以为日本海陆空军都是世界第一，没想到突然就打败了！真是受骗了！……"

原来，他们的认识只停留在这样一个程度上。夏强不禁说："世界第一就该侵略吗？"

松涛也说："是啊，你们只认识到受骗，却还认识不到侵略！认识不到中国被你们烧杀成什么样子！遣返回国带着你们现在这种思想回去，将来说不定国家强了，又要扩军向外侵略呢！"

可是，他们的话，有的日本人也许懂，有的日本人也许不懂或不想听。夏强请张家云把这些话好好用日语讲给他们听。日本人听了，绝大多数当然都柔顺地点头，但心里怎样想就难说了。

于是，谈到日本天皇和政治问题。日本人说，希望日本要实施更有自由的民主生活，但却希望保留天皇。这个矛盾怎么解决？他们想不出应该怎么解决，但表示似乎觉得没有天皇就没有一切。夏强听了，觉得麦克阿瑟在日本像太上皇似的代表美国实际上已经替日本保留了天皇，实际是在迎合日本人的意愿和需要。

一直沉默而双目深陷脸上皱纹如同刀切的佐藤秀三，面孔铁板，了无笑容，松涛点名要他谈谈时，他冷漠而又艰涩地说："我对政治问题不感兴趣。"

夏强问他："你们日本是研究细菌战的，你研究黑热病是不是也同这有关？"

佐藤惶悚了,忧郁涩滞的脸上忽然反常地笑笑,显得很不自然,摸出手帕擦汗,说:"我主要是在研究'癫'的治疗!中国有四百万人有癫病,日本也有五万人患癫病。我并不一定想回日本。如果可能,我愿意在华继续研究。"

他的话是真是假谁也说不准。反正这个人参加研究细菌完全可能。这样的"日侨"居然也就作遣返处理了!夏强觉得这个政府真是既荒唐也无能。

时间已经不早,更加闷热难过。天有下雷雨的迹象,夏强和松涛感到采访到此也只能告一段落了。至少是了解了不少情况和日侨的心态,决定结束座谈。松涛要夏强对日本人讲几句作为座谈的结束。

夏强就扼要指出,这次侵略战争全是日本军国主义者发动的,受害的主要是中国和亚洲人民,兼及美英等国。但日本人民也受到了战争之害。现在,日本败于盟军,败于中国,投降了。应当正确认识日本的这段侵略历史,应当清除日本的军国主义思想。因为它也给日本人带来了极大痛苦。中日两国隔海相邻,古代有长期友好的交往。但近几十年,日本一直侵略中国,终至造成今天的局面。好好记住教训,以后改弦更张,希望日侨回国后记住这些,以后努力为日本自己走和平道路,也为中日关系的改善尽力……

张家云把话全部照译了一遍,说:"夏先生的这番话讲得很好。"松涛说,夏强的话也代表了他。座谈会就此结束。但夏强明白,自己说的这番话,日本人能接受多少难说。人的思想要转变不是那么容易的。他心里真希望中国能赶快富强。中国不富强,将来谁知会不会再受帝国主义军国主义侵略呢?但中国现在这个政府太不争气!正热衷于打内战,富强的希望在哪里呢?……

夏强和松涛谢了张家云少校。两人出来也握手告别,约定明天早上在北火车站见面。

分手后,夏强独自搭电车回家。在外滩转了车到霞飞路下车时,雷雨已哗哗下起来了。雨点飞蝗似的射溅下来，夏强闪身往路边避雨。这条路上有那种掺杂着法国和俄国风味的一种异国情调，有古董店、牛奶房，也有老牌的西点铺、罗宋大菜馆，还有咖啡店和酒吧、电影院和鲜花店。理发店的三色圆筒旋转不停，西装店、绸缎店、服装店、百货店排列成行。街上总有买着大包小包的男男女女。路中央有轨电车叮叮当当轰隆隆地驶过。夏强在一家绸缎庄门前避了一会儿雨，决定趁雨小赶回家去。他刚快步走到马路边，不料一辆载着一个吉普女郎的美军吉普在雨中飞驰而来，一阵风地擦过夏强的身边，险险撞到夏强身上。夏强"哎哟"一声，闪身上了人行道。惊魂方定，美国兵驾驶的吉普一溜烟已经飞驰远了。路边的行人都侧目而视。一个中年男人带着慰问地对夏强说："你好运道！真是命大！"

夏强没作声，站着定了定神，决定回去，心里愤慨：这些美国兵，军风纪不好，不断在上海大闹舞厅和酒吧，殴打三轮车工人，开车总是横冲直撞。报上常常谴责。他们凭什么在中国土地上胡作非为呢？

雷阵雨很快就停了。夏强大步踩着雨湿的地面回家。黄昏的天空显得一片清朗。暮色中，路边有小孩用扫帚在扑打低飞的蜻蜓。夏强到家心情才开始平静下来。

夏强回家后，洗着脸，问母亲："小妹呢？"

母亲说："上学去了。明天学生要游行，到北火车站欢送代表团去南京呼吁和平呢！小妹要我告诉你，明天你一早该去北站采访。"

夏强说："我是要去！"

母亲又拿出一封航空信："这是上午送来的信。"她把信递给儿子后，就去办饭给儿子吃了。

夏强洗完脸倒了水，挂上毛巾将《时事日报》总编辑丁一凡的信拆开，开了台灯读起来。这个皮里都泛着笑的总编辑，人家背地里给他取了个绰号叫"麻辣蹄膀"。归他管的编辑、记者，谁都说他"厉害"。

别看他讲话总带笑，他的笑带着麻辣味。现在他写给夏强的信也带笑，但信中蕴含的分量却是夏强明显可以感觉到的：

夏强老弟如握：

来信及先后寄来五篇稿件均已收到。我弟素有才华，又能勤奋采写，到达沪、京后航空寄来关于京沪记事系列包括南京大屠杀、访小营战犯拘留所诸稿，均已以本报特派员名义陆续刊发，估计必有好评。报纸逐日寄你想都收阅，望再接再厉，不负所托，是所至嘱。

我报是一民间报纸，向以民主自由思想为出发点。不管何党何派，是者是之，非者非之，只求能反映大多数读者之要求。但目前政治冲突尖锐化日甚，常受左右不讨好之威胁。我服膺三民主义，决不信奉共产主义（夏强想：前边说的是假，这里说的是真）；拥护现政府，但确不满现状。反对一面倒的外交政策，不公开反苏，更不能公开反美。中国应做美苏间的桥梁。盖要做民间报纸，应以主观之良心裁判、配合客观上读者之要求不偏不倚，表达舆情。是以态度虽不暧昧，但也不宜过于鲜明（夏强想：这句倒确是既暧昧又鲜明的）。当前内战风云险恶（夏强不禁想到了白岱的谈话），有些口号诸如"要求和平、反对内战"、"和平解决东北问题"、"一致行动制止内战"等等，足以引起当局不快甚至干涉，或被目为有所偏倚或带色彩之口号及内容，务应慎重使用，免使我报遭受无妄之损失。总之，保全报纸，争取发展为我等办报之第一要旨。（夏强想：第一要旨！）此中学问多多，"初生牛犊不怕虎"固然可喜，"老马识途"更应珍视。率直言之，盖防患于未然也。我弟聪慧，举一应可反三。如何掌握分寸，希善于体会得之。

是以，审判日本战犯及汉奸以及南京大屠杀一类通讯，不妨作连续报道，对报馆及读者两利。如前所述某些忌讳题材之报道，虽不必放弃，但可从轻，俾可少惹麻烦。切盼续来佳作，不胜翘首以待也。

我仍每天打夜班。你的薪水及所报采访车马费等均由会计每月定期寄至上海府上，勿念。匆匆即颂

文祉

一凡

三十五年六月十九日

夏强抹着汗将信一连读了三遍，叹了一口气。这个"麻辣蹄膀"的信，使夏强看了很不舒服。

母亲脸上淌着汗从厨房里端来蒸熟了的饭和炒的一个雪里蕻肉丝及一个蛋花汤给儿子吃，说："我等着你回来吃饭呢。我估计你晚上会回来陪我吃饭的。"发现儿子心不在焉，又问："信上怎么说？"

夏强将信递给母亲看，说："你看看吧！这个总编辑向来厉害，他也许对我写的文章中有些话不满意，所以叮嘱我一大堆话，要我掌握。"

母亲将信看了，说："你说得对，我看就是这意思。你打算怎么办？"

夏强吃着饭，说："这种人都是这样的！丹丹在南京，那张晚报的总编基本上也是类似这种态度。我反正懂得如何取舍好恶，也懂得应当如何做喉舌！不过，这倒促使我更去多想另外的一条办法了。"

母亲吃着饭问："什么办法？"

"我一直想同丹丹自己合办一张报或一个刊物。登记的事可以靠雷老伯，他是个开明的国民党元老，缺的只是钱。当然，在这个政府的法西斯特务统制下，办报办刊都不可能真正畅所欲言的。但至少比现在一步一走都要这样受人管受人掣肘要好些。"

"有这可能吗?"母亲关心地问,又把肉丝挑了往儿子饭碗上夹。

夏强说:"不知道。但事在人为嘛!我要努力想想办法。我今天就把这信转给丹丹去看。再说,方国华的事我也该简单告诉她和雷老伯。事已办成,给钱大钧的信不必用了,免得她牵挂。"

(三)上海欢送,下关殴打

天热,人心更热。

北火车站广场上,掌声、口号声、锣鼓声、爆竹声响得震天。大学生和工厂、商店职工的队伍一支支拥拥挤挤从四面八方都汇集到这里来了。那真是人山人海。夏强想看到小妹,但明白,在这么多人聚集的地方,是不可能见到小妹的。

"上海学生和平促进会"、"上海学生团体联合会"、"沪西学生争取和平联合会"、"沪西工人反内战民主促进会"、"妇女联谊会"等横幅都在队伍中波动,忽隐忽现。人的海洋,旗帜的海洋。夏强觉得比抗日战争胜利那天在山城重庆的游行绝不逊色。游行队伍打着横幅、抬着标语牌:"要活命必须消灭内战!""欢送晋京请愿代表!""反对内战,要求和平!""一致行动制止内战!""和平解决东北问题!"……穿衬衫、穿旗袍、戴草帽、穿单长衫、穿西装的男男女女组成的队伍中许多人都手举各种颜色的彩色小纸旗,有的还举着反对内战的漫画、呼喊着口号、高唱着反对内战的歌曲,那声音、那气势简直地动山摇。夏强置身于这样多的人形成的铁流中,感到自己太渺小了!也感到要求和平、反对内战的人多得无法想象。人们都想和平,都反对刚取得抗战胜利就打内战。人都明白要打内战的是谁!都在游行队伍中充分用声音、用表情、用行动表达自己的要求和感情,表达自己的愤怒和不满。

夏强早上起身时,小妹夏盛已经早走了。母亲说小妹轻手轻脚的天还漆黑她就走了。清晨,来北火车站时,夏强就发现一路上许多地方都被游行队伍堵塞了。他本来是要搭乘电车到北站的，但电车行到外滩就堵塞住开不动了。人真多啊！仿佛全上海的人都集中起来了。那股力量真叫人兴奋，又叫当局吃惊、战栗。夏强决定靠两条腿向北火车站跑。他怕误了时间，怕到得迟了，尽量连跑带走，一步也不松懈。

终于，到了北火车站，看到了惊心动魄的盛大群众场面。他想，要是让蒋介石来看一看这情景，会怎么想？恐怕绝对想象不出会这样壮观吧？也决想不到要打内战是多么丧失人心吧？……

有人叫他："夏强！夏强！"他回头一看，原来是《申报》的女记者裘珍珠。据说，这漂亮的大眼姑娘，父亲开公司，又是《新联晚报》的董事，挂着发行人的名义，是上海的市参议员，在上海很吃得开的。裘珍珠属于那种小巧玲珑聪明活泼的类型，在新闻界有个绰号叫"花生米"。夏强刚到上海时去《申报》结识了她，以后街上也碰到过。裘珍珠总是挺热情的。从夏强观察，她思想属于中间，有点正义感，是新闻专科学校毕业生。夏强上去招呼，但为了找松涛，有心摆脱她，说："对不起，我还要找一个人。我想挤到那边去看看，等会儿见！"说着，甩下裘珍珠就走了。

广场上布置了主席台。用大卡车组成的主席台上装着扩音器。快近八点的时候，扩音器响了，一个老练的声音说："现在，我宣布：欢送上海人民呼吁和平请愿团大会开始！"

扩音器里播送着代表的名字，有黄延芳、马叙伦、盛丕华、胡厥文①、吴耀宗、包达三、阎宝航、雷洁琼、张炯伯，另有学生代表陈立复、陈震中共十一人，入京是去见蒋介石、马歇尔和周恩来等吁请和平。欢送的人那么多！著名人士有陶行知、许广平、周建人、叶圣陶、田汉、吴晗、沙千里等。许多中外记者都来了！夏强觉得自己是在汪洋大海之中，到哪里能寻找到松涛呢？他猛然觉得，同濮松涛约定早

---

① 胡厥文当天因事未能成行。

上在北火车站见面，而不具体说明是在北火车站什么地方见面，是完全失策的疏忽。这么大的北火车站，又有这么多的人，游行队伍抵达后排列成队已经禁止人在队伍之间乱窜了。往哪里能看到松涛呢？夏强想着，也后悔着，非常苦恼，手搭凉棚到处张望，心存一线希望，盼望看到松涛突然出现。

大会上，代表团和欢送者已经在开始讲话了。第一个讲话的是谁，夏强打听了一下是黄延芳。他是四明医院董事长，与蒋介石曾是把兄弟，个儿高大，讲话中气很足，他说："中国一定要和平，再打下去，工商业都打垮了！中国必然打亡了！"接下去讲话的是欢送的西南联大教授吴晗，一个矮个儿戴眼镜的学者，他说："停止内战的最后决定权属于人民，谁敢再打内战，一定被人民唾弃……"

接着，来欢送的陶行知讲话，说："我们不但要停止内战，而且要争取民主，再打下去中国要变成美国的殖民地，我们要变成奴隶了！和平、民主、建设幸福的新中国，是上海四百万人民的意志，也是中国四万万五千万同胞的意志……"

夏强觉得不能固定站着，他想拿记者名片去寻找松涛。但纠察队禁止他从中间穿过去。他决定沿着边上绕过广场上的人群从南往西北方向去兜着寻找松涛。他一边走，一边听，一边同人商量让他借道。耳里听着潮水般的哗哗掌声，也听着发自内心的欢呼声和口号声。看到无数的标语牌。有一张大标语牌上写着"得民者昌，害民者亡"，八个红字特别醒目。他挪步朝西北方向走去。

忽然，主席台附近的队伍里有些哗然了，弄不清是什么原因。主席台上有个南洋女中的学生在委托代表们到南京后给美国特使马歇尔送一面锦旗。主席台上的人将锦旗迎着群众展开时，看到旗上绣的是"立刻无条件停止内战"九个大字。哗哗的掌声像惊涛拍岸顿时又响彻四空。

阳光直晒，天热得烤人。夏强浑身是汗终于迅速地沿边缘地带穿过人群到达广场西北方了。但，真奇怪哪！他眼光一瞥，看到了一个熟悉的身影。

那，不是松涛！但，那是东方！

高兴得心要跳出嘴来了。

夏强绝对想不到此时会在这里看到东方！但又一想，这不奇怪啊！此时此地，东方为什么不应该在这儿呢？

他没有放声叫喊，却闷着声向东方站立的地方跑去。他看到东方仍像平日习惯那样的左胁下夹着一只黑色牛皮半旧挂链公事包——那里边总是放着他的身份证和他的钱及杂物。他一下子靠近了东方，站在东方面前，说："东方！"

东方稳稳地朝他笑着，说："我已经看到你了！"他递过一盒万金油给夏强，说："走！去找濮松涛去！他在——"他用嘴指指左边的那一排低矮的平房，说："那里，有家'东华书局'，濮松涛在那里边呢！"

夏强接过万金油，擦了点在额上，心里奇怪，东方怎么认识濮松涛的呢？但马上又想到了，啊！方之同松涛是同学，平日处得不错，肯定是方之介绍东方同松涛认识的吧？又想，我前天才遇上松涛，可是东方已经知道松涛同我约定今天在这里见面的事了，可见他们是有联系的呢！这一想，心里豁亮了！怪不得松涛见到我就那么相信我，就对我那么好。他对我看来是有了解的啊！

夏强问："东方，你在这干吗？"话问出口，却又觉得问得幼稚了。

但东方朴朴实实地说："我在做书生意。那个东华书局，是我同人合伙开的。书局开在这里，批发、托运方便，要谢谢你介绍了杨之造夫妇给我。之造表哥就在这铁路局货运上工作，顾青表嫂在邮局，我托运或寄书时都可找他们帮忙。买火车票的事也常麻烦之造表哥。你介绍我认识他们可有用呢！"

夏强问："东方，你怎么一直没再来家里住？母亲和小妹念叨你呢！你也不打个电话给我们！"

东方笑了，眼镜片下两只近视眼一笑挺好看，他那剃得光光的胡子在阳光下泛出铁青色，说："我这一向，总是忙，忙得顾不上去你家。你给我问候妈妈和小妹。至于电话，需要时我一定会打的。有个电话可方便多了，是不是？"说着，他又指指书局方向，说："快去吧！他在那里！我马上还要去铁路上发货。"

夏强决定去找松涛了。东方叮嘱说："你一切都要小心。可靠的消息说，当局组织了好几百个小组，每组二人，进行破坏。他们散传单，从一些高楼上往下砸啤酒瓶，打伤游行队伍中的人。有的还在游行队伍经过时寻衅打人，到处乱撕反内战的标语、漫画。他们慑于人民的力量，不敢当场抓人。但一有机会，特务就会抓人的。"

夏强点头。他离开东方去找松涛时，忽然看到了小妹夏盛。她正在人丛中站着，手里拿着纸和笔不知在写什么。夏强挤上前叫了一声："小妹！"小妹笑了，说："小阿哥，你不知道吧？铁路站长奉命下令，不许火车开车！"夏强说："那代表们怎么赴京呢？""总有办法的！听说已有火车司机站出来了，说，站长不准开，我们来开！"小妹深意地说："我是宣传队的！"她扬扬手上的纸，"我们用《打倒列强》的曲调配上刚编成的歌词马上教大家唱。你看这歌词行不行？"夏强一看，歌词是："火车不开，火车不开，真奇怪！真奇怪！我们是工人，我们有技术，自己开！自己开！"夏强笑了，说："好得很！"

小妹听了，开心地笑，对边上一个女生说："马上用广播喇叭教唱！"那女生拿到纸后就向主席台跑去了。

夏强离开小妹去找濮松涛。

一会儿，他听到歌声唱得快乐无比，也高昂无比。夏强的嘴也忍不住动了，跟着在唱："……自己开！自己开！……"

611号列车是上午十一时整在群众欢呼口号声中启动开向南京的。

丹丹事先绝没有想到会在南京下关采访时遭遇到这么野蛮的暴行。

以致当一个她没有看清脸面的暴徒从她身后向她头上"乒"的一拳砸来，又狠狠在她大腿上猛踢一脚时，她只觉得"嗡"的一声，头又痛又麻，立刻眼前发黑，手捂住头险些失去了知觉跌在地上。但不知是谁在叫："打错了！打错了！不是她！……别再打了！"打人的凶手跟一伙人马上往前跑了。她更加明白，暴徒打人是有目标有预谋的。她心里更激动气愤了。她从地上慢慢爬起来揉揉痛处，向乱哄哄涌塞着人的车站候车室走去……

傍晚时分，丹丹临时被采访主任指派到下关采访上海人民呼吁和平请愿团到京的新闻。采访主任胡玉平说："听说代表团乘坐的列车沿途受阻，估计车子要天黑时分才到……"丹丹坐上报馆的吉普车就在六点钟时到达下关。吉普车停在站外路边，丹丹就向车站走去。

下关车站又脏又乱，人也很多，气氛有点两样。丹丹看到有一伙伙、一群群衣着杂乱、举止粗野的人，鬼鬼祟祟却又交头接耳、东张西望。有一人还将大幅白纸铺在地上用毛笔蘸墨汁写字。丹丹上前去看，被一个喷吐出高粱酒辣味的五大三粗的汉子拦住了，说："别管闲事！走开！"丹丹眼快，看到写的是："十点要求"，有"①要求共匪撤出东北；②要求共匪不要强迫妇女肉体慰劳"等等胡说八道的话。丹丹心里就明白这一伙是什么货色了！

忽然，有个女声在后边叫她："雷丹！……雷丹！"

丹丹回头一看，原来是白丽莎。白丽莎穿一件浅灰色旗袍，用一条天蓝色绸带扎住长波浪的头发，涂着红唇，春风满面地说："你也来了？"

丹丹玩笑地说："你中央社的记者来得，我来不得？"

白丽莎好心好意地说："其实这种消息，你们用中央社的稿就是！何必自己采写！我看到《大公报》的记者也来凑热闹了，真是多事！你们这个晚报，打着民营的招牌，别替延安和民盟干事呀！你看到《救国日报》上的社论没有？检举你们拿延安的津贴呢！"

丹丹听了，心里不高兴，想起白丽莎是夏强的二嫂，就不好多说什么了，含蓄地说："那是造谣，听说我们报馆要请律师代登责问启事呢！要《救国日报》回答，有何根据？何时何地何人接受？否则，依法诉追！"

白丽莎粲然一笑，说："那管什么用？我是好意。不谈这些了！你看——"她用手指指那一伙伙一群群正在粗野地吹口哨、吐痰、擤鼻涕、推推搡搡骂来骂去的人说，"看到没有？这全都是苏北难民呢！他们原先在家乡过得很好，有吃有喝，有酒有肉，可是共产党在那里搞土改，扶起穷人来清算，害得他们都从苏北逃来南京，无家可归，正要找共产党算账呢！今天，可能有好戏看！你在这儿可要小心！"

丹丹看看那一伙伙流氓地痞似的人，又想想白丽莎的话，觉得中央社记者肯定知道点内幕，看看手表，说："快七点了，怎么火车还不到？"

白丽莎说："听说沿途都有人反对这些人来替共产党帮忙，正在阻止他们晋京呢！其实，不来最好。"

丹丹没有作声，她常微笑，笑得可爱。但此时有一种深深隐藏在微笑背后的敏锐和锋芒。

白丽莎问："夏强在上海？"

丹丹俏皮地笑着说："这话该我问你的！你是夏强的二嫂，你能不知道？"

白丽莎像对待喜爱的孩子似的用手轻轻拍拍丹丹的头发，说："小姑娘！不老实！"看看手表，突然又说："我看，你别采访了，就用我们中央社的稿就行。我是为你好，我的吉普车停在那里……"她用手一指，"过一会儿，火车一到，我就走，我用车送你回去！"

丹丹用一个好看的笑容回报她的好意："用不着了，你知道，你是大记者，我是小记者。报馆派我来写稿，我敢看都不看就走？等会儿我怎么写稿交差？"

白丽莎点头说："那倒也是。我走了，去找一下站长。"她拍拍丹丹的肩膀同丹丹告别。这时，有一些人坐汽车到了下关车站，正进站来。白丽莎说："丹丹，看到没有？中共代表王炳南和民盟的代表叶笃义他们来了！"

　　丹丹抬头一看，果然，他们是来车站迎接请愿代表团的。白丽莎迈着好看的快步，将背影留给丹丹，径直向站长室方向走了。丹丹这里仍思索着刚才白丽莎的话，心里明白，今天，可能会出事。她知道苏北确逃来不少地主富农和还乡团，现在这伙人今天似被利用来这车站上对付代表团了！那么，会出什么事呢？这伙人里似乎掺杂了不少人在指挥、策划。那么，会出什么事呢？一种不安全、要发生事情的沉重感觉折磨着她。

　　丹丹走到站台出口处等着，终于七点钟时，火车到达了。她看到，有不少人来接车。火车上的人纷纷下车，由站台走到出站口来。丹丹用记者名片进了出站口，见代表团的成员也陆续下车来了，男的有穿西装的，有穿长衫的，女的有穿纺绸旗袍和黑色香云纱旗袍的。车站上的"红帽子"搬运工都看不到了，看样子是有人事先安排了的，有心让代表团的人自己搬提东西。丹丹刚迎上去，见有个身材粗壮的年轻人冲上去拦住代表团，说："我是'临大'的学生，我要同你们谈谈苏北难民的问题！……"代表团里有人在同这个身材粗壮的"学生"谈话，其他人都来到了出口处。

　　想不到这时看到一个身着黑衣的彪形大汉带着一批"难民"突然出现，口里骂着"他妈的×"、"王八蛋！"……"打！……""老子揍你！……"冲了上来。他们将一些人连推带拉弄进了候车室，桌椅板凳、木棍、玻璃瓶都用上了，在那儿就乒乒乓乓打了起来……

　　天热，丹丹出着汗，又气又紧张。她想起了在重庆今年1月发生

"沧白堂事件"①，2月发生过"较场口事件"②，接着又发生了捣毁新华日报馆的事件③，特务打人已经成风，那么今天再来一个下关事件也不奇怪了！她想往前跑，看得清楚些，好把报道如实写详细。但，她没能多想，却猛地被人在头上猛砸一拳又在大腿上踢一脚，身上的天蓝色旗袍的下摆也撕豁了一大块。她险些失去知觉，等从地上慢慢爬起来揉着痛处继续向候车室那边走去时，她发现有许多的"难民"豺狼似的拥进候车室，只听到候车室里骂声、吼声、抗议声和乒乒乓乓的打人声响成一片。丹丹无法进去看，她感到头里晕眩，心里难受，脑后和大腿上均十分疼痛，一种责任感使她决定后退到候车室附近左边的一间仓库前等着。那儿暗一些，但是个好地方。她蹲下身子，打算歇息一下，等着观察候车室里的打人情况如何发展。她完全明白，那些"难民"，全是特务和雇佣的地痞流氓，这是当局演的一出戏，支持这么干的。

她呻吟着蹲在那儿。那儿很暗，却可较清晰地看到候车室及左近的一大片有灯光照耀的地方。远处有野狗乱窜，汪汪吼叫乱成一团。一会儿，野狗跑了。她看到来了一辆大卡车，上面下来了些带武器的军人，又来了些警察，但并不进候车室去劝阻，都在外边放哨、警戒、闲逛。她看到有外国记者来了，好像是美联社和法国的记者，脸她熟，过去在别处采访时见到过的。她蹲着，心里在构思着腹稿，决定如实把目睹的情况写出来。她是晚报的记者，不必急着回去写。她决心等到有个结束再回去，哪怕等到天亮。

想到这里，她站起身来，急匆匆向站外停车处走去。吉普车停在

---

① 1946 年 1 月 27 日，特务大闹沧白堂会场，对主持人和演讲者辱骂并扔石子，破坏会议。

② 1946 年 2 月 10 日，各界庆祝政协成立大会在重庆较场口举行，特务大打出手，造成血案。

③ 1946 年 2 月 22 日，国民党在重庆制造反苏反共游行，捣毁新华日报馆。

那里，司机坐在车上打瞌睡。她告诉了司机情况，要司机再多等些时间，自己就又回去在原地等着。

终于，过了深夜十二点，官方出面收场了。用一辆大卡车装上挨了打的代表们开到警备司令部去。丹丹马上跑向自己的吉普车，让司机尾随着大卡车走。大卡车到了警备司令部后，过了一会儿，又将代表团送到太平路中央医院的分院去。

丹丹在医院里看到了被打伤的代表团成员。她采访了伤势较重的阎宝航、马叙伦、雷洁琼等。正在采访，中共代表团的周恩来、董必武、邓颖超等都来慰问了。接着，黄炎培、罗隆基、梁漱溟和冯玉祥的代表辛志超等也来慰问了。

丹丹采访了邓颖超。邓颖超稳重而激昂地说："和平是现在全国人民的迫切要求，代表团来京呼吁，全中国人都是他们的后盾。虽有几位受伤了，这是光荣的伤，为和平而流血是伟大的。"丹丹如实地记录下了她的话。

丹丹没有回家，却到报馆写稿。这时天已晨光熹微，东方露出曙光。她见办公桌上有张纸条，是采访主任写的："丹丹，令尊来过电话，他不放心了！你如来，可打个电话回家。"

丹丹立刻打电话回去，接话的果然是雷香山。丹丹说："我在报馆写稿，写好就回家，一切都好，您放心！"

她在报馆写好了稿，留在采访主任桌上，写了个条子说："所写完全属实，我因挨了打，头部疼痛，回去睡了。有事打电话给我。"

回到家里，已是八点多了。进门就见到了雷香山。

父亲见女儿一夜未归，心里着急。黎明时接到电话后也仍不放心，独自正在花园里踱蹀，等到现在。见女儿衣服脏了破了，面容苍白，头发凌乱，吃惊地问："丹丹，怎么了？"

丹丹一五一十地将全部遭遇扼要讲了，最后说："我已经写了稿子，一定要把惨案的真相公之于众。"见她打着哈欠，疲劳而又伤处疼痛，雷香山摇着头心疼地说："快去吃点东西好好洗洗睡一觉吧。"

丹丹点头："我马上就去洗一洗吃点东西睡觉，也许一觉能睡到天黑。我的稿子今天晚报上就能刊出。晚报来了，爸爸就叫醒我。"

雷香山说："好好好，快去让张妈给你弄点东西吃了睡吧！"

丹丹睡到了中午，心里有事就不想睡了。头部仍隐隐作痛。她急着想看看今天报上关于昨晚下关事件的报道。雷龙夫妇去上班，中午照例不回来吃饭。丹丹到雷香山房里，见老人正戴着花镜看报。晚报还未来，老人看的是《中央日报》。见到丹丹，雷香山用手挥挥报纸说："丹丹，快看吧！《中央日报》的报道跟你谈的完全不同，说是难民同代表发生争论，发生互殴。"

丹丹立刻想到了白丽莎，说："是中央社的消息吧？"

雷香山点头，幽默地说："《中央日报》不登中央社的消息登谁的？"

丹丹摇头，气恼地说："真是一场丑剧！"

雷香山关心地问："你写的稿子能如实照你的原稿刊登吗？"

丹丹沉思："说不准！也许能，也许不能！不过，我的确在想：我真想跟夏强合办一张报纸或一个杂志！"

"你以为你和夏强自己办一张报或一个杂志就能随心所欲发表你们想发的文章了吗？不可能的！别把你们自己看作是无冕之王！我看那只是空想！"雷香山说，"报上登了，上月北平查封了大批通讯社和报纸杂志，以后我看会更凶。控制舆论这点他们都懂！内战打成这样，以后什么局面真难预卜。特务打人的事屡屡发生，杀人的事也会多起来的。"

丹丹想说点什么，电话铃"嘀铃铃"响了。她去房外过道上接电话。来电话的是采访主任。丹丹"嗯""啊""嗯"地接了电话，挂断了电话又到父亲房里。雷香山见女儿脸上表情特殊，问："怎么了？"

丹丹有点泄气地说："采访主任来电话，说中宣部打电话通知报馆，昨晚的下关事件让统一用中央社发的稿。报馆用了调和的办法，决定将我写的稿删去一些尖锐的部分，中央社的稿也压缩一些，同时刊用。”

雷香山吸着烟，没有说话。

丹丹却自言自语：“我这下算是更明白了！历史有两部：一部是官方的，骗人的历史；一部是百姓的，民间的历史。前者可以用权力印在报上，播在电台上，但后者有嘴也有笔，也会留下来的！”

（四）战犯与汉奸

白旮告诉夏强的话不错。随着向中原解放区大规模进攻后，内战之火又在苏皖、山东、华北、晋东南及东北等地全面燃起。美国不断给美援、给武器，帮助运兵，偏袒一方却装出公正的姿态。美国派来调处的马歇尔和美国大使司徒雷登 8 月 10 日发表联合声明，宣布“调处”失败。南京国民政府独断专行，铁定宣布：制宪国民大会将在 11 月 12 日召开！中共和一些民主党派宣布：反对召开国大，也不参加国大，分裂之势已经无法挽回。

天气酷热，夏强收到了丹丹的来信，决定匆匆离开上海坐火车到南京去。

火车的拥挤简直难以想象，车厢中人挤得像罐头中的沙丁鱼。有时人们上下要从车窗里进出。夏强找表兄杨之造买了车票。之造是个正派老实又热心的人，大学毕业后就一直在铁路局工作，一晃十几年。见到夏强，他说：“东方这个人不错。他在车站附近同人合开了个东华书局，常送些很好的书给我和顾青。他有时找我们买买票运寄些什么的我们也总帮他的忙。”夏强说：“东方这个人的确不错！”谢了表哥表嫂帮他的忙。之造表哥因为火车上太挤，亲自送夏强上车，让夏强从窗户里爬进乘务员的小房里坐。不是之造表哥送，夏强简直挤不上火车。

丹丹信上说："……快到南京来吧！你家的仇人梅思平最近将执行枪决。日本战犯酒井隆也将在最近执行。这是日本乙级战犯在中国执行死刑的第一人。同时，大汉奸周佛海、丁默村等在舆论不断要求下终于已由重庆押到南京，最近就要开始审讯。你不是对丁默村恨得咬牙吗？这些事够你忙的了。我也想你了！爸爸也在想你！你不想来南京看美丽的星星吗？什么时候来，打个电报来，我让张妈烧几样好菜你吃。我也好去和平门车站接你……"

梁鸿志在6月25日被判死刑，但他提出上诉，声请复判，看来枪决还得拖几个月。汪伪外交部长褚民谊8月下旬已在苏州枪毙。梅思平既快要在南京执行枪决，夏强决定先到南京去。他没给丹丹复信、打电报，心里面却那么想念丹丹。那次下关事件，丹丹挨了打，当时竟没有告诉夏强，为的是怕他担心。后来收到了夏强的信，内附"麻辣蹄膀"丁一凡的那封信。夏强信上同丹丹商量办报或杂志的事。丹丹确也有相同想法，但明白父亲说的话不错。父亲年长，久历政治，有丰富的经验。她写信将那天雷香山的话告诉了夏强。果然，七月间，上海封闭了五十四家民营广播电台，查禁了一百种杂志。在云南昆明，民主同盟的两个中央委员李公朴和闻一多教授遭暗杀。丹丹和夏强都感到雷香山的预见完全正确。两人虽分在南京、上海两地，夏强7月中旬在新闻界同行手中，见到了周恩来在上海马思南路107号以中共代表团名义发表的"反对扩大内战与政治暗杀的严正声明"；丹丹在南京也到梅园新村参加了中共代表团举行的记者招待会，听到了周恩来发表的声明。周恩来那天两道剑眉下目光锐利而沉痛，说："……时局极端险恶，人心异常悲愤。但此时此地，有何话可说？我谨以最虔诚的信念，向殉道者默誓：心不死，志不绝，和平可期，民主有望，杀人者终必覆灭！"

夏强心中有一种大雷雨前压抑沉闷得想要爆炸、希望听到一声响雷然后看到暴雨哗哗降临的感情。丹丹渴望同夏强交流，夏强也是一样。为了节省时间、精力和开支，也为了对丁一凡的"指示"作一种消极的对付，夏强采用了一种工作方式：请丹丹每隔三四天由南京寄一批报纸来，他则在上海收集多种报纸，然后根据两地报纸的通讯和报道，糅合编写成特写通讯寄到重庆给《时事日报》，这样，省事得多，效果却不错。丁一凡来信，居然说："看来，吾弟对上函所叮嘱之事颇有体会，陆续寄来之稿，均可采用，无须删改……"夏强匀出时间，给在台湾的施剑平供稿，也给松涛的一报一刊写稿，余下的时间，他充分用来阅读东方给他的书籍和杂志。

东方偶尔会来坐坐谈谈，间或也住上一夜。他给夏强的书籍和杂志常使夏强大开眼界。那些书籍和杂志，在他面前像打开了一扇扇窗户使他不断看到新的天地，不断懂得许多以前不懂得的道理。东方叮嘱："特务太多，只能秘密读。其实像给你的《文萃》《群众》《希望》这些杂志报摊上暗中也可以买到，不过被人知道在阅读就不好。你和小妹读一读，不要外传！"夏强心里想让丹丹也读一读，可是想到东方的叮嘱就犹豫了。但，这一次去南京，他还是将一些书和杂志悄悄带在身边，打算作为给丹丹的"礼物"。

火车"乞卡乞卡"，傍晚时分，到达和平门车站了。夏强急匆匆地提包下了火车，正打算从月台上走向出站口去，想不到眼前一亮，看到美丽的丹丹笑盈盈地站在面前。她手里居然还执着一朵红色的月季花，开得鲜艳欲滴。

"啊！你怎么来了？"夏强惊叹地问。

"神机妙算！我掐指一算，你一定坐这班车来南京！"丹丹将那朵月季递到夏强手里，绿叶衬着鲜花，泛出一种无限芳香雅洁的感觉。

"啊！真怪了！"夏强接过花朵，高兴得神采飞扬，"你凭什么能算出我坐这班车呢？"

"凭这个！"丹丹从手里拿着的黑色皮夹里掏出一封电报递到夏强

手里。

一看，明白了！啊！一定是母亲拍的电报呀！电文简单："强 11 日傍晚到"，也没署名。只有母亲知道他坐这班车到南京。母亲心里喜欢丹丹，所以拍发这个电报的呀！夏强说不出的感动，说："啊，是妈妈拍给你的电报。"他与丹丹并肩走出站口，两人雇了一辆马车到宁夏路去。

喜欢享受坐马车这种意境，所以才选了马车。马蹄声"嘚嘚"，到了宁夏路九号，下车付车钱快进门时，夏强将月季递给丹丹，说："丹丹，给你，你的心意我领了！我的心意现在献给你！"丹丹接过月季笑了，说："我知道，其实你是怕拿在手里进家时被爸爸看到！"夏强也笑了，说："你这才真是神机妙算！"

两人一同进门，雷香山正在花园里给月季浇水、松土，等待着夏强来到。这个小花园里，月季、美人蕉、茑萝都开着好看的花。老人置身花丛，双鬓银发，显得姿态飘逸。他用笑容欢迎夏强，说："你回来了，太好了！"

他不用"来"，却用"回来"，夏强听了顿时心里暖暖的、热热的了。

见丹丹手里拿着朵月季，雷香山说："嗬！怪不得这棵月季少了一朵大花，原来是你摘去了！"

丹丹捂着嘴笑，说："我是手下留情的呢！原想多摘几朵的呢，怕你心疼！"

老人笑了："女儿比花，那总是女儿重要！你就再摘几朵插到房里去吧。"

夏强没料想回到南京后竟会这么忙，真是忙得手忙脚乱。

他第二天上午从小营国防部战犯拘留所了解到，乙级战犯第六师团长谷寿夫中将和曾任香港总督的矶谷廉介中将，已由东京巢鸭监狱押解至上海后转来南京，拘押在小营战犯拘留所。同时，被称为"华南之虎"的酒井隆中将明天就要执行枪决。夏强看到已经写就了的"国防部战犯审判法庭执刑公告"，写的是：

　　案查战犯酒井隆参与侵略战争，在香港、广东等地纵兵屠杀俘虏、伤兵及非战斗人员，并曾经枪杀、流放平民，滥施酷刑，破坏财产等情，事实昭彰，证据确凿，业于今年八月二十七日经本庭按照战争罪犯审判办法判处死刑，并呈奉参谋总长陈经呈示主席蒋电令已俱照准克日执行，遵于九月十三日下午三时，将该犯酒井隆一名提上，验明正身，绑赴刑场，依法处以死刑。

　　夏强决定明天要亲眼看到日本战犯的处决。他在拘留所看了一看谷寿夫和矶谷廉介。拘留所禁止采访战犯，同意看一看已很通融了。矶谷廉介和谷寿夫都因在单间房里。矶谷廉介个儿高大魁梧，大大的光脑袋，低头坐在床前，似在打坐。谷寿夫个儿矮小，留小胡子，皮肤黑红，光着脑袋，像条饿狼心神不定在牢房里来回踱步。他在中国杀的人多。南京城陷时他率第六师团在那年 12 月 12 日首先攻入中华门，南京大屠杀由此开始。拘留所一个中尉告诉夏强："谷寿夫最近要被提出公诉，但审判恐怕要拖到明年去了。"

　　夏强诧异："为什么拖得那么久？"中尉笑了："明天不就要枪毙一个中将了吗？也没大人物，一共就那么几个中将。谷寿夫是南京大屠杀中的一个主将，当然得让他唱唱主角，慢慢地唱，不然就要冷场了！"话带着幽默，夏强听了却不受用。

　　夏强回到宁夏路，正是中午时分，丹丹也刚回来。吃午饭时，扇着电风扇，夏强谈了明天酒井隆执行枪决，问丹丹去不去看。

　　丹丹说："本来不去！我讨厌看杀人。丁嫂原要我陪她去看枪毙鬼子的中将师团长，我怕她受不了刺激，劝她将来枪毙谷寿夫时再一同去看。但你去，我陪你去！"

雷香山说："其实不看也罢！"

丹丹说："同情敌人？"

雷香山说："决非同情，酒井隆之流自然死有余辜，但他也只是日本军国主义的小走狗、炮灰、替死鬼！"

丹丹说："夏强要向日寇和汉奸报杀父之仇！再说，他想要给报馆写一篇枪毙酒井隆的通讯呢！"

雷香山吸着叶子烟喷出一口浓烟点头："孩子，那就去吧。"

战犯法庭午后二时半在战犯拘留所开庭，提讯酒井隆。

丹丹向报馆要了这个任务，和夏强同乘报馆的吉普车到了小营国防部战犯拘留所。

门外，停着好几辆吉普车和两辆大卡车。一些荷枪戴钢盔全副武装警戒的士兵布着岗。除记者外，闲人都不准进拘留所。丹丹看到门外的吉普车，告诉夏强："中央社、《大公报》、《中央日报》、《和平日报》都来了记者。"进拘留所后，不早不迟，恰好看到酒井隆从监牢里由两个武装士兵押来。检察官陈光虞戴一副黑眼镜坐在上首椅上。穿着日本军便服的酒井隆，约莫五十多岁，显得苍老，狼狈站在下面。从他那犹带着武士道凶悍之气的脸上，能察觉出他内心的恐惧不安。记者们都互相打招呼，在旁边就座。

丹丹说："看到没有？酒井隆睫毛在发抖！屠杀中国人时他恐怕想不到今天！"

夏强点头："纽伦堡和东京都在审讯甲级战犯，只是纽伦堡的审讯德国战犯比较隆重而且公允，东京审判，美国太包庇！在中国的日本战犯太少了！除迄今逍遥法外的冈村宁次外，最大的才是中将军衔！这很伤中国人的感情。这问题处理不好，后患无穷！"

丹丹说："我也同你一样，有一种隐忧。"

话未说完，听到陈光虞在对酒井隆验明正身了，通过翻译，问了名字、年龄、籍贯、住址等后，又问："职业是什么?"

酒井隆不说是军人，却回答："现在没有事干!"语气带着抵触。

陈光虞好像看出战犯的抵触，尖利地说："现在向你宣布，今天执行你的死刑! 你还有什么话要说?"

酒井隆沉默半晌，才说："我有一封给家人的遗书在监所内，可否让我整理一下然后再执行?"

陈光虞点头："可以，你当庭整理!"对一个法警说："去把酒井隆的衣物全部拿来。"

一会儿，法警从牢里将酒井隆的一只小皮箱和一些衣物等都拿到庭上来了。陈光虞让给他桌椅整理遗书和衣物。

酒井隆将衣物等折叠整理后，从小皮箱里取出给家人的遗书。夏强一看，他的遗书是写在白道林纸的拍纸簿上的，竟厚厚有十本。酒井隆坐着，将遗书捆成一扎，还用笔编号，装进一只白色口袋，连同装日用品和衣物的小皮箱放在一起，对陈光虞说："这些请法庭寄交我妻子酒井菊枝收。"又指指一只装军衣的衣包，说："这请转交日军联络部收。"

夏强和丹丹只当他的事该办完了，谁知酒井隆又说："请再给我毛笔和纸砚，我要写一封信给冈村宁次大将。"

陈光虞说："给他纸笔砚台!"

酒井隆拿到了纸笔，要写信的手执着毛笔忽然战抖，心里似已不能安静，忽坐忽站一副心慌意乱的模样。他动笔写了，最初用毛笔，忽又摸出自己身上带着的钢笔。看得出他写的字迹十分潦草。

瘦削的戴着墨镜的陈光虞严厉地催促了："你快些写，不要影响执行!"

酒井隆忽然用手搔着光头上花白的短发苦笑，嘴里唠唠叨叨不知说了些什么。

翻译向陈光虞报告，说："酒井隆说：这简直像枪毙叫花子！言下之意他是个中将，法庭简陋，对他这样处理他表示不满。"

陈光虞说："告诉他，法庭简陋那是由于日寇侵略，南京大遭破坏造成的！但判处他死刑十分严肃。叫花子我们不枪毙，战犯该枪毙的我们才枪毙！他应当认罪忏悔，没有资格不满！"

夏强和丹丹觉得检察官的话义正词严。翻译将话译给酒井隆听了，他先是故作镇静，稍停，写完了信，将信呈上去后，站着几次想将文具、凳子放正，却手发抖总是放不正，显得心慌意乱。

陈光虞大声宣布："将战犯酒井隆押往刑场！"两个戴钢盔的士兵押着酒井隆，两队执行和警戒的持枪士兵也都一律戴着钢盔将酒井隆押到战犯拘留所门外停着的一辆卡车上去。

记者们也纷纷都跟着走出法庭。

丹丹对夏强说："我们看一下酒井隆写给冈村宁次的信好吗？"

夏强说："对！"他和丹丹走到前面拦住要去门口上吉普车的陈光虞说："请把酒井隆的信给我们看看，好吗？"

陈光虞似乎记得这两个记者是曾随他在调查南京大屠杀收集罪证时见过的，笑了笑，但摇头说："这不能给你们看，我们要马上上缴的！"夏强说："只看一看就行！我们是想看看酒井隆对冈村宁次说些什么！"陈光虞边走边摇头，不再回答了。丹丹忍不住了，故意问："冈村宁次怎么了？怎么这个日本在华最高司令官东京不审，我们也不审？"

但，陈光虞逃跑似的走得飞快，没有回答，匆匆上了他的小吉普。

丹丹和夏强也出门上了报馆的吉普车。丹丹对司机说："跟着前边的车到中华门外雨花台刑场！"

这是一个天高气爽的九月天下午，押着酒井隆的大卡车和满载士兵的大卡车奔驰在前面。陈光虞的吉普，报馆记者的吉普……组成了一个车队，由北向西疾驰，沿途的车辆纷纷让路，行人都站定观看。出了中华门，驶向雨花台。夏强看看表，对丹丹说："原定三点钟枪毙的，给他磨磨蹭蹭耽误了快一个钟点。"

丹丹说："他还是争取多活了一个小时。看来武士道者也还是怕死，杀人者也怕人杀他。我想，枪毙战犯起点惩恶作用还是必要的。"

真想不到，从中山东路到中华门外，观者陆陆续续拥来。出了中华门，刑车几乎是在人巷中行进。到了雨花台下，等着看枪毙战犯的人如同潮水。南京市民听到枪毙日寇中将，纷纷跑来等着观看，高处和低处，山上和岗下，草丛间，岩石旁……都拥挤着密密麻麻来观刑的市民。经历过南京大屠杀又经历过敌伪长期血腥压榨与统治的南京市民，加上许许多多因为抗战离开南京去大后方和外地如今回来了的居民，今天以扬眉吐气的心情在等待着观看酒井隆执行死刑呢！

阳光毒辣辣地晒着。陈光虞下车监刑。武装士兵四下布哨警戒，酒井隆被押向一片有绿草地的刑场。夏强看看手表，正是下午四点钟。他和丹丹淌着汗看到酒井隆跟跄向前走着。这时，两个执行枪决的士兵推着他走，忽然"砰！""砰！"，两声枪响。丹丹突然不想看了，转过头去。夏强只见酒井隆已经栽倒在草地上了，猩红的血恶心地从酒井隆背上渗透出来……

四下里响起了掌声和欢呼，声音震得雨花台的山谷都发出回声，有排山倒海的气势。

阳光下，丹丹忽然看着夏强的脸，说："你不舒服吗？"她感到他脸色苍白。

夏强摇头，说："不，没什么！"

丹丹忍不住问："有何感想？"

夏强忽然摇摇头："酒井隆这种刽子手枪毙两次也不冤枉。但这时候，我忽然觉得光有复仇意识不那么重要了。如果不是为了要写这篇文章，我该同意雷老伯的话，不看也罢的！"

"重要的是什么呢？"

"我还说不好！我只觉得杀上几个这种虾兵蟹将用处不大，重要的是怎么使战犯不再产生，怎么使中国不再受人侵略欺侮，怎么使日本不再侵略别国！……"

丹丹深情地用右手捏住了夏强的左手。

酒井隆被执行枪决的第二天，大汉奸梅思平就被枪毙了。

上午十点多，丹丹从报馆打电话给正在家中赶写《枪毙酒井隆》文章的夏强，说："糟透了！梅思平今早七点钟在宁海路21号看守所，已经被处死了！我们报馆专跑宁海路和老虎桥监狱采访锄奸新闻的记者老曹，刚才得到消息告诉我的。要枪决他事先知道，但弄不清哪一天。据说密令一到，就通知狱中秘密执行。法警在梅思平脑后开了一枪，子弹从后脑穿进，从右鼻穿出，当时立刻毙命了。"

丹丹似能明白夏强的心意。梅思平是夏强目为大仇人的。夏强早说过，他想亲眼看着这个汪伪政权在南京受审的第一个大汉奸被枪决。这次丹丹写信通知夏强来南京，也含有让夏强亲眼目睹仇人伏法的意愿在内。可是，竟失去了这机会，多么遗憾。所以丹丹的话声中表达出了这种感情。

夏强也出意外，眼前出现了宁海路21号门前用破砖头堆起的那堵墙，和21号那铁门深锁的阴沉气象，愤愤地说："真奇怪！这种大汉奸，千夫所指，枪毙却秘密执行，不知是搞什么鬼！"但接着说："知道梅思平枪毙后的情况吗？"

"听老曹说，梅思平有个弟弟名叫梅祖芳，是律师，他已去收尸；又听说这人专给汉奸辩护，传说将来审日本战犯谷寿夫时也指定他做辩护律师替杀人魔王辩护呢！"

夏强说："能再打听到一些情况吗？"

丹丹说："老曹出去了，等他回来，我再问问！"

挂上电话后，夏强回到楼下房里，心里很乱，稿纸铺在桌上，关于酒井隆执行死刑的报道已写了一半，此时无心再写下去。

他想找雷老伯谈谈，但雷香山正在楼下客厅里会客。每天差不多都有人来。有的是老朋友，有的是看望或闲聊，有的是来求助，有的是同乡来找他向他反映桂系军人李品仙在安徽做省主席如何贪赃专横，要他参加"倒李"运动……除了有时出外开会，会客已经成了老人每天必有的节目了。今天来的是雷龙的岳父、徐素贞的父亲徐树庄。徐树庄春风得意，是邮政储金汇业总局掌实权的副局长。他安插许多私人，惯会捞钱的名声在外。他利用物价飞涨、币值暴落，虚造人名、字号向储汇局申请透支借款。他和局长沆瀣一气批准放款，实际是自己批准自己的一套假把戏。但是账面上有借有还，不落痕迹，查账是查不出名堂来的。因为物价波动早晚行情不同，借款户头借了又还，还了又借，户头多，出进多，弄得查账人头昏脑涨，查无可查。他在放款手续上，包括申请、查保、核对、批准等，都做得井井有条，不露破绽。在收款账面上，有借有还，有本有利，不缺分文，其实徐树庄在一转手之间，已将物价与币值之间的差额纳入私囊，做了无本生利的好买卖。当然，另一方面，官场上的所谓"查账"也不过是"例行公事"，往往官官相护，而以"查无实据"不了了之。雷香山与他虽是亲家，但来往不多，面上保持客气，雷香山是不喜欢徐树庄这个人的。

夏强独自无聊地坐着，不禁又从袋里摸出那本小记事本来，翻到第一面上。在这本记事本上，他开列着仇人的名单：

汪精卫　陈公博　周佛海　梅思平

丁默村　李士群　吴世宝　梁鸿志

汪精卫等已经死掉的四个名字上都加了×，现在，他在梅思平的名字上也打上了×。梁鸿志已判死刑，估计不久会枪毙的。如今，他要把报仇的重点放到周佛海、丁默村身上了。

他遗憾没能看到梅思平的死刑执行，但却又欣慰于梅思平已被处决。他使自己定下心来，继续拿笔写通讯。

但，楼上电话铃声又"嘀铃铃"响了。在楼上打扫房间的丁嫂来叫夏强接电话，说："仍是小姐来的电话。"

夏强急急上楼，丹丹好听的声音又在耳边响起，说："老曹回来了，说梅祖芳已将梅思平的尸首运到了殡仪馆，居然还花五十万元急急雇人给尸首化妆。因为梅思平右边鼻梢上有个枪弹洞，需要修补。棺木买得很讲究，还在棺上盖了一面青天白日满地红旗。梅祖芳写了副挽联悼梅思平，上联老曹没记清，下联是：'绝代聪明，掩棺尚待百年评！'你说这是不是岂有此理?!"

夏强说："可靠吗?"

丹丹说："绝对真实!"

夏强说："汉奸在棺上盖青天白日满地红旗，当局竟不管?"

丹丹爽朗说："没人管！我正在写一篇'锄奸小议'呢！就拿这件事写一写。"

夏强点头："那很好啊！我把手上这篇《枪毙酒井隆》写完，就立刻再写一篇《梅思平之死》，这些材料我都要用上去。"

丹丹说："老曹说，梅祖芳这事办得诡秘，那个小殡仪馆很不好找。在中华门附近。他说，你如想看梅思平的尸首，下午三点你来，他可以陪你去，迟了怕就埋葬了。"

夏强回答："我下午三点准时到新街口你们报馆来!"

只是，下午夏强由老曹陪着赶到中华门那家殡仪馆后，梅思平的尸体和棺材早在中午就秘密挪走了，挪到什么地方也无法打听到。

他们扑了一场空。

九月的雨，下得不紧不慢。花园围墙上的红色、紫色牵牛花在雨中开得依然娇艳。

丹丹从报馆专跑锄奸新闻的老曹那里，弄来一首周佛海在囚室中怀着忐忑阴沉心情写下的七绝诗，特地让丁嫂通知夏强上楼来看。

夏强到了楼上丹丹房里，这次来南京他还是第一次到丹丹房里。他见原来镶嵌在墙上的那首汉奸的诗碑不见了，房里四壁全部粉刷一新。夏强问："那块汉奸诗碑呢？"丹丹笑笑指指墙壁："那个姓焦的汉奸逃跑后无影无踪，始终未抓到。我去找法院联系，想把这东西取下来送给他们存放，他们不要。我天天睡在这房里看了难受，就雇泥水匠来，砸了玻璃框，把它涂没粉刷掉了。有朝一日，后人在墙里发现了这东西，它就成了一件汉奸历史文物了！"夏强说："汉奸的罪证永远是罪证。你把它涂了也好，天天看着实在难受。遗憾的是这个汉奸竟抓不到！你快把周佛海的诗拿给我看看吧！"

丹丹拿出一张纸条说："看吧！"

纸上写的是《春夜》：

> 那堪伏枕听鹃声，寂寞春宵怨恨深。
>
> 好梦乍回魂欲断，半窗明月照孤衾。

夏强看了，说："雷老伯在房里，我们也拿去给他看看？"

两人同到雷香山房里，见雷香山正给一个索字的同乡在写一幅屏条，写的是刘禹锡的七绝《台城》："台城六代竞豪华，结绮临春事最奢。万户千门成野草，只缘一曲后庭花。"

雷香山写完屏条，加上抬头和自己的名字，把周佛海的诗看了，问："怎么回事？"

夏强介绍："这个月，周佛海才由重庆解送来南京。这首诗是春天写的，估计应是在重庆写的。"

丹丹说："我也这么认为。而且我认为应是三月间戴笠在南京江宁县板桥镇南面的戴山上飞机撞毁死掉后周佛海写的。你们看'好梦乍回魂欲断'，明显指的是戴笠包庇他，使他重回好梦，但忽然又出机祸死了，这才有这种'魂欲断'的感情。"

雷香山和夏强都点头认可。夏强说："拿汉奸周佛海的诗同刘禹锡的诗一比，就大不相同。刘禹锡那不同流俗的胸怀和诗中咏史的警策都是高尚的，周佛海的诗流露的却都是穷途末路的汉奸味！"

丹丹说："比得精彩！"

雷香山说："周佛海这个人民国十三年我就在广州认识他。那时，戴季陶是中央宣传部部长，请周担任宣传部秘书，他还在广东大学教书。他本是共产党，不久就脱党做了国民党员。后来步步青云，反过汪精卫，也反过蒋介石；靠拢过汪精卫，也巴结过老蒋。随机应变，唯利是图，投机取巧，反复无常，是他一生活动的特征。这样的人可以貌似革命，也可以去做汉奸。我是看不起这种人的。这人有能力，阴险狡黠，以致做了大汉奸。看日本不行了又同戴笠挂钩。但人心昭昭，这样的大汉奸谁人不曰可杀！戴笠一死，他终于迟迟又被押回来了。我看也快审判他了，且看如何处理他！"

丹丹说："听说还有一星期高院检察处就要侦讯，下个月开始审讯。"

雷香山说："审讯这个人，你们年轻人倒是值得去看看听听的。这人狡猾，翻手是云，覆手是雨，似能叱咤风云，实是大节败坏。他能说会道，还有一套汉奸理论。去看看这种丑类表演，对如何做人也许会有点解悟的。丹丹的'锄奸小议'又有文章可做了！"

夏强和丹丹觉得雷香山说的话富于启示，都说要去采访并旁听。两人约定明天由夏强到老虎桥监狱跑一趟了解情况联系参加旁听侦讯。夏强心里又有个小九九，趁这机会他明天还要争取采访一下丁默村，咬牙切齿地同丁默村面对面地见一见。想起父亲的死，他心里发酸，沉重起来。他不愿把心态告诉丹丹，怕也影响丹丹的好心情，所以连小九九也未告诉丹丹。

晚上，夏强在楼下自己房里忙着将白天未写完的稿子写好。丹丹来了。

聪明的丹丹，已经察觉到夏强情绪的变化，说："我感到你心情不好，是吗？"

夏强朝她笑笑，但未说话。

"过去，我们在学校时，曾喜欢读大仲马的《基度山恩仇记》。想不到，你却也成了恩仇记中的一位主人公了！报恩呀，复仇呀，忙得二一添作五。我发现，每当提到丁默村，你的心情就特别不好。这已经不是第一次了！"

"是的！"夏强诚实地承认，惊讶丹丹心真细，观察入微。

"你还记得大仲马这部小说的结尾吗？"

夏强看看丹丹。他已经差不多忘掉那小说的结束是怎样的了。反正，好像主人公复了仇，也报了恩，但似乎心绪并不轻松。

丹丹背诵似的说："基度山伯爵最后对海蒂说：'那么爱我吧，海蒂！谁知道呢？或许你的爱会使我忘记那一切我不愿意记得的事情。'你不记得了吗？"

夏强没有说话，但觉得她太可爱，心中感动，忍不住上前一把抱住了丹丹，热烈地去吻她。

可是，丹丹用手挡住了嘴，说："别这样！这个例我可不能再开了！"

夏强叹了一口气。那时在重庆，他第一次拥抱丹丹时，丹丹也拒绝过。后来，她就不拒绝了。但吻她，她只让吻头发。她似乎有心总要在这种感情冲动的时候设防并克制的。他说："你不是写信让我来看星星的吗？"

丹丹笑了，说："叫你来看星星，可没有叫你来吻星星呀！"她觉得夏强心情似乎好一些了，她也就高兴了。

第二天早上，丹丹去报馆了，夏强独自就去老虎桥监狱采访。

本来，宁海路看守所从去年 11 月，就开始关押汪精卫的老婆伪中央监察委员陈璧君、汪伪外交部长褚民谊及梅思平等大汉奸了。后来，又来了汪伪国府代主席陈公博等。过了些时候，陈公博、陈璧君、褚民谊押到苏州狮子口监狱去了。别的汉奸，有的仍关在宁海路，有的已移送老虎桥。本月，周佛海、罗君强、丁默村等从重庆移送来南京，都直接送到老虎桥监狱囚禁起来。

老虎桥监狱，抗战前就是一所大监狱。敌伪时期是日本宪兵队的牢房，经过整修和部分修建。那时，长年累月关押许多抗日志士，里边的刑场上也不知秘密屠杀多少抗日的中国人。监狱规模极大，一幢幢监房栉比鳞次。胜利接收后，这监狱什么人都关，普通刑事犯和汉奸犯混合拘押。但，现在已分开处理，汉奸犯都集中关押在一起了。

夏强来到老虎桥监狱的门口时，有些探监的人都拥挤着等候在那里。多数是些面黄肌瘦一脸愁容的老年人和青年妇女，穿得褴褛的占多数，手里都提着抱着大包小包，是给犯人送衣物和吃食的。这监狱管理较严，站在门口的有荷枪的法警。入口的大门紧闭着，仅留出边上一个用铁杠拦出的一条窄小的通道，让人进出。把门的法警都铁青着脸凶恶得很。

凭记者名片，夏强进了监狱。在接待室里，出来一个苏北口音的年轻人，方脸盘，穿的白衬衫、黄咔叽裤，自我介绍姓刘，是监狱长的秘书。他有股学生味，态度和气。听夏强说了来意，说："周佛海是个特殊的犯人，下周高院检察处侦讯，不准记者旁听。以后公开审讯时才可能准许旁听。"夏强见他说话诚恳，问："你看周佛海判不判死刑？"

年轻人碰到年轻人，似乎双方都有好印象。刘秘书爽快地说："如果我谈的你不登报，那我可以发表点个人的看法。你要是采访了要登报，我就不好谈了！"

夏强说："我保证不登报！"

刘秘书说："大汉奸谁不恨？我二哥就是在苏北家乡得罪了汉奸，

给鬼子抓去用重刑砸断了腿的。我最恨汉奸，可是周佛海有后台，很特殊，这个月才押来，就说明了问题。他来后，发表了一通汉奸理论，说给他戴上通谋敌国、图谋反抗本国的罪名是不公道的，说他参加汪伪南京政府的前半段是通谋敌国、图谋有利本国，是希望能与日本直接谈和，以挽救危亡；他参加伪府的后半段是'通谋本国，图谋不利敌国'。你说这汉奸坏不坏？"

夏强问："那判不了死刑？"

刘秘书苦笑摇头："谁知道，我要是法官，拼了乌纱帽也判他死刑！只是怕判了死刑上头也不让他死！"

夏强觉得采访周佛海已经无望，提出："我想采访一下丁默村，好吗？"

刘秘书摇头："原则上，丁默村也不让记者采访。"

夏强见刘秘书话说得有点松动，真诚地说："老实告诉你，我同丁默村有杀父之仇！你一定知道丁默村在上海魔窟 76 号做特工头子杀了无数爱国志士的事吧？"

刘秘书点头，脸上有同情的神态，轻声地说："这个坏蛋，他罪恶大，又没周佛海显赫，肯定将来会判重刑的！"夏强说："我最近要回上海去。这次，我总想见一见丁默村才甘心。我一直记着父亲死的仇！看一看丁默村在牢里关着，也可告慰父亲于地下了！我看你很正义，你帮帮忙，给我这个机会，我衷心感激！"

见夏强真诚感人，刘秘书似乎思索了一下，说："你一定曾是个大学生，我本来也是个大学生。我恨汉奸。你是个孝子，我理解你也同情你。但我们来个君子协定好不好？可以让你去看一看丁默村，甚至你同他少讲几句话也可以，但就是不要写报道，因为我们原则上不让记者采访。你这是破例。写了报道，就不好办了！答应这一条，我就带你去。时间呢，不超过五分钟！看了你就出来，行不？"

夏强喜出望外，但不表露，点头说："一定！我一定不写报道！"他今天来的目的，确就是要报仇，要咬牙切齿地同仇人见见面，看看仇人囚禁在监牢中的倒霉样。本来，写一篇讨伐丁默村的报道也应该。但既然刘秘书提出君子协定，他决定实践诺言，现在不写，以后再说。

刘秘书去隔壁房里，取了一张出入证，交给夏强，说："收着别掉了！凭这证等会儿你可以出去。没证你就麻烦了。"说着，他带着夏强出接待室往后边监狱里去。一路上他介绍："这五所扇形排列的监房，现在分别用'温'、'良'、'恭'、'俭'、'让'五个字命名。每所监房有十六间囚室，现在都准备全部腾出用来关押汉奸。宁海路看守所的汉奸罪犯，以后都要统一押解到这里来关押审判或执行的。"

他将夏强带到了"温"字监，刚到门口，忽听背后有人叫喊："刘秘书！……刘秘书！……"

回头看时，见一个法警跑过来说："刘秘书！监狱长叫你马上去！有急事等着……"

刘秘书本来是亲自陪夏强去看丁默村的，听到叫他有急事，皱皱眉对夏强说："那，我来找人带你采访，我就不亲自陪你了。一切照我们谈定的做，好吗？"他匆匆陪夏强进了"温"字监的头道铁门。铁门里，有个四十多岁的黑瘦看守坐在那儿，气势像个看守的小头目。刘秘书将夏强介绍给看守，说："这是新闻记者，金看守，你带他去采访丁默村，可以看看，谈上几句，但不要超过五分钟。"

黑瘦的金看守尊敬地连连点头。刘秘书同夏强握手告别。他回头快步走了，金看守脸色却变得又冷又傲了，说："丁默村住的单间，你跟我来！"他吸着烟，像个抽鸦片的老枪，慵懒萎靡，但眼露凶光，看来绝非善良之辈。夏强早听说监狱黑暗，处处伸手要钱。果然，金看守开口了："刘秘书是你亲戚？"夏强本想老实回答，一琢磨，如说不是说不定他会刁难，就含糊着唔啊噢地点头。金看守似乎看出些什么来了，站定脚步说："丁默村是要犯，不让记者采访的！"夏强心中一愣，马上掏出一叠钱来，说："金看守，帮个忙！"金看守嘴里说"不用不用"，钱却放进了口袋，笑着脸说："跟我走吧！好在就五分钟！"

经过一个窗户跟前时，金看守用黑瘦的手指指东边，说："那块就是刑场！那儿枪毙人，这儿犯人都能听到枪声！"夏强放眼望去，刑场不太大，地上草皮稀疏，阳光下静悄悄的，却有一种使人悚然的感觉。夏强似乎突然能感觉到丁默村将来在刑场上被枪决的场景了。

过了有人把守的二道铁门，进了两边都是囚室的"温"字监，囚室窗户都装着铁栏杆。木门上都有一个大洞，是送监饭的，看守也可由那里朝内窥视。这儿的设施比英国人造的上海提篮桥监狱的铁门、铁栏杆简陋多了。想起这是日本宪兵队留下的曾经关过中国爱国抗日百姓的地方，如今又关着卖国求荣的汉奸们，夏强心里有一种难以形容的感觉。

有个高瘦的看守在那里站着，金看守同他招呼："刘秘书的客人，新闻记者，找丁默村的，采访五分钟！"说着，把夏强带到丁默村的囚房门口，指指囚房："这间！"

夏强通过门上的洞洞朝里看，光线较暗，看到瘦削长条脸的丁默村垂头丧气坐在一只铁床上，背靠着墙，呆呆用眼怅望着水泥地，就像挂在凄冷角落里的网上的一只蜘蛛。他并不曾见过丁默村，但收集过丁默村的照片，所以看到丁默村时，就认出这是丁默村。丁默村穿一套半旧灰纺绸短衫裤，面容苍白，颊上略带微红，突出的高颧骨上架着一副金丝边近视眼镜，约莫五十岁年纪，头发猛看上去倒是黑亮的。他正无聊地伸懒腰打着哈欠。丁默村有肺病，身体荏弱，这个当年上海魔窟 76 号的特务头子此时已毫无锐气了。

黑瘦的金看守把夏强带到丁默村囚室门口就甩手走了，留下手拿一串钥匙管理囚室的高个儿看守在一边。夏强知道在这里是"花钱好办事"，马上掏出一些法币往高个儿看守手里塞，说："给我开开门，我要采访一会儿！"

"有钱能使鬼推磨"，高个儿看守拿了钱，果然拿钥匙开了门，说：

"快点！五分钟就走！"他站在一边，看着夏强进去，既有好奇，也似监视。

夏强见丁默村已经站起身来，并且将眼镜从鼻上拿下持在左手上。夏强闪身进了囚房，真是仇人相见分外眼红。他不觉泄露了自己的心灵真实，紧盯着丁默村说："丁默村，你知道我是谁吗？"

丁默村带点惶恐，看着夏强："不……不认识……"摇了摇头，又皱了皱眉，他口音带着湖南味。

夏强压低声音问："你认识夏澄教授吗？"

丁默村似在搜索记忆："啊！……不！"他似乎记起来了，"是的！知道！……"突然又似乎想起了什么，沉默起来。

"他是你们杀害在76号里的！你记不记得？那年秋天！你们绑架了他杀了他！你这汉奸！我是夏澄的儿子，我要报仇！"夏强话声沉重，双目吐火，像要咬他一口。

丁默村忽然面露恐惧，两腿发软地坐到床上。九月天，闷热，他脸上冒汗。

夏强难以控制自己的感情了，忽然一步走到丁默村面前，伸出右手，"啪"的一个耳光狠狠打在丁默村左颊上。这一下打得这么重，丁默村手扶着脸"哎哟"一声躺在床上了，又顿时"哎呀哎呀"惨叫起来。

一耳光，把在门首看着他采访的高个儿看守吓坏也惹火了。他猛冲进来一把将夏强推出牢房，"克"的锁上了囚室的门，埋怨道："妈的！你怎么打人哪！叫上边知道我怎么交代呢？"

夏强像从一场梦中突又惊醒过来，湿润着眼眶解释："你知道，这个大特务，当年他杀了我父亲！……"

但高个儿看守没理睬他，只是满面愠色地说："快走吧！这事你知我知，就当没发生过！你快走！"

夏强要对丁默村说的话已经说了，一个耳光也已打了，也是该走了。二话没说，拔腿就走。穿出牢房，到了阳光下，他走路感到轻松了。向监狱大门走去，远处有些在倒马桶的苦役犯人在铁丝网旁洗刷马桶，随风飘来一股粪便尿臭。另一条路上，有法警押着几个犯人不知往何处去，犯人脚上的铁镣"哐啷哐啷"响。

夏强终于缴了出入证出了老虎桥监狱。出了监狱，走在街上来往的人流中，他才感到心情恢复了正常。他心中对着死去了的父亲在默默地说："爸爸，今天我当面同丁默村算了账！我狠狠打了他一个耳光！我只能这样替你报仇了！……"默默说了这话，他心酸落泪了。

晚上吃饭，桌上是张妈做的火腿冬瓜汤、素炒面筋、红烧鲫鱼、烧鸭丝炒绿豆芽、蒸咸板鸭，都是家常便饭的南京菜。面团团的张妈四十八岁了，本地人，男人本是开小饭馆的，她烧得一手好菜。抗战时，南京沦陷，全家逃难去了皖北，未在南京遭劫，但倾家荡产，死了独生子和男人，她只好帮佣为生。是个不多说话的人，办三顿饭，有空也干点洗洗缝缝的活，大家都喜欢她，爱吃她烧的菜。吃饭时，她总在边上站着给大家盛饭添饭，听大家夸她的菜烧得好她就显得高兴。

大家边吃边谈。夏强将采访老虎桥监狱那里囚押汉奸的见闻和见到丁默村的事详细说了，但没讲打丁默村耳光的事。大家都听得津津有味，张妈也在一边听得出神。雷龙听了，说："你对丁默村说的几句话，不亚于对他的心脏打了一排卡宾枪呢！"徐素贞说："你父亲总算没白生你这个儿子！你是个好儿子！"雷老伯听了，也有赞许之意，因客人来访，吃完饭就由丹丹陪着去客厅了。雷龙夫妇要去夫子庙听清唱，预先打电话定时叫来了出租汽车。他们去夫子庙听清唱，瞒着雷香山，却不瞒丹丹和夏强。他们走了，张妈收拾桌上的剩菜和碗筷，带着夸赞语气对夏强说："夏家少爷，刚才听你讲了骂汉奸的事，你讲得真好！"夏强向她笑笑表示感谢，他知道这个平时不声不响的女佣，是轻易不说这种话的。但纳闷地看到，张妈在同他说这话时忽然眼睛含着泪水，却悄悄地很快把泪水拭去了。他奇怪，这是怎么回事呢？

一会儿，丹丹从客厅出来，问夏强："你今天出了气，心情该舒坦了吧？"

她的一问，引起了夏强的思索，论理总算今天出了口气，心情该是舒坦了，但我并没有这种感觉，为什么呢？他没有点头也未回答。丁嫂来叫丹丹接电话，丹丹就走了。

夏强后来找机会同丹丹两人站在花园里闲谈，他把张妈今天有些反常的情况讲给丹丹听了。丹丹点头嘘了口气说："你的话激起了她的感情。她其实不是寡妇。她男人参加了和平军帮鬼子清乡，做了小汉奸。她反对，说，宁可做畜生也不能做汉奸！丈夫不听，丢了她找了别的女人，现在不知去向。她要面子，不愿让人知道这些。所以我也替她守口如瓶！"夏强不禁慨叹："啊！原来如此！"

谈着谈着，夏强把狠狠打了丁默村耳光的事坦率告诉了丹丹，说："吃饭时我没有讲，我怕老伯和你们说我修养太差。其实，我当时控制不了自己，不由自主就动了手。"

丹丹说："你也会动手打人耳光，我倒是想不到的。但心里也别懊糟了，打了就打了！汉奸嘛！打一记耳光也算不得修养差。鲁迅就提倡打落水狗呢！只是，先一会儿我问你心情舒坦了吧？你未回答，为什么？"

有飞动的萤火虫颤颤地在树隙和花草丛中闪动着绿色荧光，使黑夜也带点璀璨美艳，充满幻想。

夏强把自己的思索说了："我并没有出了气的舒坦感觉。我也想不出为什么会这样，你说为什么？"

丹丹笑了："我问你的你却又拿来问我，这倒有趣。"但又思索着说："我想，可能是这时局太沉重，内战打得一塌糊涂，当局腐败，物价飞涨，百姓在受苦受难，所以我们都难得有什么舒坦轻松的感觉吧？"

（五）一张假委任状

天下着牛毛细雨，一封母亲拍发来的急电夜间送到了夏强手上。

如非重要的事，母亲是不会来急电的。

打开电报一看，电文是："方出事速找哥嫂搭救盼速归母。"

夏强在"出事"二字上想了又想，终于悟到问题的严重性了，对丹丹说："说不定方国华被捕了！要不母亲不会要我找二哥二嫂搭救，也不会盼着我快回去的。"

丹丹看着电报说："你到南京这么多天了，我早要你去看看你二哥他们，你却不去。现在是该去看看他们了。上次，白南史起了作用，这次自然仍该找他。他在上海有权，办这事总该有用。当然，你如果要带父亲的空白信纸，仍可照带无误。不过，说实话，用处不会有白南史大。"

夏强心里也打好了谱，这次仍得找二嫂白丽莎写信并让她先打长途电话给白南史，看看手表说："现在才八点多，我马上去白公馆。如果顺利，明天就回上海！"

丹丹喜欢夏强办事雷厉风行，说："救人如救火，快打个电话就去吧！"但忽然又说："我有点东西你带去分送你二嫂和江美娟。"

夏强说："为什么？"

丹丹说："这都是嫂嫂送我的好东西：一盒蜜丝佛陀粉底和两管唇膏，几双玻璃丝袜，全是美国带来的。你知道，我从不化妆，也有玻璃丝袜。她们当然并不稀罕这些，但人总得讲个情分，空手去不如带点东西去。别同我客气，我这也是借花献佛。"说着，就飞快上楼去了。丹丹上楼，夏强也跟着上楼去打电话。夏国在家，说："你来吧。"电话打完，丹丹已把东西拿来用两个漂亮的纸袋装着递到夏强手里。夏强见丹丹刚才说得实在，就拿下了，说："那我去去就回来！"

丹丹要夏强披上她的绿色玻璃雨衣走。夏强说："雨小，不用了。"他飞快骑上丹丹的自行车到江苏路。天上仍在落毛毛雨。漆黑的天上有夜航机飞行的声音。不知怎的，夏强又想起了大哥的死和那个下着连绵秋雨的下午……心头不由又涌起了悲伤。到白公馆时，二哥二嫂和白旮夫妇都在。

夏强上了楼，到了二哥二嫂房里坐下，掏出了母亲拍来的急电。

夏国看了电报，冷冷地说："麻烦，怎么这事老没完？"

白丽莎看了电报，却知冷知热地说："听爸爸说，这个方国华人不错，又是冤枉，他上次给他解决了问题，可怎么又出事了呢？"

夏强摇头："我也弄不清！只是希望二嫂给我带封信去，我到上海好再去看望白老伯。"

白丽莎想了一想，说："可以！但不必写信了。明天我给他打长途电话，你直接去找他，把情况如实同他讲就行。你又不是不认识他。"说着，她拿纸笔写了个地址外加电话号码，说："这是老头子金屋藏娇之处，我们子女都没去过。他找了个比他年轻二十岁的美貌交际花，听说过得乐陶陶的。"这地址和电话其实方国华和夏强早知道。但二嫂说得干脆，夏强就收下了那张纸条。见二哥打了哈欠，夏强就说："我去看看旮哥和娟嫂，在他们房里坐一会就回去。明晨我就回上海。"他把一袋蜜丝佛陀粉底和唇膏取出，说："二嫂，这是丹丹让带来送你的。"白丽莎说："她太客气！"又说："说实话，这姑娘好讨人喜欢的。"

夏国也不留弟弟坐，但白丽莎热情地将夏强送到白旮门口说："旮哥，夏强来看你们夫妇了！"

白旮和江美娟正在房里听留声机，放的是美国的爵士音乐。白旮仍如上次一样的热情，说："夏强，坐！坐！"白丽莎回房去了，这里江美娟已忙着拿水果和糖果招待了。白旮就将留声机"突"地停了。

夏强将玻璃丝袜拿出来，说："丹丹让带来送给娟嫂的。"

江美娟热情地说："她太客气了！哎呀，其实，她该留着穿，她两条腿不粗不细好漂亮的。这种美国丝袜我有,她何必……"又说:"叫她来玩呀!你旮哥也说过,你们要是成了一对,那真是郎才女貌,郎貌女才,谁看了都羡慕。"

白旮打趣:"好!我太太真会说!'郎才女貌'听说过,再加上'郎貌女才'一起说,我可还是第一次听到。但她这倒不是过誉,确实如此,确实如此!"

夏强坐下了,看见白旮面露春风得意的神色。白旮好炫耀也好表现,当然也出于对夏强的好感,见到夏强就说:"怎么样?上次我对你说的话都兑现了吧?形势不错呀!全面进攻实际早已开始,陈诚总长部署了对冀鲁豫的进攻。前些天,他同杜聿明到北平举行军事会议,布置长城内外的战事,这又到归绥召集傅作义等开会,并到太原同阎锡山开会,听说快要攻打张家口了。军事形势很好呀!"

夏强知道他消息灵通,上次说的话确已兑现,今晚他讲的这些有的已见报载,但打张家口的事却还新鲜,点头说:"是的!旮哥上次说的确都兑现了!"

白旮说:"我早说过,和谈是谈不拢的。谈判桌上得不到的只有用武力才能得到。国民大会势在必开,同共产党决裂不会太久了!"

夏强没有表态。白旮说:"夏强,我喜欢你,所以对你说真心话!可要注意,现在年轻人以左为时髦,你可不要那样,雷丹是不是有点左?她在晚报上写的文章,我觉得有时的确有点问题。"

夏强故意笑了,掩饰说:"我同她都是天真的自由主义者,左什么呀!做记者嘛,在学校时就懂得必须不偏不倚,不党不派,才能公正报道。下关那次,雷丹莫名其妙地挨了打,险险重伤了呢!"

白旮说:"不左就好!雷香山老伯,是元老,论理,他那位美丽的千金是不该左的。可能是女儿像父亲吧!我们这位雷老伯摆老资格好放大炮,过去在参政会上放起炮来就乱轰一气。不过人不能不尊重他呀!老资格嘛!哈哈……"

夏强只好赔着笑笑，决心岔开话题，关心地问："那个日本战犯冈村宁次怎么样了？怎么一点消息也没有！他是侵华日军总司令官呀！"

　　白昝笑笑说："说穿了吧！他是个军事家，长期在华北同八路作战，了解八路作战的规律，现在对我们有用。受点优待也应该。再说，投降、遣返工作仍在进行，冈村也有事要干。"

　　"他在哪里？"

　　"哈哈，这我不想瞎说。"白昝讲话其实还是颇有分寸的，突然又说，"夏强，不知为什么，见到你我老是想把你拉到我手下来。我们可以兄弟般合作，干一番事业！独木难成林，一个好汉三个帮。德国的国社党当年就是希特勒同几个密友打出局面来的，蓝衣社开头就是十三太保创的天下。保密局如今气候不错，拉你到我手下一同为它出力，我们可以唱一台好戏。事业上的成就是一个人立足于世的根本，名利上的获得是一个人生命乐趣的源泉。这是我的信条，我希望你也接受这信条。人才难得，你来我们一同干！"见夏强没有应承的意思，白昝说："今天你不必答复，我这人讲义气也坦率，我们再相处相处，路遥知马力，只希望将来我们都皆大欢喜！"

　　夏强避免出现僵局，点头笑道："昝哥说得好，我初出茅庐身不由己，又没有你想象的那么行。你已事业有成，我还刚开张。以后仰仗昝哥的地方多着呢！你多关心！"见已经尽到礼了，不想多留，说："明天要回上海，今天来告个别！"

　　估计是白丽莎早把方国华的事告诉了哥哥。白昝说："你还在找我父亲办方国华的事吧？听说姓方的人不错，确实有钱。其实你给他办事虽说是报恩也不能白办。听说你自己想办个报或杂志，也听说你也有去美国镀金的念头。你何不向方某提出来呢？别不好意思嘛，这是礼尚往来！现在外边办事都这样！"夏强笑着点头，表示话听到了，没说什么。替方先生办事，纯为报恩，怎么可以乘人之危敲人竹杠呢？就说："来时正下小雨，现在雨好像停了，我得快走，别再下起雨来。"

外边，雨后空气清新湿润，街灯鬼火般的幽幽亮着。路上有水，自行车轮胎"嘶嘶"地响，骑车到家一揿电铃，老柴就来开铁门。丹丹在楼下堂屋跑出来站在廊台上，显然她在等候着。夏强心里温暖和感激，放好车，在廊下同丹丹一起进去，说："二嫂明天就给她父亲打电话！……"他边说边向自己房里走，进了房，对丹丹恋恋地说："明天一早，我就走了！我要想你的！"

丹丹笑了："好呀！有走就有来，你想来再来就是！"

夏强又要吻丹丹，丹丹却没拒绝，被夏强紧紧抱住，让他吻唇。吻过，推开夏强，笑着说："别得寸进尺了！今晚可没有星星！……"

这时，门上电铃响了，估计是雷龙夫妇回来了。夏强说："龙哥他们回来了。"丹丹却脱身上楼去了。

夏强离开南京，坐早班快车回到上海，抵家已是黄昏。母亲和小妹见他回来，非常兴奋。还没等夏强歇歇洗洗，三人就谈了起来。

夏强谈了找二哥二嫂的事，问："方先生怎么了？"

小妹说："给高等法院在南昌路上抓进去了！准是他出头露面被仇家看见了勾结法院逮捕了他。"

母亲说："方太太找过我两次，哭得好伤心，怕方先生倒大霉，盼望你快回来想想办法。"

小妹单纯可爱，说起话来样子特别坦诚："他想做生意。物价不断上涨，什么生意都能赚钱，他本想囤积药品、糖精、五金，找了些生意场上的朋友，想不到竟进了监牢！"

夏强说："救人要紧，我马上去找白南史，回来再吃饭。"他茶也不喝，就出了门，叫了辆三轮车去大西路1182弄找白南史。

溽热的夜晚。夜上海灯光和霓虹照得繁华辉煌。街道的收音机播送的仍是敌伪时期流行的歌曲。李香兰娇滴滴的声调在唱《夜来香》，白光沙哑的嗓音在唱："你要看，你就看……"还有那支不知谁唱的

《香格丽拉》……连同舞厅、酒吧里传出来的乐声、鼓声，形成一种特殊的喧嚣氛围，欢乐中夹杂着凄凉。徜徉在街头逛荡的穷人，街边阴暗处拉客的女人，弄堂口乞讨的丐儿，融入夜色奔波忙碌踩三轮、拉人力车、骑黄鱼车的苦力，处处泛现出贫穷、饥饿与悲伤，使坐在三轮上的夏强感到心的压抑。

怀着紧张不安与惶惑的感情，夏强来到大西路1182弄的白南史公馆。是一幢双开间三层楼的阔绰洋房。揿了电铃，有一个女人应声并打开了门上的观察洞。夏强递了名片，隔了一会，门开了。一个梳一条油光黑辫的年轻漂亮女佣招待夏强进了灯光雪亮的客厅。客厅宽敞华丽，有一套嫩黄色的长沙发和小沙发，南侧有一块立式大穿衣镜，锃光瓦亮。墙角花架上一盆碧绿的巨大天冬草泼墨般垂下，映出一派生机。墙上有个大镜框配着一幅巨大的彩色西洋风景油画。

漂亮女佣从楼上通报了下来，微笑着端来盖碗茶后，一会儿白南史从楼上下来了。

他已穿了薄薄的白绸长睡衣，面上没有笑容，似乎受人打搅了不太高兴。夏强站起身来，装得恭敬叫了声："白老伯！"白南史略微一笑，用手做一个请坐的姿势，说："丽莎来过电话，知道你要来。方国华的事不是给他解决了吗？怎么又出事了？"说着，在沙发上坐了下来。

夏强把情况照实讲了。白南史似乎没料到这个"出事"竟是被抓进了监牢。陷在沙发里，皱皱眉，两眼变得恶狠狠了，站起身来，来回踱着方步，眼圈青陷着。

空气像冻结了。夏强看着白南史来回地踱步，感到这件事恐怕白南史也棘手了！忽听白南史说："混账王八蛋！混账王八蛋！……"

骂了一会，白南史忽然在沙发上一坐，说："不要紧！别急！我有办法！这事你就别管了！我会把他保出来的！"

夏强愣在那里，不知白南史能用什么办法把方国华保出来，表露出想听个回音的样子。白南史看得出夏强停步未走的心态，说："高院的检察长杜保琪同我熟，他也是市党部的委员嘛！这事是闹了误会了！他怎么能把我们派在上海的地下人员当汉奸抓起来呢！我今晚就给他打电话，明天就派市党部的人去同他交涉，把人领出来！"

夏强心想，看来，也就是这么个办法了！估计是行的，就告辞了，说："白老伯，那我就回去了。"

白南史点头："好吧！这事呢，外边就别声张。现在事情复杂难办，有些事只能不声张地悄悄来办，懂吗？"

夏强表示懂。

白南史送夏强到客厅门口，就不送了。那漂亮女佣出来替夏强开门，关门。到了街上，晚风一吹，夏强感到心上轻松了些。但对白南史能否轻易救出方国华，仍有点将信将疑。

白南史没有食言。

方国华果然第二天傍晚就出狱回家了。回家后，他马上打电话给夏强表示感谢，说："小阿哥，阿弥陀佛！谢谢你啊！这次的事又劳老太太和你烦神了！遇到这件倒霉事，如今却又出现了一件滑稽事！小阿哥，你有空请来一趟，我给你看样东西！这以后，我真的可以大摇大摆上街，大模大样公开做生意了！"

夏强心上那扇沉重的木门悄然打开了，但诧异地问："怎么？"

方国华话里带有笑声："哈哈，小阿哥，多亏白主任委员帮大忙啊！你来吧！好吗？到我这里来便饭吧！我给你看样滑稽的东西！"

实在是钓人的大悬念，吸引得夏强不能不去。夏强把电话中方先生的话告诉了母亲，就匆匆坐三轮车去南昌路方家。

方先生同方太太热情接待了夏强。方太太亲自做菜。夏强想不到方国华给他看的竟是一张真正的盖着中国国民党上海特别市市党部大印戳的委任状，上写：

兹委任方国华同志为中国国民党上海特别市市党部副总干事。

此令

中国国民党上海特别市市党部（印）

中华民国三十四年十月二十一日

　　这日期显然是倒填的年月日。

　　方国华咧嘴笑着说："哈哈，小阿哥！白主任委员真聪明，光凭我那张地下工作者的假证明高院仍可以不买账的，但再给这张倒填年月日的委任状，就管用了！市党部派去交涉的人拿了这张委任状去交涉，说：你们竟将现职的市党部副总干事抓进了牢，岂非天大的笑话。于是，我就平平安安出来了！那件什么'通敌资匪'的事呀，也就彻底解决了。其实，这委任状完全是假的。白主委对我说得明白，这只是出个假委任状帮我解决问题，不任职，不支薪，一切都不算。哈哈，阿弥陀佛，我连国民党员都不是，我怎么能去干那些事呢？我是个生意人，只希望将本求利做生意，别无所求。"

　　胸中涌动着不安，也涌动着杌陧，夏强说不出话来，也不知说什么好。怪事真多呀！总算报了恩了，总算把方国华的事解决了。但，为什么没有想象中的报了恩的那种开心呢？为什么复仇的事不那么开心，而报恩的事也不那么开心呢？

　　那夜，又下秋雨，淅淅沥沥，淅淅沥沥。夏强有点失眠了。他想念死去了的父亲，想念失踪了的大哥……他想念丹丹。他吻过丹丹了！丹丹的唇似乎有一股芝兰的芳香。他拥抱丹丹时，感到丹丹的体温使他那么舒适，他在回味。带着欣悦听着雨声浮想联翩，使他想起在重庆时，在上大学时听到巴山夜雨的情景。由此他又想到了东方，东方真是个怪人，对他了解又不了解，对他不能不想念。时局险恶，夏强挂念东方，希望能见到东方，听东方谈谈他想听的话。

从绵绵思绪中引向现实

上海的变化实在太大，几年前还基本保持旧貌的上海，如今完全变了样子。浦东开发区、杨浦大桥、东方明珠塔、地铁工程等等姑且不说，外滩的面貌也大变了。

啊！啊！魂牵梦萦的外滩！对小妹来说，她曾在这里同松涛散步。对夏强来说，那现在是和平饭店的有金字塔般闪闪发光的尖顶建筑，解放前原是沙逊大厦，那银行大厦、海关大楼……他曾多么熟悉。对二哥来说，他曾在去台湾前同二嫂白丽莎一同逛过外滩，二嫂指给他看当年的中央银行大楼，告诉他："我那时曾跟着蒋经国在这儿办过公……"

江中不时有汽笛长鸣，把他们从绵绵思绪中引向现实……

南京路、淮海路的面貌都同旧时不同。几十层的大厦林立，八十八层的大厦正在建造……二哥夏国虽然没有多说什么，但却仿佛行进在历史的曲折长廊中，感慨地常常叹息，看得出他既是为这种变化感到意外，也为这种变化使他失去了不少回忆中的印象而遗憾。

成都路也有一段已经拆建。下午，终于在小妹夏盛陪同下找到了故居霞飞巷五号。但弄堂口早年那个小烟纸店已不见了，如今原地是个修理电视机、洗衣机的店家了！弄堂口的皮匠摊也早在姓陈的老皮匠死后就消失了。当夏强和丹丹、小妹陪二哥站在五号那黑漆剥落殆尽的大门前时，周围景物都默默无语。望着这栋已陈旧斑驳的三层楼房，二哥心绪起伏，人去楼存，而睹景思人倍感苍凉。他怀念徘徊，看着这条古老石库门房子的里弄说："这儿不久恐怕也要拆迁了吧？"

他忽然掏出纸巾来拭泪。然后，在门口徘徊，走过去又走过来，引得进出弄堂的人有的停步注视着他。

夏强想，二哥是在思念母亲了！那时，二哥跟二嫂决定去台湾，家中有过一场激烈的辩论。母亲、小妹和夏强都反对他走，劝他留下，但他不听，最后他发了火走了。临走，给母亲磕了一个头，但没对母亲说一句安慰话，当然，更没有理睬弟弟和妹妹。

现在，他站在旧居的门口流泪了。旧居大门上两只本来发亮的铜门环在1958年大炼钢铁时早被拆下拿去炼钢了。石库门上的浮雕已风化残缺。楼下门旁前厢房那扇本来用彩色玻璃镶成的玻璃窗仍旧紧闭着，只是有的玻璃已经破碎。当年东方和松涛来时，总在窗上"笃！笃！笃！"敲三下，夏强就来开门……可是一晃已是五十年前了，真是光阴似水呀！

如今，这弄堂里可能全换了新住户。当年五号里邵师母的侄女小曾和侄女婿小沙，50年代就支援内地走了，将房转让给了别人。夏强家的房子，母亲病故后本来小妹住着，但小妹不愿再住着伤心，又因离她教书的学校太远，同人家调了房子。这栋当年不算太差的房子，如今旧得有股破落户的气息了。

有人从里边开了五号的门走出来了，是一个胖胖的穿太空棉上衣的中年妇女。从开着的大门里望进去，房屋早显衰颓。楼下和二楼、三楼都丁丁挂挂晒着被单、衣裤，万国旗似的。夏强说："不必进去看了！"他的心也酸楚，想起许多过去的人和事，欢乐和悲伤的，痛苦和哀怨的，远的和近的，别人和自己的……他看到二哥仍在擦泪，丹丹的脸上浮出回忆和凭吊的表情。小妹的脸上有凄楚，她是想起了松涛吗？她是在这里认识松涛的！

后来离开故居，大家回到小妹家。她住的是一套二的那种工房，小小装修过，主要是铺了地板。在三楼，二哥爬起来很费力。小妹只有一张大床，让给二哥和夏强睡，她和丹丹打了地铺。窗台上放着几盆仙人球和仙人掌。有的仙人掌上嫁接了蟹爪莲。小妹说："这些东西不浇水也不易干死，养着省力。我爱花，但怕侍候花，我喜欢这种条件很坏也能活着开花的植物。"房子虽挤，但大家乐于挤在一起天南地北地聊天。夏强悄悄预先打过招呼，叫二哥别追问小妹夏盛的遭遇。虽然仍叫她"小妹"，实际小妹已是近七十岁的老太太了！当年那个意气风发、粲然笑着的少女，当年那个朴素的一头漆黑短发体态健美的小妹在哪里？在哪里呢？现在的小妹人干瘦，脸上的线条和轮廓变得更坚强、老练，头发已经白得比丹丹还多，那是坎坷生活的赐予。看到她住处的布置和摆设，似可看出她独身生活的寂寞、简单和凄凉，仿佛她少女时的美丽遐想整个都已随风而去。隔夜，二哥拿了一厚沓美钞亲切地给她。但她目光冷峻，激动地推开了二哥的手，像一座要爆发的火山，说："钱我并不缺！以前小阿哥要给我钱我也不收的。你可能看到我这里很狭小简陋吧？其实是我喜欢朴素！我一个人住还是宽敞舒适的。我不愿为生活所累！"夏强和丹丹知道小妹说的全是实话。

　　松涛失踪，小妹与松涛诀别后，两人就像树上落下的两片叶子，都随风而落，遭遇崎岖。如果松涛不死，同小妹结为伴侣，那她后来会怎样呢？谁知道，谁能说！什么事都不能用"如果"来假设，生活中常有许多遭遇就像汽车快速飞驶在高速公路上，"乒"的也许撞到了前面的车子，那就惨遭横祸；"嗤"的也许车子平安到达了目的地，就顺利而且安然。但那种刹那间的差错造成的碰撞，有必然也许仅仅是偶然，谁又能预卜呢？小妹就潇洒地说："生活就是如此。如你不愿正视生活，那你只能在痛苦和郁悒中打发岁月！在生命的历程中，使人满足的往往并不是你蓄意追求的。当然人很难忘尽前尘旧事，但要继续生活，人必须从那种哀伤和坎坷里退出来！"

晚饭时，集中是谈母亲。母亲是"文革"中才去世的。那是1973年。当时，东方已经成了"叛徒"，他本是市物资局的党组书记兼局长，这时却天天批斗被关押着。外调的人常常来逼母亲写材料，母亲总是刻板地回答："当年，他不是叛徒！他是个好党员，他不怕死！"外调的人拍桌子："你的身份我们清楚！你大儿子是国民党的空军！你二儿子和二媳妇逃台了！你三儿子是走资派！你三媳妇是从香港回来的，有海外关系！你小女儿是右派！你这一家都不是好人，你还帮叛徒说话！"

　　母亲感到无限委屈和刺激。当夏澄教授被杀害在汪伪特工总部76号时，她伤心但没有这种委屈；当大儿子夏中驾机与日寇作战失踪时，她伤心也没有这种委屈；当二儿子夏国夫妇不听她劝告离她而去时，她没有这种委屈；但当小妹夏盛被无端打成右派时，她不仅伤心而且非常委屈了！现在，她真是十二万分委屈地哭了！哭得怎么也止不住，最后竟"哇"的吐了一口鲜血。小妹自从成为右派后，经过摘帽，放在一家女子中学教英语，现在又被横扫进了牛鬼蛇神的队伍，每天劳役以后回家，相依为命的母女二人就常抱在一起痛哭。社会主义的世道怎么变成这样了呢？对的怎么都变成错的了呢？好人怎么都忽然成为坏人了呢？……这种苦什么时候才有个结束呢？她不理解到极点。新中国成立之初，政务院奖给她的一张用大镜框配着的奖状，嘉奖她新中国成立前为党保存了文件和房产契约，也被红卫兵来将镜框砸烂将奖状撕毁了。她是个爱国的有正义感的母亲，是个要强的爱面子的母亲，又是个有知识明事理的母亲，但她无法长期忍受，她整天郁恳从不表露一丝笑容。然后，并发肝癌去世了！她服了止疼的麻醉药，临死，仍是昏迷状态，未留下一句话。但小妹说："妈妈就是清醒着，也是无话可说的。那场'文革'中是非黑白都颠倒了，怎么说又说什么呢？"

　　那场早被否定的"文化大革命"，经历过的人才明白是怎么一回事，未经历过的人也许你再说给他听他也不明白是怎么回事。二哥就属于这种"不明白"的人，大家也不要求他明白。反正他觉得那很奇怪，很可怕，也很坏。对他当然是不能苛求的，但他竟也会说："如果你们二嫂和我没有走，恐怕也会被整死的吧?"又是"如果"!

谁也没有回答他，因为丹丹在"文革"中灵魂触动得不凶，也没住牛棚，而人家认为她是会被整得死去活来的。

谈"文革"引起夏强、丹丹和小妹许多不堪回首的辛酸回忆，也引起二哥夏国不少回忆。二哥说："那时我们还在台湾，看到过大陆红卫兵揪斗人等的电视，报纸上天天都有关于大陆'文革'的报道，骇人听闻，我们都为你们担心!"

夏强说："我写过一本'文革'回忆录，也写过些'文革'的伤痕小说。不过现在似乎对'文革'的事也淡忘了! 究竟它是过去的事了，天天记着也没必要。"

二哥说："'文革'这么乱来，你们能真的淡忘而不计较了吗?"

丹丹说："我们不过是些小人物，当时连刘少奇、邓小平、彭德怀、贺龙、陈毅等这样的老革命、大人物都有不幸遭遇甚或被整死，想想他们，我们的挨整似乎可以阿Q了!"

夏强说："而且，'文革'的事作了结论，拨乱反正，否定了它，'四人帮'判刑了! 林彪等早死了! 不向前看，也没有意思了!"

小妹一直不说话。这时插言："世上眼泪干得最快! 英国哲学家培根有句名言:'改善眼前可矣，不必嘲讽过去。'我也常这么想这么做。但想起如果不是'文革'妈妈不会死，心中总是难过的。"

谈起妈妈，就牵到了小妹。夏强和丹丹怕触动小妹的愁绪，叫二哥别追问小妹的遭遇，小妹却自己向二哥谈了自己:"1957年我被打成右派，你不知道吧? 右派就是反动派! 革命和反革命仅一字之差，但我不承认，因为那不符合事实!"

二哥皱眉:"你当然不是什么反动派! 那时候，你好进步哇!"

小妹笑笑："当时我们的进步是一个时代的知识分子的精神特征！那是火红的年代！"

二哥好像听不懂她的话，他确实弄不清这是怎么回事，大声气愤地说："不像话！说你是什么右派！太不像话了！"说着，流下泪来了。

夏强叹口气说："确实是成问题的。邓小平'文革'中下放江西时就说过，对反右派运动一定要重新有个交代。伤害那么多人，并且开了建国以后历次政治运动越搞越右、伤害人越来越多的先例，不是小问题了。一个国家要搞建设，就要调动多方面积极性，团结的人越多越好。给自己树立那么多敌人，谁提不同意见就打成'反革命'，把精力分散了，自己成了孤家寡人，还能干成什么事？我对这个运动也要负责任。将来有一天要解决，我首先作自我批评。所以后来他主持工作后，给错划的右派全部改正了！只是二十几年那么多好同志的青春、幸福都完了！改正比不改正好，但改正也当然是补救不起来的！"

丹丹似解释又似慰藉小妹，对着二哥说："反右前，小妹在劳动局，工作挺出色。劳动局有个干部名叫巩森，拼命追求她，但小妹心中还思念松涛而且发现这人不好，拒绝了。反右开始前，大鸣大放，小妹对局里工作提了些意见，巩森品质恶劣写大字报揭发小妹，无中生有说小妹向他说过反党的话。当时，凡大字报上揭发了的事，你就是不承认也得包下来。后来就是根据巩森的揭发将小妹定为右派！"

二哥没有说话，但突然伸手轻轻抚摸着坐在身旁的小妹白了的头发。夏强未见小妹流泪，却见丹丹睫毛湿了。夏强排解地说："'文革'后，小妹改正了，党籍也恢复了！现在，运动早不搞了，民主与法治也加强了！改革开放，一切都变了！这许多年，是我们过得舒心的日子。国家和社会的变化，人民生活的改善，二哥你都看到了！"

二哥点头，但说："可是，小妹到今天依然独身，她这样优秀的人被葬送了，真太可惜！"

小妹说话了："不但是我，许许多多人都有过各种不同的坎坷，但我想，求仁得仁，我不后悔。父亲在日说过：'只要中国强盛，我自己怎么都行！'现在国家稳定，人民安居乐业，国际地位高了，香港回归了！东南亚经济危机那么严重，中国却屹立着继续向前发展。我珍惜这来之不易的新中国！我是个有信仰的人，虽受了大的冤屈和苦难，就是做了块铺路石，也想得通。"

二哥说："你说的是真心话？是骗我，还是愚蠢？"

小妹说："对二哥，我当然说真心话。我既不骗你，也不愚蠢。几十年不见的手足、亲人见面，不叙叙旧如实告诉二哥我的真实遭遇，那是矫情。说了真实情况，但不谈现在的真实感觉，那也是片面。受了大苦难却还说自己的信仰未变，这不是愚蠢，因为当初是我自己选的道路，现在，叫我叛变自己的信仰，我做不到！我愿意看到废除许多错误的极'左'的做法。事实上，是这样在做，而且有了成绩。我对过去不悔，自然不会改弦更张。"

二哥居然又要抬杠了，说："大陆的改革开放，成绩确实很大，但海外传媒常报道许多事，贪污腐败，治安不好，即使有夸大事实恐也存在呢！"

夏强说："不必讳言，是有不少可以不满的地方。这同转换机制也密切有关。但天下不可能有一个十全十美的国家，也不可能有一个十全十美的社会，只能比较而言，主要看社会是否在进步，经济是否在发展，生活是否在改善，国家是否在向上。我认为任务虽艰巨，但中国是会为消除那些坏的东西做出有成效的努力的！"

二哥不再作声，稍停，却朝丹丹看看，说："丹丹，你没说话呢！你同意小妹和夏强的意见吗？"

丹丹笑了，点头说："二哥，我同意呢！意大利诗人但丁说过：'你要懂得，异乡的面包有多么苦涩，上下别人家的楼梯有多么不自在！'你在美国生活，有这样的感觉吗？当然，也许没有！而我是愿意与夏强、小妹像现在这样生活在自己国家里并为之尽力的！"

二哥也露出难得的笑容了，说："你们到底是被共产党训练、教育了几十年的人，洗过脑的。你们这样，我倒也放心了！"说到这里，他突然问："丹丹，刚才你说起的那个姓巩的，现在怎么了？"

丹丹看看小妹说："这个巩森，害了小妹后，挺得意的，被提拔当过科长。但'文革'中成了造反派头头到外单位武斗，断了一条右臂。听说丧失了工作能力！"

小妹说："三年前，我在马路上碰到过他，甩着一只空袖子，背也驼了，花白的头发也秃顶了。他朝我看看我也朝他看看。两年前，听人说他患脑癌死了！"

二哥说："这是报应了！天网恢恢啊！"

小妹摇头，说："我是不相信报应的！事实上，大干坏事的人没受到报应活得很好的并不少。有些非常非常好的人，却死得早死得惨。这同报应丝毫没有关系。"

夏强观察着小妹那动了感情的双眼，心里不禁想：小妹她是在想念松涛了！是啊！一定是的！

后来，夜深了，二哥服安眠药躺下睡了。小妹年老后有个早睡的习惯，也躺在地铺上睡了。夏强同丹丹都有"夜猫子"那种晚睡的习惯，夏强见丹丹独自在阳台上伫立着，也走到阳台上去。这里小妹也种了许多盆仙人球和仙人掌，排列得很整齐。远处有汽车驶过的"咝咝"声，也可以看到市中心的霓虹灯光的反射和许多林立的大厦中每层楼窗户眼里冒出的灯光。天空晴朗，有钻石似的密密麻麻的星星。夜色中，星空下，夏强忽然发现丹丹在流泪，脸上挂着晶莹的泪珠，眼睛里闪着发亮的泪光。夏强明白她的心，上去抚着她的肩膀。她将头靠在夏强的肩上。夏强轻轻吻着她的头发，说："丹丹，别难过！你看到没有？……星星在天上多美啊！同我当年在南京时看到的一样美！……"

丹丹不是爱哭的人，但夏强知道，今夜的谈话触动了她的情怀。她一定又在思念那位早已去世的慈父——雷香山老人了……

第三章　五光徘徊，十色陆离

（一）光天化日之下

和平濒临死亡了！

美国特使马歇尔上将八上八下庐山调处国共冲突，由于国民党坚决要打，调处以失败告终。南京开了制宪国民大会，为了使内战、独裁路线合法化，会议通过了《中华民国宪法》。丹丹在 11 月 16 日到梅园新村出席了中共代表周恩来举行的记者招待会。周恩来愤怒地指出国大是违背政协决议与全国民意而由一党政府单独召开的，中共坚决反对！记者招待会开过后，周恩来、邓颖超、李维汉等 15 人于 11 月 19 日就由南京飞回了延安。和平已看不见曙光，大规模的内战其实早在六月间就已由政府发动。现在，大流血、大杀戮就更肆无忌惮"合法"地在中国大地上展开了。军费预算已占总预算的 40％。中央银行在美国定制的票面一千元一张的新钞千余箱已运到上海。黄金、美钞猛涨，物价不断上浮，百姓怨声载道，形势使夏强内心烦躁，以至连十分关心的大汉奸周佛海被判死刑的消息，也被他搁在一边无心多过问了。

周佛海判死刑理所当然，丁默村的死刑据说也快判了。但周佛海被判死刑后，丹丹写信告诉夏强："传说最高当局要对他进行特赦。"夏强知道后很生气，抱着看一看的态度等待着。他有一种身陷黑暗之中的感受，不满情绪弥漫胸膛。在这种时候，与东方和松涛谈心就是他心情最痛快的时候了。正像一个脉络不通的痛风病人，被按摩推拿疏通了关节和血脉，有那种不可言状的舒畅。

东方和松涛这一段常来霞飞巷五号同夏强见面。来时在朝着弄堂的彩色玻璃窗上敲三下，再敲三下，夏强就来开门。有时，谈得夜深了，东方就留宿在夏强这里。

美军在中国纪律败坏，自视特殊。车祸、枪杀、抢劫、打死人、撞沉中国船……各种暴行常有发生。上海学生高举"保卫中国独立自主"的巨大横幅举行示威游行，并组成了"上海学生抗议驻华美军暴行联合会"。小妹夏盛整个寒假到现在，都是忙着参加活动，在家里的时间很少，但小妹似乎对小阿哥的这两个朋友都很感兴趣。她叫林东方为"东方哥"，对濮松涛，则就叫"松涛"，只要在家里，总是也来凑热闹，插上几句话，提几个问题。在这种时候，母亲有时也爱来坐在一边，静静地听着年轻人聊天，聊时局。旧历年前的一天晚上，冷得人缩手缩脚，谈起中共代表团的撤退，夏强看到东方以从未有过的那种气恼的表情与格调在说话："国民党制订的这个宪法实质是人民无权，独夫集权！美国人一直在帮助蒋介石打内战，国民党恃强凌弱，要消灭为抗日做出极大贡献的共产党，但六月到现在，并没有占到大便宜。七月间进攻苏皖解放区被歼灭五万多人，鲁西南定陶战役被歼近二万人。铁路许多都不通了！最重要的是国民党的反共解决不了它的实际困难！共产党是不会听任它屠杀消灭的！"

"中国将会怎么样呢？中国将向何处去？"小妹问。

松涛说："我看过一个资料，共产党的解放区有一亿人口，有九十五万平方公里。我调查过民意，人民不要打内战，强烈不满国民党政府的统治。人民把希望寄托在共产党身上。中国总是要朝着光明和进步走的。这是历史必然的走向。"

夏强和小妹、东方都认为松涛的看法对。

人在苦闷彷徨中，能得到知音讲出一条有希望的路来，那是愉快而且充满鼓舞的。在这种时候，夏强感到自己不但不孤独，而且有同路人作伴。他后来把这次谈话的大概意思写信告诉了丹丹，目的是使丹丹同他一样有一种好的感受，不受灰暗时局的影响而苦闷。

但，丹丹回了一个长途电话，说："你写的信我看了就烧了！南京有个大学生出事了，原因在于一封信的牵连，懂吗？我们当然不怕，有点麻烦爸爸能解决。但，我有点担心，你是否常同林东方和濮松涛在一起？"长途电话噼噼啪啪像放爆竹，很不清楚。

夏强如实回答："有时确同他们在一起。"

"东方上月来南京时，来看过我们。他话不多，但谈吐不俗，知识渊博，父亲说他做生意太可惜了，想介绍他到大学里教书。他说，还是想打下点经济基础再说，谢了父亲的好意。父亲和我感到这人不错，但同我们似乎有距离。告诉你件事，有一天，在中央商场无意中看到东方与一个中年男子在一家馆店里吃饭。那中年男子脸熟。一想，以前我曾在梅园新村采访时见过这人。夏强，你懂我说的意思吗？我心里是有点数的！我觉得，做记者还是自由主义为好，不偏不倚，不党不派！"

夏强笑了，说："这，留了以后再谈。你的好意我当然明白。"

"你也该又来南京住住了吧？你是上海、南京特派员！不是上海特派员！你不想看星星了？"丹丹的话说得风趣。

"想！"夏强笑起来，他真喜欢丹丹，"适当的时候我会来南京看星星的！"

"对了！"丹丹像想起了什么似的说，"那位方国华先生，前些日子专门派人送来了一份厚礼，都是些补品、衣料什么的，还附了信给爸爸表示感谢。不收吧，人家是专诚送来的，丢下就走了！那就只好收下。你见到他时，代我们说声谢谢……"

电话后来断了。与东方相交的事，夏强却思考了很久很久。

隔了些天，一个夜晚，有人敲玻璃窗，东方一人来了。夏强同他坐在前厢房小沙发上聊天，发现他似是有什么事来的。夏强忍不住问："东方，你觉得我这人可以信任吗？"

　　东方平静的脸上露出坦诚，看着夏强："那当然！"

　　"那你为什么不能告诉我你是共产党？"

　　"你怎么会这样想？"

　　"我怎么不会这样想？"

　　"这样想，对我太危险了！好兄弟！"东方笑笑装得轻松地说，"其实你我之间，我是什么或不是什么，都不重要！重要的是我们之间互相了解、互相信任、互相知己、互相能帮助，你说是不？"

　　夏强想想也是。其实，他早猜到并知觉到他是什么人了，又何必逼他亲自说什么呢？东方说得已经很实在了。看来他们是有纪律不能胡乱说自己是什么的，何况是在特务统治这么严重的蒋管区，处处有特务的眼睛和陷阱，能做到东方说的四个"互相"，不就够了！因此夏强笑了，说："了解、信任、知己、帮助，你说得对！"

　　出乎意料的是，东方忽然说："你对我的帮助很大。现在，我想要你再帮我一个忙，介绍我认识方国华！"

　　夏强惊讶："你要认识他干什么？"

　　"我不是早跟你说过了吗？我是做生意的！他这么个大商人，我能同他认识，不是很好吗？说不定同他能合作赚些钱呢！"

　　"你要认识他当然可以！"夏强说，"他的情况我都告诉过你了。哪天，我陪你去看他。他已经在做生意了，但有个情况你恐怕该注意！"

　　东方问："什么情况？"

　　夏强说："他那市党部的地下工作证明和副总干事的委任全是假的。但他惹上了白南史却甩不掉了。白南史示意方国华给他那名叫唐慕薇的交际花太太送钻戒，送皮大衣，邀去打牌。方国华一次同我说，他只想规规矩矩做生意，不想多沾白南史，但甩不脱也不敢甩。现在唐慕薇常去他家，白南史有时也去。方国华还得在赌桌上输钱孝敬。你同方先生接触，这点要防一防。"

东方豁达地点头，说："不要紧的，这我有数！我是个正当商人，商人接触商人，很正常。商人也不怕接触当官的。官商！官商！现在只有当官的才能帮助商人做生意赚钱呢！"

夏强问："你打算什么时候要我介绍？"

东方微笑（夏强觉得他真像方之）说："明晚七点，我请方国华和你一同在绿杨村吃晚饭。你就告诉他，我是你的好朋友，做生意的，希望以后他能同我合作，可以吗？"

"可以！"夏强答应，但心中觉得方国华是个大商人，对小本生意不感兴趣，东方想同他做生意未必真有什么好生意可做。

下午，松涛打电话来，约夏强同去采访。松涛所在的《大众常识》和《求生周刊》一直未获得出版许可证，因已引起注意，屡次发生推销员被拘捕、通讯员"失踪"的事，连订阅刊物的工会都受到警告、监视。结果，《大众常识》决定停止出版，《求生周刊》改名《工商通讯》旬刊继续无出版许可证地秘密出版。松涛自己在《新联晚报》找了份记者工作作公开职业。今天，松涛在电话中说："后天早上，有个会，在新都剧场开，内容是成立爱用国货、抵制美货委员会，大约有五百人参加，你也采访一下好吗？"

夏强这一向在上海新闻界广泛与同行接触，以便多结识些人，交换情况、互通信息。上午，《新闻报》的老沈来过电话告诉了他新都剧场的这个会，他未重视。现在，松涛邀约，夏强觉得美国货泛滥，不抵制就无法保护民族工商业，因此慨然说："行！后天我准时去！"

谁知第二天松涛又来电话了，说："会议改地点了！新都剧场属于新新公司，社会局电话紧急通知：不准出借会场开这个会，所以现在会改在劝工大楼开了。"

夏强详细问了劝工大楼的所在，说："有什么名人来吗？"松涛说："郭沫若、邓初民等会来的！但是听说市党部要派人破坏，说不定会出事，我想……"他略一迟疑，又说："你就不要去了！"

他这一说，夏强不愿意了，说："不！明天我一定去！我陪你！"他这人，有股勇敢的劲儿，松涛这么说，他觉得更该去。他不能见有危险就脱逃。松涛说："那好！凭券入场，你的券在我这里，进会场时就说是我叫你来的就行！"

事就这么定了。2月9日早上，夏强匆匆赶到劝工大楼三楼。果然，守门的纠察人员听他说了松涛的名字就让他进了会场。会场里有歌声，排椅上坐满了人。天冷，有的穿棉袍，有的穿大衣，还有些男女穿着皮领和皮毛大衣。有行知学校的音乐教师在轮番教唱《不赶走美军心不甘》的歌。主席台上，郭沫若等已经坐在那儿交谈，会场气氛热烈。夏强见《文汇报》《大公报》的记者都来了，大家点头打了招呼。夏强东张西望找松涛，忽然背后有人在他肩上拍了一下，说："夏强！"回头一看，正是松涛。他穿着黑呢大衣，手里仍夹着那个黑色皮包。夏强高兴地说："你早来啦？"

歌声正在激昂高扬，松涛刚要答话，只听会场门口人声喧闹。原来有些没有票的人拼命要进会场，态度蛮横，同把门的纠察队员吵闹不休。

松涛说："他们来捣蛋了！"夏强看时，只听见一声呼哨，接着是骂声迭起。只见那伙人冲了进来，又见原来坐在里边会场排椅上的一些人也站起身来，掀翻了排椅，原来这些人是先一会儿混进来的打手。这时只听到一片喊打声，有人在下边打，有人往主席台上冲去打。喊嚷声此起彼落，这里喊："打！""追！"那里喊："将话筒、喇叭都打碎！"

纠察队员们有的保护住主席台上的人从后台窗户里爬出去，有的在台下会场中抵挡打手们。打手们拿着铁尺和断了的凳脚追着人猛打。纠察队员们正在招架。夏强要上去帮助纠察队员，但松涛一把拉住，说："你打不了的！快走！"他引着并且护送着夏强，也越过主席台的窗户，从紧挨劝工大楼一侧的居民晒台上蹿进楼梯，快步下了楼。

到了楼下外边，夏强说："松涛，你不该拉我走的！"松涛说："有更重要的事要做！如果你被打伤打死了，我就是犯大错误了！""有什么更重要的事要做？""我现在要回去看看这次会场被捣乱的情况。你赶快找个地方写篇报道，将会场所见如实写一写。等我回来，我马上把你的稿子送到晚报去，让今天就见报！"松涛用手一指，"喏，你到南京路上'沙利文'去喝杯咖啡，那里安静，把稿写好等着我！这儿有纸。"他从夹着的皮包里拿出稿纸来交给夏强，夏强觉得松涛说得有理，点头说："那好！我去！"

南京路上一些商店的收音机里播着歌曲，电车、汽车来来往往，市声嘈杂，行人拥挤。夏强惊魂未定，急急跑到了沙利文，进去叫了一杯咖啡。客人不多，安静而舒适。夏强铺开稿纸，取出钢笔立刻匆匆写了起来。

他写了约莫半个小时，稿子写成，留了个结尾等着松涛来。果然，松涛很快就来了。天冷，但他脸红着额上有汗，是跑来的，很紧张。见松涛面色沉重，夏强问："怎么？"

松涛说："光天化日之下！特务横行！永安公司的职工梁仁达被打死了！另外重伤的有十多人，轻伤的约有二十多人。警方来了，还胡乱逮捕了许多人！这次的暴行是市党部一手导演安排的，白南史是罪魁祸首！"

夏强气恼得想拍桌子，忍住了，执笔将稿子最后一段写完。结尾是："今天的行动是有预谋、有组织的，是对宪法、民主的最大讽刺！"

松涛看着稿，说："行！如果需要改，让报馆里我的朋友去改吧！我马上送去，你再写一篇给《工商通讯》用！"

梁仁达被无辜打死的"二九"事件，像在上海百货业职工和上海学生中燃起了一把火。

小妹不但参加了签名抗议活动，还参加了宣传队上街宣传。他们唱郭沫若为梁仁达写的挽歌："血染黄浦潮，洒尽人民泪。爱用国货为什么有罪？人民是主人，买卖有自由，不买美货为什么有罪？……"他们讲梁仁达被活活打死的经过，讲特务的暴行。

夏强目睹特务行凶，他曾感到痛苦，但痛苦加深明白事理，这是规律。他赶写了一篇特写《我亲自看到的上海劝工大楼血案》寄到重庆。丁一凡用不用他不管，他写了寄了，心情就稍平静一些。

过了一天，他看到报上登了白南史在上海市党部对新闻记者发表的谈话。白南史假惺惺地说："关于劝工大楼事件，因我去南京公干，不在上海。在南京曾见报载，但略而不详，未知底蕴。回沪后始悉上海市有人假借爱用国货名义，图遂其反美阴谋，以致激起群众反感，发生劝工大楼之流血惨剧，甚盼法院当局依法审讯。必须查明所谓爱用国货抵制美货筹委会究系何人主持，必须彻底查明何人敦请郭沫若、邓初民诸先生到会演讲以致挑动事端。死者梁君遭遇太惨，国家失一青年，社会加一孀妇，事之可恸，无过此者，谁为为之，孰令致之，是非公道，自有公论，国法昭彰，何用狡辩。言尽于此，不再赘述。"

夏强看了报，忍不住骂了一声："卑鄙！"

他觉得二哥夏国是白南史这个党棍的女婿太倒霉了！又觉得自己为方国华的事找了白南史，虽报了恩，有沾了污秽的感觉。但，这社会上，人与人间的关系就是这样复杂。有些关系是想摆脱也摆脱不了的。有些肮脏的坏关系，在这个肮脏的社会上，不接触也是不行的。夏强觉得心里乱糟糟的，既难过，也痛心；既清醒，又无奈。

他把寄给丁一凡的稿又誊写了一份，决定寄给台湾的施剑平，多一处地方发表，他觉得就是多了一次抗议。

下雪了！是那种可爱的私语般悄悄飘落的小雪。这种雪不沾鞋，也不使道路泥泞。

2 月 20 日晚在绿杨村的一顿晚饭，吃得高兴。

林东方请客，为结识了方国华达到了目的高兴。弥勒佛似的方国华，来吃这顿饭是给夏强面子，这属于感情上的一点回报。同东方接触，见东方潇洒大方、谈吐不凡，乐于结识也就显得高兴。夏强见双方热情，谈得融洽，自然也高兴。

在那间雅致的小房间里，便于说话。火炉烧得温暖如春。北窗上结满了白色雪花，增添了美的意境和气氛。东方点了些精致讲究而又清淡可口的菜：一个大拼盘里有鸭肫、火腿、凤尾鱼、海蜇、芦笋、油爆虾和皮蛋。六个菜实惠而不浪费，是清炒虾仁、翡翠鱿鱼花、八宝鱼卷、孔雀鸡皮海参、干贝鱼翅羹，外加纸包鸡。方国华爱喝绍兴花雕。三人就边吃边谈。

谈到了夏强的记者工作，东方无意中透露出夏强想自己办一张报纸或一个杂志，立刻引起了方国华的兴趣，说："小阿哥，说老实话，你做这个记者，我真觉得你是屈才。你要是自己办一张报纸或一份杂志，那就可以大展宏图了！我们做生意的人都懂，宁可自己做个小小的老板，不去做人家大老板的下手。我知道，现在办报或杂志批准登记不容易，但你小阿哥找人帮忙我看不难。主要可能是资金短缺。那不要紧，我方国华可以拍胸脯。再说，现在的报纸价格飞涨，你要是能办报办杂志，就可以购进大批限价的报纸，购进白报纸本身就是大赚其钱。尽管印数少也是不亏本的。要是办报或杂志要找个房子顶个门面，这点钞票我也可以出。小阿哥，你不要客气，有事开口说一句就行！你看好不好？"

夏强心里热乎乎，但他是个不想沾人家光的人，对方国华说："方先生，找朋友一同办个报或杂志，我确是想过的。但感到时机、条件都不成熟，现在还不想就办。以后如果办，再找方先生帮忙。谢谢方先生的好意。"

夏强这么轻描淡写地一回绝，方国华似乎有点扫兴。他确实不是那种惯于精打细算只求进不求出的很小气的商人，他做生意常常靠这种商界的爽气、大方和信用能博得人喝彩，博得人重视。生意场上靠的是面子。他是那种极讲面子的商人。他举起酒杯，对着夏强和东方说："我方某人是个讲义气、讲交情的生意人，从今往后，需要我出力时，招呼一声就行！我先干了这杯！"说着，他将一小杯花雕酒一口喝干了。

（二）三到南京

夏强其实常想到南京去看星星。星星就是丹丹。

从二月开始，日本南京大屠杀的战犯谷寿夫就在南京励志社大礼堂开始审讯，听说三月里要判决，夏强很想亲自看到谷寿夫的判决。但是，他到南京去，也有顾虑。每次去，都吃住在雷公馆。不住显得生疏，住，又觉得有点别扭。雷老伯是欢迎他住的。但龙嫂徐素贞，面上热情，实际却流露出不欢迎。

徐家有钱，徐素贞和雷龙薪水也高，但徐素贞有时爱哭穷，使夏强听了难受。一次，她当夏强的面对张妈说："饭菜是否吃得太好了？开销太大了！你提醒小姐，注意一下量入为出的好！"一次，她同夏强聊天时说："这个雷公馆呀！你别看这样子挺气派。其实是个空花架子！如今金价破九十万元大关，美钞高达一万六千元，米价黑市破九万元，生活太贵！你雷老伯是个老牌子，但并不得意，每月就那么点收入，丹丹也就那么点收入。这真有点像《红楼梦》上的宁国府了！长此下去，是支撑不住的！"这番话当时使住在雷公馆的夏强有点坐立不安。每当与雷龙夫妇一同吃饭时，就感到不自在。而且，同雷龙夫妇见面，可谈的话也不多，夏强听不惯雷龙那种貌似自由主义、盲目崇美、毫不关心国家前途、追求享乐的言论。每每谈得不愉快了，夏强总是看在丹丹和雷老伯的面上，做了让步，闭嘴不说。

　　丹丹来了一封信，更加使他心里难受。丹丹的信上说："……告诉你一件事，贞嫂竟两次找爸爸替我做媒了，说她父亲徐树庄有个心腹，名叫齐克，是美国留学生，为了事业至今未婚。虽比我大十岁，但精明强干，前途无限，齐克之父是孙科的亲信，家里富有，齐克是不可多得的人才云云。她认为我同这样的人结婚才有幸福。（夏强，你可不要对贞嫂有什么不满或看法。她本来就是有点俗气的女人，说不定她还认为她是在为我做好事呢！）幸好父亲问她：'听说邮政储金汇业局里贪污的人极多，手法巧妙。此人贪污不贪污？手法多不多？'贞嫂居然不懂得父亲是在讽刺她，却说：'他想要贪污当然手法会有的。不过，他家里钱多得很！'于是，这个油头粉面的齐克这几天居然就来家做客了，常在家里吃饭。我认为你要是也在家里该多好！你该打 Boxing①似的拿出劲头将这个油头粉面的齐克击倒在地，让他退场！爸爸一定会为你喝彩！丹丹当然更是你的忠实拳迷！告诉你齐克的事，不希望你生气，更非向你炫耀。是说，你会怎么考虑？你为什么不来看看星星呢？我有个想法，你原来在大学时想赴美留学的打算仍可继续。你正好利用目前这种坏局势出国镀金。等将来拿到学位回来了，国内的坏局面也该变好了！你会发挥大作用的。你以为如何？出国当然要花钱，但可以申请奖学金。有了奖学金，凑些钱赴美还不难。你说是不？此外，你上次信说，方国华愿出资让你办报或杂志，我看也可考虑。如办起一个报或杂志来，也是一种不可小看的事业，借他的钱将来一定还他就是！这不会玷污我们的人格。你说是吗？我决非嫌你无所作为，只是在为你为我们出谋划策。你懂得我的心吗？你什么时候来南京？……"

　　夏强按照丁一凡来信的要求，刚去苏州、无锡采访了一圈回到家

_____

① Boxing：拳击。

172

里。看了信，觉得必须同丹丹见面好好谈谈，而且，确实太想念丹丹了！过旧历年的时候，他尤其想念丹丹，但这是抗战胜利后第一次在家过年，他不能不陪母亲和小妹。现在，已是三月上旬了！他也该到南京采写一批稿子，尽管想起徐素贞使他犹豫，他还是决定到南京去，并且在雷公馆里住上些日子。

起程那天，下着如油的春雨。春寒凛冽，火车经过江南的田野，那种杏花、春雨、江南的景色使夏强喜爱。在苏州站，夏强买了些罐头瓜子和松子带到南京去。他知道，丹丹和徐素贞都爱吃这类零食。他觉得疲劳，行前开夜车赶写了几篇通讯特写寄往重庆几乎到天亮。火车上无事，他爽性倚窗打起盹来。

睡得香，一觉醒来，身上有点冷，火车已过无锡。夏强不觉静静梳理起思想上的疙瘩来了。

到美国留学的想法，在大学里确是有过，也不止一次同丹丹谈过。但自从做了记者，从重庆到了京沪，现在已没有这种想法了。生活着的现实太不平静，杌陧的局势，使他觉得已很少去思考自己个人的得失和进退了。正如坐在一辆颠簸的破马车上，马车在崎岖的小路上奔驰，关心的是马车会不会翻滚下山崖去？同命运的一车乘客会不会随马车而翻落？而不是在考虑自己该穿什么漂亮的衣裳，该走什么样的步伐了。但，丹丹现在一提，夏强又产生了新的感觉。是呀，凭什么条件去击败对手夺取这样美丽这样智慧聪明的丹丹呢？凭我现在的条件，丹丹为什么非爱我不可呢？丹丹说过："你热情、敏捷、质朴，你好胜心强，你渊博、多才，你为人正义，头脑清晰，更有一条，你的仪表，你的个儿，你的身材、体魄都好，我怎么能不觉得你好！"但我没有一个有权势的父亲，没有一个豪富的家庭，没有事业基础，没有飞黄腾达的趋势。未毕业时，我犹是一个名牌大学的新闻系学生，似乎前途无限；毕业了，如今仅仅不过是一个民间报纸的记者，待遇差、工作重。那么，不赶快考虑一下自己的前途，不赶快考虑一下自己的事业，怎么能使丹丹和她家里对我刮目相看呢？……

从混乱思绪中似乎理出一点头绪来了！丹丹的建议不错。她这是为了我好，为了我们好，不是出于别的动机。出国镀金，过去和现在都是青年人发展的一条大道。我原来在大学里就有过出国的愿望。现在为什么把这种愿望、这条道路丢弃了呢？完全可以继续开拓这条路的嘛！我应该为我、为我和丹丹走这条路的嘛！我现在，对局势、对国家能贡献的力量是渺小微薄的，倘若我镀了金，我的身价将会大大增值。那时，倘若我认为应该如何，可能就比现在容易实现理想。人们也不会把我的文章当作可有可无，无足轻重。我写的每篇文章，会像时下那些名记者、名教授、名学者、名作家那样的引起人的重视，而不是由"麻辣蹄膀"丁一凡这样的人来主宰命运了！

夏强常羡慕报纸杂志上那些被放在显著重要地位的名人文章的效应。那些进步教授、著名学者，文章似乎一言九鼎、一字千金，在社会上流传。我夏强写十篇、二十篇都抵不上他们一句话。说穿了，他们多数都是外国留学生或是曾被派往外国的大记者嘛！资历、学历放在那里，你怎能攀比又用什么去同他们攀比呢？

现在和平死亡，内战全面展开，回旋的余地似乎确实没有了！来华调处的美国特使马歇尔被杜鲁门召回美国了，中共驻京、沪、渝三地工作人员都已撤返延安。人心普遍都反对这个政府！这个政府政治上压迫人民，经济上压榨人民，使人民在水深火热中受煎熬，谁都感到不可信赖、不可忍受。我同情共产党，愿意帮助他们，但我不是共产党人！丹丹说过，国内局势这么坏，你正好利用这个时机出国镀镀金。拿了学位回来了，国内的坏局面也该变好了……他仿佛看到丹丹张着明亮美丽的眼睛在问他。他不由自主地下决断轻轻在心里回答："是的！丹丹，你说得对！"

似乎对出国的问题已做出了决定，心里倒轻快了不少。就顺着往下再理第二个问题：办报或办杂志。

丹丹的话也是不错的，这确是不可小看的一种事业。如果借了方国华的钱，一定尽快还他就是。东方说过，办报难，不如办一个杂志，编辑部可以就放在家里。需要门面发行，可以利用他友人在北火车站开的那家东华书局。东方还说，办一个中间面貌的但倾向进步的杂志比较稳妥。钱多办月刊，钱少办双月刊。这样，与丹丹都可以业余办，本职工作是不必丢掉的。年轻人，多干点事，劳累一点，不算什么……

这样想着，对办杂志的事似乎也板上钉钉了！他心里又舒展不少……

夏强傍晚时依然决定在南京和平门车站下火车。火车轰隆轰隆驶向和平门时，看到远处钟山烟岚、九华塔影、鸡鸣古寺都在眼际。那玄武湖上长堤逶迤，枯树衰柳，水面如镜，衰草萋萋，城墙古老，一派六朝烟水气。这次，丹丹未来接，因为夏强只说来南京，未说具体日期，妈妈也未打电报。下了火车，看不到丹丹，吹着冷风，夏强心里似欠缺了些什么。

但，很快就在宁夏路雷公馆的花园里见到丹丹了。她笑着悄悄说："偷偷在这儿等候你呢！我眼皮老跳，就猜着你要来了。爸爸可想你了！"夏强明白，雷老伯是会说些想念的话的。可是丹丹过去也说这话，是表明夏强不但是我丹丹的客人，而且是父亲的客人。她用这话来使夏强觉得欣慰，使得贞嫂和雷龙难说闲话。

雷香山仍旧健壮、开朗、话音洪亮。他刚才在楼下客厅里会客，客人刚走，是立法委员卢白朗。他就独自在客厅里坐着休息。丹丹陪夏强到客厅见爸爸。见到夏强来了，雷香山显得高兴。夏强尊敬地问了好。老人问："怎么好长时间不来呢？"接着却说："你不在，有时我有些事真想同你谈谈呢！你在上海，带点什么新闻告诉我？"

丹丹说："爸爸，你身边放着我这个常受报馆表扬的大新闻记者，消息还嫌不灵通吗？夏强坐火车刚到，也该让他洗洗歇歇再谈嘛！"

雷香山呵呵笑了，看得出他有多么喜欢这个可爱的女儿，说："对对对，夏强，快去洗洗吧！张妈快开饭，吃了饭再谈！"

丹丹陪夏强出了客厅。张妈在厨房里炒菜，风将菜味和油味传来。雷龙夫妇看来依然很少在家。夏强问："龙兄和贞嫂呢？"丹丹轻声说："仍常常骗爸爸说他们工作忙，交际忙，实际是两个人仍爱在朋友家赌钱，还一同常在国际俱乐部跳舞，到秦淮河听清唱。"

夏强提着包，由丹丹陪着到楼下自己那间看星星的房里去。房里被丁嫂打扫得一尘不染，仍像上次离去时的模样。床上的干净被褥早叠放好了。看来是丹丹让丁嫂这么布置好的。

丁嫂送了茶来，见到夏强，亲热而且高兴。夏强笑着说："感谢感谢！"丁嫂走后，夏强从黑帆布包里拿出漱洗用具，对丹丹说："你好吗？"

丹丹笑了，打趣说："怎么好像生疏了呢？"

夏强也打趣说："你那封信伤了我的自尊心！令兄嫂介绍的那位油头粉面的齐克先生今天没来？"

丹丹格格笑了，说："别说酸话了！齐克先生差不多天天来纠缠，我都烦了。前天我找他谈了一次话，判了死刑，估计他不会再来了！"

"判了死刑？"

"我说，齐克先生，我给您看张照片，您看您的仪表比这位先生如何？"

夏强说："你拿我的照片给他看了？"

丹丹摇头："不敢！我先给他看的是电影明星刘琼的照片。他看了，问，这是谁？我说，一个朋友。他说，比我漂亮！我说，人家不油头粉面，人家气质好。他不吱声了。我又拿了一张照片给他看，说，您看您的仪表比这位先生如何？"

夏强说："谁的照片？"

丹丹笑："对不起！这次确是你的照片！他看了，问，谁？我说，一个朋友。他叹口气说，这人很不错！哈哈，夏强！"丹丹说："你无须动手，用照片就击倒他了！……我说，齐克先生，您倒是颇有自知之明的。别的照片我就不再给您看了。反正，以后您如果要看望家兄家嫂，请尽管来。但如果是来看望我，我怕浪费您的时间精力。您就不必来了好不？"

夏强笑了，说："啊呀，小姐，你不能这么损人家！"

丹丹长长的睫毛下，一双澄澈如夏日湖泊的眼睛柔和而安详，笑着说："我这都是为了谁？你不知道？他想来伤害我，我已经够大度宽容的了！"

夏强被她的纯真专一感动，忍不住伸手要抱丹丹。丹丹并不厌烦，但用手推挡说："快去洗洗脸和手吧！看你脸上还沾着火车上的煤灰呢！"

晚饭就雷香山、丹丹和夏强三个人同吃。

花园里有一树洁白的槐花，恍若串串璎珞，花影浮动，暗香四溢，甜甜的香气随风传到饭桌上来。

张妈做的荤素五道南京菜是：蒸香肚、盐水鸭、炒芦蒿、肉丝荠儿菜，外加开阳虾米煮干丝。夏强特别喜欢芦蒿和荠儿菜，这外地吃不到。抗战前，夏澄教授在南京教大学，家安在南京成贤街，夏强自小吃惯了这类蔬菜。南京的蔬菜有所谓"春八鲜"的，就是芦蒿、荠儿菜、豌豆苗、菊花脑、春笋、蘑菇、蒿苣、蚕豆。这八样"鲜"都生在初春或仲春。芦蒿、荠儿菜几乎是南京独有的。夏强吃着这种独特的清淡可口的饭菜，不但合口味，而且想起了家住南京时的一些往事。

雷香山听夏强谈了到苏州、无锡采访的见闻以及上海的近事，说："老蒋和陈诚对自己的力量估计得太高，原先说几个月可以解决问题，现在说要花几年解决问题。这七八个月打得不妙。前天一个老朋友来，说从去年7月到现在，平均每月国军总要损失八个旅，虽然占了百把座城市，但这种消耗吃不消。加上物价飞涨、币值暴落，宋子文的行政院长下了台，老蒋自己兼任行政院院长了！我看，他如今简直像抗战时的日本人了，泥沼陷得深深的，跳不出来啦！"

夏强说："农村现在不得了！我在苏州、无锡看到征兵、征粮、土地荒芜，去年歉收，粮荒严重，从美国进口粮棉，但无济于事。"

雷香山说："岂止粮棉！雷龙夫妇在行政院救济总署。这实际是个在中国推销美国剩余物品的机关。后果是中国的外贸逆差达到十亿美元。美国剩余物资以大大低于中国货的价格在华倾销，工业全给他们冲垮了！"

夏强说："上海失业工人和破产的小商人大大增加，做摊贩维持生计的有十多万人。去冬警局整顿市容没收摊贩货物，逮捕摊贩，五千摊贩请愿，遭军警镇压，死伤一百多，震撼了全市。"

丹丹说："应当说震撼了国内外！美国人在中国真是不做好事！美货倾销、美军暴行，去年年底的沈崇案①，引得北平、上海、南京许多地方的学生和群众都示威游行、请愿抗议，镇压也无用，说政府媚美卖国，一点没错！"

夏强说："老伯，您是国民党的元老，又是一位不可多得的仁者、智者，您熟人多，应当施加影响，发挥作用，使活得太艰难的中国人能喘口气！"

雷香山笑了，停止吃饭，叹口气说："你说得对，我也总想到年轻时不怕抛头颅的往事，也想还能出点力尽点绵薄，但我早就老了，闲置了！我这门大炮虽出名，但当局很反感。你不知道吧？我的立法委员最近被改组掉了！这个月初，宣布改组立法院，新任立委五十人，其中国民党十七人，青年党和民社党这两个附庸，分赃分到了十三人

---

① 1946 年 12 月 24 晚，北京大学先修班学生沈崇，看电影回家路上遭两名美军士兵强暴。

和十二人，还有无党派八人，派人打我招呼，说，国民政府不久也要改组，张群将任行政院长，也要吸收民、青二党和社会贤达参加，变成一个多党政府……"

丹丹喝着干丝汤笑："什么多党政府呀！开玩笑！"

雷香山说："告诉我，以后会再给我安排职务的，要我放心，这次暂时把立委的位置让给青年党。我一笑置之，但说：'青年党，敌伪时参加汪伪政府，是个汉奸党！不知老百姓会怎么看？'今天，你来之前，卢白朗来看望我仍是谈这事代表上边来慰问我，并劝我以后少放炮。我说，我这门大炮立法院撤了炮架，以后我到中山陵搭个台子放炮！卢白朗走时很尴尬。现在防民之口，甚于防川，令人可悲！"说到这里，老人脸都涨红了。

丹丹爱护父亲，见雷香山激动得脸都红了，说："吃饭莫谈时局，我们谈点高兴的事吧。"

雷香山摇头："有什么高兴的事！本来抗战胜利了，谁不高兴！可是今天，谁能高兴？"

夏强转移话题，问丹丹："前不久，上海《新民报》副刊上登了个《冥国国歌》的事，你听说没有？"

丹丹说："知道了！我们报馆接到上海的电话，提到这件事，要我们注意，叮嘱编辑记者不要闯祸！"

雷香山对丹丹说："这事我还不知道呢！你没告诉过我。"

丹丹说："报纸我没找到。只是听说，不然早拿给爸爸看了。"

夏强说："我特地带了一张来，等会拿给老伯看。"

三人吃完饭，同到客厅去坐。夏强去房里将那张 2 月 20 日的《新民报》拿给雷香山和丹丹看。

这首署名"愚者"的《冥国国歌》，仿国民党党歌兼国歌的词，改动词句讽刺了内战政策和镇压政策。听说是上海摊贩事件和劝工大楼血案发生后，收到的愤怒读者投的稿。全文是："战神土地，污党所宗，以建冥国，以建'打'同，兹尔多事，唯民前锋，昔也非现，主义是祟（别读为祟，以谐其音）。世人似蛹，毕罄毕终，异心亿得，动辄死终。"①

丹丹看了，笑着说："真厉害！真滑稽！胆也真大！"

雷香山两只洞达世事的眼睛闪闪发亮，说："厉害是厉害！滑稽也滑稽！意思有一点但不多，只能说有点糊涂胆大！这样一刊登，这张报怕要倒霉了！"

夏强说："白南史发表讲话，说是污辱国歌，大逆不道，要《新民报》自动停刊，并交出《冥国国歌》的作者，在跑马厅开群众大会公审。这是自投稿，没法找作者，但《新民报》派人在京沪奔走找了权威人物帮忙，结果停刊一天，登报道歉，这件事才算过去。"

丹丹说："民心真是越来越仇视了！这歌词是在诅咒灭亡。《尚书》上说：'时日曷丧，予及汝偕亡！'这味道差不多呢！"

她不愿父亲再多为时局伤神，说："爸爸，我扶你上楼去休息。你该去听听收音机里的京戏轻松轻松了。"

夏强总算恰巧赶上了国防部军事法庭3月10日对谷寿夫的宣判。

3月10日午后，夏强同丹丹一起到了红砖绿檐富有东方情调色彩的励志社大礼堂旁听对日本乙级战犯、中将师团长谷寿夫的判决。

路上，丹丹告诉夏强："丁嫂常问我谷寿夫什么时候枪毙，昨夜我告诉她今天宣判。今早她问我：'会不会判死罪？'说这话时，她的眼睛变得晦涩、阴冷、脸色煞白，我真怕她又犯病。"夏强说："你该多同她谈谈，解解她心上的创伤。"丹丹说："不那么容易！经历过南京大屠杀遭到强奸和刀刺的人，仇恨在心，怎么能忘？丁嫂说，如果谷寿夫判

---

① 国民党党歌，此时已成国歌。全文是："三民主义，吾党所宗，以建民国，以进大同。咨尔多士，为民前锋；凤夜匪懈，主义是从。矢勤矢勇，必信必忠；一心一德，贯彻始终。"

了死刑，她要去看枪毙。她怪我上次没带她去看枪毙酒井隆。"夏强默默无言，丁嫂心上的创伤难以愈合，自己心上的创伤又岂能愈合！

上悬"国防部审判战犯军事法庭"横幅的励志社大门外，群集着受害而愤怒的南京市民，都想挤进去旁听。头戴钢盔的宪兵和士兵布着岗守着门，只有发了旁听证的人才让进内。战犯法庭里，楼上楼下人快坐满了，估计总有两千人光景。

审判官席设在台上，桌子都覆盖着蓝布，一进去就看到了白丽莎。丹丹的熟人多，同白丽莎打了招呼又同一些记者打着招呼，去前面一排坐下同别人谈了起来。夏强就迎上去向二嫂问好，并在白丽莎身边坐了下来。

白丽莎打扮得依然鲜艳，打趣说："怎么来了南京不来看看我们？你这是'乐不思兄嫂'啦？"

夏强解释："我刚来。本就要去看二哥二嫂的，因为知道谷寿夫今天宣判，这就赶快来了。审判谷寿夫时我未能来，现在想补一补。二嫂，你参加了旁听审判的吧？"

白丽莎声音脆朗地说："我参加了！谷寿夫狡猾顽固，在侦查庭受审时，他说到中国是奉命而来，打南京他的部队没有大屠杀。但证据确凿，被害者当庭控诉，中外证人都有，还有日军暴行的影片，有的是日军自己摄的，有的是美国牧师摄的，他不承认也不行了！……"

正说着，穿军装的审判庭长石美瑜和四个审判官宋书同、李元庆、葛召棠、叶在增及检察官陈光虞鱼贯出现升庭了。夏强看表，正是下午三点整。

石美瑜这个福建人，三十多岁，戴眼镜，蟹壳脸，新闻界对他有些传言，他在沦陷时期一直留在上海，曾任上海第一特区地方法院推事，领市民证，吃户口米，直到1944年，眼看敌伪大势不好，才离沪去到安徽屯溪。他兼任过上海法学院暨上海法政学院教授。他妻子刘玉琴却仍然留在上海，曾向汪伪组织领取过律师证书。但石美瑜不知有什么后台，抗战胜利后，擢升很快，先任江苏高等法院刑庭庭长，到 1946 年 5 月又任国防部审判战犯军事法庭少将庭长。不过，新闻界对他审判酒井隆、谷寿夫时的稳重、细致和依法办事，倒是认为过得去的。

石美瑜宣布开庭，并且说："传被告战犯谷寿夫！"

猥琐的谷寿夫被押上来了。这个矮壮结实、土豆脸、黑红皮肤、蓄小牙刷胡的日本中将，军装外穿一件浅黑色大衣，沉着冷酷，表情呆板但带着狰狞，戴着礼帽，戴着手套，夹着一只褐色皮包。

白丽莎说："他那只皮包每次都带，里面有各项预备抗辩的文件以及南京市的地图。今天这些东西可就用不到了！"

只见谷寿夫脱去礼帽，露出日本军人那种光头，也脱去手套，又脱去大衣，然后肃立。

石美瑜照例用他的福建官话问明姓名、年龄、籍贯及东京住址后，这个日本战犯似乎明白将判重刑，忽然用手擦擦脸摸摸耳朵，显得急躁不安。判决书很长，详细列举了谷寿夫在南京大屠杀的种种罪状。最后，全体法官起立，石美瑜站着宣读宣判全文："国防部审判战犯军事法庭判决，民国三十六年度审字第 1 号，公诉人：本庭检察官。被告谷寿夫，男，年六十六岁，日本人，住东京都中野区富士见町 53 号，日本陆军中将师团长。指定辩护律师梅祖芳、张仁德。右被告因战犯案件，经本庭检察官起诉，本庭判决如左：谷寿夫在作战期间，共同纵兵屠杀俘虏及非战斗人员，并强奸、抢劫、破坏财产，处死刑……"

夏强看到，这个在南京大屠杀中被叫作杀人魔王的谷寿夫，听了宣判，丧魂落魄，面部僵硬，脸色发灰。他明白自己的末日到了。

3 月中旬，国军胡宗南部用十四万兵力进攻延安，19 日攻占延安。南京的军方机关报《和平日报》发了号外，《中央日报》也热热闹闹宣扬一番。但人们逐渐都知道，拿到的只是一座空城！共军早已撤走，毛泽东等也已不在延安了。共产党似在施展打日本鬼子的那套兵法。果然，3月下旬，新闻界就得知在延安东北青化砭地区，胡宗南部一下子被吃掉了好几千人。

这时，传来了另一个消息，蒋介石以国民政府主席的名义，发表《准将周佛海之死刑减为无期徒刑令》，说周佛海"在敌寇投降前后，能确保京沪杭一带秩序，使人民不致遭受涂炭，对社会之安全，究属不无贡献"。下令对他特赦，这使夏强和丹丹都愤愤不平，夏强尤其气恼。晚上，在客厅里，两人谈心。丹丹说："夏强，别不痛快。其实，你的仇也算报得差不多了，你要报恩，也已经报了。梅思平杀了，梁鸿志、丁默村之流死期不远，丁默村的耳光你都打了！酒井隆你看到了他被枪决，谷寿夫你听到了宣判他死刑。如果不是做新闻记者，可没这种方便呢！你还不该高兴吗？"

夏强真诚地说："复仇报恩想干的事确也干得差不多了！但我的感觉一直在发生变化。有次，我同东方谈心，谈起我的复仇报恩的事，你知道他怎么说？"

"他怎么说？"

"他说：'个人的恩仇终究是小事，整个中国的事才是大事。有志的年轻人不要只是被个人的私事羁绊住。'我当时不大能接受，但后来，觉得他说的还真有道理。如果中国很强，这个政府很好，那么我家庭的这点恩仇自己不报，问题也不大。但这是个反动腐朽的政府！我在复仇和报恩的过程中，最初比较激动，后来越来越缺乏感觉了！日本军国主义的罪恶并没有能得到整肃，杀上一两个谷寿夫、酒井隆之流有什么用！汉奸巨憝如周佛海，居然还要亲自出面来包庇，天下少有！我现在最关心的是这时局，这国家。中国将向何处去？我们该怎么办？"

丹丹思忖着问："这林东方看来确有点被我猜中了呢！他是左派吧？"

"他是商人!"夏强用一种保护的态度说,"但人家早是大学毕业生,有知识有阅历,说话看问题总是有水平的。"

丹丹说:"现在大学生左倾的多,社会上青年人也是左倾的多。这成了时髦了!可能也是时代潮流造成的吧。国共正式破裂了,看来也在逼人表态了!向左?向右?麻烦得很!南京的记者就是这样!过去左和右是不往来的!我是中间派,有时感到做个中间偏左也不坏。"

夏强说:"我其实基本也是个中间偏左的记者。"

"濮松涛呢?"

"他比较进步!"

"其实新闻记者嘛!同左的和右的往来都可以。只要心中有数就行了。比如你二嫂,她那次关于下关事件的报道就纯粹是胡编乱造。她是奉命写作,这我也理解。据说,下关还没开打,她的报道早写好放在总编辑桌上了!"

夏强叹气,把写稿寄给"麻辣蹄膀"丁一凡有些被弃而不用的事说了,说:"我一向认为报道必须真实。但看来说真话的稿子,不合他们胃口的稿子,常常被扣发,做记者这是最大的悲哀了!"

丹丹说:"我也有过这样的遭遇。所以,我劝你出国、劝你办杂志。能出国,回来也许局面好一些;办杂志,虽不能真正做无冕之王,至少不至于老是看丁一凡那种人的脸色!"

"几年后局势一定能好吗?"

"一个东西,如果好,就能站住;如果不好,定会垮台被好的东西代替。我坚信这一条!"

"你是说,那边会胜利,会代替?"

"有些人是这么想,这么希望的!我对那边不够了解。但我相信,不好的东西站不住脚,好的东西总会站得住脚的!这点爸爸也是这样看。"

丹丹引出了出国和办杂志的话题,谈到这个火候,夏强忍不住把在火车上想定的意思一股脑儿说了。

丹丹有点高兴，说："你一定知道古文上那两个和尚实现愿望的故事："天下事有难易乎？为之，则难者亦易矣；不为，则易者亦难矣。'……"她有腔有调地诵起那篇古文中的句子来了。

夏强又给她逗笑了，说："好吧！我这个和尚以后努力试试吧！"

（三）神秘人物

谷寿夫在南京雨花台刑场执行枪决。那天，平时沉默文静的丁嫂坚决要丹丹带她到雨花台看枪毙谷寿夫。早一天，她从丹丹那儿知道谷寿夫要被执行枪决的事，就向丹丹提出这个要求。丹丹怕她受不了，劝她说："枪决了他就是替你报了仇了！去看，我怕你会受不了的！"但丁嫂脸激动得都红了，说："不！我一定要去！"说着，泪水就淌下来了。丹丹只好带她去。

果然，当看到枪决谷寿夫时，丁嫂哭泣着晕倒了。南京大屠杀的血色回忆刺激着她。她是个内向的人，但丈夫的死，父母的死，自己被强奸被刀伤，她心上的伤痕是永远不会愈合的。丹丹将丁嫂带回家后，同张妈一起悉心照顾她。丁嫂睡睡醒醒，醒醒睡睡，整整三天才能起床，哭哭停停，停停哭哭，心里忧郁，目光茫然，丹丹极怕她受了刺激又犯精神病，所幸没有。三天后，她开始正常起来，虽然看得出她心里仍然痛楚。

谷寿夫枪决的那天，夏强又回到了上海。看不看枪决，他已经觉得无所谓了。东京国际法庭审判那些甲级战犯仍在慢慢腾腾地进行，麦克阿瑟仍在包庇日本军国主义势力；周佛海判了死刑又特赦了！还是多关心关心这个国家的走向吧！……丹丹带丁嫂去中华门时，夏强的火车正在驶向上海的途中。

到上海后，听母亲说："方先生又在忙进忙出做生意了。好像生意做得不错，常去南通。方太太有时来看望并送些南通的土产。听说白南史的女人仍常在方家打麻将，白南史有时也去赌通宵。"夏强本来想去看望方先生的，听说白南史去赌钱打麻将，就不想去了。

一到上海，他就想念东方和松涛了。他觉得有很多话要同他们谈。第二天，他坐电车到北火车站。叮叮当当的有轨电车震得他心颤。到北站后，他去东华书局寻找东方，一个年轻店员说："他去常州、南京做生意了。"问什么时候回来，说："不知道。"夏强到虹口找松涛。《工商通讯》编辑部是秘密的，现在设在哪里松涛没告诉过夏强。松涛的住处就在以前夏强去过的《求生周刊》和《大众常识》社附近。那里是工人居住区。他独住一间灶披间，水泥地，条件很差。夏强决定到松涛住处去。

午后，夏强坐电车到了杨树浦，又转车前去，很巧，松涛在家。他还有个黑瘦矮小的客人在，约莫三十多岁，穿条旧灰西裤，上身是白衬衫，剃的平头，独自坐在小板凳上闷闷吸烟，劣质烟味弥漫空间。

松涛看到夏强，介绍那个沉默寡言的朋友说："这是钟声！"握了手，钟声仍旧吸烟不说话。松涛说："钟声！夏强也是施剑平的同学，他同我都是有正义感无党无派的记者。"钟声友好地点头，仍不说话。松涛为什么说什么"无党无派"的话，夏强不明白，细细在心里琢磨。他感到这个钟声有点奇怪。松涛介绍了，说："钟声是台湾人，从台湾偷逃出来到上海的。施剑平给我写了介绍信，让照顾他给他找个工作。他在台湾是小学教师。"

夏强早知道二月底台湾发生了大规模的镇压。政府封锁新闻，消息是透出来了，但略而不详。而且，有的专登内幕新闻的杂志发了这件事的专稿，杂志一出版就遭军警没收了。现在听说钟声是从台湾逃出来的，不由得说："啊！我真想知道台湾的情况呢，是否可以讲点那边的情况呢？"

钟声点头，脸上痛苦地抽搐了一下，在地上揿灭烟蒂，嘘了一口气，带着闽台语音说："台湾民谣说：'轰炸惊天动地，光复欢天喜地，接收花天酒地，政治黑天黑地，百姓呼天唤地！'2月27日晚，省专卖局武装人员在台北市说寡妇林江迈逃税，打伤了她，抢走了她的现款和香烟，引起群众气愤，殴打了稽查员和警员，稽查员开枪打死了一个市民。28日晨，愤怒的台北市民砸毁警所，拥到专卖局台北分局打死打伤欺压百姓的稽查员六人。中午，数千市民到长官公署请愿，军警开枪打死三十多人，伤了好多。于是，教师罢教、学生罢课、工人罢工、商人罢市抗议、游行，当局镇压，军警、公务员和抗议群众死伤都在千人以上……"

夏强惊诧了："啊！死伤这么多哪！外边是有传说，但我还没敢相信哪！"

钟声摇头："从3月8日起，用美械装备的国军整21师赶抵台湾，进行血腥镇压。在基隆，杀了一千多人。几天后，在高雄，杀了有两千五百人……"

夏强说："怎么杀得这么凶呀！怪不得新闻封锁得这么严密呢！"

钟声带着哭声说："这还不算呢！从3月下旬开始，他们又实行清乡，全岛都遭血洗！被枪杀的传说有好几万人！……"

夏强觉得简直骇人听闻，连连摇头。

松涛说："钟声说，他父亲、他太太全被杀了！他九死一生，设法才逃出来的。他带了施剑平给我的信，但他说临离台湾时，听说施剑平也被捕了，因为他办的报发表了文章辱骂政府。如果被捕，生还就难了！"

坐在小凳上的钟声，这时用双手抱着头轻声饮泣起来了。他的声音和态度是那样悲伤，使夏强心里难过。想到剑平，夏强悲愤，劝慰钟声说："你别伤心！……"他不知该用什么言辞才能安慰这个家破人亡遭遇如此悲惨的台湾同胞。他心头忽然又涌出东方说过的那句话了："个人的恩仇终究是小事，整个中国的事才是大事！"是呀，台湾光复，从日本侵略者手中回到祖国怀抱，可是国民党政府干的是什么血腥勾当呀！

松涛在一边叹息地说："我替钟声找了一个临时性的职位，在印《新联晚报》的申大印刷厂去当临时校对，但他的户口和身份证，还须努力设法解决。"

夏强豪爽地说："钟声，我家住成都南路99弄5号，你把户口报到我家里吧！我想法给你去办！"

出乎意外，松涛却皱着眉，对夏强做了个眼色，说："不必报在你家！"见夏强诧异不悦，又解释道："钟声的户口我会帮他安排的，他需要先避避风。给你们家惹麻烦不好。"

松涛考虑问题一向老练，夏强就不说了。忽然将袋里的钱全部掏了出来，只留了回去的车钱，递给松涛说："你代钟声拿着吧！他刚到，需要用钱！"他同钟声刚见面，对这遭遇不幸的台湾同胞一下子就产生了同情。

钟声似乎从悲惨的回忆中又苏醒过来了，点燃了一支烟，说："我谢谢你们两个好朋友啦！我无家可归了！在上海住着，我觉得危险。我也不愿拖累你们，印刷厂的事我可以暂时干一下，但是，我……"他似乎想定什么主意了，未说出来。

松涛说："你有什么想法，提出来，我们一同商量就是。总之，你别为我们考虑，这没有什么拖累！"

夏强说："你别客气！你想怎么？"

钟声右手握拳说："我不能始终陷在混沌的意识里。我是有刀架在脖子上的人了！我不想在这里久住下去，我想走！你们一定有门路，快帮助我走！越快越好！我想去苏北，甚至去山东，去找共产党！……"

这时候，夏强发现黑瘦短小而沉默的台湾人，从脸上的表情到握拳的姿势，表现出的都是坚定、沉着、勇敢、刚毅的气质，他的语调铿锵，那种不怕死亡、不畏艰险的精神表露无遗了。夏强心头不由得泛起了敬意。

但，松涛很稳重，脸上平静，他说："啊！你要这么做！我和夏强这样的人可是没法帮忙了。我们不认识共产党，没有这种门路。这可办不了啊！"

夏强想，钟声的决定无疑是对的，如果我是他，我也要破釜沉舟走这条路的。但想起东方叮嘱不要太"红"的话，又觉得松涛的话稳重谨慎，就说："你先安下心来，让松涛安排吧！"

后来，夏强同钟声和松涛告别，回家了。松涛单独送夏强出门到外边，突然做了个眼色轻轻对夏强说："你刚才不该随便把住址说出来的！我不想让他牵扯到你！这个人我对他还不了解。他讲的台湾的情况倒都是真的，剑平的信也是真的。但现在环境复杂，对他也得观察观察。"又说："《工商通讯》的事我没告诉他。以后我这里你少来！如果我要同你见面，会打电话约你的。万一你来，我这门上如果照旧，就意味着一切正常。万一门上涂了红漆，你就快走。什么事都要防患于未然，我们说定一下，心里踏实。"

夏强问："怎么？有什么问题了吗？"

松涛摇头："那倒没有！但虎狼遍地，莫须有的事太多，总不能不防啊！"

两人分手。夏强回家，因施剑平被捕和台湾发生的事，心中耿耿，总仿佛眼前看到血光，耳边听到枪响。回到家忍不住把事讲给母亲和小妹听，听得母亲和小妹一样充满了同情和愤慨。

夏强有一种陷身在游行队伍和群众运动的汪洋大海中的感觉。

他上街时，总是碰到游行请愿的队伍。

上海的工人在要求解冻生活指数。近些天，几乎常有游行队伍上街到社会局，到市政府，工人一路高呼口号："肚皮吃不饱，生活做不动!""物价天天高，工人吃不饱。""立即解冻生活指数！"……街上车辆让道，市民很多都向游行队伍鼓掌致意。

有一次，游行队伍中一张宣传漫画，叫夏强看了印象十分深刻：一个贪官污吏睡在棺材里了还伸出手来死要钱。

有时候，游行的一大批学生队伍高举一条标语，写着："大学生每月的副食费 24000 元，每天只够买两根半油条或一块豆腐。"有时，学生们打着横幅游行，横幅上写着："反饥饿、反内战、反迫害"，"要求增加副食费至十万元"。那天，夏强忽然看到小妹夏盛也在队伍中。她打的标语牌上，画着两根半油条，写的字是："贪官有无数金条，学生只有两根半油条！"见到哥哥，小妹招呼，夏强马上在路边为她和游行队伍鼓掌。

从南京回来后，夏强不能不开始为自己营造一片天地努力了。但在奔走时，看到了游行队伍，夏强内心却有一种负疚及惶惑的感觉。人家都在为公出力，我一心要为自己出力，行吗？

他想先找方国华谈妥办杂志的事，在南京时，他已同丹丹商定：办《新闻窗》杂志，唱双簧，由夏强和丹丹任双主编，每期两人策划后写稿和组稿。编辑部就设在霞飞路五号家里楼下。发行由夏强自办并借用东华书局的人力。为了资金，夏强去南昌路找了方先生。谈起东方，方国华说："前一向他来过，这一向，他到外地做生意去了，最近可能回来。"夏强后来开门见山了，说明想借一笔钱办《新闻窗》，方国华十分爽气，说："小阿哥，我说过的话就算数。你办好登记证，随时要随时来拿钱！"

杂志的事这样进行着，夏强就在出国的事上做出了打算。那天，他回到母校复兴大学找系主任向德君教授，请向教授帮助策划。

在教授宿舍小楼前，见到了向教授。向教授不反共，但心怀疑惧。对国民党，则认为不可救药。他是那种对"方生"的命运并不抱幻想，对"将死"毫不存希望的钻在书堆里的名教授。往日夏强未毕业时，他就对夏强的学业成绩、人格品德有好印象。他自命"仰不愧于天，俯不怍于人"，醉心于钻研学问，也主张学生深造，说："我提了建议，现在系里缺一个助教。你中英文都好，新闻专业基础好，又有记者工作的经验，是否可以来屈就？如可以，我在校务会上提出，暑假后你就可以来。助教待遇虽不高，事也不多。你如来做助教，就可以由学校和系里以你是助教的身份向美国哥伦比亚新闻学院推荐你申请奖学金。如果奖学金得到了，出国也无问题了！我会支持你出国留学的！"

老师的话真诚，夏强也觉得好，顿时就答应了，说："向先生，谢谢您，我就按您说的做！"向教授答应一定办成这件事，他感到心里轻松。

学校里的规定，助教干三年如果有著作就可以升为讲师。夏强决定写一本有理论色彩的书。在新闻系毕业时，他的毕业论文题是《新闻事业关系论》，主要论述新闻事业与有关领域的关系，可以涉及新闻事业与政治、经济、新闻教育、新闻自由、广播、电影、文学等领域的关系。他找出以前的毕业论文，然后到图书馆搜集资料，铺写提纲，利用夜间，在灯下刻苦写作，打算让人们不知不觉地突然看到他写出了一本书。

母亲察觉出了儿子的变化，连续几天晚上，她做家庭教师回来，就见夏强都在灯下写呀写呀，写到深夜也不睡觉。母亲问小妹："你哥哥怎么了？总是写到深夜！你看他那脸色很不好，他怎么忙成那样的呢？"

小妹在读一本英文版的《中国雷鸣》，她其实已经窥探到哥哥的秘密了，回答说："好像是在写一本书呢！他不让说，其实呀，我看他有点成问题！"

"怎么呢？"母亲关切地问。

"我们都在轰轰烈烈，他却夜里躲在灯下写学术著作。想成名成家呢！赶哪天，我要对东方哥和松涛他们说说！"

母亲责怪:"你别快嘴快舌说你哥哥的坏话!知子莫若母!你哥哥我了解!他不是那种只顾自己、不顾国家民族利益的人。对他我是很放心的,他知道该做什么不该什么。他是有正义感,懂得是非的人!"

小妹在母亲面前顽皮地说:"你老不放心我在外面游行什么的,怕我倒霉,对小阿哥你倒放心。难道我反而是没正义感,不懂得是非的人了?"

母亲笑了,去拿要补的衣袜打算坐下来补,说:"你胡扯些什么?怕你出事,是关心你!不是说你不好!上次你不也听了你小哥谈台湾的事吗?那儿杀那么多人,上海迟早也会大开杀戒的!"

小妹严肃起来了:"特务打人抓人的事,早不新鲜了!现在国民党大打败仗,最近整编74师在鲁南孟良崮被歼,师长张灵甫也死了。杭州、芜湖、合肥等地都发生抢米风潮,政府颁布了《维持社会秩序临时办法》禁止请愿、罢工、罢课和游行,但5月20日,京、沪、苏、杭等地学生照样游行示威,南京学生遭到了镇压,死伤不少学生。昨天,松涛就对我说:'要注意!上海也要镇压的!'但,镇压吧!我就不怕死!"

母亲注意听着女儿讲的话,听到松涛的名字时,心里忽然一惊,母亲对女儿的事总是敏感的。什么时候,女儿对松涛似乎有了感情了?提起松涛的名字时,声音语气都带感情!昨天,女儿怎么又同松涛见面了?松涛并没有来呀!因此母亲问:"你昨天见到松涛了?"

女儿似乎有点想掩饰,说:"嗳……游行时,见到他的!"

母亲就不多追问了,开始缝补起一件小妹的衬裤来了。母亲对松涛这个年轻人印象其实挺好的。松涛不但外貌不错,挺拔、强壮、清秀,谈吐、教养也讨人欢喜。学历和工作能力当然是不错的,思想肯定比较进步。他家庭也可以。父亲曾在大学农学院做教授,抗战胜利那天兴奋过度,晚上竟突发脑溢血去世。如今,松涛的母亲和妹妹都在杭州,妹妹已在中学教书,陪伴母亲。当然,松涛比小妹年龄稍大了些，小妹刚在大学二年级就谈恋爱也不好。但又想想，现在还没肯定他们已经在谈恋爱了，慌张也自不必，且观察观察再说。就压住心里的话没再多说，只是又叮嘱："小妹，游行示威和请愿这些我都不反对，只是千万不要做'愣头青'！什么事大大咧咧毫不在乎，吆吆喝喝让人把枪口对着你。做事要讲点计谋和策略，懂吗?"

小妹学着母亲发问的声音，上去抱住母亲的肩膀，玩笑地自问自答："你懂吗? ……懂!"

母亲只好苦笑笑，又拿起一只夏强的袜子来补。她有一种感觉：这个忠勇之家，过去在抗日上是一致的！如今做了白南史女婿的夏国好像是站在国民党一边了！夏强和小妹在反内战、反迫害这些事上是一派。她认为夏强和小妹是对的，却有一种隐忧：这个家会分裂。她琢磨起东方和松涛来了。东方年龄较大，人也老成，他真是生意人吗?他话不多，但谈起时局时，分析得深刻而全面，说得理正词严。母亲想，时代不同了，生意人也得懂政治、懂经济、懂时局才行呢！而松涛，母亲感到有一种青年人的朝气，也有青年人追求真理和正义的那种特点。上海的青年人和大学生中，有那么一批醉生梦死迷恋于歌场舞厅或热衷于喝咖啡聊天或开 Party 寻乐，讲究穿着打扮的公子哥儿。社会流行说这些人有"世纪末思想"，好像看到时局沉沦、社会混乱、物价脱缰……就失去生活的信心了，以为只能放浪形骸、及时行乐。这种人，夏强、小妹看不上眼，母亲也看不上眼，对比之下，母亲对松涛确是萌生着一种喜爱在心中。

这也正如对丹丹一样。同丹丹没见面，但夏强介绍过不少丹丹的事了。她对丹丹印象很好，高兴夏强找了这样一个好同学、好女孩。如果说，唯一藏在心底里的那点顾虑，就是：丹丹是这样一个家庭出来的小姐，会不会也沾有类似白丽莎那样的骄傲与娇嫩? 母亲同白丽莎见过面处两三天，似乎双方都保持着一种距离。白丽莎是有能力的，但难以亲近。小妹也这样认为。那么丹丹会不会也像白丽莎呢?

母亲做着针线，思绪天马行空，驰骋在虚无之间。她现在常常在缝补儿子和女儿的衣袜，总是边做针线边在想事，想得又多又远。

忽然，来电话了。

小妹放下书拿起电话问："谁？啊，是松涛？找我小阿哥？好！你等着！"她开了阳台上的玻璃门，朝着楼下天井里高叫："夏强！小阿哥！电话！"

听到下边楼底夏强的声音："好！我来！"

母亲问小妹："松涛？"

小妹点头："他找小阿哥，说有要紧事！"

一会儿，楼梯上有快步跨越的脚步响，夏强出现在三楼客堂间门口了。他走到电话机旁，拿起话筒："喂！"然后听到松涛急急地说了很多话。然后，夏强说："那我就照你说的办！"又说："好！我会注意的！我等着他来！"然后，放下话筒，坐在凳上，脸上有思索的神色。

母亲问："什么事？"

小妹也看着夏强。

夏强说："那个台湾人钟声，他要离开上海去外地了。恰巧虹口杨树浦那边今晚开始要搞大清查。他没户口和身份证，对松涛说，他马上要来我们家住两天，他后天一早就走。松涛说：这人我还摸不透，你的地址那天你一说他就记住了！他来，你坚决别留他住，一定拒绝他，免得惹麻烦。同他讲话要小心，别乱讲什么！"

母亲说："他马上就来？"

夏强点头："马上就来！"

母亲袜子也补完了，说："人家既然有困难要来住，就让他住吧！怎么好意思拒绝人家呢？"

小妹说："嗬！那可不行！松涛打电话特地来叮嘱，还是照松涛的话办好！"

夏强沉吟着说："对！松涛说别留他住，总是有原因的。我下楼等着去！他要住我就回绝他！"

夏强在楼下等着，可是等呀等呀，始终不见人来。小妹下楼来问了两次，也不见人来。夏强诧异了，这是怎么回事呢？……

那个台湾人钟声，不但当晚未来，第二天也未来，就此神秘地失踪了。他被特务抓走了吗？夏强和松涛心里都纳个闷葫芦，提高了警惕，却又不知该如何才好。

（四）特务白旮

8月上旬，二哥夏国与白旮同到上海来了。

他们住在东方饭店。晚上八点钟，夏国突然回到家里看望母亲、夏强和小妹。大家一起坐在楼下前厢房里。夏强起初弄不清哥哥回来干什么，很快就明白了，原来，夏国同二嫂白丽莎要闹离婚。白旮从中劝解，刚好奉命到上海有事，就拉夏国来上海"散散心"。夏国也就请假来上海了了，是顺便来看望母亲的。

夏国话少，心里苦闷，那种冷冰冰闷悒悒的态度始终叫夏强不喜欢。从他话里听出，他想同白丽莎离婚，原因是白丽莎太任性，同他"性格不合"，但隐隐约约又透露出白丽莎太"浪漫"，社交多，有时还同美国军官在国际俱乐部跳舞……

夏强劝夏国道："二哥！进行'和谈'吧！当然是真和谈，不是假和谈！如果不和谈，只想打内战，那可不好！"

母亲规劝："离婚干什么？没有什么实在过不去的大事就别闹笑话给人看了！"又说："你们也该有个孩子了！女人有了孩子，玩心也就少了。"

但，夏国只说了一句："她一直不肯要孩子！"就又闷着性子不说话，也弄不清他这要离婚，是坚决的还是不坚决。

夏强记得，在南京时，是听说过白丽莎浪漫的。新闻界里有人传说过这位丽人的桃色新闻，说有某政要拼命追求她，说她有"三爱"，即爱看美国电影、爱打扮、爱跳舞。说有个美国军官常往中央社送她花、送巧克力糖和化妆品。有人给她起了个绰号，叫"一夜风流"。有部美国好莱坞影片叫《一夜风流》，主演的是红星克劳黛·考尔白。人都说白丽莎长相酷像克劳黛·考尔白。白丽莎自己也认为确有点像，所以接受这绰号也不以为忤。但丹丹说，到国际俱乐部跳舞的事，是中央社命令女记者们去的，并不是白丽莎自己要去的。某政要追求的事和美国军官送花的事都有，只是白丽莎并没有动心就范。白丽莎长得漂亮，又爱打扮，引来些绯闻也不奇怪，说她跟人随便风流，并不可靠。现在二哥夏国吞吞吐吐讲的"浪漫"，似乎并不比夏强听来的多。因此，夏强劝解二哥说："二哥，你就别把那些不可靠的闲话憋在心里了！说二嫂浪漫，我在南京时确也听到过，但顶多也不外是跳跳舞一类的事，国际俱乐部的舞会是上司叫女记者们一起都要去的，怪不得谁！……"

夏国听了，依然闷住声不说话，苦恼地抽着香烟，惹得小妹连声说："二哥，你少抽点烟行不行？看房里有了你这根烟囱，五步之内已经看不清人的面目了！我看凭这一条二嫂也不会喜欢你！"

母亲忙说："小妹！别胡说！"

说起二哥夏国同二嫂白丽莎的婚事，有段来由。二哥的身材和面孔，长得挺英俊，极像美国电影明星罗勃·泰勒。在重庆上大学时，二哥在一个同学家里见到了白丽莎。白丽莎与二哥那个同学的妹妹是成都燕京大学新闻系的同学。白丽莎一见二哥，就感到满意。二哥又是学校里出名拔尖的高才生。这样，白丽莎的美丽加上主动，使二哥坠入了爱河。白丽莎个性强，事事要占上风，要男人一切听她指使。二哥虽然也有性格，但属于能忍的那一种。婚后总算平平稳稳，面上是过得去的，在人们眼中，虽是"妇唱夫随"，倒也过得挺滋润。谁知，现在却像炸弹突然爆发似的，二哥有了离婚的打算。

夏强眼前浮起了白南史那严肃而又老练、狡猾的脸庞。白南史在他心目中早已逐渐形成一个狰狞、卑鄙的形象。但白丽莎不一样。白丽莎虽然是中央社记者，他同白丽莎还没有为思想上的问题辩论过，伤过感情。二嫂对他，每次见面还是热情友好的。而且，二哥的性格很不讨喜，白丽莎还算能忍受，有的女人可能忍受不了。再说，白丽莎的那些传闻并不可靠，用这来否定她太不公平。如果离婚，二哥马上就得离开白公馆独自去找住处。像二哥这种闷的性格，要再找个好妻子怕也困难。他同白丽莎的结合，如果不是由于白丽莎当初的主动，怕也是不会实现的。因此，他继续采取了"劝和"的态度，直率地说："二哥，说实话，你的性格并不讨喜，如果我是女人，我可吃不消你这种个性。我觉得二嫂对你不错。她不提出离婚，而是你提出离婚，这就是你的不对了。你们这一对还是般配的，离不如合！"

小妹笑着打边鼓说："你和二嫂都是正统的国民党员，气味相投（她想说'臭味相投'，但临时改成了'气味相投'了），你们草率离婚干什么？别让妈妈为你们烦心了！靠不住妈妈今晚为你这事又要向我啰唆个七八九十遍呢！让妈妈安安心吧！"

夏国听了，也不知是不受用还是怎的，鼻子里哼了一声。

母亲又在阻止女儿了，说："小妹，你就是胡说八道！"

空气沉闷，夏国找话说似的对夏强说："上个月，我家的仇人丁默村在南京枪毙了，你怎么没到南京来一次？"

夏强说："事先，不知他哪天执行，丹丹也没得到消息。后来，7月5号正午，丁默村在老虎桥监狱秘密处决。丹丹来电话说，临刑前丁默村吓得面无人色，两腿瘫痪，是两个法警夹着走上刑场的。我在事后，根据丹丹说的加上南京报纸上的报道，综合编写了一篇通讯寄给重庆《时事日报》发表了。这个特务汉奸，过去曾以杀人为职业，临到自己被杀，怕得要死。"

小妹说："那天晚上，我们祭奠了爸爸！妈妈亲手做了几只爸爸生前爱吃的菜。"

夏国点点头，又闷坐在那里不说话了。

夏强觉得对二哥离婚的事劝也只能劝到这个份上，见二哥仍闷着，但不像刚来时那种不能忍受必须离婚的劲头了，马上岔开话题，说："二哥，张灵甫死了，东北从四平开始又一连串打败仗，西北也似乎打得不妙，南京军界怕震动得很吧？"

夏国点头说："传说张灵甫死的消息传来，蒋主席痛哭后发脾气掏枪把一条心爱的狼狗都打死了！"

小妹尖刻地说："打败仗怪狼狗这算什么道理！"

夏国说："我们保密厂忙得很！有时夜里也开工，枪械都拼命往前线运，可还是打不好仗！明摆着是可以消灭共军的，却被人家消灭了！"

小妹说："那是政府要打人家，人家不还手让你打行吗？"

夏国冷冷看了小妹一眼，说："再加上军人怕死军风纪也不好，工人学生不断闹事。尤其学生受共产党指使，老是闹得不像话，简直起的是第五纵队的作用！……"他有些感慨了。

小妹生气了，说："你看，二哥，我像第五纵队吗？实话告诉你，我上午还在学校里开会呢！南京的'五·二〇'血案，打伤、逮捕了那么多学生，学生反饥饿、反内战、反迫害，要饭吃、要和平、要民主有什么错？我们希望有一个真正独立、民主、和平、自由的新中国，我们不对吗？"

夏国摇头，去掏身边的烟点火吸，闷闷地说："小妹，我这国民党员是当初上高中时强迫集体入的党。我也不爱搞政治。我是个技术人员。但我是你哥哥，觉得你是受到共产党宣传的影响了！我是难得回来的！我不爱辩论，更不想一下子改变你的看法。但我得劝劝你，不要盲从。盲从是要吃亏的！"

小妹顶撞说："你是我哥哥，可是我服从的是真理。"

夏强说:"二哥,你是条犟牛!改变你的看法我看更难!但你没感觉吗,现在人心向着这个发动内战的法西斯政府吗?它给人民带来了稳定、幸福和希望吗?"

小妹说:"这个政府只会专制独裁!它贪污腐败、拉丁征粮,使工业凋敝、农村破产、民不聊生!它又媚美卖国,在国际上毫无地位!……"

夏国冒火了!忽然脸色苍白铁板着脸站起来向着母亲说:"妈!我回去了!明后天我也许就回南京!"

母亲想说什么,但没有说。她被刚才子女间的那场激烈对立惊呆了。见夏国要走,也没有留,只"嗯"了一声,默默地送二儿子。

小妹坐着未动,夏强跟着母亲走出去送夏国。

出了门,到了弄堂里,母亲和夏强又送夏国到弄口。夏国说他叫三轮车回去,临分别时他拍拍母亲的肩膀。母亲的高度仅仅到他的前胸。然后,他突然对夏强说:"夏强,白旮来了!他是很关心你的,有空,不妨去看看他。他也住东方饭店,我住315号,他在432号。我们辩论的事,你也不妨同他谈谈。他知道的内幕消息多,你可以听听他的意见。小妹幼稚,你可不该幼稚。你该多关心小妹才是!"

夏强问:"白旮他来干什么?"

"他当然是为共产党的事来的。我也没问他干什么。反正你该去看看亲戚么,他知道我回家来,当然知道我会告诉你他在上海的!"

夏强"嗯"一声,但想:我该去看白旮吗?……

白旮从南京被毛人凤派到上海执行任务来了!

毛人凤相貌长得非常一般,待人处事很有一套。对人表面上常是和和气气笑容满面,其实是外柔内狠。戴笠死后,军统局成了国防部保密局。郑介民现在是国防部二厅厅长兼保密局局长,毛人凤是保密局副局长,实际掌大权。白旮老觉得毛人凤对过去戴笠的亲信有一种排斥,见到毛人凤心里总有些含糊。通过岳父军令部次长江鸿钧的活动，白昚正打算离开保密局在国防部系统找个好的职位。那天，毛人凤找他谈话，说："听说你想离开。为什么？别以为戴老板对你好，我们对你不好！"

电风扇呼呼地吹，头转来转去，吹得白昚的头发飘飞散乱。毛人凤问的是个不好回答的问题，但白昚机灵，说："这是家岳江鸿钧的想法，其实我在这里觉得上上下下还是挺好的。"

毛人凤听白昚这么答，说："职务我决定给你动一动。这一年来，我们在战略上虽保持进攻态势，但机动兵力不足，在东北、华北已处于守势，对陕北、东北的重点进攻已经很费力。中原地区兵力弱，形势不妙。上次山东孟良崮之战整编 74 师损失后，老头子和陈诚部长决定建立战地视察制度起一种监督、促战作用。我可以照顾你，考虑你也来干这件事，那可是带着尚方宝剑的钦差啊！详情以后我同你说，你看如何？"

白昚胁下出汗，暗忖：这是送我上火线了，居然说是照顾，真毒！但看着毛人凤的笑脸，又想：不过，如果去当战地视察员，军衔肯定得升一升，到了下边，也确算是钦差的待遇，因此装得似愿意又似不介意地说："局座看着安排就是。事情太突然了，我以前还没想过呢！"

毛人凤的白净脸上仍旧布满微笑，看不出他肚里想的什么，说："现在有件事想让你到上海去走一趟。你有经验，把这件事办了回来，我们就可以商量战地视察的事。你看好吗？"

白昚当然点头。

毛人凤说："上海方面，最近破获了共党地下刊物《文萃》，抓到了几个货真价实的共党骨干。如今你去，是帮助查一个印刷厂。现已知道，这印刷厂专门在秘密为共党承印传单文件。你看，这是最近得到的一份以'上海工人协会'名义秘密印发的传单！"

白昚接过传单一看，上印"上海各职工团体为揭破'总动员令'阴谋联合宣言"。

毛人凤说："这份传单，上报南京，老头子看到了大发脾气，亲自下了手令'立即彻查破案'。现在中统也在查，我们也在查。我们可不能落后，所以才派你去！你头脑灵活，经验丰富，办事干练，到上海后住在东方饭店432号，那层楼上有好几个房间都是我们侦破小组的人。你去，祝你成功。"

这样，白旮就到上海来了。恰巧，家里发生了事。平时看来闷不作声的夏国突然同白丽莎吵得不可开交，一个砸了热水瓶，一个砸了金鱼缸，两人互不让步，都要"离婚"。白旮自小就同这个妹妹好，发觉妹妹平时一贯爱在夫妇关系上占上风，这次的事确是由于妹妹总是打扮得花枝招展晚上有时深夜才回家，外边风风雨雨有些绯闻传得很广。他对夏国的性格不喜欢，但知道夏国是个正经而且有才干的科技杰出人才，设计研制了一些兵器，上级曾大加夸奖。因此，并不希望妹妹离婚，这就决定拉妹夫同到上海散心。上海是花天酒地的地方，他有心让妹夫也逢场作戏、寻寻快乐，过几天再回南京，那时气也消了，两人可以重归于好。这样，他就拉着夏国一同到上海来了。

东方饭店在虞洽卿路上，是一幢老牌子的旅馆，如今只能算是二三流的旅馆。它东面离大世界不远，北面离四马路也不远。这旅馆从30年代后就以嘈杂闻名。门口有卖卤菜野味的铺子，大门外两边的墙上和电线杆上都乱贴着大大小小歪七歪八治疗性病的广告。一进旅馆，就可以看到涂得唇红脸白的女人，也闻得到浓烈的香烟味，听得到"噼噼啪啪"的麻将声和响亮的胡琴京戏清唱声。白旮让夏国独自在三楼开了房间，强调自己忙，说："上海是找快乐解愁闷最好的地方，最自由不过了。你既来了，就要解解闷。我给你找漂亮小姐陪伴。你放心。男人出来了就不要像在家里那样拘束做书呆子，在上海好好玩上几天，你再回去，保险你心里开心，也不介意丽莎的事了！我回去一个字也不会漏的。我实在太忙，没法陪你一同玩个痛快。你就独享一下吧！"说着，就拨号打电话，只听他说："……对！要年轻漂亮的！来一个，

315房间！"

夏国明白他是自作主张在叫向导社派个女人来了，马上摇手："不不不，我不要！"

白旮笑了："讲个故事你听。上帝造了男人后，男人寂寞，要个伴儿，上帝就又造了个女人给他。但不久，男人说，他受不了女人，这女人给了他很多烦恼，上帝就把女人收回。可是，过不多久，男人又来求上帝还给他女人，说不然他就没法生活。上帝生气了，说：'男人呀！你有了女人说不行，没了女人也不行！你是怎么回事呀？'"

夏国听了，忍不住咧嘴笑笑。

白旮说："我看呀！你今晚换个女人试试，明晚再换个女人试试，说不定过几天回到南京，你就不会再砸热水瓶。而我妹妹，经过这几天，你回去，她也恐怕不会再砸金鱼缸了！"说着，同夏国打招呼："我走了，等会儿向导社小姐来了，你想怎么就怎么，完全自由！我在四楼432房间，刚到，靠不住要忙一宿！"

他真的走了。但他一走，就有人来敲门。夏国一开门，扑面来了一阵脂粉香，是个明眸皓齿、嘴唇鲜艳、苗条而丰腴的时装姑娘，长得甜甜的，她跨步进了房关了门，对着夏国微笑了又微笑。

夏国书呆子脾气来了，说："你，你回去！我还要出去有事！……"说着，也不管那向导姑娘有多奇怪，他掏出皮夹，拿些钞票递到她手里，把房门"克"的开了，说："再会！"

那姑娘看了看手里的钞票，掂量了钱数，也不说话，敛了笑容扭着腰肢就走了。

夏国打了个电话到楼上白旮房里。白旮接了电话，夏国说："你叫来的那个姑娘，我打发走了！我马上要去看看我母亲和夏强他们。"

白旮挂了电话，摇头笑了："这个书呆子！大傻瓜！"

白旮一到就向住在428室和430室的侦破小组人员了解案情，然后，就将自己关进房里思索研究起来。他认定这案如能破获，一定可以通过案子查明中共地下组织的情况，寻找中共地下党的更多线索。他已是第无数遍在看毛人凤交给他的那张铅印传单了。到东方饭店后，他又从一些铅印刊物中看到了一份《工商通讯》。这是一份没有得到出版许可证的刊物。这份刊物，看来似乎问题不大，很注意合法性，并不很左，倒登了不少工业、商业方面的消息，也有些正面报道劳资纠纷、职工生活的文章。但在刊登一些读者来信中，细细地看，字里行间都不失时机地在揭露和抨击政府践踏民主、镇压群众，透露出前方战事失利、学生惨遭拘捕的真相。

他问："这个刊物是在哪里编的？哪里印的？"回答是："尚未查明。""你们一定要给我查出来！这应该是可以查出来的！""是！我们去查！""明天，人全给我出去！首先就查这份刊物在哪里编的，谁编的！在哪里印的！先不要动他，给我监视起来，要放长线钓鱼！"

憋了两天，外勤们在外边跑得疲劳，也没有线索向他提供。他已经将传单的内容和刊物的内容看得滚瓜烂熟。啊！他突然发现了一个问题，这传单和刊物的纸张，确是在上海买的，确实不是在香港印的。从铅字剖析，从字体、型号、清晰度上推断，决非弄堂小厂所印，至少是一个中型厂所印。这些，他已经琢磨出来似乎有了结论了。现在发现的是，传单上的铅字，与刊物上的铅字，字形相仿，五号老宋体上，有一个铅字有明显特征——那个"国"字比较矮胖，那个"的"字上部左角上有缺损。而有趣的是《工商通讯》上的五号老宋体上的"国"字与"的"字，正好同传单上的铅字一模一样。这就证明这传单和《工商通讯》是在同一个印刷单位印的。

这说明他破案的思路不错！天热，他身上汗直冒，拿起电话给外勤们："喂，办这么两件事：第一，排出中等以上印刷厂的名单，要把这些厂所承印的印刷品尽量多取些样张回来给我；第二，到各报摊上寻找在上海印刷的刊物、报纸，尤其是各种小报，尽快拿来给我！"挂上电话，他继续思索。

他认为等到让侦破小组外勤的人收集的材料来到后就能找出那个可疑的印刷厂。但是，不能急着下手。戴笠生前说过：破了一个案明明该抓十个人的，却只抓到两个人，即使案破了，也是失败！也是饭桶！因为抓人比破案重要！白咎决定，找到这个印刷厂后，就用"打入内部"的方法，寻找中共地下组织的更多线索，而不是急于就去抓人。天热，临街的窗开着，可以看到上海那被霓虹灯映得通红的夜空，可以看到虞洽卿路上拥挤的汽车、电车、三轮车、人力车……可以看到有绿草地和跑道的跑马厅，也可以看到二十四层楼的国际饭店上的四个"国际饭店"的霓虹灯大字。电风扇虽然吹着，窗外的热气却浪涛似的扑进窗来，同喧闹的市声混在一起。他到浴室里放了一缸水，脱衣洗澡，洗完澡，感到困乏，就在床上睡了一觉。睡不太久，有人敲门，原来是外勤的人给他送来他要的印刷厂的字体型号和从一些报摊上收罗来的小报等印刷品。他收下了这些东西，马上一张张仔细地看起来。

他拿起从各家印刷厂弄来的字样表。这种字样表是各家印刷厂备了给客户用的。将各种号码各种字体的铅字大大小小排成一行行，放在一张纸上，客户拿了这就知道这家印刷厂有哪些字号，哪种字体的铅字，可以排印哪些印件。

啊！终于，他如获至宝地发现，在一张通孚印刷公司的字样表上，他发现了那个较矮胖的"国"字和右边角上有缺损的"的"字。他下意识地用红笔在一张白纸上写了"通孚印刷公司"六个大字，看了又看，并且立刻打了电话，通知："监视通孚印刷公司，立即准备派人打入内部。"

心情较好，他让茶房送碗虾仁面来吃，吃完，正在抽烟，手里又拿《工商通讯》和传单研究。忽然有人敲门。他起身开门，门一开，麻将声、京戏的胡琴声马上响亮传进房来，他看到是夏强站在面前。夏强穿一件短袖衬衫，一条藏青西裤，风度翩翩。

"啊！是你！"白咎笑着说，"听你二哥说，你要来看我！"

夏强坐下，说："我怕打搅你，不然白天就来了！"

电风扇轧轧地摇头。白昚抽着烟说："确实忙，但你来不算打扰。你知道你二哥二嫂闹离婚的事了吧？你得劝劝你二哥。你二嫂一向爱他，可是最近对我说，她讨厌你二哥那种怀疑的目光、戒备的心理、苛刻的要求、冷漠的感情、自私的态度……我认为这也不是毫无道理！"

"劝了，母亲和我都劝了！"夏强说，"其实，二嫂挺好的！"

白昚听了，有三分高兴："是嘛！有些事就得息事宁人，我们这个亲戚关系挺好的嘛！我父亲还不知道南京家里的事呢！要是知道了，准不高兴。"

夏强说："大家都劝劝，事情也就过去了。我二哥那人还是听劝的。二嫂对我不错，我一直感到他俩感情挺好的。"

白昚又笑："你二哥呀！是条犟牛！"狂吸着烟说："我泡茶你喝。"

夏强说："天热，我晚上也不喝茶！坐一会，我就走。"

白昚去拿桌上的茶叶罐，不小心，将一份《工商通讯》碰在桌边给电扇呼的一吹掉在地上，还有一张白纸。夏强弯腰帮着拾，心里却大惊，这不是松涛秘密在编的《工商通讯》吗？白昚这个特务到上海来干什么，他能估计到。《工商通讯》放在白昚这儿，他能意会到问题的严重性！他又注意到捡起的白纸上六个红字是"通孚印刷公司"。啊！他记得这通孚印刷公司是同松涛有来往的。他见白昚将他捡起的白纸和刊物十分小心地放进抽屉，心里更不安定了，只觉得脑仁儿一蹦一蹦地跳。

一个念头涌上心端：松涛危险了！他恨不得马上飞去打松涛的招呼。但，他决定沉着地坐一会，表现得若无其事。他逐一问了江美娟、白丽莎好，又谈了些闲话，不料白昚突然问："夏强，你的朋友里有没有可能是共产党的人？"

夏强觉得白昚脸上有一股杀气，很凶恶，心里产生一种极端的厌恶。他发现白旮像生长在阴暗潮湿而肮脏的土壤中的一种毒菌，浑身毒汁，警惕地说："做记者必须广交朋友，人说'红黄蓝白黑，记者都认识'。现在嘛，由于物价涨、生活难，发牢骚、骂这骂那的人倒是多，但真要说是共产党，还很难说谁可能是！"故意回问："旮哥问这干什么？"

白旮喷着香烟说："随便问问，我是想你在上海做记者接触的人不会少。我这次来是有公干的。要是你有这方面的线索或疑惑，听你谈谈，也许能帮我点忙！"

人和人之间，常有那样多的阴谋、陷阱和暗算，感到白旮的表情中始终潜伏着极其可怕的东西，夏强藏而不露地"啊"了一声，装得大大咧咧地说："都是中国人，一样的黑头发，一样的语言，如今的人很精都不傻，谁也不会在身上贴张纸条标明自己是共产党。发牢骚的人太多。其实依我想，真正的共产党，靠不住嘴上还紧得很，为了掩饰，一句牢骚也不讲呢！"

白旮点头："你这见地不错，这当然是这样的！"他似乎无心同夏强长谈，脸上有恍惚的神情，但又说："不过，你要注意，别受左倾思想影响。你二哥说，你可能受了朋友的影响，有些看法成问题，要我同你谈谈呢！"

夏强是个灵巧人，笑了，说："哈，二哥书呆子脾气！他对二嫂的看法就不正确，对我这看法又不正确！我是特地来看看旮哥的！他担心我，我还担心他呢！"

白旮也笑："是啊！他是有点书呆子脾气！"

夏强又说："母亲本来说，亲戚来了，想叫二哥请旮哥到舍间吃顿饭的！旮哥有时间没有？"他这是明知白旮不会去，故意这样说的。

果然白旮连连摇头摆手："啊，谢谢了！谢谢了！我非常忙，真的实在没有时间。请代我向令堂问安，谢谢她！谢谢她！"

夏强正要想走，忽然有人敲门，白旮起身开门，进来了两个人。

一高一矮都很壮实。

白旮问："怎么了?"

见那两人似有顾虑,白旮好像有意在夏强面前表现威风,说："我的客人,不要紧的,说吧!"

那矮的说："原说准备打入通孚印刷公司内部去的,都准备好了,但现在不行了!"

"为什么?"白旮恼怒地问。

"中统上海办事处他们也不知道怎么掌握了线索,他们马上就要抢先下手,邀功请赏!我们只有马上找淞沪警备司令部派人立刻开始突击行动!"

白旮鼻子哼了一声,犹豫着。

夏强心里想:由于狗抢骨头,他们要立刻抓人了!心里更加吃惊,看这局面,自己再耽下去很不合适,马上插嘴说:"旮哥,你忙,我就不打扰了!"

白旮也不挽留。夏强心中急躁,出了白旮的房间,也不等电梯了,"托托托"走楼梯下楼,蹿出喧嚣嘈杂的旅馆大门。街上人海茫茫,热气熏人,霓虹闪烁。事不宜迟,他叫了一辆三轮,快步跨上车去……

濮松涛自从钟声失踪后就非常警惕,他感觉这是一种警告!钟声怎么会不见的呢?由于对钟声不了解,松涛对钟声一直抱着警戒。现在,他担心的是钟声的事会不会涉及自己或连累夏强。钟声失踪,很大的可能是被捕了!既如此,说明特务的魔影已出现在身边。他不能不做防范!

松涛决定立刻搬离原来的住所。他大前天已经得到工委指示:停止《工商通讯》的出版,并迅速做完善后工作!这说明了形势的严峻,他决定搬到北火车站东华书局附近新找到的一间木头工棚里去。下午,他打了电话找夏强,是小妹接的,说小阿哥不在家。他告诉小妹,我搬家了！叫他别去原来住处找我。小妹问，你搬到哪里了？他说，以后告诉你！小妹说，松涛，我怎么觉得你好像发生了什么事了？松涛说，没有啊！小妹说，那我晚上到报馆看你！说着，就挂断了电话。

松涛明白，小妹是个有个性的少女，她想干的事总是会去干的。也不知从什么时候开始，他感到这可爱的少女在他说话时，会用一双明亮美丽的大眼看着他，那种表情使他很难形容。而他，对她也有一种超乎哥哥对妹妹的感情。说实话，他非常喜欢这个纯情的女大学生。朴实、明朗、纯洁、漂亮，同她在一起，他感到她很高兴，他也高兴。他们谈得来，可以无尽无休地谈。而且，有时看不到会很想见面。这个电话，他打时自认为态度平静，可是小妹却能通过平静发现他内心的不平静，以致她立刻想来看他，使他有点不安却又有点感动。放下电话，他仍久久沉浸在一种不可名状的近乎兴奋而又陶醉的感情中。

这促使他后来匆匆到小馆子里吃了碗面作晚饭，然后就赶到报馆里去了。他觉得只能让他等她，不能让她等他。

他到报馆，赶着处理了当天的稿件和版面，也赶着处理了信件。这时，一个同事告诉他："楼下有个姓夏的漂亮的小姐找你！"他收拾一下桌上的东西，马上急匆匆地下楼去。果然，他看到小妹张着两只好看的大眼正仰脸望着他呢。

夏强匆匆赶到爱多亚路外滩，就向濮松涛工作的《新联晚报》馆走去，心里火烧火燎，恨不得立刻见到松涛，把《工商通讯》和通孚印刷公司的事告诉他。但他进门后上楼到了编辑部，找不到松涛。一个戴眼镜的中年人坐在那里写东西，说："他出去了！刚才有个姑娘来找他。"

夏强只好急匆匆下楼。爱多亚路上很热闹，吃生煎包子和面条的小店里坐满了吃客，无线电里播着软绵绵的歌曲，来往的车辆、行人如同流水，叫花子到处伸手乞讨。一家小舞厅里传出"篷擦擦、篷擦擦"的鼓声与乐声。

怎么办呢？夏强只好病急乱投医似的决定沿着马路朝前走往两边看看，额上淌着汗，胁下流着汗，热锅上的蚂蚁似的跑了一通，又像没头苍蝇似的飞了一转，仍旧未见松涛的踪影。他决定到外滩黄浦江边找一找。他心里想，一个姑娘来找松涛，是谁呢？松涛万一有事到远处了，怎么办呢？……

外滩江边夜间有风。风清凉，带着水味，江上夜航的小船上有流星似的灯光，江水在夜间发出轻微的潺潺声，沿岸停泊和在江中停泊的船只有黑黝黝的身影。夏强寻找着，发现有一对对的情侣在江边散步、坐着聊天，他审视着每一对男女，可惜总是失望。

他正打算回去，再到松涛的报馆编辑部去看看，忽然看到有一对男女迎面走过来。男的个儿高高，女的是清汤挂面头。夏强在夜色朦胧中看清了这正是松涛和小妹！见他俩正手挽着手在走，夏强奇怪了！呀！什么时候小妹同松涛已经发展到手挽手在江边谈心了呢？但他顾不上多想这些了，跑上去就说："啊！你们在这儿！找得我好苦！"

小妹将挽着的手立刻松开了，江边的灯光不亮，看不出她和松涛的表情。松涛说："夏强，怎么了？有事？"

夏强四顾近处无人，点头说："是的！急事！我不能不马上来告诉你！"他也不避讳小妹了，一股脑儿将先一会儿去看望白昝所见到碰到的事全都说了，最后说："松涛！形势很险恶，很紧急，我不能不马上通风报信，你看怎么办？"

松涛看看手腕上的夜光表，思索着说："现在是九点三十分了！我马上先去打个电话，你们在这等着。我到那里……"他手一指对街，"借个公用电话打一下，打了电话回来，我们再商量！"说着，留下夏强和小妹，就快步从江边上穿过马路去了。

松涛知道，通孚印刷公司在业务管理上一直采取了不少隐蔽措施，在白色恐怖气氛下，不随便承印进步印刷品，包括那些进步工会的会刊。所有印件总是由印刷部主任老吴直接个别布置，深夜匆忙排印，印好就拆版并且将版子和底稿都作一番大扫除不留痕迹。《工商通讯》就是他这么交给老吴排印的。但如果现在特务已经掌握情况，马上要突击搜捕，势必还是十分危险。他不能不立刻打电话告诉老吴。

他到了那家有公用电话的水果店借打电话。天热，一些腐烂水果的气味充斥空气间。他拨了通孚印刷公司的电话，听到电话通了，有铃声，一会儿有人接电话，问："谁？你找谁？"是苏州口音，很陌生。

松涛问："老吴在吗？"

"不在！贵姓？"

"鄙姓张，联系印刷的事！"

"你来吧！他马上就回来！"

松涛感觉通孚印刷公司已经出事，这个陌生的苏州人说不定就是在那里"张网捕鱼"的特务。他马上挂上电话，略一思索，又重新拨号打通了通孚印刷公司，接电话的仍是那个苏州人。松涛变了嗓音操着浙江杭州话说："我是警备司令部，你们那里的行动结束了没有？"

苏州口音问："你是谁？"

松涛说："我姓陈！你们那里的行动结束没有？"

对方不答，挂上了电话。

松涛得到证实：通孚印刷公司确是出事了！他立刻拨号，给工委的老郑，只简单说了一句："我是小濮！通孚出毛病了！详细情况明天早上谈。"挂上电话，他急匆匆又过马路到江边找夏强和小妹商量。

夏强和小妹正并肩坐在江边的石块上，见松涛回来了，夏强问："怎么了？"

松涛叹息："迟了！看来已经出事了！"就把刚才情况一讲。

夏强说："那怎么办？你有危险吗？"

松涛说："我已经搬了家！我是秘密编《工商通讯》的，对外公开身份是《新联晚报》记者，人都弄不清我的来龙去脉。《工商通讯》已经停办，善后也处理了。现在的问题是，通孚印刷公司出了事，我估计特务会在那儿张网捕鱼，谁去了都会被抓起来，应当发个消息发出警报引起注意！免得人去上当！"

夏强说："对！那你马上写了明天在你们晚报上发一条消息，不行吗？"

松涛摇头："不行！一是通孚印刷公司的情况弄不清，没法写；二是我们的晚报要明天才出报，来不及，而且我在本报工作，不能引火烧身！"

夏强点头："是啊！那怎么办？"

松涛说："我马上先到通孚印刷公司附近看一看！那儿附近有些包饭作和面摊，都同通孚有关系，常去送面送饭。我去打听打听，然后我写了消息今夜就送到那附近的苏商《时代日报》编辑部去。他们恰巧明晨出报。我有熟朋友在那里，发消息没问题！特务也不能拿苏商报纸怎么的！"说完，他掏手帕拭汗，说："你们回去吧！我立即去一趟。"

夏强和小妹看松涛向电车站跑去。一直沉默着的小妹，这时说："我真担心他！小阿哥，你说他有危险吗？"夏强安慰妹妹说："他很机敏，办事也有步骤，不要紧的！"

第二天，夏强上午看到了小妹一早买来的一张《时代日报》，上面醒目地登上了一条短短的消息：

通孚印刷公司多人遭逮捕

〔本报讯〕二十日晚威海卫路慕尔鸣路口通孚印刷公司突遭便衣人员搜查，且将该所一批职员捕去，另有前往接洽印刷事宜之顾客多人亦被带走。现该处仍在看守中。

夏强和小妹明白，这警报是松涛发出的。

(五)"嘉乐宜年"

改名林森中路的霞飞路上,常有穿得肮肮脏脏的白俄酗酒后躺在路边醉醺醺地打鼾。这些白俄,如今算是苏侨,但多数还没有回国。夏强进 D. D. S 咖啡馆时,正好看到一个白俄在门口酒醒了坐起来,见夏强要进咖啡馆,他伸出手来,用上海话说:"酒!做做好事!……"夏强下意识地摸了点钱给他,但说:"回去吧!不要喝酒了!……"

夏强午后接到东方的电话,知道他从苏北回来了,才匆匆赶到 D. D. S 同东方见面的。这咖啡馆不大,但很出名。轻轻播放着外国乐曲。咖啡并不比别处贵,香味却浓。靠边有些座位之间用隔板遮起,像火车座似的,谈话方便。夏强在咖啡里加了牛奶和方糖,用小匙调匀,东方却不要牛奶和糖,爱喝点苦味。空气中弥漫着咖啡香,使人开胃提神。

夏强问:"你怎么不到家里来呢?"

东方说:"要去的!我要看看伯母,还有小妹。我还带了些苏北的土产给她们呢!有虾米、紫菜,有鱼干和麻饼。先同你见见面,是想听你谈谈这一段我们别后的种种情况。这地方好!适宜长谈。"

夏强说:"有些事我是要告诉你呢!"就把钟声失踪、白旮来上海,把通孚印刷公司和松涛的事,都一一讲给东方听。东方听了,脸上有那种兄长式的关心,赞许地笑着说:"夏强,我一直未问过你,你在国民党里有很多社会关系,依靠这些关系,完全可以爬到社会上层去。而你却不这样做,这是为什么?"

轻轻的乐曲播的是影片《翠堤春晓》里那支著名的插曲 *One day when we were young*,一个女高音在唱,缠绵而略有哀伤……

夏强觉得东方这样问,是推心置腹了,爽朗地说:"我有爱国心,对现实不满,对进步的人有好感。国民党祸国殃民,我不想走靠它向上爬的那条路，而想走一条正确的路，就做出了这种选择。我希望中国好！人民好！如果一个人只为自己考虑，就太渺小了！"

东方笑得很像方之，说："你的复仇和报恩的事办得差不多了吧？"从他的笑容中，夏强看到一种善意的不肯定。

夏强说："是的！我那本笔记本上写了仇人的名单。但自从周佛海死刑减为无期徒刑，丁默村枪毙后，我在一天晚上，将那本本子焚化了。一是祭我死去的父亲和大哥，二是表示我要与这些个人恩仇诀别了！"

东方朴实诚恳地说："啊！分别了一段，夏强，你起了很大变化呢！"

"有一次，你对我说过，个人的恩仇终究是小事，整个中国的事才是大事，你记得吗？说真的，当时这话我并不全能接受，但后来我对个人的报仇，逐渐由热衷变得淡而无味了。甚至看到枪毙仇人也不感到激动和高兴了。为什么？是时局、形势、国家的前途这一切使我牵肠挂肚吧！我感到这环境、这时局太需要改变了！我常问：我能改变这环境这令人苦闷的时局吗？这成了我最关心的事了！"

"是啊！我也这样！"东方说，"那是多年之前了。当我读大学时，是个非常用功的学生，甚至有过科学救国的思想。那时，我就是同你一样有这种苦恼的。"

"你后来怎么解决的？"

"我后来觉得如果我不能改变这环境、这种苦恼，我就应该改变我自己！"

夏强将东方的话在心里复述了一遍，忽然觉得有所悟地说："啊，你说得好！真的说得好！你后来改变了自己，走了一条进步的道路！"

东方未置可否，但问："夏强，我肝胆相照地问，你不觉得走进步的道路有荆棘、有危险吗？你看特务横行，抓人、杀人，你没有顾虑吗？"

"我不怕!"夏强经过思考地说。

"为什么?"

"坦率地说,我不是共产党,不怕人扣红帽子!万一有麻烦,我相信会有人救我的。就是你说的那些社会关系,会救我的。所以我不怕!"

东方笑了:"你说得很真诚,事实确是如此!"他又问:"但倘若你的好朋友,比如我,比如……出了事,你会救我们吗?"

"当然会!"夏强声调透着严肃,"我会拼命救的!"

东方吁了口气,说:"谢谢你!夏强!"又问:"你想办的杂志怎么渺无动静呢?是不是仍想办?"

夏强诚实地说:"杂志当然想办。我现在写文章常常很不如意,被丁一凡扣掉不发的不少。台湾的施剑平被捕后,我也少了个阵地。自己有个杂志寄托抱负方便得多。丹丹在南京办登记,但卡得紧,等批了才能开张。此外——"他把想赴美国留学的事和到复兴大学做助教的事都讲了,说:"东方,我一直把你当兄长待,今天这种形势下来谈这些事,你觉得我是否太自私了?"

东方听了,说:"我对你是有认识的。你不是一个自私的人……"但说到这里就不说下去了。

夏强不满足,说:"东方,继续说吧!我对你真诚,希望你也对我坦率!"

外边马路上,有"飞行堡垒"发疯地吼叫着飞驰过去。这些日子,法商电车公司的职工常常罢工,上电、英电工人和百货业的国货公司职工都曾局部罢工。这一向,外边也正在大逮捕,除工人、店员、教员外,还在逮捕大学生。所以"飞行堡垒"老是狂鸣警号奔驰在大街上,动人心魄。

东方听着"飞行堡垒"过去,喝一口咖啡,有分寸地说:"当中国在苦难中,工人、学生、农民都在动,那么多人正在为中国的前途作战献出生命，你并不是对这一切无动于衷，你本来是在参与的。现在，却突然想去留学镀金，置中国于不顾。当然，你也说了，将来得来学位，你仍是要回来报效中国的。但现在你打算离去，那即使不是逃避，也是一种消极！你说不是吗？"

夏强心里踌躇而又难受。东方说的是实话，也是正确的话。他听了却像面临十字路口，不知立刻应何去何从。他喝一口咖啡，听着那支不知名的乐曲，神奇的旋律使他感到一种悲壮。他默默无语。

东方端起咖啡杯说："像喝咖啡一样。你爱咖啡香，但喜欢加上糖，我的咖啡虽香但是苦涩。追求不同，这是选择，有时难以勉强。我不是劝阻你不去，只是把我的看法想法如实告诉你。"

夏强点头，陷入思索。他沉思时，严肃中隐约透出内心的不安与彷徨。

东方忽然说："夏强，我希望我的话没有使你觉得不愉快。我同丹丹接触，觉得她不但聪明美丽，而且也富于正义感。她不像那种一般意义上的'小姐'。我在南京时，多次注意看过她用丹丹笔名写的文章和报道。有些是写得很好的。你们的事，可以自己多商量、多考虑。"

夏强说："坦率地讲，我现在并没有完全拿定主意。你一说，我更是这样。我打算助教的事照样干，杂志也照样办，出国的事照样进行，至于办不办得成，将来去不去，我自己将再慎重考虑，以后再说。你说呢？"

东方点头。夏强又问："你这次去苏北时间这么长，是为了什么？那边情况怎么样？"

"我去是为了做生意！"东方眼镜片下两只大眼看着夏强，显得诚实坦率，"苏北在去年七月到八月，曾七战七捷，进攻的国军被歼灭五万多人。你在上海不一定知道，报上是不会登载的！"

夏强说："说不知道也知道一点，说知道并不清楚。报上没有正面报道，只偶尔从一些报刊的地方通讯栏里看到一些反映。"

东方说："后来，从战略上考虑，主力转移山东，余下的部队坚持原地斗争。这一年多来，随着山东战场形势好转，苏北形势也在改善。这个月初，盐城、东台一带打了一仗，情势很好。我这次回去联系生意，熟悉情况和路途，了解那边急需什么，回来准备同方先生一起商议。我在沙逊大厦租了一间写字间，开了个笔记行，已在公会里挂上号了！没有写字间，没有个正经的商行，没有方国华这种在上海生意场上兜得转的人，生意是做不成的！"

夏强心里不禁想，原以为东方不过是小本生意，现在看来不是这么回事……后来，两人分别，东方将有沙逊大厦地址笔记行房间号码及电话号码的名片给了夏强，说："明晚，我去看妈妈和小妹。以后，你要找我，十分必要时可以打电话给我。我本来老是漂来漂去像个流浪汉，现在就住在笔记行，要开始固定在生意场上了！"他讲这些话时，那"十分必要"四个字很用力。

《申报》那位有风采的女记者"花生米"裘珍珠老是打电话找夏强。她笑盈盈地飘着走路，气质优雅，常娇艳地站在夏强面前。她总是约夏强一同采访，有时又约夏强坐咖啡馆、看电影。夏强有一种感觉，这位富家出身的女记者似乎在追求他。

裘珍珠有一次甚至露骨地说："现在的年轻人，许多芸芸众生都是牛皮鼓，腹内空空却自吹自擂，一切都'懂！懂！'，其实却不学无术，我很讨厌！"又说："现在的潮流，左的基本都是有头脑有学问的人，但他们热衷于政治，我不喜欢。一些倾向于党团的人多数是打手、公子哥儿，是些吃喝玩乐醉生梦死的家伙，我更讨厌。像你这样，既有学识和见解，思想有点进步，又洁身自好把心放在新闻事业上的人，确实不多。我很欣赏你的才华和为人……"珍珠这样表白，使夏强更不愿意常同她一起采访或活动了。他总是找点借口委婉地谢绝了她。

夏强在暑假里提前到复兴大学新闻系上班做助教了。助教其实没有多少事要做。每年假期结束开学时，在系里管管学生选课的事。有的架子大的资深教授偶尔请助教帮着批改一点卷子，或者要助教陪同上课，干点发讲义、点名、记录一类的事。一般教授并不麻烦助教，倒是系主任向教授，他正在修改增订他的一本著作，希望夏强帮助他收集例子。学校有校车每天固定时间停在外滩驶往江湾，夏强每周在星期一和星期三花两个半天坐校车去学校办公，其他时间都是自己支配，并不觉得增加多少负担。由于新来乍到，他没有立刻就让向先生和学校出函向美国哥伦比亚新闻学院申请奖学金。他决定干上两个月再办。

他曾给丹丹写信，询问《新闻窗》登记的事。这天，他刚从学校回来，丹丹凑巧打来了长途电话。一听是丹丹那欢快好听的声音，夏强就高兴地说："星星，你好吗？"

"还好！告诉你两个好消息，一个坏消息！"丹丹幽默地说。

"你赶快说吧！最好三个都是好消息！"

"不！只有两个！"

"杂志登记批准啦？"

"不！没有！"

"那这算坏消息了？"

"不！登记迟早要批准的！不算坏消息。坏消息是：全国田粮会议决定今年征实征借三千五百万担粮，全国经委会决议要征收建国特捐，农民和老百姓肩膀都要压断了！"她大惊小怪地说。

"那好消息呢？"

"第一个好消息：你二哥二嫂和好如初了！昨天你二嫂特地把我请去吃晚饭，庆祝他俩甜甜蜜蜜。她亲手做了十个菜！吃得我差点闹胃疼。"

"这真是好消息。妈妈一直记挂着这事，老是问我，你二哥和二嫂怎么了？这下好了！"

“第二个好消息！”

“也这么好吗？”

“可能差不多！”

“别打哑谜了！快说吧！”

“我今晚坐夜车明晨六点十五分抵达上海，请你来车站接我！”

“啊！这消息太好了！”夏强出乎意外，问，“真的！当然接你！你来干什么？”

“明天是阴历七月十五日，杜月笙的六十寿辰！你不知道吧，我们这个报有两个股东和发行人都同这个青帮头子有关系，有的还是他的门生。听说中枢要人都早已开始纷纷送礼，亲赴上海祝寿的肯定不少。中央电影制片厂也决定拍新闻片。报馆收到了请帖，派我到上海参加祝寿典礼，回来写一篇特写发表。我懂，别的报馆记者去了，我们不派个记者去不好交代。总编认为这种大场面我去合适，所以派我坐卧车跑一趟。本不想去，但想到你在上海，就答应了！怎么样？明天我们一同去采访？”

夏强说：“早在上个月，就知道杜月笙要过六十寿辰大做生日了！前天，《新闻报》的记者老沈打电话问我去不去，我还不想去。现在你要去，当然奉陪！不过，我没有请帖，不知进不进得去呢！”

丹丹说：“别愁！杜月笙此人，从不得罪记者。他做寿记者越多越好，你跟我去，不会挡驾的。反正明天你陪我一天。我当夜就坐夜车回南京！”

夏强说：“这么急干什么？在我们家里住一夜好了！条件不好，但你总也该看看我母亲和小妹吧？”

丹丹说：“那自然，我想给她们带点礼物，你说带什么好？我带南京出名的吃食好不好？”

夏强笑：“行啊！你带什么东西来，她们一定都会喜欢的！她们没见过你，但早就喜欢上你了！”

丹丹说："比你还喜欢吗？"

"那当然不及我！"

"我带四样吃食来！都是有点讲究的，我希望她们尝尝。明天一早见！"

电话"克"的挂断了，夏强立刻把这两个好消息告诉了母亲和小妹。夏国和二嫂和好了，母亲放了心。听说丹丹来，母亲满面笑容忙着打扫房间，在三楼客堂间里床上铺了干净床单。小妹说："我马上就上街做采买！明天得好好招待丹丹姐姐！我相信我一定会喜欢她，她也一定会喜欢我的！"

夏强说："急什么呢？她明天早上才到，到后，我们就得去杜月笙那里采访，回来怕也是傍晚时分了。"

母亲说："丹丹到了，先让她回家洗一洗，吃点稀饭，歇一歇。然后你们再去采访，怎么能一来就让她去采访呢？"

小妹咯咯笑："还吃稀饭呢！上次二嫂回来，吃了我们家的稀饭皱了皱眉头，我看到的。这次，又叫丹丹姐吃稀饭！不知会不会也皱眉头？"

夏强打哈哈："对！试一试也好，看看她皱不皱眉头！"

母亲忙说："不给她稀饭吃了！我来包馄饨她吃。"

一宿易过，第二天天没亮，夏强就起来了。他匆匆赶往北火车站。火车晚到了半小时，在六点四十五分光景到了北站。夏强向卧车方向跑，看见丹丹烫过剪短的黑发风姿飘逸，脸上容光焕发。她穿套素色西式上装，白衬衫、灰裙子，背个女记者用的可以装相机采访本等物件的咖啡色皮包，穿双半高跟鞋，走得匆匆，手里却啰啰唆唆提着好多荷叶包和一只重重的绿色釉坛。

夏强高兴地笑着迎上去说："你也跑单帮啦？重不重？"

丹丹将手里的东西全部递给夏强说："重不重，你试试才知道！这样，我就轻装上阵了！"

两人见面，说不尽的快乐。夏强说："走，先到家里，放下东西。你漱洗一下，吃点早饭，我们就去杜月笙那里。"丹丹说："客随主便！"两人出了站，叫了辆祥生出租汽车到家里。路上，夏强问："老伯好吗？"丹丹说："好！每天仍是去玄武湖散步。客人也仍不少。他的牢骚同客人一样多！"夏强笑了，说："我很想他！"丹丹说："可是你不来！"夏强说："要来的！你真不知你来我有多高兴！"

　　母亲和小妹早在楼下厢房间里等着了。夏强一敲彩色玻璃窗，大门就"吱呀"一声的开了。看到慈眉善目的母亲和漂亮可爱的小妹，丹丹就笑了。她笑得那么美，母亲说："啊！丹丹！看过你的照片，那么好看，但你人比照片更加好看！"小妹上去抱着丹丹说："丹丹姐姐，你一来妈妈只知道夸你好看，夸你美丽，连我这个漂亮女儿也不要了！"

　　丹丹笑说："伯母，小妹，我早该来看你们了，可是一直没有机会。今天见到你们，可太开心了！"

　　将丹丹簇拥着到了三楼，母亲就叫丹丹快快漱洗一下，然后吃早点。

　　丹丹点头答应，说："我给伯母和小妹带了四样南京的著名吃食，请你们尝尝。天气热，捂了一夜，也不知变味了没有？赶快散开看一看。"说着，自己动手先拆荷叶包。

　　夏强说："听她介绍吧！她这方面写过报道，挺内行的。"

　　丹丹拆开一个大荷叶包，笑着说："这是南京秦淮河畔夫子庙旁六华春的香酥鸭，异常香脆，选料讲究，火候到家。"又拆开第二个大荷叶包，里边是四个小荷叶包，说："这是秦淮河畔桃叶渡出名的绿柳居素菜馆里的素鱼翅、素鸡、素火腿、素鸽蛋。这种素鸽蛋形状和味道可以乱真，伯母和小妹，你们尝尝！"

　　母亲高兴地笑道："我年岁大了，爱吃点素的。这肯定是为我买的！"

　　丹丹顽皮地笑，说："早知如此，我就再买点素海参、素鹅素鸭、素黄鱼、素的红烧狮子头来!"

大家都笑。小妹说:"我就是不爱吃素,再把那些冒牌假荤菜都买来可真吃不消了!"引得大家又笑。

丹丹继续拆一个大荷叶包,里边是两个中等荷叶包,说:"这一包是南京武定桥下包顺兴的水晶小包和翡翠小包。特点是个儿小、皮儿薄、馅儿讲究;那一包是门西殷高巷内三栈桥的千层酥烧饼,是火腿的。"她高兴地说:"嗨,一点没变味!马上当早点吃最好!小妹,你爱吃荤,赶快尝尝!"

小妹说:"哟!这下糟了!我买了不少糕点和生煎包子!妈妈包了馄饨,这下看来要无人问津了!"

丹丹说:"不要紧!你们吃南京的点心,我吃上海的生煎包子,还有伯母包的馄饨!大家都得其所哉!"

小妹说:"你不会皱眉吧?"

丹丹不知小妹话的含意,笑问:"皱眉?皱什么眉?"把大家又引笑了。

夏强指指还有一个花瓶大的绿色釉坛,说:"这是什么?"

丹丹说:"这是六华春的金陵腌菜。今年年初,宋美龄约了宋霭龄带着孔家的公子小姐到六华春。这种金陵腌菜色如碧玉清香扑鼻,鲜嫩异常,用麻油糖醋一拌,外加开阳虾米与花生米搅和,味美绝伦,使他们大为欣赏,买一坛回去,立刻吃光,又陆续去买。于是,这种腌菜声名鹊起,我们家尝了确也喜欢,所以特带一坛请伯母和小妹吃一下。这腌菜天热也不会坏,留着你们慢慢吃,我就不拆封了。"她又乖巧地站起来说:"初次见面,只带这点不像样的东西来,怪不好意思的。主要是点心意,请伯母和小妹收下!"

夏强故意叹口气:"唉!看来你带来的东西,全是给妈妈和小妹的,没我的份!"

大家又都笑了。

小妹拉着丹丹去漱洗。一会儿，四人都围坐着，吃起母亲包的馄饨和生煎包及丹丹带来的南京特色点心。馄饨味道十分好，丹丹看看表，吃得很快，大家明白她急着想去采访。夏强也匆匆把早饭吃了，然后说："那，我陪丹丹到泰兴路丽都花园去。"

新闻界的人，都了解杜月笙这一两年内的许多事情。

这个海上闻人历来与蒋介石的关系密切。抗战期间，上海沦陷，杜月笙的势力在上海还有地盘，杜在香港与军统戴笠合作，维持着重庆方面对沦陷区的联系，沟通了物资交流，也架起了"曲线救国"的桥梁。抗战胜利，他被任命为江浙行动委员会主任委员，先行到浙江屯溪等待，准备参与接收上海。但"狡兔死，走狗烹"，蒋介石对帮会势力有剪除之心，无培植之意。杜月笙开始失宠。尤其戴笠死后，隶属军统的上海警备司令宣铁吾根本不把杜月笙放在眼中，使杜月笙感到难堪。去年8月，上海市参议会选举议长。杜月笙当选，却又让他以"多病"辞去议长之职，重新选了C.C.的潘公展为议长。杜月笙心情极不舒畅。今年一月里就离开上海到了香港，说是去"养病"了。养病期间，传说很多，说杜月笙想去延安，说杜月笙在香港同民盟人士来往。这下当局就派了不少说客去香港，劝杜月笙回上海。后来甚至派了C.C.大将洪兰友去香港迎接杜月笙回来。他在香港五十几天，到三月下旬又回到了上海。回到上海，在轮船码头，受到相当热烈的欢迎，他又匆匆去了一趟南京，据说是去向最高当局解释在港情况的。

现在，杜月笙隆重地做寿了！虽然，他向记者发表谈话说"不愿过于铺张"，但实际在七月里由他的门生、故旧组成的祝寿委员会筹备处就开始发动各界送礼，并通知门徒前来拜寿。同时更请南北京戏名角到上海来演出堂会，霸王请客、张飞敬酒，名伶们谁敢不来呀！

夏强和丹丹叫了辆祥生出租汽车到丽都花园去，一路谈着杜月笙的一些事情。

丹丹说："时局这样，他处境也不好，你看他这么盛大的做寿干什么？"

夏强说："在上海混讲究一个面子。在人家眼中，他现在走着下坡路，不太吃香了，正因如此，他要做做面子，也让人看看他还有力量。"

丹丹说："听说本来要让南北名伶都来唱堂会，后来，他宣布，目前苏北、四川、两广水灾都很严重，决定将堂会改为义演，公开卖票。所得全部捐给难民。这做法倒还不错。"

夏强说："听说票价最高要五十万元一张，一张票可以抵一石半米呢！"

丹丹说："这个人流氓出身，青帮头子，抽鸦片、玩女人、包赌场、贩毒、绑票、杀人……什么坏事都没少干，居然一直春风得意。前些时，上头对他冷淡了，但去了一趟香港，回来又神气了！"

夏强轻轻说："他是依附这个政权存在的！如果在延安，就不可能有他的位置了！所以他去延安根本不可能。据说是他自己放的风，抬高身价的。"

丹丹笑着轻轻俯着身对夏强说："好呀！你这完全是左派人物的口吻了！"

夏强用手指指司机说："嘘……别乱说！"

出租车到达泰兴路丽都花园门前远处时，已经开不过去了。司机说："开不过去了！你们看！"说着，一个警察上来，挥手叫车子快点开走。

原来，这类出租车不让过去。能开进去的都是私人的漂亮轿车，车子前方玻璃上都给贴上一个"庆祝杜公六秩寿辰"的红色纸条代替出入证。丹丹和夏强再细看时，只见许多警察、宪兵都在维持着秩序，指挥进出的汽车。别克、雪佛兰、福特等各种式样、各种颜色的小轿车简直数不清，前边人也挤得满满的。夏强付了车钱，说："下车吧！"

他同丹丹往前走去，只见车挤人、人挤车，车流和人群交相汇合。来贺寿的宾客像蚂蚁搬家似的数也数不清。

两人依仗年轻灵活，丹丹有报馆的请柬，夏强有记者名片，一路朝前从人丛中挤过去。天热，挤得头上冒汗。忽然，夏强看到《新闻报》的老沈在前边，好像也在帮忙。老沈是个老记者，在新闻界有个绰号叫"怪现状"，来由是他常爱夸耀："把我的见闻写出来，够写一本《二十年目睹之怪现状》的！"他已有五十上下年纪了，头发牛山濯濯，在阳光下闪闪发亮，穿一套白西装，打了条红领带。杜月笙是《新闻报》的董事，新闻界传说老沈是杜月笙当初荐到报馆做记者的，他同杜月笙创办的"恒社"有关系。恒社名为社会团体，实际是个青帮集团，成员都是杜月笙的门徒。杜月笙常夸耀自己有"八千子弟"，老沈肯定属于这"八千子弟"中的一员，所以平日在新闻界，他很"兜得转"、"吃得开"。

夏强叫了一声："老沈！"老沈转过身来说："好呀！好呀！老弟！你到底还是来了！快快快，朝里走！过一会儿人更多了！"他盯着丹丹看，夏强就替他介绍说："这是南京来的同行，雷小姐！"

老沈见丹丹长得漂亮，又潇洒大方，不是等闲的样子，殷勤着引路，一边忙着给丹丹交换名片，一边自告奋勇地说："来来来，我带二位走这边去寿堂！"夏强和丹丹跟着他走，听他介绍："昨晚在爱文义路佳庐替杜公暖寿，办了几十桌酒席，盛况空前。郑介民、许世英、钱大钧、王正廷、潘公展、王晓籁等都到了！于右任、孙科、居正、宋子文、孔祥熙等一百人联名签字送的一篇祝寿文写得好极了。我们报纸今天就发这消息！……"他说着，只听"噼噼啪啪"鞭炮声响了起来，外加天地响轰鸣不绝。军乐队奏的热热闹闹的喜庆迎宾曲也刺耳传来。老沈的话也说不下去了，耳朵里全是噪声，空气里弥漫了硫黄火药味。

人，仍旧拥挤不堪，来的汽车被分流指挥到几处停车场上去了。

除了特殊的人物，才由宪兵、警察、便衣安排着司机慢慢将车驶到丽都花园大门前去。大门前，搭着彩色松柏牌楼。幸亏安排在这么个宽阔的地方，但仍是只见人头涌动，语声喧哗。来了好多小报记者，有几个夏强也脸熟。夏强知道上海的小报，有些是仰赖杜月笙，也捧杜月笙的。老沈跟这些人都熟，一路打着招呼点头哈腰过去。阳光照耀，那些穿长衫的、穿西装的、戎装的、旗袍的……那些戴巴拿马细草帽的、戴金丝眼镜的和提着各色坤包的仕女们，都在叽叽喳喳朝寿堂走去，有的还掏手帕拭着汗。

突然，夏强高兴地看到濮松涛在远处了！马上高兴地告诉丹丹："看！濮松涛也来了！我真没想到他也会来呢！一定跟你一样，是报馆派他来的！"丹丹看到了松涛，微笑着说："他还是那样子，跟他可有很久没见面了呢！"

由于见到了松涛，夏强不想让老沈陪同了，说："沈兄，你忙，就别陪我们进去了，我们自己进去。"实在也是太拥挤，走得太慢，老沈斟酌了一下，说："那好，那好，我是还有事。好在也快到了！门口签字，可以得到点精美纪念品的。"说着，他指指门口，同丹丹和夏强客气点头握手道别。

甩掉了老沈，夏强和丹丹朝松涛站立的地方走去。一边走，夏强一边伸出右手招呼松涛，丹丹也伸手招呼。果然，松涛看见了他俩，也笑着招呼，挤过来高兴地伸手说："雷丹，老同学！听夏强说起过你，没想到今天在这里见到你！在南京不错吧？"丹丹说："多亏杜月笙做寿给了我们见面的机会。报馆派我来，我不能不来！你在《新联晚报》吧？"松涛说："我们这两家晚报都是民营，情况都差不多。我今天也是被采访主任拉夫派来的！"夏强说："为什么不进去？等谁？"松涛说："站在此地可以看到哪些人来了，我在当观察家呢！刚才已经看到国府文官长吴鼎昌来了！他是代表老蒋来祝寿的。接着，又看到了宣铁吾、吴国桢等也都来了！这种当政的和青帮结合的现象真有趣！"

丹丹看见人们都走进大门里去，说："我们也进去吧！挤得无法插足，不在这儿当门神如何？"

松涛说："好！"

三人就一同进去。侍者拉开玻璃门，进门两侧都放着一列长桌，上边有笔墨砚台，有好几本大旋风装的签名簿。挂红绸条的男女招待，客气地请来宾签名。三人逐一签了名，写了报馆名字，每人发给一份礼品。原来老沈所说的"精美礼品"是一盒红色烫金写着"寿"字的香烟，另一份是彩印的吴敬恒和叶恭绰亲笔书写的祝寿文。

有中央电影制片厂的人用那种"独眼龙"摄影机在拍摄新闻纪录片。寿堂里人仍然很多，声音嘈杂。中央上首寿坛前挂着一大幅泥金金绫边横屏上写"恭祝杜老先生月笙六十大寿"字样。稍下悬挂着一个丈把高的大金"寿"字，正中有个通红的绸缎寿幛，上边是蒋中正署名写的四个大字"嘉乐宜年"。每个字都有尺把长。

松涛轻声对夏强说："看到没有，国家主席给青帮头子拜寿！听说是亲笔写了用专机送来的呢！蒋这个人啊，有一套手腕，过去听说他对杜月笙有两副脸：当人家面因为避嫌，表现得有距离；同杜月笙私下见面就十分亲热。胜利后，他对杜月笙比较冷淡，现在怕杜月笙起外心，又在笼络了，传说他这次派蒋纬国夫妇去杜公馆拜寿，行子侄礼呢！"

寿坛上的香烛烧得寿堂里烟雾蒙蒙，铜炉里的檀香木挥燃着青幽幽的香气，许多寿桃、寿面一盘盘地供着。江湖气息与佛教气氛夹杂。这寿堂本是舞厅，地上滑溜溜的，四面琳琅满目挂的全是大红的、粉红的喜幛，客人们挤上前与拜寿的络绎不绝。桂月笙在家里避寿，他的八个儿子都穿着长袍，天这么热仍加着马褂，在寿坛边上还礼。有打扮入时的女眷胸前都佩着红色闪金光的寿字胸花，在寿坛旁含笑迎接拜寿的宾客，欢声笑语此起彼落。

丹丹问："他本人在哪里？"

松涛说："他本人今天不来寿堂，这叫作避寿！你看到没有，那个陆京士，他的门徒！那是杨啸天，他的老朋友！许多杜门弟子，都在张罗呢！"

来客不断，夏强忽然看见林东方和一个西装笔挺相貌堂堂的人也出现了，夏强心里一动，决定不打招呼，装作什么也没看见。丹丹却用臂碰碰他，轻声说："看到没有？林东方！"夏强点头，说："人太多了！我们别去挤，在边上看看吧！"他和丹丹、松涛让着许多来客上前去拜寿，三个拿着记事本和钢笔，闪在一边观察着寿堂里的情况。

只见，宋子文来了，王宠惠来了，汤恩伯来了，魏道明来了，白南史也来了！不但这些院长、部长、司令、主委等官员来了，金融、工商界的巨头名流也陆续来了，同杜月笙的那些儿子们互相拱手作揖，热情寒暄请入内室去坐。

许多拜寿的人都纷纷从两侧门里进入后边花园里去了。夏强看到白南史后不久，就发现方国华和一个朋友走进寿堂来了，夏强悄悄指给丹丹看，说："那就是方国华！"他明白方国华是生意场上的人，杜门弟子会给他发请柬让他送礼祝寿的。他也不想同方国华见面，对丹丹和松涛说："这里太闷！到后边去看看吧。"

松涛笑问："你想去吃酒席吗？"

丹丹说："这么多人还摆酒席？"

松涛笑了："我早打听过了！这次表面上说是不铺张，提倡节约，实际上是有地位的人都要请到那里边……"他用手把寿堂后边一指，"吃上等酒席的！而我们，同一般的客人，哈哈……"他轻声说："可以到花园里去吃一小碗素寿面！你们吃不吃？"

丹丹和夏强都笑了，丹丹说："我看，我的采访任务可算是完成了！我今天夜车就回去，反正，亲眼看了一番，代报馆签了名，回去写篇东西应付一下完全够了！给他节约一碗寿面算了！"夏强想，这倒好，可以留半天同丹丹谈谈聚聚了，对松涛说："我想和丹丹走了，你走不走？"

松涛说："我还不能就走！这条消息今天的晚报一定要见报，我要去看签名本，把来祝寿的人名单抄一份，然后拟好稿用电话打回报馆。你们先走吧！"他似乎很明白夏强的心意。

丹丹忽然轻声问松涛："松涛，你知道杜月笙决定把人家送的寿仪加上请南北名伶义演的收入捐去救灾的事吗？"

松涛轻声说："知道！但人家不傻，人家的算盘比谁都精！"

丹丹问："怎么呢？"

夏强也听着松涛讲。

松涛说："寿礼看来有几十亿元，数字不小，但通货贬值，物价飞涨，他收下后，放在自己手中压一压，转一转，迟些时候捐出来，名义上他是全部捐了，实际上这一压一转因法币贬值所得到的全部利润都入了他的腰包！他是既得名又得利啊！"

丹丹瞪大了眼"啊"了一声。夏强也被松涛的锐敏怔住了。

夏强和丹丹同松涛分别。临别，夏强说："松涛，你怎么这十多天没到家里来？"松涛笑笑，附在夏强耳上说："我很……警惕！"夏强说："我看没事。你还是来！"松涛笑着点头。夏强和丹丹两人绕过寿堂旁门外出，见后边花园里搭起了遮阳棚，棚下乱糟糟的，一个个圆桌都坐满了人，用托盘端寿面送寿面的男男女女的侍者，穿进穿出，一人送一碗素面，空气里洋溢着麻油香。

突然，迎面有人叫了一声："夏强！"

夏强抬头看时，见是裘珍珠，珍珠笑得妩媚，两只漂亮的大眼看看夏强又看看丹丹，说："介绍一下吧！我是裘珍珠，《申报》记者！这位是雷丹小姐吧？"

雷丹也笑着招呼，说："我是雷丹！"并且伸出手去同珍珠握。

夏强笑着说："你们自己都介绍过了，用不着我介绍了。"

裘珍珠说："我早看到你们了！我在一边作壁上观，注意你们已经很久了。"

丹丹笑着应酬:"今天人真多!"

裴珍珠说:"我是奉命来写捧场文章的!我与家父同来,他已给请到寿堂后边吃酒席去了!这儿请人吃寿面倒很像施粥厂里给难民施粥,太穷相了!"

夏强和丹丹都笑,裴珍珠伸手对丹丹说:"你真漂亮!认识你非常高兴,我还有事要到前边去一下。"她同丹丹一握手,就走了。

丹丹看着她说:"这姑娘派头挺好,也很热情。"

夏强说:"人给她起了个绰号叫'花生米'!"

"为什么?"

"那不是贬她,是说她长得小巧玲珑!"

两人从丽都花园边走到外边,只见汽车仍如长龙,宾客也在挤呀挤的不断地来。

阳光暴晒,天气特别热。夏强看到一辆空三轮车,雇了车同丹丹坐上车回家。途中,丹丹说:"休看今天热闹,比起战前1931年杜氏家祠落成典礼气势场面可就差远了,我是看过资料的。当时到的头面人物一万多人,放礼炮二十一响,每次开饭,一千桌左右,要分四五次才能开完,这次比那次是小巫见大巫了!"

夏强问:"还有什么印象?"

丹丹说:"第一个印象是乌七八糟;第二个印象是捧得太高;第三个印象是强颜欢笑。"

夏强笑了,说:"归纳得很好,你这报道打算怎么写?"

丹丹说:"把'乌七八糟'用各种人物都来拜寿表述;把'捧得太高',客观加以报道;再用当前时局来适当衬托'强颜欢笑'。像杜月笙这种人,如今老蒋可利用他的地方已经不多,现在只是为了时局不利要安抚他,叮嘱他以后乖乖养老也就完了!"

"何以见得?"

"蒋亲笔送他祝寿的四个字是'嘉乐宜年'！实际就是劝他乖乖地享享乐度过晚年算了！不是吗?"

　　夏强笑了，说："丹丹，你真聪明!"

那五百尊罗汉表情各异

二哥想很快到南京去，却又似乎怕去，他表现得衰老而松懈，说："那儿有我太多的回忆！"

是呀！回忆有欢乐更有痛苦。过去并不如回忆中的美丽，只是因对已逝岁月的悼念，每每高估了它实际的价值。

小妹说："二哥，在上海多住些日子吧！小阿哥和丹丹姐姐也是难得来的。我们都老了！相聚的机会难得，就再陪我几天吧！"

她的话使二哥夏国和夏强、丹丹都决定在上海多留几天。但二哥建议："明天，我们一同到苏州去看望一次妈妈吧！早上去，晚上就能回来！"大家同意。

母亲生前说她喜欢苏州，所以被葬在凤凰山公墓。从上海到苏州，坐高速公路上的豪华客车去很方便。但二哥说："还是坐火车吧！好让我回忆一下当年坐沪宁路火车的滋味。"

一早，带着鲜花就出发了。春运高潮已过，火车不挤，仅仅一个半钟点就到了清纯秀丽的苏州。江南特有的建筑艺术风格，富庶繁华的市井，商品琳琅满目的店肆……那宏大的新车站……老是使二哥说相同的一句话："啊，不认识了！真的一点也不认识了！"是呀，五十年了！怎么认识呢？

江南二月，虽已立春，依然凛冽，毫无春意。天气不好，下着微雨，冷风飕飕。叫了一辆出租车直驶凤凰山，半个多小时也就到了。

啊！这里真是坟墓的海洋。极目望去，一排排、一行行，上上下下、高高低低，都是大大小小的坟墓。不是清明，这儿显得格外冷落。小妹知道这儿的坟墓全部编了"门牌号码"。母亲的坟在后山高处，她知道那地点。

冒着牛毛细雨，小妹搀扶着二哥，夏强搀扶着丹丹，四个老人都从小径走往后山，向高处走去。

二哥夏国叹了口气，说："再大两岁年纪，我可就没法爬上去看望妈妈了！我现在回来，很好。"

丹丹不禁想：年轻时我常看着爸爸那苍老的被岁月风霜侵蚀的脸，感到那是人生另一层面的展示，但那仿佛离我很遥远。而今，我在二哥、夏强、我自己和小妹的脸上早看到了衰老的来到！人生何其短促！……

雨丝悄悄飞扑在脸上。终于到了枯草丛生的母亲的坟前。母亲的墓碑上有一张烧瓷的照片，那是母亲最后一张遗像，依然那么清秀慈祥，但已十分虚弱，头发薄稀花白，微微的笑容中透着忧伤。母亲在抗战后一直过得悲伤而辛苦。抗战中，失去了她难以生离的博学爱国的丈夫，失去了她心爱的英勇抗日的长子。等到抗战胜利了，生活重压和儿女们的行动使她常常操心。上海解放前夕，她一直自豪的"忠勇之家"一分为二，夏国夫妇远去台湾，松涛在特务毒手下牺牲。总是破碎而不是团圆，一直刺痛着她的心……

天气寒冷，下着细雨。给母亲坟前拔净了枯草，大家擦净了手，在墓前献花鞠躬。夏国说："妈妈，我们来看您来了！"他拭着泪。夏强、丹丹和小妹也都唏嘘落泪，沉浸在怀念之中。冰冷的雨，湿漉漉的地。谁也没有再说什么。悼亡与伤逝，千言万语，从何说起又说什么好呢？

站在墓前淋着细雨，大家的腿都发酸，心也发酸，半晌，又一起鞠躬离开。夏国从坟前一棵小松树上轻轻折了一小枝放进大衣口袋，似要带回美国去做纪念，对着母亲的照片看看，说："妈妈，我走了！……"他又用手背拭泪。

中午是在城里松鹤楼吃的饭。有人在这里摆筵席结婚，酒肴的香味扑鼻，贺客极多，热闹极了。夏强想起抗战胜利后到苏州采访时的往事。那时，身体矮胖、圆圆的脸上架着一副细边眼镜、神态傲然的陈璧君判了无期徒刑关在苏州监狱。夏强曾到监狱去看过这个汪精卫的妻子。但当时不准采访，只准看看。夏强看到陈璧君脱了眼镜坐着发呆，似在想些什么。她在想些什么呢？1949年5月上海解放后，陈璧君由苏州监狱迁送上海提篮桥监狱继续拘押。开始她有很深的对立情绪，常常吵闹甚至还绝食过。但后来思想开始起了点变化，夏强看到过她写的一份谈自己经历和思想变化的交代材料，说："……女监也每早九时送报纸给我。后来，我便求得自己订一份《解放日报》，我很用心地从它学习理论和了解人民政府的措施……我便明白了共产党为什么胜利，国民党为什么灭亡，是一个历史铁一般的规律。"这个曾宣称自己"我有受死的勇气，但决无坐牢的耐性"的女强人，坐牢整整坐了十四年。1959年6月，陈璧君终于病死在上海监狱医院，骨灰由她在香港的子女派人到广州领回香港。听说开追悼会后骨灰在香港撒入海中。吃饭时，二哥夏国听夏强讲起这些往事，起先没有作声，后来却出乎大家意外地说："夏强，你同丹丹都是动笔杆子的，像汪精卫夫妇，把他们的荣辱与沉浮，得道与失足，他们的灵魂和内心思想变化的轨迹，复杂多变的特点，都写出来，不是简简单单地写，而是真实复杂地写。我看这样的书会引起人思索得到人欢迎的。"

这话，使夏强想了很久。

苏州水巷纵横，密如蛛网，两岸粉墙黛瓦，许多人家都枕河而居，石埠、蠡窗、骑楼、古桥、古河、古塔、古老的街道，处处展示着一幅幅姑苏水上风俗画。纵横的河道使苏州的住宅往往前门是街巷，后门却紧枕流水，而站在相跨其间的石桥上能最充分领略水域风情。常有小船从圆月般的桥洞里缓缓撑出或摇出。苏州城里有一百几十座桥，在熙熙攘攘的街道上不时有幽雅的小桥同热闹的城市形成了鲜明的对比美。那些在二哥脑海中的静静的铺石板的雨巷、冷街深闭的朱门、幽深而平静的白墙庭院、廊檐上镶着雕花图案的木板走廊似乎少见了，中外旅游者的身影和新式的高楼及建筑，正改变着苏州的整体容貌。

下午，去游了阊门外的西园。西园是戒幢律寺和西花园放生池的总称。这里原名归元寺，是明代嘉靖年间官僚太仆徐时泰的宅园。清代咸丰十年曾毁于兵燹。后来是同治到光绪年间陆续重建的。二哥要去，是因为抗战胜利后有一年夏天，他曾和二嫂白丽莎一同来这里大雄宝殿烧过香、拜过佛。

大雄宝殿里，三尊木雕大佛高踞上方，两侧塑立二十护法天神，后面大壁是泥塑海岛，上有鳌鱼观音、诸天神、大小罗汉数十尊。雕塑造型构思灵巧。二哥看着忽然出神。夏强记得，二哥说过二嫂白丽莎本来不信佛，但那时局势不好后，她忽然不但信佛，而且特别相信因果报应了。那次在苏州西园，她烧香拜佛，还买了好些活鱼在西花园放生池里放生。到台湾后，二嫂一直也信佛；后来到了美国，则又常去教堂做礼拜。她说："心里空虚，总得有个寄托才好。"……二哥该是又想起这些往事了？

院内方砖铺地，园中曲径垫石，有游廊相连，跨院隐匿在冬日凋零的紫荆和常青的龙柏、冬青中。走到了天王殿，中间龛内有金身大弥勒佛，笑容可掬。看到弥勒佛，夏强立刻就又想到了方国华，只是想起方先生，心上是酸涩的。

那是1950年冬到第二年大张旗鼓镇压反革命运动期间，方国华被捕了！原因很简单，当初在胜利后要敲诈他的那个徐光扬有个儿子在南通参加了工作。徐光扬这时就揭发方国华是国民党的特务，又是敌伪时期通敌的汉奸。说方国华抗战时为国民党做地下工作与敌伪勾结；胜利后与国民党白南史关系密切，是反动党团骨干。逮捕方国华时在方家抄出了一个证件，上写方国华是国民党上海特别市市党部的副总干事。

方国华曾提出要林东方和夏强写他的证明材料。夏强是据实写的，并同来外调的人谈过话。一次，两个来外调的人，一个年轻一个中年。中年人问夏强："你说，他的证件都是假的?"

夏强回答："这都是白南史写给他的。那时他遭人陷害，说他'通敌资匪'，写了假证明，可以使他无罪。事情就这么简单。其实，他连普通国民党员都不是，他是个地道的生意人。"

年轻人冷笑："连国民党员都不是，也不是特务，能给他个市党部的副总干事干吗? 太笑话了吧?"

"那个年代笑话很多，这本来也是个笑话，说穿了，白南史收了他的金条，就这么干了!"

中年人问："我们知道这都是你穿针引线的，你同白南史什么关系?"

"亲戚关系! 我二哥是他女婿。"夏强将抗战胜利后报恩的事说了一遍，其实材料上都如实写了。

年轻人摇了摇头："我们重证据轻口供。方国华是个道地的汉奸特务反革命! 反动党团骨干!"

夏强摇头说："其实，方国华对抗战、对解放战争都是有点功劳的。敌伪时期，他多次给新四军运送急需的医药用品、医疗器械和五金钢材等物资。解放战争时期，他同地下党有联系，办笙记行又多次将急需的物资运到苏北解放区。"年轻人说："他这是为了赚钱! 无商不奸! 资产阶级唯利是图! 你怎么不从阶级上看问题?"

夏强觉得即使说得清人家不信也就无法说清了，叹了口气说："我说的都是实话。国民党时期，扣他'通敌资匪'的帽子，现在扣他特务汉奸反革命或者反动党团骨干的帽子，都不符合实际。"

中年人说："你得注意立场! 再说，你是什么人? 你的问题也很复杂。别急着说他不是反革命，先把你自己的问题弄弄清更加必要。"

于是，很快又开始了对夏强的"政治历史问题"的审查……到1955年9月"肃反"运动时，又来了一番审查。到1966年"文革"中再来了一番审查……

知识分子，在政治运动中大受煎熬。知识的力量可以兴国安邦，中国如果要走上现代化强国之路，必须依靠知识分子。如果中华人民共和国从建立后就解悟到应该依靠知识分子建设国家，能用同志式的态度团结知识分子一同工作，尊重他们的人格，把他们看成是一家人，让他们有职有权调动他们的积极性，那新中国的进展肯定是飞快的。只可惜知识分子因其头脑和社会关系复杂而总是受怀疑。知识分子长期在惊心动魄的运动中不被信任。常因一些尘封的历史问题甚至莫须有的、捕风捉影的事挨整、遭批判，受到悲惨的不公正的对待。

谈起这方面的往事时，二哥说："你们的政治运动一个接一个，我想不出那是什么样的情况，但我想，知识分子卷进去遭到伤害的人一定不少吧？"

夏强坦率地说："毋庸讳言，是不少。比如在一系列政治运动中复兴大学我的那些老师，有的受到批判，有的受不住折磨自寻短见。向教授因与一些外国教授通过信，被怀疑里通外国，又说他主张只专不红。他个人被贴大字报几百张，批判他的座谈会开了十几次。他想不通，抑郁于心，半年后患癌症去世。像当年我新闻界的熟人中，'麻辣蹄膀'丁一凡和《新闻报》的老沈，反右中都成了右派。老胡、老秦好一些，历次运动没出大问题，但'文革'中可都做了好几年的'三反分子'和'牛鬼蛇神'……"

二哥纳闷："为什么要这样呢？这不是自己坏自己的事吗？……"

夏强说："有时候，好心也会办坏事的！一件事指导思想上有了偏差，就会失之毫厘，差之千里。有些事表现在当时，实际有深刻的历史原因。有些悲剧的发生，根子是中国几千年封建势力和它披有各种新衣的变种。生活中本来就是既有光明美好，又有阴暗丑恶，既有悲壮，也有荒诞的。真理与谬误的交叉与斗争，在一个旧政权过去、新政权建立的复杂时期总特别激烈。何况新中国的建立并不是一般意义上的改朝换代，这是一种天翻地覆的变化……"

二哥似懂非懂，夏强却又记起一些往事来了。那是在"文革"中看样板戏《沙家浜》后，在一天夜里，夏强同丹丹有过这样的对话：

夏强："如果阿庆嫂还在，她一定也在受审查。她的问题怕也是说不清的！从表面上看，她同忠义救国军打交道，关系密切。她救过胡传魁，她是个什么人？"

丹丹："谁叫我们处在这样一个阶级斗争天天讲，认为阶级斗争会越来越激烈的年代呢？谁叫我们有复杂的社会关系呢？我看，凡同地下党有联系的人都少不了受审查！做过地下工作的党员也少不了受审查！让不了解当时情况的人，让极'左'的人来做审查工作，怎么能实事求是呢？……"

现在，丹丹靠在夏强身边，发觉他在定神，问："你在想什么？"

夏强摇摇头，拉回思绪，多想那些有什么意义呢？他不想再说。

小妹在高声说："走吧！到罗汉堂去看看吧！这里的五百罗汉像是出名的呢！"

雨下大了，由无声到淅沥，由淅沥到哗哗地响，模糊了空间，庙上的水顺着琉璃瓦的水槽流泻下来。庙廊下边的一排冬青都像在洗淋浴。四人走进了罗汉堂，看到了沿四壁排列的泥塑金身五百罗汉像，每尊像比人都要大一些，神态动作各异。丹丹忽然指着一个面容俊秀、和颜悦色、表情带点懒散的罗汉对夏强说："啊，你看，他像谁？"

夏强立刻发现这像雷龙，说："像龙哥！"

雷龙年轻时，虽然去美国留过学，但回来后并不热衷于创立点什么事业。他同徐素贞结婚后，既有岳父徐树庄可以依靠，妻子又会算计会钻营。夫妻俩不愁没有收入丰厚而工作可以稀松的职务，两人吃吃喝喝赌赌耍耍,贪图享受,过得很舒心。他崇美,常说"美国怎样怎样"。他对共产党没有好感,不相信共产党能取国民党而代之。但他并不是国民党的忠臣义士,他认为老蒋是"中正不正,总裁独裁"。当国民党兵败如山倒的时候,他和徐素贞早做好了去香港经商的准备。两人到港后,开了一家塑料玩具厂,夫妻俩还是玩马票,周末去澳门赌轮盘赌。好的是塑料玩具厂外销很赚钱,赌博没成大输家。俗话说:"人无横财不发!"两夫妇在美国纽约做的股票意外地大赚了一笔钞票,将钱买了房地产,房地产又大涨其价,这才奠定了经济基础,得以体面地在美国和香港住下去……

近年,雷龙夫妇曾约丹丹和夏强到香港去做客,丹丹几年前的一个春天里去过一次,主要是为了替父亲上坟,夏强却一直没有去。夏强和丹丹邀雷龙夫妇回来聚聚。但他们每次都只到北京、上海和南京、苏杭一带游览后就回香港了,从未到过重庆。三年前,徐素贞患病去世,葬在香港。雷龙常去美国住住。他是个懒得写信的人,丹丹和夏强去信,他只是偶尔来个电话说上几句。最后一次见到雷龙,是前年清明在安徽。年迈衰老的雷龙送回了雷老伯的骨灰盒。五十年不见,白发苍苍的雷龙走路已经龙钟颤抖,说:"夏强,老辈凋零,我们这一辈也都衰老不堪了!"说着,潸潸落下泪来。过去,两人无法谈心,也谈不拢,现在见面,显得亲亲热热。各人满意于各自所选的道路,各自所处的环境。"香港也快回归了!"是雷龙那次见面带着感慨说过的话。雷香山生前曾说过,他如果死了,喜欢葬在家乡。但他死后雷龙坚持要将父亲葬在香港。直到香港1997年7月1日要回归了!他才决定依照父亲遗愿,在前年将骨灰送回来。虽然迟了,也终于办了!这使丹丹和夏强感到欣慰。谁料雷龙自己却不幸中风去世。他的儿子雷家骥决定将父亲与先已去世的母亲徐素贞合葬在香港。那时,香港已将回归祖国,对雷龙夫妇和儿子来说,葬在香港,从情感到道理都是无可厚非的了!……

那五百尊罗汉面貌各异。人生的路，弯曲的路总比直路多，平坦大道总比崎岖的路少。综观人的一生，不得意的事，不顺利的事，不愉快的事，常占一生之中的十之八九。塑造罗汉，自然都得把罗汉的气度、涵养、雍容、修行体现于形，那同人生的写照实际相距极远极远。但依然可以看出罗汉中有喜有怒，有凶有善，有哀有悲，有富有穷，有戚戚有悠然，看得出他们各个的遭际都不同，真真快乐开心的形象不多，天上如此，何况人间！从五百尊罗汉中去寻找肖似熟人的脸看来并不困难，但草草浏览一过，大家似已缺少兴趣，不愿再去多回忆那些当年蝈蟮杌隉的旧事了。

雨哗哗下过一阵后，忽又停歇了。天，灰蒙蒙的，大家就是在这种心情下坐汽车到火车站赶回上海去的。

第四章　折戟沉沙

（一）笙记行与《新闻窗》

金色的十月，有秋风，有落叶，也常有冷雨细密无声地降落在屋顶上、街道上、花园里。灰蒙蒙的空气笼罩着上海，畸形繁荣的市面有萧条的迹象。店家竞争着大减价、大拍卖，大饭店生意清淡，市民见面叹物价太高，生意人见面总是谈生意难做。一些小店铺，因为亏损，关闭了；换了老板，又重新开张，但生意仍然不好。

下午，林东方容光焕发地来到南昌路光明村方家，同方国华商量笙记行的事。

娇柔白净的方太太这些日子身体说是好一些了，带小孩去永安公司买吃食了。方先生把林东方请到楼上的一间会客室里去坐。这一向，方家已变了样子，布置得阔绰了，除老厨师阿方外，又雇了一个四十来岁的娘姨阿朱，专门打扫房间，敬茶，听候使唤。

阿朱上茶后，下楼去了。方国华刚想问林东方：先一会儿你来电话说有一笔大生意可做是怎么回事？意外的是林东方拿出一封信来，说："方先生，这是你的老朋友托我带给你的信！"

方国华把信一看，信很短，但内含深厚：

国华先生惠鉴：

　　睽违已久，常深想念。往昔多承关照，殊为心感。近维起居两吉、生意兴隆为祝为颂。兹介绍林先生前来洽谈生意，请推情接洽，一如既往，不胜感荷。详情由林先生面谈，恕不一一。夫人及公子均此问候。

敬颂

　　秋祺

弟柳明拜上

九月一日

　　看到这封信，方国华想起许多往事。同柳明合作，有过一段很好的回忆。对方是极讲信用的，说的话都能兑现。说有点冒险，那是因为当时运货、渡江，既有日寇拦阻，又有伪军打扰。尤其在渡江时及在江北靠岸以后，更常有意想不到的风云变幻。但由于对方当时在向导及布置内线上、接应上都做得严密认真，每次任务都完成得非常顺利，实际并无风险。货一抵达，不但按协议立即全部付给黄金，处处为你设想，使你不致因为货币贬值而受损失，保证你的丰厚利润，而且还一再肯定你的爱国心和抗日精神，感谢你的医药挽救了多少抗日将士的生命，使你心里总是热腾腾暖洋洋的；以至同他们合作共事后，无须像在上海商场上那样害怕尔虞我诈，担心被人坑骗，有一种愿长期持续进行合作的想法。

　　但，自从抗战胜利、遭到"通敌资匪"的事打击后，方国华有余悸了。何况，内战愈打愈凶，现在依靠的是白南史才平安无事。白南史是坚决反共的。这事如被他知道，后果必然不堪设想。方国华虽然做大生意，想赚大钱挽回损失，却不能不在看到柳明的信后，心中犹豫不决。他捧着信纸的手有点颤抖，问："柳先生现在在哪里？你们见过面了？"

　　林东方微笑着说："他在苏北！我最近去了一趟苏北，见到了他，

241

我们谈起你。他很相信你呢!"

方国华沉吟着,说:"啊啊啊,真想不到,真想不到!原来林先生同柳先生是一路上的兄弟。我原以为同林先生可以在上海囤点看涨的西药,包括德国拜耳的药品、药特灵、鱼肝油,甚至孟山都糖精一类的畅销货,现在柳先生来了信,不知有何意图?"

林东方坐在沙发上坦率地说:"柳先生对方先生是很了解的,很感谢你过去对抗日的支持。这种老交情十分珍贵。听我介绍了方先生的近况,他非常高兴。特地写了信,要我一定代他向你致意,希望一如既往地合作做生意,想必方先生不会拒绝。"

方国华皱起眉心,用手按住太阳穴似乎头疼,嗫嚅地说:"阿弥陀佛!凭良心讲,我对柳先生对你们很有感情。同柳先生合作,讲信用、讲道义,没话可说的。只是,生活变化得太可怕,人能知道自己的昨天和今天,可是又有谁能预测明天和后天呢?你知道,我在抗战胜利后碰到了厄运,险些家破人亡,胆实在吓小了!只想做做平安保险的生意,实在不敢再碰有危险的买卖了!"

东方诚恳地说:"方先生,你对我说知心话,我也就对你说知心话。苏北形势越来越好,所以,把药品等等急需物资往苏北运,我们保证在各个方面都平安无事,绝不会造成损失。过江的路线是安全的。向导可靠,江的两岸都有我们隐蔽的人员和联络地点,船主可靠,出港及登陆地点都保证安全,江上虽有巡逻的,但完全可以避过去,出不了事。至于利润,保证至少让你对本对利,多则一个钱可以赚到三个钱。"

方国华无意中看到林东方那双袜子脚背上破了,心里感慨。他知道过去柳明也是这样。这些人长期生活在灯红酒绿的十里洋场,除必要的社会应酬外,日常生活都十分俭朴的。他听了东方的话,点头:"这我知道,你们过去也是这么做的。"东方说:"我知道你这个人好,抗战时期,你像个顶天立地的中国人,你爱国,出了力,人民不会忘记你的。正因为如此，现在仍要请你出山，仰仗你在上海生意场上的信用和声望，仰仗你的关系，可以采购到我们没法购到的急需物资。当然，有时也要仰仗你的周转资金，补充我们不足。但更重要的是，你这个人我们放心！对国民党，你认为它好吗？它能打赢吗？"

方国华大摇其头，说："谁不知道它坏！如今是民众怨声载道，人心早不在它这边了！它赢不了的！"

东方说："是呀！我对你是推心置腹的。人要站在正义一边，人也要看到将来，未来的希望确实是在那边。当然，困难有，比如现在受伤的人仍需要大批医药卫生用品，需要医疗器械，也需要钢材，需要小五金，需要一些化学原料，需要纸张等等。希望你能像以前一样的帮忙。柳明信上说的'一如既往'就是这意思。"

方国华低着头沉吟不语。那张弥勒佛般脸上的表情似在思想上作激烈斗争。忽然叹口气说："你说得很对。但我被蛇咬了怕井绳，顾虑确很多。你现在开了个笙记行，就自己先做起来如何，给段时间我再斟酌，好不好？"

东方说："这当然要听从方先生自愿。比如我，我不是共产党，我不过是帮柳明他们牵牵线搭搭桥，帮他们做点生意，为了赚点钱。主要是我觉得人家不像国民党，国民党实在作恶太多，我这同情就只能放在那一面了！我希望方先生，你也能审时度势为将来多想想！"

方国华暗忖，你呀你呀！你说你不是共产党，可我懂得，你们干秘密工作时，明明是的也总是说不是的。国民党在走下坡路，人心都不向着它，我同共产党有过交情，人家看得起我，我怎么能铁板着脸拒绝呢？因此，说："林先生，说穿了，我是怕冒险，我有太太和小孩，经不起大波大浪，钱少赚点可以，出了祸事可吃不消了！你们为我考虑过这个问题吗？"

东方听了，诚恳地说："往苏北运物资，假如出了事，笙记行一定把你撇开，不把你卷入。我们有一套入股者的名单，也有另一套社会人士投资者的名单，都不把你列入。笙记行里立有两本账，一本公开，一本不公开，有你帮我们做这生意，我们的方便就多了，当然会妥善保护你不会让你暴露的。"

方国华似被说得动了心，但仍是犹豫不决，忽然又问："共产党对生意人将来会怎样？有人说：对有钱人是要斗争的，对生意人是要像对地主一样清算的，确不确实？"

"那是不确实的。"东方似乎找准了方国华担心的另一个方面了，"像你这样的资本家，叫作民族资产阶级，是共产党要团结的对象，肯定会让这样的生意人有利可图的。"

"我在抗日战争时帮过你们的忙，胜利后险险被国民党害得送了命。现在，我再帮你们的忙，将来，你们会对我优待吗？"

"那当然！谁做了好事，是不会被忘记的！"

方国华忽然右手一拍大腿，说："林先生，就凭你这几句话！我就下决心了！具体细节我们再好好商量。反正，我也是把身家性命做筹码全押宝押在你们这一边。我同白南史仍旧保持一定关系，没他撑台我说不定还会有危险，但这事是万万不能给他知道的。这事就天知地知，你知我知！……"他用手指指天和地，又指指东方和自己，吁了一口长气。

他们谈到这里，正喝着茶，阿朱上楼来通报，说："夏家少爷来了。"

听说是夏强来了，方国华说："请他上楼来坐！"马上问林东方，"我们这事他知道不？"

东方说："做生意的事不瞒他，但具体的事，他不会问的，秘密的事总是秘密点的好。"

方国华点头说："对！我们这事，我连太太也不说的！"说着，穿着拖鞋就要下楼接夏强去。

夏强已经在上楼了。方国华在楼梯口迎着亲热地说："小阿哥！你来得正好！林东方来了，我们正在谈生意呢。来来来，快上楼坐！"他陪着夏强进房。

夏强同东方见面，大家都很高兴。

东方笑着说："你今天一定有什么高兴的事！"

夏强笑着说："怎么？你发现了什么？"

东方说："第一，脸有喜色；第二，我知道你不常来方先生这里，今天来一定有事。"

阿朱送了茶来，方国华把茶接过来递到夏强手上，说："小阿哥，一定是你要办的杂志登记批准了！钱我早给你准备好了！我马上开支票！"

夏强笑道："你们真的都猜到了！《新闻窗》月刊是批准了，社址在南京雷丹家，发行人用了雷老伯的名字，编辑部在我家，雷丹和我是双主编，刊物在京沪两地发行，印刷放在上海。这杂志注重新闻性，要使它吸引人读，又要切中时弊，说些应说的话，报道些应该报道的事，决定12月底出试刊，明年1月出第1期。"

东方和方先生都说："好极了！我们等着看你们的杂志了！"

时局忐忑，社会治安混乱，世风日下，常常发生许多令人惊恐、刺激的社会新闻：情杀箱尸案、图财害命案、赌鬼轻生、诈骗奇闻、兄弟争夺遗产仇杀、交际花被绑票、舞厅大班强迫舞女卖淫……世相斑驳离奇，令人想入非非。但为了杂志的格调与严肃性，夏强和丹丹坚持决不刊登这些乌七八糟的东西。

《新闻窗》的试刊号如期在12月下旬出版了。封面上端套红印着办刊宗旨："新闻内幕，真实生动，客观叙述，公正报道，民办刊物，不偏不倚。"封面是用几张照片拼组构成的：一张是当年南京大屠杀时日寇第16师团富山大队副官野田岩、炮兵小队长向井敏明两人在杀人比赛后合影的照片。野田岩杀了一百零五人，向井杀了一百零六人，两人并肩站立狰狞地手握军刀。一张是 10 月 30 日拂晓，杭州浙江大学一千六百多同学在广场集合，听取校长竺可桢宣布学生自治会主席于子三被特务逮捕惨死狱中的消息。一张是汉奸殷汝耕 12 月 1 日在南京老虎桥监狱执行枪决的照片。一张是中央银行发行的 2 万元、5 万元、10 万元法币大钞的图版照片。封面上压印在照片上的内文要目，标题有《比赛杀人之日本魔鬼受审记》《于子三被杀激起全国学潮》《汉奸殷汝耕死前一句话》《发行十万元大钞之谜》《上海海关四十亿元贪污案内幕》……

日本战犯受审记，是丹丹采写的。比赛杀人的两个日本战犯 12 月 18 日在南京与另一先后杀死三百多中国人的日军中队长田中军吉同判死刑。丹丹在文末说："三名杀人魔鬼死有应得，遗憾的是都是太小的战犯，而大战犯如松井石根之流在东京始终在马拉松式的审讯之中，像冈村宁次则干脆至今仍逍遥法外。"

殷汝耕一文也是丹丹采写的。这个卖国的老牌汉奸，抗战前组织"冀东防共自治政府"就受国人唾骂。枪决前，他竟说："我现在很奇怪，当初要我组织冀东政府的人，为什么竟是今天要枪毙我的同一人？"丹丹在文末明知故问地说："这个老牌汉奸死前的最后一句话指的是谁呀？"

于子三一文是夏强根据各报消息综合编写的，愤怒地提出："当局对于子三之死不能辞其咎者有二，一是非法逮捕，二是草菅人命。"发行大钞一文是夏强采写的。12 月份，米价跳到 100 万元一石，正在继续狂涨，大钞一发，火上加油。夏强用一"谜"字指出军费开支浩大，印钞机日夜赶印现钞，但 10 万大钞一发，百万元大钞出笼似也不远了！

海关贪污大案是松涛应邀写的。松涛为《新联晚报》采访了这个大案。上海海关进出许可证核对股主任尹兰荪、江海关帮办张宝江、岳新民等勾结奸商贪污、索贿达四十亿元法币，松涛做了详细报道，揭露了海关的腐败与社会上贪污风气的可怕与可恨。

除了这些主要文章外，这一期还有《汉奸金碧辉（川岛芳子）之死》《传说中的魏德迈秘密报告》《国大选举吵吵闹闹》等文章，都是夏强和丹丹向新闻界熟人约来的稿件。

出乎意外的是这期《新闻窗》试刊号的销路竟非常好。上海书报摊愿意要五百本零售，很快就告缺。发往南京的五百本，也都卖完。夏强粗粗计算了一下收支情况，还可小有盈余。新年那天，夏强同丹丹通了长途电话，互相祝贺新年，讲了情况，夏强说："这下懂得下一期也就是这种编法，既不吃力，又能畅销！……"两人商量了下期大致的要目，都有点兴高采烈。

谁知，隔了几天，夏强在家里却收到了一封盖着市党部大印的通知信：

《新闻窗》主编夏强、雷丹先生：

顷阅《新闻窗》试刊号，发现内容多处有悖于《维持社会秩序临时办法》及《上海维护治安的四项紧急措施》，亦有悖于《戡平共匪动乱总动员令》《动员戡乱完成宪政实施纲要》之精神，显然有利于共匪分子之挑拨鼓煽，不利于社会秩序之整顿。故特通知台端于收到此信三日内即来爱棠路本党部第二处谈话，请予重视，万勿延误是荷。

中国国民党上海特别市市党部印

民国三十七年一月三日

这是个人人自危的战栗岁月。天阴冷阴冷的，一会儿，飘起了零星雪花。读完信，夏强十分气恼，眼前立刻出现了白南史那张白皙阴沉的长脸和他那瘦高略带伛偻的身影。信上帽子扣得很大，措辞凶狠，语气凌厉。叫去谈话干什么呢？当然是训斥。控制、追查作者，都有可能！去不去？不去，似乎不行！去，却又不愿意而且有顾虑。怎么办?《新闻窗》刚刚敲锣开场，却像遭流氓扔了一个手榴弹！夏强心里说不尽的懊丧。

夏强想把事情告诉东方，听听他的意见，但想到东方叮嘱的"十分必要"时才打电话，就犹豫了。到了晚上，雪下得大了，檐上、天井里的地上都莹莹的白了。看着白雪，使人心里一阵阵发冷。他拨号到晚报给松涛。松涛来接电话，夏强把信念给他听了。松涛说："杂志刚办，看来他们就盯上了！不去不聪明，白南史不是你哥哥的丈人吗？去就找他，谈得技巧些，且看如何？这当然要考虑是政治原因，但也不排斥那些小党棍想敲竹杠！"

打完电话，夏强叹了口气，心里仍沉重。母亲刚才听到儿子打电话，关心地上来问："怎么啦？出什么事了？"

夏强将市党部的信给母亲看了，说："我后天就去找白南史，估计不会有大问题的。"

母亲唉了一声："这几天我眼皮老跳。你妹妹一连几天老是在外边参加劝募寒衣。这一年，物价涨了二十倍。上海有几十万失业工人和饥民，这我知道，开展救饥救寒运动，我也赞成。但想到军警特务老是殴打逮捕学生，最近杭州又将学生杀死在监狱里，我就不能不提心吊胆，老怕小妹出事。现在你又收到这信，看来，来者不善呢！"

夏强说："妈妈，别担心！小妹的事她做得对！前天开始，八十多个学校的八千多学生同时出动上街募捐。这些天来，前前后后怕已有几万学生参加了。小妹仅是几万分之一，她在浩浩荡荡的群众队伍中，有什么可怕的？至于我，大不了这个杂志夭折了，也没什么了不起！不让办杂志，可堵不住我说话写文章，堵不住我思考当前的时局和中国的走向！总之，我不怕！我同小妹无党无派，完全出于正义感和责任感，所以，心不虚的！"

母亲仍是担心的神色，说："夏强！你和小妹有正义感我高兴。我喜欢我的子女不是醉生梦死的糊涂人。但我又不能不有私心。我觉得你能出国还是出国的好，争取早点申请奖学金，丹丹的想法是对的。国家这么乱，你去留个学，学成归国再报效祖国有什么不好！老实说，一场抗战我们这个家牺牲了两条性命。我不希望剩下的子女在这场内战中再有牺牲的。这个政府呀！抗战胜利时凭它抗过日这一条，蒋介石还有那么点威信，现在人心几乎丧尽了，迟早我看要垮台的。正因这样，它就更疯狂，什么坏事都会干的！叫我不为你们担心怎么办得到？我不仅为子女担心，连东方、松涛我都担心呢！"

　　夏强朝母亲看看，母亲鬓边的白发近来增多了！母亲的话使他动心，他明白，靠说点空话来安慰母亲是无用的。母亲是个有知识的人，她每天看报，时刻关注子女的一切。现在，连东方和松涛也在母亲的关注之内，看来，母亲虽未明说，已意会到东方和松涛是什么样的人了。夏强想再说些有力的劝解母亲的话，可是一时却不知怎样才能说出来，竟语塞了。

　　正在这时，小妹咚咚咚地从楼梯上来了。她回来了，那张秀气的脸冻得通红，发上、肩上都是雪花，仍是嘴角含着微笑，那种劲头十足、不知疲劳的模样。她扑打着肩上和发上的白雪，把只蓝布提袋朝椅上一放，说："妈妈，你跟小阿哥在聊天啊？"

　　夏强问："小妹，今天干什么去了？怎么嗓子也哑了？"

　　小妹坐了下来，搓着双手，笑着说："这几天，为了救饥救寒，我们在自己尽力进行捐献后，就开始走向社会劝募。有的挨家挨户去劝募寒衣，有的上街义卖纸花、义演街头剧募捐，还有人去擦皮鞋募捐。我们这个小组，今天打着小旗专跑大饭店，也在南京路、静安寺一带向坐汽车的有钱人劝募。我这嗓子就是在国际饭店、金门饭店、华懋饭店唱歌唱哑的。"

　　母亲倒了杯热开水递给小妹，说："唱歌？"

　　小妹说："是呀！我唱：月儿弯弯照九州，几家欢乐几家愁，几家高楼饮美酒，几家饥寒在街头！唱完，就宣传几十万失业工人和饥民挨饿受冻的原因。"

夏强问："效果好不好？"

小妹兴奋地说："人不一样，当然也有为富不仁的，但绝大多数都很好。那些大饭店本来不让进的，一宣传也让我们进了！听了歌又听了宣传，慷慨解囊的很多。从明天开始，我们要到沪西、南市、闸北等工人区和贫民窟发放寒衣和生活用品。人说上海是'天堂'，是'不夜城'，那些地方可能是黑暗得像地狱。去干这些事，对我们也是一种教育。"说到这里，她忽然撒娇地说："妈妈，我饿了！饿得肚皮要贴着背脊了！你知道，今天中饭我就没吃！"

母亲急着要去给女儿做吃的，边走边心疼地说："再忙，饭还是要吃的呀！"

夏强说："我明白了！你们准是把自己吃中饭的钱也捐出来了，这就只好饿肚皮了！"

小妹咯咯笑了，说："对了！我们小组大家都没吃饭。钱省下来都捐了！"

雪又寂寞无声地落着，纷乱飘扬，街上行人减少了，缩着脖子的乞丐也不知躲到什么地方去了。天地冥冥，混沌成一片，雪仍在漫天无声地覆盖着世界，寒冷封锁着天地之间了。

夏强终于不能不硬着头皮冒雪来到市党部，坐在白南史办公室里了。

他本想晚上到白南史的住处去的，但想起白南史养了个年轻交际花太太金屋藏娇的情况，就不愿意去了，决定还是拿着那封信到市党部找白南史。

办公室宽大，这幢巨大的西式建筑内一切设备用具都极时髦，白南史的办公室显得富丽堂皇，打蜡的地板闪闪发光，柚木的拉门润滑明净。外层窗玻璃上积存的白雪与白纱帘融成一色。办公室里光线柔和，只有蒋介石那戎装像使办公室的气氛产生了一种难以形容的压抑和沉重。

装着马口铁管子的花盆火炉阴阳怪气地燃着煤块。但气温很低，并不暖和。

"好久没见到你了！"白南史脸上带笑，"你哥哥和丽莎闹别扭的事前些时总算解决了，我很高兴。你知道，我一直喜欢丽莎，她什么都好，就是有点任性。懂得她，不多计较，就行了！夏国在这方面还是不错。我说话，他总算听了！和睦生兴旺嘛！"

夏强点头："二哥二嫂现在挺好的。我也挺喜欢二嫂的。"

白南史点头："今天来，有什么事吗？"

夏强递过信去，说："白老伯！我同雷丹刚办了个刊物《新闻窗》，谁知刚试刊就收到了这封信，只好来看望白老伯，请您支持了！"

白南史把信看了，问："杂志带来没有？"

"没有！我忘了带了！"

"不敢拿给我看？"白南史笑着问，话却尖锐。

"不是的！确是忘记带了。而且，我以为这儿会有的！"

白南史沉吟："这信的事我不知道，是他们下头发的。这样吧！我来过问一下，不过，我先要问你，你们办的杂志上是否有问题呢？如果没有问题，这信上也不至于这样写呀！"

夏强说："收到信后，我也仔细冷静地再看了一下杂志，想了一下，我们主张客观叙述、公正报道，也主张真实，是不该有问题的。当然如果鸡蛋里挑骨头，就难说了！但说实在的，内容也未跑出现在那些在出版的报刊上的文章的范围，您一定了解，如今办杂志很难，不有点吸引人看的文章卖不掉的……"

白南史打断了夏强的话："要看是用怎样的文章来吸引人看！社会情况日益复杂，现在上海肯定有不少潜伏匪谍，唯恐天下不乱！你们办杂志，要站在政府这面，好好体会蒋主席戡乱建国的苦心，决不能添乱添麻烦。"

夏强用似乎很诚实的语气说："我和雷丹都有先天下之忧而忧的胸怀！添乱我看那是绝对不会的。我们也绝不会用低级趣味、黄色桃色的东西来吸引读者。有时文章标题或者耸动一点倒有可能，但决不会刊登不能刊登的东西。当然，有时，有些事你如果不登，下边口头上在传，众说纷纭，反而不好，倒是把真相讲一讲，反倒有利。"

白南史听了，点点头，又摇摇头，说："雷香老是发行人，又是你同他千金办的刊物，我应当支持，但我还是要叮嘱一句，现在，左倾是时髦，不少记者都同政府捣乱，把这作为出风头、扬名的手段，你们可不要接受这种坏影响，所以少来什么耸动！那不好！"

夏强感到手脚发冷，动动脚，也搓搓手，点头装得挺老实，说："不瞒白老伯，我收到了这信，有人就认为杂志刚办，又没放什么大炮，也没登《冥国国歌》一类的东西，却立刻盯上我们了，怀疑是不是有人想敲竹杠、捞点什么？社会上现在这种风气不好！我当然不这么想，但确实感到冤枉，比如这期报刊上登的公审日本战犯，公审川岛芳子，枪决汉奸殷汝耕的文章，都是实实在在的事，能有什么问题呀！比如发行大钞的事，海关贪污的事，都不是秘密，用这么凶的口气叫我来谈话，我实在不服气，所以只好特地来找白老伯！"

白南史皱皱眉，抬脸说："算了算了！你就别去同他们谈了！我来打招呼！"但马上又说："以后这杂志出后，给我寄一份或送一份。还有，我以后会叫他们介绍点好文章交给你们发表的。这总办得到的吧！"

夏强起先听了心里一喜，感到这件事就此结束了，可听到下面，又心里一惊，想不到白南史会出这么个"介绍"文章的鬼点子，又不好不答应，暗想：反正你送这种"好文章"给我，我怎么也不会登的！找个理由不用就是，就学《说唐》上的程咬金，嘴上说"是"脚下画"不"字，装作爽快地说："可以！只要文章好，当然欢迎。"他觉得谈话可以结束了，目的达到了，就装得平顺地起身告辞。临别时，白南史出乎夏强意料地说："给亲家老太太问好！我太忙，没空去看望……"夏强心想，白南史从来没把母亲当作亲家老太太对待，这还是第一次，但嘴上客气地说："谢谢！"

回家时，路过邮电局，他给丹丹挂了个长途，说："告诉你两个消息：一好一坏，好消息是《新闻窗》第一期的重点稿件我已安排就绪，坏消息是……"他扼要谈了同白南史见面的全过程。只听见丹丹叹了口气，说："看来，到了现在，中间派是无容身之地了！"

（二）学潮、舞潮冲击上海

又要给重庆的报馆寄稿，又要在规定的时间到学校里做助教，又要在夜晚写那本《新闻事业关系论》，外加上编写《新闻窗》的稿子，兼带管管发行，夏强感到确实很忙。好的是表哥杨之造在铁路上，表嫂顾青在邮局，发行上帮了不少忙。而且夏强精力充沛，有时哪怕为采访白昼在外边奔波一天，夜晚只能睡上四五个钟点觉，第二天仍旧精神抖擞，体力充沛。

这年伊始，一月底二月初的时候，上海简直好像大海中掀起了惊涛骇浪。一月中旬，各大学学生会仍在开展救饥救寒运动，但遭到当局禁止，两万多学生因为抗议英帝国主义在九龙强拆民房，打伤、拘捕中国居民，使两千居民无家可归，举行了示威游行。当局通令同济大学校方开除了学生自治会二十二名学生。这时，同济大学学生开展了争取学生自治会权利，反对开除学生的斗争。交大、圣约翰、东吴等大学学生也要去南京请愿，大批军警、特务奉命拦阻。夏强得到消息，匆匆赶到同济大学去。

他坐电车到外滩，准备换车到北火车站，但电车停了。外滩英国领事馆附近的墙上，十多天前学生写的大字标语："抗议英帝国主义暴行，抢救民族危机"、"反对奴才外交，反对卖国政府"，仍旧留在墙上，十分醒目。外滩美国海军指挥所门前的墙上，也被学生用黑色水柏油写下了"美国兵，滚回去"的大字口号，有的还是英文口号！夏强向北站走，看到军警持枪拦路。遇到《新闻报》的老沈，说："过不去！"夏强试着走了一下，最后只好退回来。

从同济大学到北火车站，军警设置了三道封锁线阻挠学生去南京。夏强看到情况，明白今天警备司令部、警察局全部出动了，他看到连骑警队跨着高头大马也出动了。黑色的"飞行堡垒"呼啸过市，有的停在马路边待命，气氛如临大敌，十分紧张。看热闹的市民，有的躲在马路边上看，有的怕出事干脆躲进弄堂里或躲在楼上家里开窗偷看。

碰到《大公报》的记者老张，告诉夏强："听说有二十八所学校的一千几百名学生代表因为受到军警阻挡，正分别绕小道到同济大学集中。"夏强告别老张，抽身出来急忙叫了辆三轮车让穿小路到同济大学去。

就在同济大学门前不远处，夏强到时，忽然看到马队正在向手拉手挽着的男女学生群冲去，军警也正在殴打学生，这是武装镇压了！

夏强的心吊到了嗓子眼。边上有站立看望的群众，有的说："哪能这样殴打学生呢？"有的说："看呀！枪托都朝学生头上砸了！"……夏强看到许多学生七歪八倒地被打倒在地，真恨不得冲上去阻拦这些全副武装的军警。这时，一些军警上来驱赶夏强和那些站立观看的群众，吆喝着："走走走！""快走！快走！"……他们用手推，用枪托驱赶。夏强转身，忽然看到一个熟悉的身影在眼前一晃，是个漂亮的女学生，正是小妹夏盛！小妹正飞冲着死死拽住一个骑警的衣襟，因为那骑警正用枪托猛击一个男学生的面门，那男学生血流满面仰着踉跄倒地，忽地起来双手抱住那骑警的枪杆不放，小妹猛拽骑警的衣襟，想将他从马上拽下来。边上一些警察正同被殴打的学生混战成一团。夏强清楚地看到小妹忽然被另一个骑马的巡警一枪托打在右肩上，"扑"的摔倒在地上，待她爬起来时，立刻面上涂满鲜血，滴滴通红的血洒向地上……

夏强无法忍受了！他"啊"的大叫一声，飞也似的一掌推开那驱赶他的警察，朝小妹受伤的地方冲去，但瞬即被两个警察一前一后揪住打倒在地。

夏强大声抗议："我妹妹在那儿！被你们打伤了！我要去扶她！"

但，前面的一个警察往夏强头上"砰"的一拳，后边的一个警察又往夏强的腿上踹了一脚。夏强只觉得眼前金星乱冒，腿一软，头里"嗡"的一声，一阵眩晕，跌倒在地。路边有刚才驻足观看的热心人上来，将夏强扶起坐在路边。夏强恢复了知觉，用手抹了一下，手上有血，右额破了！这是刚才那个警察手上戴了个戒指打时用力太猛划破的。夏强牵挂着小妹，却见在同济大学门口倒地的小妹和一些负伤的学生都已被其他学生救走。许多蜂拥而来的学生正同警察和骑警搏斗着乱成一堆。一会儿，学生都撤退到学校里去了。

夏强头晕，腿上也疼，右额上破了皮还肿起了包块，揿着就痛，看到同济大学校门口的戒严情况，明白是无法进去的。心里不放心小妹，但明白那些学生们是一定会将受伤的同伴们送往医院的。他坐在地上，呻吟着，心头那股仇恨像一颗炸弹要爆炸，他无法进同济大学去找小妹，去看看那些被毒打得流血受伤的学生。他决定回去，希望等一会儿小妹会被同伴护送回家，他也想回去躺一躺，睡一睡，同时要把这情况告诉松涛。

夏强一瘸一瘸地朝回去的路上走。走了许久，见到了一辆三轮车，才雇车回去。母亲见到了他，睁大了眼心疼地惊问："头上怎么了？"夏强如实把在同济大学门口看到的情况说了，但隐瞒了看到小妹和小妹被打的事，只说自己无缘无故遭了打。但母亲立刻想到了小妹，说："不知你小妹她会不会挨打？"

夏强安慰母亲说："我看不会的！那些挨打的主要都是同济的学生。

小妹他们不会在那里的!"

他打电话到晚报找松涛,但松涛不在,母亲说:"夏强,你头部伤了,睡一会吧!"夏强头仍发晕,就洗了脸,脱下脏衣,上床睡觉。

睡醒,已是天擦黑时分,夏强睁开了眼,却看到小妹坐在自己床边。他正要说话,小妹笑着做手势,把手放在嘴上说:"嘘……"叫他别说话,轻声亲热地说:"小阿哥,你挨打啦?害得妈妈好不放心呀!"

夏强明白了,也轻声说:"你以为我不知道?你也挨打啦!"他用手去触了小妹的右肩,小妹轻轻"啊"了一声。夏强说:"我见到你满面是血,正因为我要冲上去救你,我才挨打的!怎么你脸上没受伤?"

小妹说:"那是鼻血,我洗干净了才回来的!"说着,顽皮地敬了个礼,说:"小阿哥,谢谢!"但压低了声音说:"可别告诉妈妈!千万别让她担心!"

早上,邮差来送挂号信,丹丹那用天蓝色信笺写的信也像梦一样来到了!信上仍旧像她过去那样幽默调侃地说:

……夏强,告诉你三个消息,是好是坏你自己判断。第一,日前有人带了一封秘密信给爸爸,说中国国民党革命委员会在香港宣告成立,宋庆龄为名誉主席,李济深为主席,何香凝、冯玉祥等为常委,发表了宣言和行动纲领,主张组织联合政府,主张联合中共和其他民主党派,反对美国干涉中国内政。此人带来的信上邀爸爸去港共商国是。爸爸说,那里有他不少老朋友、老同志,但他痛心于目前的局势,由于年迈已不想再像当年年轻时那样抛家别子做拼命三郎了!因此不去香港。第二,国民党中常会决定,国民党员要重新登记,不登记者自动放弃党籍,爸爸决定不去办理重登手续,因为眼见国民党如此腐败,如此陷民于水火,如此丧失民心,他不想再做国民党员,有这机会正好实现这愿望。

第三，国大代表选举，丑态百出，爸爸本来早由国民党提名，但他见许多人全靠金钱买票，决定放弃，所以 11 月 21 日至 23 日选举时，他未参加。这事连同他不肯重登为国民党员事被他老友于右任等知道后抗议上去，说是连这样的同盟会老同志都被排除在外，实属荒谬。居然现在竟以"社会贤达"名义分配给爸爸一个国大代表名额，爸爸说："给我戴这顶帽子是想拉住我，怕再增加一个反对派！我能代表谁？我只能代表我！"……

夏强看到这里，不禁笑了，邻家四号里有人吹口琴，是一支哀伤的曲子。口琴声悠悠然，飘逸着传来。二楼的邵先生在咳嗽，咳嗽得叫人听了难受。天显得混混沌沌的，夏强本想给丹丹写一封长信，但有人敲门。开门一看，是表哥杨之造来了。

之造表哥个儿不高，戴副深度近视眼镜，他平时谨慎，工作勤恳，说话小心，是那种走路也怕碰了头因此总是弯腰进门的人。这次来脸色不好，原来国民党特务先后在铁路上逮捕了机务、车务部门五十多个人，说都是共产党。杨之造似乎是同情被捕的人，但又庆幸自己小心谨慎，没牵涉进去，说："我真恨特务呀！但幸亏我没参加什么！"他又说："夏强，你介绍我认识的林东方，从前一向开始早就不托我寄书刊了，这很好！现在，上头派了一些特务对铁路和邮局寄出的东西都在检查！我这一向也没看到林东方，你要是见到了，把这告诉他一声！"过了一会儿，他又想听听夏强的意见，问："表弟，你说，我们该怎么样？"

夏强诚恳地说："之造表哥，对你，我只能说真心话，这政府，人心是失尽了！如今大家都在盼望光明，这时代，铺天盖地的潮流就是进步，自己的路怎么走，都得自己拿主意……"

杨之造没有点头也没摇头，但看来是把话听到心里去了。瞪着近视眼思索着，坐了一会，到三楼上去看望了龚梦兰，同母亲寒暄了一番，匆匆下楼回去。夏强送他，他临走说："表弟，你的话对！……"他想说些什么，但没说。这年头，连之造表哥这种埋头敬业不想问政治的老实人，也不能不问问政治了。

夏强送走了之造表哥，在楼下决定动笔给丹丹写信。可是，刚铺开纸，拿起笔开了个头，母亲在楼上叫了："夏强！电话！"他忙放下笔，"通通通"地跑上三楼去接电话。

想不到这是老沈打来的。老沈在《新闻报》消息灵通。夏强同他约定，有好的新闻线索，请他打个电话通知一下。

老沈那粗大的嗓子在电话中说："我是老沈呀！我现在在社会局附近，这里离你住处不远，哈哈，快来目睹一下怪现状吧！有趣极了！社会局被好几千舞女包围了，看样子要出大问题！你快来看看吧！这种怪现状一百年一千年怕也是难得看到一次的！"

夏强知道上海市市长吴国桢装模作样地要"整肃社会风气"，下令禁舞，要所有舞厅用抽签的办法分批停业。可是，停业后，舞厅里的舞女、大班等等从业人员怎么转业谋生呢？他们多次请求，当局都置之不理，这当然激怒了舞女们，可想不到情况会有多严重。听老沈一说，夏强问："好几千舞女吗？这么多？"

"当然好几千，怕有五六千人以上呢！政府正值多事之秋！前天，同济等各大学的学潮好厉害，昨天，听说沪新九厂工人闹工潮罢了工，情况很严重，今天又来了舞潮。我看，当局真是漏屋偏逢连夜雨，要招架不住了！你们办《新闻窗》，这种重大新闻能不反映？快来吧！"

夏强谢了他，说马上就去，老沈又说："刚才，我看到《申报》的裴珍珠也来了！这个又有钱又漂亮的'花生米'对你老弟可有好感了，追求她的人多得很，都被她刮了大胡子！她说：'用两块洋钱做眼镜片的人我不要！花天酒地醉生梦死的人我也不要！……'条件高得很哪！刚才一见我她就打听你：'夏强来了没有？'我捧了你的场！嗨！老弟，要交桃花运啦！……"

夏强挂上电话，穿上大衣，出门去社会局。朔风扑面，天气寒冷，林森中路上有轨电车照样在"空隆空隆"行驶，坐了两站路到嵩山路就因车子堵塞电车排着队停了。夏强下车，远远就见社会局的红砖洋房已被人群包围，沿马路的墙上被贴满了标语、口号、抗议书，社会局大门口进出的高台阶上、沿街的廊下全拥满了许许多多穿各式棉旗袍、驼绒旗袍、厚绒线衣、厚呢大衣烫头发的舞女，也夹杂着一些戴铜盆礼帽、穿长袍和西装大衣的男人。这大都是些舞场的大班、司阍、保镖一类的人。舞女们有的打着横幅，有的举着彩色小旗，一窝蜂地在请愿和抗议，喊喊喳喳的话语声震耳，有时还夹着口号声。走近了，看到那些舞女们绝大多数都未施脂粉，一个个都是那种被夜生活造成的苍白、枯黄、营养不良而又疲劳的脸。天气冷，有的在跺脚搓手呵气取暖，有的用包头布和毛巾将耳朵包起来。这时，夏强又看到有不少警察正在驱散舞女，有的同舞女在拉拉扯扯、推推搡搡……但大批警察都淹没在舞女的浪潮中了！

"夏强！嗨！……"一个熟悉的女声在喊叫。夏强回头一看。正是裘珍珠，她的皮领呢大衣式样时新，做工精致，穿在身上潇洒得很，夏强说："你也来了！"裘珍珠说："我真同情她们！这样的事当然要来！我们报的摄影记者也来了两个。"

夏强说："最近常看到你写的报道和专访，写得很好，以后请给我们《新闻窗》写写稿子。"

裘珍珠说："那当然光荣。不过，你们那位主编雷小姐有的是才华，我怕她看不上我的稿子。"

夏强说："你见过她，她是个非常好的人，你写稿，她会欢迎的。"

裘珍珠笑着说："那以后看吧！我愿意与好的人成为朋友……"

话没谈完，就在这时，不知怎的，听见喧哗声，看见有大批舞女像海涛冲击岩石似的波动着拥进了社会局的大门，舞女们高叫："打！""打！"……那些横幅、小旗子高高低低，也都随着一片打声冲进社会局里去了。警察们张开双臂在门口想要阻拦，但怎么拦也拦不住，人流像冲决了堤的波浪，都滚动着冲进大门里去了。夏强眼尖，一眼看到老沈正在采访几个舞女，站在许多尚未冲进社会局里的舞女堆里。他要去找老沈，对裘珍珠说："对不起，我要过去一下！"他忙着从舞女队伍旁绕到老沈站着的地方，同老沈打招呼，舞女队伍正在移动，同老沈谈话的几个舞女也都走了。

老沈看到夏强，说："啊，你来了！再迟可就看不到好戏了！你没看到？已经冲进去打起来了！唉！这些当官的呀，就害怕老百姓！社会局长吴开先拒不接见，他要是接见谈上几句也许就没事了。可是不但不见，反而派警察驱赶，这不，一下子都冲进去了！"

舞女确实起码也在几千人以上，都怒气冲天想往社会局里冲，那些已经冲进去上了楼的，正以一种不要命了的态度在捣毁办公室，把些笔墨文具和卷宗文件从窗口抛撒到下面来。纸张像蝴蝶似的在空中飘飞，整瓶的黑墨汁和蓝墨水瓶泼洒得下边地上一片一片、斑斑点点。

夏强知道老沈采访社会新闻有经验，问："会开枪镇压吗？"

老沈苦笑，说："去年警察局取缔摊贩，说是闹市设摊有碍市容，抓了人没收了物品，引起三千多摊贩在 11 月 4 日到黄浦警察分局前抗议，结果军警开枪镇压，我在场亲眼目睹，打死七人，打伤多人。到 12 月 1 日，示威群众五千多人到黄浦闸北两个分局继续请愿，发生冲突后，群众用棍棒、石头同军警搏斗，军警开枪又打死十人，打伤百把人，连在场的记者也打伤了两个，引得外国记者也纷纷报道。结果，吴国桢只好收回取缔摊贩的命令，还把黄浦分局局长杜醇撤了职。那时，宣铁吾还是警察局长，公开道歉。这次是舞女，当局未始不想镇压，前天同济的学潮不就打伤不少学生，但面对女人，如果开枪，怕不好办！我看，会采取的是事后逮捕！今天这社会局打成这样，明天往后，肯定又要说有共党从中捣乱，要抓人捕人的！"

夏强问："刚才你采访时，她们怎么说？"

老沈说:"有的说,社会风气吗,是你大小贪官污吏'五子登科'造成的!能怪我们穷舞女吗?有的说,我们也不愿当舞女,但舞女要吃饭要养家!取缔舞场得给我们谋生的路子!有的说,社会风气不好,取缔舞场风气就好了吗?我不信!妓院、按摩院、土耳其浴、向导社等不都在嘛!大世界、四马路上的野鸡不多的是吗?……"

夏强说:"沈兄!拜托了!就请你给《新闻窗》写这篇稿好不好?字数四千字,配几张照片。"

老沈点头:"我愿意写!题目就叫"天堂舞潮窥秘"好不好?我们报馆的摄影记者也来了,照片没问题,舞女的呼声我会写出来的!说实话,我非常同情她们!"

夏强说:"好!稿子越快给我越好!"

老沈说:"一言为定,我马上挤进去看看!这消息我们报是要着重报道的!"说着,他径直朝挤向社会局大门口的舞女人潮中窜了进去。

夏强觉得舞潮的稿子老沈定能写好,心想,前天是学潮,老沈说昨天沪新九厂有了工潮,今天这里又是舞潮,这三潮泛滥,就该是三篇稿子。学潮,他决定自己写。工潮的事他想请松涛写。松涛给晚报跑工商企业,工厂区他熟悉!这么想定了,他决定给松涛打电话。

下午,出现在夏强面前的,是一个身材高大近六十岁的老头,像个退伍军人,穿一套半旧的军便服,满面风吹日晒之色,额上有刀刻似的深纹,两眼却挺精神,挺机灵。他随身带着一只旧皮箱,一只黄油布包着的行李卷,一看是从外地来上海的。见到夏强后,他从身上掏出一封信交给夏强。

夏强同他一起坐在楼下前厢房的会客小沙发上。打开信一看,是熟悉的林东方的笔迹。

夏强:你好,我现去苏北做生意,一切尚顺利,请放心。有一事拜托，家父林昆仑由南京到沪谋生并访友，请留他在府上暂住几日，一俟找到友人，他即会离去。因我不在上海，此事只有拜托你了，麻烦之处，容当面谢。匆匆执笔，意犹未尽，向伯母大人问安并问令妹好，匆匆顺颂

　　夏祺

东方上

　　林东方的父亲？他好端端怎么冒出一个父亲来了？夏强觉得蹊跷，却又明白非万不得已东方是不会介绍一个陌生人来找他的，他能意会到这一点，于是，热情地指着后厢房说："林老伯，请把行李箱子就放在这后厢房里，出后厢房就有水龙头可以用水，还有个小厕所，后厢房的床，东方来就是他住过的，现在您住，很方便的。三楼也是我们家，家母和小妹及我住在楼上，吃饭就上楼，您不要客气，粗茶淡饭，一切我都会安排的。"

　　看上去，林昆仑是个朴实沉默的人，点头，掏出香烟来抽，说："我落一落脚，不会住久的，上海也有点朋友，但我要找一找，我也还想找个事干。"他那温和的笑容，给人浑厚的亲切感。

　　夏强热情地说："您不必急，我说过这里一切方便，我同东方情同手足。再说，我同方之过去同学时是结拜之交，您住在这里，有什么需要，说一声就是，千万别客气，不然，我就对不起东方了。"他又关切地要拿些钱给林昆仑零用，但林昆仑不收，说："我有钱，用不着！"夏强陪他去洗漱，帮他铺好床，给他倒水喝，自己上楼告诉了母亲和小妹，让她们下楼来会见客人。母亲少不了讲了许多热情欢迎的话，也当着客人的面夸奖了东方一番。

　　林昆仑很疲劳，夏强让他睡一觉，他也不推辞，上床躺倒就睡，待他一觉醒来，已是天黑吃晚饭时分。母亲特地蒸了咸肉，炒了鸡蛋，烧了虾米豆腐，做了冬瓜汤招待客人。林昆仑吃了晚饭，说要出去找

朋友,夜里十点半回来。

那晚,林昆仑准十点半回来,说是找到了一个朋友,还有朋友要找。夜里,夏强陪他谈心,林昆仑不爱说话,夏强也就不多说了。处了几天后,林昆仑对夏强加深了了解,告诉夏强,他抗战时期曾在军界工作,转战到过不少地方。抗战胜利后,军队整编,许多非嫡系部队的番号被取消,军官被编余,他成编余军官后集中在南京中央军官训练团培训,但一直未被安置。他是少将,被编在将官班,有近六百人。这些人有的年老多病,有的负伤残疾,有的家庭生计困难,感到前途茫茫,有自杀的,有因发牢骚说要投奔延安去而失踪的。终于,七月里大家集体决定到中山陵去哭陵,但哭陵惹怒了当局,派保密局密查,开始逮捕人。于是许多人都决定逃亡,他也在济南、徐州等地住了半年多,现在决定来上海找点事干……

夏强在夏季时从报上看到过南京六百编余将官哭陵的消息,听林昆仑介绍后说:"老伯,安全第一!您在我们这里住着安全!无论多久您都别介意,您尽量少出去,我这里报纸杂志多,您闲时可以看看,外边有什么事我能办的,您就叫我办!东方去苏北,我想不久会回来的!他回来了,您就更不会寂寞了!您一定要把我当作东方和方之一样看待……"

他看到林昆仑眼光中流露出信任和满意,但林昆仑点着头没有说话。

(三)血染工潮

快过旧历年了,东方还没有从苏北回来。

林昆仑却突然走了!那天,有个人来找他,同他一起提起箱子行李就走了,匆匆留了封信给夏强:

夏强：因有急事需偕友人去外地，你不在家，只能不告而别，望你原谅。在府上打扰数日，铭感无既，在此深深致谢，并问令堂大人及令妹好，后会有期。祝

　　　如意

昆仑留条

　　小妹看了留条，说："他怎么神神秘秘的？"

　　夏强说："小丫头，别胡说！"

　　小妹说："胡说什么呀！我有时想跟他谈谈，可总谈不下去。到今天，我都不知他是干什么的，怎么不神秘！他可不如他儿子东方哥！"

　　夏强开玩笑说："东方可还不如松涛吧？"

　　小妹往哥哥肩上打了一拳："你坏！你胡说！"

　　小妹同松涛约定2月1日傍晚五点半钟在外滩江海关前的江边见面，其实并没有事，只是两个人总想见见面，待在一起，怀着愉快的心情谈着想谈的话，从那里向外滩公园走去。在公园里漫步边走边谈，然后又再走回来，怀着甜蜜和依恋的心情分手，一个回家，一个到报馆。

　　时光艰难，生活辛苦，追求幸福和爱情的青年人，有着满腔热血，将希望都寄托在明天。当他们谈话时，常离不开谈时局，谈当局的残暴和必须让它灭亡！每每分手时，心情总又是豪壮的，大家都忙，但又都企盼有下次见面的到来。

　　可是，今天，一向守时的松涛失信了！他害得小妹坐在江边苦等。江风猎猎，浊黄的江水浩浩荡荡，江海关的大钟悦耳地敲了五点半，又敲了六点，依然不见松涛的影子，十分平静的暮色在小妹心中充满了奇异的色彩。

　　松涛怎么啦？小妹不放心了，他不会出事吧！今天为什么失信呢？这种念头一出现，使小妹不寒而栗了。

突然，下起滂沱大雨来了。冷雨箭也似的降落，小妹身上的蓝棉袍也淋湿了。她忙跑到马路对面的店铺门口去躲雨。到六点半钟时，小妹忍不住了，到水果行借打电话到报馆。松涛不在，接电话的人说："松涛去哪里我不知道！"小妹只有按捺住不安，匆匆搭公共汽车赶到黄陂路去。她在那儿给一家做桐油生意的商人家做家庭教师，每逢周一、三、五的晚上七点到九点替一个小男孩补习初一的数学和国文。今天的时间迟了，她奔跑着到公共汽车站，心头乱云密布。

松涛其实一点也没忘了同小妹的约会。

但，下午他接到通知，要他立刻到沪新九厂去执行一个紧急任务，找到细纱车间的许荣秀，告诉她，学潮、舞潮都受到了镇压，工委分析认为沪新九厂的罢工也会遭到镇压，必须赶紧"收篷"，结束罢工。这事延误不得，松涛在晚报跑工商新闻，熟悉沪新九厂，同许荣秀也认识，他心里急如星火，只想快点去通知，顾不上也无法告诉小妹了。

沪新九厂工人是1月30日中午因为生活困难罢工的。铜匠间把马达一关，粗纱、细纱、清花、洋线各个车间的机器就都停止了转动。全厂七千多工人全集中在厂里开会，工人纠察队放了岗，传单标语贴得满墙都是，工人提出了复工条件。但资方没有谈判诚意，一心求助官方，局面僵持。

松涛觉得如果自己不能迅速将通知送到，将使沪新九厂的工人在险境中处于尴尬为难造成损失的局面。他认识许荣秀的家，那是在离沪西江宁路不远的一个小棚户区里。五点多钟到达许荣秀家时，许荣秀寒冷贫穷的低矮的小屋里，只有她年迈失明的老母亲独自盖着破被絮躺在床上，令人看了心酸。松涛问起许荣秀，老人在床上仰起身说："她在厂里，这两天没回来过！"松涛说："老妈妈，谁照顾您呀？"老人说："穷人哪要什么照顾，荣秀孝顺，但她忙，托邻居有时送粥我吃。"松涛伤心，却不能停留，留下点钱递到老人手里，说："这点钱，老妈妈您收下！可以买吃的！我是荣秀的朋友！"给老人盖好了被，他就急急离开了荣秀家。

到哪里找荣秀呢？只有去厂里！到厂里不方便，但必须去。厂里复杂，工人里有国民党工福会的人，又有流氓组织"兄弟会"的力量，去乱找人找错了是不行的。松涛心里冒火，脚下生风地直奔沪新九厂。

心里有事，使他紧张，他想起一句西洋格言："胆怯的人以为周围都是鬼！"他鼓励着自己，不要紧张，镇静着去完成任务！可是，他发觉出了蹊跷，越近沪新九厂，就看到街上停着机动车、装甲车，还有刑警处的"飞行堡垒"，有枪的保安警察大队，还有一些不三不四的便衣……天渐渐暗下来了。他竟又看到了骑警队！这是那天镇压大学学潮的坏家伙！天上下起大雨来了，瓢泼似的淋得松涛身上湿了。他估计在这左近的武装队伍，总有好几百人。他估计得到，工人都集中在厂里，这些武装人员如今已经包围着沪新九厂了！去不去厂里呢？他决定还是试一试！

但，他刚走近，大雨中上来了两个便衣。

"干什么的？"一个穿短打戴礼帽的矮子，将松涛连拉带拽拖到路边的屋檐下盘诘。

松涛掏出名片："记者！"

"快走吧！别往前走了！"那另一个高个儿穿黑大衣的说，"工人罢工，敬酒不吃要吃罚酒，你就回去吧！这里不准停留！"

"我想去看看！"松涛说，"二位知道，不采访交不了差的！"

"有什么采访头呢？"矮子拒绝，"工人都围在厂里出不来，你也进不去！快走吧！"他态度蛮不讲理了。

松涛心里空落落的，只好沮丧地回报馆，已经万家灯火了。他在报馆附近，借公用电话打给工委老郑，谈了看到的一切，歉意地说，没法找到许荣秀，请示怎么办。

听到那个沉着的声音说："我们另想办法！"又说："明天，你仍去那里看看！"

松涛知道在沪西民营纱厂和棉纺业工会都可能有人在做工作，但总对自己没完成任务感到内疚，心里焦灼地想到明天在沪新九厂肯定会发生镇压，心里发酸。看看手表，已经八点多钟，晚饭未吃但也不饿，突然想起曾同小妹约定在外滩见面的事，心中涌起一阵歉意，本想打个电话给小妹，但心神不定，又觉得今晚的事不便谈，就决定不打了，一心琢磨起明天该怎么采访。

　　他决定找中央社的吴敏帮忙。吴敏是中央社上海分社跑外勤的记者，白净脸，小个儿，挺瘦弱，是中央政校新闻系毕业的，松涛采访时同他相识，觉得这人虽是中央社的，但朴实热情。明天采访，借靠一下中央社的记者，比较方便。因此，按名片上电话号码打去找吴敏，说："明天我想采访沪新九厂的罢工，你去不去？"

　　吴敏说："去！当然要去！明天可能有重大行动！"

　　两人约定了时间和会面地点，松涛心里仍乱，匆匆写了一条新闻，用的标题是："沪新九厂已被军警包围，工人罢工面临武力解决。"他将新闻交到编辑主任桌上，并写了个便条，说："沪新九厂局面剑拔弩张，明天我将与中央社记者同去采访，这条新闻稿留下备用，有新情况午间发稿前我将电告。"

　　2月2日上午，松涛与吴敏一同赶到沪新九厂时，看到沪新九厂已被武装军警紧紧包围住了。军人少，警察多，武装警察已经占领了一、二道大门，正在第三道铁门前与工人对话。

　　拒绝记者采访，松涛幸亏同中央社记者一起，要不然，是进不了大门的。现在，准许松涛与吴敏来到三门附近，松涛看到工厂厂房和饭厅的屋顶上都已构筑了用砖块做的防卫工事。桌凳油桶等都堆放在制高点上。有工人将红红绿绿的小传单从上边飘飘扬扬撒下来。松涛拾了一张看，是《告上海工友书》，写的是工人活不下去，也无法过年，只有罢工！在第三道铁门前，工人在大声用喇叭筒喊叫："警察工人是一家！自己人不打自己人！"

　　警察局长俞叔平、稽查处长陶一珊等都坐吉普车来了。"飞行堡垒"也哭丧似的呼啸着开来了。有人站在吉普车上向工人喊话："你们让工人代表过来说话！"

　　意图鲜明，谁出来就会被捕。工人不出来，说："我们个个都是代表！""我们争取的只是最起码的生存权利！""答应我们要求，我们就开工！""警察退出去！"……局面僵持，拖拖就到了中午。厂里设宴招待俞叔平、陶一珊等吃午饭，吴敏和松涛也被请去入席，松涛看着丰盛的鸡鸭鱼肉，心里想起许荣秀的瞎眼老母，吃得痛苦。

　　吃罢饭，松涛找机会到门口住警卫的房间里去打电话给报馆，接电话的是采访主任老秦，松涛简单报告了沪新九厂双方对峙的情况，让把昨夜写的稿补充最新情况先行发稿。打完电话，他又回来，见俞叔平去吉普车上，用高音喇叭在讲话，口气是恶狠狠的。先是劝说了一通，要大家复工开车，接着就说："你们不听话，我们要用武力解决！你们看到没有？你们的工厂早被包围了！这么多军警，这么多枪支，你们能对付得了吗？你们不要受利用！……"

　　工人起哄了，高叫："我们没有武器，只有道理！""你们是不是中国人？""你们有枪就能乱杀人吗？"……

　　局面仍是僵持，工人们在里边唱歌，松涛听见唱的是："你你你，你这个坏东西！……"一会儿，又换了歌，唱的是："团结就是力量！……"时间过得快，一晃快下午四点钟了，问题并无解决的征兆。松涛很怕工人要吃亏，但看到局面很僵，没有松动迹象，对吴敏说："其实，不能太急。古人说：'服民之心，为得其情。'武力解决怕影响不好呢！"

　　吴敏去俞叔平那里不知问了些什么说了些什么，一会儿回来了，叹气摇头，说："不行了！宣铁吾已经下命令了！要开杀戒了！"

　　松涛听了，正在吃惊，有个便衣上来，赶吴敏和松涛离开这里，说一口胶东话："马上要打了！你们不能在这里！快退到前边大门口去！"

刚退到大门口，就听到里边有铁甲车发动的声音，有工人的喧叫声，有警察的吼叫咒骂声，有装甲车拉响的警报声，乒令乒啷，轰轰隆隆，工人们在屋顶纷纷投下砖头、桌凳……刺耳的枪声响了！"砰！""砰！"……枪声一连串一连串地在打。

有个便衣从里边出来，松涛上去问："怎么样了？"便衣说："工人不要命了！铁甲车压死了一个女工！"吴敏说："马上能结束战斗吗？"便衣做鬼脸："早呢！"

天色暗下来。淞沪警备司令宣铁吾来了。吴敏认识他，说："我去问问！"他上去找宣铁吾搭讪，一会儿回来了，不以为然地说："宣铁吾说：格杀勿论，一切我宣某人负责！他凶得很！看来上头给了他尚方宝剑了！"说着，只听到"蓬"、"蓬"放烟幕弹的声音，接着，又是装甲车的发动声和撞击声，然后又是冲锋号声。突然，枪声密集，子弹飞啸，从枪声听来，死伤一定惨重，但显然工人是在顽强抵抗。也不知又打了多久，晚饭谁都顾不上吃了！枪声停了，说是里边正在占领整个工厂并且抓人！

又等了许久，吴敏去交涉，答应让他和松涛进去。一看，只见那帮戴钢盔的军警正强迫那些饥饿、疲劳、寒冷的工人排成行举起双手一个个走出来让他们检查，凡认为要抓的一律押上警车，有反抗或不服的就挨到枪托、警棍猛打。未被逮捕的工人，一律强迫坐在冰凉的花园地上。松涛暗暗估计，被捕的至少得有二百多人！

夜间天气寒冷，下着白霜，地上冰凉。军警们要工人们检举出队伍中的共产党来，但工人们都像石像似的沉默，没有一个工人指认谁是共产党的。

面对变得死寂了的工厂，看到第三道铁门两边铁甲车撞损的水泥柱，看到墙上的密密麻麻弹洞，看到被捕工人已由"飞行堡垒"和警车鸣着笛押走，看到许多重伤工人血迹模糊地被抬到警车上送往医院，看着未被抓走的工人一个个在被军警便衣检查登记……松涛心上流着泪水。夜间寒冷，空荡荡的工厂像幽灵游荡的坟场，有三具带血的女工尸体排列在地上，松涛心里默默在哀悼。

他是想看看许荣秀在不在？但工人那么多，夜间天墨黑，看不到许荣秀。吴敏约他离开，他同吴敏分手，赶回报馆开灯写稿。

编辑部里空荡荡的，只有左侧值班室里亮着灯，那是值班编辑老龙在值班。松涛拨通了老郑的电话，那个沉着的声音也带着疲劳，松涛择要将在沪新九厂的所见说了。那个沉着的声音说："听说他们决定还要开除三百多工人，稿子就抓住引起各界同情这一点写吧！真相可以在字里行间用一种客观的报道透露出来。"

"要我再去找许荣秀吗？"

"不必了！有人会去的！"那沉着刚毅的声音听来使松涛觉得充满信心和决心，却又叮嘱，"你要注意身体，千万千万！"

松涛打哈欠，伸了个懒腰，感到手脚冰冷，又饥又寒。他拨小妹的电话，心想：这时她该睡了？

电话铃响，果然听见了小妹的声音："喂！——"松涛说："我是松涛！""啊！是你？你好吗？我好不放心！"小妹的声音充溢着难以形容的关切。"我好！真抱歉，我……""别说抱歉！我知道你肯定有事，我只是不放心，现在听到你的声音，我好高兴！""我今天一直在沪新九厂，那里军警弹压打死了三个女工，打伤一百几十个工人，抓了许许多多！""啊！太可恨了！"忽然，小妹又想起了什么似的说："对了！小阿哥知道你一定会去沪新九厂采访的！他要约你给《新闻窗》写一篇沪新九厂工潮的报道，这期《新闻窗》，中心就是三潮：学潮、舞潮和工潮，你写一写吧！""可以！我抽空就写！""你早点睡吧！""好！你也睡吧！"

（四）记者经历

夏强很注意战讯，几个月来，发现东北、西北、山东、中原、绥东各地到处都在打败仗，都在损失大量兵力，国军黄河防线早被突破，现在长江防线也在加紧防范了。特别是七月间，刘伯承、邓小平率部挺进大别山，像一把钢刀插入心脏，调动吸引了南线国军一半以上的兵力，使大部分华中地区全由共军驰骋，全盘战略形势陷于被动。有人说："重点进攻进不能进，全面防御防不胜防。"蒋介石似乎心慌意乱，老是飞来飞去，一会儿到北平，一会儿去沈阳，一会儿到牯岭召开军事会议讨论华中战局，一会儿在南京召开国务会议要求控制北宁、平绥两条铁路，一会儿又到汉口召开军事会议，决定将华中地区分为十六个绥靖区，显得性急慌乱方寸无主，像热锅上的蚂蚁。尽管有美援，报载美国国务院又正式建议以五亿七千万美元援华，但能起多大作用，只有天晓得！

内战局势如此，物价始终飞涨。年关近了！上海人都在采办年货准备过年。上午母亲从街上提着菜篮回来，在天井里同楼下客堂间邵师母搭话。邵师母叹着气大声说："快过年了！物价涨成这样，政府还让不让人活？贪官污吏花天酒地，他们有的是钞票！叫我们小百姓怎么办？"只听母亲说："是呀！物价发疯了！大米今天每担二百一十万元了！一天内就上涨了快二成，米一涨，别的物价也跟着疯涨，工人活不下去罢了工，就开枪镇压，真没道理！我要是工人，我也要罢工！"

夏强坐在前厢房，屋里静悄悄。尽管四号二楼的那家人在打麻将，哗哗似海潮的麻将洗牌声常常传来，间或也传来"啪啪"的出牌声与成了牌的嬉笑声，但都干扰不了夏强的思绪。他刚接到邮差送来的一封航空挂号信，看了信心里很烦，听了母亲的话，心里虽烦，却被妈妈的话激动了，见母亲提着菜篮进来了，说："妈妈，您说得对！光靠镇压杀人抓人是维持不久的。前些天，在一个记者招待会上，宣铁吾说，今后如再发生类似沪新九厂的事件，一律格杀勿论！但四面八方都有人向沪新九厂捐款，也有人控诉，许多工厂的工人都去探监，还到社会局请愿，要保释被捕的工人，老百姓不怕死，心里怨恨！你总不能把老百姓都杀光！物价这样暴涨，这政府我看非倒台不可！"

母亲摇着头、叹着气，提着菜篮上楼去了。夏强又把思绪集中到那封重庆来的航挂信上，信是丁一凡来的。信上说："上海在学潮之后，继之以舞潮，舞潮后又继之以工潮，你寄来的特写《上海"三潮"澎湃》（'澎湃'太刺激，拟改为'荡漾'）一文，内容不错，有第一手报道，颇有价值，可惜怕侧向一面影响不佳。如能配以上海市长吴国桢氏之访谈录，则可给读者构成全面印象，不致偏颇，希能体会我心，设法采访吴氏。现拟就问题四个，望去采访吴氏时请彼回答，吴氏答问全文，可用电报发来，俟收到吴氏答本报特派员问全文后，当连同《上海"三潮"荡漾》一文，一并作重点特稿刊出。"

麻将牌的洗牌声大浪淘沙般地传来，夏强将丁一凡拟的问题看了两遍，心中明白：出这四个问题是在搞平衡，是递话给吴国桢讲，吴国桢一定会夸夸其谈，大讲他所要讲的话，这就势必冲淡抵消了自己写的那篇上海"三潮"的内容深意。"麻辣蹄膀"啊！你真是个办报的"老油子"！

萌发了一个念头，干脆不去理他，就说吴国桢采访不到，大不了那篇上海"三潮"由他扔进字纸篓去不用算了！

细细又一想，采访一下吴国桢也未始不好，且看吴国桢如何回答，借此机会自己倒是可以另提些重要问题要他回答，然后写一篇访问记登在《新闻窗》上，这叫一举两得！想到这里，就拿纸写下了另外四个问题，他将八个问题誊在纸上，用报馆的信纸信封，写了一封信给吴国桢，内附名片，附去填写了自己名字的空白介绍信，在信上，请吴国桢约定时间接受采访。他听说吴国桢喜欢出风头，喜欢接待新闻记者。以前市府交际科门前是悬着一块"奉谕新闻记者请勿入内"的牌子的，吴国桢上任后，就下令把这牌子摘掉了。写完信，他决定抽空到邮局挂号寄出，等着吴国桢的答复。

但，忽然有人敲门，"嘭！嘭！嘭！"敲得很重，很响。楼下客堂间邵师母跑到天井里问："啥人？"门外一个男人的声音："找夏强的！……"

夏强开玻璃门走出前厢房，去开大门上的小活动口朝外看时，不禁奇怪了。这是申宜之呀！是复兴大学新闻系的同学，早一年毕业的。对这人，夏强知道他在校时是个党团骨干，年岁较大，有人说他是拿津贴的"职业学生"，在学校做党团工作的。他脑袋长得有点尖，又会钻营，在校有个绰号叫"尖头怪"。在校时，夏强同他没有来往，极少接触，毕业后，就不知他到哪里去了。怎么会突然来找自己了呢？马上开门，说："啊！是你？"

申宜之是安徽合肥人，讲话浓重的合肥口音，把"我"念作"吾"，把"鸡"叫作"支"，把"洗"说成"死"，讲话声音瓮声瓮气，如今好像挺得意，尖尖的头上搽着发蜡，梳得光滑滑的，脸色红润，戴副金丝边眼镜，笑容可掬。他穿着西装花呢大衣，围着花围巾，脚上黑皮鞋雪亮，手夹一个黑公事皮包，带着亲热地说："哈！夏强兄，夏强兄！你成了《新闻窗》的主编大人了！佩服佩服！但门口怎么不挂个牌子呢？我以为门口是有牌子的，刚才敲门还犹豫一阵子呢！"

夏强请他进前厢房坐，他进来沙发上一坐，笑着说："哈！看来，你这是个'皮包杂志'呢！就你一个人闭门造车？这里可不像个编辑部的样子啊！"他东张西望，听着哗哗的麻将声问："楼上在打牌？"夏强摇头："隔壁四号那家人常常打麻将，我们这里没有。"申宜之笑了："其实，快过年了，打打麻将、玩玩牌九，跳跳舞，吃一吃，喝一喝，高兴高兴也应该！"

夏强心里琢磨，他来干什么的？问："你老兄现在在哪里得意？"

申宜之说:"混饭吃罢了!我就在白南史白主委麾下,市党部二处,哈哈!"

夏强一惊,故意显示:"你知道白老伯是家兄的岳父?"

"当然当然!"申宜之瓮声瓮气,"哈哈,你是龙王庙,我是大水!上次的事,不知者不罪,请勿见怪。不过,那也不是我干的,是我们二处的小彭干的!他办事太粗,也不弄清关系就发了信,我都说了他了!"

夏强说:"没什么!没什么!以后多帮忙吧!"心里仍奇怪这家伙来干什么,应付着说:"现在办杂志难,我是想干点事业创办个杂志,总希望能办出点影响来。"

"还有雷丹,在校时我对她印象很深的!她既漂亮又有才华,雷香老的千金嘛!你们合作得不错吧?就两个人?唉唉,我知道,你们这杂志是雷香老在南京出面登记的,你福气不错!"

"办刊物人多开支大,负担不起。自己多花点时间精力,约点稿子,找熟识的印刷厂一印,也就办起来了。"夏强笑着说到这里,玩笑地问,"老兄今天不远千里而来,亦将有利于吾刊乎?"

"哈哈,你一猜就中!"申宜之说,"你看……"他从公事皮包中取出一叠稿子,放在手里掂动着,"这是两篇稿子,你给我安排在《新闻窗》上发一发吧!哈哈!"

夏强心里真的吃惊了:"原来白南史说过的话真的兑现了呢!居然真叫申宜之这家伙把稿送来了呢!"不动声色地问:"是你的大作?"

"不不不,我以后写,以后一定写!这是别人写的,但都写得不错的!"说着,将厚厚的稿塞给夏强。

夏强想:"肯定是臭稿子!可是怎么处理呢?"将稿接过来,一看题目,就明白是什么货色了。一篇题目是"苏联间谍在上海";一篇是"一个受利用的自首者的控诉"。夏强心里打了个转转,决定不马上拒绝,那样太生硬,装得和颜悦色地说:"好好好,稿子留下,我们看看!"

申宜之见夏强没有说肯定的话，笑着补充："这两篇稿，我都看了。写得很好的，的确很好！下期用吧！"

夏强故意问："白老伯知道这事吗？"

"知道！知道！"

"是他叫宜之兄你送来的？"

"是……喔……是我自己送来的！但他吩咐过这意思！"

"哦！"夏强点头，"那稿我就留下了！一定拜读！"

"下期用吧！"

"好说，好说！"

申宜之似乎察觉出夏强不太友好，不想多坐了，站起身说："夏强兄，这两篇稿那就拜托了！"

夏强马而虎之含含糊糊地说："你老兄的事，哈哈……"

申宜之夹起公事皮包闷着声说："那，告辞了！"

夏强说："好！我送送你！"他刚好想去寄挂号信，就乐意做顺水人情把"尖头怪"送走，拿起信件，就陪申宜之出了门。

当转进福州路江西路的弓形市政府大厦，踏入二楼市政府交际科办公室时，室内高悬的电针正指着十点二十分。吴国桢让交际科打电话给夏强，约定时间是在十点四十分接见。据说吴国桢很强调守时，夏强就提前到了。但，并未等候，交际科里的一个穿西装的年轻人就邀请他走入一间陈设华丽的贵宾室，又从那里踏进了市长的办公室。

这是一间宽广洁净的大厅似的办公室，夏强看到穿深灰色西装戴着近视眼镜圆圆脸膛的吴国桢正坐在他那堆积着公文信件的大办公桌后。交际科的那个年轻人好像轻声告诉他是谁来了，他把头抬起。见到夏强，面露笑容，用手指指桌前的一张椅子，说："请坐！"有礼貌，但矜持。

交际科的那个年轻人走了。室内十分安静，夏强坐下来，从呢大衣口袋里掏出钢笔和记事本。读大学新闻系时，有位教采访的教授说过一段话，使夏强印象极深。他说："不管采访什么大人物，都不要把他放在眼里！《孟子·尽心下》说过：'说大人，则藐之，勿视其巍巍然。'……"吴国桢这个人物不太大，夏强自然更不把他放在眼里。看到吴国桢正幽幽地吸着烟，淡蓝色的烟雾不断地从他嘴里喷散出来。他的桌上放着英文报纸和《大公报》，满堆着待处理的公文信件。夏强看到自己寄给他的那张开列着问题的信笺也放在那儿。

吴国桢这个湖北人，拿过美国普林斯顿大学政治系哲学博士的学位，说的是一口湖北腔的北平官话。民国三十年二月，他因重庆校场口大隧道惨案受到处分，次年被免去重庆市市长职务，改任外交部政务次长，以后又做过中央宣传部部长。前年五月，继钱大钧来做上海特别市市长。他政治上走红，喜欢新闻记者捧场。见到夏强后，他吸了一会儿烟，拿起桌上夏强提问的那张信笺看，爽快地说："我很忙，但还是抽空答应你的请求。为了节省时间，我就一边谈一边解答你们的问题吧！"他说这些话时，脸上平静，语气平淡。

夏强表示这样好，以为可以听到吴国桢谈出许多有分量的话来。不料，吴国桢简直像是一个中学生答考卷，答得十分简单，而且决不完整也不深刻，只听他念着第一个问题说："上海'三潮'荡漾，中枢是何态度？上海市府是何态度？"咳嗽一声说："上海是有学潮，也发生了舞女闹事和有的工厂罢工的事，但还构不成什么'三潮'荡漾！中枢把事情交给我们，我们自然应当把事情办好。四百万人这么大的城市，发生点问题其实不足为奇！现在问题也都可以说是解决了！"

夏强学过速记，记录着他的话一字不漏。

交际处的那个年轻人轻步进来，送客人求见的名片，将名片放在吴国桢左侧桌上，又走了出去。

吴国桢看看名片，又点了一支烟，说："第二个问题：上海学潮为何屡屡发生？有何办法使学潮不再发生？"突然笑笑，说："其实这个问题，你们自己可以回答。上海的学潮是有背景的，有人煽动的。你要安定，他却阴谋捣乱！害得不懂事的学生流血上当！去年国府已制定了《后方共产党员处置办法》，宣布民盟为非法团体。去年年底又通过了《戡乱时期危害国家紧急治罪条例》，学潮当然不应该再发生，学生应当用自己的良知判定该不该闹学潮！"

吴国桢圆滑，说话时不像宣铁吾之流开口闭口骂"匪"骂"谍"，但矛头指向，是很清楚的。而且，问题好像回答了，实际等于没有回答。流露出的那种威吓和刽子手的态度却遮也遮不住。

吴国桢抽着烟在念第三个问题了："有何办法使工潮学潮不要发生？"一本正经地说："这问题其实刚才已经回答了。如果我是学生，我是工人，我是不闹学潮，也不罢工的！"

夏强一字一句记录，心里却对这种答复啼笑皆非。

吴国桢开快车地把丁一凡提的最后一个问题念了出来："市长先生经过八年抗战的艰苦生活，对于目前上海之繁华奢侈生活有何批评？"他对这问题似乎颇感兴趣，说："繁华是都市必需的条件，奢侈则不能提倡，我之曾主张禁舞原因在此。但奢侈的标准与看法很难讲。有些人以为奢侈的，另一些人却认为是生活上必需，这是生活水平的问题。内地人不应该用内地的眼光看上海。因为把上海恢复到内地的状况，以潮流而言也是不应该的。"

交际处的那个年轻人又来送两张名片。吴国桢看看名片未说话，交际处的年轻人又走了出去。吴国桢念第五个问题："沪新九厂的善后问题如何结束？"脸露不悦之色，说："这个问题有人想借题目做文章，但已做不起文章来了。事情在我们看，已经早就结束了！贵报似可不必再添薪加火了！这第六个问题：现在尚有多少被捕学生及工人在狱中，拟如何处理？我不准备回答。第七个问题是请问对新闻自由有何看法？这我可以回答：新闻自由应被尊重，上海现在就没有新闻检查制度……"

夏强插嘴说："但据我所知，干涉并不少，市府、市党部、警备司令部都常在干涉！"

吴国桢看看夏强，两只眼睛显得锐利而不满说："新闻自由应被尊重，但应在不妨碍安定的前提下，否则，当然也应予干涉。"

夏强觉得无话可说，照实记录。吴国桢似乎想收摊子了，念着第八个问题："据说市长与警备司令宣铁吾在政见及处理上海某些问题上有分歧，确否？我现在说，我们合作得极好，政见没有什么多大的出入，私交公谊都不错，没有什么赞成不赞成。我们很一致！"

夏强听他的谈话，觉得十分无味，心中明白这个以民主姿态出现的留美博士，实际是个滑头政客。本想再问点问题，但交际处的那个年轻人又来送名片了。

吴国桢从名片中选了一张给年轻人。年轻人拿了名片，等待着夏强起身。吴国桢说："我太忙，就谈到这里！"说着，开抽屉取出两张六寸大的照片来交给夏强，说："我的照片！"他伸出手来同夏强握，实际是下逐客令了。

夜间，丹丹从南京打电话给夏强，说："告诉你一个好消息，周佛海在监狱中病死了！这消息尚未见报，我已打听到了！尸体停放在新街口万国殡仪馆，听说要由他妻子杨淑慧运到汤山附近的永安公墓去下葬。你到不到南京来一趟？"

夏强心里激动，问："什么时候死的？"很久以来，他已将这个由死刑特赦为无期徒刑的大汉奸几乎忘掉了。

丹丹说："前天，年初五，二月二十八日，心脏病复发死在老虎桥监狱里的。这是你最后一个仇人，你的仇算是报完了！"

夏强头脑里顿时泛起许多往事，掺杂着悲伤和仇恨，说："丹丹，他死都死了，我就不来了！你写一篇稿给《新闻窗》用吧，好不好？就叫《汉奸周佛海之死》。"

"可以，你不来也罢。我知道你忙，那你就放在这个月底来吧！国大三月二十九日开幕，要选总统副总统，肯定有热闹的好戏看，你可以来采访！另外，告诉你一个消息。"丹丹语气忽然沉重。

"好消息还是坏消息？"

"没法说！"

"没法说？为什么？"

"素贞嫂的父亲徐树庄贪污得太厉害，出事了！"

"是吗？怎么啦？"

"他盗用官价外汇，经营进出口贸易，又做黄金美钞的投机买卖，还有透支、借款一类的事，我是懂也不懂的，现在要逮捕究办。但他是个千里眼、顺风耳，人不见了！"

"人不见了？哪里去了？"

"不知道，反正，他跟贞嫂的母亲早离婚了，有两个爱妾都是上海的红舞女，贞嫂也弄不清他逃到哪去了，贞嫂只是天天哭。父亲知道这事后十分生气。贞嫂说，孔家宋家捞多少钱都没关系，为什么要严惩小小一个邮政储金汇业局长？她求父亲出面找中枢的老朋友，讲讲情，缓解缓解。父亲不肯，说，这种贪官先枪毙后定案保证也不冤枉，他不能违背自己的良心。贞嫂很不满。家中这些天气氛很不好。"

夏强叹口气说："现在贪官污吏多如牛毛，出了事也是有雷声不下雨，不了了之。徐树庄失踪，可能是放他一马，让他躲起来的吧？"他想换个题目谈谈，就把"尖头怪"申宜之来找的事说了。

丹丹问："你打算怎么对付？"

夏强说："这种稿如果用，那《新闻窗》成了市党部的御用杂志了。我打算拖一拖，再拖一拖，如果他没耐心了，取回去最好；如果不取回，在某一天我就向他抱歉，说稿子遗失了！"

丹丹咯咯地笑了："你还真是智多星呢！不过，我看，先拖一拖，到不能再拖时就往我头上一推，说我这个主编认为稿子写得不行，让我来得罪他！他们没法奈何我的！"

夏强也咯咯笑了："好吧！以后再说吧。电话可以挂了，长途电话费太贵了！"

丹丹笑着说："不！我还想再谈一会！今夜我值班，这电话费是报馆出的！"但笑声中还是将电话挂了。

接完电话，夏强将周佛海的死讯告诉了母亲。母亲想起了死去了的丈夫，忽然流泪。夏强劝慰母亲说："妈妈，别难过！仇算勉强报了！恩也算勉强报了！可以告慰爸爸在天之灵了！"但尽管说这话劝慰妈妈，夏强自己心里却又在想，达到一个目的本来该快活一点至少也该轻松一点的。可他却一点没有快慰，一点也不轻松！这苦难的中国啊！……

（五）松涛啊！松涛啊！

正月十五是元宵节。头天晚上，母亲和夏强叫小妹出面打电话到报馆找松涛，约松涛十五晚上来吃晚饭并吃母亲包的甜咸汤团。甜汤团是豆沙的，咸汤团是肉馅的。母亲的汤团馅多皮薄，包得出名的好。甜汤团是圆的，咸汤团是长的上边还揪个小小的尾巴。

松涛接了电话高兴地说："好！我一定来！"

约了松涛，夏强打电话给方国华，问最近看到东方没有？方先生压低声音说："他为生意的事去老家了！"问什么时候回来，方先生说："说不准！"后来，电话挂上了，母亲说："做生意也是辛苦，上次东方从外地回来，一脸风尘颜色，还不忘给我带吃食来！"小妹遗憾地说："明晚只有松涛一个客人了！要不，东方哥也来过元宵节，那多热闹……"

小妹说这话后，她绝未想到松涛正因为一句话未传递到他耳朵里，竟面临着魔影的笼罩。

松涛离开报馆回住处去时，街上正是霓虹灯光五颜六色，路上车水马龙十分喧哗的时分。爱多亚路上的小舞厅里，"蓬嚓嚓"的鼓声节奏一直传到马路上。拉客的女人在萧瑟的西北风中沿街站得断断续续都有。

松涛心里压抑，心神不定。

七点多钟时，他接完小妹的电话，出去打电话。在街上打公用电话的地方，拨了老郑的电话号码。铃声响后，立刻有人接了，但不是老郑沉着刚毅的声音，是一个陌生上海人的话声。

铃响三声接话，是约定的暗号。现在，铃声一响就接，声音又不对，松涛的心激跳起来了，说："喂！……"

对方问："谁？"

"裘苏文先生在吗？"松涛故意乱说了一个姓名，"在！"对方急切地问："你是哪里？"

松涛经过验证，认定出了问题，"啪"的挂断电话。

这些日子，大逮捕到处都在进行，他得到过警告，要他谨慎小心，但他认为自己不会出问题的，何尝想到现在竟一下又就像断了线的风筝，面临着危险的境地了！

该怎么办！他决定回去。住处有一份完整的《工商通讯》他未舍得毁去，藏在床绷子底下。另外，杭州来的家信和一些进步书刊也要毁去。此刻，他迎着寒风匆匆走到电车站去。忽然，感到背后有"尾巴"，是一个穿黑色短打戴围巾的小个儿，鬼祟得像个幽灵远远盯在后边。

松涛有一种站在悬崖边上身边冷风飕飕的感觉。镇定下来，装得若无其事，慢慢向电车站靠近。一辆有轨车正"当当当"地驶过来。他故意放慢脚步，电车开门了，下车的客人纷纷下来，上车的人也挤上去，松涛忽然像支射出的箭飞闪过去，一下就弹进了车厢。电车的铁门"哐"的拉上了，"叮叮当当"驶向前去。松涛看到那黑衣的小个儿被甩在远处。他心里欣慰，但意识到情况的严重。

打定主意，回住处销毁东西后，就找个地方隐藏起来，再设法找人，恢复同组织的联系。

电车过了一站又一站，到了北火车站，松涛敏捷地走进人流中，他翻起大衣领子，塞好围巾，挡住想吹进脖子里去的冷风，径直朝住处小跑般地走去。路墨黑，路灯只剩下电线杆伫立。他注意身后，无人盯梢，才略感宽慰，汗冒出来就变冷了，背脊胁下都凉飕飕的。

松涛搬家后尽量不把住处告诉别人，也不让别人来，总说："那地方太蹩脚了，连个门牌号也没有。"这也是实话。这一带棚户区，多数洋铁皮木板房都没有电灯，环境脏，垃圾味在冬天仍在散发。天寒风急，人都蹲在屋里不出去。四周墨黑，像鬼蜮世界。松涛加快脚步，转来绕去到了自己住的木屋跟前，取钥匙开了门，擦火柴点亮煤油灯。昏黄的灯光照得屋里半明半暗，但增添了几分温暖气氛。他急急在床绷下翻出那一叠《工商周刊》，又将枕下的家信取出，再在屋角藤箱里捡出几本书刊来。然后，将这些全部撕碎，拿起旧脸盆擦火柴点燃。一会儿，火苗幽幽燃起，腾腾的烟雾飘浮得屋里白茫茫的。他呛咳着淌着泪水忙将用旧报纸糊了缝的窗户推开，让烟雾飘出窗去。

纸条纸块太多，燃烧太慢，火常常窒息，他决定改变方式，将枕套脱下，把烧得残缺火已熄灭的残纸全部都塞进枕套，打开门跑了出去。他平日注意到屋左前方有条阴沟，现在淌着的臭水结成了冰，但那里一个阴沟洞大嘴似的张开着。松涛提着鼓囊囊的枕套跑向那儿，顾不得脏臭，踩着臭水凝成的薄冰，将枕套塞进阴沟洞，才轻松地喘了一口气。

松涛又回到了住屋，烟雾已散，烟味仍存。他关上了窗，熄了油灯，漆黑地坐在床边思索。

自己该躲避才对！但，他没有接到要他躲避的通知。他该躲避吗？他当然不知道由于出了叛徒，给他的通知已经由于有关人员的被捕而延误，已经永远不会到达。此刻，他处于一种虽然不怕牺牲却进退无措的境地了！小妹和夏强一家人的身影出现在眼前，他们是一定会护卫他的，但他不能连累他们！他也可以去找报馆里的好朋友老胡，老胡也会掩护他的。但他也不能连累老胡一家。他想，要么我就到沪东杨树浦工厂区去！那里熟悉的工人多，找个地方躲一躲不难。

这时候，不过十一点钟光景，还不算太迟，他收拾了点衣服和漱洗用具塞在一只蓝布袋里提着，马上出门，将门上加了铁锁。墨染的苍茫夜色中，他迈步走向北火车站的公共汽车站去。

路边有敲梆子的馄饨担停放着，传来烟火味。街灯倦眼蒙眬，北风中有叫花子在翻垃圾箱寻找吃的。松涛虽有可以令敌人眼花缭乱的机智，但心里从来没有像这样紊乱。最要命的并不是自己的安全，而是不知道情况。看来，老郑肯定出事了！损失有多大？老郑现在怎样了？同组织的联系断了，怎么办？躲一下必要，但躲多久？以后怎么办？……

松涛同一些人一起上了公共汽车，车向沪东驶去。他站在门口，蓦然发现那个穿黑衣的小个儿就在离自己不到三米远的地方站着抽烟，他大吃一惊，真是冤家路窄了！这条狼怎么又盯上了呢？

汽车经过塘沽路，到了一个站，有人从前门下车，也有人从后门下车，松涛先故意装出不下车让人上下的样子，但等车子快关车门发动时，他突然连蓝布提袋也不要了，从前门"哐"的跳下。这时，他见黑衣小个儿像只皮球似的弹起向他扑来。但他已下了车，那家伙还卡在车门口。松涛转身就跑，路上冷寂，他听到那人在叫喊、追赶，脚步声啪啪响，但松涛拣小路跑一会儿终于甩掉了尾巴！

高高的苍穹，夜浓如黑漆，冷风阴森森袭来。隔了半晌，松涛才惊魂方定，身上竟全汗湿了。他决定不坐车，步行向东大名路的方向到提篮桥，然后搭电车去杨树浦。那里江浦路上有个船厂工人金阿丰，是个侠义进步的中年工人，他可靠，松涛决定今夜先去他那里安身，再作打算。

远处，有"飞行堡垒"飞啸驶过的声音。不知这夜深时分在逮捕什么人？松涛沿着街边快步向前，忽见前面有辆黑色警车停在路边，有巡逻的警察"抄靶子"检查过往行人。他走得太忙，一下子有自己掉进了陷阱的感觉，转身就跑，却没料到后边警察大叫："停住！……"并且吆喝着追赶上来，竟边追边开枪了！松涛猫着身子闪动着飞奔，转身插进一条小巷里去。嫌大衣累赘，他干脆脱掉了大衣，但"啪！""啪！"的子弹乱飞，大衣刚扔掉，只觉得右臂上猛击了一下，他明白这是中枪了，但仍不顾一切地飞跑。听到警车开动，他仍没命飞跑，跑得几乎要飞起来。

　　右臂开始疼痛发麻，血在流淌滴洒。这一带他非常熟悉，他专找七拐八弯的小路走，想起了一个名叫陆仁福的工人，是中纺十二厂的，很可靠。阿陆家就在附近。以前编《求生周刊》时，他到过阿陆家帮阿陆改过稿。陆家在一个破旧的小弄堂里，是最末一户，进后门，就是灶披间，再进去是客堂间。阿陆有个老母亲，他夫妇俩都做工，有个五岁的小女孩。松涛忍住疼，总算找到了阿陆家。夜深了，犹豫一番，还是敲了门。一会儿，听到阿陆的声音问："谁？"

　　松涛压低声音报了名字。

　　"啊！濮先生！"阿陆开了后门，满脸诧异，但看到松涛左手托住带血右臂的模样和惨白的脸色，他似乎想到什么了，说："快进来！……"松涛却注意到阿陆的双眼红肿着，似乎哭过。他跨步进屋，阿陆关上了后门，屋里贫穷而零乱，有刺鼻的煎熬中药的味道，松涛问："谁病了？"

　　阿陆似怕惊动堂屋里的人，轻声说："我姆妈，心脏病犯得好凶！"接着问："濮先生，你怎么了？"他此刻在昏暗的灯光下已看清松涛右臂淌血，左手托着右臂也沾满了血。他要松涛在小板凳上坐下，说："我先找东西给你包扎！"

　　松涛不隐瞒地小声说："警察要抓我！我逃，中了一枪！"

阿陆好心地说："是呀！今夜听说要大搜查！不过，你别急！怎么样我也要让你住的！我去拿点牙粉撕点布条给你包包伤口！"

松涛疼得哼了一声，却想，阿陆在厂里是出名的孝子！他娘体弱，现在正在犯心脏病，经不得打扰和惊吓。我带着枪伤在这，万一来查户口，惊吓了他妈，怎么行？……有警车的呼啸声在远处响起，忽又似乎在不远处停下了。松涛心里火辣辣的，想：看来，他们是不会甘休的！今夜一定是要在这一带包抄搜查的！我不能连累人！……他诓陆仁福说："你去拿点牙刷、布条来吧！"

当陆仁福被支使走后，松涛豁然站起，左手轻轻开了后门，闪身外出，又轻轻带上了门，自己走到黑暗中去了。

他右臂疼，浑身乏力，咬牙疾走。夜气在地上流动，霜氛在天上无形地飘浮。他出了小弄，擦着路边走，想找一个可以暂时躲藏的地方，哪怕是墙角边、垃圾箱旁，好熬过这场搜捕。简直筋疲力竭了，每走一步都十分吃力。忽然，他发现有些警察正在分散搜索，他想闪身躲避已来不及了！警车的车灯像探照灯似的雪亮射来，将他罩在光圈里，他挣扎着转身又跑，但两腿乏力，灾星降临！警察们追赶过来，他失血太多，力气用尽，一头晕倒在路边冰凉的地上……

松涛苏醒过来时，发觉自己像躺在一处医院里，一个医生带着护士剪掉了他右臂的衣袖，在给他右臂动手术，取出子弹，并且治疗。右臂疼痛，难以忍受，但他咬牙坚持着。第二天，他就经历了残酷的审讯，尝遍各种刑罚，翻来覆去地审讯一次、二次、三次……但，他像一个铁人，忍受着一切，始终不说一个不该说的字！……

松涛住的牢房是右侧最里边的左侧一间。墙上高处有个小玻璃窗，也有铁栅，只能看到外边一小块天空。牢房里寒气小针般地麻麻酥酥螫人。天下雨，雨水在玻璃上流淌，使松涛想起了一个诗人的几句诗：

当雨水铺排着它无尽的线条，
把一个大牢狱的铁栅来模仿，
当一大群沉默的丑蜘蛛来到，
我们的脑子里布满它们的网。
……

松涛伤重，不仅外伤，更有内伤，电刑使他头脑疼痛，心脏战栗。他静静躺在床上，明白自己如今是作为"要犯"囚禁在此的，审讯还会继续，用刑也会不断，"生命只是一口气而已！"他被捕后早把生命看得淡淡的了！此刻，他特别想念小妹夏盛。记得前不久那个夜晚在黄浦江边漫步时，他曾说："小妹，你知道，当目睹人民沉沦于水深火热之中，在这黑暗的政权下，只要我能为社会的前进照亮一点路，我就是焚毁了自己也心甘情愿。假如有一天我突然失踪了，你会怎么？"

小妹穿着一件合身的蓝布旗袍，用明亮纯洁的眼睛望着他，那眼睛犹如两潭清水，说："不会的！如果真那样，我要救你！我会等着你回来！"

他的目光抚着她的脸庞。后来，他吻她了！他们拥抱在一起，心头繁复而又甜蜜。想不到，而今，那天的话竟真兑现了！他想念她，也感谢她！

他又想起了在杭州的母亲和妹妹。母亲老想他最好到杭州去工作，在她身边。母亲和妹妹十天半月总给他写封信，告诉他，她们的思念，她们的生活，希望他回杭州去看看她们。她们做梦也想不到他此刻是在牢里，而且伤得这样重！想到母亲和妹妹，他有深深的疚意，母亲把他抚养大，这么爱她，可是他有过什么报答母亲吗？一点也没有！平时都是由妹妹在侍奉母亲，由于忙，也只有在此刻横下一条心等死，才有这种对母亲和妹妹的疚意产生，而这种疚意竟使他此刻眼含热泪了。

他当然记挂着老郑，想起了老胡，想起了夏强，想起了东方……甚至想起了陆仁福家的情景。阿陆母亲的病不知怎么了？……

午后，他又被提审，当然又重演了一出例行公事。他不说话，他被用刑。他心里说，你们可以使我死，但你们无法叫我投降！国民党统治下的中国，他觉得就像一个杀人的屠场，又像是一座要将人碾得粉身碎骨的磨坊。唯一出路是起来反抗、起来革命，砸烂它！可惜，他没有自由了！但自由着的同志们还多得很！他们正在前线战场上作战，正在后方的地下战线上奋斗！他对这是乐观的。

他又躺在床上了。阴气森森，夜气浮动，晚上，一个瘸腿的犯人奉命来送水倒尿桶。松涛注视着来倒尿桶、送水的犯人。本来，倒尿桶都是定时在晚上由各间牢房的人自己去倒的。松涛的伤使他得到了别人的侍候。但看到这个黑瘦矮小瘸腿的犯人时，松涛差点"啊"地叫了起来。他无论如何也想不到会在此时此地见到钟声！啊！真是"人生何处不相逢"，怎么会在这里相遇呢？

就在这时，松涛忽见钟声手一扬，有个小纸团弹到了身边。

刹那间，黑瘦矮小瘸了腿的钟声出去了，"乓"的关上了门，外边有人"克"的锁上了门。

灯悬得高，松涛急切地把纸团拿到手里，把它摊开，仔细借着灯光看着纸条。他的心"怦怦"激烈跳动了。

纸条上钟声写的是："被捕十个月，屡审未供，已成残疾，望兄保重，找机会再叙。"

松涛看完纸条，如陷入梦魇之中，将纸条放进嘴里咀嚼。嘴干舌燥，吞服困难，但他挣扎着起身，用冷水将纸团吞了下去。接着，就静静思索起来……

一部二十四史从何说起

晚饭后，上海又是雨霏霏，淅淅沥沥。

谈话是从小妹提起毛森在暮年重返大陆的事说起的。提起毛森，小妹那种激动难以克制。夏强和丹丹都注意到了小妹夺眶而出的泪水。

小妹告诉夏国："二哥，那是 1992 年 5 月底，解放前夕让上海人毛骨悚然的军统特务毛森竟从美国旧金山带着妻子和长子飞回上海来观光了！我当时不知道，事后看报才知道的。他八十五岁了！到上海后还回到浙江老家转了一圈，接受了宴请。说实话，我思想是也通也不通的。想到政策和大局，应当通；想起松涛，我不通！我怎么能忘掉这笔刻骨铭心的血债呢？"

夏强叹了口气："是啊，毛森在上海做警察局长，解放前夕捕杀的人太多了！但他被政策感召肯飞越重洋亲眼看一看自己祖国，这倒也无可厚非。"

二哥夏国说："毛森回来的事我知道。那时你们二嫂还没去世，她说过，毛森都回去了，真想不到。他能回去平安无事，什么人不能回去？共产党这一招高明，影响很大啊！毛森当年给老蒋卖命，逃到台湾后，失欢于蒋家父子，遭到排斥，弃职去香港，在香港经营养鸡场倒闭了，只好去美国洛杉矶定居。几个子女倒是不错，有的经商，有的好像是高能物理学家。他回来的事我在美国听说了。他回来可能感触太深，回美国后不过三个多月就病故了！"

小妹语气生硬地说："这我知道。但他活了八十五岁，松涛只活了二十八岁。当时知道毛森回来了，我首先想到复仇，要给松涛复仇，给那些被毛森捕杀的人复仇。当然我也清楚毛森是奉蒋介石命令执行的，他只不过是蒋的鹰犬。我更明白，我没法报仇，我是个党员该照党的政策办事。那天晚上，独自痛哭了一场，惭愧自己的无能，又伤心天下的事竟会这么复杂，奇特。"说到这，灯光下她的泪珠晶莹得闪闪发亮。

丹丹好心好意地安慰小妹："报上说，毛森回到故乡江山市后，看到新编的《江山县志》已经收他入传，记录了他当年残害人民的事。读后他连声说：'这是事实！这是事实！'他所到之处，看到一切都已起了美好巨变，心情复杂，再三表示'共产党了不起'，告诫子女'不要忘记自己是一个中国人'。他说'晚年最大的心愿是希望能看到祖国统一'。回去后，像受了刺激，很快就不在了！"

夏强发现丹丹劝慰小妹的话，没有劝慰到小妹，反倒好像使二哥受到了触动。二哥低头在沉思，他在想些什么？不知为什么，夏强心头浮起了唐代张说的诗："昔记山川是，今伤人代非。往来皆此路，生死不同归。"这"往来皆此路，生死不同归"两句写得多好啊！

二哥劝慰小妹，慢腾腾地说："小妹，别太伤心！活到我这把年纪了，我就明白人生常常就是这样。所以有人说人生多悲惨，有人说人生多美好，有人说人生多艰难，有人说人生多奇妙。遭遇不同，体会各异。但像松涛，他是你们的烈士；像毛森，县志上记了一笔杀人账。说明事情还是公正的。"

想不到二哥竟会说出这样一番体会。夏强也安慰小妹："小妹，该还记得吧！抗战胜利我从重庆回到上海南京一带，头脑里想的就是复仇和报恩。用一个小本记上仇人名单，仇人死一个我叉掉一个。为报仇，我写匕首似的文章。探监，甚至在监狱里打过大汉奸丁默村一个耳光！但是，那种对报仇力不从心的感觉一直存在！"

丹丹说:"是啊!抗日战争中侵华日军杀了多少中国人,可是却只惩办了极少数的战犯,其余的日军官兵都平安无事。事实上当时包庇是存在的,但也不可能把他们都杀光,完全用杀既行不通也解决不了问题,教育感化倒十分重要!"

夏强说:"所以,我那时起初热衷于报私仇,很有劲儿,后来,越来越没劲了。一是难以随心所欲;二是在一个大时代里只从自己个人或一家一户的恩仇出发不但渺小也行不通。所以,我同丹丹、同东方、同松涛、同妈妈和雷老伯都谈过这个问题。那时,我觉得需要首先考虑国家民族的前途。有了那种想法,才有了抉择。"

小妹没有说话。她个性本来强,又有那么悲惨与不幸的遭遇。她是一个有坚定信仰有思想的人,道理都懂,但夹杂着感情的事就复杂了。她心上的锁需要自己用钥匙开启,用不着别人拿钥匙给她透锁。那样反使她感情更加激荡。

雨声仍在滴答淅沥,屋檐上流水轻微地哗哗响着,使寒夜更加寒冷。一只红色的电热取暖器发出的热量不足抵御寒气。夏国又在默默吸烟了。空气沉闷,丹丹起来悄悄到厨房洗碗碟。小妹见丹丹进了厨房,也跟进去。水声哗哗,两人一同在洗刷碗碟打扫卫生。

这里夏强不禁因松涛而连带想起了钟声。解放初,1950年夏天,夏强在报社里打夜班编稿时,接待了公安局的外调。两个来外调的人让他介绍一个真名石友化名钟声的特务的情况。这才使存在于夏强脑海中关于钟声的记忆又凸现出来,不然,他几乎已将这个人忘掉了。夏强如实介绍了在松涛处同台湾人钟声见面的事,说:"这是个台湾人!……"但公安局同志纠正:"不,他不是台湾人,他是福建人,派在台湾干工作的。"夏强感到事情蹊跷,讲了在松涛处听钟声介绍台湾"二二八"事件的经过,然后又谈了钟声的突然失踪。外调的人要夏强如实写成书面材料。夏强问:"这人现在在哪里?他是个什么样的人?"

吃惊的是公安局外调的人说:"他是奉派潜伏的,现在已经逮捕。"

夏强目瞪口呆，谈了松涛的牺牲，问："他同松涛被捕和牺牲有没有关系？"

回答是："正在调查。"

大约一年以后，夏强陪小妹拿了组织介绍信，到公安局查询化名钟声的石友的情况，这时石友已经判决。看到了石友的交代材料，才知事情多么曲折。

石友本是军统分子，在台湾曾负责监视施剑平，伪装进步，同施剑平交上了朋友，后来也拿到了施剑平给松涛的介绍信。

施剑平在"二二八"事件中被捕。夏强记得，七八年前，听一个从台湾回来探亲的人说：剑平早已死在警备司令部大牢里了。石友的交代里承认施剑平的被捕是他的罪恶。

石友讲述"二二八"事件的经过是为了取得松涛的信任。他拿了施剑平的介绍信与松涛联系，是保密局为了想通过剑平找出一条红线来破坏地下组织扩大战果。但松涛老练谨慎，石友交代"并无所获"，"只好离开濮松涛"。夏强同小妹才明白：那次由于松涛的警惕坚决不让钟声住进家里是完全正确的。

石友没有承认松涛的被捕同他有关，但交代了他"奉命伪装被捕，在犯人中卧底潜伏"的罪行，在交代中说："在牢中得以接近濮松涛。但未获成果。"

夏强记得那天去公安局了解情况回来，他同小妹都像喝了一碗佐料过量的酸辣汤，倒吸一口冷气，舌头久久难以转动。他对小妹说："真难测啊！我们绝对不能用直线式的眼光去理解人世间那些非常曲折隐秘的人和事！……"石友始终未承认他对松涛的死应负责任。松涛是在上海解放前夕与一批被捕者被毛森"密裁"的。而那，倏忽五十年了！以后松涛的母、妹也都去世了。

二哥夏国在到上海后的当夜问过小妹："松涛的墓在哪里？"大约他是想到墓上献一束花。

但，小妹没有回答。也许她是不愿回答。

是啊，怎么说呢？夏强知道，"文革"中，埋葬松涛的那个公墓全部被毁，是红卫兵出于革命动机的"革命行动"，有些墓主的家属曾去收拾死者的遗骨，但尸首从坟中刨出抛弃在泥土之上，青红皂白混杂，谁知谁是谁的骨头呢？当时，小妹因是"摘帽右派"被扫进了"牛鬼蛇神"之列，住在牛棚中丧失自由，无法去找骨头。去年5月，占地二十一万平方米的龙华烈士陵园全面竣工，松涛连照片也一张未留下来，有块碑上刻着松涛的名字，但并没有松涛的尸骨。小妹倒也想开了：烈士生前为革命舍弃一切不是为了扬名，又何在乎死后的哀荣？

在一千五百万人口的上海多住几天，二哥认为完全值得。上海，成了一个万花筒般的世界。这个城市的新貌和活力令人瞩目。正像外国记者报道所说："这里，空间和时间都浓缩了。欧洲大城市从战后到80年代所经历的一切变化，上海正在飞速把它重新经历一遍。""中国当局决心要把上海变成亚洲的一颗新星。首先，要把它变成最终能同香港竞争和媲美的国际金融中心。外国企业已经了解了这一信息，争先恐后地在这里开设代表处。"

在上海期间，夏强和丹丹、小妹陪二哥看了"二龙戏珠"（即杨浦大桥——"东方明珠"——南浦大桥）为代表的新景观。浦江两岸数千幢高楼的崛起，都市大环境中的游憩型公共绿地，黄浦江边平坦整洁的步行道，中央商务街区步行街的露天茶座，布置装潢精美的商厦楼面，诗情画意的高级住宅小区，相映生辉，二哥不由赞叹："变化真大！"

小妹说："上海现在是一年一个样！实际变得有些地方我也一点不认识了！"夏强建议陪二哥去举世闻名的浦东开发区看看，说："二哥，你可能想不到，方国华的儿子如今在那里投资不少。他们在香港发了大财，回来给父亲办了平反手续，自己做的是房地产生意和机械进口生意。"

二哥问："方先生的儿子怎么在香港成了富豪的呢？"

小妹说："方先生判刑后，方家生活艰难。病恹恹的方太太先是卖了房子租屋住，后来卖东西过日子，最后替人帮佣。我们家也接济过她。方太太病故后，孩子也大了。大儿子同一个出身也不好的少女恋爱结婚。少女的父亲与后母在香港经商。'文革'中大儿子与少女忍受不了歧视偷渡去了香港。先很艰难，逐渐发达，哥哥就把弟弟也弄到了香港。后来，少女的后母死后，父亲也病故。他们继承遗产后，苦心经营，兄弟合力，终于发了家。"

二哥有兴趣地听着，终于还是说："浦东太远，我年岁大了，就不去了！"

二哥决定要去南京。在上海逗留的最后一天，丹丹建议："上海目前已经建成八百个市级和区级的文明小区，找一个小区看看好吗？"二哥表示同意。他们坐出租车到了普陀区甘泉宛小区，这里房屋整洁，环境优美，路边有树，房前房后都已绿化。小区中央是一个由清泉、草坪、小径、亭子组成的园林小品。正是上午，一些老年人用录音机放着音乐在舞剑、做操、打拳，使人有安居乐业的印象。二哥看着，索然无味地说："陪我到老城隍庙去逛逛吧！那里九曲桥下有癞头鼋，我还想吃一吃那里的汤包、油豆腐线粉。那年，陪你们二嫂来吃过的！"

他又想起二嫂白丽莎了！老年人啊！

夏强说："现在老城隍庙叫作豫园商城了！前些年，英国女王访华到了上海，也曾去那里湖心亭茶楼喝茶。"

小妹说："喝茶、小吃都有，癞头鼋怕是看不到。前几年，我去过一次，就没看到。听说，炎热天气才可能出水一现。"

四人坐一辆出租车到了豫园商城，先到茶楼喝茶，接着又去吃点心。按二哥的要求，点了小笼汤包、油豆腐线粉、百叶包扎外加酒酿圆子、咖喱牛肉汤，再加点了些鳝丝面、虾肉馄饨，边吃边谈。

吃着汤包，二哥说："味道不错！"但忽然眼圈红了，说："有一次，在台湾，你们二嫂有天突然说：'这辈子怕是再回不到上海吃城隍庙里的小吃了！'想不到今天我却由你们陪着在这里吃点心。而她，真的是吃不到了！"

　　小妹在吃馄饨，说："这馄饨价钱不便宜，比起妈妈包的荠菜馄饨，滋味可差多了！"

　　夏强清楚：小妹不仅是打岔使二哥不再因想起二嫂伤心，也许是心里责怪二哥老是想念二嫂，可却并不常常思念妈妈，所以有意这样说的。

　　这意思二哥好像也意会到了，叹着气说："是啊，我们小时候，每逢妈妈包馄饨吃时，就非常高兴。爸爸也最爱吃妈妈包的馄饨。妈妈不仅馄饨包得好，菜也做得好啊！"

　　丹丹带着怀念说："我还记得，那年第一次在上海家里见到妈妈，她就包了馄饨我吃，味道确实是好！"

　　夏强也勾起了回忆，动感情说："'文革'前一年，我和丹丹接妈妈从上海到北京来住一段时日，妈妈要亲自下厨，问：'想吃什么？'我答：'馄饨！'隔了几天，她又问，我又答：'馄饨！'她笑了，说：'你倒是个念旧的人，老是馄饨、馄饨！'……"

　　小妹说："最后一次吃妈妈的馄饨，是'文革'时期的事。那是1968年春天。当时，妈妈对'文革'不理解，因为当年她掩护营救过的地下党员林东方成了'叛徒'。她自己的儿女都在经历风雨使她担忧。那天，我挨斗回家，她包了馄饨我吃。馄饨滋味依旧，人的心情殊异。母亲见我吃得少，慈祥而歉意地说：'今天的馄饨包得不好吧？没有买到荠菜，是用青菜代替的！'我心酸地说：'不，妈妈，馄饨非常好，只是我……我吃不下！'妈也心酸了！我们抱头痛哭了一场！"

　　夏强说："第二年，妈妈就病故了！"

　　小妹谈到了东方，话题就扯到了他身上。

二哥问："你们后来怎么会跟林东方把关系弄得那么坏的呢？"

是呀！怎么会的呢？这问题，好回答，也不好回答。对于二哥这样 1949 年就去台湾后来又到美国定居的人，这件事要怎么叙述才能使他懂得呢？这件事岂是三言五语可以说清的呢？二哥一问，大家都愣了，竟都吃着、沉默着，无人作答。

吃客拥挤，有人站在边上等候空位。四个人赶快匆匆吃完，一起下楼走出馆店。

九曲桥下的水绿得带秋叶色。癞头鼋杳无影踪。豫园是江南古典园林，园林面积三十多亩，有陡壁幽壑、磴道隐约的假山；有 1853 年小刀会起义作为城北指挥部的点春堂；有登楼一望，全园景色尽收眼底的会景楼；更有长达百米的积玉水廊，明洁清幽，蜿蜒相续。但游人太多，前呼后拥，显得嘈杂。逛了一圈，四人出来，决定还是回去泡茶聊天。

晚饭以后，又是一个畅谈往事、吐露心里话的难忘的夜晚。话题自然集中在东方身上。

二哥问："这人很坏？"

夏强摇头："不！那时，他在上海、南京等地做地下工作时，无论从哪方面说，都很好。我从心里把他当老大哥看待的！"

丹丹说："当时，他的户口上海在你家里，南京在我们家里。"

小妹说："世人在厄运中显示美德，在顺境中暴露缺陷。确实，那时，他和松涛都使我佩服，他们是我的引路人。"

二哥诧异："后来他为什么变得那样无情无义？他怎么跟你们像断了交似的不往来了呢？法国的女作家奥勒努瓦有一首著名的四行诗：'海上遇难者许愿，为诸神做百牛大祭。当此人安抵海滩，竟无意在祭台前下跪。'是这么回事吧？"

夏强说："并不完全那样。其实也并未断交，只是政治运动太多，他就回避我们家这个社会关系。我们见他这样，有意不去贴近他。甚至在有些运动中，调查我参加革命的因由，要我找证明人，最初他写了证明，后来再去找他写证明，他就像对待方国华一样，拒绝写证明材料了。于是，以后我也就不找他做证明人了！"

二哥不解地问："夏强，你不一直是进步的吗？你有什么问题他怕沾你要回避你？"

夏强笑了："我有什么问题呢？其实什么问题也没有。我没有参加过国民党、三青团或特务会道门组织。我比较单纯，我的历史是进步的历史。写过很多进步文章。我掩护和营救过共产党的地下工作者。……"

"那他为什么怕你，不愿同你来往呢？"

小妹说："同你讲你也不容易明白的。那时，人的关系被运动被阶级斗争理论搞得不正常了。常常没有问题的人会变得复杂得好像有了很大的问题。于是，明哲保身、六亲不认，接受教训成了一些人的信条。东方，属这种人！他后来找的妻子，是个很左的人事干部，禁止他同我们家来往。"

丹丹说："二哥，你不知道，那时港台关系不恰当地叫作'海外关系'。有海外关系的人，谁都像见了鬼似的怕沾。你们家和我们家就属于有这种关系的人。我们固然自己受了连累，人家又怕我们连累他！"

二哥夏国点头，有点明白了："是呀！我和丽莎是猜到我们会连累你们的！"

小妹说："甚至白杏也连累我们得很厉害！其实我同白杏毫无瓜葛，他同我没见过面。可是，那时仿佛我同他密不可分，不断问我：'你同特务白杏什么关系？你们家同他什么关系？'一遍遍要我写他材料，更荒唐地质问我松涛的死同白杏是否有关？他这个社会关系像鬼似的附在我身上摆脱不了！"

二哥叹了口气，更明白了，说："其实在台湾进行'保密防奸、肃清匪谍'还更厉害。民国三十九年，以通共罪枪决了前副总参谋长吴石和第四兵站总监陈宝仓。接着，以通共策反汤恩伯罪，枪决了原浙江省主席陈仪。还颁布了《戡乱时期检举匪谍条例》，在各军事单位实行联保制，要求任何人都必须检举告密中共地下人员和官兵通共行为。特工活动血腥残杀恐怖森严。蒋经国主宰过'情治系统'，谍报网布满台湾。以后，什么孙立人事件、雷震事件、李敖事件，有些我也弄不清究竟。但反正杀人抓人那种高压下的恐怖是记忆犹新的。白昚就是在莫须有的情况下，倒霉栽了跟斗的。他那人哪会亲共呀？开玩笑了！"

小妹说："林东方最对不住的是方国华！"

夏强叹息一声说："是呀！他同我确没有什么大不了的事。只是他怕沾我们，我们就不去沾他而已。当然，他不肯出证明客观上就造成一种印象，好像我这人是有问题。有趣的是后来'文革'中，东方作为叛徒隔离审查失去自由，几次有人来调查他，要我写材料，问他被捕怎么出狱的，说他是叛徒，要我揭发。我实事求是写材料说，他不但不是叛徒，而且是坚定的共产党员。有一次，来外调的人看了我写的材料对我拍桌子。但我说，我只能有什么写什么，不能乱写！'文革'结束，有一次，我同丹丹到了上海，住在一家宾馆。他听说了，跑来看我，说，夏强，你写我的材料，后来我都看到了！你实事求是，真是个好人！"

丹丹说："我记得很清楚。那天，他说话挺带感情的，还问起妈妈和小妹。我告诉他，妈妈'文革'中病故了！为写你林东方的材料，里弄里的干部，受外调人员的委托好几次逼妈妈，要妈妈揭发你是叛徒。但妈妈顶住了压力，思想上也想不通，说，我只知道他出生入死替共产党工作，是个好党员，是我们把他救出来的！直到妈妈病故前，有时还在念叨你不知你怎么了。结果，他眼眶湿了，用手背拭眼泪。"

二哥不解："不是叛徒，为什么平白说林东方是叛徒？"

小妹说:"'文革'中,凡历史上被捕过的,差不多一律被说成是叛徒。那是黑白颠倒的年代,刘少奇也被说成是叛徒、内奸、工贼呢!"

夏强继续说:"那天,东方向我道歉,我看得出他确是内心有愧。他说:我很怀念做地下工作时大家相处的那段时日。又说:过去,你要我做证明人,我未答应写证明材料,是因为我也有难言的苦衷。我为有方国华这种所谓资产阶级的关系,不但提拔不了,而且老是挨整、受审查,没完没了。当然,现在想想,我真是不对!我是该对方先生和你负责的……他后来,拿去了小妹地址,说要去看望小妹。"

小妹说:"他后来去看了我。我那时处境刚好了一点。我说:谢谢你来看我,但我现在既不需要人的同情,也不想同人交往。看到你,我会想起松涛的。我还是不看到你的好。以后,我同他就没再见过面。"

二哥说:"刚才小妹说,林东方最对不起的是方国华,这怎么说呢?"

夏强说:"唉!一部二十四史从何说起!要叙起来可就话长了。我们明天不是要坐火车去南京吗?留着这在路上谈吧!今晚,你还是早点休息,别累着了,明天要早起!"

二哥也没反对,又拿出烟抽。夏强感到二哥的脸上有一种寂寞、惆怅的神态。

第五章　笑看粉墨登场

（一）"政之所废，在逆民心"

那是杨花、柳絮纷飞的 3 月下旬，夏强从上海坐火车到南京去。

行宪国大决定 3 月 29 日在南京召开。《时事日报》总编辑丁一凡早早从重庆来了航空信，要夏强"对国大一定要作有分量的第一手连续报道。除有专题采访、特写通讯外，并应多收集花絮、集锦吸引读者"。同时，为了《新闻窗》杂志，夏强也需要在南京同丹丹合编一期，为《新闻窗》弄几篇独家特稿。因此，尽管松涛失踪心事重重，仍只能安慰小妹和妈妈，压住心头的不安和痛苦，毅然去到南京。

能到南京同丹丹见面并看到雷老伯，夏强是兴奋的。丹丹写信给他，告诉他，龙兄夫妇去了趟香港，据说徐树庄给了龙嫂一笔金条和港币，还在九龙给了一处房屋。他们回来后兴高采烈，现在依然是经常在外面打牌、跳舞、听清唱和交际应酬。丹丹又告诉他：行宪国大一时陷于欲开不能、欲罢不行的尴尬处境中，现在是硬着头皮要召开了，你快来吧！对新闻记者来说，是有好戏可看的。会还没开，南京城已经乱得十分有趣了！……

报上早登了不少国大选举的笑话了。贿选已经是公开的事不是秘密。有的民谣很刺激，例如骂国大代表竞选大请客的民谣就说："今年我吃人，明年人吃我，后年人吃人！"骂贪官贿选国大代表和立监委的民谣就有："走在南京街上看，满目只见贪污犯。选举行贿买大官，黎民百姓没法管！"民谣不长，蕴含极深，传播更快。

选举中舞弊的事层出不穷。例如宁夏省主席马鸿逵，包办了国大代表、立法委员、监察委员的选举。候选人全是他的亲戚或亲信。当选的四个女性，一个是马的庶母，一个是马的四姨太，一个是马的儿妾，一个是马的庶母的干女儿。国民党为了争取美援讨美国人的欢心，标榜已由"一党政治进至多党政治"，要按比例分配一定名额给青年党和民主社会党以及社会贤达，就要求已当选国大代表的国民党员有四百多人须退出国大代表资格。这立即掀起轩然大波。那青年党和民社党，本都是为人不齿的一小伙投机政客组织的小党。敌伪时期，有些人又以这种党的名义做汉奸参加了汪伪政权，名声更臭。但为了"多党政治"，1947 年 4 月，国民政府改组为所谓"多党政府"时，青年党、民社党和社会贤达在二十九席国府委员中占了四席。现在，在国大代表中自然仍要各分得一大碗羹，形成了一场狗抢骨头的激烈角斗。这"戏"自然好看，夏强准备好好看这场"戏"，写些东西。

但，他不能不为濮松涛的失踪感到揪心的刺痛。松涛不见了，他向《新联晚报》的编辑主任老胡了解。老胡是个沉默寡言有威信的编辑主任，说："他是个好记者，但不知怎么了！我们也不知他在哪儿，正在寻找，你有消息希望及时告诉我们！"夏强曾陪小妹同到松涛住处去找。那里门上加着铁锁。松涛曾告诉过小妹他的住处地址，但认真叮嘱："你能不去尽量别去！"看到那小屋的门锁着，从门窗上及门前地下厚积着的灰尘看，他们认定这里没有人住，也没有人进出，只能黯然悄悄地离开。

松涛出事，使夏强敏感地想到早已死去的方之。但有没有可能松涛离开上海了呢？比如，他会不会撤退去苏北了呢？谁知道，谁能说！当然，出事的可能似乎更大。小妹眼里泪花闪烁，说："我有一种预感，他出事了！"是呀，要不，元宵节那晚他怎能约好了不来呢？那晚，母亲包了那么多元宵，松涛未来，等到夜深也不见踪影。结果，那么多元宵，谁也吃不下去。

夏强托新闻界的朋友打听过松涛的下落，包括《新闻报》的老沈。他神通广大，在警备司令部有熟人。可是打听不到讯息。这一向，公开或秘密逮捕的人不少。亚尔培路二号中统也常秘密抓人。《新联晚报》有个记者认识那里的人，去打听，也查不到。夏强看到小妹脸上渐渐丧失了血色，有时严肃得使人看了发冷。也看到母亲既心疼女儿又关切松涛而流露的悲伤，情绪也变得压抑起来。他心里那种感受，有时像读了一首悲痛欲绝的哀诗，心常常流泪。

傍晚时分，他提着小皮箱和提包，又住到南京宁夏路雷老伯家里来了。依然同第一次来到这里一样，到门口揿电铃时就听到了丹丹弹奏钢琴的声音，叮叮咚咚，那么悦耳，那么神奇。

门房老柴开了门，笑着招呼："夏家少爷，早盼着你来了！快进去！"他替夏强提着小箱，送夏强进去。钢琴声仍在传来。丁嫂在堂屋迎着夏强将夏强接到楼下房里，也说："雷老和小姐，早盼着你来了，你的房昨天打扫干净了。"许久不见，丁嫂情绪身体似乎都还好，说："你息一息，我上楼叫小姐。"

一会儿，钢琴声停止了，丹丹几乎是跑着下楼来的。在夏强的房里，她毫不掩饰心中的喜悦，风趣地说："好呀！你终于来了！让我看看你，我几乎记不得你是什么模样了！"夏强微笑，但叹了口气，将从上海带来的永安公司的点心和路上买的无锡肉骨头、苏州糖松子和五香瓜子等放在桌上，没有说话。

丹丹显然发现夏强心里有事，轻声问："怎么啦？见到我不高兴吗？"

"怎么呢！"夏强摇头诚实地说，"见到你当然高兴！我想你想得恨不能天天跟你在一起。但我还没有告诉你……松涛，他失踪了！"

像被惊雷猛击了一下，丹丹脸上笑容消失了，说："怎么啦？你快说！"

　　夏强说了，最后叹口气说："我压抑得就像走在一条长长的黝黑的隧道里，看不到光亮，闻不到新鲜空气，闷得心都乱了。简直不知该怎么办！"

　　丹丹突然问："你那个好朋友东方呢？他没事吧？"

　　夏强回答："他当然没事，怎么？"

　　丹丹思索："前不久，他在南京住旅店，警察局查夜盘诘了他。他拿出了身份证。警察局打电话来查对，正好是我接的电话。我说，是我们家表少爷！……"

　　夏强说："他是个生意人！"

　　丹丹若有所思地看看夏强，又咬着唇思索，终于说："别急！急也无用！还是得托人打听。国大代表里有些特字号的人物，比如白南史昨天带着一个名叫程宝太的国大代表来看望。姓程的就是特字号，保密局的。晚上，同爸爸谈谈，看看他能不能托人打听一下然后设法营救。"

　　夏强点头说："是呀，我也这样想。"

　　丹丹说："还有白旮，你也可找找他。他现在挺得意，既未完全脱离特字号，又在干监军那种战地钦差大臣的任务，油水很肥，权势很大。你就说松涛是你妹夫，托他也好说话。他飞来飞去，即使不在南京，说回来也就回来了。你打电话找你二嫂问问。"

　　夏强觉得丹丹为他的事想得周密，心情好些了，亲密地说："丹丹，你真好！"又说："我真想抱抱你！"

　　"抱抱就抱抱！"丹丹上前，亲热地抱住了夏强，夏强也紧紧地抱住了丹丹。但当夏强要吻丹丹时，她吓夏强说："有人来了！"见夏强下意识地松了手，她微微笑了，幽默地说："要讲点卫生！"

　　她平时特讲卫生。于是，夏强被逗笑了。

丹丹说："你快上楼看看爸爸去吧！"

夏强问："龙哥和贞嫂呢？他们好吗？"

"好！"丹丹说，"他们仍是无变化的享乐派。外边的牌局不少，交际应酬不断。我同爸爸常常还是两个人吃饭。"

夏强忍不住问："徐树庄贪污的事没问题了？"

丹丹笑了："有趣！徐树庄是千里眼、顺风耳，消息灵通，本来逃到上海，据说曾命令上海警备司令宣铁吾派人逮捕究办，他得到了消息和庇护，乘外国轮船逃到香港去了！"

"到香港就没事了？"

"据说，派人在香港英国法庭提出控诉，他在港被拘，但英国法庭准他交一百万元港币保释在外。听说香港社会人士认为英国法庭平日允许犯人交款保释，至多五万十万，从无索款这么巨大的。这是史无前例的事。而且，还是钱起了作用，英国法庭经过调查，认为证据不足，不能处理，已将徐树庄释放，徐好像就去新加坡了。所以贞嫂兴高采烈。中国的贪官现在多是这样，查办困难，要是有洋人帮忙，就更是糊涂案子了！"

还没等到夏强发表感慨，丹丹说："走吧！夏家少爷，爸爸在楼上，你去请个安，张妈也快开晚饭了！"

雷香山见到夏强，由衷高兴，先问了夏强家里母亲和妹妹好吗，又问夏强工作顺利不顺利。看到老人那种慈爱的模样，夏强又有一种沐浴到父爱的感觉了。

吃晚饭时，雷龙独自回来了。他怕父亲批评，有时总回来露露脸点缀点缀，应付应付，然后再出去过夜生活。

贞嫂估计是在外打牌，没回来，丹丹、雷龙和夏强陪着雷香山吃饭，边吃边谈。

雷龙突然问夏强："你去美国留学的事快办成了吧？"

夏强有点反感，但尽量平静回答："没办成！"

雷龙诧异地看看夏强，丹丹注意到了，雷老伯似也注意到了。雷香山岔开题对夏强说："这些天因为国大要开了，来我'雷大炮'这里的人很多。什么样的人都有。老朋友像于右任、程潜、莫德惠他们要竞选副总统，都来过了。不认识的人来的也有，替孙科拉票竞选副总统来的也有。你还记得我那个小把兄弟胡仲辉吗？他也来了！可笑！……"

夏强想了一想，记起来了，一个秃顶光头的大胖子有张白脸呈现眼前，这就是自己由重庆回来第一次到南京时那个国防部副厅长黄灿陪着来的胡仲辉。胡仲辉是汪伪第二集团军副司令，鬼子垮台后成了老蒋的江南先遣军总司令"维持地方治安"。后来，虽免去了先遣军总司令的职，却任命为徐州绥靖公署中将高参。那次来找雷香山，是碰了钉子的。夏强说："胡仲辉怎么了？"

雷香山苦笑笑："他又调到上海警备司令部了，不知干什么，听说小老婆就有两个。他这次竟也成了国大代表呢！今天又来看我，亮相似的在我面前炫耀了一番。原来他入了青年党，青年党提名他当国大代表！因为他是与其他几个代表同来的，我未奚落他。但不禁想到有的报上说这次选举无异分赃，不法之徒和土豪劣绅都采取丑恶手段当选，确是事实，所以我也在斟酌着呢！"

丹丹问："爸爸斟酌些什么？"

雷香山说："现在外边已经有用续曹雪芹《红楼梦》后四十回的高鹗的诗来影射着骂国大代表了，说：'势余狗尾垂将尽，官比羊头滥更多。'我在想，干不干这个国大代表？我羞与胡仲辉之流为伍！"

雷龙说："人当中有好有坏，国大代表中有坏蛋也有好人！你的国大代表是上边给你的，不是你去揽来的，怎么能不干？干的好处比不干大，就得干！中国人老是爱谦虚，美国人是不讲谦虚的！……"

雷香山两只豁达乐观的眼睛突然黯淡了，斥责道："你又是美国人！

美国人！"脸朝着丹丹和夏强说："我在想，香港方面要我去，我未去，却在这干这个他们拼命攻击的行宪国大代表，那真是南辕北辙了！"

雷龙不服："国大代表里，学者、教授、知名人士有的是！昨天来看你的黄坤仁叔叔，早年做过国民革命军总司令部政治部秘书长，后来做过候补中央执行委员、立法委员，你一直说他这人好，敢说真话，为人正直，还有人干脆说他常替共党讲话呢。他不也是国大代表吗？门前车水马龙总比门前车马稀要好吧？你要不是国大代表，这些天会来这么多客人？……"

丹丹说："哥哥，你就少说点吧！"

雷龙继续说："爸爸，你就别太清高了！国民党有美国撑腰，形势并不孬！你就是为了我们子女，也该有点头衔。再说，听听施政报告、军事报告，有什么不好？你想放炮也得有个地方呀！想放炮就去放上几炮不是很好吗？"

雷香山叹了一口气，闷闷地夹菜吃饭。

丹丹说："爸爸，我看这个会确实没意思，还要开好多天，你高兴就偶尔去一去，不高兴就不去。去了不想听就闭目养神，想讲话就放他一炮！"

雷龙似乎不同意丹丹的话，说："丹丹，我看你平日就活得太累。依我讲，为人处世不妨像一个过路的陌生人那样，让世上的一切与你无关。别多去思考那些政治问题。步行的聪明人不如乘车的傻子走得快，有车坐何必非走不可。由于我什么也不研究，我反而觉得我懂得很多，不会吃亏的！我研究实惠！别再劝爸爸清高了！"

夏强想讲点什么，便想到东方提醒管住舌头的话，又涉及雷家的家事，不愿同雷龙辩论，就沉默着只顾吃饭了。

雷香山说："我看，国民党真是腐败透顶快穷途末路了。去年党团重新登记时，只有一百零七万人重新登记，比抗战后总清查时的二百六十几万党团员一下子少了五分之三。国民党真是日益衰弱奄奄没落了！拿这次开行宪国大来讲，说穿了，开偌大的会，不知花多少民脂民膏，目的不过是演戏给美国看，抬两个人上去做总统、副总统。其实他们哪管老百姓死活，只是借民主的幌子饱自己私欲，说到底仍是卖官鬻爵。开这种会我也只能按丹丹说的办！"说到这，问夏强："你认为我该怎么办？"

夏强心里本来就想到雷老伯可能会问自己，觉得不能不答，这时说："现在的人，有利就趋之如鹜，抢得凶，老伯自己却有这样的思索，令人起敬。如果参加会，恐怕只能依丹丹说的办。不过，这次会的使命，只是行使选举权，选总统和副总统，老伯要选谁？"

雷香山刚好吃完了碗中的饭，"砰"的将碗一放，说："谁来拉票，我都说'好好好！'但谁想得到我的票怕不容易！"

夏强笑了，丹丹笑了，雷龙也笑了。

晚饭后，雷龙借口去接徐素贞，出去了。夏强和丹丹陪雷香山在小花园里散步。

丹丹有意提起濮松涛失踪的话题，说："他是我们的同学，一个好青年，同夏强的妹妹在恋爱，实际已是夏强的妹夫了，但突然失踪了……"

夏强接着丹丹的话将有关松涛失踪前后的情况叙述了一遍。

雷香山站在一溜密集的美人蕉前细细听着。美人蕉经冬以后已经长得碧绿并且冒出一嘟噜尖尖的花来了。听完，他叹一口气说："管仲说：'政之所兴，在顺民心，政之所废，在逆民心。'特务政治，最失民心，恐怖政策，成了鬼魅世界了！"又思索着说："你们说该怎么办呢？"

丹丹提示："那天跟白南史一同来的程宝太是个特字号人物。白南史是 C. C.，在上海有特权，同中统也必定有交往。白南史是夏强家的亲戚，夏强当然也能设法托他。但爸爸托他，分量总会重一些。爸爸出面请他们打听，就说濮松涛是我同学，又是夏家的亲戚，我看也许能有个下落的。"

雷香山沉吟不语。外边天有点凉意,他踱步走向台阶,跨进客厅,开了灯,朝沙发上一坐。夏强和丹丹也跟着坐了下来。空气沉闷,稍停,雷香山打破沉闷说:"我历来对青年人总是爱护的,我也反对摧残青年人。我反对特务政治,把特务看作是蛇蝎之流,十分痛恨。为了这个濮松涛,我愿意找一找白南史和程宝太。只是有没有用很难说。他们常常没有真情、真话,言行不一,口是心非。我虽是个老牌子,老牌子今天不值钱。这次白南史、程宝太来看望我,说穿了是动员我选举副总统时给孙科投一票。他们是来拉票的。因为蒋介石希望孙科做副总统。不然,他们根本不会来看望我。"

夏强忙说:"谢谢老伯!"

接着,又谈起局势。夏强不禁问:"老伯看这局势如何?"

雷香山沉吟着摇头:"这是个老话题,也是个新话题。我常读史书,对兴亡之道多少有点感悟。一个朝代一个政权开头总是兴旺,弄到后来就江河日下了。国民党民心丧失,江河日下,讳疾忌医,积重难返。面对新兴的势力,再挣扎也属于垂死的挣扎了。想些倒行逆施的办法,也许能拖些时日,也许更加促使自己垮台。如此而已!"

空气又归沉闷。一会儿,雷香山问起《新闻窗》的情况,知道刊物每期发行数在增加,表示很好,但说:"你们的杂志,我看了,总的说,很有看头,确实像扇新闻窗。但现在形势越来越不好。战局上,东北的鞍山、法库、营口、永吉、四平,西北的宜川,山东除济南、青岛少数据点外,尽都失守,损失了大批大批军队。经济上,物价不断飞涨,通货不断贬值。现在,各省贪官污吏多如牛毛,苛捐杂税数不胜数,拉丁抽夫,草菅人命,农村凋敝,工厂关闭,民怨沸腾,颇有满地干柴一点即燃之势。我对这个政权是不抱希望的。但越到这种时候,它一定会变本加厉用特务手段加强统治。所以,办这杂志我既赞成也反对。青年人应当干点事业我赞成;但容易出问题我反对!我总是不放心,怕你们年轻不知厉害。尤其夏强在上海,我更有这种担心。现在，濮松涛的事发生了，你们要更加注意。赤膊上阵少不了是要成箭靶子的，是不是？"

丹丹顽皮地笑着打趣说："我们是年轻不知厉害，爸爸是江湖越老越寒心。"她这是存心把气氛弄得好一些。

夏强却点头。他现在越来越觉得杂志难办。自从上次那个市党部二处的"尖头怪"申宣之被"打发"走后，夏强一直担心还会出什么花样。所以一直很谨慎很注意掌握技巧地在办《新闻窗》，避免惹太多麻烦。雷老伯的叮嘱，他知道这是一种有根据的关心，因此说："我一定把老伯的话记在心上！"

雷香山后来上楼去了。丹丹和夏强留在客厅里继续谈话。夏强忍不住看看丹丹。丹丹穿一件黑绸面的驼绒旗袍，配着一件银灰色的马夹，黑发自然挥洒，不作雕琢，有一种纯洁的美韵，色彩和气质、风度都能压众。丹丹说："老这么对着人看干什么？"夏强故意叹口气说："唉！在这儿远远欣赏，够可怜的了，居然还要禁止！"丹丹被逗得笑了："别胡扯了！谈谈《新闻窗》吧。"

两人谈了起来。丹丹提出：这期要用三分之一篇幅反映国大。应当有一篇《国大副总统选举内幕》。她说："居正竞选总统，实际是'陪选'，总统是蒋介石的，绝不会是居正的，没啥可写。副总统竞选的人多，国民党有李宗仁、孙科、程潜、于右任，民社党有徐傅霖，社会贤达有莫德惠，都在拉票。尤其李宗仁和孙科竞争激烈，投票前估计会更激烈。文章重点放在内幕上，既可吸引读者又可暴露真相。"

夏强提出应有一篇《时局动荡谈国大》。蒋介石要在国大开幕式上致辞。国大代表却在要求扩大职权、修改宪法，国大在蜩螗的形势下召开，很不平静。国大代表来自各地，必然会带来许多见闻，每一举动蕴藏何种玄机，当是读者要关注的。文章要用尖锐技巧的笔法通过某些国大代表的谈话、发言将会场气氛与时局的症结点出来。

丹丹又提出设一个栏目：《国大上的什锦果盘》，将有意思的，有讽刺性的，丑态百出的，风波和混乱，人所关心的人和事，用花絮凑成五十到一百条，反衬出"国大"全貌。

有这三篇，外加照片，两人认为大致已能反映国大了，但夏强提出："反映和报道国大的基调应当如何呢？"

丹丹说："我们虽未先讨论基调，实际已经有了。刚才吃饭时爸爸不是说了吗？开这么大的会，不知花多少民脂民膏，目的不过是为了选个总统、副总统，让大家抬轿子把他们抬上去，其实他们哪管百姓的死活。这是借民主的幌子实现私欲。我们不可能给他们说好话！"

夏强笑了说："阁下高明！国大这场戏很臭，我们只能装作捧场实际喝倒彩。让人粗粗一看，认为我们热情作了报道，细细一看一想却是一肚子的不赞成不满意不鼓掌不协调。要是想抓我们的辫子，我们是客观报道，大不了只是好心办了坏事。你说呢？"

丹丹格格地笑："你这人计谋挺多的。但不知将来在爱情问题上会不会也有这么多把戏，忠实不忠实？"

夏强正颜说："诸葛亮计谋可谓多了吧？可是家有丑妻从未变心，怎么能把计谋多同爱情问题扯到一起乱跳狐步舞呢？"

丹丹看着他，笑道："别扯远了！快考虑考虑这些稿子让谁写吧。"

夏强建议："我想请二嫂白丽莎写国大副总统选举内幕。你看行不？"

丹丹沉吟："好倒是好！只怕这篇她写出来不合用。如今，老蒋无法容忍桂系力量的膨胀危及他们的地位，他曾主张李宗仁别参加竞选副总统，可是李不肯。他自然大力支持孙科。中央社是官方立场，白丽莎写自然会偏袒孙科。"

夏强点头："这倒是。但如有偏袒之处，删去就是，告诉她我们是客观公正不偏不倚的。发她的稿，好处是可以对付上海的白南史、申宜之。何况，我为松涛的事还要去找白昝。"

丹丹出了个主意："把施政报告和军事报告的玄机弄一篇文章给二

嫂写不好吗？那对她可能还合适些。她跑过军事新闻和政治新闻的。"

夏强说："也好，明天我就给她打电话，约定日子同她见面，向她约稿。反正，组不到稿我们自己写也不困难。"

谈到这里，丁嫂端了两杯茶进来。丁嫂喜欢丹丹、感激丹丹，对丹丹特别好，连带对夏强也好，外加她听夏强谈过审判战犯和汉奸的事，知道夏强仇恨日寇和汉奸，她对夏强更有好感。她将茶放到夏强和丹丹的茶几上。夏强谢谢她。丁嫂说："别谢，我刚帮张妈洗完碗、整理好厨房，所以茶送晚了。"丹丹说："丁嫂，其实我们的茶水你不要倒。你一天到晚也忙累得很，想睡早点睡就是。"丁嫂笑着应允了一声，转身要走又舍不得走，问："夏家少爷，你这次来还是为审战犯的事来采访？"夏强叹口气说："唉，丁嫂，日本战犯大的都在日本东京审呢！我们这儿管不着！……"

丁嫂说："我听小姐说，在日本审的到今天一个也没判是吗？"夏强说："是的！美国人在包庇日本战犯呢！"丁嫂生气，仔细听着，想说什么，但没有说，似乎难过得想落泪。丹丹劝慰："丁嫂，别难过，有消息我随时会告诉你的。一切都怪我们中国自己不争气，什么事都只好让美国操纵、做主、做老大！"丁嫂默默地端着空茶盘走了。

夏强同情地望着丁嫂的背影，又深情望着丹丹说："丹丹，你为人好，看得出丁嫂喜欢你！"

丹丹叹气："她太可怜！见到她，我就立刻想起南京大屠杀。我在想给她物色一个好的男人呢！可是，到现在也还没有找到。她太孤单了！"

夏强起身踱步："丹丹，努力给她物色个好人吧！这是功德无量的事，我们中国人，受的磨难太多，有的不幸太多。不说远的，就拿八年抗战到现在来说，哪家没有伤心事，哪家没有生离死别。我夜里老爱做梦，有时梦见在黑暗的大森林里兜圈子，兜来兜去出不来。有时梦见是夜里，漆黑抹乌看不到月亮，看不到星星，看不到灯光，当然更看不到太阳。有一天，我醒来写过一首短诗：'在这黑暗的时光，我的心，布满痛苦受到创伤，充满寂寞的回忆和悲伤。它激烈搏动，表达一种强烈的愿望。我的心，想跳出来晒晒太阳！'我不是诗人，但情感是真实的！"

丹丹听完他的朗诵，有些感动，稍停，说："是的，挺动人！表达了一种对光明的渴望和企求。我喜欢！"

夏强幽默地走近丹丹："承蒙夸奖，谢谢！"他俯身在丹丹鬓发上吻了一下，说："那我就有资格吻一下了！"

丹丹用手推开他说："规规矩矩坐着吧！你真像个上课不守规矩的顽童！我们还没谈完呢！"

夏强坐下："同你谈，就是谈一千个日日夜夜也是谈不完的！"

丹丹不理他，问："你那助教的工作干得怎样？"

夏强说："助教在大学里是可有可无的摆设，我的时间和精力都放在办《新闻窗》和为《时事日报》采写上了。助教的事，开学时帮系主任办办学生登记注册和选课的事。平时一周去学校一二次，替有的教授改改作业，陪个别名教授上一二节课。此外，从私人关系出发，有时帮系主任向教授干点收集资料的事。学校里进步学生常有活动，向先生不参与，我办刊物，我也不参与。"

丹丹说："向先生是个治学的人！"

夏强从未把东方叮嘱别在学校太"红"的话告诉丹丹，为信守对东方的承诺，仍不想说。

丹丹问："你那本《新闻事业关系论》仍在写？"

夏强笑笑："快写成了，我又搁下了。我不是一个半途而废的人，可我觉得写这样的书意思不大。写一篇文章也比写这么一本书意义大。这种脱离实际的书，又不能放开写，书的内容多数人都不关心，写了干什么呢！何况出书困难，我也不想自费出书。"

丹丹勉励："反正你已快写成了，搁着不写也罢。这个国家文化不受重视，好书很难出版。言情书、乱七八糟的黄色书充斥市面，'正中书局'专出些党棍写的书。你确实不必把宝贵的时间用来写人们不要看的书。我们一同来把《新闻窗》办好，也就是了。"说到这，丹丹问："出国的事你那次在电话上说已经发了申请信，还没回音吧?"

夏强摇头，提起这事，他忽然皱了皱眉："没有，只是我现在有了新的想法，这次也正打算好好跟你谈谈呢!"

丹丹善意地说："你刚才一皱眉，又说有了新想法，我大致就能猜到你心里想的什么了。别以为我问你是想逼你出国，我只是问一问而已。现在去美国只要有钱就能走。钱数也不算太多，有二千五百到三千美金就行。去后，半工半读洗洗盘子什么的就能求学读个学位。爸爸同我谈过：如果你去我也想去，他就卖了这块花园地让我走。可我说：'我不能离开你!'他年岁大了，需人照顾。你知道，哥哥嫂嫂是不尽心的。他说：'你如果要去就去，别管我!'但爸爸是个对美国文明和美国文化并不欣赏的人。他说，从哥哥身上，他看到去镀金之害! 那就是极端的个人自私自利、极端的否定中国原有传统美德、极端的唯利是图。你没看到吗? 关于你去美国的事，爸爸从来没问过你。我明白，他问你，你是会有压力的。我觉得他爱你。"夏强说："说实话，我是怕老伯问我的。我很感谢，当晚饭时龙哥问我时，他不问我反倒岔开了话题。"

丹丹说："那也代表了他的思想。有一天，他对我说，夏强如果能去美国就去，去不成也不一定非去不可。说穿了，去美留学也不过是一种虚荣心作怪。去上几年，真能读到什么东西吗? 未必! 中国天地这么大，人这么多，可以发挥才能的领域如此大，中国人还是要给中国人干事才对! 雷龙本来想去努力入美国籍。我对他说：'你要是成了美国人，你就不是我的儿子!'那天他说后，我夜里想了很久!"

夏强坦率地说："丹丹，说实话，我心里也是矛盾的。镀金的虚荣心我确也有过。现在，去美的希望还是很大的。因为一般总要几个月才有回音。学校和向教授给我写的推荐信都写得极好，会有答复的。只是我近来常想，该不该去？我看到的、听到的、经历的事太多了！这是个大时代，中国正在面临向何处去的十字路上，我却抛弃了我的国家，逃避掉我应当担负的责任，为我个人镀金去到美国。我是否太没有责任感了。我从小仇恨帝国主义的侵略，痛心中国的积弱。我总希望能有所作为无愧一生。不愿意为一个人独自的出路鼠目寸光。每当这么想的时候，心里是矛盾的。尤其这次松涛失踪，我想得更多。"

丹丹坐在书桌前的藤椅上，咬着嘴唇听，认真地说："其实，我的想法同你也相似。我们都做记者，也许这职业，使我们不可能脱离中国现实。我同你一样，对帝国主义从小仇恨。对中国受侵略和不争气从小气恼。现在，见到太多不平，听到太多黑暗，经历更多坎坷，吃喝穿戴和享受早不是我的追求，我向往的是中国强起来，做个中国人能光荣起来。我希冀的是更高的精神上和心灵上的满足。你说的那些，我能共鸣。你去美的事自己做主，听其自然也可，不要有压力。去不成没什么，能去不想去也可以。我要说的就是这些。"

"你不是为了替我考虑怕我有压力才这么说的吧？"夏强发自内心地问。虽然他觉得丹丹的话很真诚，仍禁不住这样问。

丹丹用手掠掠齐耳的短发，姿势那么好看，宛如一个高贵的公主，看看夏强："我什么时候对你说过假话呢？难道你常对我说假话的吗？"

于是，夏强双手高举，做投降状，笑着说："我错了！我投降！"又说："丹丹，同你拿心换心，我觉得，没有比这更快活的事了！"

丹丹说："假如我们之间说话都不真诚，想法都不能交流，就悲哀了。你知道，你在上海，我在南京，我常想念你。"

"我也常想念你。"夏强真诚地说。

"我当然也想过，你会不会永远这么对我好……"

"我却不那样想，我相信你永远会爱我的！而我爱你，那是没有问题的！"

"你说的比唱的还好听！"

"这就是最真心的流露嘛！"……

他们谈谈笑笑，既说了那么多正事，又说了那么多积淤在心上的话，不知不觉，客厅壁上的挂钟敲打十点半了。

外边不知什么时候起风了。从窗里望出去，有淡淡的凄清的月光，有氤氲的夜气，刚发芽的那棵香椿树的枝芽在风中缓缓摇曳。天还冷，在这样夜晚，他们在一起感到温暖，心里却在企望春天快来。

（二）国民大会堂前有口黑漆棺材

3月29日，行宪国民大会在国大会堂召开。国民大会堂虽然不高，在南京已算是比较像模像样的大建筑了，楼上楼下可以容纳三千来人。会场之外，有宽敞的走廊、休息室。这是幢新建筑，宪兵全副武装早在几天前就布岗警戒在四周了。

开幕这天，雷香山本来决定不去。于右任一早来电话，约雷香山同去开会，说届时他坐汽车来接雷香山同去。

头一天，拿到了记者采访证和佩在胸前的绿色记者绸条及粉红色的摄影绸条，夏强和丹丹今天一早就带上照相机去国大会堂采访。

早料到这个会是在难产和不安中召开的，但没想到会是这么一幅情景。

就在离国大会堂不太远的一片空场上，围着许多人在熙熙攘攘看热闹。丹丹和夏强挤上前一看，只见四个苦力抬着一口大黑漆棺材放在中央地上，一个穿黑中山装的高个儿红脸膛的中年人，光着脑袋站在黑漆棺材旁。他戴一副黑边眼镜，慷慨激昂大声在吼叫："咳，各位！……各位请听我说！……"

好奇的人都围着看，他高声发表演说："……咳！鄙人是签署当选的国大代表赵遂初！常山赵子龙的赵，壮志难遂的遂，人之初的初！

赵——遂——初！……"

赵遂初激动得呛咳起来，"呸"的朝地下吐了一口浓痰，继续演说："……咳，原来规定，国大代表由国民党中央和民社、青年两党分别提名，然后民选产生。但各地一选，把民、青两党名额全部选掉了！选掉就选掉了嘛！如今却要求我们当选国大代表的国民党员让出代表来给他们！这……咳……这样就使大批当选的国大代表都须退出国大代表资格。这岂不是强奸民意、剥夺民权？……"

他双手挥动，跺着脚，像要同谁拼命："……咳……这种以党让党，方针于法无据！在此情况下，本代表义无反顾，决定抬棺前来，以死相拼！一定要出席大会，代表民意！不达目的，宁死不屈！……"

他说得气急吞声，太阳晒着，天并不热，他却额上淌汗，光脑袋在阳光下灯泡似的发亮，说："咳！请各位记者先生、记者小姐主持正义、主持公道！……本代表就要抬棺冲进会场，不惜以死相谏！请各位父老乡亲……"他双手打躬作揖，像江湖卖艺的请求帮场，"……明察、支持！……"

夏强轻声对丹丹说："这倒是条好花絮！"他用笔迅速在笔记本上记下了赵遂初的名字。

只见一个金发外国记者用中国话洋腔洋调地对赵遂初说："赵先生，请你站在棺材里，我给你拍张照片！"

丹丹告诉夏强："这是路透社的记者。"

夏强觉得叫赵遂初站到棺材里，简直是恶作剧，拿赵遂初开玩笑。想不到赵遂初兴致勃勃，挪开棺材盖，爬进棺材站在黑漆棺材里叉着腰让外国记者拍照，竟有三分得意，引得四周看热闹群众都嘻嘻哈哈笑得不停。夏强忍不住对丹丹说："快！我也拍一张！"说着，用相机"克"的将这一镜头拍了下来，笑着想：《新闻窗》要刊登一下这张照片，标题就叫"赵遂初抬棺请愿"！……丹丹叫我来南京看戏，今天这出开锣戏就出手不凡……

外国记者走了。两人正要走，只见东边来了一队十来个挂盒子炮的宪兵，夏强明白，赵遂初刚才宣布的"本代表就要抬棺冲进会场"必然无法实现了！那些宪兵上来，禁止人拍照，把赵遂初从棺材里"请"了出来，架着他搜着走了，一口黑漆棺材也被宪兵叫几个苦力抬着押走了，留下了仍在笑着的看热闹群众在议论纷纷。

夏强和丹丹朝大会堂走，走近大会堂，上了台阶，看到大会堂前后两侧都戒备森严，宪兵和武装军警如临大敌。上台阶时，忽然感到眼前一亮，一个穿美军橄榄绿呢质军便服涂着口红的女记者，佩着记者的绿绸条，站在台阶上做着招呼的手势。这是白丽莎！她的姿势、打扮都挺风流。见夏强和丹丹近前了，笑着说："你们这一对真是形影不离！"

三人站在进口处门边聊天。

丹丹说："夏强日内要专诚向你这位大记者约稿呢！你一定要大笔生花给我们《新闻窗》增光啊！"

夏强随着说："二嫂，你消息灵通经验丰富，又是名记者。我们采访，你多给我们讲点内幕新闻！"

白丽莎笑了："自己人还讲那些见外话干什么？我告诉你们点情况：今天出席开幕典礼的代表一共只有'一路吃酒'（1679）人，只略略超过应出席代表总额'三〇四无'（3045）人的半数，但会是开得成了！而且，中央成立了由陈立夫①先生控制的党团指导委员会，要求会议中的党团员在开会期内切实执行命令，服从决议，只怕是连党团员也不听话！"

丹丹也笑："白老伯来了吧？家父今天也被于右任老伯约来了，他们算是听话的了！"

白丽莎说："有八个签署当选代表因为要他们把名额让给民、青两

---

① 陈立夫：当时国民党中央组织部长。

党，他们在第五招待所宣布绝食抗议，已经绝食十天了。说是生命垂危，（夏强听了想：我该去拍张照片！）我去看了一次，似乎离死还远，有的说起话来还气势汹汹。据说他们其实夜半时分都偷偷吃东西、打葡萄糖针。不过，造成的影响恶劣。外国记者去看时，他们都闭眼流泪水装得快要咽气的样子。今晚七点，听说要派大主教于斌去劝他们停止绝食。要再不听，就不客气地派宪兵了！"

夏强把刚才见到赵遂初抬棺示威抗议的事讲了，问白丽莎看到没有。白丽莎说："听说了！但派宪兵去干涉了！不准他这么胡闹的！"又说："这类代表，还有要上吊和跳江自杀的，真不像话！像赵遂初这种签署当选代表，不是土豪劣绅就是不法之徒。他们在本地利用恶势力经五万名以上选举人签署就成了候选人，然后利用选举舞弊就当选了国大代表。刚才，听大会警务处说，有一百八十名当选代表要在今天以冲锋方式冲进会场占据大会主席台，逐出民社党和青年党的代表，并且还要去分别占领陈立夫、张厉生①、吴铁城②的公馆索要当选证书。但都布置军警防范了，不怕的！"

来开会的代表络绎不绝地入场。白丽莎说："我们也进去吧！这次记者席的位置安排得不好，太偏。好在也不必坐在位置上，随便走动就是。"

三人一同走进门去，看见会场里烟雾腾腾乌烟瘴气，香烟、雪茄味浓烈。代表们大声招呼的、高声讲话的、哈哈大笑的、握手言欢的、男女交谈的、勾肩搭背的、拉拉扯扯的都有。白丽莎忽然皱皱眉，笑着说："你们俩一起活动吧！我掺和在你们中间太不应该了！你们该自由自由！我要去后边找一下大会秘书长洪兰友，问些日程上的事！"说着，她拂拂长波浪的烫发闪身走了。走了两步，回身说："夏强，有空

---

① 张厉生：当时国民党政府内政部长。
② 吴铁城：当时国民党政府立法院院长、国民大会筹委会委员。

晚上来看看你二哥。丹丹，欢迎你也来！"

送走白丽莎，丹丹陪夏强到楼下左侧记者席的地方去。那里坐着的记者不多，记者们都各显身手去找人采访了。

一个黑瘦干枯穿棕色西装的中年人上来招呼丹丹，讨好地说："雷小姐，我刚才看到令尊同监察院于院长一同来了！令尊坐在楼上。"

这本来是个专跑社会新闻的记者，这次不知怎么派他来跑国大新闻了。丹丹笑着点头，告诉夏强："这是《救国日报》的记者刘秉中！"新闻界都知道《救国日报》是"疯子"龚德柏办的报纸。龚疯子一贯反共，过去在《救国日报》上写起文章来，矛头指向比较公允或中间的报纸，不是骂这家报纸"拿了卢布"，"应去延安请赏"，就是说那个记者是"匪谍"，写的文章"企图颠覆政府"。所以《救国日报》老是像条咬人的狗似的满纸火药味猖猖狂吠。听说是《救国日报》的记者，夏强就点点头，也未同刘秉中握手。

刘秉中只顾着想同丹丹讲话，说："雷小姐，你知道不，这次会上，'国大之花'已经选出来了！'新疆牡丹'也选出来了！"

丹丹笑了："'国大之花'是谁呀？"

刘秉中用手一指："看到没有？坐在那前边的就是嘛！她是满族代表唐舜君，世居北平，与珍妃为姑侄亲，今年三十二岁，北平艺专毕业，爱好书画与戏剧，是个大美人。这些天国大代表们纷纷都想认识她，围着她转的人可多了！你看，她座位旁围着她的都是崇拜者呀！"

丹丹和夏强看时，只见唐舜君穿一件时髦的风衣式浅灰色大衣，烫的头发，涂着口红，脸上粉白，确是有些风韵。

刘秉中又滔滔不绝："大家给她起了个'国大之花'的封号，又给新疆代表左尔罕起了个'新疆牡丹'的封号！左尔罕，瞧，就是左边戴新疆帽的那个，要打分，只够七十分，但在这男多女少的国大会堂里，也就奇货可居了！"

丹丹和夏强看时，左尔罕约莫三十来岁，高鼻子，圆脸烫发，戴红色缀珠的新疆帽，上身是呢料西装，翻着大白领，下身是裙子，夹个金扣黑皮包，边上也有胖的、瘦的、高的、矮的男性国大代表簇拥着她在交谈。

丹丹轻声说："夏强，你给这两朵花都拍张照片，说不定将来《新闻窗》可以出一版图片呢！"

夏强点头说好，拿着相机去拍照了。

刘秉中忽然对丹丹说："雷小姐，我刚才跟几个同行讲，国大代表选花，我们记者也该选个'记者之花'出来凑凑热闹。有人主张选中央社的白丽莎，有的主张选你，有个说可以选两个。我是你的保皇党，坚决主张选你一个！嘻嘻，你说怎样？"

丹丹拔腿要走了，笑着尖刺地说："对不起，我可不愿凑这个热闹。你们的龚疯子对记者那么刻薄，要是知道你刘先生在这儿不好好采访却在选什么'记者之花'，准会给你吃大菜的！小心我替你写一条《救国日报》记者在会上选花的花絮在我们晚报上发表啊！……"

刘秉中本来笑得张着的嘴一下子合不拢了，愣在那儿，看着丹丹去找夏强去了，一脸无趣，像个泄了气的皮球。

丹丹同拍了照片的夏强一起准备上楼看看雷香山，从乱糟糟的会场人丛中边走边谈。

丹丹说："我想，抬棺示威、绝食、选花……用照片反映国大比文字要生动、形象得多。"

夏强说："刚才我拍'国大之花'时，把围着她献殷勤的三个国大代表那种丑态都拍了，但不知洗出来怎样？"

忽然，铃响了！"丁零零……"催代表们快坐到位置上去。夏强看看表，开会时间到了。这开幕式上，是蒋介石主持会议并致开幕词。夏强对丹丹说："别上去了！我们找个地方坐下，听听他怎么讲！"

丹丹点头："行！好在只有'一路吃酒'人，多的是空位！"

两人就近找了空位坐下，等待开会。估计这时蒋介石一定已经到了后台，在休息室里了。

主席台中央，是一大幅青天白日满地红的旗子，一幅两米高的孙中山油画像装在大镜框里竖挂在国旗上。主席台前，安着扩音器，放着瓶花。秘书长洪兰友，穿了套黑色西装，白衬衫上打着黑领结，头发梳得油亮，面容清癯，颧骨高突，脸色惨白，一副尖嘴猴腮的样子。外边都传说他抽鸦片。今天可能鸦片抽足了，又在蒋介石面前露脸，他萎靡之中露出了点精神。他四十八岁，做过社会部政务次长，是第五届、第六届国民党中央执行委员。身体虽衰弱，但为人随和，一支笔一张嘴都来得，能够听话，颇被重用。他走到台前，用一口道地的扬州话，慢而耐心地在台上对着麦克风一遍又一遍说："请各位代表到座位上坐好！"会场由大乱逐渐变成小乱。他仍耐心地说："请坐好！"请坐好！"……然后，又说："马上就要开会了！今天要请蒋主席致开幕词！大家肃静！……"

有人鼓掌，噼噼啪啪，然后引起一片啪啪噼噼。然后，看到穿草绿军装、光着头的蒋介石从台侧出现，做作地踱着慢步走到了台中央。他左胸前挂着一枚勋章，两肩各有五星上将的五颗星，腰里系着宽皮带，两眼露着凶光，从脸色的阴暗看，似乎心有不悦。他一出场，洪兰友带头鼓掌，表示欢迎的噼噼啪啪声又起，行礼如仪后，蒋介石轻轻干咳了两声，开始照手上拿着的开幕词念了起来。

"他好像心里很不高兴！"丹丹轻声在夏强耳边说。

"他怎么能高兴得起来呢？"夏强说，"前方老吃败仗，后方乱哄哄。前天南京三千饥民进城将米坊街和大马路一带的大米、面粉和所有吃食全部一抢而光。开这么个会，抬棺的抬棺、绝食的绝食……理应到三千多代表，今天出席的人只是'一路吃酒'。他要是高兴那才怪呢！"

台上蒋介石已经开始用他那口浙江奉化官话念稿子了："……这次大会，唵……是我们中国有史以来划时代的一件大事。唵……是中华民国实行民主宪政的开始……国家整个责任，已由国民政府交还国民大会代表诸君……"

夏强对丹丹说："你看到没有？前面左边往前第七排那里，有人闭目养神！……"

丹丹幽默地说："闭目养神者有之，窃窃私语者有之，猛抽香烟者有之，嚼口香糖者也有之……"

正说着，听到"克"的一声，原来后边一排有人瞌了一个瓜子。

蒋介石脸色消瘦，突出的颧骨，高高的鼻梁，棱角分明的嘴巴，阴郁而低沉，继续在拿腔拿调地慢慢念稿子："……唵……我认为今天国家和人民，戡乱与行宪应该同等重视。唵……我们不因戡乱而延缓宪政的实施，反之，我们正因为要保障宪政的成功，不能不悉力戡乱，唵……以铲除这个建国的障碍与民主的敌人。唵……今天的戡乱，乃是民主宪政对暴民专政的战争，也就是救国对卖国、救民对害民的战争……"

显然是在把反共的任务和盘托出，又显然是乘机把他发动的内战美化一番。话无真心，讲得无味，听的也无味。夏强知道来听这个讲话其实早晚料到是这样，只能耐心继续让奉化官话钻进耳朵里去。

忽然，听到蒋介石声音高了起来，在谈这次大会的使命了："……此次国民大会的使命，只是行使选举权，以完成中华民国政府的组织……"

夏强用肘碰碰丹丹说："强调只是行使选举权，听到没有？"

丹丹附耳说："就这一条，这些代表们非闹不可！他们早强烈要求将地方情况反映于大会，对当前时局及施政方针要检讨，还要求听取施政报告，提出质询建议。只让他们投一投票哪行得通！"

果然，会场上听到这句话后，马上发出了"嗡嗡嗡"声。这里"嗡嗡嗡"，那里"嗡嗡嗡"，窃窃私语的此刻话声高了，打瞌睡者此刻东张西望了，猛抽烟的更多了，闭目养神者睁大了眼睛！……

蒋介石似乎觉察到了台下的异样，咳咳咳……咳咳咳……干咳了几声，像吃呛了，停止了讲话，掏出一块白手帕来，拭了拭鼻子。但台下依然"嗡嗡嗡""嗡嗡嗡"……

后边一排，有个胖子压低了声音粗嘎地对邻座说："不行！这样不行！……"他旁边一个尖脸忿忿地自言自语，说些什么听不清，不满的态度很鲜明。

蒋介石突然提高了声音念稿子，把目光锐利令人生畏的眼睛朝台下张望，凶狠的目光所到之处，像发射了一道寒光，使"嗡嗡嗡"声压平下来了。

（三）民谣特别多

国民大会秘书长洪兰友很高兴。因为代表报到人数陆续多了起来，超出两千了。但他也出乎意外地感到为难，因为蒋介石的开幕词讲完后，代表居然大哗。会场里、休息室中、走廊上三三五五，这里叽里咕噜，那里也在咕噜叽里。

蒋介石以为在会议中建立了党团组织就可以顺利贯彻他的意志了。其实不然，国大代表们对于职权仅仅限于选举总统、副总统修改宪法表示不满，纷纷要求"删除《国民大会议事规则》草案第四章第十七条规定"。这条规定即国大代表的职权只能是选举或罢免总统、副总统，修改宪法。大部分国大代表要求"对政治、宪法、内政外交、经济金融、戡乱、人民权利义务等有讨论权、提案权"，并要求"听取政府施政报告，探讨国是，提出质询建议"。

这项建议付诸表决，出乎洪兰友甚至蒋介石本人意外，竟以绝对多数赞同获得通过。而且，大会上变得既活跃又混乱，开会时，有的代表迟到早退或者干脆不来开会。出席的代表也精神不振，闭目瞌睡的，嗑瓜子的，窃窃私语的，打情骂俏的，到走廊上散步聊天的，都有。雷香山在开幕那天到了会，以后就没再去，连谒陵也不参加。他说:"爬不动那么多台阶了!哪天体力好想见孙先生时我自己去。这二三十年并没有实行孙先生的遗愿,把三民主义弄成了一民主义,我不想同那些假惺惺的混蛋结伴去看孙先生。"

雷香山在家不去开会。他读书、看报、写字和散步、侍弄花草之外,常在廊下看着南归的燕子用泥筑成的小巢内有一窠孵出来的雏燕吱吱啾啾。老燕子不断呢喃着捉虫回来给小燕子哺食。他喜爱这种辛勤除害的小鸟,也欣赏这种候鸟冬去春来的机智与豁达。看到那双老燕含虫饲雏不禁又感伤起自己的丧偶,思念起丹丹的母亲。于是,感慨无穷。

到雷香山家里来看望并闲谈的人倒是不少。李宗仁和夫人郭德洁也来看望,还带了水果、罐头炼乳、罐头鲍鱼及衣料四色礼品。这一向,于右任、程潜都先后又来看望雷香山,目的自然们仍是为竞选副总统希望雷香山投一票。唯独李宗仁尚未来过。雷香山听说李宗仁去拉考试院长戴季陶的票,送了厚礼。可是戴对李说:"时局已弄到如此地步,我一切听命蒋公。他说上天就上天,他说入地就入地。"显然,他不支持李宗仁。李宗仁同雷香山北伐时相识,那时李是第七军军长,雷香山与他在武汉见过面。1927年,李宗仁兼过安徽省政府军事厅厅长,雷香山同他在安徽相逢一同议论过蒋介石的飞扬跋扈。抗战时,李宗仁任过安徽省政府主席兼保安司令,为拉拢安徽名流,对雷香山常表示友好。但桂系军人李品仙任安徽省府主席贪污独裁,雷香山给李宗仁写信控诉,并未生效,由此产生隔阂。现在,李宗仁夫妇来了,"拳头不打笑脸",雷香山只好以礼相待,并叫丹丹也来陪客。

在客厅里,两个安徽国大代表正坐着同雷香山谈话。李宗仁夫妇来了,雷香山也未请上楼去坐,只说:"舍间房子小,客人多了,只好怠慢了!"把李宗仁夫妇也请在客厅里坐下,也未给他介绍那两个国大代表。李宗仁咧着大嘴貌似憨厚地笑着点头:"这样好!这样好!"

丹丹陪着白净灵巧梳着发髻的郭德洁。郭德洁知道丹丹是记者,特别亲热。这次竞选，她在大方巷公馆出头露面给李宗仁大办外交，亲自接待记者，见了丹丹，她说："我觉得雷小姐脸熟，估计我们是见过面的。我见过的记者很多很多。女记者都喜欢我。"其实，丹丹并未到大方巷去过。但郭德洁这样说，丹丹也只好笑着点头，说："新闻界都说您能干！"

新闻界传说，李宗仁决定竞选后，先派郭德洁到广西布置，故意叫她经过香港见了一次李济深。当时李济深说："德邻何必竞选，还是到香港来一同革命吧！"郭德洁笑答："也许会有这样一天的！"李宗仁夫妇这样做，又故意放出风来给蒋介石知道，当然是很高明的。

现在，郭德洁看着丹丹亲热地说："你真漂亮可爱！雷小姐，欢迎你来我们大方巷玩！我那里很热闹的！客人很多，记者常去的！"她握着丹丹的手，亲热得像舍不得放开。

那边，李宗仁在对雷香山说："香老，这次对选副总统不知有何看法？我今天来，是专诚看望。我在想，我们在安徽见面时，曾畅叙胸臆，至今难忘。久不见面，是常常想念的！"

雷香山心想：难忘什么？我写信给你告李品仙的状，你连复信也没有，你忘了吗？但脸上未表露心中的不快，只是"啊啊"地似笑非笑，似应非应。

李宗仁见有两个挂红绸条子的不认识的国大代表坐在一边沙发上，也不好同雷香山深谈，又存心想要拉票，就笑着主动同那两个国大代表点头讲话："啊啊，还没有请教二位台甫！……"

这两个安徽代表是反对桂系的，所以雷香山没有介绍，现在不能不介绍了，站起身说："德公，这二位是我们安徽的代表金子帆、陈涛枫。"

于是，李宗仁嘴里说："知道知道，认识认识！"同金、陈二人握手。郭德洁也笑容满脸地起立招呼。但场面却激烈了。这金、陈二人是在安徽发起"倒李（品仙）运动"的主要人物。自从李品仙主政安徽

324

后，横征暴敛，军人独裁。他们"倒李"，李品仙兵权在手，却成了不倒翁，而且先是第二十一集团军总司令，到1943年任第十战区司令长官，1945年又当选国民党第六届中央执行委员，任徐州绥靖公署副主任，仍主政安徽。"倒李"无效，许多安徽国大代表由于仇视李品仙，连带仇视了李宗仁。现在，陈涛枫突然开口了："德公，听说你这次竞选，李品仙从安徽连夜派大卡车给你往南京运钞票作竞选开支之用，消息确否？"

李宗仁尴尬，连连摆手："嗬！不，没有的事，绝对没有！"

雷香山心想，这消息明明不假！可是陈涛枫也太……正想着，听金子帆也开口了："德公！李品仙在安徽坏事做绝，听说你和白崇禧都支持他，怎么能支持这样一个贪赃枉法的坏蛋呢？"

李宗仁脸上露出为难神色。郭德洁在一边也是满脸愠色。李宗仁摇着头，含含糊糊说："没有的事，嗨嗨，没有的事。我和白健生无权任命也无权支持……"

雷香山因是在自己家里，不能听任李宗仁太为难窘迫了，决定打圆场，插嘴说："德公，安徽的事，我写信向你谈过。如今大家对李品仙确是深恶痛绝。李品仙贪污舞弊，连安徽寿县楚王古墓都派兵挖掘吞没了出土文物。金、陈二位刚才的话都是肺腑之言。德公这次竞选，倘能在李品仙主持皖政的事上有所表态，定能赢得安徽代表投你的票！……"

李宗仁点头，脸色已由刚才的紧张松弛下来，说："那好！那好！……"这个"那好！那好！"究竟是什么意思，谁也不明白。但他接着却宣传开了，说："国民大会为实行民主之初步。我党同志都可以公开竞选。现在既已行宪，我李某人是个诚实人，决定参加竞选副总统。如今，我已经粉墨登场、锣鼓敲响了，胡琴也拉了，马上就要开口唱了，台下观众也正准备喝彩，要我放弃已很困难。所以……"他双手作揖，说："请各位多多支持，公道自在人心，以后有事，德邻自当效力！……"

雷香山和金子帆、陈涛枫也都点头用笑容敷衍。

郭德洁觉得火候到了，想解围了，看看腕上那只小彩色西洋表，提醒地说："德公，我们还约好要去别的几处地方的！是不是……"

李宗仁说："对对对！"起身亲热同雷香山握手，又同金子帆、陈涛枫二人亲热握手，不断地说："承蒙帮忙，非常感谢！"（雷香山想，滑稽！我帮了你什么忙呀？金子帆和陈涛枫又帮了你什么呀？）然后，由雷香山、丹丹陪着，送他们出门上车。

送走李宗仁夫妇回到客厅，金、陈二人就同雷香山谈了起来。丹丹就也在一边，听着爸爸会客。

金子帆，桐城人，早年在日本留学，在湖北武昌大学做过教授，1930年任武昌大学代理校长，以后做过安徽省政府委员及教育厅长、考试院考试委员。他同C. C. 关系密切，坚决主张要选孙科的，说："副总统选举，说穿了是孙哲生和李德邻两人角逐，别人都是陪衬。李德邻有桂系实力，受到美国大使司徒雷登鼓励。据说司徒认为蒋主席已大大丧失地位，李宗仁日益赢得了公众信赖。李提出了'肃清贪污、改革政治、实行民主、铲除豪门资本'的竞选口号，其实他做得到吗？桂系李品仙在安徽的作为就是证明。李德邻不过是挂羊头卖狗肉收买人心而已。听说大前天蒋主席召见他，指出副总统候选人已由中央提名孙科，叫他退出竞选。他竟表示决不退出，硬得很呢！"

陈涛枫是美国留学生，有过法学博士头衔，做过大学教授，又在浙江、天津办过党务，如今名片上还印的有中央候补执行委员及国民政府监察院法规整理委员会主任委员的头衔。他是安徽滁县人，却并不在安徽混前途，主张"墙外开花墙内香"。外界流传他的一件逸事：大老婆不生儿子，他在天津娶一年轻舞女做妾，要舞女生儿子，舞女不愿意。他说："把砂粒放进蚌的肉体里，蚌很难受，但却会生出美丽的珍珠，这很值得！这种难受是付代价。天下没有不付代价能得到的东西!"于是,人背后给他取了个"珍珠博士"的绰号。雷香山对他印象极坏,但他同金子帆同来了,只能淡而无味地应酬着。雷香山估计"珍珠博士"也是要投孙科一票的。因为他先一会儿李宗仁来之前乐观地说:"孙科为国父哲子,乃最适当人选,在党团支持下,定可当选。"现在,他听了金子帆的话后,说:"这次竞选,不算四分五裂,也算元气大伤。开幕式上,蒋主席强调大会使命只是行使表决权,可是大家一闹,一表决,把他的话否决了!他要孙科做副总统,不要李宗仁竞选,李宗仁却顶牛不退出。过去蒋的话说一是一说二是二,如今出现了敢否决敢推翻敢顶牛的情况,以后怕是什么事都不那么好办了!"

雷香山这些天来推说身体不好不去开会,他对会上和会后那种乌烟瘴气争权夺利拉拉扯扯派系斗争的丑态十分厌恶。闲来无事,也同门房老柴谈谈。昨天,老柴对他说:"外边民谣特多,雷老怕不知道吧?"他问:"什么民谣?"老柴垂着手说:"大官大贪,小官小贪,贪到最后,百姓死完!你做你捞,我做我捞,捞到临了,地无寸草!"雷香山说:"嗬!还有呢?"老柴说:"选举选举,乱花钞票,大吃大喝,大吵大闹,谁如当选,百姓都糟,要我选举,我不投票!"雷香山听了,想起选举国大代表期间,就有民谣:"今年我吃人,明年人吃我,后年人吃人!"如今又出了这样的民谣,说明百姓的义愤,半晌无语,最后说:"老柴,你以后听到什么仍告诉我!百姓的声音,不听不得了啊!可惜这个政府一是不听,二是听了也无法改了!"此刻,他同金陈二人谈话,听他们说,自己不说,觉得沉默得够久了,说:"听说前天在中常会临时全会上老蒋表露他决定不参加总统竞选了,是吗?"

金子帆说:"有此事!他说总统一职最好由本党提出一卓越之党外人士为总统候选人。他想提胡适,可是只有吴稚晖和罗家伦赞成,别人都不同意!"

雷香山吸着叶子烟暗自好笑,简直是演戏!他肯放弃当这个总统吗?……

"珍珠博士"陈涛枫说:"我听说头一天上午他是说不当总统,谁知第二天上午他说:'我不做总统谁做总统!'说完,两眼向全场扫视一通,吴稚晖、陈诚、居正、戴季陶带头鼓掌,随即宣告闭会。"

金子帆笑了:"其实人人肚里明白,蒋主席说他不做总统,不是不做,是嫌总统权力太小!宪法规定:总统权力受到立法院的限制。总统仅是礼仪上的国家元首而已。这种徒有虚名的职务我们的蒋主席自然不要。看来他要解决一下权力的问题。"

雷香山说:"这还不容易!你们放心,这问题要解决很容易,而且一定会解决。前天中常会已经通过了张群提出的赋予总统以紧急处理权的建议。把这拿到国大上通过一下,问题不就解决了吗?"

金子帆喝着茶击掌:"就是啊!雷香老刚才的估计是没错的。总统自然仍是非蒋总裁出任莫属。"说到这里,他忽然单刀直入地试探起雷香山来了:"雷香老!刚才李宗仁夫妇来看望你了!想要你这一票,你这一票给他吗?"

雷香山笑笑:"哈哈,你这一问我可为难了!孙科是孙先生的哲子,于右任是常来常往的老友,程潜是中华革命党时期的老同志,李宗仁亲热地来看望。可是只有一张票!"说到这,又哈哈笑了一阵。见金、陈二人哈哈赔笑,雷香山打趣地说:"恕我放一炮你们听听:这么多年来,除了老蒋,别人都是'丫头挂钥匙'——当家不做主的。蒋委员长变成蒋主席,主席就有权,变成总统,总统也就有权。至于副总统,都是挂钥匙的丫头,谁干都一样。你们说,我这话实在不实在?……"

金子帆、陈涛枫又一起赔笑,觉得雷香山说的是实情,也无法逼问了,起立告辞。

雷香山和丹丹也起身送客。

送走了金子帆和陈涛枫,回身进室,丹丹问:"爸爸,你到底要选谁?"

雷香山打趣地说:"你猜!"

丹丹笑："谁知你葫芦里装的什么药呀！"

雷香山说："你是我最宠爱的女儿，我把药倒给你看——那是一张空白票！"

丹丹问："怎么？"

雷香山两只洞达豁朗的眼睛闪闪发亮："我不拥护他们当总统副总统，一视同仁对待！三十六计中最后一计是'走为上'，到时我就不去投票，我年岁大，说我病了，谁能奈何我这老头子！"

为了松涛的事，夏强总是耿耿在心。

那天，小妹几乎是动弹不得般地苍白着脸，凉飕飕的脸上滚烫地淌下了一串泪水。她不愿让人看到她为松涛流泪。但这个难忘的印象一直刺痛着夏强的心。松涛啊！松涛，你怎么了？你在哪里？挂念着松涛和小妹，在南京见到国大上那种乱七八糟而又死气沉沉的局面，夏强心里颇想先回一次上海，等到副总统竞选时再来南京。

但，大部分国大代表们根本不把蒋介石的话放在眼里，大吵大闹要求变动议程得到了通过，议程变了：蒋介石 4 月 9 日要来做施政报告；国防部长白崇禧 4 月 12 日要来做军事报告；财政部长俞鸿钧、经济部长陈启天、交通部长俞大维、粮食部长俞飞鹏分别都要来报告财政、经济、交通、粮政情况并做检讨；4 月 14 日外长王世杰还要报告外交工作及检讨。夏强同丹丹商量后，决定要听一听蒋介石和白崇禧的报告，暂时不回上海。

午后，雷香山由丹丹陪同亲自去江苏路看望白南史。去前，丹丹先打电话联系，白南史在家，但白丽莎夫妇和白旮夫妇都不在家。丹丹打了电话叫了出租车陪雷香山去后，在客厅里坐下。白南史一味只谈孙科竞选的事，雷香山也只好嗯啊嗯啊听他讲，不时点头，最后终于说："有件事我特来拜托，丹丹有个同学名叫濮松涛，他被捕了！……"这时丹丹将一张写了濮松涛名字的纸条递给了白南史，雷香山继续说:"说起来,他还是令婿夏国未来的妹夫……"

白南史瞪着眼睛:"啊,这我倒还不知道。"

雷香山说:"这青年在学校里品学兼优,在上海《新联晚报》做记者,是个好青年!绝非共产党。青年人嘛!至多是思想不稳定,受点时下那种时髦的思想影响,但突然失踪了!"

白南史没有作声,舌头老是舔嘴唇。

雷香山又说:"这事本来理应是由贵亲家来找你求援的。夏强已经到了南京,也在采访国大,住在我处。我们不外,所以我来回拜谈谈心,顺便说一说。你在上海一言九鼎,打听清楚后让他们把他放了,以后让这孩子谨慎小心,事情也就结束了。你是否也代我找一下程宝太,请他也帮帮忙?"

白南史喝着茶叹口气:"香老,现在奸党无孔不入如水银泻地,有些青年误进歧途落入圈套,濮松涛的事,夏国倒还没有对我说过。既是香老说了,我自当让下边去查一查,先了解是哪里逮捕的,情况如何,然后再说别的,你看如何?"

雷香山只得点头,但说:"行,快一点给我一个回音如何?"

白南史说:"我尽快就打电话到上海,让党部派人调查。"又说:"程宝太处我一定将香老的意思转达。我想他一定也会出力的。"说到这,他又谈起孙科竞选的事:"孙哲生这次竞选,是总裁亲自出马劝驾的,这我上次已同香老说过。前天我夜里去看他,谈起了香老,他对香老的支持深表感激,说老同志就是非同一般。他不像李铁牛厚颜无耻到处拜客拉票。孙哲生是学者之风,等以后当选了再去看望香老。"

话已谈完,双方各有条件,各有想法。面上都很过得去,话也都很好听。雷香山起立告辞,白南史陪送到门口上了等候的出租车,雷香山又叮嘱:"那我就静待佳音了!"

白南史连连点头,说:"一定一定!"

夏强下午去新街口邮局发信寄稿并去在南京给《新闻窗》代理发

行的绘达图书公司联系业务。回来后，听了丹丹讲雷香山特地去找白南史的事，心中既感激又感动。

丹丹说："你也该去江苏路白家看看你二哥二嫂了，只通电话，老是不去，说不过去。而且，听说白旮已从河南前线回来，为了松涛，你顺便去看望一下白南史和白旮也必要。"

夏强知道丹丹是好意，说："我去！今晚就去，顺便我就请二嫂写那篇文章，题目我想定为《施政报告和军事报告里的题外话》。这两个报告肯定有隐瞒及掩过饰非的地方，二嫂心中会清楚的。她也许不肯坦率写，但能写一点也是好的！"

丹丹说："叮嘱她千万别写成中央社的通讯稿，那种口气那种立场吃不消的！"

夏强笑道："不合要求可以删改，她也不能把我们怎么！"

丹丹说："告诉她，这篇文章我们当头条帽子文章发。她好胜，爱出风头，爱别人捧场。只要她写得大致不差，我们就一定发头条！"

晚饭后，雷龙夫妇照例又外出交际应酬去了，丹丹陪着雷香山。夏强就去白公馆了。

蓝色的天上有皎洁的月光，天有些热了，月亮周围那些星星明丽地放射着银光，钻石似的点缀得天空像无边无际深邃的蓝色海洋。

白南史外出拜客去了。夏国、白丽莎夫妇在。白旮夫妇也在家。夏强到后，白丽莎热情请到楼上房里坐，显得亲切。夏国正在读一本原版的技术方面的英文书，并在做摘记，见弟弟来了，依然是冷淡的模样。白丽莎在听收音机，一个女声在唱流行的那支《王昭君》："……王昭君……闷坐雕鞍……黯然神伤……"声音很低，见夏强坐定，她就关了收音机。

夏强说："因为忙，今晚才抽出空来，其实天天都是想来的！"

夏国说："通过两次电话了。大家都忙，听听声音就挺好。"

白丽莎说："书呆子，夏强特意来看我们，有什么不好的！"

夏国说："我没说不好。自己弟弟何必客套。"

白丽莎给夏强拿水果、巧克力放在面前，又给夏强冲了杯"阿华田"，说："尝尝，这种麦乳精是人家从香港带来送我的，你给我带两罐去给丹丹喝。"

夏强喝着"阿华田"说："二嫂！谢谢！"马上开门见山地说："我和丹丹办的《新闻窗》是个公正客观、不偏不倚的杂志，现在名声不错，销路也可以，想请二嫂写一篇帽子文章……"他把要求谈了。

白丽莎笑了："文章未写，镣铐不少，我不写！我写不好！"

夏强给二嫂戴高帽子："丹丹早同我商量过了，这文章只有二嫂能写！你是中央社的大记者，跑过军事、政治新闻，能居高临下。用个笔名写吧！放开写，我们一定发头条！"

白丽莎摇头，但不是那种坚决拒绝的摇头了，说："万一写得不合用呢？"

夏强笑了，故意为以后做铺垫："二嫂是不会写得不合用的。万一真写得深深奥奥，我们做点编辑工作总要用做头条的。"

白丽莎终于声音脆朗地说："好吧！这两个报告当然是官样文章，内容我是掌握不少的，拣不会出问题的给你们捅点出去就是。反正得让读者想看就是。我用个化名写。这纯粹是帮你们的忙！"

夏国一直沉默地听着，这时忽问："夏强，怎么小妹跟一个叫濮松涛的谈了恋爱，姓濮的失踪了？"

夏强点头："是啊！松涛是我和丹丹的同学。"

白丽莎说："雷老伯轻易不上我们家来的。这次把他老人家也搬出来了，而且是丹丹陪着来的，说明夏强你在他家的地位了！饭前我听爸爸打电话给上海市党部，也找了程宝太。不知濮松涛干了些什么没有？"

夏国叹气："小妹谈恋爱也该慎重些嘛！"

夏强辩解又顶撞地说："没什么不慎重的！松涛人品好也有才干，

妈也喜欢他。我们从没发现他有什么不轨行动。"

倒是白丽莎劝解地说："等着吧！一有消息我就告诉你和丹丹。爸爸会出力办的！"

话题又转到了时局上。白丽莎说："美国国会通过了今年的《援华法案》，规定要给四亿六千三百万元，倒是一剂强心针。但天津学生又在闹事，西北军事情况也不好。这两天蒋主席正在主持军事汇报会，商讨西北军事问题。上月，西北宜川一仗，好几万人完了，29军军长刘戡也战死了。共军在南下攻洛川，胡宗南手忙脚乱，去年好不容易拿到了延安一座空城，现在搞不好还得放弃延安和洛川，好保西安。"她好表现，说这些颇有炫耀之意。

夏强喝着"阿华田"问："总统选举，居正自然是陪衬；孙科李宗仁之争谁会胜利？"

夏国冷冷地说："自然孙科的希望大。"

白丽莎摇头："现在李宗仁风头很盛，决心很大，财力充足。戏有得看的！鹿死谁手难测！"

夏强感到谈得无味，问："旮哥好吗？"

白丽莎说："唉！他心情不好。3月间，他去洛阳监军，谁知3月中旬那里的青年军206师就被消灭了！河南的洛阳、吉林的四平、山东的周村、张店和苏北的阜宁、涟水等十二个城市都在差不多同一时间内失守。他幸亏机灵，才在洛阳失守前逃了回来。坍塌倾圮的城市，残酷灭绝性的战争灾难，使他精神都要崩溃了。这几天，在为他丈人帮孙科竞选的事出力呢！他丈人江鸿钧也是国大代表，孙科的广东同乡。"

她这里正谈着白旮，听见楼梯上的皮鞋声响，说："嗬！巧了！说到曹操，曹操来了！"

夏强抬头朝门外张望，果然是白旮出现了。他没穿军装，西装革履，夏强起身迎着说："旮哥！……"

白旮脸上有风霜憔悴之色，见了夏强，露齿笑着："知道你来南京了，采访很忙吧？我可以告诉你一件新闻。走，到我房里谈去。"

夏强见二哥夏国面前的书仍摊开着，就顺坡下驴，说："好！"回身对白丽莎说："二嫂，那我去旮哥处坐一会儿。"

白丽莎笑了："去吧去吧！你俩有缘，总像谈不够似的。你们去谈，我就洗澡了。"

夏强随白旮到了左侧他的房里，问："娟嫂呢？"

白旮说："回娘家去了！她家热闹，每天有牌局。我同几个要人的公子在夫子庙玩，他们又去乌衣巷了，我就回来了。"他在桌上拿起一瓶杜松子酒，又拿起些瓶和容器说："我来调鸡尾酒你喝：用四十克酒，配上三十克清水糖浆，十五克柠檬汁和适当的苏打水……"他又倒又调，在一只大高脚杯里，用玻璃棒搅匀。夏强说："我不会喝酒！"白旮说："喝点尝尝，如今时兴跟美国人学喝这种酒！中央也常有鸡尾酒会，我调出来的这种鸡尾酒叫'金司令'。你看，酒色层次分明，外观绚丽，就像野鸡的尾羽，酒度低，入口甜美。你一定尝尝！"

夏强拗不过他，只好接过他递来的一只酒杯，尝了一点。白旮问："味道怎样？"夏强笑了："为了礼貌，我该说不错；要说真话，我宁可喝开水。"

白旮也笑，自己端了一杯品味着坐下。

夏强问："你刚从洛阳回来不久？"

白旮叹口气："如今我又离开国防部归参军处管了。参军处和军务局管全国各战场特派的监军业务。这就像钦差。派我去洛阳，是让我好好监视青年军 206 师邱行湘在洛阳是怎样打的，也要视察战场纪律和部队的战力、战果、士气，了解他们奉行命令如何，有事就报告。我带了两个卫士和一名译电员到洛阳。这两名卫士，名义是保卫我，实际也有监察我行动的任务。人把青年军叫作御林军。派邱行湘到洛阳时，老头子召见他说：'军事成败关系党国安危，如不打败共党，我们将死无葬身之地。'邱行湘到洛阳后，为扫清射界，大拆民房近两千间，名胜古迹为修工事也遭大破坏。周公庙、司马懿墓都挖得一塌糊涂……"

夏强问："那怎么一打就垮呢？"

白旮摇头："上头指挥混乱，政略、战略、战术上的指导运用、决心与处置，后勤系统的调整与布置都乱得很。军风纪坏，百姓离心离德。当地民谣说：'生了儿子是老蒋的，打下粮食是保长的，迎来共产党是为俺穷人的。'对方穷人不要命，又有将才指挥，打得勇猛，炮火猛烈。206师没有援军来救。我不蠢，三月上旬见情况日趋紧张，洛阳人心惶惶。我找了个借口，要到郑州陆军总部指挥所去视察了解情况，把监视我的两卫士笼络好了，带了他俩脚底搽油就去了郑州。要不，也许像邱行湘一样做了俘虏，也许做了'忠烈'，那今天也就别在这儿喝鸡尾酒了！"

夏强觉得白旮说得真实，问："这战局会怎样？"

白旮喝着鸡尾酒摇头："邱行湘告诉过我，他在南京国防部一厅看到表册，我们已经没有一个完整的军或整编师了！几乎每一个军都被共军吃掉了一部或大部。本来老头子希望在开国大前打点胜仗，可是全打的败仗！只有哑巴吃黄连了！"

"那怎么办？"夏强将小酒杯放在桌上问。

"天下事'船到桥头自然直'！"白旮说，"前方打败仗，后方在抢官捞钱花天酒地，吃喝嫖赌无处不在，这就是我们的现状！好的是大船烂了还有三千钉！老头子还在要做总统。他自己不急，别人何必急！"

夏强突然想到刚才在二哥房里白旮说要预告一件新闻的事，问："刚才你说的那件新闻，是什么事呀？"

白旮笑了："你知道，我老岳那伙老广是帮孙科竞选的，南京《救国日报》的龚疯子反共倒是没问题的，可是从国大开始前，他就支持李宗仁攻击孙科。我老岳他们和张发奎、薛岳、余汉谋这几个上将都是粤籍代表，对《救国日报》恨透了！商定如果龚疯子再这样，就带上人去捣毁报馆。老岳让我也找些人参加，并作安排，我已布置了。这事如果兑现，准打得它落花流水！"

夏强说："这样不会出事？"

"出什么事？"白旮把杯中鸡尾酒喝干了，说，"捣毁《救国日报》也就是打击李宗仁，老头子不会见怪的，又是这些大人物带着打，宪兵和警察局预先打了招呼，出不了事的。我从洛阳回来，一肚子火满身晦气，借这出出霉气，我也高兴！"

夏强心里好笑，一团糟的事现在真多！

白旮说："打报馆的那天，我打电话给你！你可以约雷丹一同来看我们大显身手。让雷丹写点报道帮点忙，行不行？"

夏强暗忖，何必说不行呢！爽朗点头："行！我代你约她！但打了说没打，怕不行吧？"

白旮打哈哈："当然说打，但只要说这是发扬民主发挥民意没打伤人就行！我们准备只捣毁报馆，不去打人！"

夏强决定把松涛的事提出来找白旮帮忙，说："我妹妹同我一个同学谈恋爱，他名叫濮松涛……"

白旮点头："这事我知道了！雷香老来托过家父。家父也要我帮着在上海稽查处打听。只是现在的手段是镇压，这种事沾上了就麻烦。这濮松涛是不是真的没问题呢？你年轻，我告诉你，共产党可不是省油的灯！隐秘得很。"

夏强斩钉截铁："松涛确无问题。他做记者，也许说不定哪篇报道上有犯忌之处，但他决非该逮捕的人。舍妹和家母很伤心，很着急！"

白旮叹口气说："可惜我现在干起钦差来了，不再干这种事。我今天已经得到知照，又要我去鄂西北襄樊，那儿是十五绥靖区，老头子派了他的一张王牌康泽为司令官。派我去，康泽也同意。因为知道我不敢打他的小报告。可是那里情况并不妙，我去下场如何难说。我想不去，提出仍想干老本行，但不行！"他又叹了口气，"你妹妹这个男朋友的事我出点力是可以的！"

夏强谢了白旮，心想："这个人呀！对我是不错，人也好像挺直率，干的事却不是特务就是监军，真糟。只遗憾我为了松涛还得来求他帮助！"既是为了找话说，更是一种记者职业造成的习惯，忍不住打探："襄樊总不至于出问题吧？"

白旮笑笑："康泽是个无兵司令。他是十三太保特务出身，没有自己的正规部队做本钱。如今他手下的部队有的是川军的旧部，有的是拉壮丁拉来的新兵，软得很。据我所知，康泽对他的这些本钱，是缺乏信心的。"

夏强说："那你还是不要去的好！"

白旮吁了一口气："如今好多将领都是以赴刑场之心情上戡乱前线！我是身不由己啊！"又摇摇头，"这种危急存亡之秋，开什么行宪国大选什么总统副总统呀！我回到南京，看到的都是吃喝玩乐加上嫖赌，听到的都是不祥之兆，到处乱糟糟，糟糟乱！唉，谁做傻瓜谁倒霉！谁也不做傻瓜！……"

他说不做傻瓜是什么意思，夏强揣摸不透。

（四）苍茫莫愁湖

白南史、白旮和那个程宝太都给了回音：濮松涛的下落没有打听到，都答应继续打听。

松涛哪里去了呢？夏强老觉得心里揪着，他有一种感觉，你白南史、白旮这种人对这件事根本不肯真的帮忙，也许是敷衍罢了，心里十分懊丧，也为松涛担心。丹丹同样为夏强的着急而着急。夏强想回一下上海安慰小妹和母亲再回来，但国大采访又不想中断，每一二天总要发一封航空信寄稿给丁一凡，《新闻窗》的稿件也要编写，只好怀着忐忑不安的焦灼心情整天忙忙碌碌。幸好，有丹丹在身边。每当同丹丹见面或谈心时，心情就变得好起来。

4月9日那天，一大批中央要人像捧场似的早早都到了，蒋介石上午在大会上用一口奉化的蓝青官话做施政报告。夏强和丹丹早上都一起到国大会堂去。在进口处，大会秘书处发给每个记者一个大封套，内贮十二寸的大照片一套，包括蒋介石、孙科、李宗仁、于右任、程潜五个人的照片。每张照片上都在上首写着"××先生惠存"，下首署着名字盖着红色的印章。这都是为竞选赠送的。拿到照片，丹丹说："带回去也是丢在一边，谁挂？"夏强有收集资料的习惯，说："当资料放着！"他们进了会堂，坐在楼下记者席上，听蒋介石做报告。

蒋介石仍穿着军装，不戴军帽，有一种沉重不快的表情。照着稿子宣读，有时也离开稿子讲几句。先讲了"国民大会对于戡乱的重要性"，接着谈军事和经济情况，说："……经济失调是……由于共匪到处破坏，以致交通梗阻，工矿停顿，大多数人民生活穷困，生产萎缩。"在军事上，他承认了在全国各个战场上的失败，但仍旧打肿了脸充胖子，说："在东北……是基于战略的变更，并非由于基本力量的削弱……"

蒋介石照着稿子毫无生气地继续说："……在华北，唵……我相信一定能表现良好的战绩。"在华中"共军之窜扰华中，当然要延长一点剿匪的时间，但共匪阴谋，终不得逞……"

丹丹轻声附耳对夏强说："听到没有？华中战局不好，他也等于承认了呢！……"

说到这里，蒋介石忽然双手叉腰，脱离稿子露出一副既跛扈又忧心忡忡的表情，特别提到了刘伯承，做着手势说："刘伯承，唵，这个独眼龙！厉害得很啊！"他这自然指的是刘伯承、邓小平率军进入大别山进军中原一刀插入胸膛的行动，刘邓挺进大别山后，长江以南都受到威胁！后来，他说："唵……此次召开国民大会，在实行宪法，加强戡乱建国的力量，因此首先要求举国一致，同心一德，正视共匪，戡平内战，才可保障宪法的实施。"

他那里"匪"啊"匪"的，夏强听了刺耳，心想，靠骂"匪"有什么用呢？人心并不在你骂"匪"的这一边，不是"匪"是骂不成"匪"的！事实上现在除一些官方报纸外，其他报刊仍都用"共军"不用"共匪"的。他不禁想起了白咨说的那首民谣来了："生了儿子是老蒋的，打下粮食是保长的，迎来共产党是为俺穷人的！"

夏强注意到，这个报告，听的人似乎都不感兴趣，有的精神不振，有的满面忧惶，有的交头接耳，有的东张西望，有的哈欠连天，有的打着饱嗝儿。他看到了坐在左侧的邵力子。戴着眼镜短发花白圆脸的邵力子是这次国大的筹备委员之一，他好像在吃花生米，但牙齿凋零，一颗花生米在嘴里咬来嚼去，老是很难"触礁"，所以老看到他抿着嘴咬口香糖似的动着瘪嘴，似打瞌睡，又似清醒。

夏强心中想，蒋的报告虽然承认形势严重，但一触到具体问题却谎话连篇，说些画饼充饥的话来敷衍一通，只有假话没有真话，谁会感兴趣？他忽然看到白丽莎也在。她坐在空着的国大代表席上正同一个戴眼镜穿西装秃顶的胖代表轻轻谈话。夏强碰碰丹丹说："看！二嫂在那边！"

丹丹说："那人叫袁章龙，干过中央组织部主任秘书，是个通天的人物，与大会秘书长洪兰友是把兄弟。看来，二嫂是在他那里掏内幕新闻。这人色迷迷的讨厌得很！二嫂老练，她不怕！"

只听蒋介石又大声用规劝的态度说话了："……唵，唵……希望各位代表切不可重视细节，议论纷纷，争持不决。"台下依然轻轻地有窃窃私语声，很不安静。丹丹附耳对夏强说："他的威信是越来越不行了！前些天，一个客人来同爸爸谈心，说十年前见到他时，有一种好似蚂蚁翘首看大象的自我渺小感。可是现在见到他时，有一种动物园里看狗熊耍把戏的感觉了……"夏强笑了。

只听蒋介石语气刚愎褊狭，带点命令也带着恳求的语气说："……为了国家，我们讨论的程序越简单越好，议程的进行愈迅速愈好！……"

丹丹说："懂得他这些话的意思吗？"

夏强说："开幕时他强调这次会只是为了选举总统副总统，没想意见被否决了，于是只好自己做施政报告，还要让各部部长来做报告，做检讨。于是，这次又提出新要求！"

丹丹笑："对！实际是不要大家讨论发言，只让大家走走过场就完。"

夏强说："以后那些报告我都不想听了，没意思！浪费时间！"

丹丹说："你这建议好，我们就自己放点假。这样吧！明天我俩去游莫愁湖如何？……"

话未说完，散会了，人都站起来，乒乒乓乓的座椅声像放炮响个不停。人都乱哄哄从楼上楼下往外拥。但近旁位置上有一个特别肥胖穿古铜色长衫的代表却仍坐在那里头靠座椅睡着未醒，睡得十分香甜，张着嘴，轻声打呼。

夏强忙用相机"咔"的照了下来，对丹丹笑着说："这张照可以叫作高卧未起！"丹丹笑了，指指东边说："看！"夏强看到，"国大之花"身旁身后仍拥着几个油头粉面西装笔挺的代表，保镖似的同她说说笑笑，个个都带讨好谄媚的神态。"国大之花"雪白的脸上唇涂口红微微笑着左顾右盼，矜持地走着。离"国大之花"不远，那个"新疆牡丹"身旁也众星拱月般叮着些男士，连《救国日报》的记者刘秉中也在挤着上去搭讪……正在这时，夏强看到二嫂白丽莎走过来了。

白丽莎笑着招呼："嗨，你们看到我没有？"

夏强说："二嫂！正想走过来找你呢！"

白丽莎说："我找袁章龙是向他了解情况的。"她看看身边没有别人，说："你们注意这些代表的情绪没有？估计白崇禧的军事报告后，检讨报告时会出现些激烈情绪的。袁章龙说，上边已要大会秘书处加快步伐，砍掉大多数发言和少数代表的自由发言，让这一议程尽快结束！"

夏强说："这大约就是刚才报告中的'程序愈简单愈好，议程的进行愈迅速愈好'的体现吧！"

白丽莎点头："当然！这个会原先许多人都主张缓开或不开。老头子一意孤行，非开不可！你们知道吗？不但如今会开得乱哄哄，根本不听他的指使，而且估计这么多人的大会，每开一天要花近30个亿，这当然还不包括竞选的招待、拉票等费用。"

夏强心里想，物价竞相飞涨，城乡百姓不知多少都饥肠辘辘，这里却花钱似流水，真是"朱门酒肉臭，路有冻死骨"！蒋介石仅仅不过是为了给自己加上一顶"总统"的桂冠，在美国人面前装出一点"民主"、"宪政"的样子好继续得到美援。但从这次会上看，作为国民党统治象征一贯一言堂的蒋介石已经大大丧失了他的地位。东北、华北、郑洛、泾渭各战场都吃败仗，硬着头皮演这出戏，实在可笑可恨！实在是"晋阳已陷休回顾，更请君王猎一围"的局面了！其实把蒋介石由"主席"叫作"总统"，就像把"阿猫"叫作"阿狗"，是救不了败北的命运的。他心中老是盘念着松涛的失踪，怀着仇恨，心里想，嘴上什么也没有说。

倒是丹丹说话了："这个会，夏强和我决定不天天来了。我们有写稿编稿的事要忙，今天听报告听得太累，明天就不来了。我们想去莫愁湖玩一天，散散心。"

白丽莎笑了。她笑起来是很妩媚的，带点羡慕地说："是该这样！看到你们这一对金童玉女，我觉得真是'只羡鸳鸯不羡仙'了！"

丹丹说："二嫂，看你说的！那篇重要文章，你可别忘了早点赐稿啊！"见白丽莎点头，她又说："夏强为濮松涛没下落的事一直在着急发愁。二嫂，你神通广大，费心再帮着打听打听，好不好？"

白丽莎点头说："我再努力试试吧！"

南京，古代又名金陵、建邺、秣陵、白下、石头城、建康、应天府……山负龙盘虎踞之雄，水占襟江带湖之胜。风光名胜，得天独厚，山川古迹，别有韵致。

旧称"南都第一名胜"的莫愁湖，是三国孙权在南京水西门江口沿秦淮河筑横堤因此接栅塘故又称南塘。后来长江西移，秦淮改道，留下的沙洲与湖泊，就是今之莫愁湖。此湖"粉黛江山留得半湖烟雨"，是城西一方质朴典雅的游览胜地，湖面约五百余亩，周长十华里。相传公元402—502年宋齐年间，洛阳少女莫愁远嫁南京卢家，婚后丈夫应征戍边，莫愁勤劳温厚，热心公益，却遭公公卢员外诬陷，被迫投湖而死。后人为纪念她，将此湖改名为莫愁湖。如今莫愁湖在南京是个有名的处所，却又并不是个游客纷至的地方。

湖上，有胜棋楼，传说是当年明太祖朱元璋与名将魏国公徐达下棋处。明太祖输了棋，将湖楼赐给徐达，并名之为"胜棋楼"。既有莫愁女的动人传说，又有胜棋楼可以品茗览胜，发怀古之幽思，要游南京名胜，要看不事雕饰的白下风光，这里自然是一个好去处。

这胜棋楼久沐风雨，已经剥落古旧。楼上有一对联："贤王汤沐，旷代犹存，莫谈桑海兴亡，且安排清簟疏帘，藉一局围棋赌胜；江表风流，于今未泯，依旧湖山整理，更收拾玳梁画栋，待双栖燕子归来。"

近中午，到了胜棋楼，丹丹看着这副对联说："文人都喜欢谈桑海兴亡之事，为何这联叫人在胜棋楼上'莫谈'，却要安排清簟疏帘，藉一局围棋赌胜？想借此湖此楼告诉人们一点什么哲理？"

夏强看着对联思索，摇头答："撰联者没写清楚，他也许是不愿言，叫你自己想一想。"

两人在胜棋楼上临窗占了个位置。夏强叫泡一壶茶，丹丹说："不！

一人泡一个盖碗茶！要好的茉莉香茶！"那堂倌四十多岁，瘦高伶俐，泡茶之前，先殷勤地送上了几碟花生、瓜子、蚕豆、柿饼。面对湖光潋滟，虽然残荷败落尚存，新叶大部犹未舒展，已有绿色。景色萧疏，古气盎然，没有姹紫嫣红的艳俗之美，山色水光反而分外幽雅平静。垂柳新绿，烟笼堤岸，有鸟叫啁啾。夏强看看远处和近旁，说："来这儿的人少，喝茶的人更少。"

丹丹笑了："俗人才喜欢人多呢！外国记者发回去的电讯说如今的南京城里充满了党棍、军阀、政客、特务、流氓、警察、宪兵、妓女，乌烟瘴气，嘈杂不堪。选这里来，绿柳蓬勃，尘飞不染，就是为了呼吸点新鲜空气，求得点安静。你要喜欢人多热闹，还是留在国民大会堂里的好。"

夏强给她逗笑了，说："我不是那意思！那儿空气混浊，我可讨厌透了！"说着，对着窗外深呼吸，空气带一股荷叶香，使他心情畅快，他说："好清新的空气呀！我仿佛闻到了六朝烟水气了！今天要是有点细雨，那在此观景就更好了！"

送来的两个蓝花瓷盖碗茶，冲水后，茶水带淡绿色，绿得可爱，盈出淡淡的清香。丹丹左手托住盘，右手持盖，轻轻拂去浮沫，取盖闻香，小口啜饮，姿势优美，说："你成了诗人了！快喝一口尝尝。好茶，清香沁人。喝热的，一直烫到心底。"

夏强用右手持盖，由里到外翻动茶水，拂去浮沫，再用右手拇指和中指夹住杯沿。他喝茶时用食指按住杯盖略略露出缝隙，闻了闻茶香，然后喝了一口，果然是好，说："原先你主张来这里，我只觉得莫愁女是传说中人，这里其实是个'假古董'，没多大意思。但一看这湖上烟波，又经你一说，这儿朴素自然人少清静，茶水又好，觉得确有引人入胜之处了！"

丹丹笑了："别说这些话讨好我！"

夏强喝茶："全是真心话，确有想讨好之心，话却绝无讨好之意。"

丹丹嗑着瓜子笑，打趣地说："听你这么说，我很开心！今天就你我二人在此，你多说点甜言蜜语，我爱听。"

夏强拣花生吃，也逗趣说："你想听，我就偏不说。说得太多，也就不值钱了。我问你，你猜我到这种地方来，有什么感想?"

丹丹说："那怎么猜得到，你说吧!"

夏强说："南京建城近两千五百年，经历无数风风雨雨，从三国孙吴在南京建都，到民国，一千六百多年间断断续续十朝建都于此。三国时，诸葛亮在赤壁之战前夕，出使东吴途经这里，赞叹说：'钟山龙盘，石头虎踞，真乃帝王之宅也!'以后，东晋建都百年，宋、齐、梁、陈皆偏安在此，南唐也建都南京。六代兴替，南京阅尽王朝的曲终人散。明朝，朱元璋在此建都；太平天国以此为天京。晚清，这里是英帝国主义逼订《南京条约》的屈辱城市。辛亥革命，孙中山在这里就任临时大总统……来到南京，我心中面对斑斑史迹，不但恍若进入了遥远的历史天地，更多的是有一种沧桑之感。这对联上叫人莫谈桑海兴亡是不可能的! 我觉得在这个古代历史名城中，回溯历史，就会明白一个道理……"

"什么道理呢?"丹丹喝着茶认真地问。

"在这儿开始建都时那种庞然大物，到了后来就腐败了，萎靡了，衰落了，不能除腐布新，不能新陈代谢，不能吐故纳新，不可救药了! 于是，就烂光、就垮台、就灭亡了! 那么多朝代，没有一个例外。而现在，我就有了这种行将看到灭亡局面的感觉。在参加这次国大采访后，这种感觉就更强烈了!"

"是啊!"丹丹正襟危坐，若有所思，"这种感觉我也有! 有时夜间睡着醒来，仿佛听到时间哗哗像绿水似的流过……那水流似要冲垮一切!"

夏强说："我的想法是，坏的东西坏到不能再坏，它理应毁去! 该进垃圾箱! 该灭亡! 该烂光! 该死掉! 它灭亡了! 死亡了! 就总会有比它好的东西来代替它的！这是历史告诉我们的事实！"

那瘦高伶俐的堂倌来冲茶，右手执一把太平府大铜壶，在离桌面三尺左右的高处，对准茶碗倾注开水，既准又稳，没有一滴开水洒落。

丹丹端起茶来赞叹说："这跟四川茶馆里斟水的技艺一样高明。"见堂倌走了，她说："你说得对！国民党自己把自己搞得这么腐败透顶，回天乏术，活该垮台。但我还不了解共产党，共产党一定行吗？"

夏强也喝茶，望着莫愁湖上新生和复苏的荷叶从水中央铺展到岸边，水是绿的稠的，阳光照得湖上金光粼粼，水汽氤氲，说："我喜欢这个湖的名字——莫愁！莫愁！天下事的规律历来如此，适者生存！自强者得胜！现在这股政治力量如旭日东升，你没有看到民心吗？民心所向不在此间，是在那一边！"

丹丹叹口气说："我未始没有思索过这个问题，实际我是常在思索这个问题的。老实说，我不是傻子，早明白你交往的林东方和濮松涛以及在校时的方之是什么人物了！只是你不说，我同你心照不宣罢了！林东方在我感觉上不是个一般商人。这个人神出鬼没。一次，我在新街口看到他坐在一辆汽车上，獭绒帽压住眉毛，马裤呢大衣竖起了獭皮领，十分阔气。我一眼就看出了他，他也瞥见了我，但装作未看见，惊鸿掠影，过去了。又一次，我在下关江边采访，见一伙苏北人用船贩了许多苏北土特产在卸货。就在这伙苏北人中，他穿着打扮就是个苏北商贩。他未看到我，我也有意避开了。你说他真的是做生意的人吗？……"

夏强插嘴打断："他确是做生意，如今同方国华一起在做生意。"

丹丹朝夏强看看，说："我甚至怀疑你是不是在这件事上有意瞒了我什么！"

夏强诚恳地看着丹丹叹气："不，丹丹，我没有。你是我最可信任的人！如果有什么事一时没对你说那总有不说的原因，目的也不是为了瞒你。我这一向为松涛的事十分压抑，尤其来采访这个会，这种压抑更重。我觉得我是到了做出抉择的时候了。"

丹丹似乎心情激动，但默默无语，也凭窗望着外面的湖面。湖水似乎深不可测，碧绿发蓝。可惜这时节没有莲花，这里是以莲花著称的。每逢盛夏，满湖圣洁的莲花，翠盖上红莲与白莲掺杂，香风阵阵，令人悦目愉心。丹丹记得去年与父亲同来时，吃到过这里的花香藕，香甜肥嫩，入嘴咀嚼没有渣滓。莲蓬也鲜甜异常……为什么在夏强谈到这样重要的事时，却浮想联翩想到莲藕之类上去了呢？她也无从解释。但她刚把思绪拉回来，把目光从湖上移到夏强脸上时，那瘦高伶俐的堂倌又来往盖碗里斟水了。斟完水，满面含笑问："二位要不要来一盘驴肉？热的！"

"驴肉？"夏强诧异地问。

"是呀！"堂倌笑答，"人都知道'玄武湖里的樱桃，莫愁湖里的驴肉'。俗话说'天上龙肉，地下驴肉'，好吃得很哪。我们这莫愁湖胜棋楼上的五香驴肉，闻名遐迩，用来下酒了不得！"

丹丹做证："对对对！这儿的驴肉最香，是有名的。"她对堂倌笑着说："谢谢你，给我们来一盘尝尝，一斤就可以了。"但又叮嘱一句："我们不喝酒，你带两烧饼来，我们就当中饭吃了。"

堂倌急急跑去又急急跑来，端来了一盘刚出锅的冒着热气的切成片的驴肉，一小碟泡着醋的生姜丝，连同两双竹筷放在桌上。驴肉颜色橙黄泛一点淡红，确有一种特有的香气。夏强用筷夹一片驴肉吃了，不禁赞道："丹丹，这驴肉确是好！我还是第一次吃驴肉呢！"

丹丹说："我倒是第二回了！去年陪爸爸来此时吃过的。但这堂倌不提，倒也忘怀了。"说着，也夹一块驴肉配一点生姜丝入口，品尝着说："香倒仍是香，不过咸了一点。所好夹着烧饼吃也该咸一些。只可惜这姜丝不行，太老！"

夏强嚼着驴肉："想不到你真是老饕之流呢！"也夹点姜丝吃了。

堂倌又用盘子送来了两只烧饼放在桌上。丹丹用烧饼夹进了驴肉吃将起来，突然幽默地叹口气说："好吧！听老饕打油一首吧：胜棋楼上驴肉香，可惜无酒入醉乡。谁令江山成战场，众手所指骂老……"她轻轻地说："下面这个字你填！"

夏强边用驴肉夹烧饼吃边说："我填一个……"他用筷指指那碟姜丝说："这个字！"

丹丹笑说："这个字填得有意思！"

夏强说："你这打油诗不错，但……"

丹丹嘴边依然有常开不败的微笑，说："怎么呢？"

夏强说："这个草字头自然该骂，他是罪魁祸首，但整个国民党统治的这部机器朽了，换马也不行。有人可笑地寄望于李宗仁。李宗仁也是五十步与百步之比。中国需要的是从根本上大变一变了！"

丹丹喝茶说："是的，你这样说，我觉得对。你是说应当让那边来？"

夏强吃着驴肉烧饼，喝着茶微笑。

丹丹问："你这想法是从东方那儿来的？"

夏强说："也不能这么说。他思想进步，我给你看的那些书和刊物就是他给我的，但这想法是我从日常生活中尤其是从近来的生活中凝成的。"

丹丹又默默无语，看着远处四围一片苍茫和空蒙的水色，忽然说："去年深秋同爸爸来这里时，这儿到处红红黄黄，绚烂成一片，美丽极了。那天，他说过一件事给我听。此刻，也不知为什么，我忽然想起了这件事。"

夏强说："丹丹，边吃边谈，说来听听。"

丹丹用茶润润喉："以前这莫愁湖旁有个华严庵，住持名叫步云和尚，头发花白，瘸一条腿，瞎一只眼，是个奇人，善弹铁板琵琶，琵琶重五十斤，长三尺多，上有七根弦，弹将起来如风雨雷霆、万马奔腾，令人惊心动魄。步云和尚不逢知音轻易不弹琵琶。他比爸爸年长许多，但在这胜棋楼上曾经带了琵琶为爸爸弹奏一曲《开天辟地》，如惊涛霹雳绕梁不绝。那当然已是四十几年前的事了！步云和尚后来也早就圆寂了，葬在何处已无从查考，华严庵也是早就坍塌，无影无踪。去年爸爸带我来，就是为悼念步云和尚这段往事的。"

夏强肃然，问："雷老伯怎么好好想起这段往事和这个老和尚了呢？"

丹丹说："别急，我讲给你听。步云和尚年轻时，见清廷腐败丧权辱国，列强侵侮，气愤填膺，就立志要干一番事业，伙同一个姓麻的好友，义结金兰，相约闯荡江湖，寻找志同道合之士，携手来推翻清廷。他们拜师学武，也拜师学文，以求上马杀敌下马草露布，走遍三山五岳，结交志士，宣传真理。他如何落下残疾，就不清楚了。"

夏强喝茶："哟，这个人了不起！"

丹丹说："可是颠沛流离，遭遇坎坷，一晃二十几年，年纪大了，身体坏了！未成气候，也未找到可以从事革命的力量。到南京后，见国是日非，亡国之祸迫在眉睫，深感无所作为，空自悲切，终于消极停步。姓麻的佯作痴狂，不知去向；步云则隐姓埋名，削发出家，四大皆空了！"

夏强听得入神，叹息道："何以心灭意冷到如此地步？"

丹丹说："迨见到爸爸，当时爸爸为反清遭缉拿，藏在华严庵内，他终于知道爸爸是同盟会秘密会员。一天，与爸爸在这胜棋楼上品茗。那天，这楼上也寂然无人。步云携来铁板琵琶，为爸爸弹奏一曲，刹那间金戈铁马，刀丛剑林，喊声动地，忽而又石破天惊，海啸山崩，忽而又万弩待发，暗藏杀机……爸爸端坐静听，为之动容，感谢步云以知音相待。步云终于慷慨谈出自己的身世与未遂的抱负，慨叹自己等闲白了满头黑发。爸爸为之叹息动容，不禁对他十分敬重！"

夏强说："怪不得事隔几十年，雷老伯还要来此凭吊并带你来，把这故事讲给你听，而你今天又把我约到此地，复述了这个故事。"

丹丹说:"我陪你来,是偶然的,并无深意。你别老是打断我的话,还没说完呢!你知道,这步云和尚虽然出了家又老又残,认识爸爸后,他仍干了一件特别的事呢!"

夏强好奇心被逗起了,说:"快讲吧!"

丹丹的眼睛亮晶晶,说:"那时,这莫愁湖边曾有一个大石牌坊,石牌坊上镌着'徐曾千古'四字。"

夏强问:"徐曾千古,什么意思?"

"这'徐',就是在这胜棋楼上同朱元璋下棋的徐达。这'曾'吗,是清朝的曾国藩。曾国藩的湘军打败太平军入了金陵,后来就在这莫愁湖畔造起了一个曾公阁,树立了'徐曾千古'的石牌坊。爸爸那次来时,曾公阁早已荒颓败落破烂不堪,但石牌坊仍在。那天,步云讲了自己的身世后,陪爸爸回华严庵,经过石牌坊,他忽然怒指石坊说:'曾国藩何许人也!我一定要把这牌坊砸倒!'"

夏强心中不由肃然起敬。

丹丹喝了口茶:"以后爸爸忙着革命反清,过了几年,又到南京。特地到莫愁湖畔寻找步云,但步云已不知下落。人说他已圆寂,而这镌刻着'徐曾千古'的石牌坊已经倾圮不见。向人打听,说几年前一天夜里突然倒塌了,似是被人推砸倒的。"

湖上岚气重重,水色树影边来了人垂钓。夏强忽然想到了鲁迅写的《论雷峰塔的倒掉》,在那篇杂文中,鲁迅说:"我却见过未倒的雷峰塔,破破烂烂的映掩于湖光山色之间……""那时我惟一的希望,就是这雷峰塔的倒掉。后来我长大了,到杭州,看见这破破烂烂的塔,心里就不舒服……""现在,他居然倒掉了,则普天下的人民,其欣喜为何如?"……

丹丹讲的故事,神秘得像寓言。听完丹丹讲的故事,夏强心里似有海涛天风在激荡,说不出的有一种无法表述的情感和雄心。他用含情脉脉的眼光看着丹丹,迟迟疑疑却又坦率地说:"丹丹,你讲这些,是勉励我去砸掉这破破烂烂的旧牌坊?"

谁知丹丹却说:"不,我也不知为什么要讲这些,只是在你谈起中国需要大变一变的时候,我就想把这些讲给你听……也许有意思,也许没有意思。你自己像喝这香茶似的去品味吧!"

夏强觉得丹丹真可爱。

这时,向窗外望去,西边有血一样的红霞,色彩浓艳得要往下流淌。斜阳照耀,饱经沧桑的莫愁湖澄潭冷绿,岸边垂柳长丝迎风摇曳,有两个八九岁的男孩兴高采烈地在岸边路上滚铁环耍,高兴的笑声不断传来。北面隔水远望,古城墙与清凉山清晰可见。夏强和丹丹忽然同时在苍茫之感中又体会到了蓬勃的春天气息。

(五)"你这人! 真苦!"

雷龙夫妇俩陪联合国救济总署的美国官员出差沿京沪铁路视察工作去了。雷香山不再去参加会。夏强和丹丹偶尔去国大会堂看看,听听。

果然不出所料,国防部部长白崇禧那天做军事报告和检讨时,这个个儿高大绰号"小诸葛"的广西佬,戴副金丝眼镜,常用手帕去拭牛山濯濯的秃顶上的汗,显得力不从心。报告后,反响强烈,代表们很不满意。其他那些财政、交通、外交、粮食的部长们,一个个的报告和检讨也都是既承认形势严重又都谎话连篇,遮遮盖盖。谁都知道前方到处打败仗,谁都看到通货膨胀,物价如脱缰野马,谁都知道铁路、公路这里断了那里通,那里通了这里断,谁都知道美国兵风纪坏民愤大,美国给美援,却订了一系列的对美国有利的条约。一月间发生了"九龙惨案",香港英国总督下令英警强制拆迁九龙民房,枪击中国居民,打伤七人拘捕两人,两千中国人无家可归,而外交部奴颜婢膝,事后才办了一下外交。谁都知道粮食部长有了粮食全作军粮专用,农民都被征粮征得没饭吃，城市粮食也十分紧张……所以听这些官样文章的报告时，代表们各行其是——有的聊天，有的打盹，有的出去玩夫子庙，有的看报，有的气恼……

那天，夏强和丹丹去国大会堂，正逢王世杰报告外交。到会的人数不多，代表席上全是空位。夏强和丹丹坐下。矮黑花白头发戴眼镜的王世杰照稿在念。几个身边的代表正在说笑。一个黄胖的代表说："你们知道秦淮河里那个出名的用木盆当船划学狗叫乞讨的张小狗吗？"一个代表说："不知！"另一个代表说："你说说！"黄胖代表说："这个张小狗学狗叫乞讨，人家问他为什么这样？他答，我原来是说人话的，父母教我做人，老师教我做人，但现在社会上的人都不说人话，我说人话也讨不到钱，我当然不说人话说狗话啰！……"边上几个代表都嗤嗤咯咯地笑。王世杰在上边大声念报告，下边这几个代表继续讲笑话……

但是，王世杰做完报告下来，到了讨论报告检讨问题时，代表们突然都劲头来了，纷纷抢着麦克风质询，发出尖利的批评，一改听报告时那种精神不振的状态，把蒋介石说的"不可重视细节，议论纷纷"和"议程的进行愈迅速愈好"全部抛向一边。登记发言和抢着发言的多得出人意料。话筒是放在台上，也有些是放在楼上、楼下代表们席位旁的。常常这里一个人抢着发言，那里一个人也同时抢着说话。有些大骂政府的话博得鼓掌喝彩，有些想给政府贴金吹捧的话引来了跺脚声和嘘声。干枯瘦弱的陈布雷这天来参加会。他穿一件蓝不蓝灰不灰的绸长衫，见场内太乱，上台握着拳头抓住麦克风声嘶力竭地劝代表们少质询几句。会场太吵太乱，他声音小，只能狼狈下台。

都是些猪不吃秧、蚕不下蛋的事，没法解决。会场乱得像捅了的马蜂窝，吵嚷声就像早晨夫子庙的茶馆。主持会议的洪兰友，常一脸尴尬，讲不清子丑寅卯，不知如何才好。他瘦削得像一具僵尸，脸色苍白，可能鸦片瘾来了，额上冒着虚汗。代表发言，东打一炮，西打一枪。东北代表张振鹭要求蒋介石"挥泪斩马谡杀陈诚以谢国人"！原因是陈诚这个总参谋长"在东北行辕主任上丢盔弃甲逃回南京"打了大败仗。他这一说，台下一些反共健将都高呼："严惩陈诚！""到上海扣留陈诚解京法办！"……陈诚是蒋介石的心腹，抨击陈诚等于抨击老蒋。他不在会场上，但记者们很快知道，老头子在官邸大发脾气，要大会秘书处加快步伐，把绝大多数发言砍掉。他说："不能有多少个人，便有多少意见！"于是，连原定政府对各项检讨意见的答复都全部取消。

夏强和丹丹真像在看闹剧，那些代表讲的话本就没什么价值，实际作用如同放屁，屁放过一切烟消云散。夏强右边坐着丹丹，左边坐的是个像滑稽明星韩兰根那模样的小报记者，名叫林建时，他在本子上写了："国民大会堂，到处屁声响，响屁不臭，臭屁不响，夹屎屁又臭又响，放了屁的代表心情舒畅。"递给夏强看，说："我编的，请指教！"夏强忍不住笑了，对丹丹说："我们回去吧！这里空气不好！"

国大很快通过了《请制定动员戡乱时期临时条款案》，给了总统在动员戡乱时期为紧急处理不受宪法规定程序限制的无限权力。不过，有四百二十多人反对或弃权。夏强和丹丹从记者圈子里听说，蒋介石为这大发肝火，说："竟有这么多人反对我！"在陵园办公室里摔碎了一只玻璃杯。而摔碎玻璃杯的第二天，就是总统选举。

关于总统选举，本来开头想提名胡适陪选的，但支持者少，而且，发现"蒋中正胡适"成了"蒋中正往哪里去"，不吉利。由司法院长居正陪选，"蒋中正居正"，显得吉祥如意，于是决定由居正同蒋介石"竞选"。

白丽莎告诉夏强"蒋主席十分重视这次竞选，他未去办公室，在官邸等听消息。洪兰友不断打电话到官邸向侍从室报告情况"。那天投票选总统，雷香山不去，夏强和丹丹去了。蒋介石得了二千多票，居正得了二百几十不到三百票。后来据二嫂白丽莎告诉夏强和丹丹："老头子很生气，因为有近三百人没投他的票。宋美龄劝慰他，假戏也得真唱，美国人老嫌我们不民主，民主选举嘛，居院长票太少就显得不民主！蒋介石才稍为平了气。"白丽莎还说："老头子不知道，因为没人敢告诉他，其实那天的选票上五花八门，有人在老头子的名字上打了×，有人把老头子的名字划去写上了孙中山，还有人在'居正'名字之间加了一个'不'字，使选票上的'蒋中正居正'成了'蒋中正居不正'。"

雷香山后来知道了这些情况，对丹丹和夏强笑道："《因果经》上说得好：'欲知过去因，观其现在果；欲知未来果，看其现在因。'……"

副总统选举临近。

雷香山宣称他血压升高、心脏不适，在家卧床。白南史来电话，知道雷香山病了，说要再来看望，仍希望雷香山投孙科一票。为了这，雷香山在雷龙夫妇出差回来后，让儿子儿媳和女儿送他进中央医院住院去了。他年岁大，本有高血压，靠服药维持，不服药血压就高上去。这时爽性住院疗养。雷龙夫妇和丹丹、夏强都常去护理陪伴。

一早，吃过早饭，夏强同丹丹商量说："在南京住的时日太久了，松涛的事也没个消息，《新闻窗》只缺一篇副总统竞选的稿子了。我想等副总统竞选告一段落给《时事日报》寄了稿后，就回上海去。"

丹丹俏皮地说："你有'太久了'的感觉，我没有。嫂嫂这次也没嫌你住得久。但你要回去，我不阻拦。你这次回去了什么时候回来呢？"

夏强笑了，说："还没走就又问何时来了，可见你是舍不得我走的！"

丹丹也笑了："可见你很舍得！"说到这，她停止了笑，说："今天我可忙啦！先要去安乐酒家，再去龙门酒家。为多拉选票，李宗仁包了安乐酒家，孙科包了龙门酒家，大宴各省国大代表。凡胸前佩有国大代表红绸条的，不论早中晚进入酒家，一律免费招待，记者也一样。百龄餐厅、介寿堂、华侨招待所等处也都摆了酒席，但我不打算去。我不是去吃什么，只是去看看，拍张代表们大吃大喝的照片。然后我就去国大会堂。今天，副总统第一次选举，估计六个人票会分散，得不出结果的。然后，还要去报馆，一会儿，报馆派车给我，你去不去？"

夏强说："同你一起看看挺好，但丁一凡来了电报，指名要我访问胡适，我想早上去。白旮昨晚来电话，要我们中午十一点半到太平路看好戏。我不能不去！"

丹丹说："你就这样安排吧！太平路我就不去了。你见到白旮就说报馆临时给了我任务，我去不了。"

夏强同意。丹丹报馆的吉普车来了，把夏强送到了鸡鸣寺中央研究院，夏强下了车，丹丹坐车走了。夏强看看手表，刚八点钟。进门打听到了胡适住在傅斯年家，就去采访。

他在那幢灰色楼房的楼上找到了胡适住处，轻轻敲了门，无人答应，又再敲门。门一开，是五十七岁头发已经花白了的胡适。他个儿不高，似乎刚睡醒，未戴眼镜，夏强觉得他有点像美国滑稽电影明星劳莱与哈台中的那个劳莱，只是比劳莱胖些。他穿的中式裬裤，未罩长衫，眼泡有点浮肿，额头宽广，嘴一抿面部肌肉显得紧张，似听他问"谁"？

夏强递过去记者名片，说："我特意来采访胡先生！"

胡适伸右手做了个"请进"的手势，夏强就进了房。胡适是参加中研院评议会时住在这里的，这原来不知是谁的房间，显然是临时供给他为他安排的寝室，很朴素，放着一只大床。另外，就是堆着不少的报纸杂志的长桌。有几张书橱也装着中外文书籍。此外，就是几把椅子、茶几和两只小沙发了。

胡适举手指了一只小沙发，说："坐！坐！"

夏强坐了下来，忽然留意到胡适的嘴边左腮上有一块淡淡的蓝色。待到看到床上那床蓝绸被面的薄被时，夏强才悟到一定是胡适睡觉时淌了口水染上了被面上的蓝色。

对这位名扬海内外的胡博士，夏强知道他在美国哥伦比亚大学曾从杜威习哲学，获博士学位。1917 年回国后任北京大学教授。他参加过新青年社，与诗人徐志摩等组织过新月社，曾赴俄、德、法、英、美等国游历考察，在上海开办过新月书店，与丁文江等创办过《独立评论》，抗战后是第一批国民参政员，做过驻美大使、行政院最高政治顾问。如今是北京大学校长。对学者，对北大校长，对有广泛社会影响的胡适，夏强本是比较敬重的。但这个人去年元旦在北平各机关新年团拜会上大肆吹捧制宪国大，说所定的那部宪法是"世界上最合乎民主之宪法"；在美国兵皮尔逊强奸北大女生沈崇案上，学潮如火，他是主张压下去的。他说反对用罢课方法干预政治。他常强调"学术独立"，可是同蒋介石关系密切。老蒋很想把他拉进政府，有的报上说这是"想往大粪堆上插一朵花"。他在去年拥护发布"戡乱动员令"。夏强记得更清楚的是去年秋天，冯玉祥从美国给胡适写过一封信发表在北平《世界日报》上。因为胡适攻击冯玉祥带了"四百人去美考察"，"领津贴六十万美金"。结果，冯玉祥提出质问后，胡适致信报馆，更正道歉……这些事累积起来在夏强心目中对胡适不禁就形成了一种看法，产生了不恭。

胡适穿上了灰长衫，从桌上取了眼镜戴上，坐在沙发上端详着夏强，夏强明白，来的时机不好。他睡懒觉未起床被敲门敲醒了，还没洗脸，也未吃早饭。果然，胡适说了："等一会我还要到国民大会上去。我们快点谈，速战速决，一刻钟解决问题，好吗？"

夏强从带的皮包中掏出笔记本和铅笔，按照"麻辣蹄膀"丁一凡信上的要求说："请问先生对这次国大怎样看？"

胡适眼珠在眼镜下转动，答非所问，但也未完全离题地说："我觉得蒋先生在近年的中美英法苏五国几个大巨头里够得上坐第二三把交椅。他的环境比别人艰难，本钱比别人短少，故他的成绩不能比别人那样伟大，这是可以谅解的。他做总统很好！"说完，就闭口了。

夏强又问："先生对副总统竞选支持谁？听说先生早给李宗仁写了

信，支持他，是吗？"

胡适突然笑笑摇头："岂但李德邻可以竞选，任何人都可以竞选，可中国的事由武人包办，东一个 Gneral（将军），西一个 General 不好，这次副总统最好来个文人！"

夏强想，他这明显是按照蒋的意旨支持孙科了！就问："今年初，看到报上登过先生写给李宗仁的一封信，对他宣布参加竞选曾说，我极佩服先生此举，故写此信表示敬佩，表示赞成，有此事吧？请问这作何解释？"

胡适看了夏强一眼："从前我曾作过《中国公学运动会歌》，歌词说：'健儿们，大家上前，只一人第一，要个个争先！胜固欣然，败亦欣然。'愿竞选的就竞选嘛，这是民主！"

夏强追问一句："现在上边支持的好像是孙科，先生怎么看？"

胡适想了一想，说："一个总统如果高兴的话，表示一下愿意什么人做他的助手，也是正当的。"

夏强迅速用笔记着，忽然发现胡适有点不耐烦似的皱了皱眉头，用左手托了托眼镜架，夏强忙把最后一个问题提了出来："请问对于当前的青年们，先生想说些什么话？"

胡适对这问题，好像胸有成竹，顺畅地说："我主张党政军团可以与学校合作，取疏导的办法来对待学生运动，让他们发泄不满和烦闷，发泄完了，再回到学业上来。"

夏强问："这有可能吗？行吗？"

胡适自顾自地说："悲观是不能救国的！叫喊是不能救国的！责人而自己不努力是不能救国的！易卜生说过：'眼前第一大事是把你自己这块材料铸造成器，此外都不重要。'"接着又说："国家倒霉到今天的地步，绝不是喊口号、贴标语、罢课，可以渡过难关的！青年朋友最要者，是能把自己铸造成器。"说到这里，他好像要客气地下逐客令了。看看手表，站起身来，对夏强说："就谈到这里吧！许多事等着呢！

我的轿车在楼下等着，马上就要去国民大会堂，今天选举，我得去投一票！"

夏强见他的态度难以勉强，觉得丁一凡交下的任务也完成了，胡适的话有不少他并不受用，但决定如实记录下来，写了发出去，就迅速起立，表示感谢。胡适伸出手来，夏强握时，感到手是软绵绵的，有些手汗。夏强拿出相机想给胡适拍张照片。谁知胡适摆手摇头，说："不要拍了！我还没洗脸呢！"夏强只好收起相机。胡适脸上那块蓝色在他眼前有点刺眼。夏强觉得应当指明，一面走出房门，一面就做着手势说："你脸上这儿有一块蓝色，可能是那被面上的蓝色染上去的。"

胡适"哦"了一声，去照镜子。夏强轻轻带上门走到了外边。

外边，阳光灿烂，有点舒适的微风，夏强看看手表，时间还早，刚到八点半。他决定利用这时间，再去中央医院看看雷老伯。叫了一辆三轮车，就去中央医院。

进雷老伯病房时，雷老伯正在看报，老人气色挺好，见夏强进来了，很高兴，笑着说："怎么又来看我啦？"

夏强问了好，把去采访胡适的事讲了，也把丹丹今天的采访情况说了。雷香山说："做学问的人只知埋首寒窗，不闻世事那并不好，但热衷于功名利禄去依附政治，那更不好。"夏强本想多陪陪雷老伯，多谈一会，到十一点时离开去太平路《救国日报》馆附近看那场武打剧，但医生要来查病房了，必须离开。他只能起身告辞。

到太平路不太远，可也不近，他决定慢慢走着去。一边为写访问胡适的特写思考着腹稿，一边走。他估计到太平路时还早，需要等候。但他宁可早点去。作为记者，他带着好奇心想看看这场发生在国大之外却同国大副总统选举密切相关的全武行在首都怎么上演！

《救国日报》的这个社长龚德柏，曾经留学日本，所以有人不但说他是"龚疯子"，而且是"法西斯"。他以日本通自居。南新闻界的人对他都敬鬼神而远之。这人倔强怪僻。有一年盛夏，有客人找他，天热，他就裸体坐在冷水缸里同客人谈话，旁若无人，毫不讲礼貌。他本来在报界是个无名小卒。办《救国日报》自己每天写社论一篇，力求"语不惊人死不休"。他的社论的特点是通篇谩骂，随意抨击，力求引起官方和民间注意以扩大名声。例如大骂考试院长戴季陶整天烧香念佛，不理政事；大骂监察院尸位素餐，毫无作用，应该裁撤；大骂大汉奸周佛海判刑后，在老虎桥监狱居然仍受着特殊优待，自备伙食，单人号房，铁架床铺；大骂南京市长马超俊在市政上的种种过失，以及市府高级官吏的奢侈腐败……骂得从政到军、从行政院到各部的长官天天提心吊胆，关注着《救国日报》上是否会出现骂自己的社论。这就使《救国日报》在街谈巷议中成了热门，有了销路，也有了名声。

"龚疯子"因此而得意，有时锋芒偶尔故意好像直指最高当局，在社论中公然说"我龚德柏不怕上雨花台"。这"不怕上雨花台"指的是不怕被送到雨花台去枪毙。其实，他掌握了一条，重点是反共，对最高当局是"小骂大帮忙"。有这反共加上小骂大帮忙，由他点缀在新闻界，独裁如蒋介石也是绝对不会叫他上雨花台的。

这次国大期间，《救国日报》支持李宗仁，对孙科的抨击十分猛烈，老是抨击孙科的立法院长没做好，还把1931年何应钦指摘孙科在铁道部有贪污行为的通电重新刊登出来。又大揭露孙科在上海同情妇蓝妮的艳事，甚至在竞选前夕抛出了一则短文，说孙科当年在广州招待外宾时，陪外宾看春宫电影，被孙中山知道后，打了孙科的耳光。在竞选关键时刻出现这种新闻，事出有因，把孙科弄得臭不可闻，在国大会场上，《救国日报》到处散发，笑谈孙科的不乏其人。夏强心中明白，今天选举，如果孙科票多，情况可能好些，如果票少，《救国日报》的这场好戏就有看头了！

他在热闹的太平路上走着。到离《救国日报》不远处的地方，找了个小茶馆，泡了一壶茶，静静坐下，拿出采访本来，在本子上写采访胡适的专访特写。写得很顺手。草稿写好,他又坐着喝茶等候,并且关注着大街上的动静。等着等着,快到十一点半了,他付了茶钱,走出小茶馆到了街上,但不见有任何动静。他只好就在附近闲逛。

快近十一点三刻时,忽见白旮穿着军便服,自己驾驶着一辆军用吉普,车上带着两个穿军便服的年轻人,风驰电掣般地来了。

夏强迎了上去。白旮的车子在离《救国日报》二百米光景处靠路边停下来了。他下车旁若无人地笑着招呼夏强说:"怎么就你一人?"

夏强说:"今天副总统选举,人都忙。丹丹报社里临时有事也来不了,让我跟你致歉。我想你找二嫂由中央社发条新闻不是很好吗?"

白旮倒也不介意,傲气十足地说:"来不来不要紧的。我主要是叫你们来看看。这是一出发扬民主的好戏,难得看到的!等会儿各报我们都会有人写了新闻送去要求刊登的。我找过丽莎,她说中央社不能发这条新闻的!"说着,指挥那两个穿军便服的年轻人:"你们俩,去两边等着,不让警察什么的靠拢,有警察就拿这名片给他们看,叫他们走!"他掏出两张名片分给两个年轻人,又说:"也别让人拍照。"那两个人分头走了。白旮又对夏强说:"刚才,今天早上选举的结果出来了!票分散,谁也未过半数。李宗仁'吃鸟屎'(754)票!孙科'我我发'(558)票!程潜'我儿儿'(522)票。于右任、莫德惠、徐傅霖都淘汰了!前三人明天重选!妈的×,要不是《救国日报》捣蛋,孙科的票怎么也不能比李宗仁少这么多!"

夏强摆弄着照相机,问:"你们准备怎么办?"

白旮指指夏强的相机,说:"别拍照,等会儿,人马就来了!张发奎、薛岳、余汉谋这些上将亲自率领大批国大代表和我找来的人都要来会战的!"

他这里说着,远处两辆公共汽车般大小的国大专车正加足马力一溜烟在热闹的路上开过来,车子越来越近,到了面前,直驶《救国日报》门前,"滋"的将车停在那儿了。接着,只见车上下来足足六十多个人，多数是佩戴红色绸条的国大代表，为首的是穿西装的张发奎和薛岳，只见他们就像一群打手，有的手拿根棒，有的手执"司的克"，有的嘴里骂着"丢那妈！"……蜂拥般地向报馆门口冲去。白旮对夏强说："我走了！"他抛下夏强，飞也似的跑去，指指点点，同那伙人一起冲进去了。

不知谁"哐"的一下，已将《救国日报》橱窗的玻璃砸烂了。接着，只听见"哐啷"、"乒乒"、"咚隆"……报馆的玻璃门窗全碎了，冲进去的人正在里边大打出手，碰撞声、砸击声响得火爆，也有喊叫声、吼骂声夹杂着传来。

夏强不愿随着进去或走得太近，只是站在马路对面张望作壁上观。街上的人这时都驻足看望或围拢来看，弄不清发生了什么事，也有往《救国日报》门口去张望的。只听到人群中有议论的，有嚷嚷的。有的说："警察呢？怎么不见警察了？"有的说："里边东西好像全打坏了！"有的说："有人也给打伤了！"有的说："来打的都是国大代表呢！"

夏强想，真是一场好戏了！谁想到这么多陆军上将来指挥这场打砸！谁想到这么多国大代表在首都会全武行！居然开着国大专车来热闹的太平路上打报馆！这种"民主"真有趣！……

打了不到十几分钟，白旮陪着砸报馆的人骂骂咧咧全部鱼贯出来了。国大代表们上了国大专用车，白旮与那两个年轻军人上了吉普车。白旮伸出右手食指和中指，做了一个"胜利"的V字，远远地朝夏强露出一个得意的微笑。三辆车迅速开跑了。夏强走近《救国日报》去看，正巧见到那个要选丹丹做"记者之花"的刘秉中鬼头鬼脑地从报馆门里探头出来张望，见到夏强，说："啊！……你……你看到了吧？这些王八蛋的国大代表！光天化日明目张胆来砸报馆！我们楼下的东西包括桌椅全给他们砸光了！……"夏强问："伤人没有？"黑瘦的刘秉中骂着娘说："我挨了两棍子，他们还要上楼打砸！幸亏编辑部在楼上，龚德柏拔出自卫手枪站在楼梯上，说：'谁敢上来我就开枪拼命！'才只砸了楼下……"见楼下文具狼藉，碎报纸碎玻璃满地，桌椅板凳支离破碎，夏强迅速用相机拍了两张照片，赶快转身出来离开。这时他看到有警察慢腾腾地来了。

夏强没料到，白旮带着那两辆"国大专车"并不是回去，他们是到《救国日报》社在曾公祠的印刷厂去大打出手去了……

这当然是一场没下文的官司！龚疯子当天就向国民大会提出紧急控诉案，也邀请一些报纸发新闻报道《救国日报》被砸。张发奎、薛岳等则反告《救国日报》捏造事实、造谣污蔑，也请一些报纸发表新闻。有的报纸就将两边发来的新闻稿合并在一起同时发表，此事也就这么大事化小、小事化了，不了了之了！

"国大"上副总统竞选的热闹和国大代表打砸《救国日报》的风风火火，也挡不住西北军事败绩传来所造成的震撼。

胡宗南部在4月21日撤出了延安。原来占领延安时宣传得轰轰烈烈，如今撤出，却偃旗息鼓般低调，国大代表们都在议论纷纷，明显地感到这是不祥之兆，忧心忡忡的大有人在。

但，副总统选举仍在紧锣密鼓地进行。

夏强和丹丹从来未看到过这么滑稽而又难产的选举。次日，第二轮选举。李宗仁得1163票，孙科是945票，程潜是616票，仍没有一个候选人过法定人数的一半。过了几天，第三轮选举，淘汰了程潜，李宗仁与孙科票数接近，但仍需进行第四轮决选。

这是4月29日，第四轮决选在李宗仁和孙科间进行。早上，进国民大会堂前，有人在门口隐秘地散发传单。夏强同丹丹拾来一看：一张是说李宗仁的老婆郭德洁在北平如何贪污，用金钱收买国大代表；一张是攻击李宗仁"戡乱"不力，说他在竞选演说中提出的一些口号"与共匪如出一辙"。一看就是亲孙科一派放的暗箭。

会场里热闹嘈杂。打招呼、握手，嘻嘻哈哈，叽叽咕咕，国大代表们，到的不少。在会场中，遇到了白丽莎。她今天打扮得依然风头十足。同她一比，那个"国大之花"，什么"新疆牡丹"都顿失光彩。见到夏强和丹丹，白丽莎十分亲热，拉着丹丹的手同她和夏强坐在一起，她就坐在夏强和丹丹中间，引起不少人注目。

丹丹说："二嫂，你今天真漂亮！"

白丽莎说："比老的当然漂亮，比你这年轻又绝顶美貌的，我算什么！你没注意？每次，只要你来了，这些国大代表，连老家伙都不断在对你行注目礼呢！"

这倒是真的情况，但丹丹不爱听，说："二嫂，你内幕新闻多！今天再讲点我们听听吧！"

白丽莎笑了，说："这次的副总统选举呀，花样百出！前几天政界传出谣言，说李宗仁如做了副总统，就会逼宫夺取政权。这谣言一放出来，李宗仁害怕了，他的左右就给他出了个歪主意，叫他来个撒手锏，宣布退出竞选，也就是以退为进。李宗仁就宣布：'所受幕后压力太大，选举殊难有民主结果，因此自愿退出竞选。'这一手，想在美国人那里捞点民主声誉的老头子十分难堪，只好亲自召见桂系的白崇禧，表示他从没有支持任何一方，要白劝李继续参加决选，这才有了今天这场决选。"

丹丹笑了，说："这次李宗仁他们花了多少钱？"

白丽莎说："听说是一万多两金子，主要是广西、安徽两省供给，安徽出了大部分。孙科用的钱自然也可观，不过，他有蒋作后台，不用自掏腰包。更多的是这次大会开到现在，听说已花了九百几十亿了！开这么个乱糟糟的会花这么多钱太不值。"

夏强问："二嫂，你看，今天李、孙二人谁票多？"

白丽莎说："难说！孙科有最高当局支持，正在冲刺，自然有优势。但李宗仁在争取原来投程潜票的那些国大代表，又在争取民社、青年这两个小党的票。如果成功，也就有了优势。"

夏强刚想再问一些内幕情况，台上洪兰友却用一口扬州话宣布开会，并且宣布开始进行第四次选举了。

议程简单，发票以后，投票开始。国大代表们排列成行，轮流往票箱里投票。投完票，又回到自己位子上坐了下来，等待唱票、计票。这是决选，决定李宗仁和孙科谁当副总统。拥李和拥孙的国大代表们，都在等着看谁胜谁负。

白丽莎起身要走了，说："我还有事，不等计票结果了。"

夏强对丹丹说："我们听一会如何？"

丹丹说："好！"

洪兰友宣布了监票人的名单，又宣布："今天当众唱票、计票！街上收音机、扩音喇叭里现在也开始全部播放唱票的情况。"那唱票的选的是一个声音洪亮的高个儿光头的胖子，约莫五十岁。他照着票一张张念名字："李宗仁、李宗仁、孙科、孙科、李宗仁……"中气十足。

底下听着唱票的国大代表们，每听到连续唱李宗仁的票，李派代表就鼓一阵掌；连续唱孙科的票，有时孙派代表就照样来一阵掌声和一阵欢呼。

唱票声高高低低，抑扬顿挫，此起彼伏。

唱票的唱着票，常常总是："李宗仁！孙科！李宗仁！孙科！……"因为常常两人的票数相仿，所以总常常是："李宗仁！孙科！李宗仁！孙科！……"丹丹忽然对夏强说："夏强，你听！这唱票的在唱的什么呀？"

夏强听了，不禁会心地笑了，说："他好像不断在说：'你这人！真苦！你这人！真苦！'……"

丹丹笑，说："你挺聪明，跟我听的一样！"

两人听得不耐烦，后来都索然无趣地离开了。

回到家，见雷香山正在楼上雷龙夫妇房里开收音机收听唱票情况，雷龙夫妇也在陪着老人听。丹丹喜叫起来："哈，爸爸，你回来了？怎么也不先打个招呼，让我们来接你！"

雷香山也笑："雷龙和素贞到医院，我说，医院我住腻了，接我回家吧。这不就回来了！还是家里好啊！投票的事我也躲过了！"

雷龙说："今天选举，我看李宗仁要当选。美国人对他看好，我觉得他是比孙科强！"

雷香山说："你就是美国美国！"

丹丹玩笑地说："反正你有二分之一的希望！"

雷龙说："等着看吧！"见夏强没有说话，雷龙问："夏强，你说呢？"

夏强只好平淡地笑着说："两个人的票数现在好像差不多。丹丹说各有二分之一的希望，不错。"

收音机仍在唱票："李宗仁！孙科！李宗仁！孙科！李宗仁！孙科！李宗仁！孙科！……"

丹丹说："爸爸，龙哥和贞嫂，你们听出音来没有？李宗仁！孙科！……听来就是你这人！真苦！你这人！真苦！……"

雷龙和徐素贞都哈哈笑。

雷香山也笑，说："有趣！真像你这人真苦！我看，李宗仁如果当选，蒋李的矛盾今后要更激烈了。总统总统，又肿又痛！李宗仁，真苦！"

……

计票结果，李宗仁比孙科多 143 票当选。第二天，新闻圈内传出消息，李宗仁当选后带郭德洁到黄浦路蒋介石官邸去表示感谢，但在楼下枯坐了半小时蒋氏夫妇才冷冷出来会见。晚上，李氏夫妇学美国人竞选胜利者的风度去孙科家看望、慰问，触了个霉头，孙科的家人说："孙院长很疲劳，到陵园休息去了！"

十里秦淮与巍巍钟山

　　小妹夏盛没有陪大家同到南京去。她脾气似乎有些怪僻，说她累了，希望平静地休息休息。山一程，水一程，折磨人，她不想多出去折腾了，说这些天来，她想起的往事太多，她已不胜负担，希望独自安静一下，以便从记忆的深井中爬出来。

　　带着强烈的离情别绪回到南京的这三个人——二哥夏国、夏强和丹丹，都偏爱南京。人都是这样，住过的地方，即使当时不太喜欢，离开了再回去仍会有"故友重逢"的感情。何况，这一个龙盘虎踞紧靠浩渺长江的灿烂古城，历代遗留下的古迹和浓郁的传统文化的氛围，事事处处都可以使你的思绪艰涩地倒流，遥想起中华民族走过的坎坷漫长路程。

　　在路上，少不了又谈起了方国华。方国华被捕后无法使人相信他所说的那些"天方夜谭"似的情况，又找不到林东方写的证明做政治保证书，夏强的证明当时不被信任，最后方国华被判了二十年徒刑，送到了江西去劳改，在三年困难时期，死在江西劳改农场。无人去收尸，骨灰也就无影无踪了。他儿子在方国华平反后到江西去查找过骨灰下落，但无法找到……

　　二哥听后，沉默不语。

　　在南京，住在金都大酒店九楼。夏强和丹丹住一间房，二哥夏国独住一间房。到的那天，傍晚三人同在夏国房里的窗口外眺四下里云雾斑斓、茫茫无际的景色时，夏强和丹丹都注意到二哥默默凝思。吃晚饭时，二哥特意点了一只清炒瓢儿菜，说这是五十年前在南京时常吃的蔬菜，又糯又香，但吃时，却又说味道不如从前了。不过，仍然吃了一些。晚饭后，夜间从窗口凭眺，南京城灯火辉煌，新建的高楼林立，早已不是当年那种冷落、衰颓、灰暗、破旧的模样。二哥似沉浸在苦涩、复杂的心情中。不久，他把窗帘拉上，慵倦地坐在沙发上，听到他轻轻默诵萨都刺的词："……山川形胜，已非畴昔。王谢堂前双燕子，乌衣巷口曾相识……"似乎不胜唏嘘。

"明天到哪里去呢？"夏强问。

"先到故居看看吧！我还想看看秦淮河，看看中山陵。"二哥似乎已将他想先睹为快的地方一口气讲了出来。

半夜里，住在高楼上能听到风声和淅沥的雨声。次日一早，二哥早上来敲夏强和丹丹的房门。夏强和丹丹已经起床。二哥说："昨夜睡得太早，我辗转反侧夜不能寐，后来吃了安眠药，才睡了几个钟点。下雨，我们是否吃早饭后就去江苏路？我一直在想，故居不知什么样了？"

夏强和丹丹也回答不出这个问题。

雷家在宁夏路的那幢房子，解放前雷龙夫妇去香港后找关系将它抵押给交通银行拿了一笔钱。那房子解放后驻过军，又做过市人民政府工作人员的宿舍。七八年前，夏强和丹丹由四川到江南沪宁沿线游览，专门去看过一次。未去前，两人猜测那房子一定还在。丹丹还说："咳！那个爸爸喜爱的小花园里，紫藤要浇水，蜡梅要剪枝，沟眼要疏通，落叶要清扫，春天有燕子廊下做窠，夏天傍晚有蝙蝠飞翔吃虫……这些年来，不知怎么了？说不定故园已经寂寞清冷荒芜不堪了呢……"谁知到了那里，才看到岁月的巨轮早已碾去了许多陈迹，那幢房屋与花园早已经不在，一幢二十层的商贸大厦矗立在原址。朦胧的高楼，迷茫的绿树，缥缈的行人，两人的思绪也笼上恍惚的空蒙，一切像一个残破飘零的梦。

起先，感到旧屋没有保存下来有点怅惘，事后很快想通了，让它随着祖国开放和建设的脚步从拆除转化为新的大厦怎么不好呢？这种"新生"似乎是更有意义的，一幢实实在在的新大厦总比原来已残破衰败了的旧屋好得多。这代表着我们如火如荼的新的生活在前进呀！

那次，去南京，丹丹和夏强都想起了丁嫂和老柴、张妈，但人海茫茫，几十年春秋，哪里去打听他们在哪儿呢！

那次，夏强和丹丹虽然在南京也想起了二哥夏国和二嫂白丽莎，甚至白昚夫妇和白南史，但对那在江苏路十五号的"白公馆"却没有去看望。那幢房子，白家离开南京时留下一个用人看守。后来，南京解放，由于是白南史的房子，必然会被没收的。五十年风风雨雨，它还存在？它会怎样？谁知道，谁能说？

夏强说："二哥，早饭后，雇个出租车，我们一块儿去看看。变化太大了，几十年的时光，谁知那儿现在怎样了？"

斜风细雨，寒意料峭，从汽车窗里看陌生的南京城，似蒙着一层薄纱，阴雨低温，使人心情不那么畅快。

到了江苏路。过去空旷的两侧，常有农户种的菜地，到了冬天这时节，一畦畦覆盖白霜的菜地上总有冻得发蓝的一行行瓢儿菜或冻得垂头丧气的青菜竖立着。路两边，过去有一些红砖和青砖的二三层楼的花园洋房。现在，菜畦地一点也没有了，密密麻麻新旧交杂拥挤着的全是栉比鳞次的五六层办公楼和工房。房屋起伏，多得像海洋。一切均非畴昔。真是"归时心事已徒然"，"唯余眷眷长相忆"。年轻时的梦哪里去寻？

牛毛细雨仍在下，终于，找到了那幢房子，二哥用手一指惊喜地说："嗨！就是这！还在呢！"

这幢已经没有了花园的房子，鬼鬼落寞，宅门高大沉稳，砖墙残破，外壳涸损，像个遍体鳞伤的老人在苟延残喘。石阶、房基、檐下的墙壁上都涂染着一层深深浅浅的黯绿青苔。窗户油漆剥落也早朽败，但房子仍有人居住，二楼阳台上晒着衣服，开着窗。楼下的玻璃窗，有的遮着旧窗帘，有的垒起了半截砖墙或安上了铁护栏。

夏强上前探询，走了进去。蹿出一条黑色的小狗猖猖吠着。一个五十来岁胖胖的女传达正在洗衣，用疑惑的眼光看着出现在眼前的这三个陌生人，问："找谁？"

原来这儿是肿瘤医院的职工宿舍，一共有六七户人家还住着待搬迁。

夏强笑着招呼："不找谁，早先有亲戚在这住过，现在回来看看。"

"啊，从海外来，是吗？"女传达朝二哥夏国看看，又看看夏强和丹丹。

夏国固然像从海外来的。丹丹梳着发髻，穿着比较鲜丽的中长大衣，夏强穿着棕皮夹克、挂着相机，女传达当然会有这种印象，热情地说："那你们随便看好了，迟来一个月就看不到这房子了！"

"为什么呢？"丹丹问。

"这房子决定拆了！"她指指堆积满地的瓦片和砖块，说，"拆起来快得很，这儿人正陆续在搬，随搬随拆，将来大机器开来一推，这儿要盖新大楼了！"

蛛网似的细雨丝仍在飘拂，夏强发现二哥脸上有一种舍不得的情感弥漫着。他是怀旧和伤逝的感情驱使着来的，找到了故居，看到它败落得难以辨认，本已感慨，再听说马上要拆除，今后它将完全消失，似更难忍受了。二哥叹着气说："你们二嫂生前常说'家园不可见，徒有乡愁'，如今我见了家园，乡愁更深了！"

原先，房屋前面的故园里有假山石，有冬青、竹子、珍珠梅、葡萄架……那草坪上的草皮是一方方买来铺垫着生长的，经常还用剪草机推了给草皮"理发"，现在都没有了！上面盖了新的住房。对比周围的一些楼房，这旧房像一个乞丐，又丑又怪，又穷又惨。

丹丹知心知意地说:"二哥,拍张照片作纪念吧!宁夏路我们从前的老屋早拆除盖上大厦了。这儿不久也会一样的。旧的换成新的、好的,将来这一带都漂亮起来了!"

天色晦暗,漠然下着的雨很冷,小北风也很凛冽,有时将斜斜的雨丝吹得歪曲零乱。

二哥夏国把挂着的相机拿到手里,含着热泪,有一种曲终人杳的滋味,说:"对!拍照留念吧!"他要夏强给他单独拍一张,又要用自拍机与夏强丹丹合拍一张。找了角度,三人冒着细雨拍了照片。

二哥忽然慨叹:"离愁是对失去的美好的痛惜。我老了,不会也不可能再来。只可惜,丽莎走了,没能与我同来,她就是看上一眼,也是一种满足。"

夏强劝解地说:"二哥,别伤感。过去这一切从属于我们个人的,在整个火热的群众生活的浪潮中能算得了什么呢?我们来寻梦,不必惆怅。惆怅除了伤身体一无用处。把我们放到整个中国前进的大范围里去想一想,多看看今天和将来,就会好受些的。"

二哥点头,但显然他不会因为这样一劝就化解掉心上的离情愁绪的。那是一种他拂之不去的悲凉。

于是,像离开了一个遥远的故事,大家上了那辆包雇的出租车,三人让司机开到秦淮河夫子庙去。

一路上,那些印象中拥挤、喧嚣、肮脏的小街似乎失踪了。那种有些街道上当年听惯了的嘈杂市声,那些熟悉街道上熟悉的店面改变了。一些空旷的地方,僻静的短路,如今有的成了餐馆云集的热闹地带,熙来攘往的人群摩肩接踵走在广阔街道的两边。鼓楼丹壁高耸,翘檐欲飞,绿树掩映,广场宽阔。新街口闹市中央转盘中心式的形势与往昔基本相似,但四边的房屋、高楼大半改观。金陵酒店、南京中心大酒店设计新颖,造型独特。二哥认出路来了,叫司机由太平路往南,经白下路口到朱雀路进夫子庙。这在解放前是最热闹的路了。在南京，夫子庙本有广义和狭义之分。狭义的仅指泮宫前那一条街，广义的则泛指周围的大街小巷，连朱雀路也包括在夫子庙范围内。到朱雀路，夏强马上想起了唐代诗人刘禹锡的名句："朱雀桥边野草花，乌衣巷口夕阳斜。"

细雨仍在下，汽车在十里秦淮风光带的中心——夫子庙广场停下了。因为在这里要消磨不少时间，还要吃一顿午饭，夏强付了车钱，告诉司机不必等了。路湿漉漉的，但游人不少，聚星亭、魁光阁、文德桥、秦淮酒家、金陵茶楼、河房廊道、大小商场……大红灯笼高挂，多姿多彩，绚丽璀璨，一派热闹景象。听一个游客说："早些天，正月十五元宵节来看花灯就好了！'秦淮彩灯甲天下'，听说那天外地游客就有三十多万，专程看花灯和夜景的就有十五万人！"秦淮河经过疏浚，恰似一幅碧波织就的青罗带从远处飘悠悠而来，细雨中更有"烟笼寒水"的味道。夫子庙修葺一新，那巍峨雄伟的大成殿，英姿焕发的尊经阁，古趣盎然的钱庄、书局、印社、古玩首饰和文房四宝店，以及配套成龙的各种旅游设施，吸引了一群一群的中外游客，街边小巧的阁楼古色古香，使人有思古之幽情。经过重建为旅游服务的夫子庙和秦淮河，恢复了明清建筑风格的街市、河房，面目一新。这里布满了购物的商肆，品尝风味食品和小吃的餐饮店，有挂着红灯笼迎客的"秦淮人家宾馆"招徕顾客。

雨忽然停了，三人走在秦淮河的内河边。泮池码头，有一条条崭新的大小仿古游船，张灯结彩一字排开。那一排排"青砖小瓦马头墙，迴廊挂落花格窗"，皆倒映在粼粼闪光的波心里。这里是知名的"六朝金粉、十里秦淮"的繁华地带。自从唐代名诗人杜牧一曲"烟笼寒水月笼纱，夜泊秦淮近酒家。商女不知亡国恨，隔江犹唱后庭花"，将秦淮风光和历史沧桑唱得声名大振，游客在这里徘徊观瞻的总是络绎不绝。

但，看了一圈，二哥兴味不大，只思念地说："抗战胜利后，夫子庙在南京沦陷时被日寇一把火烧掉了大成殿和两庑，只剩一个聚星亭，泮官也冷落了。但你们二嫂要到这里吃永和园的蟹黄包和菜包子。那包子做得真好。她不是个好吃的人，只是后来去了台湾，又到美国，常思念南京，谈起南京，总要想起在夫子庙吃的包子……"

夏强用手一指，建议："走，二哥，我们到新奇芳阁去，吃点点心和小吃！"

丹丹也说："对，二哥！现在季节不对，吃不到蟹黄包，但可以吃点煮干丝，吃点葱油蟹壳黄，吃点蒸儿糕、豆腐涝、花生藕什么的。"

二哥随夏强和丹丹进了新奇芳阁。这里有各色小吃，推丹丹点了不少品种，说不好吃也还可以，说好吃又没多好吃。人到年岁大了，总有这么种心态：小时候、年轻时吃过的好吃的东西经久不忘，但老年重吃总觉得比起以前吃的味道要差得多。三人都上了年纪，越吃越觉得反倒丧失了过去留下的好印象，唯一留下滋味值得安慰的，是总算又吃到了曾经在思想深处隐藏着的只想过却多年没吃过的食物。

二哥说："这一吃，就算中饭了。"

天上忽然又下起了牛毛雨，纷纷扬扬，如银丝洒落。

丹丹问："二哥累不？回金都大酒店睡个午觉再去中山陵如何？"

二哥却摇头："不回去睡了。到现在，也没累着。雇个车去中山陵吧！"

夏强怕他吃力，看看天色说："又下雨了！"

二哥看看天，说："雨纷纷、雾蒙蒙，游中山陵景色更好。"

见他坚持，夏强和丹丹只好从命。丹丹买了单同夏强离开新奇芳阁到了河边，恰好有空的出租车经过。上了出租车，叫司机直驶中山陵。

位于紫金山第二峰南麓的中山陵，远山前拱，青嶂后拥，坐北朝南，建筑庄严，气象恢宏，蓝白二色，明净朴素。三人下车后，雨仍在下，二哥朝上边望望，说："除了两侧雪松、松柏都粗壮高大了，其他未变。只是这么高，我望而生畏，爬不上去了！在下面看看就可以了!"

丹丹指指一家茶室说:"在那泡茶坐一会儿如何?"

夏强说对,二哥点头说好,三人就去那茶室,让服务员把小桌和座位挪到靠外边的地方,泡了一壶碧螺春,要了点糖核桃、虾条之类,三人喝着茶观赏起中山陵及周围的景色来。

下雨天,游客少,反倒觉得清静清爽,心旷神怡。二哥说:"空气真新鲜!我说下雨天来好吧?"

丹丹和夏强都笑。

忽然二哥说:"宋庆龄是哪年去世的?到这里就不能不想起她了!"

丹丹想了想,说:"好像是 1981 年,八十八岁!"

夏强肯定:"是的!是 1981 年!"

二哥说:"比起他妹妹,可不算长寿了!"突然又问:"你们对她的评价如何?"

夏强说:"品质高贵!信仰始终如一!爱国、爱民、爱和平,一个可敬的人!"

二哥说:"评价这么高?"

丹丹点头:"是的!夏强离休前曾参加一项编写宋庆龄年谱的工作,发现她无私无畏,不做违心事,不讲违心话,那种品质是很了不起的。"

二哥说:"怎么呢?说点实在的我听听好吗?"

夏强说:"1957 年,宋庆龄是人大副委员长,反右时她写信给党中央,说:党中央号召大鸣大放,怎么又收了?共产党不怕国民党八百万大军,不怕美帝国主义,怎么会担心人民推翻党的领导和人民政府?共产党要接受各界人士的批评,批评人士大多是爱国爱党的。一些民主党派人士为新中国的解放,做出了家庭、个人名利的牺牲。一些二三十岁的青年知识分子怎么可能一天就变成反党反社会主义分子?我很不理解这个运动。我想了两个多月,还是想不通,有这么多党内党外纯粹的人会站在共产党和人民政府的对立面？要推翻共产党？"

"嘀，这倒一点也不知道。"二哥说，"她没遭到什么不利？"

夏强说："1958年起，她曾推病拒绝参加人大常委会，中央派刘少奇、周恩来、董必武去做工作。她只好继续参加。1959年，她被推为国家副主席。她两次推辞，说：'我是落伍了，思想跟不上，挂个名做个样子，对国家不利。'她任国家副主席是刘少奇、董必武、林伯渠等提议的，政治局讨论，二十一人中十八人赞成，三人反对。反对者中，有林彪、康生。"

二哥问："'文革'中她没有挨整吧？"

夏强说："'文革'中她先后给毛泽东和党中央写了七封信，表达了她对'文革'的不理解、反感。有的信中说：'我不懂文化，说小说都是政治，而且都是毒草，我糊涂了。一夜天下来，一些和我一起工作的同事都成了走资派、反党集团、野心家、牛鬼蛇神。中央要我学习批判揭发刘少奇，我不会做的。刘少奇主席在党中央工作了三四十年，今天会是叛徒、内奸？我不相信！一个叛徒、内奸当了七年的国家主席。现在宪法还有效吗？怎么可以乱抓人、乱斗人、逼死人？党中央要出来讲话，这种无法无天的情况，自己伤害自己的同志、人民，是罪行！'"

二哥说："嘀，这确是了不起！确是你们说的无私无畏了！"

夏强说："1970年3月，毛主席对周恩来总理说：'她不愿看到今天的变化，可以到海峡对岸，可以去香港，去外国，我不挽留！'并要周恩来、李先念把这话传达。但传达时，他们说：'主席很关心你，知道你心情不怎么好，建议你到外面散散心休息休息。'她说：'是否嫌我还在？我的一生还是要在这块土地上走完最后几步。'于是，她推病拒绝出席一些节日活动和招待会。"

二哥点头："啊！好像'文革'期间她很少露面了。外面当时传说她挨整了！还有些乱七八糟的谣言。"

夏强说:"她说:我参加会伤感,还是不参加。参加一次回来就要进医院。另外,我也不想做政治上的点缀。"

二哥对丹丹说:"可敬!是一位可敬的女性!"

夏强说:"'四人帮'粉碎了,邓小平复出了,大约是1980年,她给中央写了她一生中最后一封信,说:一,国家要振兴恢复元气,这是一次大好时机;二,要总结建国以来政治运动对国家对人民造成的创伤。事实上,她提出的,中央也正在做。她去世前,政治局决定接受她为正式党员。她要求:我死后还是要回到上海安息;我有些储蓄,办个福利基金。"

二哥叹息一声,说:"人要活得这样,就是有意义。她真是大智大仁大勇,不容易。"

丹丹在听夏强向夏国介绍宋庆龄时,心中不禁想起了1948年11月间,陪父亲雷香山在上海见宋庆龄的情景来了。当时宋庆龄说的话不多,但极中肯。她那温娴淑静而又斩钉截铁爱憎分明的态度和气质,使雷香山决定去从起了很大作用,也使丹丹镂烙于心,难以忘怀。丹丹沉浸在回忆中,看着气象巍峨在雨雾中的中山陵,思绪万千,浮想联翩。她这时忍不住说:"可惜她还是去世得早了!如果活到今天,看看改革开放后民主和法治正在加强,国家在发展,国际地位在提高,国耻得雪,香港去年回归了,澳门明年也要回归,她一定是大为欣慰的!"

二哥说:"新加坡资政李光耀前年讲过一段有名的话,不知你们知道不?他说,美国应该停止以怀疑的目光看待中国。在三十年以前,恐怕谁也没有预料到中国会成为现在的状况。他更说,美国不可能改变中国。但是,中国的一位领导人就可以改变中国的面貌。毛泽东可以改变中国,邓小平也可以改变中国,说不定哪一天新一代的领导人将改变中国。新一代的领导人应向世界学习,而且要适应世界。我觉得这段话说得非常好,所以差不多能把它背下来了。"

夏强说："李光耀比美国人了解中国，但他有些话说得比较含糊。"

二哥说："反正，改革开放，国家富强，百姓满意就好。去年收回香港，普天之下的中国人都觉得好。倘若国家不强，英国人才不会把这块王冠上的宝石交还给中国人呢！"

丹丹打趣地说："二哥，从你回来到现在，你一直没在政治上发表过什么感想。现在听了你这番话，我颇感动。你说得好！"

夏国笑了，夏强也笑了。

夏强看看天已有放晴的征象，说："我们也不必老是坐在这儿聊天，去附近明孝陵看看如何？"

二哥点头说："好！在南京我还想多留一二天，我再排些要去的地方出来吧：一是到中华门外去看看保密厂旧址，那是我当年上班的地方；还想看看鸡鸣寺、玄武湖、中央商场，还想去看看燕子矶，那都是我跟你二嫂去过的地方……"

他是回来寻梦的！

夏强和丹丹当然愿意陪他去。

第六章　"敢于直面惨淡的人生"

（一）"尖头怪"、"花生米"、"少将"

没有等国大闭幕，夏强就匆匆赶回了上海。到上海后，他首先忙着《新闻窗》的印刷、发行和收款、付款等事。这些事有东华书局帮忙操办，方便得多。杂志比较畅销，款也都用银圆折合陆续收回，总的来说，不亏蚀还略有盈余，使夏强感到欣慰。

从南京回到上海后，夏强最放心不下的依然是松涛的失踪和他的命运。妈妈和小妹也都为松涛的失踪和无法搭救伤心。

夏强打电话到外滩沙逊大厦笙记行找过林东方。那里的一个年轻苏北小伙子告诉他："林经理已经回来，但非常忙。"夏强留了口信，要东方约定时间见面，实际是希望东方到家里来一次，好畅快叙叙别情并谈谈心里挂念的问题。他又打电话到方国华家。方先生说："东方去苏北做生意刚回来不久，我已同他见过面。但时局不好，生意难做，东方正在为生意的一些事绞尽脑汁，又在奔波找人帮忙，忙得很⋯⋯"方先生答应："见到他一定叫他来看你。"

不如意的事接踵而来。回到上海家里，已有一堆信件、杂志、报纸放在桌上。夏强看到用复兴大学信封寄来的一封信已搁置好些天了，拆开一看，是系主任向德君教授的信，写的是：

夏强大弟：

久未晤面，因不知你南京地址，只有写信到府上告知——。你去南京采访，我是同意的。你任助教，我也满意。但昨今两天，校长及训导长与我谈话，他们已另有企图并作安排，特写此信，望回来后即来我处一叙为盼。余言不尽顺颂

春祉

德君顿首　四月十五日

夏强将信看了两遍，琢磨了一番，猜度到这封信一定不是一个好的讯息，决定马上去学校一次，同向先生谈谈。

早上，他从家里坐电车到了外滩，搭上了复兴大学的定时直达班车去到江湾。正是梅雨季节，常洒落丝丝不断的雨。车子经过北四川路靠近多伦路转角处的拉摩斯公寓时，忽然瞥见东方穿着蓝色风雨衣、西装裤，提一只黑公事皮包，正走进拉摩斯公寓去。夏强从车窗里招手，可惜东方没有看见。雨雾中，他已经走进这幢四层的公寓房里去了。夏强又无法叫校车停下来，只好算了。

夏强到了学校，急匆匆地打着黑洋伞到了系主任向德君的家里。向先生从楼上下来，陪夏强在会客室里沙发上坐了，先问了夏强在南京采访的情况，接着就开门见山地说："我现在才知道，训导长刘民山要介绍他的表弟来做助教。他那表弟是个中统特务、职业学生、党团骨干。训导长要加强对学校的控制，压制学潮，借口说你在外边自己办刊物，又跑到南京长期不归，更怪你不常在学校，又不能听命于训导处在校工作，他们决定换掉你！他那表弟你可能知道，比你高一年毕业的，在市党部做事……"

夏强问："叫什么名字？"

"申宜之！"

夏强觉得心里没猜错，眼前立刻浮现出了市党部二处那个戴金丝边眼镜绰号"尖头怪"的合肥人的形象，说："他想来顶替我？"

　　"对！"向教授说，"他们是让他来代替你！听说来后很快就要提拔他当讲师。他仍在市党部做事，兼着这里的助教，目的是把系里控制起来。"

　　夏强气愤地说："向先生您的意见？"

　　"我力争再三，但无能为力。甚至最后我说至少要让你争取干到暑假，他们都坚持现在就立刻换掉你。这是违反常规的行为。但他们就是这么蛮横，说穿了，还是为了镇压、破坏学潮。你知道，如今这世道，浑浑噩噩可以平安，清醒却要遭遇不幸！"

　　夏强说："向先生看我怎么办？"

　　向教授说："我知道，你也认识一些头面人物，如能托人给校长写信，这人的力量比训导长强，那就可以胜过他！我倒是喜欢你这样做的！"

　　夏强马上想到了白南史。找白南史办这件事未必不行，但他心里厌恶这样做，说："不！我不想这样做！"他心里想，"尖头怪"来复兴大学的事，很可能白南史知道并且支持的呢！……

　　向教授说："夏强，我愿意你做系里的助教，我反对申宜之来！但权在他们手里，我虽反对也没有用。现在，木已成舟！但新闻系的同学们绝大部分思想进步，团结起来力量很大，不会由着申宜之操纵镇压。申宜之来了，无法随心所欲的！"

　　夏强思索着，心里酝酿着仇恨，说："向先生，本来，如果为了反对他来，我应该为了系的利益设法争一争这个位置！但我也认为他来达不到目的。我不想违心去找人为我说话。也不应使您因为我的事为难。从即日起，我就不来了。"

　　向先生摇头："我再为你最后争一争！争到暑假，还有两个月光景。你知道，你出国的申请说不定就在这一两个月内会来答复呢！"

夏强摇头，他倔强的脾气又来了，说："向先生，我最近想得非常多。我无法一时把心里的话全告诉您，但我忽然觉得，就是美国哥伦比亚新闻学院来了复信，给了我奖学金让我去留学，我也不想去了。我觉得应当留下来，我不该在这种时候像做逃兵似的去镀金。我应该为中国做点该做的事。这个国家，太腐败了！太可恶了！需要有大的变革，我不应该只为了个人的出路……"他心里的话太多，但讲到这里，不想再多讲了。他觉得向先生是能理解他的。

　　向教授深深叹了一口气，说："夏强，我理解你。我现在感到最无用的是书生。辛弃疾的词说：'更能消几番风雨，匆匆春又归去！'现在是五月，春已又归去！其实，春在的时候我也没有感到有一点春意。我很羡慕郑板桥说的'三间茅屋，十里春风，窗里幽兰，窗外修竹'那种生活。但我要为五斗米折腰，又还心存一点正义感和爱国心！我的心就痛苦了！痛苦得很！你能理解吗？……"

　　后来，夏强辞别老师，谢了向教授，临走时，向老师恭恭敬敬鞠了一躬。

　　他看到向教授睫毛抖动突然像要落泪了。

　　在冒着雨坐校车回去的路上，想同东方谈一谈心里许多事的欲望更强烈了。过拉摩斯公寓时，夏强又向车窗外张望。雨中当然不会有东方的踪影。这拉摩斯公寓是上海的名楼之一，30年代初，鲁迅曾在这公寓住过，像《南腔北调集》《伪自由书》等著作都是在这里写的。抗战时，改名"白川公寓"，是日寇为纪念战前在虹口公园被朝鲜爱国志士尹奉吉炸死的白川大将这么改的。但抗战胜利后，名字又改回来了。东方去干什么呢？

　　夏强从外滩复兴大学校车的终点站下车，雨已停歇，他心里郁闷，低头匆匆走到电车站去打算上车回家。忽然耳边响起了叫他的声音，娇滴滴的："夏强！夏强！"声音非常好听。

　　这是"花生米"裘珍珠的声音呀！夏强一回头，看到裘珍珠手提一把小花伞，穿一套色彩优雅大方的格子花呢套装，肩挎一只采访包，穿着半高跟皮鞋正匆匆走过来。她剪着短发，涂着口红，显得丰盈婀娜，容光焕发，潇洒得很。脸上绽开了青春笑容。

夏强招呼说："嗬，是你！"

"是呀！"大眼睛的裘珍珠说，"听新闻圈里的人说濮松涛失踪了，可我发现你也失踪了。你是到南京去的吗？去了这么久！是去看你那位雷公的女儿的吧？"

外滩人流滚滚，路上潮湿。两人到路边找了个人少的地方站着谈话。

夏强问："濮松涛失踪，是确实给逮捕了吗？"

裘珍珠摇头："我看是的。现在抓人，有公开的，也有秘密的。混账的特务统治，可恶得很！上礼拜，特刑庭审讯被捕的上电工会理事王孝和，我去采访。王孝和当众解开衬衣，胸前伤痕血迹斑斑，是警备大队用酷刑才那样的。当时法庭一片哗然，我简直不忍心看！濮松涛那个人，我对他印象不错，挺有正义感的。可现在，就是不要人有正义感。"说到这里，她突然问："你怎么不高兴？有什么不顺心的事吗？"

"你会看相？"夏强幽默地说，"我脸上写着字说我不高兴、不顺心？"

"麻衣相法我倒是看过的。"裘珍珠说，"刚才你匆匆赶路，脸色、面部表情、姿势都给我压抑、失意的印象。是失恋了？还是……"

夏强不想多说，只是笑笑，也不回答她的问题，反而问："你一切都好吗？"

裘珍珠也笑笑："我还好！你那位雷公家的公主好吗？"

夏强笑笑："她好。"

"我还以为你去了趟南京失恋回来了呢！"裘珍珠说，"你们好，我也高兴。我这人，愿意见到人幸福，愿天下有情人都成眷属！"

夏强说:"那该谢谢你了!"

裘珍珠坦诚地说:"夏强,我总觉得你不把我当一个朋友待。其实,我们完全可以成为好朋友。我愿意把内心的话告诉你,我曾喜欢你。当知道你老是婉言拒绝我以后,又知道你有了雷丹后,我就不抱希望了。但人同人之间,不为爱情,为友谊也是美好的呀!我们就不能互相用心换心、互相帮助吗?"

夏强说:"我没那意思。我对你……印象不坏!"

裘珍珠笑了,说:"不坏!你这个辞用得很有分寸!"

夏强也笑了,说:"不坏,也就是很好嘛!"

裘珍珠目光灼热:"那么,你能把今天心里的不愉快讲给我听吗?我总直觉地感到你今天一定遇到什么不快的事了!"她有一种含蓄内敛的婉约风度。

夏强直爽,觉得何必矫情,就把到复兴大学同向教授谈话的事大致讲了,说:"其实,做这助教本是鸡肋,食之无味的。我只是感到有点生气!"

裘珍珠认真听着,认真地说:"啊,原来如此!夏强,我一直在想,你是个学历很好很有才华的人,又有仪表,你迟早是会成为一个大记者甚至大人物的……"

夏强摇头,自嘲地笑着说:"难为情了,我可不敢这么奢想。"

裘珍珠带着腼腆地抬眸一瞥说:"我说的都是真心话。我在想,你替重庆的报纸做特派员,完全可以在上海找个记者职位干。濮松涛失踪了,《新联晚报》正打算找个棒的记者。家父在那个报馆里讲话算数。你到《新联晚报》去干好不好?"

夏强本来怕沾人家光,怕向人要求什么事。尤其"花生米"裘对他又有一种难以说出的感觉,他更怕承她的情。去《新联晚报》干记者当然是个美差,但能接受珍珠的好意吗?他感到犹豫,说:"谢谢你的好意,但我……"

不等他说，珍珠快人快语地打断他话，说："你别但呀但的了！我完全懂得你的心理。你心里是在想，我可不能接受裘珍珠的情，那样，我就对不起我的雷丹了！……你实在是把我看得太低下了……"她有点懊丧。

夏强急着解释："不是，不是……"

珍珠用目光抚摸着他，说："你也不必不是不是，事情就这么定了。好不好？你等我的电话！我一定用最快闪电战的速度办成。我再说明一句，能帮助朋友是一种很大的快乐。'花生米'给你办这件事，完全心甘情愿，不要你任何回报。我愿意你和雷丹幸福！我也愿意我和你及雷丹都是好朋友。"

夏强感到一种寒风细雨中的温暖。他觉得这个"花生米"是热情、坦率、真诚的。可见一个人对另一个人的认识需要时间和实践的。他终于承她的情了，说："裘珍珠，那就谢谢你了！"

珍珠还要去国际饭店参加一个招待会。后来，夏强同珍珠分别，回到家里前在路上想，古人说"塞翁失马，焉知非福"，助教的事掉了，但到《新联晚报》当记者了。两相比较，当然当《新联晚报》的记者好。这张民营报比较开明，去顶替松涛的职位，对他来说，似乎肩负着一种责任。唉，松涛啊！你在哪里？……

近中午时分，踏进家门，放下黑洋伞，从楼下厢房开锁进门走上楼去，却既在意中又在意外地看到东方坐在三楼客堂间里同母亲和小妹谈心呢！东方一件蓝色风雨衣挂在门上的衣架挂钩上，地上滴了一小摊水。见夏强回来了，母亲说："东方等你等得好久了，还带了好些吃食来。你如果再不回来，他说想走了。"

小妹说："我们刚才谈起林昆仑老伯，林老伯去苏北了，现在正在谈松涛呢！"

东方刚理过发刮了胡子，穿着一套藏青西装，白衬衫上打的黑领带，似乎黑瘦了些，但显得精神，笑着说："夏强，好久不见面了，真想你们啊!"

夏强笑道:"我们也都想你,一肚子的话想跟你说呢!"

东方说:"我来是有一包东西托付给妈妈存放的。本来还想到一个朋友处去一下,现在你回来了,我就不去了。你看……"他拍拍一小卷刊物,说:"几本杂志,给你看的!收好!"然后,又说:"我们下午好好谈谈心吧!"

吃饭时,谈到松涛,小妹夏盛伤心了,匆匆吃了一碗饭,说她要去学校,就走了。

大家谈起松涛,心里都难过。午饭后,黄梅雨又是滴滴答答。夏强陪东方到楼下前厢房里去谈心,才知道东方交给妈妈存放的那一小包东西,包括一些房地契,也有些类似档案资料目录一类的纸张。妈妈没问是什么,但把这包东西放在楼下后厢房衣橱下边的夹层里。这里是敌伪时期妈妈暗藏首饰古董和信件等的"秘密库"。用螺丝刀把底板上的螺丝取掉,掀起底板,下边就是空的夹层,放进物件,盖上底板,拧紧螺丝,就看不出下面藏着什么了。

夏强帮妈妈将这包东西藏好,就同东方聊天了。他讲了松涛失踪对他的刺激,讲了到南京采访的经过,讲了与丹丹在莫愁湖的谈话,讲了苦闷,一直讲到助教的事和裘珍珠介绍自己进《新联晚报》的事。

东方也讲了经历。这一向,笙记行从苏北运海货、黄狼皮、咸肉、黄麻、花生、皮棉、豆饼等到苏南,也买些苏北急需的物资去苏北,很辛苦。苏北形势比以前好多了,不过仍常有战事。物资运输、过江很麻烦,全靠买通关节才能顺利到达。生意费劲,幸好笙记行同方国华合作不错。

东方说得简单扼要,夏强听了却大致明白。东方口紧,能讲这么多已是推心置腹了。

问起苏北情势,东方说:"国民党学日寇,军队和还乡团在苏北搞

'三光'政策，百姓当然吃苦受难，但正因这样，百姓更反对它。随着山东军事大捷和苏北军事上的进展，国民党只能守住些据点苟延残喘。情况还在好转……"

谈到这地步，夏强心里越来越激动，把多天来心里盘算的想法坦然告诉东方："你知道，自从认识以后，我就是最信任你的。我一直认定你是共产党，心里的话最愿意告诉你。反对内战、独裁，实行和平、民主，选择革命的路，我已下了决心。我能参加吗？你看怎么样？"

东方注意地听。他对世态人生有敏锐的洞察，听完，说："你不是还想去美国留学吗？"

夏强点头："本来是有那想法的。但我不愿在历史激变的缝隙中醉生梦死！"

东方问："怎么呢？"

夏强答："一场抗战，使我懂得了什么是民族大义。现在，我更深深懂得了什么是正义，什么是中国的前途，谁能救中国，我们该要个什么样的国家。在这种大时代里，我不能只为自己的镀金打算，不能不尽自己的力量丢下国家不管。我不想去美国了！况且，向美国的申请也并没有回音。"

"如果有了回音呢？还有，丹丹同意你不去美国吗？"

"有了回音我也不去！"夏强坚定地说，"至于丹丹，我在南京已同她交换过看法了。她会同意的。"

"你同丹丹说过我的情况吗？"

"我没有对她说你是什么样的人，因为事实上你也从未告诉过我你是怎样的人。但她敏感而聪明，她可能有一种感觉。不过，她尚未挑明过。你在南京一次住旅店时，警察查夜打电话到雷公馆，丹丹接电话时说你是她表哥，你可能知道。"

雨突然又下大了，雨声潺潺，檐头洋铁水管里的流水声也不停地响。

东方点头:"夏强,我当然信任你,正如你信任我。你为我做了很多有利于我的事。你刚才谈的那些话都说得极好。一个青年,在这样的时局中,应当看出也应当懂得时代的走向。中国会向何处去?你提出的要求正确合理,但我劝你不要急。你政治上是够格的。今后,还有许多事需要你继续做。有些事,党员做不合适,你做合适。你在党外,以你的社会关系,你可以起很好的作用,危险会小得多,你做事胆会大得多。万一就是出了事,你的社会关系营救你也要方便容易得多。你认为我说的有没有道理?"

夏强低头思索,觉得东方的话诚恳,心里却有些遗憾,怅怅点头,没有说话。

东方知冷知热地说:"夏强,别懊丧。我说的是很实在的话。你的要求,迟早会实现的。我曾再三叮嘱要你别太'红',管住舌头,要小心谨慎,直到现在,我仍要这样叮嘱。我来得少,同这也有关。敌人特务星罗棋布,在其统治下生活,睡觉都得睁着眼别打鼾。说不定什么时候一不小心就会出事,像松涛那样无影无踪。我确是觉得你要谨慎小心。你没参加组织,我这么信任你;你如果参加了组织,我也这么信任你。只是你如果参加了组织,就势必不会像现在这样轻松了。你说是吗?可以理解吗?"

夏强终于爽朗地点头,说:"是的!"

东方说:"过些时,我要给你讲一讲党的常识,我们找个公园碰面。你该懂得这一些的。"

夏强立刻高兴地点头说好。

东方突然说:"夏强,先一会儿你谈起在南京采访时蒋介石、李宗仁等送了大相片,拿出来我看看。"

夏强去写字台中间大抽屉里把那几张装在白纸大封袋里的大照片拿了出来。

东方笑看着照片上写"夏强同志 蒋中正赠"的称谓,说:"好啦,你成了蒋介石的同志啦!"

夏强笑看着照片说:"无用的废品!"

雨哗哗地下得更大了。听到雨声,使人有一种冷浸浸的感觉。虽是春天,夏天已经不远,却使人有深秋般的凉意。

东方手里拿着照片说:"现在,可以废物利用呢!"

"废物利用?"

"对!配三个镜框,把蒋介石、李宗仁、孙科这三张都挂在你这间前厢房里。蒋的迎门挂着,李和孙的挂在另一面。这三张照片一挂,这间房的气氛就不同了!就是特务来了都觉得你夏强有来头,惹不得。涂点保护色好。松涛失踪了,十成有九成是被特务逮捕了。他是个好人,我同他及你同他都没有什么瓜葛(夏强觉得这句话东方这么说是有用意的)。但特务在抓他前,说不定已经注意过他交往的人了。那么,你这里涂上一层保护色没什么不好,你说是不?"

夏强突然想起在南京时,为朱执信女儿的事,找那个稽查处长倪超凡时,为对付那个大特务,雷老伯特地让丹丹将蒋介石送的祝寿条屏挂在客厅正中央的事来了。现在,东方的建议也正透着老练。因此笑着说:"好!我去配框挂上!"

谈到这,夏强告诉东方,上午去江湾学校时经过四川北路拉摩斯公寓看到东方的事。

东方说:"我舅舅鲁纬章在那里。舅舅从前有过少将军衔,后来脱离军界做生意,商界的人都叫他'少将',这就成了他的绰号。他是大华商行总经理,用上海话说,生意做得'野豁豁'的。他还办了个华新制药厂,下下个礼拜一开幕,假座'百乐门'舞厅举行盛大招待会。这个药厂,陈果夫也有股子。"

夏强听了惊讶,但没有多问,没有作声。

东方又说:"下下个礼拜一开幕,陈果夫亲临剪彩,市长吴国桢、市党部主委白南史等都要到场祝贺。我想托你请几个记者捧捧场,写消息、登照片宣传宣传。请秉事先会发的。"

夏强丈二和尚摸不到头脑了，说："干什么要这样？"

东方笑了："少将的生意做得大。在上海要站住脚跟没有些名声没有些后台不行。这话我也只对你说，C. C 头子陈果夫历来是把廉洁放在嘴上的人，想巴结上他可不容易。舅舅认识他后，一直没机会得到他的支持。他患肺病，久治不愈。大华商行驻美办事机构按我舅舅鲁纬章指示，买了几行链霉素由专人坐飞机送到上海，又派人分两次专程送到南京给陈果夫使用。陈果夫一试果然有效。于是，华新制药厂请陈果夫做董事长，他也就答应了。陈果夫做了董事长，当然上海捧场的人就多了！这事宣传宣传，对大华商行，对华新制药厂今后的生意当然有好处。"

黄梅雨不知什么时候又停歇了。

夏强当然点头，但不禁心想：林东方呀！你怎么一下子冒出了个父亲林昆仑，一下子又冒出了个"少将"舅舅来了呢？……当然，这些又都是只可意会，不可言传，只能心照不宣了！……说："好的！我下下个礼拜一，一定约人去！我约《申报》一个记者，《新闻报》一个记者，在上海商界，这两张报影响最大，销路最广。如果那时我已进了《新联晚报》，我就在晚报上写新闻，如果还没进去，那我也写了稿投寄在晚报上发表……"

星期一上午，夏强在要去"百乐门"舞厅参加"少将"的华新制药厂盛大开幕式前，接到了丹丹从南京打来的长途电话。

听到丹丹那动听的嗓音，夏强心里就十分高兴，说："我想，你一定又有一个好消息、一个坏消息告诉我了？"

谁知，丹丹说："不！好消息一个也没有！坏消息倒不少。这些天，物价涨疯了，米价为年初的六倍了！黑市美钞涨到一百三十万元，年初的八倍了！黄金一周前是四千八百万元一两，今天是六千三百万元了……"

夏强说："这些我都知道，你该不是为告诉这些来电话的吧?"

丹丹笑了："我担心你经济困难!《新闻窗》这一期在南京零售居然脱销，款已折袁大头收回。我打算找人给你带去。你家里先拿点钱用来开支好了!"

夏强心里发热，介绍了《新闻窗》在上海发行顺利，款也及时收回等情况后，说："经济上我没有困难。如果银圆带来，仍是用在以后的杂志上。"说着，他把助教不干了，幸亏裘珍珠介绍他到《新联晚报》去的事讲了，说："前天这事就定下来了。裘珍珠大前天晚上来电话通知我报到。我前天已经上班，现在就用《新联晚报》的名片采访了。待遇比助教可多得多了!"

丹丹声音带着喜悦："这样好! 从你的话里听来，裘珍珠是一个热情、善良、爱主动帮助别人的同行。你替我问她好。欢迎她有机会来南京玩。"

两人商量了下一期《新闻窗》的要目和稿件情况，结束后，夏强把过一会就要去"百乐门"舞厅的事讲了，并且简单谈了已不再想去美国留学的事，含蓄地说："在南京莫愁湖之游实在难忘，那天我的想法你已经有所了解，我的心天天想跳出来晒晒太阳。希望你理解。"

丹丹声调爽朗："在南京时我早对你谈过爸爸的看法。你回味我那天讲的话吧，好吗? 我什么时候都愿同你一致的。"

夏强禁不住说："丹丹，你真可爱!"

丹丹笑说："正因为你也可爱!"

挂电话前，丹丹说："给妈妈和小妹问好。你常来信吧! 我喜欢看你的每一句话!"

夏强带着心里的温暖，匆匆出门，去到静安寺"百乐门"舞厅。

他两天前约了《新闻报》的老沈，也约了《申报》的裘珍珠，当然也约了中央社上海分社的吴敏，那个外表木讷朴实的记者。进步人士有的把中央社叫作"遭殃社""造谣社",但夏强听松涛说过:"别看吴敏是中央社的记者,他这人可是不错的,同他交交朋友挺好。"夏强同吴敏接触过,也觉得这人老老实实,身上也没有邪气。今天夏强约他来,是希冀吴敏能在中央社上海分社发一条消息,像《前线日报》《益世报》《东南日报》等如果未有记者来采访,是都会刊用中央社稿的。约了这三个人,外加自己,夏强觉得已撑起台面,可以对得住东方了。

上海的著名舞厅中,"仙乐斯"有上海最红最美的舞女。"百乐门"不及"仙乐斯"宽大新颖和华丽,但也不差,报上常登巨幅广告招徕顾客。这里每晚都是笙歌喧闹,舞乐悠扬,门口汽车云集,舞客、舞女进进出出,热闹非凡。白天下午常有茶舞,但也常租借给有头有脸的商行、企业举行开幕式、招待会或宴会。夏强到了"百乐门"舞厅门前,就看见装饰着金边的用大红纸贴出的海报,以及向华新制药厂道贺的一些企业、工厂、商号的贺词。中间旋转玻璃门及两侧大玻璃门外部摆满了许多色彩鲜艳的大花篮,有纸花的,也有鲜花的,五彩缤纷,耀人眼目。拉门的仆欧,招待的侍者,都制服整齐分立两厢。

夏强到得早了些,心想,不知东方来了没有?这"少将"舅舅鲁纬章我可不认识呀!他做记者,已养成了一种老练,走到中间旋转门旁的大玻璃门边,戴红帽子的仆欧给他拉开了门,他大步进去,看到签名簿放在入口处的横桌上,大步上前,分管签名簿的小姐笑着递上了笔,请他签名,他给了一张名片,用毛笔蘸了墨汁写了"新联晚报夏强"六个字。小姐谢谢夏强,递来一个信封。夏强明白,这种会上照例总是给记者发礼券的,就接过来放入口袋。这时,他注意到自己名字的前面,在一些陌生名单中已有林东方和裘珍珠的名字签在那里了。他俩都已到了,那自己来得可不算早了!

在乐队奏的舞乐声中,夏强走进内门,到了大厅里。灯光雪亮,布置得豪华、美丽,喜气洋洋。依然是许多花篮,还挂着不少贺幛、贺屏,上边写的都是吉利、生财、发达一类的吉祥话。特别引人注目的是放在上首中央的几只大花篮，都是名人所送，有吴国桢的、白南史的，还有杜月笙的、潘公展的……大厅上方布置着麦克风，厅里四面都摆设着小圆桌和座位。一色穿红旗袍的小姐和穿白色镶金边制服的仆欧端送着橘汁、汽水和茶水。已有不少客人点缀着三五一群地坐在那里聊天了。

夏强一眼看到在厅中央站着一个气宇轩昂、相貌堂堂、西装笔挺、头发黑亮不到五十岁的大块头。一看就是腰缠亿万的人物。这人有点面熟，夏强搜索记忆突然想起，这就是杜月笙做寿那天，同东方一起出现过的人物。原来这就是"少将"鲁纬章舅舅！他见裘珍珠正同"少将"在谈话，看样子是在采访，边上站的是东方。东方正同方国华在寒暄。方先生今天穿了一套深灰西装，打了条带红色花纹的领带，像弥勒佛似的老是咧嘴在笑。

夏强就也走了过去。方先生热情同他握手，说："小阿哥，听说你要来，见到你真高兴，生意场上忙，我好久没到府上看望老太太了。老太太好吗？"……裘珍珠见到他来，妩媚地转过脸来轻声说："唏！你要我早来，自己却迟到了！"

东方说："夏强，我来给你介绍，这是大华商行的鲁纬章总经理，也是今天剪彩开幕的华新制药厂的总经理。"

鲁纬章和善地笑着，矜持而亲热地同夏强握手，挺像个少将的风度。

裘珍珠轻轻拽拽夏强的西装袖，说："鲁总经理忙，客人越来越多了。刚才我已采访了他一下，我们别打搅他了！走，去坐吧！"

东方的眼神似是同意珍珠的话。夏强见"少将"鲁纬章正同迎上来的几个客人握手，东方、方国华也同一些客人寒暄，就同珍珠一起去边上找了张桌子拉椅子坐下。穿红旗袍的小姐马上送来了绿宝橘汁。

乐队那些洋琴鬼此刻奏的是舞场上流行的美国电影《翠堤春晓》的插曲。裘珍珠见夏强东张西望，问："你找谁？"

夏强说："我看看《新闻报》的老沈和中央社的吴敏来了没有？"

珍珠也看了一看，笑笑说："谁会像我这么热心啊！小报记者为拿礼券这种会乐于参加，我这种《申报》的记者，不是你的面子，这种会今天我是不会来的。"

夏强也笑笑，说："这我当然明白。我谢谢你了！"

珍珠笑了，说："你今天穿这套西装真好看！"

夏强看着珍珠说："我一共两套半西装，轮流着穿。"

珍珠也笑了，说："但你挺艺术，会配不同的领带，领带一换，两套半西装抵得上五六套穿！"

夏强岔开话题："你们的摄影记者来了吗？"

珍珠说："会来的！他不必早到。等到陈果夫、吴国桢什么的来了，他骑着摩托就会出现。领了礼券'克特'几下就走了！"

夏强告诉珍珠："今天早上，雷丹同我通话，让我向你问好，并欢迎你有机会去游南京。"

珍珠瞅着夏强笑笑，用麦管吸吮着橘汁说："你们真亲热，天天通电话吗？"

夏强摇头："有事才通话。今天是为了下一期《新闻窗》的事。"说着，看见老沈和吴敏两人在进口处出现了。看来他们是在大门口碰见的。夏强对珍珠说："对不起！我去招呼一下。"他站起身来，迎上前去。

乐队仍在"嘀嘀——嗒嗒——"地奏乐。夏强同老沈、吴敏握手，谢谢他们来到，并引他们去同"少将"见面认识。正要谈谈，忽然见东方引着路，客气地带着白南史陪着陈果夫来了。

夏强立刻想起以前东方对他说过也要同魔鬼打交道的那番话了。"少将"鲁纬章对夏强和老沈、吴敏抱歉，马上去迎着陈果夫和白南史，陪伴着、招呼着去上首一张大圆桌前坐下。

夏强将老沈、吴敏约到裘珍珠桌上坐下，侍者送来橘汁和汽水，四个记者朋友亲热地谈将起来。夏强不愿意到白南史那儿去打招呼，他愿意同记者朋友们在一起。

接着，微胖穿西装的市长吴国桢、矮瘦穿长袍的议长潘公展，两副眼镜满面含笑同时来到。少不了又是鲁纬章上前拱手，接待。

老沈是个热闹人，爱说爱讲爱摆老资格，摆架子地说："上海滩上，今天有我们新申两报的记者，外加中央社和《新联晚报》的记者一到，这个会的规格也就高了。夏老弟的面子不小啊！连'花生米'小姐也请来了！"

裘珍珠说："老沈，你是有名的旧闻记者，上海滩上的路路通，我可不敢同你攀比！"

夏强诧异地说："我只知道沈兄的绰号是'怪现状'，倒还不知还有这么个雅号呢！"

老沈说："有一次，记者公会开会，我讲话时说：'如今新闻记者难当，我决心就当旧闻记者！'想不到，从那有人就又给了我这个绰号！"

大家都笑……

客人主要的都到齐了。大厅里嗡嗡嗡嗡，人声鼎沸，又奏着乐，耳朵里都是噪音，眼面前只见人头晃动，小姐和仆欧端盘送饮料。吴敏问夏强："果夫先生平时这种场合一般都不参加，他同这个鲁总经理是什么关系？"

老沈也说："是啊！陈果夫一来，C. C. 的白南史、潘公展就不能不来。白和潘一来，吴国桢也就不能不来。这个'少将'可真有能耐！"

"我看到杜月笙送了花篮，但他肯定不会来！"珍珠说。

夏强笑笑，说："说实话，这些事我都弄不清。"他说的确是实话，可老沈他们听来却似是城府深，知道了不说。

突然，乐声停了。"少将"鲁纬章总经理中气十足地在台前用麦克风大声讲话了。他宣布，华新制药厂开幕仪式开始，感谢各界来宾光临，感谢贵宾们光临，并且恭请一脸冷酷病态的陈果夫剪彩……

（二）武力弹压

那天上午，裘珍珠突然到夏强住处来看望。她总是有出其不意的打扮，有时一身红，有时一身白，有时一身黑，间或素淡，忽又艳丽。今天，她穿一件略带棕红的印度绸的旗袍，衬得小巧玲珑的身材分外动人。事先，她也没有打招呼，居然说来就来了。夏强在楼下前厢房写稿，听到敲门声，去开门，见是裘珍珠，说："啊！是你？"

"不欢迎吗？"珍珠笑着说，"今天空闲，想念你，所以来找你聊聊，并到府上看看。我还是第一次来呢！"

夏强让她进房。她一进房，看到迎面竖在茶几上的镜框里是一张蒋介石的戎装光头扶指挥刀的侧面照片，上写"夏强同志　蒋中正赠"字样。写字台上，竖着一个镜框，里边是李宗仁穿戎装未戴帽的相片，两边也写着"夏强先生惠存　李宗仁敬赠"。另一面墙上挂着一个镜框，里边是穿西装戴眼镜的孙科，两边也写着"夏强先生惠存　孙科敬赠"。珍珠似乎有点发怔了。坐在沙发上，看着蒋介石的照片，等夏强给她倒来一杯开水，她才说："啊，我一直以为你单纯，原来……人同人之间要了解真不容易！……"

她没往下说，夏强却心里像被火一炙，说："怎么？"

"没什么！"裘珍珠心直口快，但却掩饰着说，"怪不得那天你那个朋友有那么大的本事请了陈果夫剪彩呢！我们问你，你说弄不清他们的事。其实，你不简单，挺神秘的呢！"

夏强想解释辩护几句，却又觉得无法解释、辩护，也不能解释、辩护，说什么好呢？他反而局促了，尴尬地说："其实这些照片，都是我在南京采访国大时他们送的。我并不想挂，我只是……"他语塞了。

珍珠似乎思索了一下，然后点了点头，但说："啊！不过，你这人啊，不大坦率，太不真诚。我可是对你一直很真诚的！你挂这些本来也没有什么不可以，为什么掩掩盖盖呢？这种事同我没什么关系的！"

夏强感到对方的话很重，但实在是不好再多说什么了，吁了口气。

珍珠忽然站起身了，情绪与来时完全不同地说："看你桌上还放着稿纸，你在写稿是不？我走了，改天再来看你。"

夏强反而挽留了："再坐一会吧！"他还想留她下来解释一下。

可是，珍珠不肯多留，语气冷淡："不坐了，改天再来。"

她真的飘然地走了。夏强送她到门口，又出门到弄口，发现这位姑娘似乎感情上对他有了一种变化。他了解珍珠自命为自由主义者。隐约感到那天是陈果夫等使她有一个什么印象，今天则是蒋介石等的照片，尤其是蒋介石本人的那张照片刺激了她。夏强注意过珍珠写的稿子。她虽在《申报》做记者，却显然不是那种右的记者，从平常接触中，她似乎是一个天真的自由主义者，有正义感，憎恨政府腐败无能和特务统治。看来，她是怀疑我夏强了！怀疑什么？怀疑我是参加过什么特务组织的？现在社会上人际关系复杂，她认为我不简单、神秘，更不能容忍我不坦率，对她不真诚。显然是有这种怀疑呢！但是，我怎么才能向她解释清呢？

他内心有另一个矛盾，很怕裴珍珠纠缠。他发现她对他有一种爱。这种爱只有青年男子用眼睛从对方的眼神、动作、话语中才会敏锐地感觉到。她对珍珠给他在《新联晚报》谋到一个记者职位，怀抱一种感谢。正因如此，更怕她的"坦诚"。他深爱丹丹，不愿发生这种节外生枝的事。他对任何别的女孩子不会比对丹丹更爱。珍珠如果追求他，无论用什么方式，公开的或隐蔽的，用情人的方式或用友人的方式，都会使他增添麻烦和不悦，甚至反感。

因此，现在裴珍珠走了，显然她对他存有不满和戒心！这使他感到难过。但又觉得，她有误解，不再在爱情上纠缠我，倒也是好事。他想，许多事都需要时间才能完成。许多人，也需要时间才能认清。被人误会不好，但有时难以避免。如果她对我有了误解，将来让时间替我说话吧!

但,他对裘珍珠的认识却进了一步了,她是个好人!

夏强不禁又看看正对着入门处放着的那镜框中蒋介石的照片。有一种想把它拿掉的愿望。但想到了东方说的话,决定仍让照片放着。

正坐着发愣,听到楼梯响,一会儿,小妹夏盛下楼从后厢房的门里进来了,见夏强坐着,说:"小阿哥,你没出去?"

夏强把刚才裘珍珠来和走的事讲了。小妹朝那三个相片框看看,说:"我也不赞成供着这些,谁来看了都会有想法的,拿掉算了!你不知道,连不管闲事的隔壁邵师母那天都说:嗬,小妹,你小阿哥好有办法哟!连蒋总统都送照片给他啰!……"

夏强笑笑,叹口气,世上常多这种难办的事,说:"还是照东方的建议办吧!你到哪里去?"

小妹说:"征集签名去!"

自从5月4日,上海学联发表《告同学书》号召"反美扶日",当天,上海一百二十所学校的一万五千多名学生汇集在交通大学举行盛大的营火晚会。晚会宣布成立上海学生反美扶日联合会。接着,5月22日又在交大举行了一万五千人参加的纪念"五二〇"一周年大会,会场升起了"上海学联"的旗帜,大会又发起十万人的反美扶日签名运动,提出了"反对美国货倾销"、"爱用国货"的口号。会后,运动从学生发展到了各界人士,从上海发展到北平、天津、南京、昆明、重庆、成都等全国大城市。小妹这些天都在为这些忙碌。

夏强看她干得有劲,心里却也有些为她担心。自从松涛出事到今没有消息,夏强发现小妹在十分伤心以后变得更成熟起来。她没有再常常提到松涛,但她说过:"越是不幸的人,就应当活得越是勇敢和有劲!"从她的眼神中,夏强感到她为松涛的事,更强烈地仇恨这个反动政府了。有一天,他看到聪慧而秀美的小妹坐在窗旁,眼睛望着窗外的天空,手上在一张白纸上写写画画,并不是有意识地写什么,而是下意识地在写写涂涂。谁在心情无聊时也常会这么在纸上流泻些什么的。后来，母亲叫小妹帮她去择菜。夏强过去把纸拿来一看，见纸上歪歪斜斜重复写的是"真的猛士，敢于直面惨淡的人生，敢于正视淋漓的鲜血"。这是鲁迅悼念刘和珍文中的话。

夏强能体会到小妹的那种仇恨心。

但，报上登过，4月9日，四川成都学生游行请愿遭到军警镇压，打伤学生二百多人，逮捕学生一百三十多人，造成了大血案。夏强感到当局是确定了镇压的方针的。此刻，见小妹又要出去忙了，夏强不由得叮嘱说："小妹，自己警惕些，当心点！"

谁知，小妹摇摇头，一甩辫子说："我不怕！我常想，古人说：'民不畏死，奈何以死惧之！'人到不怕死了，什么都不怕了！"

夏强听了小妹这话，说："小妹，别鲁莽了，斗争也得讲点策略，不能学李逵！"

小妹自豪地说："我们的运动开展得很好，我们唱抗日歌曲，控诉美帝扶日，现在北平、上海各大学的校长、教授都有好几百人打算联名写抗议书。交大学生自治会还打算召开一次有各校教授和各界名流参加的座谈会，同市长吴国桢进行辩论呢！"

谈起反美扶日，夏强心里激愤。对那场历经八年的抗战，惨痛往事是深烙于心难以忘怀的。两年出头了，那个美国操纵下的盟军远东军事法庭审判日本战犯，拖拖拉拉，东条英机等二十六名甲级战犯至今一个未判。皇室成员都被包庇，侵华时上海派遣军司令官参与南京大屠杀的朝香官中将就因为是皇室成员未予审判。国民党为了打内战，同美国一鼻孔出气，就包庇着冈村宁次使他逍遥法外。想到这里，夏强对小妹说："你给《新闻窗》写篇稿子吧！就写反美扶日，就写学潮，但要掌握分寸。《新闻窗》办得很艰难，不能出大问题。因此，你写这稿要多斟酌，既要反美扶日，又要有技巧！"

"这太难了！我本来想试着写写的。你这一说，我就不想写了。又要马儿跑得快，又要马儿不吃草！"

夏强笑了："难是难，必须做到才好。我要你写这篇文章，实际是培养你一种本领，既做出头鸟，又别挨枪子儿。"

小妹不断摇头："我忙极了。让我忙我的事去吧！你的记者朋友有的是，都是耍笔杆的人，别找我这外行。"

夏强还想给她打气，小妹甩甩辫子说："我走了，晚上见！"

夏强上楼，决定打电话给珍珠，借约她写文章的因头试探一下她的态度。他对珍珠心怀感激，也有一种被误解的委屈，不想同她把关系弄坏。

妈妈在楼上晒台改搭的厨房里正淘着米。米碎，砂、石、稻、稗太多。她淘了又拣，拣了又淘，视力不好，很费力。夏强上去从妈妈手里把淘箩拿过来，说："妈，我来拣！"妈妈笑看着儿子。夏强眼睛敏锐，动作又快，用手翻拣，很快就将米淘干净了。

母亲又忙着去择菜，问："你没出去？"

夏强走进客堂间去打电话，答："我在下边写稿，现在来打个电话。"

他拨号后听到电话铃响了，正巧，接电话的是裘珍珠的声音。

"我是夏强！"夏强歉意地说，"早上你来，也没多坐一会。"

"啊，我忙。"珍珠的声音透着冷静，"有事吗？"

"我想请你给《新闻窗》写篇文章。"

"嗬，我忙，你另请高明吧！"珍珠冷淡地说。

"抽点空写一下吧，好吗？"夏强说，"打算请你写一写……"

但，珍珠打断了他的话，说："找别人吧，好吗？我不能写，没时间！"

夏强本来还想勉强一下，从对方语气中感到无望，见珍珠语气坚决，只好说："好吧！"

对方"克"的挂了电话。

夏强心里难受，却无可奈何。

夏强决定自己为《新闻窗》写这篇反美扶日的关于学潮的文章。《新联晚报》编辑主任老胡和采访主任老秦都叫夏强密切注视学潮，作比较公正客观的报道。但也叮嘱，最近风声很紧，听说要再拿有的报刊开刀，写稿既要把事讲出来，又要注意别惹麻烦。

6月5日，从小妹处，夏强知道全市学生要举行反美扶日大示威。早上，小妹离家前高兴地对夏强说："小阿哥，你可能想象不到我们这次的阵势有多大，那规模准叫人吃惊！"

夏强问："弹压怎么办？有对付的办法吗？"

小妹说："今天，有好些教授、校长、爱国人士、社会名流同学生一起示威！学联也叫我们注意策略，别蛮干。"

夏强问："今天准备到哪里示威呢？"

小妹说："无论如何，外滩美国驻华海军指挥部门口总是要去示威的！"

从小妹的表情和态度上，夏强测知这必然是一场大规模的风暴。小妹匆匆走了，夏强过了一会也就决定出外采访，他估计今天交大、复旦、同济、圣约翰……这些大学的学生外加许多中学的学生，人数众多，一定会由各校出发，众流归海似的沿途宣传，奔向外滩汇集。时间还早，他决定步行去外滩，沿途可以看看。

上了街，到了林森中路口，他就觉得情况不妙，看到先是有一辆"飞行堡垒"驰向西边，一会儿又有一辆红色警备车，呼啸着奔向西边。再一会儿，又见两辆重型卡车满载全副武装的士兵隆隆地向西边去了。

夏强猜测这是往西边到大学里去抓人或是阻止学生游行的。从林森中路穿重庆路转到爱多亚路时，夏强又看到有"飞行堡垒"鸣着笛向西疾驶。然后，迎面又看到了蹄声踢踏的美式装备的骑警队。然后又看到了满载警察的两辆卡车也向西开发。

夏强急匆匆地向东走，身上出汗，见一辆到外滩的公共汽车正巧来靠站了，就跳了上去。车上有两个人正在谈天。

一个穿深灰长衫的教师模样的中年人说："……听说有的大学全被军警封锁包围了！……"

一个工人模样穿短打的青年说："西边的电车、汽车全停了，有些学生游行队伍正同阻拦游行的军警发生冲突……"

夏强插嘴问："游行的人数多不多？"

工人回答："多！但军警也多。今天怕要出事！"

汽车向前驶行，不多远，到了河南中路口时，就停住了。这里戒严，马路中间放着铁丝路障，商店都上了排门。各种车辆堵塞，售票的开了车门，嚷着说："开不了啦，下车走吧！……"

乘客纷纷下车，夏强钻空子从河南中路弯江西中路折向九江路外滩。人流如潮，他从人潮中挤着疾走，发现外滩军警密布，气氛紧张。他脚下加劲穿过马路到了外滩江边，沿着江边往前走。这里没有军警，看马路对面一览无遗。美国驻华海军指挥部的灰色大楼离有大铁门的英国领事馆不远，从这里可以一目了然。这时，好多辆警车在对面马路边停着。那些军警每隔十几二十米布一个岗，有一些人数不多的学生队伍已经到了外滩。他们手里举着大横幅，上写"反对美帝扶植日本法西斯"，标语牌、小纸旗上都写着各种"反对美国货倾销"、"爱用国货"、"反对美帝包庇日本战犯"等口号和标语。军警上前要驱散他们，学生正在同军警交涉辩论。

夏强看到对面灰色大楼那美国驻华海军指挥部的门户紧闭，门口密密站着武装保护的军警，觉得今天的形势险恶非凡。他慢慢走近学生队伍，问一个戴黑边眼镜的学生说："我是记者，你们是哪个学校的？"

学生回答："大夏大学的。"

夏强说："别的学校怎么没来？"

"今天拂晓，大批军警就包围了交大、同济、复旦、中华工商等学校，包围得铁桶似的，不让学生出来，也不让学生进去。我们克服阻挠冲过来的……"

正谈着，又有一支学生队伍来了。军警如临大敌，似乎更加紧张起来，分兵去抵挡。学生同军警刹那间都搅和在一起，展开面对面的对垒，辩论着，推搡着，混乱起来。

呼啸的"飞行堡垒"声又响了。两辆"飞行堡垒"像两只凶恶的黑兽似的停到了路边，车上跳下了好些穿黑色警衣的武装警察。就在这时，又有两支学生队伍浩浩荡荡，约莫总有两千人，队伍拉得长长的，也不整齐，像一支突围而出的士兵，疾风骤雨般来到。平时喧闹地行驶着电车、公共汽车和小轿车的外滩马路上，这时车辆早停驶了。宽阔的马路两边，全是围观的路人，全是学生，全是散落而又摆着阵势的军警。学生队伍似乎还在继续拥来，人数怕有好几千了。

军警拦路，摆成了防线，一道，二道，三道，不让唱着歌、喊着口号的学生队伍冲近美国驻华海军指挥部。学生人多，又勇敢，不少学生分散着都已冲到美国海军指挥部门口，并且用黑色的柏油在墙上写标语了！军警强悍地簇拥上去，不让学生写。双方混战成一团。楼上本来有些美国水兵趴在窗口看热闹，这时，听到学生山呼海啸般的愤怒口号声，都狼狈地把头缩了进去。剑拔弩张的形势，使空气十分紧张。

夏强站在人丛中接近学生队伍，采访几个学生，问："你们是哪里的？"

知道是《新联晚报》的记者，一个学生告诉夏强："天没亮，交大、同济、复旦等大学就被大批军警封锁了。军警都子弹上膛，一副要屠杀学生的样子。为了避免不必要的牺牲，被包围的学生们没有硬冲出来。我们是光华大学的，那边还有圣约翰大学的，也有大夏和复旦的，还有一些复旦、交大、同济等不在校内的同学。中学生也来了不少。我们不顾军警阻挠，来外滩集合了。"

正说着，忽然看到大批骑马戴钢盔穿黑色警服的骑警队出现了。他们骑着高头大马，凶猛地驱马冲向学生队伍，目的是使学生的铁流被冲散冲垮。马蹄踏踏，一支年岁不大的中学生队伍立刻被冲乱了，惊骇的叫嚷声，跌倒在地的哭喊，响成一片。

夏强心里怒火高扬。但，骑警队并不能冲散、吓退所有的学生。学生队伍像海浪冲击岩石似的避开马队或迎着马队仍在朝美国驻华海军总指挥部冲去。于是，那些军警有的挥着棍棒，有的用枪托，驱散队伍，殴打学生。学生不屈不挠，同军警争夺着棍棒，反抗军警殴打。但这时警笛声又凄厉响起，开来了两辆红色警备车，如狼似虎地从车上跳下了许多警察，冲向学生队伍，并且开始捕人。

夏强突然想起小妹夏盛。此时，她在哪里？

遭殴打的学生，有的鼻子流着鲜血，有的头部、面部和身上负伤，有的被打倒在地上又爬起来抗争。有的呼口号，有的仍在唱歌："团结就是力量！团结就是力量！这力量是铁，这力量是钢！……"散了的队伍在歌声中又凝聚在一起……

大逮捕开始了！夏强看到被揪捕的学生，有男有女，都在往"飞行堡垒"和"红色警备车"上押送。那么多被打伤的学生！那么多被逮捕的学生！他们都在挣扎、搏斗，没有束手被擒的！

骑警队又带着威慑力地冲过来了！马蹄践踏到的人是会受重伤的。骑在高头大马上的警察的警棍无情地在两侧的学生头上、背上猛击。马到处，队伍就被冲出一片空隙。

有一个女学生被马撞倒在地上，她额上有伤泛出血痕。夏强离她近，怕后边一骑马冲过来马蹄将践踏在她身上，他飞也似的冲上去，一把抱住了她，从地上要将她抱到路边去。但冲过来的骑警竟一棍打在夏强后背上。夏强踉跄了几步，仍挣扎着将女学生抱到了路边。他后背疼痛，放下女生，呻吟了一声，猛地趴在地上，却发现有一个人来到他身边，两只手在扶他坐起来，用关切的声音说："夏强，你受伤了？"

夏强抬头一看，不禁"啊"了一声，原来他意外地发现这一双望着他的大眼不是别人，竟是裘珍珠。他看到了珍珠同情而温柔关切的眼光，感激地笑了一笑，呻吟了一声摇摇头，指着身边躺在地上刚爬起来的女学生，说："她受伤了！"说着，就又移身扶那女生起来。

那女学生已经自己爬起身来，额上淌着血，对夏强说一声："谢谢！"她张首四望，发现自己的队伍仍在不远处同马队和军警搏斗时，她像一支离弦的箭马上又跑着冲过去了。

珍珠关切地对夏强说："我看到那骑警一棍狠狠打在你背上的！疼吗？"刚才夏强奋不顾身的举动是一种人间的善意，使珍珠不能不一下子又喜欢上了这个她本来曾窃窃偷爱着的青年人。

夏强苦笑笑，怎么不疼？此刻他背上十分疼痛，骨头像断裂了，但他忍耐着说："不要紧！"他因为发现珍珠对他的态度转变，而高兴，说："你来了多长时间了？"他很想坐一坐歇息。

珍珠声音甜美："我早来了！我早注视着你了！只是你眼光高，看不到我罢了！"她掏出一块绣花小手帕递给夏强，"快，擦一擦，你脸上有汗又有灰。"

夏强感谢她的好意，用手帕拭拭脸。手帕上香水味很好闻。他将手帕还给珍珠，歉意地说："我把你的手帕揩脏了！"

珍珠笑笑，接过手帕，说："我愿意！"突然问："你到底是个什么样的人？"

夏强笑了，打趣地说："有两句诗说：'我骑在自己意志的烈马上，旋风般地在向前奔驰'！……"

珍珠若有所思。她黑而湿润的大眼里有着迷惘的温柔，说："我并不喜欢左，但我十分厌恶右！坏人的幸福造就了好人的不幸！特务、军警任意残害人使我愤怒！做记者使我了解许多内幕，对许多事我都有自己的体会。"

夏强想再同珍珠谈些什么，却忽然感到学生队伍似乎在做有计划的路线改变。他们不再冲向美国海军指挥部门口去示威了！那门口的墙上先前已被学生用黑色柏油写上了"美国兵，滚回去！""反美扶日"的口号。有条英文口号只写了一半："Get out…"此刻，学生们已撤离那里，一面在同进行袭击和驱赶的军警进行英勇抵抗，一面从外滩冲向北京东路去了。

夏强对珍珠说："我得跟着去看一看！"

珍珠豪爽地说："走吧！我跟你同去！"在她眼里，这是个黑眉亮目、纯正倜傥的青年人，品貌很耐看，风度极好，从来没有一点俗气，勇敢而且富于正义。她本来对他有些误解，觉得这是个不坦率、不真诚，甚至可能是参加过什么肮脏组织的人。现在误解突然冰化雪消，她对他只有好印象了。

他俩跑着，后边和旁边的学生队伍也散乱地在跑。军警仍在打人、抓人。飞跑着冲上来的男女学生不计其数。有一批军警突然拦腰跑进来阻挡并冲散学生。夏强刚在前面同一群学生过去，珍珠夹在一伙学生中被那批军警拦住了。后边的学生队伍仍在拥过来，夏强想回身去找珍珠，却已见不到她。有一个凶神恶煞般的警察手拿警棍上来，对着夏强就打。夏强用手一挡，说："我是记者！"

那凶恶的警察忙住了手，高吼："快走！记者也不许在这儿停留！"

夏强回头仍看不到裴珍珠，估计她没有问题，后边又有学生成伙地冲过来。他想看看学生队伍到北京东路的情况，就只好随着学生队伍再往前跑。

这当然只是一部分学生队伍。他们在北京东路上边游行边宣传。沿街市民都同情和支持学生。有些人在街边七嘴八舌议论："学生反对扶日、反对美货倾销这我也拥护！""可是外滩军警出动打学生，抓学生，叫人看了好生气！""卖国！独裁！""反对镇压学生！""这么大规模的示威真了不起！"……

背部疼痛。夏强随学生的游行宣传队伍走了一段，见又有军警赶上来拦阻、驱赶了，他决定回去，就弯进河南中路，叫了一辆三轮车回家。路上，他记挂着小妹，不知小妹今天怎么了。也记挂着裘珍珠，但明白，珍珠是记者，又挺能干，她不要紧的。

回到家中上楼已是中午，他没将挨打的事告诉妈妈。母亲上午从街上买菜回来，就听说今天学生大示威有军警封锁弹压的事了。见夏强回来了，心里不放心小妹，问夏强："小妹今天不会出事吧？"

夏强回答："没事！妈妈放心。"

夏强打电话到《申报》找裘珍珠，但她没有回报社。

午饭后，夏强因为背部疼痛正要睡一会，却接到了一个电话。打电话的是个女学生，要找夏强。

夏强说："我就是！请问什么事？"

对方说："我是夏盛的同学，名叫冯兰。我们在外滩游行示威时，遭到军警殴打。夏盛同他们搏斗被抓上一辆'飞行堡垒'押走了。据了解，是押到黄浦分局去了！"

夏强吃惊，问："跟她一同被捕的还有谁？"

冯兰说："听说有八十多人，我们班上就只有她。"

后来，电话挂断。母亲在一边似乎有一种预感，问："什么事？"夏强刚打算告诉母亲，并且安慰她别着急，电话铃又"嘀铃铃"响了。夏强拿起话筒，是裘珍珠的声音。

裘珍珠打趣地说："好啊！你只顾自己跑了，把我扔下不管了！"

夏强解释："我看不见你在哪里了！警察上来不让我走回去。学生又拼命拥我往前跑，我觉得你是记者，不要紧的。回来后，打电话到报馆找你，说你还没回报馆。你好吗？"

"好！你好吗？背还疼吗？"

夏强朝身边的母亲看看。母亲满面愁容。她意会到心爱的女儿出事了！夏强知道无法瞒母亲，对珍珠说："我小妹夏盛被警察逮捕了！据说抓了八十多人，她在黄浦分局！"

电话里传来珍珠气愤的声音："别急！单独抓的麻烦，一块儿抓了这么多，总得放的！不过，得想法营救！你找找路子，我也帮你找找路子！"

夏强谢了她。但裘珍珠又说："告诉你一个消息，苏商《时代日报》今天被市府查封了！罪名是煽动工潮学潮、扰乱金融、歪曲军情。高压政策下，你们那个《新闻窗》可要小心谨慎啊！学潮的稿子千万别用。今天我从外滩回到报馆，得到的指示就是，学潮的消息不必写了，要写，就得换另一种口气和方式写。我的稿子采访主任拿去大笔一改，完全不顾事实反过来写。我已宣布今后我不跑学潮，我跑社会新闻！"

夏强想，重庆《时事日报》的丁一凡是有预见。他早来信叮嘱："凡涉及京沪学潮的稿件一律勿写，是所至祷！"不由得叹了一口气，他感到浑身血液都在沸腾翻滚。

（三）疲劳、沉重

天热，夏强有从未有过的疲劳，感到身上的担子无比沉重，感到事情的复杂与曲折难以应付。那种穿行在长长的幽暗隧道中的压抑感更觉强烈了！似乎周围黑雾诡秘，烟也似的笼罩着，到处会闪出杀人的凶器，到处有窥视的狼眼，到处有隐藏的杀机……他不断激励自己，必须挺住，必须用鲁迅所说的"韧"劲来面对现实，继续前行。

从六月间小妹被捕，为救小妹，方国华曾经主动去找白南史托他帮忙。天下事常这么有趣。起初，是夏强托白南史救的方国华，如今却是方国华有能力托白南史救夏强的妹妹了！白南史向方国华表态："努力想想办法。"但从六月到七月，又过了七月，小妹仍未被释放。

裘珍珠为救小妹，出了大力。她找了父亲裘天尧，父亲让她找上海出名的大律师钱智星帮忙。钱智星是裘天尧的好友，也是裘天尧的黄浦贸易总公司和《新联晚报》的法律顾问。他熟悉警局的人，但接洽后说："问题性质严重"，"无法释放"。

被捕学生的家长们，很快互相串联联络起来。公安局在多次交涉后允许给被捕学生送点衣服、日用品等，但不许看望。家长们组织了一个家长联合援救会，招待过新闻记者，也请了律师出面交涉。由于各报奉令不准刊登记者招待会消息，不准违犯戒严法并与戒严法抵触，援救一时也无效果。

终于，大家进一步认识到，国民党当局按照国大通过的《动员戡乱时期临时条款》，授权蒋介石可以不受宪法限制，采取他认为必要的紧急措施，蒋介石的权力已经抬高到了无以复加的地步；而且，在5月19日，国民政府公布经过修正的《戒严法》，就给了最高当局残酷的镇压权。而在6月5日上海学生反美扶日大示威后，全国一些大城市都很不平静。华北、平津、云南、河南、河北等地的学生为反美扶日，纷纷罢课、示威、抗议，军警也都出动弹压，昆明就在4月中发生了学生死伤一百五十多人的大血案。

形势如此，国民党不肯释放被捕学生势在必然。夏强见母亲总是常常伤心落泪，思念小妹，有时还连带思念松涛，心里更加难过，不断劝慰妈妈，说："妈妈别急，被捕的有八十多人，不是小妹一个，她又不是共产党！（说到这里，夏强不禁想起了那天东方说的话，……你入了党，危险就大了，你在党外，以你的社会关系，你可以起很好作用，危险会小得多。你做事胆会大得多。万一就是出事，你的社会关系搭救你，也要方便容易得多……）她不会要紧。现在，家长们都在努力设法搭救子女，学联和进步教师也支持搭救，律师也努力，不但不会有危险而且总会有效果的。"

但是，母亲总是舍不得小妹。夏强到楼上睡在小妹床上陪母亲一房睡，常在半夜，听到母亲睡不着翻身偷偷哭泣或者悲哀地叹息。

东方关心小妹的被捕，那天上午，他同方国华一起来看望母亲，见母亲伤心悲痛，劝慰说，据他所知，小妹打了警察，但情节不算严重，也认为她不是共党分子，问题不那么严重，劝母亲不要着急。他的分析同夏强的分析相同，他并且说："现在八十多人一个还没释放，有人认为如果有一个人被释放了，这就是一种突破，那陆续再释放一些可能就比较容易了。所以，不管先放谁，争取突破一下很有必要。但也有人认为要放一起放才好，如果一个一个分散交保，就有可能被留下一部分，永远不放或惨遭杀害，那就不好了。我认为后一种看法是有道理的。"他主张夏强多同家长联合援救会联系，一致行动。

方国华在这种时候，油光光红润的脸上表现出了他那种感恩图报的心情，拍着胸脯说："我认为能先出来一个就先出来一个的好。闸门一开，就不由得他再关了！当然，东方兄他见识广，他主张一起放也有道理。不过，夏师母，最要紧的是你不要着急伤了身体。我托过白南史，还没有效果，我要再出全力。你这面，请小阿哥再想想办法，只要小妹能出来，不管花多少钞票，我方某人都包了！"他临走留下一只装满了钞票的信封袋，说："夏师母，这你先花用，过些时候我再来看你。"

但，母亲在当时就坚决让方先生把信封袋带走了，说："我们家里没有困难，现在只缺小妹，不是缺钱。"

见她十分坚决，方国华只好把钱收起，叹着气同东方一起告辞。

夏强后来回来了。母亲把东方和方先生说的话讲了。夏强认为东方的话是对的，劝慰母亲说："妈妈，被捕的都是各家的亲生骨肉，家家都挂心，家长们都在为这事使劲，我相信迟早总会解决的，您千万不要着急……"

巧不巧，就在这时，突然夏强接到了一个电话，听到声音，夏强就知道是市党部那个"尖头怪"申宜之的。他寒暄了几句，说："主任委员约你明天上午八点半来市党部谈话……"

夏强："什么事?"

申宜之说："事很重要，你来谈就知道了。"

挂电话后，夏强猜，可能是方先生找了白南史要求释放小妹？他虽憎厌白南史，却不能不去，告诉了母亲，决定明天按时前去。

依然在市党部白南史那宽大带点阴暗的办公室里，夏强见了白南史。

气温高，窗关着，这也是一种理论——不让热气进来，封闭着抗热。一架华生电扇"轧轧"地摇着头吹着风。白南史那宽大的额头上微微凝着汗水，他正在看公文，桌上叠着许多卷宗。他的派力司浅灰西装脱下放在椅背上，他穿着白衬衫，一条紫红领带现在松开着，稀疏略带花白的头发分梳紧贴在头上，眼里常带着一种莫测高深的笑意。见夏强来了，倒流露出一种亲戚式的姿态，有三分热情地说："我本来早要找你的！……"

夏强更以为是谈小妹的事了。

但，不是。白南史用眼盯着夏强说："有两件事要找你！一件是白旮来了，他住在广慈医院内科病房 329 号，他让告诉你，有事要同你谈。第二件是关于你们办的那个杂志的事。"

夏强一听，心上一刺，舆论统治随着形势越来越紧，《时代日报》这么有影响而且打着苏商的牌子也被查封了，无疑是一个信号。现在看来，要在《新闻窗》上做文章了……他心里本来关心小妹的事。方国华托了白南史，白南史居然不提，这使他心里生气。他就故意插嘴说："白老伯，我的小妹夏盛单纯得很，年岁也小，跟同学一起参加了游行，居然就被捕了，不知她什么时候放出来？"

"啊，这件事方国华找过我。我当然会办的。只是现在还不能放，稍缓是会放的，不过放的时候要取保才行，两家铺保，你可先去把保找好，将来备用。你这妹妹，有关方面说，顽固得很，思想很左，打起军警来像发疯一样命都似乎不要了，一个警察的眼睛都给她打青了！（夏强想说：'那天我在外滩采访，亲眼看到军警是怎么打学生的，也亲眼看到骑警队是怎么用马冲踩学生的。'但闭着嘴没有说。）当然，我想那是幼稚造成的。他们说，经过调查，她显然不是共党分子，但受毒很深。将来释放回去后，要严加管教才行，学校里也会给她处分的。这都是上了共匪的当，误人子弟罪不可逭啊！这件事就谈到这里好不好？"

夏强点头，装得很老实地说："我看大批逮捕学生，影响其实不佳。学生年轻，有正义感，为了爱国，反对扶植日本，其实不错。抓了不放，实在没有道理。"

白南史说："不错的事被共党利用了，也就是错了！你的思想也有点问题呢。这种事不归我这里解决，但我知道，被捕的学生是会陆续放一批的。请告诉令堂，我们是亲戚，令妹的事我当然要……那个的。"

夏强只好点头。

白南史把话题拉回来："今天找你来，我是要告诉你，你们办的那个《新闻窗》，虽然涉及雷香老的面子，我看也是该停办了。说实话，上回你找我，我也没细看，其实那时候就不该让你们办下去。"

夏强说："我是学新闻的，学新闻的人应该中立、公正、不党，我们这个刊物不偏不倚，客观公正，读者是欢迎的。"

白南史态度严肃："糊涂，什么不偏不倚，客观公正？天下没这个东西。"

夏强故意说："人人都反映这个刊物好！"

白南史说："看谁反映好！我和市党部的人就说它不好，而且有的文章很坏。"说着，他拿起桌上一个厚厚的卷宗夹，翻开来。

夏强看到，那卷宗夹里放的是好几本近期出的《新闻窗》，另外有一叠密密麻麻用公文纸誊写的公文，估计是审查《新闻窗》的人或部门写真的报告，上边有红色的圈点和批语。

白南史舔着嘴唇："我翻阅了你们报道国大的那一期，可糟啦！你看这些照片，张张都是出国大的洋相的，你们的花絮，有的是讽刺选举，拆孙科的台，比如什么'你这人，真苦'，把孙科变成真苦，是什么意思？……"

夏强忙辩解说："其实，也不是'你这人真苦'，实际是说李宗仁真苦。"这一辩解，忍不住笑了。

"他苦什么？他当了副总统还苦什么？"白南史说着，却也笑了，他自己也觉得可笑。

于是，夏强也笑了。

白南史脸上又严肃起来，指着杂志上一篇文章说："这头一篇文章——《国大施政报告和军事报告中的题外话》，太成问题，我看这作者很可疑，这作者是什么人？"

夏强一怔，吞吞吐吐说："这作者可是个大记者，绝对没问题的。"

白南史注视着夏强的脸："没问题？这文章出来后，我们这儿第二处的申宜之就有了报告给我了。他是你的同学吧？现在在复兴大学还兼着教职，他指出这文章中有五处用尖刻的语言轻蔑总统的施政报告，有三处毁谤国防部长的军事报告，实际是在军事上为共匪张目。你看，这些地方全用红笔画出了，老话说，十里路外骂知县——不碍事。报纸杂志一出来就会飞到中央眼前的，能随便吗？"

夏强接过来看，果然，申宜之挖空心思地在许多语句下面都用红笔画了粗杠。这篇文章其实并不像申宜之讲的那样。但既是题外话，白丽莎写时自然不能不避开掩过饰非、谎话连篇的报告写一点军事政治和经济交通方面的真实情况。因此，他默默笑着不声不响。

白南史似乎抓到了夏强的辫子了，说："其实，如果不涉及雷香老，不涉及我们是亲戚，这事，我无须亲自同你谈什么，让二处去办就行了。这篇文章很恶毒啊！这可以发在共匪区域的杂志上，不能发表在这里公开出版的杂志上。"

夏强感到不能不讲了，故作委屈地说："其实，这篇文章是请二嫂写的，我觉得二嫂写的根本没问题。事实上，申宜之吹毛求疵，二嫂要是知道了，是不会答应的。"

白南史坐在那里，一时似乎火上给泼了盆冷水。掏手帕拭额上的汗，说："什么？丽莎写的？"提到他心爱的女儿，他嘴软了。

"是的！"夏强心里疲劳和沉重，仍故作委屈，"现在办刊物真难，无中生有想找岔子的人太多。"

白南史又冷静下来了，放下这本刊物，又拿起另一本来，说："刚才那篇文章且不去谈，你看，这最新出的一期，这篇写物价的文章，把物价写得多可怕。这篇写学潮的文章，起多坏的作用，就是支持学生反美扶日的，说 6 月 5 日上海学生游行大示威你们这刊物起了挑动作用也不冤枉。"

夏强说："《新闻窗》没这么大的影响。这以后我们注意就是。"

白南史说："并不是哪篇文章不行，是整本杂志的气味不对，报刊都该有利于政府戡乱，不能做共匪的尾巴。夏强！你这个……"他用手指指太阳穴，"你这头脑里到底是怎么想的？你……"他突然说："你妹妹的顽固幼稚，同你的影响我看也不无关系！"他的语气压得夏强疲劳、沉重，他两只精明的眼睛笔直注视着夏强的眼睛。

夏强为了《新闻窗》的生命，不能不软一软，坦然地说："以后加倍注意，我和雷丹天真地认为办杂志应该超然，不受政治罗网的拘束，学术独立，思想自由，其他并无目的，以前掌握不好，以后一定警惕。"

白南史朝夏强看看，摇摇头叹口气："唉！什么思想自由！胡思乱想要不得！"他起身在柚木地板上踱了几步，回来又坐下，说："这样吧！我们暂且谈到这里，你看好不好？"

夏强点头说好。

白南史突然问："你同你二哥二嫂最近有接触吗？"

夏强说："没有。"

白南史想说什么但又未说。

夏强礼貌地起身告辞，并且谢了白南史，临走说："白旮哥在广慈医院住院，是什么病？"

"副伤寒，从南京转院来上海的，快好了！"白南史说，"他是很喜欢你的。他在襄樊前线幸亏生病才得回南京。不然，上月就被俘了，他情绪不好，你可以去看看他。他说有事找你。他住内科 329 病房。"

夏强说："当然，我马上就去！"

他如释重负地下楼走出市党部，像走出一个阴森森的牢笼，大大地舒了一口气，心里捉摸，看样子，小妹是最近可能释放了，但要回去准备铺保，哪来的两家铺保呢！……《新闻窗》的前途未卜，看来是成问题了！有一种矛盾心态，既想保这个杂志，他不忍心使这当作一种事业、一种施展抱负的刊物被取缔，遭到扼杀；另一方面又感到，在这毫无新闻自由和安全保障、毫无正义和是非的世道里，在法西斯特务高压政策下，办这样一个杂志，是无法实现自己的理想与愿望，是无法把《新闻窗》办得真正成为一份为民喉舌的杂志的，是无法使杂志办得有生气的。那么，一种破灭感，一种同这个反动政权决裂的感觉就强烈萌发出来。他甚至感到必须同丹丹商量，干脆不等白南史来封杂志社，倒不如自己停办的好，这是处在暗夜时期，一种窒息感油然产生。当这种矛盾的心态陡生时，他既有痛苦，更有一种说不出的无法形容的解悟。要说超脱，感到这才是一种超脱。

夏强搭公共汽车到静安寺，又转车到林森中路金神父路口，在一家花店买了一束鲜花，又在水果店买了两大盒水果，匆匆步行到广慈医院看望白旮。

固然是处于亲戚关系，夏强不能不去，更多的是白南史说"白旮有事要找你"。猜不透是什么事？当面得去问。白旮那里常有第一手的内幕新闻。东方说过："遇到有可靠的重要消息，你不妨告诉我！"这也促使夏强兴冲冲地去看望白旮。

在329病房内，夏强看到白旮独自住一间宽敞明亮而洁净的头等病房。病房里桌上供着美丽的鲜花，白旮正坐在床上看报。他脸上毫无病容，似乎瘦了些，但也白了些，见护士陪夏强来到。护士将鲜花插在窗台上的一只空瓶里，又将水果放在桌上，脚步轻轻地退出房去。

白旮高兴地笑着说："我早盼着你来了！太寂寞了！"

夏强说："我刚才在白老伯那儿才知道你在上海住院，这不，马上就赶着来看你了！嫂嫂呢？"

白旮说："她昨天还在这里，今天早车回南京去了，她是个忙人。"

夏强在白旮床旁的椅上坐下说："生的什么病？"

"副伤寒！老是发高烧。"白旮说，"实际跟伤寒也差不多。直到昨天才准许吃点干的东西。还在吃流汁。"

"我一直还以为你在襄樊呢。上月看报，报上说7月16日襄樊失守，我还为你担心呢！是怎么回事？"

白旮闷闷地叹了口气，摇着头气恼地说："建议派我到襄樊，实在就是老和尚给小尼姑送尿盆——没安好心。说穿了，是上头把我视为是死掉的戴笠戴老板的心腹，有心让我去送死。我这人有些露才，如今总算懂得了一条，比上司高明绝不是好事，装得愚蠢些才有福气。"

"你这上头指的是谁？太不应该了！"

"毛人凤，他接收了戴老板的那一大摊，实权在手，要谁死谁就得死。我要不是白南史的儿子、江鸿钧的女婿，说不定他早就枪毙了我！"

夏强不想多问特务的事，只是作为关切地说："旮哥，你回来了，就好了！那边很糟吗？"

"啊！没法谈了！我一到那里，就知康泽这个无兵司令在做十五绥靖区司令是银样蜡枪头！他手下的川军和新兵，还有白崇禧指挥下借给他的部队都是乌合之众。他本人不但无军事知识，而且还刚愎自用。当地民心也不好。有情报说樊城的居民已经打算欢迎共军来了！为了守襄樊，当时康泽下令叫化学炮连发射黄磷弹将北门附近的所有民房都烧光，以扫清射界。百姓就更反感。我是总统府派去的督导组长，接到情报，说共军人数多，山炮也多，攻势猛烈，我不能告诉康泽。告诉了他，我怕军心要散……"

夏强说："那就是说，早就知道襄樊守不住了？"

"可不！我知道，康泽发过电报给总统，希望校长给他派援兵。可是复电来了，说襄阳城坚固，易防守，万一兵力不足，可以放弃城外据点，退守城垣。我知道没有希望了！7月15日，战斗已空前激烈，你可能不知道，我游泳技术是很高的，我能口含一根长麦秆儿在江水中潜游很长的时间不被人发现。我估计城要破了，趁天黑就下了江，泅游到第二天早上，上了岸，然后辗转步行才算没做俘虏。好不容易到了南京，可能喝进了江水，染上了副伤寒。日夜高烧，要不是身体底子好，早就翘了辫子了！"说完，深深叹了一口气。

夏强忍不住问："军事上，现在情况到底怎样？"

白叟头摇得像拨浪鼓，做着手势说："上边过高估计了自己的力量，这两年来我们损兵折将，整个华北，只剩下济南、新乡、太原、北平、天津、唐山、秦皇岛、锦州、沈阳、长春等这么一些孤点，通货膨胀，物价飞涨，工人罢工，学生闹事，真是马尾穿豆腐——提不得了！别相信报上公布的数字。最近国防部发表的数字，只说半年来损失官兵二十一万多人。实际呢？最近，老头子在南京开军事会议，据说他对前途完全丧失了信心。会上，何应钦做了全国军事形势报告，我们打到今天已损失了三百余万人和大批辎重，那数字太大了，我可记不清。好像步枪有一百万支，大炮一千多门，小炮一万五千多门。很吓人，这报告使大家心情都十分沉重……"

夏强问："何应钦为什么要公开这些数字？"

白昚苦笑笑："这两年，军队指挥权和军政大权全由陈诚掌握，何应钦公布这数字实际是对老头子和陈诚的泄愤和报复。老头子十分生气，第二天开会将大家训斥一顿。最后，参谋总长顾祝同提出了一个战略方案，大意是为巩固长江江南地区，防止共军渡江，应暂停战略性的进攻，将现在长江以北、黄河以南的部队，编组为几个较强大的机动兵团，将原有的小兵团概行归并。这几个兵团应位置于徐蚌地区、信阳地区、襄樊地区，主要任务是防止共军渡江，并相机打击共军。此外，要在长江以南地区迅速编练第二线兵团。这个方案得到了一致同意。"

夏强觉得这个战略方案很重要，牢牢记住在心里，问："你懂军事，这有用吗？"

白昚惨然地笑笑："困难重重，危机重重，积弊重重，谁知道呢！"

一个漂亮的白衣护士送药来给白昚服用，白昚用白开水将药片吞了下去。

夏强关切地问："你病好了以后就回南京？"

白昚皱皱眉："南京有我的家，当然要回去，但谁知以后又派我上哪里去呢？反正让我去的地方，都是炮火连天要丢失的地方。"

说到这里，白昚问夏强："听说令妹参加学潮被捕啦？"

夏强点头："多亏白老伯，他告诉我不久就放她出来。"

白昚说："上次你托我打听那个濮松涛的事，我是一直放在心上的。我在上海治病，一些过去的熟朋友来看我，我就托了人打听，人家说确有此人，也确逮捕了。但是此人被怀疑是要犯，是毛森直接秘密控制并审讯的。我要见你也就是想告诉你这件事，但我也只能告诉你这么多，别的就无法知道也无法插手了。毛森杀人是不眨眼的，我没法托他办这件事。"

夏强心里难过。白昚的话使他知道松涛确已落入毛森的手中，可叹知道了也等于不知道，既不知松涛在何处更没法搭救。他谢了白昚，心有不甘地问："那我该怎么办呢？他同舍妹热恋，家母为了他俩都被捕了受的刺激很深。现在舍妹快可以出来了，松涛冤枉，定是弄错了人呢。我听说在去年麦根路第六女工夜校，警备司令部去抓一个名叫张黎的女教师，结果抓了个名叫张莲华的女教师，闹了个大笑话呢！"

白旮说："抓错的事自然有，但人家告诉我，濮松涛没抓错。这事我劝你别再管了，别再乱找人搭救。人是救不出来的，反倒逼急了毛森会干脆杀了灭口的。"说这话时，他脸上的表情突然有些凶狠、恶毒。

夏强想起了方之。方之被军统逮捕后就是杀害了扔在水里的。夏强沉默了。

白旮纠起眉毛又说："我想想还是告诉你吧！那个特字号的朋友来看我，就是谈起濮松涛情况的那个。他也谈到你，说曾经有人盯过你的梢，因为你跟濮松涛有来往。但后来知你曾出入过市党部，也到我父亲的小公馆去过。外加，知道你家挂着老头子送你的相片，这才不怀疑你。我告诉他，你是我的亲戚，也是好朋友，别白昼见鬼乱点鸳鸯谱。可你也得注意别乱交朋友，惹一身骚划不着！"

于是，闲谈起来，纯粹是应酬式的，谈二哥和二嫂，谈物价，谈南京，谈上海……白旮忽然叹口气说："有件事你知道不？你二哥同丽莎又在闹离婚了！"

夏强大吃一惊，这才想起同白南史见面时，白南史最后吞吞吐吐想说而未说的情况，问："他们又怎么啦？"

白旮叹气摇头："男女之间的事，谁说得清！男的要孩子，女的不愿意！女的爱自由，男的老古板！反正，闹离婚的人总是爱发疟疾似的闹一阵歇一阵，热一阵冷一阵。我告诉你不是为了别的，我是说，你有便劝劝你哥哥，他这个男人怎么老是像个气量狭小无事生非的老太婆！"

夏强点头说："我给他写信！"又说："二哥真是吃饱了撑的，干吗老是没事找事闹来闹去呢！"

白旮说:"听说你二嫂最近要来上海,你见到她时也劝劝她。"

夏强问:"她来采访?"

白旮说:"也没弄清。蒋经国要派到上海来管经济了!听说丽莎要跟他来!"

正谈着,来了两个穿军装的人来看望白旮。夏强就站起身来告辞,说:"找时间我再来看旮哥!"

但,白旮叹气说:"历史的进程,既漫长又匆匆,又不知归结在哪里,一切都使人感到杂乱无章,无所依靠,茫茫然!我打算马上出院回南京了!医院的病床睡够了,想回南京自家的床上去睡了!"

他同夏强热情地握手道别。但夏强离开走在路上,仍忘不了他那脸上突然出现的凶狠、恶毒。

夏强回到家里,已是吃中饭时分,将今天见白南史的情况告诉了母亲。母亲不放心地问:"不会说了话不算数吧?"

夏强说:"这当然难说,但我看不会。监牢里人多,抓了这么多学生,家长们、社会上都在为此叫喊,他们总得放一些的。"他想把白旮讲的松涛的事告诉母亲,但想了想,决定不讲,讲了可能更引起母亲的焦灼与伤心。

午饭后,夏强打电话到笙记行找东方,恰好东方在,夏强就用聊闲话的方式说:"今天,去广慈医院看了一下白旮,他生病住院,讲了些事很有趣……"他刚想把顾祝同在军事会议上的战略方案用不注意的聊天方式讲给东方听,东方阻止了他,说:"我现在忙,一会儿我们再通电话。"夏强意会到东方谨慎,说:"我马上要到马思南路邮局去打长途电话给丹丹,二十分钟后准到,你把电话打到那里去吧!"他把那里的一个公用电话号码告诉了东方,同母亲说:"我要去邮局同丹丹通个长途,一会儿就回来。"说着,迈步下楼,又走出弄堂,朝马思南路邮局走去。

在马思南路邮局公用电话旁,夏强看了手表,东方果然准时来了电话。夏强把顾祝同在军事会议上的战略方案用不注意的聊天方式讲给东方听了。东方听完，夏强又谈了白南史说的小妹不久将释放的事。东方听到《新闻窗》可能要停办的事，只说了"不办也好"四个字。

夏强挂上电话，知道丹丹这中午时分一般都在家里，就打长途给丹丹。

果然，丹丹来接电话，问好以后，夏强说："告诉你两个坏消息！"

丹丹认为夏强是开玩笑，笑着说："好，说吧！"

"第一，松涛的事……"他把白訾讲的情况谈了然后又说，"第二，《新闻窗》可能要寿终正寝了！"就把见白南史谈的情况简要说了，又简单谈了自己的矛盾想法和东方说的"不办也好"。

丹丹听了，恨恨地说："防民之口，胜于防川！"

夏强说："就是这样！"

丹丹思索着说："收场吧！办报纸杂志，不让它说话，办了干什么，做收尾结束工作吧！南京的事我来干！与其让它禁止，不如我们自己停办。"

夏强说："我也是这意思，目前收支大致相抵，还方先生的钱绝无问题。物价这么涨，再办本来也难，何况这么压制。我会把上海的结束工作做好的。"

丹丹突然说："你不来电话，本来今天我也要同你通话的。"

"你也想我了？"

"8月23日，我要到上海来。"

夏强高兴，说："万岁！你是为公审冈村宁次来？"

丹丹说："对！一猜就中！总编派我22号夜车到上海，上午九时看公审冈村写特写，当晚就得赶回南京！"

夏强遗憾："这么紧？你们的总编不顾人死活了！"

丹丹幽默地说："不为见见你！我可以不接受；为了见你，只好受罪！"

夏强说："好，我一早在北火车站接你，然后陪你回家，你歇一歇吃点早点，休息一下，我俩准时赶去旁听。"

　　丹丹说："那更累了！你向伯母解释一下。那天我俩在北站见面后就去虹口，你家里我就不去了！"

　　留声机上始终是周而复始轮流在放《圣母颂》。纯洁、神圣、缓慢而使人产生一种渴望。

　　只不过一张唱片是舒伯特的《圣母颂》，另一张唱片是巴赫的《圣母颂》，两张轮换着在放。

　　音乐给人的感受，有点像在静止的空间里，倾听时光潺潺流淌，给人一种神秘、梦幻的遐想，更给人一种说不出的留恋而又伤心的感觉，使人想起以往的人生。

　　夏强觉得舒伯特的《圣母颂》听来更加悦耳，似是天上的音乐，有白衣的天使在飞翔，有普天颂赞的爱在传扬。但珍珠说巴赫的《圣母颂》自有他独特的音韵旋律。夏强听听确也如此，就感到两张《圣母颂》反复轮流地放既不单调，也别有滋味了。

　　他还是第一次到裘珍珠家。惊奇地发现这幢位于襄阳路偏僻处的西班牙式花园洋房竟是这样华丽、宽大，那有着柔软草坪的花园竟是这样精致、完美。他这些天来听说要发行金圆券代替法币，政府并要限期收兑黄金、银圆及外币，决定赶快做完《新闻窗》的收尾工作，并且送还了欠方国华的借款。连方先生都夸他："小阿哥，你这人做事真是板上钉钉，牢牢靠靠！"因为忙累，他本来是不肯应邀到裘珍珠家里来的。但珍珠电话中说："爸爸妈妈一同去杭州了！你八点钟来听听音乐，我们聊聊天。我有重要的事同你说。"

　　夏强觉得老是有事麻烦珍珠，礼貌上该过得去，就来了。

　　现在，珍珠请他在花园小游泳池旁绿草地上的一张藤靠椅上坐着。她自己坐的是一把白色圆靠背的木椅。绿草地踩在脚下松松软软有一种弹性快感。不远处的电线杆上的蓝色灯泡射出柔和的光芒。天上星光灿烂，空气湿润，有了灯光，星星就变得迷迷蒙蒙、暗淡遥远了。藤靠背椅前的奶油色小圆桌上有先一会儿女佣端盘送来的橘汁和可口可乐，外加一盘奶油西点和一铁盒什锦饼干。留声机是放在一边那只沉甸甸的红木茶几上的，珍珠自己操作，听完了舒伯特的，又听巴赫的；听完巴赫的，又听舒伯特的。《圣母颂》那清新而亲切的旋律，就这样在浩渺的夜色中散向四面八方，使夏强心里充溢着芬芳的涟漪，产生出奇妙的回响。

有一点微风徐徐吹来，解了暑热。珍珠穿一件白色乔其纱的短旗袍，黑发用一块白纱手绢扎在脑后，穿一双白袜、一双白羊皮鞋，朴素但是光彩照人，在蓝色灯光下看到她，很像《仲夏夜之梦》电影中的仙女。

她对夏强说："我们先商量一下小妹取保的事。我找到了两家铺保，一家是巨鹿路的恒丰米店，一家是金陵中路的足健鞋庄。你看保释书怎么写？我们研究一个稿子，我好拿去找他们盖章。"

但，夏强说："不用了！"

"为什么？"

"经过家长联合会的交涉，现在准许家长可以探视被捕学生。我陪母亲昨天看了小妹。她病了，但坚强得很，说，我和同学们都已约好，一定要争取全体一起释放，我们爱国无罪，谁也决不单独出去，谁也决不丢下别人。她的性格我知道。谁也无法勉强她。现在家长联合救援会正在继续努力，要求全部释放被捕学生！"

珍珠听了，感慨地说："你小妹有骨气，讲情义，我真佩服她。"但又好意地说："夏强，我保已经找了，这保释书还是准备好放着。无论何时，将来就是一起释放，也可能每个人都还是要交保的。准备好了有利无害！"

夏强点头，谢了她的好意。两人用麦管喝着从冰箱里取出的橘汁，默默听着《圣母颂》。

珍珠问："反复听《圣母颂》你不讨厌吧？"

夏强认真地说："怎么会呢？两张《圣母颂》并不相同，都是大师的作品，百听不厌的。"

珍珠笑了："那就好。贝多芬说过：'音乐比任何箴言和哲理给人更深的启示。'我怕你只爱听舒伯特，就全盘否定巴赫了呢！其实各有千秋，谁也代替不了谁，不是吗？"

夏强突然听出话中有话了，一时竟不知说什么好了。因为珍珠在笑着看他，他也笑着说："你这姑娘，耍心眼是吗？"

夏强含笑的目光在珍珠看来，像天上飘荡的一片彩云，看着快乐又能产生一种奇异的向往。珍珠笑笑，她背着光芒，淡蓝的灯光下，看不清她的眼神，但听得清她的笑意："谁叫我这么喜欢你呢！夏强，今夜，这里就我们俩，用人我都放他们假了。我想同你谈一谈。"

夏强警惕起来了。他不能不觉得珍珠是很美丽可爱的姑娘，可是天底下可爱的姑娘何止千千万，一个人能去爱所有可爱的姑娘吗？他不同意社会上那种片面的理论："男人对漂亮女人是都想占有的，不去占有仅仅因为自己没有条件。"现在，他认识到面临着一种危险。今晚，珍珠的脸上溢着光晕，低垂的眼睑含着万千风情，话又挑逗。面对美丽富裕、豪爽侠义而又多情进攻的珍珠，他必须坚持操守，只允许胜利，不允许屈服。

夏强说："珍珠，别这样。你为人好，我一直感谢。但我必须诚实地说，我爱雷丹，不可能再爱别人，你条件好，会有幸福的。但一定要把我撇除！"

珍珠仍旧笑。如果是白天，她脸上一定有红晕。她声音里的笑意不像先一会儿明朗快乐，而是带点凄凉地说："爱，说不清也没有办法说清。像奇光石火、奇峰突起般地对你一见钟情，我就是已经这样深地爱着你了。我没法使自己不爱。我太痛苦，你说我怎么办？"

夏强不能不承认珍珠很可爱，他也同情珍珠那颗充满好意和激情而如今很可能要碎裂的心。但那种道义感使他理智。理性的堤坎拦住了感情的潮水。他思索着说："其实，你还对我不够了解，就像我对你也不够了解一样。我家里穷，我现在还没有建成什么事业，我对人缺乏一份温柔细致，对爱情也不愿花太多的时间精力。我……"他尽量想把自己说得差，说得不足，用这作挡箭牌。

珍珠仍旧笑笑："你无须说自己多么多么不好。当我爱上你时，我就觉得你什么都好。我觉得你的气质、风度、容貌、身材、谈吐、学识一切的一切都好。我觉得你的个性、为人一切一切都好。也许你欠缺的，我可以有；而我欠缺的，就是你的爱。这也许就是缘分。我曾力求使自己不要陷入，却无奈地发现自己正越陷越深。"

夏强有些感动，说："珍珠，我们不是说过，我们可以是好朋友吗？你为什么又这样呢？"

此刻，蓝色的灯光，将夏强的脸照得轮廓分明，线条清晰。珍珠沉默了一会，说："因为，我办不到。可能从小被娇惯，独生女儿的脾气使我任性。我确不愿意伤害你的丹丹，但怎么办呢？我不承认我的一切都比丹丹差。我更相信我对你的爱决不会比她差。那么，为什么我就不能爱你并得到你的爱呢？"

夏强叹气说："那是因为我同她早早已经相爱了！"他不愿用生硬的语气伤害珍珠，和缓地说："你的条件确很好。正因为好，一定会有好人爱上你的！"

珍珠摇头，笑意已经消失："别说我好，也别胡乱安慰我，那种乏味的、单调的、平庸的、俗气的、醉生梦死的或助纣为虐的人，我见得不少，我都讨厌。如果我真好，你为什么不能爱我？你同丹丹还没有结婚嘛，我今晚用两张《圣母颂》的唱片启发你，你难道不能悟到一点什么道理吗？"说到这里，她突然把椅上的一个开关一揿，顿时，蓝色的灯光熄灭了，花园里的树上、杆上、葡萄架上，空间的五颜六色的小灯泡全部亮了！整个花园成了一个五彩缤纷的世界，摇曳的树木和树叶间晃动着光点。

那五颜六色的灯光，映得珍珠和夏强通体明朗、美丽。如果说刚才的蓝色灯光造成的是一种潜在的吸引，现在这种情绪则变得热烈奔放了。

她这样做是为了炫耀自家的豪富和自己的美丽吗？还是为了要用灯光来给人心理上增加一种情绪上的温度？

珍珠突然站了起来。像一个公主似的走近夏强的椅边，蹲下身子，用两只显得迷人的眼睛看着夏强的眼睛。她的皮肤光滑丰润，嘴唇滋润饱满，牙齿洁白银光闪闪。在她眼中，夏强那张倜傥的脸非常睿敏，眼光深沉，笑起来好看，坐的姿态很有风度。忽然，她起身过来，双手抱住了夏强，上身压住夏强，右脸贴在夏强的右脸上。夏强感到一股淡雅的香水味钻进鼻子，天气热，他感觉到一种诱惑，珍珠透过白色乔其纱旗袍传来了上身的热度。他想站起来，但感到右脸上有珍珠的热泪在淌，他的心软了，几乎不忍心推开她。但理智却又使他毅然决定地用手掰开了珍珠用双臂在他脖子上结成的"链子"。他用发自内心的歉疚声调抚慰着仍紧靠在他身上的珍珠说："别这样，别这样，珍珠，我感谢你，但我不能……接受你的好意！"

他扶着珍珠，把她扶在自己的位置上坐着，自己却去坐在珍珠原来的座椅上。珍珠脸漫泪光，取下扎头发的小手绢拭泪。她那一头黑发像黛色的云衬得她的脸在灯光下无限娇媚。这娇媚有点像丹丹。只要想到深情可爱的丹丹，夏强就不能背弃丹丹去爱别人。

珍珠停止流泪，似乎镇定些了。五彩的灯光照得她遍体生辉，她说："我曾经猜测，今晚会是这种后果的。但我想，不管胜负，我还是要试一下。现在试过了，我心里反倒好受些了！"

夏强安慰地说："你别介意，我们永远是好朋友。"

但珍珠目光中有被刺痛的神色："别说安慰的话。我想告诉你一件事。我不久要去美国了！国内局势如此，父亲的生意和事业正在陆续向美国和香港转移。他那人，其实很开明，历来不满意国民党的腐败与法西斯。但他也不喜欢共产党。他要我在年底就去美国。我本想，如果我们成为一对，同去美国多好。所以今晚才下了决心。你该知道，一个女孩是轻易不会这么坦率地追求人的。原想把去美的事先告诉你，但怕你高傲，会形成误解。我现在告诉你，只是说明为什么今夜我会这样。你不会看轻我吧？"

夏强心里有些激动："珍珠，怎么这样想，你对我好，我知道。天下事互相能知心到这种地步，是珍贵的，我该谢谢你。"

珍珠叹口气，转为沉默。两人在五彩的灯光下默默坐着，都不说话，似有一种淡淡的隔膜在升起。有纺织娘在花草丛中"滋——滋——"的叫，有金铃子在花草丛中"嘀铃铃"的振翅。

留声机在两人谈话时，早就停歇了。此刻，珍珠突然起身去换唱片，她没有放舒伯特的《圣母颂》，却放的是巴赫的《圣母颂》。夏强看到，她是用巴赫的《圣母颂》代表自己。

一曲听完，夏强看看手上的夜光表，荧光针指着 10 点 10 分了，他站起身说："不早了，我回去了！"

裘珍珠款款站起来，说："我送送你！"她突然又揿揿椅上的一只开关，五彩的灯光熄灭了，蓝色的灯泡也未再亮。只剩下天上的星星的微光，整个花园被夜色浓浓笼罩住了。

两人走在草坪上，除了虫叫，一片幽静。那幢豪华、巨大的西班牙式洋房，楼下客厅里亮着灯，空悠悠的没有人声。

珍珠忽然立定脚步说："如果你愿意，今夜就住在这里吧！"

夏强大吃一惊，这个花生米似的大眼姑娘怎么啦？

见他犹豫，珍珠忽然又喑哑地说："你不必负任何责任的，我向你保证！你留下来吧！"她嘴角漾着些微看不清的笑纹。

世上常有这样的事，面对诱惑，不是能不能做，而是该不该做。

这姑娘很可爱，有那么好的身材，那么好的嘴唇和面容。如果这是一个陷阱，也是善良的陷阱，绝对不是恶意杀人的陷阱。但只要有陷阱的意向，就不能进去！夏强觉得为了丹丹，不能做对不起丹丹的事。对一幅美丽的画，一片洁白的丝绸，一个珍珠这样善良漂亮的姑娘，又怎么能涂辱、染脏、破坏掉呢！做了事又怕负责的人是卑鄙的，不负责任地去胡作非为的人更是可耻！他坚决地摇头，说："不，珍珠，我回去了，明天一早我就得跑中央银行去采访！"他觉得必须快刀斩乱麻地处理自己同珍珠的关系，不能犹豫了！

珍珠扫兴地低下了头，送他到黑色大铁门前时，她去拉门闩开了左侧的小铁门，又再一次地挽留："夏强，到我楼上房里再坐一会儿好吗？"

夏强伸出温暖的手来握住了珍珠冰冷的手，像个哥哥似的："我回去了！你闩好铁门！"

想不到珍珠忽然两行热泪晶莹地流了下来，脸上闪过一丝怨艾和惶遽交集的愁绪，恳求地说："请答应我，今夜的事你一定不要告诉别人，尤其不要告诉你的丹丹！"

夏强心里感动了，说："一定！不会的！你放心！"话出口了，却立刻想，我怎么啦？我怎么能隐瞒或欺骗丹丹什么呢？但我又怎么能使珍珠这样的姑娘感到羞辱呢？……

他要跨步了。珍珠说："小妹的保释单我明后天办好就派人给你送去。"

夏强心里想，不能够了！我不该这么办！我得自己想法——去找方国华办。但不愿生硬地拒绝，含糊地说："不……你别麻烦了！"

他后来就转身走了。走出好远，没听到闩铁门的声音。回头看时，见穿白色乔其纱旗袍的珍珠，仍站在大黑铁门口看着他的背影远去呢！他回身向她招招手，又回过头来，迈开了大步。

夜露正无声地降落，他觉得精神疲惫，很沉重，心很累。

（四）"太子"打虎和公审冈村

采访主任老秦是个秃顶、留那种克拉克·盖博式小胡子的中年人，老练、精明、敏感、机灵。他将夏强找去，说："蒋经国要来上海做行政院上海区经济管理督导员了①！当前这最为读者关注，决定调你跑督导员办公室。这是能获得大新闻的。祝你好运！希望你做出好成绩来。拜托了！"

夏强接受了任务，感到沉重，说："经济问题我不太熟悉。"

老秦说："不熟悉你跑跑就熟悉了。现在，上边舆论卡得死死的，报纸难办。蒋太子亲来上海，我看会露几手的。这种消息写了不易出问题，既会使读者关心，又不犯忌，你何乐而不为？有人想跑我还不同意呢！主要是因为你笔头快，人也勤快，又有才能，稳当而又打得开局面。我告诉你点内幕，目前法币发行已达到六百六十万亿元，等于抗战前的四十七万倍，而物价较抗战前上涨了三千四百九十二万倍。小蒋不来上三把火怎么得了！"

夏强当然只好接受任务。

物价这一向始终在飞涨，经济有崩溃的态势，报上总是用"物价如脱缰野马"或"物价如断线风筝"来形容物价的高涨。百姓生活困苦，人心浮动，社会不安，尤其是上海的黄金美钞黑市价一日数变，直线上升，其他物价跟踪激涨，混乱情况无法制止，以致内地物价大受影响。7月底，传说蒋介石在杭州召见行政院长翁文灏、外交部长王世杰及财政部长王云五、中央银行总裁俞鸿钧等秘密开会，研究稳定经济的办法。到了8月19日，报上突然颁布了《财政经济紧急处分令》，要

---

① 当时成立行政院经济管理督导员办公室，任命中央银行总裁俞鸿钧为正督导员，蒋经国为协助督导员，其实上海全由蒋经国主持，赋予他行政军警指挥大权，以加强经济管制。

旨是限期 9 月 30 日前收兑人民所有黄金、白银、银币及外币，逾期任何人不得持有。发行金圆券，总额以二十亿元为限。三百万法币兑换一个金圆券，限于 11 月 20 日前兑完。每两黄金兑金圆券二百元，银币每元兑金圆券二元，美元每元兑四元。

夏强感到自己虽然采访经济新闻并非老手，但熟悉起来并不难。8 月 20 日清晨，蒋经国亲率"行政院戡乱建国大队"、"大上海青年服务大队"、"青年会联谊会"等亲信骨干组成的大批部下，浩浩荡荡抵达上海。夏强一清早就到北火车站采访。在那里，他见到《新闻报》的老沈，中央社上海分社的吴敏都在，大家打个招呼就各忙各的了。但未看见裘珍珠。珍珠是言而有信的。那晚分手后，第三天她就派了一个用人送了一封信给夏强，信里是两张保释小妹夏盛的"保释书"。夏强收到信后，心里半晌都不平静。但他决定不用这两张保释书。他找方国华设法，方先生答应："这事包在我身上。你随时要随时来拿。只要救出小妹，十家铺保我也替你办。"……现在，见珍珠没有来，夏强心里不禁耿耿。他站着，人声喧哗中看到了蒋经国从车上下来了。小蒋不到四十岁，从外貌看，面貌同老蒋很不相同。他常带笑容，颧骨不高，中等身材，长得壮实，嘴大唇厚鼻梁不像老蒋直，仅在眉眼神情上有时能发现一点相似之处。他穿得朴素，一身半旧的浅灰中山装，既不挺，还带点皱，脚上是一双黑皮鞋。夏强早听说蒋经国 1925 年国共合作时期仅十五岁就去苏联中山大学留学，传说吃过很多苦，抗战开始才回国。在江西干过江西省第四区行政督察专员兼保安司令，以后做过三青团和政工方面的差使，如今已是国民党六届中央常务委员。蒋经国在军乐队吹吹打打奏起的乐声中，满面笑容地同来欢迎的上海市长吴国桢、警备司令宣铁吾、市党部主任委员白南史、警察局长毛森等热情握手。戴着眼镜的吴国桢圆脸上微笑着，铁青色脸的宣铁吾油光脸上狞笑着，高个儿的白南史的长脸上谄笑着，小眼凶狠的毛森的瘦脸上也咧嘴笑着。

蒋经国带来的"青年服务总队"的一批部下，立刻分头散发了以蒋经国署名的《上海向何处去》的传单。

夏强看那铅印的传单，上面写的是："……我们相信，为了要压倒奸商的力量，为了要安定全市人民的生活，投机家不打倒，冒险家不赶走，暴发户不消灭，上海人是永远不能安定的……

"上海许多商人，其所以能发横财，是由于他们拥有两个武器：一是造谣欺骗，二是勾结贪官污吏。做官的如与商人勾结，政府更加倍地惩办……"

这传单上的文字、语气，同平时报上用惯的文字、语气不同。文言气息少，白话气息多。语气颇凶，大有捧着尚方宝剑来者不善决心打老虎的味道。

正在想，老沈不知什么时候已站他背后了，手里也拿着张传单说："看到没有？要拿商人开刀了呢！奸商之坏确实是怪现状，可是物价飞涨归根结底是打仗打的呀！治了奸商怕也没有用呢！"夏强知道老沈同商界关系密切，这话是在帮商人说话，但觉得这话也是对的，不由得点头。

蒋经国一伙已被欢迎的人群众星拱月般拥着出站去了，军乐队的敲打也停了。老沈说："我得赶快回报馆去发消息！"

夏强也决定离开，但一个新的念头出现在脑际，蒋经国的督导员办公室设在外滩中央银行大厦里。那里面对船舶拥挤的黄浦江，近处就是热闹繁华的南京路。夏强决定到那儿看看，再回报馆。报馆在爱多亚路外滩附近，距南京路外滩不远。去督导员办公室看一看后，再写这条新闻势必会使内容厚实一些。

赶到南京路外滩中央银行大厦那挂着"行政院上海区经济管理督导员办公室"的大牌子的大厦前，夏强递了名片走上二楼。他走进一大间宽大又显得阴暗的办公室，里边坐着几个衣着朴素的工作人员，都在忙忙碌碌地整理公文、阅读文件或清点刚印好的铅印布告，空气里弥漫着油墨味。

夏强刚想联系人采访，却无意看到了风韵独特的二嫂白丽莎，他不禁叫了一声："嗨，二嫂！"

白丽莎正忙着不知在看一份什么公文，抬头见是夏强，欣喜地站了起来，满面笑容地说："是你啊！我估计到在上海会很快见到你的。没想到现在就见到了！"二嫂是个爱打扮的人，平时常走在时装潮流的前列，但现在简单朴素，穿的竟是一件浅天蓝色的布旗袍，旗袍较短，又开得低，脚上一双浅帮白皮鞋。她人生得风流，穿得素净，反倒有一种特别的风韵。夏强揣摩，一定是蒋经国不喜欢手下的女工作人员打扮得像"花瓶"，给人说闲话，所以二嫂也就改变了打扮。

夏强说："我刚从北站来。你在这儿是先头部队？"

"是呀！他们来得更早！"二嫂指指不远处周围的人，"我昨天来的！"

"你从中央社调这儿来了？"

"也是也不是！"白丽莎轻声说，"反正，这儿需要人搞宣传，让总社派人，我就自告奋勇来了。要是顺心，就多干点时候；不顺心，我再回去换别人来。"

白丽莎将夏强邀进里边一间小会客室，请夏强坐在沙发上，轻声说："这儿主要是接待，也接受告密，兼做宣传秘书工作。小蒋的高秘书负责，我是独立大队。小蒋这次来，决心很足，打算'只打老虎，不拍苍蝇'，'打祸国的败类，救最苦的同胞'。他提了个口号很吓人：'一路哭，不如一家哭'，我看他是会开杀戒用人头平物价的。"

夏强问："物价能平得了吗？"

白丽莎说："我今天同你谈的只算私房话，你可不要什么都捅出来害我！"

夏强点头说："怎么会害二嫂呢！"

白丽莎笑了，说："你还没害我？《新闻窗》约我写稿，付我那么一点稿费倒没什么，我是冲着你和雷丹的面子写的稿，你们却让我扛了个大木梢。害得我家老爷子打电话熊了我一顿。这还不算害?"

夏强辩解:"这是市党部二处一个名叫申宜之的家伙告的状,无事生非,鸡蛋里挑刺。如今,《新闻窗》被他害得办不下去了,我们决定不办了!"

白丽莎说:"我看办那刊物是没什么意思,既不能发财,也不能用来换个官做,反倒惹一身麻烦,何苦!"

夏强说:"二嫂,你继续讲吧!物价能平得了吗?"

白丽莎说:"小蒋规定,所有商品,必须停留在 8 月 19 日的市价上,他把这叫作'八一九防线'。现在已经选拔了一万两千多名青年,拟组成二十个大上海青年服务队,配合军警行动。上海经管局、警察局、警备司令部稽查处、宪兵都一齐出动,审查账目,查封仓库,勒令金融界、工商界人士带头交兑黄金、外币、银圆、外汇,凡违背法令触犯《财政紧急措施条例》的,送刑庭法办,货物没收,商店吊销执照。我看,这样干,可能总有效果。小蒋是要动真刀真枪的!"

夏强问:"二嫂,人说经济问题只能用经济手段来解决,用政治高压绝对不行的。你怎么看?"

白丽莎叹口气:"这话当然有道理,但小蒋想用政治高压解决,用杀人解决!现在就是不知道他敢杀到哪一级?我反正是不顺心,不想在南京住着才来上海的。我是个中央社的记者,要我吹捧,我就得摇扇子抬轿子。将来是不是把人吹倒捧倒,我也管不了。脚踩西瓜皮滑到哪里算哪里吧!"

听二嫂这样说,夏强问:"二嫂,二哥好吗?"

白丽莎睁大了睫毛长长的好看的眼睛:"夏强,你不知道吗?我们又在大闹离婚呢!你那二哥,他是'天下本无事,庸人自扰之',他像英国诗人乔叟说的那样,'恋爱时是奴隶,结婚后变老爷'!"

夏强说:"听说他想要个孩子。"

白丽莎说:"是的!我说,你要,你去生!我不生!"

夏强劝慰："二嫂，我来给他写信。我觉得你俩是很好的一对。"

白丽莎苦笑笑："一个好妻子，心地光明，行动正直，就不该监视；至于一个坏妻子，监视她也是白费了工夫，守也守不住。这话好像也是乔叟说过的。"

夏强又劝慰："爱情要成功，就需要耐心。二哥他脾气有点犟，心地是好的，对你也是爱的。"

白丽莎摇头："分离会使人产生信任，在一起却要猜疑。今天不谈这个了！我们就谈到这好吗？我还有些事要急着办。你以后有事可以找我。打电话也行。"她把电话号码告诉了夏强。

夏强谢了白丽莎，离开了她的办公室，决定回去写封信给夏国，劝解劝解。想到白丽莎在督导员办公室，他觉得以后采访和探听内幕消息是方便得多了。

8月23日，下着大雨。

在虹口塘沽路市参议会大礼堂，将首次公审日寇中国派遣军总司令冈村宁次大将的消息，早一天就在各报登载，引起了各界的注意。市参议会大礼堂前，一早就来了许多人。

冈村宁次，1931年参与过"九一八"事变的谋划。1932年，"一·二八"淞沪战争时，任上海派遣军副参谋长。1932年"热河事变"后，他作为关东军代表签订"塘沽协定"。1938年，任第十一军司令官参与指挥进攻武汉。1941年晋升陆军大将，任华北方面军司令官。1944年任第六方面军司令官参与主持攻占桂林、柳州的作战，是年11月，升作中国派遣军总司令官。但，抗战胜利后，一直受到包庇。国民党政府认为他在维持治安协助接收及受降工作上有功，同时，他为国民党进行内战出谋划策，蒋介石等对他颇为倚重。所以，连远东国际军事法庭向中国政府要求命冈村去东京作证，都在包庇下未允许他去。现在公审，是因为早已引起民愤，受到舆论和报纸不断谴责才举行的。

所以必然引起重视。旁听的记者、各界人士竟有一千多。市参议会大礼堂外的广场上，装上了扩音喇叭，让庭审情况可以传到外边，给无法入内旁听的市民听有线广播。

夏强清晨在北火车站接到了丹丹，一同在车站附近的店里吃了豆浆油条，陪丹丹坐三轮车到了塘沽路。在公审开始前就凭旁听券进了礼堂。礼堂外广场上守候着许许多多听广播的男男女女。荷枪实弹的军警五步一岗，十步一哨，戒备森严。

进礼堂旁听的人络绎不绝。夏强看到了许多男男女女的记者，但没有裘珍珠的身影。一会儿，礼堂里已坐得满满的了。除了中外记者及各界代表外，驻沪的各国外交官也来了不少。

9点30分，穿军装的上海审判战犯军事法庭的军法官们都上场了。少将审判长仍是在南京审乙级、丙级战犯的那个福建人石美瑜。他让带冈村宁次及从犯上场。

冈村是从高昌庙战犯监狱由宪兵监押到公审处的。一会儿有翻译陪同的冈村宁次出现了。他剃着光头，穿着草绿色整洁的便服翻着雪白的衬衫领子，脸色苍白，戴着玳瑁边眼镜。跟在冈村身后的四名从犯，是第27师团长落合甚九郎，116师团长菱田元四郎，64师团长船引正之，89旅团长梨冈寿男，都像丧家之犬一脸晦气，站成一排。冈村头发刚剃过，头皮露出铁青色，脸部平静毫无表情，肃立回答军法官的询问，报了姓名、年龄、籍贯、履历……之后，让他在张扶手椅上坐下。这么优待，据说由于他去年秋天开始患肺结核，一直在医治、疗养。

摄影记者照相机的闪光灯"啪""啪"闪个不停。检察官施泳起立，宣读起诉书，控诉冈村作为侵华日军总司令官参与发动侵略战争，纵容部下残害无辜平民，如纵容27师团长、116师团长、64师团长、89旅团长于1945年进犯江西等地时残杀平民掠夺财物无恶不作。日语翻译将起诉书译成日文，英语翻译又将起诉书译成英文，翻来译去，占了不少时间。

432

丹丹同夏强坐在一起，用笔迅速地记着要点，对夏强说："起诉书里罗列的罪行，很不全面，同冈村这样一个总司令应负的罪责不相适应，颇有避重就轻的姿态。你的感觉呢？"

夏强点头："打通大陆交通线那部分的罪行，听来似乎是冈村部下犯下的罪行，对冈村并无实质性的触动。"

丹丹说："你估计冈村判什么罪？"

夏强说："论理，是死罪！但包庇到今天，在舆论压力下才不得不开始公审，包庇的勾当我看还要继续下去的。"

丹丹叹息说："等着看吧！"

冈村的辩护律师出庭了。起初听说只有一个律师指定为冈村辩护，名叫钱龙生。但现在，庭上宣布辩护律师有三人，钱龙生外，有杨鹏，更指定上海出名的江一平大律师为冈村辩护。

闪光灯又"啪"的闪亮了。这个江一平是浙江杭县人，20年代复旦大学毕业的文学士，东吴大学毕业的法学士。毕业后，在上海公共租界会审公堂执行律师业务。"五卅"运动时他的表现不错，曾为爱国学生做辩护律师，声名鹊起，1932年复旦大学授予他名誉教授。抗战爆发后，在重庆连续出任第二、三、四届国民参政员，并任北碚复旦大学副校长。抗战胜利后回上海继续做律师，是国大代表。丹丹和夏强在南京采访时见过他，对他没什么坏印象。但今天的辩护却使夏强和丹丹在感情上受不了。

上海的一张报上刊登过一条花边新闻，说江一平的父亲反对儿子做大战犯冈村的辩护律师，说："你是要遭人唾骂的！"但江一平今天千方百计为冈村开脱罪责。最荒谬的竟说冈村在华北方面军任司令官时，为供给农民棉布、打击奸商，做了不少"爱民"的事[1]，引得旁听席上

---

[1] 冈村的回忆录，写到江一平的辩护"使我永铭肺腑"。1961年6月，冈村宁次应蒋介石之邀由日本曾到台湾活动，回忆录上写道："去台北曾经访江一平及上海审判战犯军事法庭审判长石美瑜表示谢意。"

传出了愤怒的"嘘嘘"声。

从犯菱田、落合、船引、梨冈出庭作证，回答质询。这四人都是在押日军战犯，垂手肃立，对军法官询问一一作答，但既为冈村涂脂抹粉，又为自己开脱。江一平对证人进行询问，牵涉到需要冈村回答时，冈村便从扶手椅上起立回答。冈村老奸巨猾，对检察官起诉书上和法官审讯时涉及他的犯罪事实，回答时他都不承认，但硬话软说，态度恭顺，声音细小，推诿"不知道"或"这不是我的责任"，或"那时我不在"，再或"那时我还没有出任中国派遣军总司令"……再或反复辩解自己不是杀人放火的直接指挥者，不负屠杀中国平民之责。诸如此类的回答，使夏强和丹丹同旁听席上大多数人一样，听了都愤怒起来，议论纷纷的声音从旁听席上和记者席上发出，在礼堂里"嗡嗡嗡"地传开。军法官不止一次地敲击法锤："肃静！大家肃静！"

检察官施泳口才不行，在律师辩护后，结结巴巴宣读了有罪论证。到十二点过一刻，这使人疲劳而又平淡、平和的审讯似可告一段落了。戴眼镜说福建官话的石美瑜宣布休庭，说："下午 3 时 30 分继续开庭！"

中午休息时间好长。夏强和丹丹从礼堂人流中随大家一起拥出来后，见广场上听广播的人已经散去。大雨已停，有蒋经国的"经济戡乱大队"的队伍在街上游行叫嚣，叫的口号是"枪毙奸商！""不许奸商兴风作浪！""拥护蒋经国督导员铁腕督导！""坚决打老虎！""凡触犯财经紧急措施条例都一律法办！""戡乱建国！"……队伍拉拉沓沓总有一百多人，举着牌子和标语大声喊叫着，杀气腾腾，威风凛凛。两人站在路边围观的人群中看了一会。夏强轻声对丹丹说："口号倒是喊得凶，但把罪过全加在奸商头上怕不行！"

丹丹说："我看'太子打老虎'和'公审冈村'，一样，都是演戏，做给人看的！"

夏强点头说："找个地方吃饭兼休息。"

丹丹建议："如果有罗宋大菜馆最好。我知道虹口这一带日本馆子有的是，可以吃鸡素烧，但日本馆子我不喜欢。"

夏强说："我也怕进日本馆子。我厌恶那种奴颜婢膝的招待方式。"

丹丹笑了："我厌恶的是进日本馆子吃饭给人一种当汉奸的感觉。还是找罗宋大菜馆吧！经济实惠，环境干净，吃完后再要杯咖啡可以多坐一会，要不，就进随便哪家中国馆子吃面条。"

地面湿漉漉的，两人边走边谈。商店的无线电里放的是周璇唱的歌曲："……浮云散，明月照人来……"两人商量搭救松涛的事，但却不知如何办才行。特务统治太可怕！松涛确切在何处弄不清。白咎警告的话未始不有道理。怎么搭救呢？……有的弄堂口，白昼都站着出来拉客的"野鸡"，乞丐和小瘪三沿街乞讨，有的在小馆店门口闻着炒菜的香味。一家百货店在敲敲打打大拍卖。一个三轮车夫被警察打了一耳光还要带走……好不容易，在北四川路上找到了一家罗宋大菜馆。丹丹说："好了，就这儿吧！"

进去后，明窗净几，桌上台布雪白，给人清洁的印象；有的桌上还在瓶里插着纸花，沿街一面大玻璃窗旁有桌椅。罗宋大菜馆里特有的那种俄式红菜汤的洋葱番茄茴香味闻了叫人开胃。

墙上贴着一张纸，写着："罗宋大菜每客金圆券1元：1，罗宋汤；2，煎猪排或煎鱼；3，面包；4，红茶。"一个俄国胖老太太笑着上来问吃什么。夏强说："两客罗宋大菜！"又加叫了一碟果酱和一只色拉冷盘。他知道丹丹爱吃果酱和色拉。

俄国胖老太太走了，夏强对丹丹说："昨天，我去理发，付了二百四十万元法币。今天，吃饭只付两元金圆券，但不知能维持多久？"

丹丹说："我来时，爸爸说，经济濒临崩溃，病根在于军费开支浩繁，财政赤字太大，只能借增印新币维持残局，这种恶性循环，父亲治不了，他儿子也治不了！"

夏强说："老伯的看法很对。"他把采访主任让跑经济新闻的事及见到了白丽莎的事都讲了，说："今天，我是为了陪你才向采访主任去揽来采访冈村这个任务的。"

丹丹说："你说这话是讨好我？还是责怪我来上海？"

夏强说："都不是！我这是实话实说。"

两人同笑。很快，俄国胖老太太将冷盘、汤、面包、果酱等都端了上来。这些早年流落上海的白俄，如今叫作苏侨了。听说苏联方面有意要把这些流落上海的白俄连同后裔都召回国去。有的回去了，有的仍想留下来。传说回去的有不少都进了集中营。流浪异国他乡是痛苦的。他们的先辈和这些老年的白俄，原先在国内十月革命前都是贵族、将军或大地主。如今流落在上海，干什么的都有。经商的、司阍、保镖、看弄堂的、骑师、开出租车的……甚至有卖淫的、做盗贼的。开罗宋大菜馆的算是很好的了。丹丹用同情的眼光看着那个头发雪白臃肿肥胖穿短袖敞领"布拉吉"的俄国老太太。她恐怕有六十岁左右了，走路蹒跚，脸上有树皮般的皱纹。但从五官看，年轻时肯定也不乏美丽。

见丹丹凝视着不说话，夏强问："丹丹，你怎么啦?"

"我在看这个老太太，想三十几年前，当她的国内发生天翻地覆的变化时，她至多不过三十岁吧。那时，她说不定是什么贵族家公主似的小姐或者将军的掌上明珠吧！她何尝想到后来会流浪到中国在上海卖罗宋大菜！"

夏强被丹丹这一说，不禁想起了裘珍珠。那夜，珍珠说的话不是骗人的。她去美国是铁定的了！现在，上海的资本家和上层社会里，确已有不少人在开始把产业、家人向香港及美国等国家转移。这场残酷激烈的内战在促进中国的革命风暴，国民党反动派开始发动战争时以强对弱的形势发展到今天，已转变成到处兵败溃退的形势。未来如何？虽然必定还有漫长艰苦的历程，但已可看出走向来了！……想起这些，他沉默不语了。他突然想把裘珍珠的事告诉丹丹，因为他觉得自己在丹丹面前应当是个透明体，不该在这种事上对丹丹有什么隐瞒。

但忽又想起珍珠送别时的恳求和哀怨的目光。他觉得伤害珍珠是不应该的。他历来信守自己的诺言。于是，决定不说了。人生常常会这样。在每个人的心里，也许可以不必人人都保留一块隐私，但需要保留一块隐私也不是绝对不必要的呀！

现在，丹丹在问他了："夏强，你怎么啦？怎么不说话？"

他笑了，看着丹丹光辉灿烂的脸，吃着色拉说："欣赏着你，吃着色拉，我的嘴没有空说话。"

于是，丹丹也爱怜地看着他，喝着汤，默默无语，似沐浴在爱河之中。

喝完汤后，鱼排端上来了，丹丹说："公审冈村宁次，我判断会学东京国际审判。东京的审判两年多了，还不知哪天宣判，冈村肯定也不会很快宣判的！"

"你发现了什么迹象吗？"

"只是一种感觉。我觉得既已包庇了就会包庇下去的。这公审实际是演戏，目的只是为了对国内激愤的民众和国际舆论造成影响。"

夏强摇头："太岂有此理了！"

他们后来吃完了罗宋大菜，又叫了两杯咖啡，静静品啜。咖啡不好，苦味重，欠缺芳香。吃罗宋大菜的人不多，远处吃完的人已经走了。这是午饭后这种餐馆休息的时间，但丹丹对俄国胖老太太笑着说："我们再坐坐休息休息行吗？"

俄国老太太笑着过来，客气地点头："行！行！欢迎你们多坐坐！"她上海话说得很纯粹了。

夏强搭讪着找话问："老太太，生意好做吗？"

俄国老太太皱起了眉头："税太重！开店的都说：'如今只有屁无捐！'"外国人说这样的话，格外引人发笑。老太太自己说了也笑，但边笑边摇头。

丹丹问："老太太，请问您叫什么名字？您在这里坐坐！"她亲热地将俄国胖老太拉在身边坐下了。

"柳芭!"俄国老太太说。

"老太太离开家乡多少年啦?"

"啊!……"俄国胖老太太摇头摊手,似乎不堪回首,叹着气伸手指做着手势,"数不清的年月,1917 年离开,先到海参崴,后来到天津,又到了上海,离开整整三十一年,到上海也三十年啦!"说着,她擦擦鼻子,似乎鼻子发酸,而蓝色眼睛里忽然包满哀伤的泪水。

提不得家乡,一提就触动她的伤心事了。

丹丹歉意而同情地说:"老太太,想家乡了?"

柳芭连连低头,白发在鬓边抖动,用手帕拭泪,擤鼻涕,忽又歇斯底里地摇头,似有许多话说不出来。

丹丹伸出手去,拍拍老太太那肥胖粗糙的手,抚慰着她。

不能再问什么,也无法再说什么。

夏强轻轻叹了一口气,看看手表对丹丹说:"我们该去了吧!"他站起身来用金圆券付账,并用旧法币付了小费。旧法币可以用到 11 月 20 日才作废。他同丹丹一起离开了俄国老太太,心里有一种说不出也解释不清的郁结。

又下起了霏霏小雨,出店门回头看时,俄国胖老太太坐在那里仍在呆呆地拭泪。她也许是出生在帝俄时代曾不可一世的人物家里的女眷吧?她大概在回想那年轻时在故土上的阳光明媚的日子吧!

啊!那蓝色哀伤的眼睛!谁知道呢?谁能说呢?

夏强和丹丹在 3 点 30 分时又参加旁听公审冈村。

主任检察官王家楣发言,列举冈村应负战争共犯之责,结尾却说被告在投降时协助接收有功,希望"量罪课刑持以平衡"。江一平等三个律师同检察官展开了辩论,主张"请宣判被告无罪"。那真是又臭又长的辩论,却仿佛十分守法,拼命在动用法律的权威。这使许多旁听的人都不禁在想一个问题,当日本侵略军在中国大地上杀人放火烧抢奸淫时法律到哪里去了？为什么对无视法律违犯国际法的战犯，却突然要运用法律武器来这样强词夺理不公平地包庇他们？

三个多钟点后，法庭宣布由于证据不足，今天只审不判，审讯到此休庭，何时续审未定，被告及证人还押。具有法律常识的人都知按照惯例，重大案件在辩论终结的当天就要审判，原定今天要宣判却改成只审不判了，大家又议论纷纷。

丹丹对夏强说："我回去要写出我的感受，更要对只审不判进行抨击。但不知报馆肯不肯这样发表！"

夏强说："我们《新联晚报》正碰到高压，我的报道不拟抨击，那样是登不出的。我除了点出主任检察官王家楣和辩护律师江一平等那些令人生气的话语让读者明白究竟外，想用讽刺的笔法点出包庇了这么久才演戏似的公审这么一次，实在不光彩，还不如老老实实及早宣告冈村无罪来得干脆。"

一早，天像要下大雨，乌云盖天，气压低，人燥热难受。

母亲正在大把数零零碎碎的法币，嘴里叨叨地说："物价真是疯了！钞票越来越成废纸了！上街买一点菜也得带上二三百万法币！发行金圆券一元钱居然折合三百万法币，钱全给这个政府捞去了，老百姓怎么能不穷？什么世道！"

夏强说："发了金圆券物价也一样是涨！规定谁有金银外币都得去银行兑换成金圆券，私人不准持有。但这些天苗头已看得出了！老百姓害怕，都忍痛将金银外币去中央银行挤兑成金圆券，可是宋子文、孔祥熙他们呢？他们才不会去兑换呢！什么事上当受骗或倒霉的都还是老百姓！……"

忽然，电话铃响。夏强接电话，原来是向德君教授从复兴大学打来的电话。

话里带着欣喜，问好以后，向先生热情地说："……告诉你好消息，美国哥伦比亚新闻学院的复信来了！答应给你大部分奖学金，让你就去美国，9月上旬就开学。我帮你算了一下，自己只要准备一千多美金去就行了。这包括机票，也包括奖学金不足的部分及生活费用。数字不算太大，你想想办法解决一下。上学后，将来可以做工，洗洗盘子什么的工作容易找的。有点麻烦的是这信一个月前早就寄到了，却被人耽搁了！昨天下午我才见到，打电话给你老是不通。时间非常紧了，你马上到我这里拿信，速办护照。外交部上海办事处我有个熟人，我可给介绍。机会难得，你抓紧办！……"

电话所说的美国回信的事，既在情理之中，又在意料之内，但9月上旬开学，信现在才到，好紧迫啊！夏强听向先生讲完后，一下子变得迟钝了，不知立刻该怎么办，忍不住问："什么人耽搁的？"

向先生叹气说："有谁？还不是那个顶替你的申某人吗？你知道就是了，也不必去惹他！信早到了他手里，他不说。我去收发室查询，看到了是他在一个月前签收了。去问他，他才说疏忽了，忘了！才拿出来！"

夏强眼前出现了"尖头怪"申宜之那戴金丝眼镜的猥琐模样。虽生气，无可奈何。他感谢老师的好意，说："向先生，我会来拿信的。但去美的事，我有些新的考虑。不那么想去，也许就不去了。"说这话时，他头脑里想的是：小妹在押，松涛未救，大局如此，我怎么能为了自己镀金就抛下一切到美国去！美国有不少人崇拜向往，但中国人在那里总是被看不起的。美国一直不断在供给美援、武器、弹药、兵舰，让中国高燃战火，让中国人死在美国枪炮炸弹之下。中国人对美国的感情已不像二战时期了！在这种时候，已经不可能怀着美好的感情去美国留学了……不过，这些话他一句都没有说，这些话都在心内激荡。

向教授似乎还不能完全明白他的意思，犹豫着说："有空，快来一趟！"又说："唉！这大局啊！……"

放下电话，夏强心里有点乱，母亲挽篮拿伞本来正要去买菜，见儿子坐在那里出神，关切地问："谁来电话了？……"她听到夏强说起到美国的事了，所以问。

　　夏强一五一十地讲了，说："妈妈，现在去美国的机会放在面前了！办护照时间虽紧，但向先生有熟人，能办得成。一千多美元的事有点麻烦，必要时找找亲戚朋友我想也凑得起来。只是小妹在押，松涛未救，丢下他们，也丢下你，我不应该。再说，这国家、这大局，现在这样子，法西斯政府腐败透顶，我恨它！我是个爱中国的人，我应当促使这个坏透了的政府垮台，应当站在人民的一边，尽我的心和力。我也讨厌美国！在这种时候，为了个人镀金，别的什么都不管，我做不到！所以为了中国，我要留下来，做我该做的事！妈妈，你不会反对吧？"

　　母亲放下挽着的菜篮和手里的洋伞，坐在夏强对面的椅上眼里有感动的神色，说："夏强，你是个有主见的人。你要做的事总是有道理的。能去美国留学，现在社会上有些人都觉得光彩，但你为爱国爱家不去美国，妈妈能理解你，妈妈也赞同你。你爸爸生前常说，愿为中国生，愿为中国死，我的子女将来都必须懂得爱国！如果他活着，你这样他会欣慰的。只是不知丹丹同意不？"

　　夏强说："这事早就同她商量过了，她同意的！"

　　天热，母亲拭着汗，说："她给我的印象就是通情达理，知冷知热。你找到她，是福气！"

　　夏强快乐地说："妈喜欢她，我就高兴。"说这话时，他突然想起了裘珍珠。许久没有见到珍珠了，她怎么了？夏强向一位《申报》的记者打听过，那记者说："她辞职不干了！听说要去美国了！……"她好吗？……夏强陪着母亲一同下楼，母亲带着伞提着篮去菜场。他打算到楼下，然后上街寄信：一封给《时事日报》寄稿的信要去邮局发航快；一封将两张保释书寄还珍珠的信要用挂号寄去。他写了一封信感谢珍珠，措辞是诚实恳切的。寄信后，他准备去外滩中央银行门口到挤兑黄金、银圆处看看。

他刚送走母亲，在楼下前厢房里拿信，见邵师母从客堂间走到天井里过来敲门了。

夏强开门，请邵师母进来坐。这邵师母和邵先生虽是近邻同住在一个大门里，平常无事是不来串门的。邵先生身体不好，根本少串门，邵师母偶尔来坐坐。两家通常是在天井或楼梯上见面时，互相说点应酬的话："今天天气不错！""饭吃过了吗？"……今天邵师母似有急事，在沙发上一坐，激动地说："夏家少爷，你知道吗？抗战前，我老头子有两千块现洋存在农民银行，后来打仗了，银行也搬到四川去了！抗战八年，我们越来越穷了，这笔存款我有存折在。前年开始向银行办交涉。他们起先说这账没法算，后来又答应算，还说可以付利息，偏偏现在又要三百万法币换一块金圆券。今天，我去银行，说是账算出来，折来折去，先是法币折换汉奸的伪储备票，后来又是伪钞折换法币，如今又是法币折换金圆券。我那抗战前的两千银圆，今天说可以付我金圆券三角二分！我真差点气晕！我说，放你×的狗臭屁！我不要了！我送给你们做烧纸算了！你们这个丧尽天良的政府！我这个七十岁的小百姓要天天骂，骂得你进棺材！"

天上忽然下大雨了。雨好大，哗哗的倾盆而下。

邵师母越说越激动，脸上发红。她人胖，有高血压，又上了年岁，激动不得。夏强怕她出事，赶快劝慰，说："邵师母，你别生气！这笔账确是一笔混账。两千块银洋，现在新规定的兑换率该值四千金圆券才对，只给三角二分是开玩笑了！"

邵师母喊屈地说："银行说，那时早已使用法币，而且是纸币为主。纸币与银圆同时流通，价值相等，存折上只说是二千元，未注明是银圆，当时也不会注明银圆，因此不能作银圆计。而且法币折伪币，伪币折法币，法币又折金圆券，只能这么算。你如果不要三角二分金圆券，那就拿九十六万元法币也行！"

夏强只好摇头，不由得同情地叹了一口气。他看看天上的大雨，想到母亲虽带着伞，雨实在太大了，很怕母亲淋着雨了。

邵师母说："夏家少爷，你是做记者的，可以伸张正义在报上给我登一登这件事吗？"

夏强说："我可以试一试。我写一写这件事。但现在报馆怕惹事，尖锐点的稿子都不肯用，做记者十分为难。"

邵师母叹气说："那我就不麻烦你了！我真是恨透了这个吃人的国民政府了！你是知道的，我那老头子有哮喘病，他是出不得力多动弹不得的。这两天，我这七十岁的老人连续两天在外滩中央银行门口排长队。银行门前人流像潮水，一字长蛇阵曲里拐弯拉得老长，人挤人真是挤死人，比敌伪时期挤兑平价米还厉害。站得我汗流浃背两腿酸麻，腰背都要断了！要是你小妹夏盛在，她一定会代我去办的。偏偏她吃了冤枉官司！唉！昨天我是去拿法币换金圆券，今天我去兑我的金子和银洋钱。我手边就那么点金子和银圆了！这下好，兜底给我收去了！换了些纸币回来，名字倒好听——金圆券！这要死的政府哪！包括蒋经国在内，都是闭着眼说瞎话，让百姓睁着眼上当！你说这金圆券以后牢靠不牢靠？"

夏强不能不对一个七十老人负责，说："这现在可说不准。这个政府历来办什么事都不牢靠。物价靠压恐怕压不平，金圆券想不贬值怕也办不到。现在规定私人的金银外币限期去兑，过期算犯法。市民慑于威势不得不把仅有的一点争先恐后拿去兑换，这实际是搜括掠夺民间的财产，但不去兑遭到横祸又去哪里讲理呢！实在没个好主意了！"他说不出更多的话来，叹口气沉默起来。

邵师母脸上通红，用手掠掠耳边的白发，又揉揉太阳穴，用小手帕拭额上的汗，恨恨地说："这种瘟神政府怎么不垮台呢！日本投降后，它从重庆回来劫收，大家就遭殃了！现在是越来越不像话了。挤兑金圆券的时候，你没听到，人人都在骂娘啊！唉！……"

大雨疯狂地下，老天爷似在发脾气，拼命往下界泼水，要把这世界淹没。夏强见邵师母血压高、头疼，劝慰她："您不要急，急也无用，注意休息。我们这些市民，不是大官，不是奸商，大家都在水深火热之中，都在受苦受难！天下事，多行不义必自毙，我相信这道理。我母亲同您一样，也着急气恼得很，我就是这样劝她的。"

邵师母听到这，站起身叹气说："唉，也只能船到桥头自然直，脚踩西瓜皮滑到哪里算哪里了！"

夏强忙又补上一句："邵师母，您上年岁了！以后有事别客气，来找我办就是。比如这次挤兑，我太忙，就没想到去帮你办，真太抱歉。以后你开口说一声就行！"

邵师母千恩万谢，刚要走，忽然天井里有敲门声。夏强淋着雨去开门。门一开，不禁倒抽一口冷气，原来站在门口的是穿白衬衫、灰派力司西裤、戴金丝眼镜打着伞的市党部二处的"尖头怪"申宜之！

见夏强来了客，邵师母回她住的楼下客堂间去了。夏强引申宜之进屋，心里盘算着，他来做什么？脸上不能不带笑，心里却十分厌恶这个坏蛋！

申宜之把伞靠在门边，透过金丝边眼镜用眼四面打量。朝两张小沙发中间的茶几上竖着的相框中的蒋介石相片看了又看，又朝孙科、李宗仁的照片看看。他上次来时，还没这些照片。现在一看，忽然对夏强特别客气。自己掏烟出来，用打火机点上，说："夏强兄，一定很忙吧？什么时候去美国？"他那合肥官话把"夏强"念成"小呛"，叫夏强听了很不习惯。

夏强笑笑，言下有意地说："美国来的通知信不知被什么人耽误了，时间被弄得很紧了！我还没去学校里拿呢。"

申宜之似怕触及这耽搁的事，谄笑着，转变话题说："今天，我是奉命给你送一封通知来的。你看一下！"说着，客气地递过一只信封来。

这是中国国民党上海特别市市党部的信封。

夏强心中有预感了，抽出信来，是封通知，写的是：

查《新闻窗》杂志（登记证京警国字第三十八号）自民国三十六年十二月在我市发行迄今，屡屡刊载诋毁政府、宣扬学潮、貌似公正实存偏袒之通讯及言论，引起读者诸多不满，兹按行政院民国三十七年八月十七日向各地行政治安机关发布《后方戡乱应注意事项》之精神，特劝令该《新闻窗》杂志自本通知到达之日起，即予停办。尚在销售之杂志，应即收回。

  此致
《新闻窗》主编

中国国民党上海特别市市党部二处印
中华民国三十七年八月二十六日

大雨声中，夏强看完通知，虽然自己早决定不办《新闻窗》，也做了结束工作，看了这通知，仍不能不气恼。但他装得若无其事地笑笑，说："很好啊！只可惜迟了！"

"迟了？"

"是啊！"

"怎么？"

"我们自己已经决定不办了，无须谁来劝令！"

"哈哈，哈哈！哈哈……"申宜之吸着烟转圜似的解释，"哈哈，你看这通知，考虑到这杂志的发行人是雷香老，主编是你和雷小姐，我们没有点出名字。我和你是老同学，又是朋友，奉命的事，不能不办，但没有用'勒令停刊'而用了'劝令'，这在措辞上都是斟酌过的。哈哈……"

夏强是有锋芒的人，看着"尖头怪"的表演，忍了又忍，还是忍不住，终于顶了一句说："加给《新闻窗》的罪名也是斟酌过的吧？哈哈，说'引起读者诸多不满'，我可以拿出一大堆信件来说明'引起读者诸多好评'呢！"

申宜之有点尴尬，也有点生气，但看看蒋介石的照片，似是克制住了，喷一口烟，说："这是白主任委员同意过的。我只是好意来跑一趟，通知送到，也就尽到朋友的责任了！"他脸无笑容，也不"哈哈"了。

夏强干脆地说："你的好意我非常感谢！这点我很清楚。"本想多说几句，觉得对这种小人点到就够了，就适可而止不再讲了。

申宜之敷衍着变了话题，奉承地说："哈哈，你要出洋去美国了！那大洋彼岸，是淘金之地，读个博士回来，必然高升。你是幸运者！这比办个杂志强得多，我祝贺你啦！"

夏强不想再理他，沉默不语，听着暴怒的大雨倾盆而下。

申宜之觉得久坐无味，冒雨打伞要走。夏强也不留他，但装得客气地送他出去。送走"尖头怪"回来后，他坐在小沙发上听着雨声溅地，又拿起通知看，心里那种对法西斯统治的仇恨久久不能消散。

他想到的第一件事就是等会儿到邮局寄稿时，顺便打个长途电话到南京把申宜之送通知的事告诉丹丹，并请她转告雷老伯。同时，他也下定决心，不去美国了！他要用丹丹懂得的话隐晦地告诉她，他要留下来，留下来战斗！给天怒人怨的这个反动政府送丧！迎接一个新的中国的到来！

（五）黄叶铺秋的季节

经过家长联合救援会和社会上一些名流、教授、律师、记者……的努力，市府当局终于向家长和社会宣布，全体被捕学生都可交保释放。

上午，收到警察局送来的一封通知函，收件人是龚梦兰。通知上写：

龚梦兰女士：

　　夏盛因参加学潮，违犯国民政府民国三十六年五月十九日《维持社会秩序临时办法》第5条，妨碍公共秩序，阻碍交通，妨碍公务，伤害他人身体，本可按民国三十七年五月十九日国民政府公布经过修正的《戒严法》及民国三十七年八月十七日行政院向各地行政治安机关发布之《后方戡乱应行注意事项》予以从严处理。现念其年轻无知，且在病中，准予以两家铺保取保释放。嗣后，希严加管束，不得再妨碍戡乱，不得再参加罢课游行、聚众请愿、扰乱治安或口头煽惑、为匪宣传，破坏秩序！自本通知到达三日起，三日内可携两家铺保之保释书即来本局办理保释事宜是荷。

上海市公安局印

通知措辞很凶，引用了三个杀气压人的条令，还警告以后不得怎样怎样，但虽然生气，觉得小妹终于可以马上保释出来了，还是兴奋的。同母亲商量后，夏强马上给方国华打电话。

对方接电话的正是方先生。他说："太好了！阿弥陀佛！两家铺保的保释书我早办好了。我送来或是你来取都行。"

夏强说了些感谢的话，说："我马上来，好吗？"

方国华说："你来也好。东方也刚来，在我这里。他本来说要到你家去同你谈谈的。你来我这里顺便谈一谈也好嘛！"

夏强说行，放下电话，同母亲说了一声，就步行到南昌路去。

他久不到南昌路光明村方先生家里来了。这里现在方先生把隔壁一幢房子也花钱顶过来了。两个单开间三层楼房合在一起就成了一大幢双开间的三层楼洋房了。揿了后门的电铃，一个面目陌生服饰干净打长辫的女佣来开了门，问："找谁？"夏强还没说话，就从她身后看到了方先生弥勒佛似的身影。方先生满面笑容："小阿哥，快进来！请进来！"

他陪夏强进了后门，夏强就听到楼下那边大客厅里搓麻将洗牌的声音"哗""哗"像海潮起落。一会儿，"啪""啪"的打起来了。从开着的门里看，那平日病恹恹、软绵绵的方太太正打扮得很艳丽的朝外坐着，精神奕奕正"啪"的出着牌呢！

在这边大客厅里，夏强见墙已粉刷装修过，打了一个小门通往隔壁的大客厅，两幢房子这就联了起来。夏强看到东方正坐在沙发上跷腿看报。见到夏强，他高兴地笑迎着说："先一会儿同方先生还谈起你。今天你不来，我就去了。你好吗？小妹要出来了？"

方先生陪夏强坐下，去小冰箱里取冰汽水出来，开了一瓶插上麦管放在茶几上给夏强喝。夏强把小妹可以保释的事说了，又把这一向来的两件大事——决定不出国以及《新闻窗》被市党部"劝令停办"的事讲了。

东方精明地听着，一面听一面点头。

方先生听了，热情地说："小阿哥！杂志停了，你也不要气恼。要是你以后再要办，缺头寸就开口说一声，我替你准备。"又说："不去美国确有点可惜。是不是缺钱的原因？如果是，我可以替你准备。我知道你讲面子，不喜欢沾人光。就算借我的，将来你发达了还我就是！"

方国华对夏强有一种报恩思想，讲义气，使夏强感动。夏强解释，说："不是为缺钱的原因，是我不想去！"

方国华陪到这时，起身要走了。他这人做生意做得通达人情世故，知道夏强要同东方讲些私房话，不愿干扰。他陪了一会，礼也到了，就要让出时间和机会给他俩谈了，说："小阿哥，隔壁正在打麻将，有白南史的太太（夏强想，这就是那个二嫂说的比白南史年轻二十岁的交际花啰!),有'少将'鲁纬章的太太(夏强想,嗬!鲁纬章!),还有四明银行董事长陈光明的太太和我太太。我去看看招待招待。过一会再把保释信拿来。你们先谈谈。"

方先生带上门走了,留下了夏强和东方。

夏强喝着汽水,望着东方说:"你这一向好吗?"

东方点头:"要不是出现了改发金圆券的事,我又去苏北了!现在得把此地的事情料理料理,估计得一个月后再走。你知道,这金圆券一改,三百万法币换一元,而且强迫百姓出兑金银外币,掠夺人民,可说是敲骨吸髓了。这给我们带来许多麻烦。实际上,真正操纵经济形势的豪门权贵,却依旧囤积居奇,操纵黑市。他们的金银外汇,既不会兑给中央银行,也不会遭到损失。孔祥熙的儿子孔令侃任总经理的扬子公司,就是个欺行霸市违法乱纪的公司。他们只做现货交易,不做订货交易,只收黄金美钞,不收中国币,利用特殊权力套用国家外汇指标从美国低价进口或走私汽车、汽车零件、西药、英美呢绒等物资,高价转手卖出。我这只是说一个例你听!国民党一团糟,它自己必然要把自己送进坟墓,改不好的!"

夏强把自己现在跑经济新闻的事情说了,问东方:"你看发金圆券后这局面能维持多久?"

东方撇嘴笑笑摇头:"法币丧失价值,人民对政府的钞票失去信任的情况下,又当国民党内战形势不利的时候,想用政治力量来发金圆券,只有加重人民不信任新货币的心理。现在把物价硬控制在 8 月 19日的价格上,我看用不着半年金圆券照样崩溃。其实现在据我所知,崩溃现象已经出现,实际上上海、天津、广州、汉口、重庆的金银外币的黑市价格在金圆券发行后早已冲破了官价,呈现了涨势。这苗头看得很清楚了!"

夏强觉得东方的观察力和分析力是清晰准确的。他常佩服东方这种既沉着又有科学头脑的才能。他朝东方看看,问:"你刚才不说今天要找我有事吗？你知道，我有心里话想同你说呢！"

东方用两只有神的眼睛看着他，说："夏强，你就说吧！可能我想到你又想说什么了！"

夏强点头干脆地说："是的！我还是想同你说！我要求参加你们……上次，我提出时，你曾考虑到我的危险。但现在，我向你表决心，不要考虑我的危险！我不怕牺牲！你知道，我不去美国留学，就是为了留下来干点什么的！我痛恨这个反动政府！为了它的垮台，为了理想的胜利，需要有志之士一同努力！无论怎样，你要理解我的心意和要求。松涛到今天无法营救，说实话，我很怕他会牺牲。我肯定他是什么样的人，成语说'前仆后继'，他仆倒了，我愿做后继者！"

谁知，东方这次没有多说什么，只说："夏强，你说得很好。人，始终都在决定着自己的一切。今天我要见你，也就是想同你谈谈这件事。会那样的！我想在我去苏北之前，我们会再见一次面，那时我们再谈。我想你会实现愿望的。"

夏强有些激动，心里发热，不知为什么，突然间竟泪满眼眶了。他一直有一种生活在黑暗之中，想让自己的心晒晒太阳的渴望。此刻，他又想起了自己过去写的那首诗中的句子了：

> 我的心，布满痛苦受到创伤，
> 充满寂寞的回忆和悲伤，
> 它激烈搏动，表达一种强烈的愿望，
> 我的心，想跳出来晒晒太阳！

这时，门开了，方先生来了。他手里拿着两张盖着红印章的铺保保释书递给夏强，说："小阿哥！你救过我的命，你的事就是我的事！你家的事就是我家的事！请你给夏师母帮我问好，说我实在是一天到晚事情太多。这一向，没有看望她，等过一向，空点了，一定去看她。

但小妹的事，暗中在警察局上下打点我是尽了心也尽了力的。这东方都知道，我一直没有说，现在是可以告诉你了。"

夏强心里暖暖的，后来就与东方和方国华告别，也不回家，就坐车到了警察局。

他办了手续，接到了被释放的小妹夏盛。小妹脸色苍白，手里提着一个包袱和一条被子，还有一个装脸盆洗漱用品的线网袋走了出来。她那秀气的脸，明亮的眼睛，微微翘着的嘴唇，自然卷曲的头发，变化不大。但神态和嘴角流露出挑战的表情。眼眶深深似蕴含着坚定。这使夏强想起松涛失踪后的一个夜晚，他曾听到小妹的啜泣声。而现在，小妹的表情使他觉得小妹已不是那种啜泣的姑娘了！

夏强热情地叫："小妹！"

小妹同哥哥点头，脸上冷若冰霜，但出现了转瞬即逝的看不大出的微笑，这是对哥哥的爱和感谢。

夏强想流泪，上前抱住小妹，小妹也抱住哥哥，但她很坚强，没有流泪，只问了一句："妈妈好吗？"

"好！妈妈好！你身体怎样？"夏强接过小妹提的东西。

"那天，他们打了我！我吐了血！我也重感冒了一次，连续发高烧。现在，有点咳嗽，但不要紧。"

"你学校里我去过了，一切无问题。现在正放暑假，你正好在家休息休息，开了学再去上课。"

两人叫了一辆三轮，小妹没有再说话。夏强一路轻轻把这一向要告诉小妹的事都说了。小妹静静听着。只在快到家时，她对夏强说："小阿哥，我经历了很多，也懂得了很多。我想松涛肯定是出不来了！但民不畏死，奈何以死惧之！"

小妹保释出来后，隔了几天，夏强才知道，当局玩了个鬼把戏，说是全体释放，实际绝大部分同学释放了，但有几个所谓"证据确凿的共谍学生"，却被秘密转移到亚尔培路二号中统上海办事处秘密监禁了。

正是黄叶铺秋的季节。

日复一日，秋天在流逝，时局也像秋风，使生活泛出灰暗和阴郁，卷走了生命中的绿叶，令人感到凄凉和悲哀。

金圆券发行不到半月，物价就失控了。但上海在太子蒋经国的"督导"下，限价仍死死固定在8月19日的价格上。由于市民认为金圆券没有信用，从9月底起，市民纷纷持币抢购各种货物。

经济问题使人焦虑，但人们仍在议论着上电工会理事王孝和的被杀。王孝和是9月30日被特刑庭宣判死刑的。他死得十分英勇。要他在判决书上捺手印，他怒目拒绝，说："我不承认你们的判决！"在被法警押去刑场时，形象光辉、面目俊豪的王孝和高呼："特刑庭不讲理！"、"特刑庭乱杀人！"夏强因为忙于跑经济新闻，未去采访王孝和案件。报社摄影记者小马将王孝和写给狱中难友的遗书拍成了照片。写给难友的遗书说："有正义的人士们，祝你们身体健康，为正义而继续奋斗下去，前途是光明的！那光明正在向大家招手呢！"看了这遗书，夏强有一种感觉，好像这是写给像自己这种人的，心里感动。看了报上登的王孝和临刑前毫无畏惧昂首挺胸的照片，夏强觉得他很像松涛，不禁又想起松涛来了！松涛啊！你在哪里？你是否还活着抑是已被杀害了呢？

报纸上对王孝和被杀采取了低调的处理。10月初，出现了全市性的大抢购狂潮，市民的注意力就集中到生活问题上去了。

10月初，永安、先施、新新、大新四家大百货公司，以及许许多多大商店、绸缎庄、日用品公司，都人头攒动。起先抢购者还有选择，后来则什么都买，货物价钱愈高的愈有人买。天气虽开始转凉，冰箱却销售一空。呢绒毛料早就卖光，金手表成为珍品。金首饰、钻戒、珍珠项链、收音机等销售看好。服装店、绸布庄、鞋帽店、杂货店、食品店都拥挤不堪。上海的繁华地段，如南京路、林森中路、金陵东路、四马路都人声鼎沸。商店货架很快全部扫空。一些商店不到下午三点就上了排门。上海的抢购风很快就波及其他大城市及全国了。

母亲也一次次去抢购，带着小妹从街上回来，带回来面和食油，带回咸肉、咸菜，带回日用品：毛巾、牙刷、肥皂、牙膏……叹着气同夏强说："这日子怎么过？把老百姓掠夺得光光的，发的金圆券都就要买不到东西了！……"

邵师母整天也忙着上街抢购。先是在小妹夏盛帮助下囤了些吃的，接着又自己买来了一辆三枪牌自行车和一只华生电扇。差点没哭出来地对夏强说："你看呀！我兑掉的'小黄鱼'和金戒指、袁大头变成自行车和电风扇了呀！不买怎么办？大家都抢购，我怕不买将来金圆券就成废币了呀！……"

人心动摇如山倒。东北、华北、山东的战局败得一塌糊涂。金圆券的实际购买力日见下跌。上海市民醒悟，发觉上大当了！人们为抛出了金银外币兑换来的金圆券买不到东西而愤怒怨恨，抢购范围越来越广，连棺材、寿衣都有人抢购了囤积。中央银行门口早就没人再排队。商店大多关门，开的店橱窗空空，一片惨象，餐馆、酒楼、菜馆，营业不正常了。起先，有的关门，说是无货供应。后来，被勒令开业，上排门算违法，要老板拿出全部库存供应，限定一桌酒席最多只能八个菜，一个人上馆子只准吃一个菜。西餐业因为买不到鱼肉和蔬菜，改卖面包和炒饭。各类物资的黑市价格不断上涨。

天常下雨，灰蒙蒙的秋雨常弥漫城市上空淋湿道路。人心悲观中夹着怨怒。有的小报上讽刺地说："什么东西花金圆券都买不到，只有八仙桥、四马路、四川北路这些地方的'野鸡'多得卖不掉。"第二天，这小报就被勒令停办了！蒋经国来上海打虎之初的那股锐气与威势在衰退。"行政院戡乱大队"也不再耀武扬威地在街上大游行大叫口号了。商人纷纷停业、歇业、隐藏物资、囤积商品。蒋经国出动军警到处在市场、库房、交通场所搜查，不但抓人，还企图杀鸡吓猴，将上海警备区经济科长张亚尼、稽查处第六稽查大队长戚再玉等以贪污勒索罪处死，将财政部秘书陶启明以利用职权泄露经济机密牟取暴利等罪名处死，将富商王春哲以囤积居奇、哄抬物价罪名处死。因犯经济罪被他逮捕入狱的商人大户达六十四人，包括海上闻人杜月笙的三少爷杜维屏。但在市民眼中，这些人仍算不得是大老虎，多数仍是苍蝇。而且，原来规定金圆券发行不超过二十亿，实际一下子却发行了二百亿元。蒋经国的"行政院戡乱建国大队"、"大上海青年服务大队"五六千人，不断向全市各行业实施物资总检查，情势却仍在恶化。

传说雪片般飞来，说蒋经国查封了孔令侃的扬子公司，但这是一只大老虎，蒋太子不是武松，打不赢老虎。上海《大公报》9月25日刊登了一首《打虎赞》，说："万目睽睽看打虎，狼奔豕突沸黄浦"、"雷声过后无大雨，商场虎势尚依然"、"世界到处狼与虎，孤掌难鸣力岂禁?"许多人背后讥笑蒋经国："他来上海时说只打老虎，不拍苍蝇！现在看到的是只想拍苍蝇，不敢打老虎！"

蒋经国看到上海这种混乱局面，10月6日在广播电台发表了讲话，先摆出功劳说："政府实施《财经紧急处分令》后，物价之上涨予以制止，此政府与人民同心协力合作之结果，已获初步成功。"他证实："一个月中上海市民曾向国家兑换1115652两黄金和32803894元美钞，连同白银、银圆及港币总共金圆券3.72亿元，占全国兑换总数的60%强。"对于抢购，蒋经国认为"这种心理是不正常的"。他坚决表示："限价政策不可改变，'宁可忍受一时，决不破限'！"最后，要求市民"忍耐一时痛苦"。

编辑主任老胡，历来很欣赏夏强。夏强写的稿，他总优先刊登。现在，他也小心翼翼，犯忌的稿子总是修改删削了用或干脆不用。夏强按照采访主任老秦的主张，专门只采写些下面的市场情况，比如某处可以买到某种东西，某处可以吃到某种菜肴，有些虽然并不切合实际，但老秦认为"不会出问题"。因风闻有背景的三青团的《正言报》和宣铁吾的《大众夜报》都因刊登的新闻和言论犯忌，可能要被下令停刊，《新联晚报》自然步步小心。

这天，有读者寄了篇短稿来，题为《平价谣》，一共四句："平平涨涨平平涨，涨涨平平平涨涨，涨涨平平平平涨，平平涨涨涨涨涨。"副刊编辑老刘想用又怕惹事，拿了稿来给老胡、老秦和夏强一同商量，都认为写得绝妙，但都怕惹事，将稿送到总编辑宋之望那里，宋之望立刻枪毙了。宋之望是个谨慎人，每天都亲自执笔写点小评论之类呼应限价、痛骂奸商，赞扬蒋经国打虎，劝市民不要抢购。有这样的总编辑，又跑这种新闻，夏强干得没劲，心里有说不出的乏味和苦闷。

夏强收到丁一凡从重庆来的航空快信，他要夏强连续报道上海的种种情况。夏强便将在上海采写的稿子未刊出的和刊出的陆续都换个题目抄凑一份寄给重庆《时事日报》。听了蒋经国10月6日广播后，夏强到督导员办公室取了些宣传品，写了一篇《准备忍受痛苦》的报道，暗含讽喻，总编辑宋之望看了说："要给太子看到了，会发火的!"夏强就将这篇稿原样寄给了丁一凡。那儿离上海远，丁一凡是个"老手"，夏强估计这稿上海用不了，那儿重庆也许能发表的。

自从上次见到过白丽莎后，夏强就未再见到过她。她极忙，似乎很受重用。她既是检查委员会的秘书，又是物价审议委员会的秘书。夏强打电话找不着她，去也见不到她。不是说她出去了，就是说她开会，甚或说她去外地了。夏强急着找她，固然是从采访工作考虑，更急的是想把二哥夏国的信息告诉她。

在上次见到二嫂后，夏强回去就写了长信给二哥，劝他不要老是闹离婚，对一些莫须有的事怀疑敏感。夏强认为二嫂人是长得风流，记者工作也常使她出现在交际场合，她又是个性格开朗任性的人，容易造成风言风语，但二嫂对二哥是真心爱的，也没有确凿的暧昧之事，夫妻理应互相谅解、互相容忍一些对方的生活习惯与生活方式……但，信发出后石沉大海。隔了些时，冒着火写了封长信给二哥，将耐心的劝解变成了愤怒的指摘。终于，上周得到了二哥的复信。信不长，态度很好，最主要的几句是："……倘能见到你二嫂，望劝她回来，告诉她我很想她。冷静下来，我觉得我错了！但她难道一点错也没有？既然大家都有错，那么大家都是对的。劝她回来吧！你劝她会听的。我真的很想她，非常想她。因为没有谁会比我更爱她了！……"

夏强看了二哥的信，有点感动，决定要找到白丽莎。但一连几天都未如愿。

今天，夏强上午去林森中路搭电车打算到外滩去时，秋风萧瑟，路两边的法国梧桐黄了的叶片不断飘落，给人凄凉和悲秋的感觉。

万没想到，巧不巧的迎面遇到了白丽莎！嗬，二嫂虽然仍穿得很朴素，不施脂粉和唇膏，但一件厚毛蓝布旗袍加件灰色毛绒衣，她那细腻光滑的肤色，楚楚动人的身姿，明媚映人的脸庞，沉静秀丽的眼睛，在秋日的阳光下耀眼触目。

"二嫂！"夏强兴奋地上前招呼。

"是你?"白丽莎微笑着仰起脸说，"我是来林森路买点东西的，想不到什么都买不到。不是空柜台，就是垃圾货。"秋风撩动她的黑发，显得风姿绰约。

"我们找个地方坐着谈谈吧！"夏强建议，"那边靠近马思南路的地方，有家酸奶店，罗宋人开的。地方不错，吃酸奶的人少，罗宋人又偷偷卖高价，所以还能吃到，去那里坐坐。"

白丽莎挽着夏强的左臂，跟着夏强走，说："好，我这一向，一直在忙乱，还出过差，所以也没给你打电话，其实倒是常想念你的。中央社南京分社需要一个采访主任。我觉得你的条件很够。你是否愿意去? 我可以推荐，还叫爸爸也写封信，准成！有兴趣吗?"

夏强觉得白丽莎是诚恳的，但心想：我才不去"遭殃"社呢！说："我现在的工作不错。在上海可以照顾家里。"

白丽莎笑笑："对了，家里好吗？我也抽不出空去看望，你给我捎个好吧！"

夏强点头。

白丽莎又笑着说："你不想同丹丹一起在南京当记者吗？"

夏强也笑，没有回答。

白丽莎问："你这一向好吗？"

夏强不想把《新闻窗》停办、不去美国、小妹保释三件事讲给二嫂听，说："还好！"却把话题转了过来，说："二嫂，二哥来信要我劝你回去。我信没带在身边，但那段深情的话我会背，我一字不差地背给你听。"

白丽莎笑了，说："这条犟牛他怎么说？"

夏强把二哥信上那段话真的背了下来，背给白丽莎听了。

白丽莎听了，一直笑着，眼里有闪耀跳动的神采，却忽然似乎睫毛湿润了。

这时，过了马路到了马思南路口附近的那家酸奶店了。夏强引白丽莎进酸奶店。酸奶店里没有顾客，里边十分洁净，全是白色的桌椅，空气中散发着酸奶的奶香。两人在里边的座位上坐了，一个穿蓝色银花边布拉吉的俄罗斯姑娘，脸色白里透红，约莫不到二十岁，上来招待。夏强叫了两瓶酸奶。姑娘说："卖完了！"夏强掏出一张金圆券递过去，说："我来吃过的！钱别找了！"一会儿用白瓷杯装的酸奶就端上来了，每人还有一小奶杯的白糖和一只小匙。

白丽莎揭开酸奶上的白纸盖，说："你二哥，他给了我信！你知道，我这个人宁肯挨生活的鞭打，不愿委屈自己的心！"

夏强从二嫂的话里，听得出她心里蕴藏着高兴，而且领悟到二嫂同二哥之间的吵闹已经告一段落了，说："二嫂，你回去吧！"

白丽莎点头，把白糖倒进白瓷杯里，用小勺调匀，说："是啊！既然犟牛认错了，我是该回去了！说真的，我这次来上海，全是为了同他怄气，是他逼的。要不，我也不至于在上海浪费这几十天的生命！"

夏强关切地问："二嫂，你能透点消息给我吗？你觉得这局面怎么办？"

白丽莎舀着酸奶，神思恍惚地说："有什么办法！开始，我写过稿子，吹嘘小蒋是'蒋青天'，把他宣传得像包龙图一样，宣扬他的'一路哭不如一家哭'！我以为他拿着尚方宝剑来上海，是可以有点作为的。谁知，现在的事是钥匙和锁都不配合。例如扬子公司是孔祥熙的公子孔令侃所开，蒋夫人亲手干预，孔公子平安无事飞往美国，一走了之。打虎的威风只好一蹶不振，岂能谈其他！还是老百姓说得对，如今的法律像蜘蛛网，条文不少，但只能粘住一些小虫小苍蝇。现在，抢购势如狂潮，金圆券不断贬值，上海人怨声载道，经济管制已管不下去，你可能想不到，这几天小蒋在干什么？"话里有无声的叹息。

"在干什么？"

"我这些讲给你听了，可别出去散播。"

"当然！"

"他几乎天天喝酒，喝得大醉，以致狂哭狂笑。"

夏强知道，白丽莎说的话完全是可靠的，问："怎么会这样的呢？"

白丽莎说："'经管'管不好，怎能不这样？你知道，他的做法本来也就是有点胡闹。不懂经济却用政治办法来解决经济，当然行不通。更何况打击的矛头触及孔记扬子公司时，便惹来了大麻烦，蒋夫人干预了，总统也干预了！他无法对付孔家、宋家，不败下阵来又能如何？"

"残局怎么收拾呢？"

"听说行政院还是要取消8月19日的限价政策，估计这决定如果一公布，绝迹了的日用必需品等又会立刻在市面上出现。当然，价格是必然要比限价前不知贵多少倍了。这也必然会跟以前一样，物价猛涨，金圆券又像法币一样不断贬值。可是不这样又能怎样？"

"那，太子，怎么下台？"

"不是下台，是倒台！反正，经济管制必然只好结束。太子也只好铩羽离开上海。"

"那把老百姓的金银外币全用兑换金圆券的办法捞了去，怎么交代？"

"有什么不好交代的！无须赔偿和道歉，中国的老百姓算什么？权力又不在百姓手里，翻云覆雨由不得百姓的！听说要再宣布黄金、白银、外币准许人民持有，银圆也可自由流通和买卖，并把金银、外币的兑换率一律提高价格，允许人用金圆券可以兑换黄金，想来挽回点信用。但我看行不通，这叫作病急乱投医，人要死，救活怕不容易的！"

陪白丽莎吃着酸奶，夏强发现二嫂有一颗躁动不安的心，对局势十分悲观，问："二嫂，你看战局会怎样？"

白丽莎摇头轻轻叹息："这一向，战局特别糟！山东济南九月里打了八天就完了！是九十六军军长吴化文起义弄垮的。十一万人除一个军起义外全部被歼。东北激战，昨天听说锦州已失，损失十多万人，东北剿总副司令范汉杰下落不明。长春被围，情况已经不妙。东北快完了！"

夏强问："旮哥现在哪里？"

白丽莎说："他病愈后派到过东北，但他是个精明人，看看形势，不愿久耽，找了关系，调在徐州剿总。徐州离南京近，安全些，也方便些！"

"二嫂什么时候回去呢？"

"原先小蒋很重用我，我也卖力吹捧他。现在局面如此，他自己也在考虑走了。我把你二哥闹离婚的事告诉了他，说我现在要回去了，我又让社里提出要调我回京。昨天他已同意我走了。"

见夏强专注地听着，她忽然又说："我心里一片霜雪，说得太悲观和伤感了吧？好吧，到此为止，不再说了。反正，不管世道如何变化，我们总得活下去的。我回南京，希望你二哥改一改脾气，能使我从家里得到一点温暖。"

她要抢着付账，但突然想起夏强一来就付过钱了，就笑了，说："见面谈一谈很好！我们走吧！"

白丽莎同夏强谈的话，到11月上旬就一一兑现了。

10月底，行政院决定从11月1日起取消限价政策。失败了的蒋经国，终于在11月5日正式发表消息辞职，并发表了《告上海市民书》，说了一些漠不相关的话，也老实承认："在七十天的工作中，不但没有完成计划和任务，而且在若干地方，反促进了上海市民在工作过程中所感受的痛苦。"人们传说他灰溜溜地到杭州闭门思过去了。

蒋经国离开上海前后，那个阶段上海连续发生贫穷的市民抢米的事件。11月7日上海米价暴涨至每石五百元金圆券，8日涨到每石九百元，9日又涨到每石一千八百元。与限价的每石二十三元相比，涨得无法想象。11月8日行政院政务会议通过《修正金圆券发行办法》，撤销金圆券发行数额以二十亿为限的规定，印钞机可以日夜赶印金圆券。然后，行政院又通过了《修正人民所有金银外币处理办法》，于是，币制改革彻底破产。金圆券的发行犹如上演一场闹剧。

经济上崩溃，军事上的大失败，都像秋风落叶，在扫动人心。

中原的郑州、开封丢失了！长春守军投降了！西北、苏北的战事上，损失了好几万人。月初，辽沈战役结束，五十万国军成了饺子馅。林彪率领的四野部分眼看就要由东北入关。济南解放后，从鲁南到台儿庄、枣庄峄县地区都已面临强大共军的威胁。

丹丹从南京打电话给夏强，说："前几天，《中央日报》发了篇社论叫作《赶快收拾人心》看了没有？社论说：'赶快收拾人心，只有这一个机会了！'……"

夏强说："太晚了吧？"

丹丹说："路透社记者从南京发的电报说，国民党在东北的军事挫折，现在已使蒋介石政府比过去二十年存在期间的任何时候都更加接近崩溃的边缘。南京近日很紧张，人们公开谈论着政府迁移的可能性。前些天，传说'最高'正在找杜鲁门，要求再迅速增加军事援助并且发表声明支持反共，但美国驻华大使馆宣布：南京、浦口、江苏、安徽等地美军眷属即日撤退。这消息传来，南京空气更紧张了！"

夏强说："上海人的心都给米价物价和金圆券弄乱了。军事情况报上在低调处理，不少人认为离上海还远，倒还没有像南京这样恐慌，但敏感的人自然已感到战场南移威胁着南京和江南了！你们情况怎样？老伯好吗？"

丹丹说："我们都还好。爸爸生活依旧。家里来客不多。大前天，陈布雷自杀了，他让哥哥去陈家吊唁，自己未去。他说，陈布雷内幕实情知道得多，自杀绝非偶然，说明国民党已是穷途末路。于右任来过一次，两人谈得交心，向他索字，他说，班门弄斧的事我不做。但于一定要他写。他只好写了一幅屏条给于老伯，写的是王安石的一首七绝：'百战疲劳壮士哀，中原一败势难回。江东子弟今虽在，肯为君王卷土来？'大胡子看了，当时竟掏出手帕拭泪了。"

夏强关切地问："老伯有什么考虑吗？"

丹丹说："没有。他最近常说，天下事从长远看，总是会以合理代替不合理，以新生代替腐朽，这是规律。个人渺小，人生短暂，能看到天下事以规律运行，就不遗憾，也不着急。"

"你呢？"

"很复杂，说不出！好像有些沉重，生活似乎要有大改变了！"

"老伯是悟出了人生，也悟出了事物发展规律的老人。你替我请安。"

"你近来好吗？简单谈谈。"

"还是很忙。重庆丁一凡给我寄的金圆券，本月份从黑市黄牛手里只能买到三个袁大头。但他却要我至少一周寄一篇特写去。晚报叫我继续跑经济新闻，还要抽身采记临时出现的重要新闻。家中正常，母亲身体还好，小妹已在学校上课。她冷静成熟，但还是想念松涛。东方忙着做生意，很少见面。"说到这里，他幽默地说，"报告完毕！"

丹丹问："什么时候能再到南京来？"

夏强笑了："其实天天都想来，想起你就想来！"看见母亲去厨房里了。他轻声说："真想抱抱你！"

丹丹笑了，说："有句西方格言：'抱得太多就搂不紧'，你知道吗？"

夏强故意说："没听说过！"

丹丹也笑了："好吧！只要想我，不来也可！"

"你怎么现在打电话改掉老习惯了？不讲什么一个好消息一个坏消息了呢？"

丹丹笑了："我要挂电话了！"

那天，东方约定夏强到偏僻的沪西曹家渡工人区里一个老工人家里谈话。他说："我让老工人的八九岁的小孙女在门口吹肥皂泡玩耍。见到她意味着安全，没人吹或不是八九岁的女孩吹，你就赶快离开，我们另约时间换地点晤面。"

11月初的天气，是个阴沉的日子。天上彤云密布，夏强按照约定的地址到了那里。果然见一户简陋的砖屋前，有个可爱的女孩，约莫八九岁，蓬松着小辫子在门口一嘟噜一嘟噜地吹肥皂泡。她坐在一只小板凳上，由于营养不良面容苍白而稍嫌瘦削，但两只明亮的大眼有长睫毛，非常好看。肥皂泡飞扬，那简陋的砖屋粉墙剥落，木门虚掩。远处，传来"飞行堡垒"飞驰的呼啸声，似恶兽伸出魔爪在哀鸣，昭示了外面形势的险恶。

按照约定，夏强紧张地敲了四下门，又敲三下。门"吱呀"开了。

这是一间贫穷、破烂，摆着床、纸盒等杂物的小屋。夏强闪身进去，不但看见了林东方，还完全出乎意料地看见了一个既熟悉又陌生的身影。那是一个五十多岁身材高大的老头，额上有刀刻似的深纹，两眼炯炯透出机灵的光芒，戴顶鸭舌帽，穿着打扮完全像个工人。

这不是林昆仑老伯吗？夏强几乎"啊"了起来！是啊！真的是他！

用不着介绍了！东方让夏强坐在小凳子上，说："夏强！经过一段时期的培养和考察，经过审查，认为你本人对党有正确的认识，入党动机端正，作风正派，我们两个是你的介绍人。今天，约你到这里来，由林昆仑同志同你谈话并为你举行入党宣誓仪式。以后，将由他直接同你联系。你是新闻记者，又有不同寻常的一些社会关系，你得到的重要信息，可以及时提供给他。党有任务也会交给你干。现在情势险恶，特务的魔爪伸向四处，安全和机密都重要，不能鲁莽，更不能使自己在人家眼里是红的。以后，我们尽量不见面。我的户口已经报在笙记行有新的身份证了！原先报在你家的户口已经销掉。不久，我又要去苏北做生意，但我们的心是永远在一起的。我马上就走！你们谈！"

东方说着，起身同夏强热情握手，同林昆仑打了个招呼，就开门出去匆匆走了。

林昆仑同夏强坐下，说："其实，也用不着谈什么了。我在你家住了些日子，谈过不少，对你一家都是比较了解的。现在，上级党组织已批准吸收你入党。今天，我只是代表组织来让你履行手续。情况特殊，仪式只能从简。"他拿出一本旧画报，画报下端有一条粗红的边框，他用一张刀片，将红纸刻成一面小红旗，将小红旗竖搁在窗棂上，拿出一根小小的红烛，擦火柴点燃后竖在红旗前面……

这破陋的工人住的小屋！这特别的党旗！这鲜艳的红烛！这不在常规下的入党宣誓仪式！在"飞行堡垒"的呼啸声中，在白色恐怖的压力下，都镌烙在夏强的心上，永远不会忘记！

夏强后来同林昆仑一起离开了那间工人的住屋。当时，那个小姑娘仍在门口吹肥皂泡，肥皂泡一串串飘向天空，大大小小轻盈而美丽。

夏强同林昆仑约定了见面、接头的方法分手后，回到家里，进门到了前厢房里。他坐在沙发上休息一下，看着茶几上蒋介石的戎装相，有一种奇特的感想——他觉得蒋介石的脸很尴尬，使他想笑，心情极好，仿佛做了一件久久想做而终于做成的事。但他不能把这种喜悦告诉丹丹，告诉妈妈和小妹。他只能激动兴奋地独享这份激动与快乐。

有一沓信放在写字桌上。他拿过来看，其中一封笔迹娟秀流利，下边署名是"乌鲁木齐路裘缄"，他立刻想到这是裘珍珠的信！咦，她怎么来信了呢？

拆开信来，他仿佛感到"花生米"在同他说话。命运似受到了捉弄与损害，珍珠倨傲的心产生出一种难以说清的激情：

夏强：

你好！

当你收到这信时，我已经离开上海去到大洋彼岸。原想不写信，却又觉得应该写。生活对于我过于温柔又过于严峻。一见钟情的爱最难忘怀。父亲曾教导过我，做任何事都要能预见其结局，我却不能，以致尚未到达目的地，心中似已有荒无人烟之感。

我很傻。其实不该把一生中最美的时光用来使其余时光痛苦不幸。可惜我控制不了，却这么做了。我很难说将来是否再会有曾经向往过那种幸福。

一句外国格言说："只要还爱着，什么都能宽容。"现在我就是这样。而且，我愿意承认，你品行端正，无可指摘。我羡慕你对丹丹爱情的忠贞，倘若世界上有两个同样的你，让丹丹和我各分一个，大家都欢喜，那将多么美妙，但那自然是不可能的。心里最美好的东西往往是无法表达。我在此衷心祝你们幸福。

请忘掉我。我们像两个各自走上舞台客串的陌生人，相识了，演了一场戏，然后各走各的路。我只是你生活中一个匆匆的过客。但我可能很难忘掉你，回忆会成为我灵魂的馨香，以后在异国他乡伴我度过漫长的岁月和时光。

　　别了！夏强！既然乍遇，何妨遽别。我此刻眼见到一种风雨飘摇的局面，我能想象得到未来会是怎样。中国需要大的改变，但怎样的改变才好，我说不清。记者工作使我很了解中国，我也知道你会高兴这种改变。有一次，你同我谈过你的看法，虽未坦率，却也真诚。我认为你是会跟上时代的。我却只能带着去国怀乡之思离开上海。我们将来还会见面吗？谁能回答我？谁又何必回答我！祝前程似锦！

珍珠离沪前匆匆
11 月 26 日

游玩是寻找过去的足迹

　　尽管逝去的岁月早已湮没，二哥夏国对南京的感情仍那样的深。到了南京，他似乎不想走了。一连几天，都是他出题目做文章。他让陪他到鸡鸣寺去看"古同泰寺"和豁蒙楼，那里庙堂和正殿侧殿都香烟缭绕，登山可以平眺后湖，远望钟山。虽然气候还冷，草木未披绿装，但他对南京风景的六朝烟水气十分满意。他让陪他到燕子矶。燕子矶兀立于大江之滨，苍茫独立，看江涛拍岸，江水滔滔，大家都兴起思古之情。三国时，孙权在此训练水师；明末，史可法率兵在此过江入援福王抵抗清兵；清末鸦片战争，英国侵略军兵舰上的官兵在此登陆进逼南京，强迫清廷订了割让香港的《南京条约》……他让陪他到中华门外西天寺，那里与当年保密厂在时的变化极大，但他却寻梦似的在那里停步徘徊，依依不愿离开。然后才去雨花台走了一圈，选购了六十颗精美的雨花石打算带回美国……现在，他还打算去游玄武湖，逛新街口……说这些地方都是当年他同二嫂白丽莎一起游玩过的。他要"再去看看"。

　　游玩是寻找过去的足迹。夏强和丹丹陪着二哥，常常都在谈到过去，想起那些披风淋雨、穿雾冒雪的日子，那些在记忆中深锁着的旧事逐渐都在发掘出来，想起了莫愁湖或者谈起了花神庙，既有激动和快乐，也有悲伤和感慨。记得几年前上次来南京时，夏强和丹丹同去旧地看过。莫愁湖修整一新，花神庙早已在"文革"中毁得片瓦无存。

经历多了的人，虽仍多情，但有泪可流，并不悲凉；有苦可思，也不疼痛了！

照例常常谈心，谈心是愉快的。游鸡鸣寺的那天，二哥夏国听丹丹讲了裘珍珠在去美国前介绍夏强进《新联晚报》以及对夏强怀着美好感情的往事后，问："她后来怎么了？"

丹丹说："她挺好的。在美国同一位华裔美籍的进出口商结了婚，有了一子一女，但那位先生前些年去世了。她在我们的报刊上看到了夏强写的作品，打听到了我们的地址，五年前，特地到重庆看望了我们，在家里住了一星期。"

夏强说："对过去的事，她毫不讳言，她是个襟怀坦荡的人，把什么都同丹丹说了。友谊是美好的。她同丹丹处得尤其好。"

丹丹笑了，说："其实，她同夏强的事，夏强瞒了我好久，一直未说过。直到若干年后的一天，我发现了夹在一本书中的珍珠去美前给他的那封告别信，我才知道了原委。"

夏强笑笑排遣着说："并非隐瞒，而是我尊重别人，信守诺言。"

丹丹说："我对珍珠说，我们这儿就是你在中国的家。希望你常常回来住住。临别时，我们互相拥抱，她哭了，我也难过。她说只要身体允许，她还会再来看我们的。"

夏国听了，唏嘘不已。

晚上聊天，又谈起了方国华。

二哥夏国问："他后来是怎么死的？"

夏强说："检举方国华的人除了那个姓徐的人外，还有一个，就是在国民党上海市党部工作的那个中统特务'尖头怪'申宜之。解放后，在镇反运动中被捕，他为立功赎罪，检举了一大批人，内中也有方国华，说方国华与逃到台湾的白南史关系特殊。方国华有两个检举人，当然被捕。在他家里抄到了他的那张由白南史签名盖上市党部公章的证明信和那张盖有市党部公章的委任令。这当然是可以定罪的物证了!"

"但,他是冤枉的呀!"

"是的!确实冤枉!但怎么说得清呢?铁证如山呀!"夏强说,"方先生被捕后说,抗战时期,他认识了共产党人柳明,因为苏北新四军抗日将士亟需医药用品等物资,遂数次将各种亟需的物资由上海采购了运往苏北。但胜利后,遭人陷害,国民党用'通敌资匪'的罪名法办,万般无奈行贿了白南史,得到了这两张证明。由于认识了林东方,解放战争时期,就组织笙记行地下兵站,沿用柳明的做法,将物资仍由上海多次运往苏北支援部队。他为人厚道,估计不想多牵扯别人,就没涉及我。但他交代了东方,因为东方是当事人,请求东方给他出证明……"

"这应该没问题的呀!"夏国说。

夏强摇头叹息:"是该没问题的。可是太复杂了,最后仍是牵扯到了我,我也把所知的如实讲了。但我马上也被审查。由于方国华是资产阶级,又是'汉奸特务',东方也被审查。方先生的事不好办,因为白南史在台湾,柳明在解放战争末期在苏北牺牲了。东方又怕承担责任。方国华其实对新四军抗日和苏北解放区是有功劳的,但审讯他的人,从阶级分析出发,认为他纯属'唯利是图',敌伪时与日伪有勾结,国民党时期又'与市党部成为一体',重证据轻口供,定他为蒋匪特务,判了他二十年徒刑,送到江西劳改。1961年三年困难时期,死在那里了。据说,死前病重时,方太太去探视,他临终说,我是个生意人,钱当然是要赚的,但我也有爱国心,也有是非感。日伪统治时,我有爱国心,柳明要我支援新四军,我才同意冒险的;解放战争时,我恨国民党腐败,遇到了林东方,我也才同意冒险运物资去苏北。我只以为路走对了,谁知,唉!人不能搞得太复杂,复杂得说不清了,就只有死路一条!"

二哥夏国也感慨了,说:"方国华的事真可以写一本小说。他这商人，不做汉奸，支持新四军抗日，可是国民党来了，说他'通敌资匪'；他不满国民党政府，运物资给新四军，可是共产党来了，他又是'蒋匪特务'，判了重刑。这账怎么算？人陷在政治斗争里，就左右都不讨好了。"

丹丹一直在边上没说话，这时说："方先生的冤案前些年就平反了。在香港的儿子投资上海，搞得很红火。四年前，我们同他儿子在上海见过面的。"

二哥说："其实社会就是复杂，在复杂的社会里，人当然也复杂，用简单的头脑来处理复杂的人，绝对行不通的。"

夏强说："是的，但也有复杂的人得到复杂处理的。我不是谈到过鲁纬章的事吗？鲁纬章当年在上海以总经理身份出现，西装革履，与陈果夫等名流显贵党棍官僚频繁交往。但上海解放后，很快就被任命为华东对外贸易部副部长，引起了一片惊诧。不少人写检举信揭发他是货真价实的国民党，还有少将军衔。信到市长陈毅那里，陈毅看了哈哈大笑。原来鲁纬章的少将军衔，也是奉命花钱买的，他都知道。我有一次到华东军政委员会听报告时，碰到鲁纬章，他还认识我，说：'啊！我们在百乐门舞厅那次是见过面的！……'鲁纬章后来调到北京，在中央当过部长。只是'文革'中仍遭了难，听说病故了！"

丹丹突然笑着插嘴说："你把照片的事说给二哥听！"

夏强笑着说："我不是把蒋介石等的照片放在楼下前厢房引人注目处的吗？看到过的人是不少的。申宜之镇反中也揭发了我，说我同白南史是亲戚，家里挂着蒋介石等赠送的照片，说一般人绝不可能得到蒋介石等送的照片，十分可疑等等。但组织上找我谈话，我如实说了，东方这时还不像后来，他写了证明。事情拖了一段，总算烟消云散。"

"东方后来怎么了？"

"他不算很得意。由于他被捕过，干地下工作时有许多复杂的事，又有方国华甚至我和小妹这种社会关系，所以运动来了，总有点麻烦。

上海刚解放，他是上海钢铁总公司的军代表。后来做过一个局的党组书记兼局长，最后做过上海宝钢工程总指挥部的副总指挥、石化二期工程指挥部的副总指挥。但我们长期同他没有来往。"

"真是不可思议！"

"整天抓阶级斗争，说'阶级斗争，一抓就灵'，说'以阶级斗争为纲'，于是，人人自危，事事上纲上线，运动接着运动，人际关系很不正常。他后来结婚了，女方是一个部门的人事处长，很'左'，反对他同解放前原有的那些社会关系再有关联。后来我和小妹有些事需要他写证明，他也一律不肯写了。据说给他的信都被他妻子没收了。他既然怕人沾他，我们也不愿再给他添麻烦，这就断了来往。据了解，他在最初为方国华写证明后，受审查吃了亏，后来就不肯替方先生写任何证明。他不想做'运动员'，决定六亲不认。他有那么个妻子，又有了孩子，顾虑多了，私心杂念也就多了。"

丹丹说："我同他接触不多，不能说很了解他。有一次，我问夏强，东方在做地下工作时，那么生龙活虎、神出鬼没，不怕死的一个英雄人物，他是个火热的人，后来却变得那么冷了，是什么原因呢？"

夏强说："我回答丹丹，人舍生忘死，就能伟大，只想到自己和老婆孩子，就渺小了。对东方来说，也不奇怪，频繁的运动和'左'的情绪改变了他。所以我不愿苛责他。我觉得方国华是个悲剧人物，东方其实也是个悲剧人物。好的是现在我们已经告别那种日子了。"

二哥似乎理解些了，问："现在，他在哪里？"

夏强答："前年5月，他在上海华东医院逝世，有讣告寄来，我们发了唁电，还写了封长信给他遗属，但没收到回信。听说他妻子已去世，子女们既不了解我们以前同他的关系，对我们也无感情，不回信也很自然。只是，回想起过去同他的交往，总还是很怀念他的。"

"林昆仑真是他父亲吗？"二哥问。

"并不真是他的父亲。那是一个名叫张劲松的地下工作者。如今，龙华烈士墓园里，有他的名字镌刻着。"

二哥说："真像一部小说。"

丹丹说："小说来自生活，但生活有时比小说更加丰富、奇特。"

逛燕子矶那天，走近如飞燕凌空的矶头眺望，见下边江水湍急，上游南京长江大桥犹如钢铁长虹，对面的八卦洲一片沃野，背后观音阁旁峭壁千寻。巨树危石，蔓草荒烟。二哥说："记得那时燕子矶头，常有人自杀。矶头上有块木板，上写大字：'想一想，死不得！'提醒要自杀的人止步勿往下跳！"

丹丹说："1948 年，南京开行宪国大，传说有个当选而拿不到证书大吵大闹的国大代表，后来从这里跳下去自杀了。夏强你可还记得？"

夏强说："我想到的是，南京大屠杀时，燕子矶这一带尸山血海，江面死人漂浮，江滩边，日军将无数解除武装的士兵和手无寸铁的百姓架起机枪扫射，然后又用汽油焚烧全部被杀者的尸体……"他向夏国说，"二哥，南京有个'侵华日军大屠杀遇难同胞纪念馆'，该陪你去看一看！"

二哥说："要去！直到今天，日本有些右翼人士仍不承认旧账，也不承认曾经侵略和屠杀。是该有这样一个纪念馆。"

丹丹说："前几年，我同夏强曾专诚来看过，那纪念馆的馆名是邓小平写的，邓小平还给纪念碑的一只鼎上写了'居安思危'四个字。"

二哥将"居安思危"四个字念了一遍，说："这句成语用在这儿极好。这寓含着可悲可耻的前事不忘，也寓含着要国家富强的决心，做一个国家的大老应当有这种见识。"

在游雨花台时，三个人看到这里经过大规模植树成了游憩中心，但抗战初期的废炮台仍在。三人不禁又谈到南京大屠杀是从这附近开始的，当时这里是谷寿夫第六师团杀人的屠场。参观烈士陵园和事迹陈列馆时，也谈到了当年国民党政府在这里大批屠杀共产党人的旧事。

二哥说："最后一次我同你们二嫂到雨花台，是 1949 年 1 月 21 日老蒋宣告引退，由李宗仁代理总统以后。那天，我下午无事，你们二嫂中午到我厂里来，我们在一家小馆子里吃了牛肉面和锅贴。当时，李宗仁决定和谈，南京人心惶惶，都在想退路。形势凄凉。直到今天，我还能记得当时的忐忑心情。"

丹丹说："是啊，那种心情我也记得。反正，是一种战火进逼南京了的心情，是一种要即将离开南京的心情，是一种生活要改变的心情。那时，我们也正打算以去广州作幌子实际到香港去。那时，'山雨欲来风满楼'了！"

夏强说："主要是因为白家、雷家总的来说都是依附在那个政权上，所以会有这种心情。其实，我在上海，工人、学生、贫困的市民，当时都在盼着那个政权垮台，是一种欢欣鼓舞迎解放的心情！"

丹丹说："那倒是的！"

二哥说："当时最主要的，是觉得留下来怕清算，去台湾怕前途茫茫。当时，我同你们二嫂，就在玩雨花台时，在那乾隆题的'天下第二泉'的石碑旁的茶馆里喝茶。有个测字的摆着摊子。你们二嫂提议：测个字问问前途如何？我说好，就找那个约莫有六十来岁的测字先生测了个字。"

丹丹有兴趣地问："测了个什么字？"

二哥说："你二嫂就报了个她名字上的'莎'字。那测字的说：问什么事？答：问前途，何去何从？测字先生看来是个落魄文人，写得一手好毛笔字，在一块大玻璃板上用毛笔将字拆开分成了'艹'与'沙'，说：'艹'者草也，'草'字者，烧饼歌上'将军头上长稻草'之'草'是也。'沙'字者，沙场也。草字之下，沙场之上，主战乱不歇之征兆。'莎'与'杀'同音，草字之下，沙场之上，杀声震天，应从速躲避！又将'莎'字拆开写成'艹'、'氵'、'少'、'沙'，说：'氵'者'三'也，'氵'者'水'也。'少'者机会少也，'沙'者'少水'也。三月'艹'日前离开，机会不多，要抓住机会到水多的地方去为宜。"

夏强笑了，说："这是劝你们到台湾去，是说老蒋打内战要败了，测字的倒也有点鬼聪明。"

二哥说："丽莎和我当时觉得真灵。我就也报了名字上的那个'国'字，说：'我问前途。'测字先生在玻璃板上照样将字拆开，说：'国'内有'戈'字，即国内有干戈，'或'者'惑'也，现在你们犹豫不定，拿不定主意。又说：大'口'内有小'口'有一个口就不错了，一大一小两个口字说明，两口子运道是不错的。当时正传说行政院要迁广州办公，他说：'国'字有时指'都城'，何处是都城，就随着去何处即是。他那么说，似是指该去广州，我们觉得去广州不如一步到位去台湾，遂去了台湾。"

丹丹笑着："测字算命迎合人的心理，也是一种本领。这些年，许多风景名胜、旅游景点，也都出现了些看相、算命用嘴骗钱的人。去花钱看相、算命的人，有的并不是迷信，而是心中有事想听听箴言。只是现在一些看相、算命的人，文化不行，所以不敢去碰测字，测字至少要有点歪才有点学识才办得到的。"

二哥说："海外流传一个关于台湾的政治笑话，是谈测字的倒颇有趣。说台湾某大员为了要走出悲情走向国际社会，要继续扩展务实外交，找一测字仙，以'外'字请测吉凶。测字仙说，不妙，死胡同，走不通！'外'字上加一与'死'字相似。某大员说：'我问的不是建交，是问加入联合国。'测字仙说：'外'字右边似'入'，左边为'夕'，夕者晚也，晚了！某大员说：如果只搞一点经援外交、校友外交之类的事呢？测字仙答：'外'字右边来一点经援外交为'下'字，下策也；如果左边来一点校友外交，成'歹'字，歹者非良策也！"

听他说完，夏强与丹丹都笑。

后来，在游玄武湖的那天，三人谈得最多的都是雷老伯。

那天去时，阳光明媚，天气晴朗。面积近五平方公里，六朝时为帝王游乐之所的玄武湖，金光映照湖面，别有一番风味。湖上枯荷较从前减少，但整个公园经过多年修葺与建设，与当年夏国所见到的"五洲公园"那种萧瑟、荒凉已不可同日而语了。玄武湖"一方临城，三面环山，波光潋滟，五洲星罗"，真是"千顷湖光涵塔影，十分山色拥亭台"的风光。湖上长堤逶迤，水面一碧如染。三人沿着堤岸往里走。丹丹和夏强都深深想起雷老伯来了。

当年，雷香山每天都要独自散步，常从家里步行由宁夏路经湖南路走玄武路入玄武门。在夏季总是沿路看荷，秋冬季则由树木凋零的长堤走入公园中心呼吸新鲜空气。现在，踏在当年雷香山走过的路上，丹丹和夏强都仿佛又看见了老人那轩昂的仪表，挺拔的步姿，斑驳的白发，听到老人那铿锵有力的话音了。但人事变迁，风云变幻，玄武湖景色还似旧时，而老人安在？夏强挽着丹丹，看到丹丹眼眶发红，也感到丹丹那种内心的激动。老人是个内心不会负疚的人。他的生命走了，但有些难以说出的可贵的东西似永远存在熟悉他的人的心中，正如堤岸两边的柳树，冬天凋零干枯了却又总会翠绿怡人。

从堤上隔湖眺望古台城，特别能体会到龙盘虎踞的南京那种特有的"黯黯江云瓜步雨，萧萧木叶石城秋"的意境。

三人站定脚步，见氤氲水汽冉冉升起，此时觉得烟笼十里堤的景色更美了！

第七章　岁暮阴阳

（一）狼狈的徐州慰问

1948 年的 11 月对上海人来说是艰苦寒冷的。物价又涨了几十倍，工商业萧条，天气阴霾，前方大打败仗，谣言很多。铁路工人正在总罢工……因此，11 月 12 日远东国际法庭宣判日本战犯东条英机、土肥原贤二、坂垣征四郎、广田弘毅、松井石根、武藤丰、官木村兵太郎七人死刑，荒木贞夫等十六人无期徒刑的事，由于审判拖得太久，许多战犯受到包庇。人们不满却又无法改变，只能摇摇头不予重视。多数人关心的是放在面前的现实生活，渴望着反动的政权垮台，国家的大局起好的变化。连夏强也是这样。

夏强用笔名给晚报编副刊的老赵仿南唐李后主的词填了一首《虞美人·金圆券》发表：

法币金圆贬值了，物价涨多少！小民日夜忧涨风，币制不堪回首改革中。　　金圆标准应犹在，只是价值改。问君能有几多愁，恰似一簇乱箭钻心头。

报纸出来后，采访主任老秦看了，对夏强做了个鬼脸笑着说："妙！

有水平，也抓不住辫子!"但，他马上又说："有个任务给你，是个坏任务! 也是个好任务!"

夏强问："什么任务?"

老秦说："中央特令上海南京两市组织前线慰问团赴徐州战地慰劳，有工商、文化、新闻各界代表成立上海各界慰问团。团长是白南史，我们报社摊得记者一名，总编辑说你笔头快、年轻灵活、精干老练、身体好，决定派你去!"

夏强不想去，说："另派人去不行吗? 我对这没兴趣。"

老秦说："我是说这是坏任务，但这也是好任务，去看看前线的真相，回来给我们说说。机会也是难得的。"

夏强想，对! 去看看真相，了解些真情，回来告诉林昆仑也好。就没有作声，决心给林昆仑打电话，报告自己要去徐州的情况，问老秦："哪天走?"

老秦说："24 日集合到南京，由南京再去徐州。你就等着通知吧!"

夏强晚上回家时，将报带给母亲和小妹看，小妹这一向服汤药治病，身体好了一些，但情绪仍然很坏，话也很少，看了这首词，却同母亲一起都笑出声来了，说："小阿哥! 真精彩，民不聊生，苦不堪言，你这是代表老百姓在说话。这也是一支箭，一支射在大独裁者头上的箭哩!"

夏强把报馆要他参加前线慰问团去徐州的事讲了。小妹说："别去! 你跟白南史去慰问干什么? 再说，要你去就是要你写捧场文章! 你捧他们干什么!"

母亲也说："小妹说得有理。而且，上前线危险，你不必冒这个险!"

夏强也不好多解释，说："报馆非要我去，不能不去。白南史他们慰问，我是去看看。至于写文章，正面文章可以反面做，反面文章可以正面做，由我不由他! 捧场我是不会的，拆烂污倒是可能的!"

说得母亲和小妹都没再反对了。

由上海坐火车到南京时，白南史见到夏强也由报馆派来参加慰问团，表示很高兴，告诉夏强："国军与匪军对峙于徐州一带，已属生死决战关头。徐州大捷！徐州剿总刘峙司令员向中枢报喜，这才有我们这个慰问团出现！前方打了胜仗，我们去慰问，任务光荣！南京也有个慰问团同我们一起活动。团长是中宣部长张道藩。他们也是十五人，到南京同他们会合后坐飞机去徐州。"

夏强见上海这慰问团的十五人里，"尖头怪"申宜之是以文化界代表的身份出现的。他的名片上印的是"复兴大学文学院讲师"，他是慰问团的秘书，对白南史卑躬屈膝，像个勤务兵似的侍候着。见了夏强，很亲热。夏强也微笑敷衍，对他既厌恶也有戒心。

十五个人，包坐着一节专用的头等车厢，坐得稀稀拉拉的。新闻界代表共六人，有中央社的吴敏，外表木讷朴实其实内秀，这是熟人。申报的两人，一男一女，都不熟悉。男的是摄影记者，带着相机；女的老沈背后叫她"花蝴蝶"，约莫二十五六岁，长得有点像电影明星陈云裳。《新闻报》的老沈，也是熟人，也带着相机。另一个是《东南日报》的记者，胖胖高高蓄着小胡子。夏强同吴敏、老沈坐在一起，轻声说闲话聊聊时局。吴敏和老沈把夏强当作老朋友，谈话就无顾忌了。

吴敏的消息灵通，内情知道得多，对这次慰问既无兴趣又有抵触，告诉夏强："从这上旬开始，共军在黄淮一带发动进攻，国军就老打败仗，糟得很！先是第三绥靖区副司令何基沣、张克侠带领三万人在台儿庄、枣庄跑到那边去了，接着共军又在碾庄攻打黄百韬兵团。听说宿县西南，又正在打黄维兵团，局面紧张得很！我们是在往危险地带去啊！"

夏强对这些消息也有所闻，但说："不是打了胜仗报了捷才派慰问团去的吗？"

吴敏摇头，撇嘴说："信不得啰！人家骂我们中央社是'造谣社'，不造谣又怎么办？如今我圆的就能写成方的，红的能写成黄的！"

老沈担心地说："现在去徐州还不至于有危险吧？"

吴敏说："反正希望速去速回！不过你这位'怪现状'去看看前线的各种怪现状倒也不错！"

夏强问："传说林彪的部队已经进关了？"

吴敏说："希望别进关！但进关也许是迟早的事。反正谁都看到了，华北剿总傅作义那五六十万军队面临的将是百万强敌。平津的局面决不乐观！"

老沈吸着香烟叹息："美国枪来美国炮，居然兵败如山倒！这可真是军事史上的一种怪现状了！"

三人沉默，大家"哭"呀"哭"的嗑着老沈带来的瓜子。酱油瓜子很咸，吴敏说还是香草瓜子好吃。老沈则说他从来只吃酱油瓜子，香草瓜子吃起来费力。

火车前行，感到虽在江南京沪线上，沿途仍看到车窗外两边有一种兵荒马乱、惨淡凄凉的气氛和景色。常有成群的黑色的乌鸦飞过天际，灰色云团低矮沉沉地压在天边……大家又谈到了徐州大捷的事。

吴敏说："听说徐州满街张贴标语还大放鞭炮，刘峙又向各方发出通电大事宣扬，所以蒋总统高兴得决定派团慰问。但胜仗怎么打的？怎么个胜法？都是一盆糨糊，好在白主委说得很清楚，新闻记者的任务就是宣传。这次去就是宣传大捷，不怕人家说我们吹牛，也不怕人家说我们扯淡。反正到徐州一看就明白了！"

老沈说："刘峙这个人生活腐化贪图享受，历来胆小如鼠打仗是脓包。听说抗战期间他在五战区，夜间起来小便，还要两三个卫兵陪着。他能打大胜仗是有点奇怪。"

吴敏说："其实，重要战役都是总统亲自指挥并制定作战计划的。刘峙当然不行，谁来我看都不行！只有总统行！"

夏强又问吴敏："这次听说带了不少银圆去慰问。我见上火车时，一箱箱的烟酒罐头食品等也似乎不少，银圆你知道带了多少吗？"

吴敏说："一共只带了二十万元银圆，说少吧，也不少，要说多，那里几十万军队一个士兵能分到多少？至于烟酒罐头食品等，一发也就寥寥了。听说还带了些勋章、奖章什么的，那是发给大小军官的，也弄不清怎么个发法。"

话谈到此，申宜之走过来笑着坐下了。吴敏认识他，老沈也见过他。三个人谈话也就停了。这个"尖头怪"，神情鬼祟已成习惯，内心险恶，脸上常带假笑。看到他，夏强就想到"猥琐"这个词。申宜之掏出扑克牌，问打不打桥牌。吴敏点头，老沈说可以，夏强没理由反对，四人就打起牌来。夏强和吴敏一对，老沈和申宜之一对。夏强心里讨厌申宜之来打搅。有他在，别人似乎都不愿坦诚说话了，只是嘻嘻哈哈地出牌、收牌、记分……

但，申宜之并不安分，炫耀地对夏强说："这次，记者名额有限，《申报》、《新闻报》、中央社当然得派人，《东南日报》的胡社长同白主委是老朋友，照顾了一下。哈哈，你们报馆……"他对着夏强，"是我主张给名额的！你们这张报常要耍点小聪明，拆政府的台。有些报封了，你们这张报却改得慢。所以，我特地主张给一个名额，好让你们转变转变面目。这次去徐州，夏强兄你可要多写几篇好文章，哈哈，我们都要洗目恭看啰！"

夏强敷衍地笑，似谦虚也是留下退路，说："也不知怎么派我来了！我对军事外行，正愁着呢。"

申宜之瓮声瓮气："不要谦虚！你那根笔能够生花，我知道！我是反正等着——"他觉得冷落了吴敏和老沈，转口说："看你们的文章了！"他眼朝吴敏、老沈脸上转了一圈。

吴敏、老沈都"啊啊"了一阵，又专心玩牌。

申宜之忽然又问夏强："前些天，你们报纸副刊上有首词，是骂金圆券倒政府的台的，不知是个什么人写的？"

夏强说："我觉得其实也没有你说的那么严重。"

老沈说："哈哈，我看了！这人还真有点幽默和才气！'金圆标准应犹在，只是价值改！'我们那儿人看了都在传阅！物价涨，币值贬，这种怪现状人所共见！填首词让人出出气，我看有利无害！"

申宜之瞪了老沈一眼，想说什么但没说，打完了这一盘，他说忙，要去张罗张罗，又去别人处坐了。

火车"孔隆孔隆"、"乞卡乞卡"，继续奔驰。

军用运输机 C-47 里装着两个慰问团，一个南京的，一个上海的。南京的坐在一边，上海的坐在另一边，对面坐着。夏强看到南京团的团长张道藩，副团长是南京市长马超俊的太太沈蕙莲。南京的记者除两个中国人外，其余三个全是美国记者，一律都穿着橄榄绿的美国军用大衣。看来，是有意要宣传这次徐州大捷，想通过记者在美国朝野引起反响，好再多得些美援！

尽管白南史在上飞机前曾情绪极好地对夏强说："此行定有圆满成就，不负中央期望。"但，夏强在火车上听了吴敏的话后自有主见。夏强曾问白南史："听说呇哥在淮海前线？"白南史高兴地说："是的，这次去保不住在徐州能见到他呢！"

飞机飞行得不算平稳，曾有气流使机舱里震动，飞机的引擎声也震得耳朵疼痛。从机窗里下望，有时云雾浓厚，有时只看到贫瘠荒凉的苍茫大地。坐在飞机上，夏强不由得常常想起牺牲了的大哥夏中。

到徐州机场下飞机时，天已擦黑，夏强就感到机场萧瑟凄凉，情况不对。两个慰问团三十人，穿西装大衣的，穿长袍马褂的，穿旗袍高跟鞋外加毛皮大衣的都有，在绅士和太太们中间夹着三个美国记者。受到的欢迎、客气但并不热烈。徐州剿总司令刘峙和副司令杜聿明都露了脸来欢迎，同张道藩、白南史及所有团员一一握手，其他还有剿总的一些名字生疏、职位不太高的军人，给慰问团每人发了一份宣传品。机场既无军乐队，也无鲜花，来迎接的车队有轿车也有吉普，将慰问团的人分别请上车坐，说是先到旅馆安息。

夏强同吴敏紧紧挤在一辆吉普上。他感到吴敏虽是中央社上海分社的记者，但为人比较诚恳，不是申宜之那种狡猾的特务人物，同他一起，既方便些，也容易得到消息，两人轻轻谈着悄悄话。

吴敏说："看到没有？刘峙、杜聿明神情沮丧，两眼疲乏，脸上毫无喜色，笑容像装出来的。"

夏强说："是呀！刚才迎接我们的那伙军人，脸上神色也都焦灼不安，似乎很紧张。"

吴敏说："你注意不？白南史、张道藩下了飞机，看到刘峙、杜聿明很快就上车走了，似乎遭到了冷落，脸色都不好看！"

车队启行，夏强说："沿路看一看。"又说："你是中央社的，人事又熟，你注意多打听打听情况，随时给我通通消息才好。"

吴敏点头"嗯"了一声，知心知意地说："我知道什么就告诉你！总之，看来决没有什么大捷，我们好像面临危险了。入了险境得早点离开才行！我要向白南史提建议的！"

明月如霜，夜气如磐。车队驶过荒凉破败的郊区。茅屋、土庙依稀可辨，只是门户紧闭，死寂无人。树，在冷风中摇曳，发出轻微的叹息声，车辆像黑色幽灵，灯光犹如鬼火，使人惶悚。驶入徐州，但见商店大半关闭，灯火阑珊，马路拐角有些较为高大的房屋显得沉郁阴暗，一副寥落、衰败的气氛。夏强感到吴敏说的情况和估计都是确实的，不禁轻轻地对吴敏说："刘峙胆也真大！居然报捷发通电！"

吴敏叹叹气，说："这种事多啦！老是打败仗，上边老是发脾气。有时来这么一下，让上头高兴高兴。楚王爱细腰，女人就都时兴扎腰嘛！"说着，他把刚才发的那张拿在手里的《徐州日报》和剿总编的宣传品翻着说："你看，这是剿总政工处编的捷报，标题是：《黄、邱、李三兵团会师碾庄圩，共匪仓皇鼠遁全面总退却》，报首还并排列着黄百韬、邱清泉、李弥三人的照片，刘峙向各省发电报告大捷，甘肃、湖北、湖南几个省主席还回了电报给刘峙祝贺。这同我临来时得到的另一些讯息迥然不同。哪会有什么全面总退却？凭徐州这样子，也不像人家在总退却嘛！我看，十成有九成不像是真的！"

夏强注意到徐州城内街上也张贴着许多这种捷报，说："你看，到处贴得都有呢！"

车子驶在大街上，到了一处名叫"花园饭店"的旅馆停下。刚要下车，一个军人过来说："这是给南京慰问团住的。上海团住对面的'彭城饭店'！"

这都是三层楼的饭店，周围有花木不多的小花园，房屋半新，两旅馆相依建立，中间有一小巷相通。夏强与吴敏随上海团住到了彭城饭店，两人合住一间房，同白南史住的单间相邻。洗脸以后，集合同到楼下饭厅吃晚饭。

吃饭时，摆了四桌酒席，不外是鸡鸭鱼肉之类。电厂停电点了蜡烛和汽灯，显得阴暗，烛光摇晃，人影如鬼影憧憧。不见刘峙与杜聿明出现。夏强与吴敏、老沈等坐在一起，听到张道藩、白南史与来作陪的刘峙的办公厅主任郭一予及剿总第二处处长李剑虹杯觥交错，喝酒吃菜时，白南史说："刘经扶和杜光亭都是老朋友了，怎么不来？"张道藩也说："刘经扶和杜光亭在哪里？"那郭一予说："军务繁忙，去前线了！"于是，大家安心吃饭，倒也热热闹闹。主敬客酒，客敬主酒，那三个美国记者也用筷吃菜，酒喝得满面通红，有的似已沉浸在醉态中。

最后，白南史兴致尚好地召集上海团的人理直气壮地说："现在有些人中了敌人宣传的毒素，对时局和世事，总是幸灾乐祸，有一种变态的疯狂。好事要说成坏事，小问题要说成大问题。看到政府有困难，他那里就乱高兴。我们的新闻工作者这次应当好好写些报道和文章，把胜利的消息大大宣传一番，纠正一些错误的看法。明天上午，南京团带美国记者到前线孙元良兵团去观战。我们前往邱清泉①兵团慰劳。邱兵团是王牌中的王牌，邱将军常说'英雄行险道'、'不向虎山行，便打不到老虎'！共匪见他历来闻风丧胆。蒋总统新颁发了青天白日勋章给他。我们可以去看看我军之军威。今晚，大家好好休息，就别出去乱走乱逛了！……"

但，夏强同吴敏决定晚上悄悄出去逛逛。

两人走上街去，只见街上死气沉沉，有些墙上写着"保卫徐州大捷"、"庆祝徐州保卫胜利"的大标语，商店住房全部关门。电灯停电，有一处摆地摊卖衣物的点着油灯，灯火如同鬼火磷磷。一些前方撤下的伤兵，瘸腿断胳膊的都有，唉声叹气，骂骂咧咧，互相搀扶着走在街边。远处有些军用车辆急匆匆地驶行。那种声音震得人心惶惶。天气寒冷，路边有蜷缩着睡在那里的乞丐。路上极少行人，过路的不是仓皇匆匆走路，就是神情黯淡地东张西望。两人同那摆地摊的聊了起来。夏强问他："干吗卖东西？"那人是个矮瘦说话结巴的老头，说："听伤兵说，碾庄那边败了，徐州也快完了，卖了东西好快点逃啊！"

夏强问："老大爷，你怕吗？"

老头摇晃着右手的食指："鬼子占徐州我经历过，杀人不少，我很恨！如今国军打共军，都是中国人嘛！我只知道，和平时期儿子给老子送葬，战争时期，是老子给儿子送葬，我那儿给拉夫拉走了！在前线是死是活都不知道，伤心哪！"说完，长叹一声。

吴敏拽拽夏强，说："不必逛了！看了一看，我的心像一条被钩紧紧钩住的鱼了！形势显然不好，还是劝白南史早带我们走，这地方留不得！"

两人回身，脚步落在石板路上，清脆地"答答"响。走回彭城饭

---

① 邱清泉（1902—1949）：黄埔二期工兵科毕业，曾留学德国，在柏林陆军大学学习。1937年任教导总队少将参谋长保卫南京，1943年任第五军军长，1948年9月晋陆军中将，任第二兵团司令兼整编新五师师长，1949年1月10日淮海战役结束时身亡。

店，步上楼去，刚要回房，碰到白南史在过道里来回踱步。见二人来了，说："想找你们聊聊，你们去哪里了？"

两人请白南史进房坐，夏强说了情况，白南史咂着嘴说："别听谣言！还不至于那样吧！"但又说："本以为能见到白崇的，找了一下，说他无法前来，看来战局是紧。我们既然来了，总不能就立刻回去。"

吴敏插嘴说："白主任，这可玩笑不得。徐州不是可以久留之地。刚才我们看到了前线下来的伤兵，有的头破血流，也没担架抬，都是自己走进徐州来的。一叶知秋，依我看，捷报不实，慰劳团来，出了危险可不好！"

夏强说："司令、副司令只在机场露了下脸，晚饭时也不来陪慰劳团长，好像很不正常。"

白南史像被鞭子在心上抽了一下，皱眉叹气说："也有人向我提过早点走的建议了！我会考虑的！但你们要少说话，别扰乱军心。找机会我同张道藩商量一下，尽快我们都走！"

说完，他带点懊丧地站起身来，走回自己房里去了。

第二天早上，晨雾笼罩。早饭后，政工处用几辆轿车和中型吉普，载着上海慰劳团的十五人外加二十几木箱银圆和许多箱烟酒罐头食品等驶往邱兵团部队驻地。到那里是九点多钟，四十六岁的邱清泉挂着青天白日勋章出来接待。那是在一个村庄的头上，几棵柳树上绑着几个已被打得血肉模糊奄奄一息的士兵。邱清泉笑着说："这几个逃兵，马上就要军法从事！我的手下，不能有胆小鬼！"

前线有时传来枪炮声，有时有"哒哒哒"的机枪声。

老百姓早都跑光不知去向了。邱清泉占了三间老百姓的砖土建的房子打通了作指挥部。墙上挂着军用作战地图，用大大小小的板凳招待慰问团的人坐下。夏强却老摆脱不了刚看到的那几个被打得奄奄一息的逃兵的印象，心里难受。

邱清泉既客气，也骄逸矜持，昂首挺胸，盛气凌人。他挺拔壮实，傲气冲天，但似劳累得杀红了眼，同白南史握手后，用一种救世主一般的脸色和口气对慰问团说："我历来不怕共军！也不信共产党军队凶！它就是吃不了我！你们跟我在一起，就是在最前线，也可放心！"又说："我们有空军，共军没有；我们有装甲车，美式武器！我是常用'火球战术'对付共军的！共军的装备没法同我们比！这儿离前线还远，你们不必害怕！"

邱清泉带慰问团去劳军，柳树上绑着的那几个逃兵已不见了。排着队来迎接慰问团的估计有四五百军官和士兵。邱清泉介绍："这些都是我的敢死队！他们能以一当十，冲锋突击无往不胜！"这四五百人都配备着卡宾枪，武器装备均属精良。白南史在邱清泉介绍完后，高兴地演说了一通，说明慰问团是"从上海来慰劳的"，并说"每一人发给三元银币作为奖励"。于是，"尖头怪"申宜之跑前跑后当众撬开木箱，分赃似的将银圆取出由一些下级军官帮着分发给每个士兵，每人三元。其余的银圆，连同全部带来的烟、酒、罐头等，白南史宣布，全部请邱清泉"笑纳后酌情处理"。

像演戏似的，那四五百士兵拿到银圆后，一面手拍衣袋，银币叮叮当当响，一面高呼："蒋总统万岁！"……看来都是预先教好的。

邱清泉大声说了些谢谢慰问团和鼓舞士气的话，最后江湖气地训话说："弟兄们！跟着我邱清泉，你们亏不了！你们是我的家当！我决不允许谁把我的家当吃掉！我这人，讲点儿迷信，过去我们部队驻扎在商丘时，我坚决主张调离。'商丘'就是'伤邱'，我邱某人不能在那里驻扎。这徐州，现在吃紧，但不要紧！'徐州'就是'徐走'，需要走时，慢慢地可以走的，不必担心！走到哪里去？我看往永城去就不错！'永城'就是永远都能成功！这地名好！我们在那里会打大胜仗的！"

一个军官做了个手势，那四五百敢死队走火入魔般"哇"的齐声欢呼起来。有的是真欢呼，有的是跟着叫嚷。

白南史也带着慰问团鼓掌。

夏强不禁想，这个邱清泉，还是个德国留学生呢！哪来这么多迷信！他觉得邱清泉说得很可笑，但透露了一点真实情况。邱清泉说："这徐州，现在吃紧"，既是"大捷"，怎么会吃紧？怎么会想到撤退的事呢？……想着想着，耳边却总是响着那些士兵拍打口袋的银圆叮当声，眼前也出现那几个血肉模糊的逃兵的形象，不禁想，解放军武器虽差，但靠觉悟打仗；这些国军是在靠银圆鼓士气，靠迷信打仗，虽全用的美国武器却老打败仗，原因不就在这里吗？……

慰问就这么走了过场草草结束，夏强感到白南史是心里在琢磨早点离开。汽车又颠簸着行走在坑坑洼洼的乡间大车路上，将大家拉回了彭城饭店。吃了午饭，见住对面花园饭店的南京慰问团也回来了。吴敏告诉夏强："南京团里干秘书工作的老黄，过去在中央社上海分社干过，是我的熟人。我去打听打听消息！"他走了，夏强独自开了门在房里休息。忽听脚步声，抬头看时，见一伙军人拥着一个将官模样的人由申宜之带着路正经过门口到白南史房里去。随即，听到申宜之的声音："白主委！杜副司令官来了！"又听到白南史的笑语声："啊！光亭兄！……"

夏强明白是杜聿明来看望白南史来了，只听申宜之殷勤地带着那伙军人又下楼去了，只将杜聿明留在白南史房里。隔墙隐隐能听到他们的谈话声，只是声音低沉，听不清谈些什么。

这时，吴敏回来了。夏强指指墙壁，做着手势低声说："杜聿明在隔壁！"

吴敏问："他怎么说？"

夏强摇头："不知道。他刚来不久。"又问："你怎么回来了？"

吴敏说："南京慰问团一早到徐州东面的孤山集，主要是让三个美国盟邦的新闻记者看四十一军进攻纱帽山。这些美国记者里有一个是日本东京麦克阿瑟总部派来考察战况的军官，伪装记者到前线观战的。剿总对这三个美国人非常重视，认为同今后能否获得更多美援有关。

所以嘱咐孙元良兵团的第四十一军特别努力表现一下，不惜牺牲，也要打个胜仗。听说纱帽山上共军不多，决定派一个团配上两个山炮营去攻打。但偏偏发射了一千余发炮弹，打得却不高明，人家坚守就是不退，糟糕得很！"

夏强听到美国军官伪装记者到前线观战，实际是参与中国内战，感到气愤。他脑海中常出现着在邱清泉兵团看到的那几个被打得血肉模糊的逃兵的镜头。这种残害压迫士兵的情况在国军里是不足为奇的。被拉夫拉来当兵的人他们的自由权生存权在哪里？美国口上一直强调民主、人权和自由、平等，却在中国拼命维护这个腐烂透顶压迫残害百姓的政权和制度，阻止中国人民想翻身改变生活的愿望，用美援延长中国的内战，使中国人大量死亡！美国口上一直强调人应当有民主、自由、追求幸福的权利，二战结束后却在日本包庇整肃战犯，扶助日本保存军国主义祸种……夏强感到自己放弃去美国镀金是完全做对了！他抗日战争时用盟邦看待美国的感情，现在完全变成了一种敌视的感情了。但他不能暴露，压抑地问吴敏："他们南京慰问团打算怎么办？"

吴敏说："如今整个战局就像沙漠行舟，开不动也拖不动了！张道藩也知道形势不妙，打算开溜！"

正说着，听到人声脚步声。一看，是白南史送杜聿明下楼，正经过门口。

夏强说："看来，杜是会对白说些实话的。"

两人在房里等着，以为白南史很快会上来，就可以问他情况。谁知等了许久，不见白南史来。夏强说："我下楼去看看去！"

下楼时，在楼梯上迎面碰到老沈上楼。老沈目光阴沉，脸上发灰，问夏强："有什么消息没有？"

夏强说："情况好像不妙！我正想向你打听打听消息呢。"

老沈"唉"了一声："我早说这伙将领都是烂泥抹不上墙的货！牛皮大大的，连捷报都敢伪造！我怕的是我们陷身在这里做俘虏！我可还有老婆孩子呢!"

夏强说:"我去找白主委探听探听消息去!"甩下老沈匆匆走了。到了楼下,见到申宜之正在同慰问团的一个工商界人士和《申报》的那个女记者"花蝴蝶"一起聊天。夏强上去问:"见到白主委吗?"

申宜之指指那条通往花园饭店的小巷说:"他去花园饭店了!"

夏强斟酌了一下,觉得必须早点见到白南史探听一下消息才放心,就慢步朝小巷道向花园饭店走去。打算碰不到白南史,就找个地方坐下等着。说来也巧,正这么想,却见白南史脸上彤云密布,皮鞋"夸克夸克"的响,快步走回来了。夏强迎上去轻声地问:"白老伯!有新消息吗?"白南史皱皱眉咂咂嘴,说:"我去看张道藩了!刚才杜聿明来访,告诉我,黄百韬兵团十二万人全军覆没,黄自己已经自杀。黄维兵团北上来救援受阻,打算叫他放毒气弹,但处境艰危。徐州已不能守,刘峙已飞往蚌埠。杜聿明已急电南京,请派陈纳德飞虎队的专机今晚八点准时来徐州载慰劳团返京,要我速做准备。消息太恶劣,我异常痛心。但必须沉着应付。我们是亲戚,告诉了你,你知道就算,千万别马上传出去!这趟万不该来的!"

夏强听到情况这么严重,又听到叫黄维放毒气弹什么的,心中一惊。只是知道晚上七八点就上飞机回去,才轻松了一点,点头说:"晚上就能离开,那就好!"

白南史那张长脸上皱纹似乎突然多了,文乎文乎、感慨万端地说:"徐蚌会战,一败涂地,江淮失据,京畿震撼,国势岌岌危矣!令人浩叹!"说完,他丢下夏强,心事重重独自踽踽地走了,留下了一串"夸克夸克"的皮鞋声在空气中回荡。

夏强也慢慢踱上楼去。吴敏坐在小沙发上等着,问夏强:"有消息吗?"

夏强如实告诉了他,叮嘱千万不要外泄。

吴敏说:"绝对保守机密!能逃回去不吃枪子就谢天谢地了!"

晚上，提前在五点吃晚饭。晚饭前，夏强见到老沈，悄悄把事情告诉了老沈，叮嘱他别说。吃饭时，张道藩即席向慰问团全体人员讲话："刚才，奉中央电令，嘱我们这两个慰问团今晚就回南京，可能将有另赴其他地区劳军的任务。所以，八点就要准时上飞机。中央已派陈纳德飞虎队的专机准八时起飞。我们已经慰问了二兵团邱清泉部，也慰问了十六兵团孙元良部，任务也算基本完成了！尚未分发的慰问品通通留下交由徐州剿总办公厅代发，我们就凯旋了！……"

有不知内幕的团员听了还高兴鼓掌。但本来不愿鼓掌的夏强发现，有十多人或是没精打采地鼓掌或是没有鼓掌，显然这十多人包括吴敏、老沈在内，是已经知道内情的。如今，什么事都是保守不了秘密的。

晚饭酒席上依然是你敬我酒，我敬你酒，讲笑话、说闲话，嘻嘻哈哈敷衍场面。"尖头怪"申宜之在说："昨晚，跟我同屋的人整夜打呼噜，声音像吹哨子，嘘——嘘——，尖锐刺耳，比尚小云的嗓音更富钢质，我欣赏了一夜……"剿总第二处处长李剑虹脸喝得通红，有心无心地说："打仗的事，我们的兵还不少，别太悲观！天塌有长子顶，顶不住还有矮子扛！是吧？哈哈……"

没人答他的腔，但看得出张道藩、白南史脸上都尴尬。老沈悄悄对夏强说："这家伙是打破茶壶嘴不瘪，但一听就明白大势已去！……"

七点左右，剿总派来的两辆卡车分别停在两家饭店门前，有两个副官模样的人陪送到机场。白南史命上海团的人登车开往花园饭店会合南京团后前往机场。他自己忽然回身转入彭城饭店不知干什么去了。夏强以为会有小轿车来接白南史的，这类事都由慰问团秘书申宜之管的。夏强与吴敏、老沈等挤上卡车，车子发动后颠簸着到了花园饭店门口，见南京慰问团的十五人，包括那三个不知内情的美国记者，由张道藩带领都坐在那辆卡车上了。天已黑将下来，听到天上远处有隐隐的飞机声，也听到遥远处有隆隆传来的炮声及爆炸声。一会儿，两辆卡车就飞也似的直驶机场了。

机场在夜间像坟场似的寂静，偶有昏黄的灯光闪烁移动，也能偶尔看到鬼影似的人迹，机场停机坪上只有一架 C-47 飞机。大家下了卡车，各自提着自己的东西，跟跟跄跄地摸着黑，由人引着上了飞机。

仍像刚来时一样，两个慰问团的人一边坐一排，坐得很挤。机舱内灯光不亮，但还可看得清人脸。夏强没有看到白南史。忽听张道藩高叫起来，问"尖头怪"申宜之："白南史白主委呢？"

申宜之"啊"了一声，显然吓慌了："呀！不知道呀！"

吴敏说："我们上车时，看到他回身往旅馆里去了！"

夏强说："我以为另外给他安排了小车呢！申宜之，你是秘书，我以为这事你会关心的呢！"

张道藩懂了，看看手表："那怎么办？那怎么办？"他朝着申宜之："你怎么不负责的呢？"

申宜之站起身来，又坐下，一脸晦气，似想下飞机又不想下，一副斟酌犹豫的尴尬样子。

张道藩带着责怪，朝着申宜之又说："这你怎么不负责呢？你怎么这样不负责呢？"

"尖头怪"有口难辩，手不断扶着金丝边眼镜，"我……我……我还以为……以为……"

夏强故意又说："我以为你知道哩！以为你会管的呢……"

申宜之"唉"呀"唉"的，窘急不堪。

老沈在夏强身边轻声说："这次来徐州慰劳的所见所闻真是怪现状中最最怪的现状了！……"

这时，那美国驾驶员似要发动飞机驾驶飞机上天了！一个穿美军制服的飞虎队员上来收了梯子，要关上舱门。

张道藩站起身来，做着手势说："不！不能关！还有人没有到！"

但，美国人不理会，依然"啪啪"地关上了舱门。

申宜之起身与他交涉，但英文讲得结结巴巴，美国人仍旧不肯开门。

张道藩和其他许多人都站立起来大声交涉、阻止。

美国人看看手表用英语说:"至多再等五分钟!"说着,"哗哗"地打开了舱门。

突然,远处有"轰隆""轰隆"的爆炸声传来,简直震天动地。大家东张西望,机窗外死寂的机场上一片黑暗。大家胡乱猜测:"是共军进攻了?""是轰炸?"……倒是张道藩思索着说:"肯定是士兵在爆破!这不像打仗的炮声!"大家慌乱的心才安定了些。

"嘀嗒嘀嗒"……五分钟很快就过去了!仍不见白南史的踪影,那美国佬又来关舱门。

又是一场阻止与反阻止。交涉了半晌,美国佬终于还是蛮横而固执地"啪""啪"关上了舱门。

张道藩简直是苦苦哀求了,让美国佬务必再开开舱门等待白南史。许多人上来帮着交涉。但美国佬虎着脸就是不理会。而且,驾驶员已经开始要发动飞机了。

夏强心想,这下白南史糟了!也不知他到何处去了!也不知他赶得来否?但又想,白南史有儿子白旮在这里,白旮的门道多,他是一定会给老子想办法的!……

飞机仍在发动,颤抖着,轰响着。交涉仍在进行。只是随你飞机里张道藩、申宜之等如何阻止、哀求,在"轰隆""轰隆"的爆炸声中,飞机已经开始转动方向,准备开始在跑道上滑行了。

夏强想,这下白南史是赶不上了!他是真的遇到厄运了!……

但,忽然一道白光射来,忽然一辆吉普车亮着耀眼的灯光飞也似的冲到了停机坪上。这吉普车先是行驶在飞机跑道上,使飞机立刻停止了滑行。

从飞机舱的玻璃窗里可以隐约看到在吉普车强烈的灯光照耀下,白南史正由一个军人陪着奔向飞机的舷梯处。

"快停下！快开门！"张道藩和许多心急如焚的人都乱糟糟地高吼起来，有的包围着机师的座舱，有的动手让那个美国佬快开舱门。

美国佬见飞机的发动停止了，嘴里骂骂咧咧地去开舱门，放下舷梯。

一会儿，白南史仓皇急促地上了飞机，满头大汗，好狼狈的样子。但那美国人却怒目相向，嘴里大出怒声。夏强听到他用英文骂的是："×你的！……"

白南史急吼吼喘着粗气上了飞机，两眼圆睁，暴跳如雷，身上像溅着火星。

张道藩等都上前安慰白南史，夏强挤着吴敏和老沈，让出了空隙，让白南史在身边坐了下来。

飞机在发动，轰鸣着移动，驶向跑道……

白南史拭着汗，怒气冲天："我到旅馆巡视所住的房间，看看有无遗留的物品和文件，很快又从小巷奔到花园饭店，以为车会等我，没想两个卡车居然都开走了！……也不过三两分钟嘛！怎么不等一下我呢？……"言下之意，是在责怪包括张道藩在内的所有人。

张道藩叹气说："唉！天暗了！以为你必在车上呢！又是分坐两个卡车，想不到啊！所以没查询！唉！你的这个秘书啊！他真是个二百五！……总算上飞机了！……"

"是啊！总算上飞机了！"白南史仍在拭汗，但听他的话，颇有一种网中鱼又被放回水里般的喜悦和轻松了。

"你是怎么赶到的呢？"张道藩坐在对面一排位子上问。

飞机在冲刺起飞了。

白南史惊魂方定地吁着气说："我一人落伍离群，天黑了，行人绝迹，灯光昏暗，既不便回旅舍，又无法徒步赶到机场。只有立在马路上，想遇到有过路车辆，绝处逢生。突见有大放灯光的一辆吉普开到面前，那开车的人在迎接那天的晚宴上认识我。他是剿总管机密文件的参谋，说：'白团长，你怎么一人在此？快上车，送你去机场！不然飞机恐怕已起飞了！'我连忙上了他的车，这才赶上了飞机！"

下边是茫茫的云海，无边的黑夜。飞机在向南京方向航行。夏强看到"尖头怪"申宜之过来，他像只遭了瘟的鸡，打不起精神，抬不起头来，在白南史面前，俯下身子，轻声说歉意解释的话。白南史板着脸，目光冷漠，没有作声。夏强能感觉到他对这个"二百五"秘书的不满。但，一会儿，白南史就闭上眼睛养神像个参禅的老和尚了。

蒋介石似乎已成了一个快输光了的赌徒，本钱是快蚀完了，欠的债可不少！徐州淮海地区的大战败势已定，战局已近尾声，慰问团去劳军简直是一出滑稽戏。夏强想，这种慰劳，回去顶多写上一条不满百字的消息，说明上海慰劳团曾由白南史为团长，到徐州劳军，几号去，几号归来，别的什么都不用写了！

（二）彩色玻璃窗上有人敲叩

徐州撤退，杜聿明率部弃城西逃，途中孙元良的 16 兵团被歼灭，杜聿明率邱清泉兵团和李弥兵团被包围在永城东南的青龙集、陈官庄地区，末日可待。消息传至京沪一带，人们都知道徐蚌会战大败，长江以北已无国军立足之地了！

天上冷雨凄凄，那天晚上八点半钟，丹丹忽然从南京来电话，先问了夏强近况，夏强简单谈了去徐州的事，丹丹忽然语气异常的严肃认真。听到她的语气，夏强似乎看到她脸上惯有的那种常开不败的微笑也没有了。

"告诉你一件事，先一会儿，派出所管身份证的两个警察来家里查询林东方的事。这两个人不知深浅，来后，由我接待。他们问：'林东方是你们的亲戚？'我点头。'他是干什么的？''做生意！''做什么生意？''什么生意都做！''他运物资到匪区知道吗？''不知道！'我反问：

'他怎么啦？''他被逮捕啦！''在哪里？''我们不清楚！我们是来查户口的！'……正好这时爸爸已经来到门口站着，前面许多话都听到了。他发火了，说：'岂有此理！户口查到我这里来了！你们好大的威风！你们给我走！'两个警察知道冒失了，给吓住了，忙站起来解释，说：'是卫戍司令部稽查处来人找我们来了解情况，我们才……'爸爸说：'你们叫卫戍司令张镇或者叫那个稽查处长倪超凡自己来找我！你们给我走！'两人才诚惶诚恐灰溜溜地走了。我同爸爸都纳闷，这是怎么回事？所以我给你打个电话！"

夏强听了，焦灼地说："我也弄不清啊，我好久都没见到他了！我得了解一下！"

丹丹质疑："我同爸爸怀疑是他那张南京的身份证出了问题。会不会出事了，被逮捕了？"

夏强心里着急，说："有可能！我了解一下情况再告诉你。"

事出意外，两人的心情似乎都沉重，别的也没多说。

挂断丹丹的电话后，夏强给方国华打电话，方先生正在家，问夏强有什么事，夏强问："东方好吗？他在哪里？"方先生说："小阿哥，他到外地做生意去了！有事吗？"夏强警惕性高，不愿在电话中我讲，说："我马上来！"方先生说："我派汽车来接你！"他前不久已经又买了一辆新的福特汽车。但，夏强说："用不着！我自己来的好。"天上下着冷雨，他同母亲讲了发生的情况，出门走出弄堂，匆匆叫了辆拉着雨篷的三轮车，就到南昌路光明村去。

到了方家，方国华请到灯光雪亮的客厅坐。夏强把丹丹来电话的事讲了。方先生听了，睁大着眼发愣，说："阿弥陀佛！别出事了吧？他是去苏北了！上个月，南京卫戍区宣布东至上海、西至安庆、南至杭州、北至蚌埠地区都实行戒严，又听说正在要实施什么匪区交通经济封锁办法。原想抢在封锁实行之前，把最后一批货运去的。我觉得这有点冒险，东方说无妨。要是他大意失荆州出了问题，可就糟了！"

夏强说："如果他没出事，不会到南京雷家查他的户口的！"

方先生说："东方这人，我同他相处，觉得他是十分可靠的。他上海的户口早在警察局里花了钱弄了身份证，改放在笙记行了。如果出事，笙记行必然成问题，但扯不到你我。从一开始，他就让我同笙记行暗中有关系，面上无关系。我知道，他宁可自己倒霉也是不会把你我扯进去的！"

两人闷坐着发愁，听着冷雨脆生生地敲击玻璃窗，坐了一会儿，也想不出什么办法了解情况。最后，分别时，方先生说："小阿哥，我们双方有事就互相打个招呼。如果他没出事最好；万一出事，那就得用全力救他！"

雨小了些，离开南昌路方家，夏强步行匆匆回家。心里乱了，七上八下，总像有一种直感，东方出事了！很想到外滩沙逊大厦的笙记行去看看，却不敢，这样做违反东方的叮嘱，万一那里也出了事，岂不危险。可是东方这件事渺渺无讯，怎么办呢？

他路过马思南路，到邮局借打公用电话。拨通号后，听到了林昆仑那苍老的声音，他讲了公用电话的号码，挂上电话，在旁边等着。约莫等了十一分钟，林昆仑来电话了。从徐州回来，夏强就是用这同样的方法将美国军官冒充记者前线观战、黄维兵团放毒气、徐州决定撤退、刘峙和杜聿明无信心、邱清泉迷信主张去永城等情况向林昆仑报告的。他现在扼要用林昆仑懂得的措辞将林东方可能已经出事的情况讲了。他很佩服林昆仑听到有关他儿子的事虽然关切却那么平静。一会儿，对方那苍老暗哑的声音说："当我们中有人跌倒的时候，他是为后面的人跌倒，是向我们举起一块警告牌！"又说："镇静，等一等看！弄清情况再说，你不要去找他！"话虽不多，但使夏强心里踏实。对方又说："非必要时别来电话，十分必要时再来电话。"那意思是无必要尽量少打电话。他懂得，于是，挂上了电话，又继续冒着小雨，走回家去。林森中路上那些霓虹灯闪烁的店铺大多都关门了。

困惑、迷茫的烟雾在夏强面前缭绕，心里有说不出的一种压力形成负担。到家以后，身上的呢大衣上已经微湿。他独自在楼下前厢房里开了绿色台灯坐着发呆，思索着该怎么办。这么久以来，他还从未像今夜这样心事重重。如果东方出了事，他真是难以承受了！松涛至今无影无踪，现在东方如果也像松涛一样，怎么办呢？在感情上他舍不得，在实际上，他也觉得少了依附。想到那个日本在华头号战犯冈村宁次，到今天仍被以治病养病为名优待着、包庇着，不再公审也不判刑，而像松涛、东方这样的热血青年、人之精华却要逮捕甚至可能杀害，悲哀的浪头在他心上一浪高过一浪地扑腾。一种强烈的仇恨这个法西斯反动政府的情绪，在心上扩散得异常浓烈了。天气阴冷，雨又下大了。听着檐头的水声淅沥，他将下巴缩在大衣领子里双手笼在袖子里，看着茶几上那张蒋介石扶着军刀端坐着拍的侧身照片，心里有一种见了虎豹豺狼的感觉，心里想，金圆券五十万元大钞也出来了！汤恩伯兼了京沪杭警备总司令，邮资、电费、水费都又在大涨价，宋美龄在美国会晤美国总统杜鲁门求救，空军又有一架 B-24 重轰炸机起义，翁文灏下了台孙科继任行政院长组阁，被包围在永城地区的杜聿明、邱清泉、李弥等已是垂死挣扎……他眼前突然涌现出邱清泉那布满血丝的双眼，仿佛听到邱清泉哈哈笑着说："我看往永城去就不错！'永城'就是永远都能成功！这地名好！我们在那里会打大胜仗的！"这已是痴人说梦了，想到这，他有点欣慰，但却再也排解不掉思念东方和松涛的悲痛与愤懑。他双目酸涩不禁潸潸流泪……

　　忽然，他听到靠弄堂的彩色玻璃窗上有人轻轻敲叩："笃！笃！笃！"稍停，又是三下："笃！笃！笃！"再一会，又是三下："笃！笃！笃！"

　　夏强惊奇地站起身来了。这是过去东方和松涛两人的敲门暗号呀！他们从不敲门，都是敲这彩色的玻璃窗，敲法就是每次连敲三下，稍停再敲三下……听到这样的敲窗声，夏强总是立刻跑出去开门，把他或他迎进来。

但，现在可能是他们吗？是松涛？是东方？在这夜晚十点多钟的时候……

真是奇怪啊！听着檐头的滴水声滴滴答答，冷雨似乎又下得大一些了。夏强怀着忐忑不安又惊讶好奇的心理马上开了后厢房的门冲到天井里，拉闩开了黑漆的大门。

但，他探头一望，立刻吓了一跳。

这，不是东方！更不是松涛！

是一个穿军装的人，打一把油纸伞，军帽上那显得狰狞的青天白日徽刺眼，肩上和领口的标志是一个中尉衔的军官，人似乎有四十岁左右年纪。

夏强倒抽一口冷气，站在冷雨中双手发凉！是来抓捕人的？是来搜查的？是来讯问的？

那军官迎着夏强，面对面地用两只很凶的大眼瞅着夏强。夏强感到这目光里也有警惕和怀疑，心激烈跳动着，琢磨该怎么对付这个意外的不速之客。但又在思索，他怎么不敲大门却敲彩色玻璃窗呢？他的敲法为什么同东方和松涛一样呢？

夏强沉下心来，说："找谁?"

中尉态度突然有点神秘："你是夏强?"

"是的!"

"进去谈吧!"

外边下着冷雨，中尉却将油纸伞收折起来想跟夏强进屋谈了。

夏强想，对！进去谈也好！让他看看那些照片。如果是个特务，这些照片说不定可以唬他一下哩！于是说："好，请进来!"

他请中尉进了大门，"嘭"的关上大门，闩上，又请中尉进左边的前厢房，在小沙发上坐下。将大灯开亮了。

果然，照片显然吓倒了中尉。

中尉看着蒋介石的照片，又看李宗仁和孙科的照片，掏出手帕拭脸，又脱下军帽，面部表情特殊，略一迟疑，问："你是夏强吗？林东方叫我来的！"

夏强点头："是的！我是夏强！"

"你认识不少大人物呢！"中尉指指那三张相框里的照片。

夏强解释，笑笑说："是在南京采访国大时，凡是记者每人都收到一套，是赠送的！"

中尉点头："啊！你认识林东方吗？"

夏强点头，还是猜不透对方的意图。

中尉点头："他出事了，知道不？"

夏强感到很难回答，不置可否地问："怎么？"

中尉叹口气："上过重刑了！由南京解来上海了，现在关在警备司令部的大牢里！"

夏强心里猛然间漫天漫地地发冷。还是不知该怎么说，只能尽量使自己平静地说："上刑？他有什么罪？他是个正当商人，奉公守法的！"

"罪很严重！"中尉说，"要赶快救他！"

夏强还是摸不清这个中尉是什么来路，不愿深谈，仍旧平静地说："救他？事我还搞不清呢！你同他认识？"

中尉忽然从袋里取出一包香烟，从烟盒里掏出一支香烟，在手上将香烟撕开，烟丝中有一个极小的纸卷出现了。他将小纸卷递给夏强，说："你看看！"

夏强忙去绿色的台灯下打开纸卷，仔细看了起来。

纸卷上写着蝇头小字，笔迹是熟悉的：

"夏强：我为将本求利运货去苏北被捕，现押警备司令部大牢。我是正当商人，实在冤枉。因触犯《紧急治罪条例》'为匪供给物品'可判死刑，望速请雷老伯救命。"

夏强心痛地边看边想："将本求利"、"正当商人"、"实在冤枉"是辩解之词，"触犯《紧急治罪条例》"、"为匪供给物品"、"可判死刑"是说明严重性，"望速请雷老伯救命"是具体要求。雷老伯的身份地位出面找人设法才可有效，东方的考虑是对的。夏强看完了，心里又乱又急，点头说："我知道了！"

　　中尉起身关切地说："快救他吧！"

　　他戴上了军帽，拿起油纸伞，冒着雨走了出去。夏强见雨大，说："你再坐一下！"

　　中尉摇头说："不早了，我得快走！"

　　夏强淋着雨送他，拉闩开了门。这时，才想到应当说一声"谢谢"。但中尉冒着冷雨踩着水路一溜小跑在黑暗中远去了。

　　夏强本要回身关门进房，却见有人朝五号门首走来，嘴里叫着："夏家少爷，不要关门！……"夏强听声音看时，是邵师母。她人太肥胖，扭动着身子，淋着雨走来。虽打着把黑洋伞，依然浑身湿透，梳着发髻的头发也散开搭在头上额前，模样十分狼狈。夏强开着门，她一下子就闪身走进来了。

　　自从政府取消限价，接着又公布了《修正人民所有金银外币处理办法》，宣布金圆券贬值十倍，准许人民持有金银外币，并把金银外币的兑换率一律提高五倍。实际上，各地金银外币的黑市价，早已大大高于官价。这一来，手里拿着金圆券的人，就纷纷去中央银行排队用金圆券挤兑金子。前几天，夏强经过外滩，总看到中央银行门前人山人海，求兑者每天有几万人，而中央银行又规定每天限兑两千两左右。一些"黄牛"就大肆活动，拉帮结伙，排队挤兑，打架斗殴不断发生。

　　夏强知道邵师母这几天连续泡在外滩中央银行门前挤兑黄金，她找了个乡下的女亲戚在家里照顾哮喘十分严重的邵先生。今夜一看邵师母这狼狈的模样，就估计到邵师母是挤兑不顺利触了霉头了。见她旗袍外一件旧黑呢大衣上肩部全是粉笔阿拉伯数字的痕迹，挤兑黄金是要日夜排队写号的。邵师母这么迟才回来，两人站在邵师母住的客堂间前的檐下，夏强关心地问："邵师母，你怎么啦？挤兑到没有？"

邵师母叹气耸肩："今天中央银行门口挤死挤伤人啦！至少死伤二十多人。我被人推倒在地，有个好心人将我拉起来，没被踩死踩伤就是天老爷保佑！这个短命政府朝令夕改，我恨不得咬它的肉！本来蒋经国限价，街上屁都买不到，等到不限价了，东西出来了，价钱却不知涨了多少倍！金圆券拼命滥印，天天贬值，叫老百姓怎么活？我同老头子省吃省穿，节省下来的金子，一下子不准私人持有，限定日子要去用金子兑金圆券，现在突然又准许私人持有金子，我用金圆券去兑金子，就是兑到了，也等于打了七折八扣啦，何况我又常常挤兑不到。今天下这么大的雨，我白站了一天，本想熬个夜明天再挤兑的，实在吃不消了，我才回来了！"说到这里，她哭泣着擤起鼻涕来了。

夏强劝慰地说："邵师母，现在民怨沸腾，社会骚动，这金圆券肯定是短命的。但，人平安最要紧，外滩那地方你上了年岁不能去挤，出了事就不好了！有现钱，赶快买些米粮、食油、穿的用的放着，免得贬值。再有余钱，买点银圆放着，也比金圆券好。"

邵师母问："翁文灏下了台，孙科现在做行政院长了。这日子会不会好过一点？"

夏强不能不诚实地说："我这是同邵师母你说，这叫作去了个悟空来了个猴，一样的货，他们背后都是蒋大总统，后台老板没有变啊！"

邵师母摇头皱眉叹了口气，恨恨地说："我那糟老头子，常常就说，别看这些大人物，我一个也不信！从清朝末年到民国初年，从民国初年到现在，那些大人物，我听得多了！今天这个被人叫万岁，明天那个被人叩头鞠躬，到最后，这个打倒，那个垮台，个个臭烘烘！蒋介石，作这么多孽，一定也没有好下场！……"她懊丧地同夏强告别，跨步推门走进客堂间去。

夏强也急着想上楼，去将关于东方的事赶快告诉母亲和小妹。看看手表，还刚到十一点钟，他就变了主意，打算先出去一次，及时将东方的事告诉方国华和林昆仑。

（三）赴京求救

夏强终于又匆匆坐火车赶到南京来了。

来南京前，"麻辣蹄膀"丁一凡由重庆来了一封航空信。夏强拆开一看，信纸上只有一副带麻辣味的对联：

> 盼稿稿不来，甚感奇怪！原来记者专给别家工作！
> 要钱钱即去，切勿顾虑！但愿阁下仍为鄙报服务！

夏强明白丁一凡的不满，但看了对联心中生气！丁一凡提到了钱的问题，使夏强觉得受到了污辱。由于寄去的稿总是不合丁一凡的口味，夏强确有一段时日未给《时事日报》寄稿了。丁一凡是好用讽刺手法的。过去有过这么一件事：有人从缅甸带了只玳瑁到重庆，为开玩笑，不说是带来的，说是在山上抓到的。玳瑁像乌龟多了两只翅膀，报社一个记者写消息说"发现飞龟"。第二天，别的报消息中说是"发现玳瑁"。丁一凡生了气，写了八个字放在那记者桌上："人皆玳瑁，你独飞龟！"如今，来信上的对联又是别出心裁的讽刺。夏强为东方的事心中很乱，觉得自己一直等于义务在为《时事日报》工作，现在不寄稿并非为钱，这种讽刺无法接受，决定写信正式辞去报馆给的名义，说明自己太忙，寄稿也不合用，无法再寄稿子，把这件事画上一个句点。

他怀着一种激愤悲壮的心情到南京，为了搭救东方出狱。他知道，丹丹和雷老伯在这种时候，都会帮助他的。但他也不能把东方的真面目坦率说出来。他决定沿用东方狱中写出的纸条上的几点来向雷老伯求救。那就是：

林东方是个"正当商人",为"将本求利"才"运货去苏北","实在冤枉"。

想不到这样一种正当做生意的行为竟会"触犯《紧急治罪条例》",算是"为匪供给物品",甚至"可判死刑"。

林东方信上说"望速请雷老伯救命",这是冤屈者发出的恳求,必须要快,迟了怕救不了命!

在去南京之前,夏强同母亲、小妹和方国华商定,为了搭救东方,除了说有表亲关系外,必要时爽性说他不但是母亲的干儿子,而且是小妹的未婚夫,就说松涛失踪后,他同小妹已经定亲。这样,便于有借口可以求人,既便于夏强向雷老伯提出,也便于雷老伯向别人这样说。

方国华又说:"最好把雷丹小姐请到上海来,由她出面代表雷香老办事,那就值价、方便得多。"又说:"如果来,就住在舍间。家里比较宽敞舒适,也方便。我把家里打扫干净,好好招待。"最后又拍着胸脯说:"小阿哥,为了救东方,不管花多少钱我都愿意。你看着办就行!"

这样,夏强就提个小包怀着信心来南京了。

乘拥挤混乱的夜车到达南京正是天亮。从火车上,看到晨光熹微下的北湖烟景,在山水明瑟之间,湖滨长堤两边的垂柳枯枝憔悴,湖上荷叶枯残,别有一种凄怆的风韵。从和平门车站下车,坐马车到宁夏路。那马车已经破旧,蹄声踏踏,晨风扑面,刺鼻地冷。在这一个早晨,怀着这样一种特殊心情,看到的南京显得破落暗淡。街上行人和车辆都似乎行色匆忙。行政院据说已要迁往广州,南京人心都在惶惶。坐在马车上,看着冬天的南京,颇有"西风鹤唳石头城"的感觉。

到宁夏路雷公馆时,夏强揿电铃,老柴来开门。夏强说:"老柴!你好!"老柴见是夏强,高兴地说:"啊!什么风把夏家少爷你吹来了!雷老去玄武湖散步刚回来,在楼上房里,小姐还没起床呢!你快进去吧!"

夏强问："他们都好吗？"

老柴说："都好，就是龙少爷夫妇出差去广州了。"

夏强提着小包往里走，在客堂里见到丁嫂正在扫地抹灰。见到夏强，丁嫂笑着说："小姐昨晚写东西睡得好迟，还没起床。我去叫她！"

夏强阻止："别叫她，让她睡一会。我在楼下洗洗脸，等会儿先去看雷老伯！"

丁嫂忽然轻声神秘地问："夏家少爷，人都说国民党不行了，是吗？"

夏强笑了，说："你没问过小姐？"

"问过！她说是的！"

"她说得对！"

丁嫂说："我听到龙少爷夫妻俩劝雷老和小姐都早点离开南京呢！"

夏强说："你说国民党好不好？"

丁嫂摇头："好什么呀！张妈上街买菜、买米，见到的人都在骂，谁不知道它腐败凶恶！我把听到的话告诉过雷老，雷老叹气说，他从前是国民党，现在早不是了！国民党是自己把自己打倒了！活该！可他们走了我们怎么办呢？"

夏强说："丁嫂，你安心在南京住，没事，以后中国会好的。当然，跟你说的这些，别到外头去说。"

正说着，听到楼梯响，是雷香山手执叶子烟雪茄下楼来了。

老人仍旧那么健康挺拔，见到夏强，十分高兴，说："啊呀，夏强，你来啦？真的常念叨你呢！你怎么来了不上楼？来来来，到客厅里先坐坐！"又叫丁嫂："把他的房间打扫一下！"

夏强随着雷香山进客厅，两人一起坐在沙发上。夏强说："我刚到，听说您刚上楼，丹丹还睡着，我想过一会儿就会见到你们的！所以没上楼。"接着问："老伯好？"

雷香山笑着说："我最近仍天天散步，去玄武湖。看着太阳出来照着一片青山绿水，打打太极拳。人到老年，能得着这么一种心境，我觉得挺不错的。可是，又总觉得失落、欠缺些什么，心里不快活，自己也说不清。"

夏强说："老伯是仁者，又是智者，心里不快活，显然是时局造成的。"

雷香山点头，叹了口气，但没说话，看着夏强问："你母亲和妹妹都好？"

夏强回答："不太好！"代母亲和小妹向雷香山问了好，说："最近，碰到了点麻烦事，我们全家都不安。所以我特地来南京请老伯帮助的！"

雷香山吸着烟惊讶地问："什么事呀？"

却见丹丹来到了客厅门口，说："夏强，你来了？"她那样子，还没睡醒，齐耳的短发有点零乱，但嘴角带着微笑。估计是丁嫂上楼把她叫醒，她匆匆就下来了。

夏强说："你起来了？我是为东方被捕的事，特地来南京求老伯救他命来了！"

雷香山见丹丹在自己身边坐下了，思忖着说："我同丹丹估计他是出事了！丹丹告诉过你了吧？南京卫戌司令部找派出所，派出所上我这儿查户口诘问起来了。到底是怎么回事？这林东方是个什么样的人呀？"

夏强就一五一十、一枝一叶地把心中早有成竹的话都讲了。

雷香山吸着烟沉默了半晌，似是思索，接着，豪爽地说："这事我当然该努力办。你劝告令堂，不要太着急。出了这种事，也许难办，但我一定出力办！"说到这里，他对丹丹说："你同夏强商量一下，信如何写得恳切有力，我不怕负责任的！把信上措辞写好，拟个稿我看。然后，抄写了信，盖上章，你同夏强去一趟上海，专诚办这件事……"

丹丹问："找谁？陈大庆？"

雷香山喷着烟点头："是的！他刚去上海出任京沪杭警备副司令兼淞沪警备司令。此人籍贯江西，黄埔一期的。北伐时在军校教导团做连长时我同他相识。抗战胜利前，他任第19集团军中将总司令兼鲁、苏、豫、皖边区副总司令暨党政分会秘书长，以后又任六届候补中央监察委员，每次到重庆都特地看望我表示过友好。我可以找他。他真能帮忙这事也就行了！此外，杨啸天，是安徽同乡，早年任过淞沪警备司令，是四、五、六届中监委，现在是监察院的监察委员，他在上海同青帮关系密切，门下徒弟多，同军政各界都有特殊关系，找他可能也有用。此外，白南史、胡仲辉，需要找时也只能找一找……"

夏强立刻想起了那个两次来看过雷香山的汉奸"小把兄弟"胡仲辉来了！他摇身由汉奸变成了徐州绥靖公署的高参，又调到了上海警备司令部，当选了国大代表，如今他在干什么呀？

只听丹丹说："别找胡仲辉了！"

雷香山慢悠悠地说："这一种一身二任又是汉奸又是特务的家伙，我也并不愿找。但前几天人来说，在上海碰到他，原来他是老军统的，现在在干肥缺——京沪区铁路管理局副局长，实际是代表特务势力在驾驭交警，有实权，有实力，为救林东方的命，找他也许倒是有点用的！"

丹丹说："放着备用吧！能不找尽量不找！"

雷香山笑了："这倒是像我女儿说的话！那就先不找吧！首先找陈大庆！"

丁嫂来请大家去吃早饭，丹丹对夏强说："去洗洗吧！我看你脸上好多煤灰，坐夜车吃了苦了吧？"

夏强用手摸脸，说："火车上又脏又乱又挤，人常常从窗口进出。过道里全坐满了人，站的人脚都插不下。我本来有个座位。半途中，见一个妇女抱了喂奶的孩子站在不远处，我就招呼她挤过来，把位子让给她坐了。后来，我嫌闷，挤到两节车厢中间接头处站着，但又嫌冷，再挤，就挤不进车厢里了！就那么站着到了南京。"

雷香山疼爱地说："快去洗洗吧！我等着你们吃早饭。"

夏强去楼下后边洗脸洗手漱口，丹丹跟着过来了，轻声地说："夏强！别以为你聪明！爸爸他可不是糊涂人，你以为他猜不到林东方是个什么人？你说了那么多骗爸爸的话，你以为爸爸心中无数？"

夏强惶恐地说："丹丹，我绝不是存心想骗谁，我猜到老伯像你一样心里也有数，但我只能这么讲呀！你找时间帮着给老伯解释解释好吗？"

丹丹做个没奈何的表情叹口气说："好吧！俗话说：'鸡抱鹅，没奈何！'你的事，爸爸会办我也会出力的！谁叫我和爸爸都这么喜欢你呢！"她说完，也快步上楼去漱洗了。

一会儿，丹丹下楼，夏强也从房里出来，见张妈已在桌上摆着稀饭、油条，四碟小菜：酱瓜、豆腐乳、油汆花生、油炸黄豆。雷香山坐在那里，正等着他们来吃早饭呢。

夏强不安地说："老伯，您该先用饭！"

雷香山风趣地说："一块儿吃热闹，有味！"

丹丹说："看爸爸多优待你！平时吃早饭，他从没等过我！"

大家笑，就边吃边谈。夏强将随白南史到徐州慰问的笑话讲了，又聊起了时局。

雷香山说："杜聿明带着邱清泉、李弥实际已被围困在很小的范围里了，全靠空投维持看来迟早是完了！黄维兵团在双堆集被吃掉后，实际上，从蚌埠到浦口这一段很快就要失守。南京很快会更受威胁。"

丹丹说："听说陈诚被派到台湾做省主席，蒋经国将派到台湾做省党部主委，虽未必放弃大陆，但经营台湾的迹象很明显。"

夏强问："传说蒋要引退，确实不？"

雷香山说："美国人似是也想换马骑了！李宗仁早得到司徒雷登的支持，白崇禧也有可能拥兵自重不听蒋的。到了这一步，最初是人家不打他要打，后来是打不过人家还要打，如今是打不下去想拖一拖变点花招缓口气再打，由李宗仁出来叫叫和谈完全可能。不过，蒋这个人我太了解，他就是引退也是假的。实际上他掌权这么多年，下来之前也早布置了心腹在要害地方，幕后操纵的仍是他，别人什么事都不好办的！"

丹丹说："不过人家恐怕也看得到这一点。"

雷香山说："我看也是！传说要求美英法苏出来做调解人，我看人家不得干的！太迟了！"

夏强忍不住问："老伯，人都认为南京不能久留，您打算怎么？"

雷香山喝着粥说："反正不能留南京，也不想去广州、台湾，再看看吧！"

白天，丹丹仍要去报馆忙碌，傍晚才能回来。上午，雷香山有客人来访，来访的是故宫博物院的副院长黎济。夏强因为一夜未睡坐了夜车，感到疲劳，在房里睡觉。黎济说话声音很高，夏强听得清他说的话。

谈的是故宫博物院和中央博物院存放南京的文物，决定选择精品分批运往台湾。黎济也要在最近去台湾，来看望雷香山有辞行的意思。听到他常常叹息……

天很热，午后，夏强决定去江苏路十五号看望二哥和二嫂。打电话去时，接电话的是个女用人，说夏国和白丽莎都上班去了，不在家。夏强问白旮在不在？出乎意外地，女佣说："他早病了，在鼓楼医院住院！"问旮嫂江美娟在吗？说也不在家。

白旮又病了？夏强问了病房号码，决定去白旮处看望。他想，白旮熟悉上海一些特字号的人，真要出力，是能解救东方的。他无论如何要试一试。他明白这或许无效，但为了救东方的命，不试一试他于心不安。

雷香山在楼上午睡,夏强同丁嫂打了招呼,就独自出门。太阳暴晒,鼓楼医院离得不远。他快步从宁夏路往东经江苏路到宁海路,再往东去鼓楼。这偌大的南京城有曲折迂回的街道,骑车的人和街边行走的人,在日光下似乎同他一样都在匆匆奔波。他在医院附近的水果店里买了两盒鸭儿梨,在花店里买了一束花,就去找白旮的病房

真的见到白旮了。白旮满面红光,挺胖,挺精神,毫无病容,独自住一间病房。一只留声机轻放着周璇的唱片,纤细的唱针接触着胶木质面的唱片,发出微微的沙沙声,缓慢的音速,摇摇晃晃,轻佻活泼,却又缠绵暧昧,唱的是:"……浮云散,明月照人来……"有个漂亮的年轻护士陪着白旮,坐在床前一张藤椅上同白旮聊天。见到夏强来了,漂亮护士轻轻地走了。白旮将留声机停了,说:"啊!又见面了!我在这儿一人独处,过着非常恬适的生活。你来看我,可以谈谈,很高兴啊!"

夏强说:"我刚到南京,这一向忙得很,生活也不安定。"

白旮笑了,说:"我听父亲说了,你跟他去徐州,他险险登不了飞机!"

夏强笑道:"本来以为在徐州能见到你的,想不到手忙脚乱的就逃回来了!"

白旮粗声粗气骂了一句:"妈的×!谁知这仗是怎么打的?我们差点儿就见不到啦!"

午后暴戾的阳光从窗户晒到窗台上来了。白旮要夏强把天蓝的布窗帘拉上遮住阳光,病房里变得阴暗了。

夏强问:"怎么见不到?"

白旮吁了一口气:"我到那里先在剿总,后在孙元良16兵团视察组。军官贪污、士兵整天挨打受骂!军风纪他妈的坏到透顶,老百姓对我们军队恨之入骨,对共军却就是那么拥护支持。开小差的逃兵很多,抓回来用军棍打死或枪毙的不少,但仍是有逃的。这仗怎么能打

508

得胜！按规定，随时要将情况用电台向上边报告，但实际有些事是不敢报告的。比如刘峙谎报大捷，比如孙元良16兵团里的种种弊端，如果我报告了，吃黑枪也可能。看到那种形势，我知道末路快到了！徐州撤退前，将级军官未经许可擅自勾结陆军总院王院长化装伤官潜逃的就有邹公瓒等七人，校级军官化装伤兵及贿赂飞机驾驶员擅离职守的有数十人。徐州当地官商，用黄金买通空军站利用陈纳德的运粮回头机逃出的也不计其数。我是祖宗保佑，生了病，离开了孙元良兵团，侥幸逃脱回来。不然，可能不是去见上帝这就是做共军俘虏去了！"

夏强识相，对白旮的病是真是假存疑，也不问他是什么病，只问："是坐飞机回来的？"

"哪有飞机坐啊！我是靠自己的机智灵活化装逃脱的。吃的苦可大了，那经历够好莱坞拍一部电影的！"白旮说着，直摇头，"想起来真不寒而栗啊！"

夏强无心多谈这些了。目的本来只是为救东方找白旮出一把力，这时搭讪着转换了题目，说："旮哥病好了，打算干什么？"

"干什么？"白旮叹息说，"独处闲适，倒促使我沉思起来。前线我是怎么也不去了，我每次都是九死一生啊！天下事，只有强者才有生存的权利！刚打共产党时，我们强；可现在，他们强了！我的朋友们如今都颓丧消极了！反正气数是尽了！有的朋友天天喝酒，醉了就在地板上打滚。我是军校毕业的，那天一个同学来，说，那时是我们对别人'怒潮澎湃'，现在可是别人对我们'怒潮澎湃'了！说实话，我的朋友们都怕共产党胜利，不过早就没法挡得住他们胜利了！我的决心是不做狂风中的柳絮，万一失败，那就准备哭祖庙吧！"

说到这时，夏强发现白旮两眼露出忧伤和悲哀，似要落泪。

夏强趁他动了感情，把东方的事讲了，说："那个濮松涛失踪后，舍妹同林东方有了感情，母亲和我都喜欢林东方，就让舍妹同他订了婚。他是个正当商人，为人忠厚老实，偏偏做生意出了麻烦，我想请旮哥帮帮忙。这种事可大可小，他是个不问政治的正派生意人，旮哥给我找找熟人行不行？……"

话没说透，也没说完，想不到白旮两眼一睁，露出凶光，说："你怎么老结交这种人呢？是不是你也染上左倾病了？逮捕他我看总有逮捕的原因，不会那么简单的！令妹也太不慎重！老接近这样的人！说实话，我现在是不愿沾这类事的！这是什么时候了？是你死我活的时候，把物资往苏北运，运给谁？肯定就是运给共产党的！那逮捕他就不冤枉！好在令妹也没同他结婚！这种家伙趁早就别管他了！我也是不能管这种事的！"

夏强碰了一头疙瘩，心里生气，明白自己今天来找白旮，是一种错误。对白旮并非没有认识，来时也是抱着侥幸之想，其实是不该来的！倒是丹丹对他说过："白旮这个人呀！是个特工！这种人不讲感情心最狠了！你同他说话千万多长个心眼儿！"今天，要是早把丹丹的话想一遍就好了……但夏强不想得罪白旮，脸上若无其事，点头说："我是重感情的人，叫我不管我不忍心。旮哥的话对，当我没说这件事好了！"

白旮听了，眼珠转动，说："唉，似乎每个人都有他自己的行星轨迹。这是上苍早就安排定了的！我那种激烈的感情如今麻木了！我可不再让他们把我这匹马当驴子骑了！我以后可能到国防部新闻局，干个副局长什么的！武的干够了，干干文的试试吧！国民党大船烂了还有三千钉呢！世界要靠舆论来统治！现在舆论失控也应该加强控制，尽量改变一下局面。你还是做记者吧？……"

夏强点头："没变动！"

白旮卖老地叮嘱："以后呀！写东西时时事事都要以党国利益为重，有个聪明人说过：'别往你喝的水里扔脏东西！'那对你没好处！"

夏强态度似是善意的玩笑："旮哥，你还没上任就已经像个老新闻局长了！"

白沓微微地笑了，但笑容有点苦。

丹丹晚上吃饭前才由报馆回来。夏强在门口花园里迎接着她，发现她脸上浮着阴云，问："丹丹，你怎么啦？"

丹丹朝他看看，苦笑笑说："想不到吧，丹丹失业了！"

"失业？"夏强半信半疑地笑，"怎么回事？"

丹丹未答，两人一起走进屋来，丹丹问："爸爸呢？"

夏强说："老伯在楼上挥毫练字。你快说，怎么回事？是开玩笑？"

两人到客厅里坐了，丹丹用手掠掠头发，说："你想不到吧？我们晚报被永久停刊了！社会局的查封令已经到达，立即执行。我抄了一份查封令，你欣赏欣赏！"说着，递过一张稿纸来。

夏强看时，那查封令写的是：

> 查南京《秣陵晚报》屡次刊载为匪宣传、诋毁政府、散布谣言、煽惑人心、动摇士气暨挑拨离间军民及地方团队情感之新闻、通讯及言论；近更变本加厉，在淮海军事紧张之际，企图发动舆论，反对空军对匪部之轰炸，肆意捏造不实之战讯，显系蓄意摧毁政府威信，中伤军民感情，有计划之反对戡乱步伐，实违反《出版法》第二十一条第二、三两款出版品不得损害中华民国利益及破坏公共秩序之宣传或记载之规定，依照《出版法》第三十二条规定，应即予以永久停刊处分。

夏强看了，觉得在这种时局情势下，发生这件事既突然又不突然，不由得想到午后见白沓时白沓说要去国防部新闻局干副局长控制舆论的事，叹气说："什么时候执行？"

丹丹苦笑："明天就不得再行出报，我们就算放长假了！大家今天在万分悲愤的情绪下，五味俱全地结束了各自的工作。有一些特务到报馆来监视大家。听说中央社明天要发布我们报永久停刊的消息和内政部发言人对我们报受停刊处分的谈话。《中央日报》和龚德柏的《救国日报》都要发社论欢呼《秣陵晚报》封得好，恶毒攻击我们！据说，还可能逮捕人。主编通讯版和主编副刊的两个同事已经走了！据说是出走到香港去了！"

夏强问："你打算怎么办？"

丹丹笑笑："感情上一时有些激动，但对失业我并不在乎！船到桥头自然直！我也许会改行！"

"改行？"

"不许你讲话，把你口封着！就是今天记者的状况！那么，只有改行啰！"丹丹自嘲地说。说完，开朗地笑了。

夏强说："改不改行无所谓！重要的是这个政府不推翻誓无天理！"

丹丹说："你说的是对的！但，你知道，我也担心你的安全！我不是傻子，我能察觉到你常常心里有事！东方出了事，我更怕你出事！"

夏强故意装得十分平静地笑了，说："丹丹，别担心！我不会有事的。"

丹丹忽然说："夏强！今天我思索了一个问题，我觉得要救东方，我同你去上海不行！"

"怎么呢？"

"我们的重量不够呀！"丹丹说，"拿了爸爸的信去，明明值千斤的，我们去分量就减轻了。他老人家去，才是一言九鼎呢！"

夏强说："你是说非搬老伯去上海不可？"

"是呀，他是佘太君，他就是带些八姐九妹、烧火丫头去，也能打胜仗。而我俩去，两根细棒捆不成房梁！这事怕办不成功！"

"我未始不懂得老伯去才有用，可是我怎么好意思搬老伯去呢？"

"不要紧，我来搬！我俩陪着他！我缠着他，他是会去的。林东方是什么人，爸爸心里透明透亮，他走的桥比我们走的路都多呢！他历来不是反共的人!"

"那……那就全靠你了!"

"而且……"

"怎么?"

"爸爸这一向有个心愿,他去上海可以实现这个心愿。"

夏强看着美丽的丹丹:"什么心愿?"

"他想看看孙夫人宋庆龄!他们多年不见了!在这种时局情况下,他想看看她,同她谈谈。"

夏强兴奋地说:"那好极了!老伯如果亲自去,东方一定有救了!那我就先回上海,在上海等着迎接老伯和你!"

这一夜,丹丹显得有些沉闷,夏强猜测同报纸被查封的事有关。丹丹后来一人上了楼回到房里,她弹奏起钢琴来了,弹的是《马赛曲》,那是激昂、高扬、雄壮而奔放的曲调,听了使人感奋。她一遍又一遍,弹了很久。这一夜,天空黯黑,没有月亮,也没有星星……

夏强心里也烦躁和愤激,他在楼下房里,听着丹丹的琴声从楼上传下来。先是一遍又一遍地弹奏《马赛曲》,后来,弹的是贝多芬的《月光曲》,似高山流水,似空中飞霜,似春江月华,似迢迢青天,依稀如见白露垂珠、清辉映海……不知为什么,想起了一个传说中的音乐故事:那是清太祖攻下察哈尔城的时候,城内燃起熊熊烈火,清兵正在烧杀,全城流血。这时,突然有一个马头琴手奏起了马头琴。琴声破空而来,有高山坠石之势,又如流水洗心,悠然不尽。清太祖骑在马上听到了琴声,顿时静下来,呆呆勒住坐骑,似乎悟到了什么,马上下令禁止乱杀!更不许杀害奏马头琴的人!不许损害马头琴!……

夏强冷静下来了!后来,他感到困倦,在丹丹的琴声中入睡了……

（四）1948年12月上海纪事

夏强回上海后，把事情安排得非常好。

清晨，火车抵达上海站时，丹丹扶雷香山从头等卧车上下来，看到夏强偕方国华已经早早在站上迎接了。

"雷老伯！雷小姐！"方国华恭敬地这么叫着，"你们辛了！"

其实，他叫"雷老"或者"雷香老"就可以了！但他宁可降下辈分来叫，既亲切又恭敬。他和夏强陪雷香山和丹丹出站上了他的那辆新的蓝色福特轿车，直接驶向南昌路光明村下榻。

方国华的南昌路光明村住宅本来就是由六号、七号两幢连在一起的单开间三层楼洋房打通构成的。为了安全，平时方先生封了两幢房子的前门，也封了七号的后门，只保留六号的后门进去。但此时，为了雷香老来住，他将七号的后门开放，单供雷氏父女进出，将七号的房屋布置给雷氏父女专用。电话也牵过线去装了分机。两边的客厅还是有门相通，关上门互不干扰。一个雇用的小大姐可以每天去打扫卫生，一日三餐由厨子做了让女佣按时送过去。居住条件舒适、方便。

病恹恹的方太太热情地来照顾吃住，讲些热情的客气话，买了上等的水果、糖果、点心送来，还让小大姐送炖好了的燕窝、银耳来。方国华既是感激当初雷香山对他的热心帮助，想要回报；现在林东方的事牵连到他，雷香山父女能专门到上海设法搭救，他自然喜出望外。

他对夏强说："我已经得到了消息，沙逊大厦里的笙记行写字间，已被警备司令部查抄过了！在写字间里接电话、联系业务的两个年轻人事先都跑掉了。我知道，那牵涉不到你我的。东方谨慎，又是个刚强守信能牺牲自己不愿害别人的男子汉。我相信，他在牢里就是再上刑也不会乱咬人的。救出东方是最最要紧的事。雷老伯带丹丹小姐来上海，一切事我都该办。你一定要答应，为了把事办好，凡请客送礼甚至需要送金条，只要你打个招呼，我立刻照办。花再多的钞票，我也心甘情愿……"

他有上海巨商那种气魄、派头与作风，讲信用、讲面子、讲义气。夏强明白他同东方的合作关系，既要救东方，也只有尊重方国华的意见。雷老伯和丹丹在上海是不会住久的。到上海办事，讲究场面，没有合适的住处，没有汽车、没有符合身份的气派不行。按照时下风气，请客摆阔，对办事有利，因此，接受方先生的建议，像秘书一样给雷老伯和丹丹把一切都张罗好。

现在，住在光明村方国华那阔绰的住宅里了！雷香山受到一番礼遇，斟酌着对夏强说："我这人一生耿直狷介，既答应给人办事，麻烦人心就不安。"

夏强说："老伯能来，我们一家同方先生一家都非常感激。老伯不能这么说，这么说也就不敢请老伯来了！他同东方有生意上的往来，同我们家又有密切的关系，老伯来救东方，他同我们家一样十分感激，一切事他都会张罗着办的。他让我转告，今晚七点，他和太太在国际饭店宴请老伯和丹丹，为你们接风洗尘。"

雷香山思考了一下，正色说："不要了吧！你给我谢谢。我不喜欢吃请，这你知道。而且我想，明天或后天我要发请帖给陈大庆、白南史、杨啸天三人，地点就在国际饭店，我干脆就在宴席上提出林东方的事要他们帮忙。这请客的事毋庸他办！"说着，对丹丹说："这事你就同夏强一起操办一下吧！"又说："说穿了，这次来上海，救林东方的事也只能这么办！成与败难说，但成的可能还是大的。还有，丹丹给我联系一下孙夫人，我要专门去拜访她。听说，她现在不大愿意见人，但我去看她，也许她是会见的。"

女佣来送报纸，有隔夜的晚报，也有当天的《新闻报》《申报》《大公报》和《中央日报》。

丹丹回答雷香山说："好！爸爸，我会联系的！"见一叠报纸放在桌上，笑着说："这方先生，好像知道爸爸爱看报纸似的！"说着，拿起晚报就看，忽然同情地说："唉！前天上海夜间气温下降，一夜就冻死了露宿街头的二十几个叫花子！这比南京死得还多！"

夏强说："穷人太多，这些天我清早去报馆时，一路常见到慈善机关的大卡车将路边冻死的乞丐抬上卡车。到了冬天，往年也是这样，只是今冬更多。"

丹丹仍专心地看着报纸。夏强见她看报，心中有点紧张，却又觉得不该隐瞒，正要解释说明，听到丹丹笑了，说："嘻！有趣！……"

雷香山在喝茶，问："怎么？"

丹丹朝夏强看看，说："这不是《新联晚报》吗？这条新闻是怎么回事？"

说着，丹丹将报纸递到雷香山手里，说："爸爸，您看，这消息好快啊！您人刚到，报上已经发消息了！"

雷香山将报纸拿来一看，在第一版下端有一个小花边框，一条简短的消息写的是：

〔本报讯〕国大代表雷香山今日离京来沪，雷老早年参加同盟会，系辛亥革命老党人，此次来沪，据传有特殊使命，将与上海各方人士共议时局云。

新闻虽短，不满百字，但加上了花边框，自然引人注意，而且写得云里雾里，似隐似现，诡谲神秘。雷香山看了，先是一笑，接着朝夏强看看，说："是你写的吧？"

丹丹一直朝夏强看着，这时也笑了，说："看来爸爸猜对了！"

夏强诚实地点头，说："老伯，这消息是我写的。我觉得老伯来上海如果阒然无声，办起事来也许不如事先张扬一下有利。事先如果先在一些报上发条消息宣传一下，定会引起陈大庆、杨啸天、白南史他们的注意。这条消息使他们莫测高深，会有点用处的。"

丹丹笑了："我是说呀！这怎么发《新联晚报》上呢？想不到你还很会造舆论，真是'无冕之王'呢！"

夏强说："这也是不得已而为之！但虽是造舆论，并无捏造之事。老伯是国大代表，早年参加同盟会，是辛亥革命老党人，都是事实。说此次来沪有特殊使命，指的是救林东方。将与上海人士共议时局，这句也切合实际，老伯同陈大庆等或同孙夫人见面，时局总是要谈的！"

雷香山吸着雪茄听着，笑着点头说："好吧！我想发一发这消息也许有用。这社会人情势利，你力量越足，人越含糊你！你没力量，人就不理你。如今一说'与各方人士共议时局'，他们肚里就犯嘀咕；一说特殊使命，他们就会乱猜想，也就对你买账三分！给救林东方创造一种条件也好！"

丹丹笑着说："好了！想不到爸爸不批评你反倒表扬你了！"

雷香山拿起《新闻报》看，忽然说："咦？这里也登了同样的一条新闻呢！"

夏强老实地说："是我托《新闻报》的记者老沈，拿去登的。"

从国际饭店十四楼宴会大厅的玻璃窗里望出去，笼罩在雨帘中的夜上海霓虹灯红红绿绿，跑马厅在夜晚漆黑一片，南京路上两边商店灯光闪烁，汽车成串亮着灯像甲壳虫似的在雨中行驶。远处一些高楼上由霓虹灯组成的广告图案，变幻着颜色，变幻着样式，既热闹又繁华。

暖气使西餐宴席的包间里温暖如春，穿红色紧身上衣黑色长裤的仆欧轻盈而礼貌地斟葡萄酒、上冷盘，然后又收盘、换刀叉，上金碧罗浓汤。金碧罗浓汤里的两枚鸽蛋白生生，衬得那有着鸡丁蘑菇丁的番茄汤更诱人食欲。

戎装的陈大庆脸上表情严肃，鼻子两侧有刀刻似的线条，脸上皮肤粗糙，讲话扬起下巴颏儿，有副睥睨天下的气势。那口夹着江西崇义乡音的普通话使人有一种生硬的开机关枪似的感觉。他从衢州绥靖公署副主任一下成了京沪杭警备副司令兼淞沪警备司令心里一定很高兴。这是重用！这个黄埔一期毕业生，宦途还是颇为得意的！他穿着中将军装，金板领章上两颗金星闪闪发亮，正在谈他抗战时期任第三十一集团军副总司令时的往事，说："那是民国三十二年，我才三十八岁……抗战爆发那年，我只是三十二岁，是85军第4师师长……"言下之意，是炫耀自己的年轻得志和光荣历史。但听的人觉得他说得干干巴巴，听了想打瞌睡。夏强就希望他早点闭嘴或者谈谈当前的时局。

白南史的长脸上一直带笑，表现得谦虚和蔼，不多说话，但谁讲话他都点头，也不谈时局。

杨啸天个儿高大，头也大，虎头虎脑，有铜铃似的大眼，有异常的大嘴。他离家多年，但那口安徽宁国的乡音很难改掉。他早年曾在广州孙中山非常大总统府任参军，北伐时当过师长，民国十六年做过上海警备司令，"四一二"时杀过不少共产党人。抗战前，又任淞沪警备司令，也有过中将军衔，但如今是监察院的监察委员，与军界面上无涉，只是谁都知道他在上海有很大的潜势力。他掌握着海员工会，掌握着帮会势力，人都知道他在上海"路路通"。但今天，陈大庆这个比他年轻十六岁的新任淞沪警备司令，把他这个老前辈叫作"啸天兄"，实际上毫不把他放在眼里。就座时，陈大庆昂首朝首席上一坐，似乎那是他当然的座位，使杨啸天不由自主皱了皱眉头。这雷香山和丹丹、夏强都感觉到了。以致陈大庆侃侃而谈滔滔不绝，杨啸天却一言不发，只是慢慢地喝汤，慢慢地咀嚼，慢慢地一次再次地用白巾拭嘴。

金碧罗浓汤撤下去了，上来第一道菜是煎车片鱼，鱼煎得极好，金黄的灿灿发亮。

陈大庆仍在滔滔谈他在抗战胜利第二年做首都卫戌司令部副司令

时常见到老头子的事。

雷香山用刀叉吃着煎鱼，带了丹丹和夏强陪着客人，丹丹是爱女，夏强像秘书。白南史隐然觉得雷香山是完全把夏强当女婿待的，于是开起玩笑来了："香老，你好福气啊！你看你身边这一对鸳鸯好讨人欢喜啊！什么时候请我们吃他们的喜酒啊？"

于是，听厌了陈大庆唠叨的杨啸天说："这真是天生的一对金童玉女，香老好福气！"

陈大庆话被打断，有点扫兴，但也咧开了嘴，似是凑趣敷衍。

雷香山本来正想转换个话题，这时就抓住夏强做文章了，说："其实，夏强是南史兄爱婿的胞弟，要论关系，你们的关系比我同他的关系亲密！"

白南史笑道："他二哥确是小婿，但以后香老同他的关系是必然更亲密的。哈哈，丹丹，你说是吗？"

丹丹只好大方地笑笑，夏强也只好微笑地右手用刀切鱼左手用叉将切成小块的鱼沾上番茄酱和辣酱油送进嘴里咀嚼。

雷香山趁机将话题拉回，说："今天，请三位小聚，主要是有件事拜托，就是夏强的妹夫名叫林东方……"他说到这里，丹丹将三张纸条一一送到陈大庆、白南史和杨啸天面前。纸上写的是：

> 林东方，正当商人，无政治问题，做物资交流生意，现关押淞沪警备司令部大牢，请求保释。

白南史看着纸条忽然思索着说："他的妹夫怎么是叫林东方？……"

丹丹赶快插嘴说："以前那个姓濮的关系不行了，后来就又同这个林东方结合了……"

白南史沉吟不语。

雷香山继续说："林东方此人我也认识，确是正当商人，将本求利，把苏北的土产物资运来江南，又将苏北可以销售的货物运去苏北。其实对稳定物价、丰富供应颇有好处的。当然，商人重利，不问政治，是否有禁运物品，不太清楚，但枪械之类肯定是不会有的。此人确无政治背景，关押实在冤枉！所以，想拜托三位，尤其是大庆兄，能推情予以取保释放，不胜感荷。我雷香山平素不喜欢求人，也不愿给人增添麻烦，但因是夏强的亲戚不能不管。小事一件，希望三位尤其是大庆司令鼎力支持！"

他说这番话时，夏强注意到白南史和杨啸天听了都连连点头，那意思是应该帮忙。但陈大庆脸上表情死板，没有点头，这显然是丹丹也注意到了！

丹丹忽然看着陈大庆笑着说："陈叔叔，这人就在您管辖下的大牢里。您一点头一句话这事就办了，您可要高抬贵手啊！"

陈大庆出乎意外地像下象棋被将了一军，目光神经质地闪烁着，但有分寸地说："香老的事，自然应当照办！但我得回去查询一下，弄清到底是怎么回事？该放就放吧！"

他这话，有模棱两可的意思，固然说了"自然应当照办"又说要去查询"弄清到底是怎么回事"，"该放就放吧"，那话只说了半句，下半句显然是"不该放就不能放"！

这个陈大庆，现在显然因为受到重用自恃是蒋介石的"天子门生"，所以做了汤恩伯的副手，兼了淞沪警备司令，变得骄横不可一世了！

他这一说，白南史、杨啸天的嘴都等于被堵住了，两人怔在那里，似乎难以说什么了，既不能答应，也答应不了。这件事的大权是在陈大庆手里哪！

但，杨啸天到底是江湖上混得老练的人，有分寸地说："香老是党国前辈。前辈说话，自当遵办。我看大庆兄是首肯了。他一点头，事就好办了。"

仆欧收下鱼盘，送来第二道菜炸鹌鹑，整只鹌鹑油亮亮的去了头颈和尾部，上边撒着椒盐，配着蔬菜。这是一道改良过的中国式的西菜了。大家又吃鹌鹑。

白南史凑趣说："这种做生意的商人，只要案情不大，事就好办。大庆兄今天百忙之中来赴宴，说明尊重香老是没问题的。"

陈大庆用刀切着鹌鹑，听了白南史、杨啸天的话，笑笑点头，但脖子生硬，头点得勉强。

雷香山拱拱手，说："好！那我就谢谢三位尤其是大庆兄了！"

没人再愿谈这件事了。大家沉默着切鹌鹑吃，冷了一会场，夏强心想，这件事似乎还不能有十分把握，且看如何发展？

这时，陈大庆忽然开口了，说："香老这次来上海，听说有特殊使命，不知是什么特殊使命？"

白南史嚼着鹌鹑说："是呀，今天我看《新闻报》，报上登了消息呢！……"

一个淞沪警备司令，一个市党部主任委员，都在关心这件事了！杨啸天没说什么，却也用铜铃大眼望着雷香山。

雷香山笑笑，老练地使人莫测高深，说："哪有什么特殊使命，要说使命就是我刚才拜托三位的这件事，别的没有，哈哈，没有！"他说得既很诚实，听来却极玄妙。

陈大庆来赴宴，好像是为摸摸这情况来的，似信非信："香老是前辈，恐怕也知道，现在有人企图逼总统下台，甚至提出和平解决的主张，但实际我们如不能战，即亦不能和。我们如要战，则言和又徒然使士气人心解体。故无论我们能战与否，言和皆有百害而无一利。不知香老以为如何？"

雷香山意会到陈大庆是怀疑他来上海做政治活动的，是同社会上传说的桂系要逼蒋介石下台由李宗仁上来呼吁和谈可能有关，心想，被他误会或得罪他都不好，但这种军人气势汹汹盛气凌人也实在讨厌，给他个猜不透未始不好。因此慨然笑着，说："知道知道，可惜我年岁大了，已经老了！也历来无派无系。谁尊重我，我也尊重谁！这属于礼尚往来。大局蜩螗，我也关心。只是现在有时懒得连报纸也不看，哈哈，和战大事，有人会管的！"近年来，官场上有些人，如戴季陶，与人谈话时逢到难回答的问题时，就嘴里含个橄榄似的不清不楚搬出几句佛经来哼哼啊啊地讲一讲，让人弄不明白他是什么意思。于右任、吴稚晖有时遇到难回答的问题时，就嘴里像塞块萝卜似的搬出几句诗来，平平仄仄念一念，让人猜不透他是在讲什么。雷香山这时就也借用妙法，嘴含鹌鹑肉说："我前不久读唐诗，罗邺①《长城》一诗曰：'当时无德御乾坤，广筑徒劳万古存。谩役生民防极塞，不知血刃起中原……'感慨很多啊！……"

他说了一通，那陈大庆、白南史、杨啸天都伸长了颈子张开耳朵细细聆听，可是有的话听清了，如"谁尊重我，我也尊重谁"，有的话一点也听不明白。那诗更是生疏得莫名其妙。只怕人笑自己不学无术，听不清也不好问。三个人听后都点头表示懂了，杨啸天更"唔唔"出声，说："香老说得好！说得好！"他特别欣赏雷香山说的"谁尊重我，我也尊重谁"，觉得无异是用扫把打了陈大庆一下。

陈大庆和白南史当然也只能表示说得好，但听完这话，陈大庆就用白巾拭拭油嘴，说自己太忙，还有急事等着处理，客气而又尊重地谢了雷香山，同白南史、杨啸天握手，说要先行告辞。等在包间外的副官也忙站起走进来，拿军大衣侍候陈大庆穿上。陈大庆也对丹丹和夏强笑笑，但未握手，临走，对雷香山说："香老，你说的那件事，请让女公子用电话同我的政治部主任联系！"他掏出一张名片交给丹丹说："这上面有电话，打这个电话找刘主任就行！"

陈大庆一阵风地带着副官走了。

仆欧这时正开始送上奶油布丁、冰激凌、水果和咖啡。

---

① 罗邺：余杭人，屡举进士不第。唐光化中，追赐进士及第。

杨啸天吃着布丁，虎头虎脑地说："香老，这个陈大庆用上海话说是个'死人额骨头'，硬得很！刚来，人就说他不开窍，有些事该买账他是不买账的！你说的这件事，本来找我，我是可以办的！但现在他知道了，我就不好插手了！南史兄，你说是不是？"他转脸向着白南史。

白南史微微点头，但没说话。

杨啸天把布丁吃完，别的不吃了，也站起身来，说："香老，我就也先走了！改天我去拜望，今天谢谢了！"

雷香山同他握手，让丹丹送客。

这里，杨啸天刚一走，白南史轻轻说："香老，你知道不？现在据传杨啸天正在打算走共产党的门路！这陈大庆也知道，先一会儿陈大庆那态度僵硬，说的有些话其实是对着杨啸天的。今天要是不请他就好了！"

雷香山吸着烟说："嗬！我刚到上海，都弄不清！同乡嘛，他又是老上海！"

白南史说："香老，你说的事，我看陈大庆会办的。香老到上海，是不是负有特殊使命？是李德邻托你来上海的？"他的眼光尖利。

雷香山朗朗笑了，喷一口烟说："哈哈，我这人不爱说假话！真的，没谁给我特殊使命！李宗仁既不会托我来上海，我也不会受他之托，我早如闲云野鹤，是超然之人了！"

下午四点钟，按照电话约定的时间，雷香山准时由丹丹陪着坐在中山故居宽大、洁净而寂静的客厅沙发上了。有只火炉燃着煤，房里不冷。

这个宽敞的客厅并不华丽，但显得高贵，一角放着一架钢琴，显然是孙夫人的钢琴。透过窗户，可以看见整个花园，冬季的花园很寂寞，绿色和灰色形成凄凉。天色灰蒙蒙的，像有阵雨快要降临。客厅里不太明亮。坐在这幢坐落在静安区的别致而幽雅的、有点熟悉的住宅里，看着墙上玻璃框里挂着的中山先生的照片，引起雷香山不少回忆……

雷香山非常愿意在这里同孙夫人见面。

这幢有花园的西式住宅，是早年加拿大华侨集资购赠孙中山先生的。那时，国民党本部在法租界环龙路44号。在那之前，中山先生到上海，曾居住环龙路63号。好像是民国七年夏天，孙先生同夫人搬到这幢住宅里来了。当时这条路叫莫利爱路，这住宅算是莫利爱路29号。那时孙先生为了著书立说启发民众、唤醒社会，正在继续撰写《建国方略》。有一天，雷香山在这里同孙先生和孙夫人见面。那时，孙先生领导的第一次"护法运动"失败，俄国十月革命胜利的消息传到中国。那次同孙先生谈话的具体内容已经模糊，但孙先生那种兴奋和向往的表情使雷香山怎么也忘不了。最后一次到这里，是民国十四年一月里，孙先生因肝癌病故。4月间，雷香山曾到这里向孙夫人面致慰唁，看望孙夫人。

他还清晰记得孙夫人那天身穿黑色旗袍，臂上缠着黑纱，哀伤十分的容貌。她不时地用雪白的手绢擦泪水，心情是那样的悲恸。孙先生在世时常说，盼同志继续努力革命。那天，雷香山安慰孙夫人时曾说过："先生死矣，夫人尚在，我辈当念先生之言，随夫人之后共同奋斗。"可是，后来的事态发展呢？……不但孙夫人和蒋介石等分道扬镳，雷香山也无可奈何地消极而且明显地感到一种格格不入，一种冷落和排斥，一种日益加深加重的愤懑和反对。而现在，时局如此，国民党如大厦将倾，对蒋介石，雷香山怀着一种想咒骂求其快垮的感情。只是对国民党，却又觉得像看到自己曾参与建造的一件珍品已经毁坏，即将灭亡。感情矛盾，简直难以表达。

那么为什么要同孙夫人见见面呢？

他并不想谈太多的问题。孙夫人的态度历来是含蓄但十分鲜明的。

他来看望，是一种奇妙的怀旧感情驱使着的，想来引起一些回忆，引起一点对当年豪情的眷恋，想在这时局处于剧变的关头来悟到些什么。

而此时此地，墙上孙先生那张照片上，那睿智的眼神，那挺拔轩昂的表情，那坚定不移的气质，那堂堂正正的容貌，就使他心潮澎湃，难以自已，因此连女佣来上了茶，他也没有察觉。

但，他很快打断了那种沉浸在过去往事中的回忆。坐在他身边的丹丹突然提醒他说："爸爸，孙夫人来了！"

他看到了孙夫人的出现。孙夫人在年轻姑娘时，曾喜欢华丽动人的装饰，成为妇人后则总是穿淡雅的衣服，自奉俭朴，杜绝奢侈，从不戴珠宝首饰，而将一头漂亮光滑的黑发紧贴两鬓向后梳，在脑后结成一个严实而好看的发髻。

现在，她移步来了，容光焕发，素雅优美，温娴淑静，穿着精致的藏青旗袍，仪态端庄，闪亮的眼睛似温柔妩媚而内含刚强和坚韧，神态似有一种羞赧和安静，却又万分高贵和炽烈。

雷香山站起身来，由丹丹扶持住向孙夫人问好，并介绍丹丹说："这是小女雷丹，快向孙夫人请安！"

孙夫人微笑着同雷香山握手、问好，又微笑着同丹丹握手。她凝视着丹丹，似乎很喜欢丹丹。握手的时候，丹丹能感觉到她的手柔软而温暖。

互相问好、寒暄后，雷香山带着丹丹坐下，孙夫人也在沙发上坐下。雷香山带着感情地说："常常挂念！人到老年容易怀旧，常常想起当年在这里见到孙夫人的情景。"

宋庆龄用心听着，点头说："一晃已是二十几年前的事了！一切都有很大的变化了！"突然说："去年九月，我有个否认参加国大代表竞选的声明，雷先生看到没有？"她说话缓慢、文雅、清晰。

雷香山说："看到了！"顿时悟到自己是国大代表，这显然是宋庆龄反对的。他记得宋庆龄发表声明辟谣时说，此种传闻完全不确，我并无任何从事政治运动以图参加政府的意图……因此说:"夫人不参加是对的!我去开会,但只参加了开幕式,后来就再也不去了!乱七八糟花那么多民脂民膏,只是为了一场抢肥肉的选举啊!"

丹丹仔细听着宋庆龄和父亲的谈话,一字一句都不放过。这时想到父亲开国大前后说过的一些话,似乎理会得更深了。

宋庆龄沉静地说:"最近,又有人造谣说我将在国民政府中任职,我打算再发一个声明辟谣,我是不会去就职或担任职责的。我正在以全部时间和精力致力于中国福利基金会的救济工作,我是这个中国福利机构的创始人和主席。"

雷香山知道抗战胜利的那个冬天,孙夫人的"保卫中国同盟"由重庆迁到上海,改名为中国福利基金会。孙夫人一直在为筹募救济基金、捐赠款项、粮食、药品、衣物等救济那些受饥饿和疾病交迫的、那些在战争中流离失所的受难者。还给儿童做福利工作,在上海建立儿童福利站和儿童剧团。这时说:"夫人是总理遗志的继承人,有大仁大勇的胸怀。我历来是十分敬重的。前年,我见过夫人发表的一则声明,号召停止内战,实行真正的三民主义,建立联合政府,并强调美国如果不再供给军火和军事援助,中国的内战就决不会扩大。我觉得都是极有见地的!"

但,宋庆龄说:"现在,情况变了!大局你是看到的。国民党的失败,是我意料之中的。"她一直不是一个夸夸其谈的人,话不多,也不会哗众取宠或说废话,她娴静而且平稳,但每句话都铮铮发响,干净利落地表达出她的信念和实际。说完这,她就沉默了。

雷香山忍不住发自肺腑地说:"我这次是专诚来看望孙夫人的。这次来后何时再能同您见面怕就难说了。孙夫人能同我讲点什么吗?"

宋庆龄迟疑、犹豫了一会,终于说:"雷先生,你应当扩大视野!"

"扩大视野?"

"是的!雷先生!我早说过,现在的国民党早完全失去了它早年革命的意义！你是一位老同志，必然知道该怎么做。我看，不必被人把你当作招牌去用来欺骗公众了！"

雷香山感到这话是既有很沉重的批评的意味，也有鼓励的用心。一时，心跳加剧，感到胁下出汗。

只听宋庆龄又说："现在，充满了希望的白昼好像正在将要代替令人失望的漫长黑夜。把中国从内战、分裂、混乱、恐怖和穷困、灾难中拯救出来，建立民主统一的新中国，是有希望的。谁代表人民、爱护人民、为人民谋福利，谁才会取得胜利！"这些话她说得平和，却很慷慨。

丹丹看到她说到这里，就停止了。依然那么温娴端庄地笑着，非常大气地微笑着。丹丹突然很想把刚才她讲的这些话马上去告诉夏强。夏强写过诗也说过，总是像身处在黑暗中想让心晒晒太阳，而她说，充满了希望的白昼好像正在将要代替令人失望的漫长黑夜。她说得多好哟！……

雷香山没有再说话，沉默着，似在体味、思索着刚才的谈话。终于，起身告辞。也许是觉得别把时间谈得太长，因为孙夫人这一向几乎是拒绝同外界接触；也许是孙夫人的话触动了他心中的块垒，他有了一种懊丧，需要回去冷静地思索……

但，孙夫人却忽然笑着对丹丹说："雷小姐，你长得真美！你一定会弹钢琴，是吗？"

丹丹彬彬有礼地点头，说："夫人，您怎么知道我会弹钢琴？"

孙夫人笑了："我发现刚才我同令尊谈心停止时，你的眼睛常常关注着我这架钢琴！我又注意到你的那一双手！那肯定是一双会弹钢琴的手！"

丹丹笑了，说："我弹不好，但我爱钢琴！"

孙夫人突然笑了，说："那弹一曲给我听吧！"给她这一说，刚才谈话时的一种紧张、严肃的气氛消失了，变成亲切而融洽的气氛了。

雷香山对爱女说:"丹丹,孙夫人叫你弹,就照孙夫人说的做吧!"

于是,丹丹坐到钢琴跟前,轻轻掀开琴盖,弹奏起来。她奏的是贝多芬的《英雄》,钢琴上的黑白键上下翻动着,丹丹白皙的手跳动着。有鲜亮、蓬勃的意境,有激烈、奔驰的狂放,有气吞山河的豪迈与激昂,钢琴上发出的旋律,神奇得像是一个神灵奏出的。但只弹了一会儿,她就戛然停止了!谦虚地说:"我弹得不好!……"

只是孙夫人却笑容满面,十分喜欢她似的朝她看着,过来握起她的手,说:"不!很好!我很喜欢!我也喜欢你!"

天下雨了。雨很大,雨声沙沙。带着一种在梦幻中的感情,在坐福特蓝色轿车回南昌路的途中,丹丹发现父亲一直沉默着,郁郁地沉思着,眉宇间露出一种以前她很少看到的伤感神色。

丹丹明白,孙夫人宋庆龄的话对父亲触动很深。

快到南昌路光明村时,雷香山说:"丹丹,回去后打个电话给陈大庆。我想,这件事可能办得通。事办成了!我们就立刻回南京吧!"

丹丹答了一声:"好!"

可是,回去后,打电话给那位刘主任时,带着宁波腔口音的刘主任,非常客气、十分热情地回答:"陈司令嘱我向香老致意。他关照过,这件事本来应当就办。但按程序,此事应由第一绥靖区办理。第一绥靖区南通指挥所主任顾锡九已派人在今日上午将案犯提出押赴南通军法审判了!我们无法越权代庖,已向陈司令报告,并特向香老致歉,说明……"

夜里,夏强来听回音,丹丹把情况说了。后来说到见孙夫人的事,雷香山说:"我其实生性并不平顺,但受的是旧式教育,又被习俗、舆论、身份、地位、名望等力量所起的作用驯服下来,一切希望听其自然而不喜欢有过激行动。看来,我是落伍了!……"说完,长叹了一声,严肃而伤感地摇头。

（五）南通买人头

雷香山由丹丹陪着回南京之前，托杨啸天转请人打听，印证了东方确实押到了南通，关在第一绥靖区大牢里。于是，在雷香山父女走后，怎么救东方成了夏强和方国华最大的心事。

第一绥靖区司令部南通指挥所军法处在南通城里。那第一绥靖区副司令官顾锡九，兼着南通指挥所主任。顾锡九是参谋总长顾祝同的堂弟，他手下有六个团，经常在苏北如皋、东台等地进行清乡。从上海到南通，坐轮船一夜就可以到达。要救东方，必须去南通。但，第一绥靖区没有熟人，怎么办呢？

夏强去找了行政院颁布的训令公布的《匪区交通经济封锁办法实施细则》来看，其中规定："禁运匪区的物资由执行封锁之部队实施严密检查"，"截获物资拿获人犯一律严惩"，"如有违法包庇贪污渎职情事，由军法机关惩办"，口气十分严厉。军法审判随便杀人是十分可能的。

那天晚上，弥勒佛似的方国华没坐汽车，自己悄悄来到夏强处，商量救东方的事。

夏强说："确实打听不到什么关系能在南通第一绥靖区军法处里起作用。不能耽搁了！只有快去南通，在那里找门路。"

方国华说："小阿哥的意见对！现在杀人草率，去迟了我们会终生抱憾的。我这几夜都睡不着，一门心思全在救东方这件事上。那个大华商行的少将鲁纬章小阿哥你是见过的。他同东方私交不错。他找过我，要我想尽办法救东方，说需要钱头寸不足可以找他。我同东方交情这么深，钱我有，无须找别人！我觉得现在贪官污吏比蚂蚁多。要救东方，只有用钞票开路。钱能通神，俗话说：'有钱能使鬼推磨'！碰到贪官这种鬼，金钱万能！到了南通，先打听军法官的名字，把金条放在他面前，我看只有这一条路了！"

夏强点头："这话不错！但现在国民党虽失人心，而且贪官多如牛毛，也还是有那么一些死跟着蒋介石跑的坏家伙会硬到底的。那天在国际饭店见到陈大庆，我就觉得是个死硬派，怕是碰到这种人。因此，去南通仍是有危险的。万一救东方不成反倒引出更麻烦的事来也可能，这事先也要想好！"

小妹说："我上次被捕关着的时候，同牢有个女工说，她厂里一个工会干部因为替大家说了公道话被扣上红帽子逮捕了。厂里工人为救他，大家分头想办法。她有个邻居在警察局工作，平时觉得那人也不错，大家就要她给这邻居送礼要求保出那工会干部。没想到这邻居是特字号的，竟让人抓了她，要她供出幕后指使她送礼的人。她不肯供，就一直关着。"

方国华说："对对对，找人一定要找准！找错了人就不但办不成事还要误事！"

夏强说："南通是一定马上要去的，找人是一定要找对找准的。危险会有，但我不觉得可怕。我来去南通！"

方国华说："小阿哥，不是我退缩。论理是我该去南通的！那地方我熟悉，可是认识的人多，碰到熟人会惹麻烦。我去容易和笙记行的事挂上钩，那就节外生枝了。所以我决定不去。不过，小阿哥，你去办事当然能干，可是人家对男人总是容易发生警惕，一个年轻男人容易引起注意，有时办事也不一定方便……"

灯光映着母亲花白的双鬓。母亲一直沉静地听着，没有插过一句话。这时，她忽然开口了，说："方先生，我的想法同你一样。我在想：让夏强陪我去，就说东方是我女婿，是我干儿子，我用母亲的身份出面救他，比谁都好！"

夏强不放心："不！妈！……"

方国华说："阿弥陀佛，夏师母，你去当然好，但我们怎么能让你去呢？"

母亲慷慨地说:"不是你们让我去的,是我自己要去的!我喜欢东方,其实许多事我心里也明白,松涛已没法救了,那是因为确实没法去办。现在,不能让东方送命。要快救他,明天就动身!"

小妹挺身而出:"妈,让我去吧!我假作东方的未婚妻甚或妻子去也行!我不在乎的!我年轻,同小阿哥一起去,你就别去了!"

夏强阻止:"小妹!你不去也罢!你是取保释放的,学校也给了你记大过的处分,更重要的是据我所知你们这些保释出来的人背后都仍有特务盯梢,你当前宜静不宜动。你不能去!"

方先生无奈地说:"唉!老太太去确实是合适,但,让老太太去确实也不应该。"

母亲笑了,说:"方先生,该办的事就是应该。我去的好,有夏强陪着,你们放心,不会把事办砸的!其实,我这人是见过世面的,未婚时,在学校里闹风潮是能演讲、能写宣言的。抗战中,敌伪逮捕夏澄要带他走,我不让带走,当场命也不要地同他们搏斗,直到他们将我打晕在地上。我不是胆小无能的女性!"

方国华肃然起敬了。夏强和小妹这时感到母亲更可爱可敬了。

方国华唏嘘地伸出大拇指说:"夏师母,你真了不起!"

母亲思索着说:"我想,明晚就上船去南通,事不宜迟!晚一步也许就遗憾不尽了!"

方国华拍胸脯豪爽地说:"夏师母!东方的事实际就是我的事。你们这是第二次救我了!只要能救东方买他的命,不管多少钱我都愿意出!我的经济好,再说东方还有钱在我这里!金圆券五十万元的大钞已经发行,快成废纸了!你们带银圆去用!明天一早我就把条子和银圆送来,你们到南通尽量花用。我让你们带三根十两的大条子,再带十块小黄鱼去好拆散了用。看看四十两黄金打不打得倒军法官!如果不够,打电话来告诉我!我马上准备,还有铺保我也办好让你们带去,必要时可用!……"

当夜，谈到十点多钟，方国华兴奋地告辞。夏强送他走。他谨慎地说："不要送，还是一个人悄悄走的好！"

他走了。夏强在他走后也出门了，他要去打公用电话给林昆仑，向他报告去南通救东方的事。

天气严寒，轮船冒着凛冽的江风到达南通天生港的时候，正是朝阳初升，旭日将江面照得一片通红。夏强和龚梦兰离船上岸，看着南通城陌生的远景，听着岸上茅屋间有雄鸡喔喔的啼叫声，也有汪汪的狗吠声。近处岸上破破烂烂的村落和冒着炊烟的瓦房及树丛，一股遥远的人声和集市喧嚣声渐渐逼近。那是一些军装不整的零散国民党士兵夹杂在一些衣衫褴褛的农民、搬夫和男女旅客中，有吆喝也有殴打和吵闹，顿时产生一种在杜甫诗中能体会到的战乱哀怨的感觉。

茅屋、土地庙、席棚，水边银白的芦苇……天上飞过"呱呱"叫着的乌鸦，都似带着苏北的气息。市集上有挑箩筐、推小车的男男女女，有牵牛赶猪的，也有卖花生和烟酒吃食的小摊，围着买吃的士兵。几条瘦瘠的黑狗和花狗在人丛中窜来窜去。一辆古老的牛车吱嘎摇晃，在土路上压下辙印。下船上岸后，夏强扶着母亲叫了两辆破旧的黄包车由天生港向东南方向的南通城里去。冷风扑面，空气里一会儿弥漫着酒糟味，一会儿有炊烟味。南通出名的狼山和它旁边的小山都历历在目。拉夏强的人力车夫是个三十多岁的壮汉，穿着丁丁挂挂的一件破棉袄，告诉夏强："军法处在哪里弄不清，但有个关人犯的大牢在城北。隔上几天就有人枪毙！"吹着冷风，听车夫这样讲，夏强想起东方，身上冷飕飕的。

夏强让车夫通知前边那辆车，一起把车拉到靠近大牢的随便哪家小旅馆去。又问："这里局势怎么样？"

车夫边跑边讲，嘴和鼻子里喷着白气，说："好多队伍，杂零八碎都从西边北边撤下来了！一看就是打了败仗的，纪律坏，打人骂人，买东西吃东西不付钱，抢劫强奸的事也多。其实如皋东边，离这儿很近的掘港什么的早就是人家的天下了！听说那边倒平稳。这里军心不稳，人说不久军队都要撤往江南，有钱人走的已经不少了！"

夏强心想，救东方的事真得抓紧办了！如今什么都在迅速变化，不赶在变化头里办妥，一声有变，哭都来不及。想着，心中急躁起来。

南通城里，散兵游勇很多，店家多数还开着，但也有贴着"生意兴隆通四海，财源茂盛达三江"红纸门联的大店上了排门。原来听说南通是较繁华、洁净的城市，如今街道、店面及房屋还整齐，但毫无太平景象，街上脏乱。人都忙忙碌碌走来走去，一种压抑沉重的气氛看不见也摸不着，但使你能感觉到。

绕过一些狭窄的街道，低短的市廛，来到城北，人力车夫拭着汗在一家叫作"吉祥旅店"的小旅馆停了下来。付了车钱，夏强陪母亲进去，那中央堂屋挂着关老爷和关平、周仓的彩色画像，供着香案。柜台里有个男的，三十岁左右，像是老板，他给登记接待。登记时填到职业一栏，夏强填了个"商"字，老板要预收三天押金。夏强给母亲开了个单人小房间，给自己在隔壁同人合室。旅馆全是平瓦房，窗上糊着白桑皮纸，后院里种了些夹竹桃之类，在竹叶杂树之间透露出屋檐半角。掀开棉门帘进房，就有扑鼻的霉灰冷气，泥墙已经破落，有的地方早已倾圮，屋顶有蛛网绕梁，挂着尘吊，木床、木桌、木椅、茶几、洗脸盆架都粗糙简陋。屋上常有麻雀叽叽喳喳。屋里冷，老板说："等会儿，给你们烧个炭盆烤火！"

住店客人不多，但后院有间房里有些人在赌牌九，呼幺喝六挺热闹，牌九打得桌上叽叽响。住定洗漱后，夏强同老板聊起天来。

老板姓章，是个黄脸皮的瘦子，脖子有点歪，没什么笑容，嘴爱叼根香烟，穿件土布棉袍。老板娘刚生了儿子，在里房做月子，婴儿常常啼哭。夏强向老板道喜，掏出五块银圆给婴儿。章老板那张本来欠笑容的脸上顿时变得和气。夏强就向他打听起来。

章老板歪着脖子抽着烟说："我这旅馆，靠大牢近。牢里关的都是第一绥靖区逮捕了要军法审判的犯人，所以来我这儿住的人都是图的探监方便、办事也方便。那军法处离此就不远！"

　　夏强问："常杀人吗？"

　　"有这种事！"

　　夏强问："老板认得军法官吗？"

　　章老板说："吃我们这种饭的人，少不了要眼观四路，耳听八方！穿穿针引引线，救人一命胜造七级浮屠呢！看样子，你们有亲属在牢里？"

　　母亲这时也出房走过来了，章老板倒也不忌讳什么，看见夏强点头，接着说："到我这儿买人头——我这指的是死刑犯，以前比较难，现在好办些了！只要舍得花金条，人头是可以花钱买的！死罪不死，保释出去也可以！"

　　母亲问："老板，为什么现在好办些了？"

　　"明摆着的嘛！"老板说，"现在是兵败如山倒的局面，乱得很了！树倒猢狲散，谁不想趁这混乱的时候捞他几个好走路呀！"

　　"要花多少钱才行？"夏强问。

　　"那要看罪大罪小了！有罪轻的，花几两金子保出去的也有！"

　　夏强听到有门路，心里欢喜，说："章老板！我们同你说老实话：我的妹夫，做生意，冤冤枉枉就给抓来了！我母亲和我这次来，就是想看看他，更想保他出去。我们在这里举目无亲，认识了你，可真高兴。你看看，能不能帮这个忙？"

　　章老板歪着脖子想着说："这种事，要看犯人犯的什么罪？冤枉的跟不冤枉的不一样，罪轻跟罪重不一样，好办与难办不一样。这军法官的为人也不一样，所以案子在谁手里就不一样。说实话，我也怕牵连，军法审判不比民事官司，弄得不好是要吃卫生丸的！但我看你们人好！老太太这么大年纪为女婿吃官司来到南通！我这人心软，能帮忙一定帮。不过，话说在前头，花不起钱，是办不了的！"

夏强问："军法官有多少人？"

章老板吸着烟说："一共五个。处长周瑛是个上校，这人是个豁嘴，长相凶，判案也心狠手辣，常判人死刑的。其他四个，两个是中校，一个是少校，一个是上尉。我认识的是个中校，名叫蒋公达。你妹夫的案如由他经手，就是造化了！一次，有个死刑犯花钱保走了，他杀了个别的犯人顶替的！"

夏强说："老板，遇到你真是有缘分，一切就拜托了！烦请先打听一下，我妹夫在谁手里，犯的什么罪？该怎么办？希望先让我母亲探望一次见见面！"说着，夏强掏钢笔用纸将林东方名字写下，名字后写了"正当商人"四字，递给了章老板。

章老板看了名字，将纸条拿在手里，把烟蒂扔在地上用脚踩灭，爽气地说："你们放心，我一定抓紧打听。"说着，他忙着要去给后边赌牌九的客人送茶水、扫院子，就匆匆走了。

夏强陪母亲回房，对母亲说："看来，住这家旅馆住对了！不然，上街去乱打听也打听不到这些情况。"

母亲叹气说："这章老板看来比较能干。但愿他很快打听到东方的消息。只希望办案的是蒋公达，不是周琪。"

夏强也叹气："这就由不得我们了！住在这儿真急人啊！顶好顺顺当当地看到东方，又顺顺当当地把他保释出去！在这里住上三五天就把事情办妥。"

母亲点点头："是呀！我一到南通就感到这里好像风声鹤唳、草木皆兵的样子，住着确实不安心也不放心。但看样子办这种事也急不得。且看章老板怎么办？"说到这，母亲提醒夏强："你是不是上街去买份厚礼送章老板。总不能让人家白白替你跑腿！你上街了，我就去看看老板娘和刚生下的小孩。"

夏强说："送礼的事妈妈说得对，我马上去办！"

刚才来时，夏强已看清了道路，出旅店向南穿出去，不远处有条横街，比较热闹，有商号、钱庄，也有当铺和银楼、烟纸店和绸布店、茶叶庄什么的。有的店还在廉价大拍卖。他走路本来快，一会儿就到了目的地，沿街有摊子卖年画、卖鞭炮和大红春联，使夏强感到有过年的气息了。这条热闹的街道上有些伤兵在闲逛，有拄拐的，有膀子缠着绷带夹着夹板的，乞讨的叫花也不少。找了家绸布店，夏强给章老板夫妇一人扯了一件上等衣料，又给婴孩买了些绸料，付了银圆，一块银圆已经折合金圆券八千多元。夏强又到一家茶叶店买了四罐上等茶叶，出来又去糕点铺买了两大盒糕点，从烟纸店里买了两条香烟。刚出店门，见几个伤兵正在一家小馆店里吵闹，桌椅板凳都掀翻了。边上看热闹的人也吓跑了。夏强不想多惹事，忙脚下加劲，匆匆赶回"吉祥旅店"。

　　已是中午，旅店柜台里不见黄脸皮歪脖子的章老板。母亲正在房里打扫，她是个勤快爱干净的人，不知从哪里弄到了根竹竿，连屋顶角落里的蛛网尘吊都打扫干净了。房里的地和房外近处的地都扫得一干二净。房里抹得窗明几净。见夏强回来，看了买的礼品，说："我来送去给老板娘！"

　　婴儿正熟睡，老板娘在床上用毛巾包着头坐着，她是个小鼻子小眼的年轻女人。一笑，眼睛眯成一条线，鼻子上起了皱纹，客气地接过大包小包和盒装的礼品，连声道谢。

　　夏强和母亲一同来到街上吃饭。有家小馆店卖米饭，门口桌上放着几样用长方形大搪瓷盘装着的熟菜：蛤子炒韭菜、煎咸鱼、肉烧百叶结、虾米萝卜……菜已冷，但要吃饭可以把菜热了端来。母子俩要了两只菜、两碗饭草草吃了回到旅馆，见章老板正在柜台里捧着个大海碗吃饭，米饭上有些蔬菜和蛤子酱。见夏家母子回来了，他仰着脸先道谢送礼的事，接着捧起饭碗说："走！到你们房里谈！"一看他的表情和态度，夏强心里有些忐忑了。

在母亲房里，章老板坐下边吃饭边说："糟得很！我去过蒋公达军法官家了，林东方是个判死刑的重犯，由周琪亲自审判！"

夏强头里"轰"的一响，看到母亲面色也苍白了，说："章老板，他是个将本求利的正当商人呀！怎会有罪呢？"

章老板摇头："这我弄不清。反正，蒋公达说这事他插不上手。"

母亲突然眼睛湿润了。她是个心慈的老人，掏出手帕拭眼。

章老板将饭碗放在桌上也不吃了，安慰说："不过，我也是尽了力了！我求蒋公达安排一次探监。他说努力试一试，不过，要给牢里的弟兄们烧点香。我说那没问题。他说，他去安排。我的意思是，如今办什么事都得靠袁大头。你们就花点钱，连蒋公达也给他烧点香。你们说对不对？"

夏强点头："这没问题，一定烧香，牢里的弟兄和军法官都烧香。但是，章老板，你看，我这妹夫有什么办法能救他一救？你看，我母亲好伤心，我也好心焦！我是个小本生意人，但为救我妹夫，破财也舍得。我们也愿意报答朋友。你帮忙办成了，我们也要重重谢你！"

说到这里，章老板好像来了点劲，黄脸皮上有了点光泽，说："唉！不是我不帮忙啊！也不是蒋公达不帮忙啊！实在是周琪太厉害。这人从不收礼品，名声在外，有人买了礼品去他家，他把礼品全都摔了，人也赶走了，还说要把人抓起来！蒋公达也怕他！"

母亲说："你就行行好，努力再找蒋军法官帮帮忙，问问他怎么办，好不好？总之，只要能救我女婿，出点金子，我们就是借债也要去借的！"

天寒地冻，清晨玻璃窗上总是结满霜花，洗脚的木盆里的水也结成了冰。下过一场雪，檐下挂着长长的冰锥。快要过农历年了，吉祥旅馆里的客人更少，后院里赌牌九的人也走了。夏强和母亲苦苦等了五天，到第六天上午，章老板才叼着香烟正式来通知，今晚九点探监，到大牢里看望林东方。

章老板说："你们母子两个都可以去。会见时间是十分钟，但'烧香'的钱要先付：牢房里的弟兄十人，每人要三个袁大头，蒋公达一人要五十个袁大头。"

要价不低，但夏强很爽气地将八十块袁大头数了交给章老板，又另给章老板五个袁大头，说："章老板，这点心意你收下。我是个生意人，讲的是信用，说话算话，要是你能把我妹夫救出来，我以后一定重谢。"

章老板讲漂亮话："不不不，我，你就不要客气了！"但夏强和母亲看得出他不但想要，对夏强的手气阔绰也是满意的。

章老板提着银洋出去办事了，下午回来得很晚，好的是旅店里生意清淡，他不在也没关系。

夜里近九点时，夏强和母亲跟着章老板一起到监狱里去。

天上有残破的月亮洒下微光，路边有未化尽的雪，路冻步滑，朔风猎猎，冷气逼人。街上，一家茶园里有女人唱小曲的声音，暗处，有拉客的女人鬼影似的站在路边，也有讨饭的瞎子挂着竹竿叫喊："好心的老爷太太行行好吧！……"听了叫人心里发颤。

那大牢从前日本鬼子占领南通时就是宪兵队的监狱，这使夏强想到了南京老虎桥监狱。只不过这里的规模小得多。章老板到了有卫兵把守的大牢门口，里边出来一个穿棉军衣戴棉军帽的中校，夏强和母亲就认定这是蒋公达了。章老板走了，蒋公达就带夏强和母亲进去。但他一句话也不说。他只顾走，夏强和母亲紧张地只顾跟。监牢的电灯光在黑夜中似明似灭十分阴暗。地凹凸不平，青砖都已磨损。由大门向右拐进了一所牢房，门口和里边仍有卫兵荷枪把守。开了铁栅门上的锁进去，里边充溢着臭烘烘的气息，是屎尿和烂稻草、馊汤馊饭以及人的碳酸气融会发酵的气味，闻了恶心。有犯人嘶哑的呻吟声刺耳钻心。蒋公达突然走了，叫一个背微驼的班长带着路。

这监牢两边两排牢房，疏疏落落关着人，犯人不多，虽把守严密，设施、管理都差。

快见到东方了！夏强扶着母亲，心里像嵌着铁块，分外沉重和激愤。

忽然听见不远处一声悚然惨叫，使人毛发直竖。忽又死寂一片，猜测是审犯人在给犯人用刑。

夏强扶母亲又走了几十步。只听那驼班长吼也似的用手一指："就在这，见见面，十分钟！"

夏强和母亲看时，见这单间牢房四壁透出砭人肌骨的寒气和阴森。屋顶上挂满黑色条状的尘吊。那用铁栅拦住的小牢房里霉臭的味儿冲天，黑瓷碗、土瓦盆边的烂稻草上坐着的正是东方！他头发乱而蓬松，虬髯长长形销骨立，体态羸弱，脸形瘦削。身上的西装和呢大衣又皱又脏，白衬衫领子邋遢发黑。他肯定受过重刑，倚墙雕像似的坐着，见到了夏强和母亲想站而没有站起来，但眼在黑暗中亮出两点光。

母亲落泪了，用小手帕拭泪，感到心上全是皱纹。

夏强急着把早已想好的话说了出来："妹夫，妈妈和我来看你了！老伯和丹丹到了上海，但你解到南通来了！你爹和方先生都挂念你。"

东方仔细听着，他脚上有沉重的铁镣，说："人家要跟我合伙做生意，没想到惹这么一场大祸。告诉我爹和方先生，叫他们放心。做生意没有罪，冤枉！再用刑我也不能乱承认！"

母亲已经不断在拭泪了，夏强听着东方的话，心里明白了许多，说："我们想保你出去，会努力的！"

东方衰弱地说："我受刑太重，现在有病，能保外就医当然好！"

话谈到这，其实没十分钟，凶狠的驼班长过来了："走走走！快走！不准再谈了！"

夏强和母亲只得同东方点头招呼，两人几乎同时都说了一声："保重！"就被那驼背而容貌丑陋凶恶的班长带着走开了。

出了这大牢的铁栅门，两人正打算从原路走出去，想不到迎面来了两个带枪的士兵，说："过来！跟我们走！"

夏强心里一惊，怎么了！怕母亲受惊，用右手挽住母亲的肩膀，立定脚步问："去哪里？"

驼班长说："走吧走吧！"

不走当然不行。夏强心里像灌了铅，扶着母亲跟着两个士兵走，班长就在后边押着，转了个弯，到了里边院落，有一溜旧平房，瓦顶白墙，靠边一间亮着灯光。两个士兵到门口站住，驼班长就把夏强和母亲推了进去。门"砰"的一声，像放了一炮。

屋里生着装了铁皮烟筒的炉子，暖烘烘的。这显然是一间审讯室，有些刑具——皮鞭、棍棒、绳索什么的挂在墙上。左墙角有条板凳似的老虎凳，中间屋梁上挂着有皮带的吊环。一边地上水漉漉的。朝门的小桌后一张木椅上坐着一个军人，敞开棉军服的领口，没带领章，剃着光头，吸着香烟。他是个天生的兔唇——上嘴唇豁开，脸色阴冷，一副杀人不眨眼的样子。

夏强立刻想到，糟了！这是上校军法处长周琪呀！蒋公达收了银圆让来探监，现在周琪插手了，风云多变，意外的事真是防不胜防啊！想到这，他又用右臂挽住母亲的右肩，是一种保护母亲的架势，他不愿母亲受惊吓受意外的折磨。他深深懊悔不该让母亲来探监，该自己一人来的。

周琪挥挥手叫驼班长出去。他说话低沉，像鹰隼似的上下打量着夏强和母亲，吸着烟问："什么名字？"

夏强报了自己和母亲的名字。

"你们是干什么的？"

夏强答："我做小本生意。"

周琪问："林东方要判死刑？知道吗？"

夏强说："我妹夫是个正当商人，跟人合伙做生意，将本求利，实在冤枉！……"

周琪大声斥责："冤枉个屁！他给共匪运送医药、五金等军用物资，他肯定是共产党！他死鱼不张嘴死不承认也无用！你们知道我是谁吗？"

夏强说："是周处长吧？"

"正是！"周琪撩下眼皮狠狠地说，"我这人判共匪的案从不手软，听说没有？"

母亲说："我女婿冤枉！为了赚点钱养家才做生意的！求处长开恩！"

周琪突然声音低沉："你们很有钱啊？"他站起身业，用铁钩挑开炉盖，往里边加煤。

夏强仍说："做小本生意！"但心里隐隐觉得这个豁嘴军法处长似乎有什么企图。

周琪回到位子上坐下，突然问："今晚探监，你们花了多少钱？"他在桌上揿灭了烟蒂。

夏强不敢实说，又不能不说，感到周琪的问话如一根飘荡的游丝，难以捉摸。

周琪突然说："牢里的弟兄一个三个大头，给军法官四十个大头，是不是？"

夏强暗忖，给蒋公达明明五十个大头呀！怎么变成四十个了？可能是章老板揩了油？也可能是蒋公达谎报了数目吃下十个？摸不清深浅，不敢戳穿西洋镜，只说："一点心意！亲人在牢里，总想见见面啊！"

周琪语气平和了："要知道，林东方的事可大可小，既有钱，有些事用不着人教，自己该琢磨着怎么做才对犯人有利。这话懂吗？"

他的话弯弯绕绕、云谲波诡，夏强现在听明白了！看来，这伙军法官有的扮红脸有的扮白脸，实际是团成一伙找犯人家属敛钱。蒋公达必然是较常出面办这种事的，周琪却是幕后主持的。现在周琪出头露面了，一定是感到东方这案子有油水。因此，夏强说："懂！懂！周处长指了路，我们当然感谢。只要妹夫平安出来，我做小本生意的积蓄愿意烧香！"他强调"小本生意"。周琪似听见也似未听见，低沉着声音对夏强说："同你们见见面，这就算认识了！我家住这东边长街上36号，明晚九点来我家吧！就你一人来！也别告诉那旅馆老板。来时，不要买大包小包的礼，我是不收礼品的！听到没有？"他的眼有着猫头鹰似的磷光。

这话使夏强想起了白南史。真是普天之下，莫非贪官！礼品是不收的，但黄金银圆是收的！于是，夏强说："听到了！"心里有些愤慨，也有些激动和高兴，仿佛看到了东方能释放的曙光。

但，他万万没想到！周琪忽然老练地狮子大开口了，说："带了黄鱼来没有？"

夏强滑头地答："带了一点！"

"一点？一点是不行的！"周琪忽然伸出右手五指，轻声地说，"至少要这么多！明晚带来！我们不喜欢讨价还价拖泥带水！"

母亲用手帕拭着眼，说："倾家荡产把命赔上也没有这么多呀！"

夏强说："不不不，为了报答周处长！倾家荡产也应该，明天我一定筹足五两黄金晚上送去。"周琪"乒"的一拍桌子："什么五两？我说的是五根大条！买一个人头，这不贵！不必谈了！又不是买青菜萝卜，可以讨价还价！告诉你们！时机紧迫，要不是这时局不好！……唉，谁来跟你们打交道！容不得迟疑了！迟疑了，吃亏的是你们！红笔一勾，来收尸吧！"

他后来站起身来，又说："人的名声要紧！你们出去可别乱说！如果乱说，那林东方就人头落地了！"

夏强和母亲连声说是。周琪让守在门外的驼班长把人送出去。夏强看看周琪那张狰狞的脸，觉得挺像庙里阴间阎罗殿上的判官。

天冷得叫人断指裂肤。

晚上九点刚过，街上漆黑抹乌，行人稀少。人好像躲在家里才有安全的感觉。夏强瞒了章老板，悄悄独自到了大牢东边的长街上。心中那种在漫长黑暗隧道中行走的压抑而愤激的感觉异常强烈。他终于摸黑到了 36 号周处长家。

没料到，在门口碰上了穿军衣戴中校领章的蒋公达，把他吓了一跳。谁知蒋公达却说："来，跟我来！我跟周处长住一个院子，我陪你去！"

这是一个小四合院形式的古老瓦顶平房的院落。周琪住在坐北朝南的屋里。院子里有严冬里冻死了的青苔，走上去很滑。屋里开着留声机。周璇在唱《何日君再来》："好花不常开，好景不常在……"也不知怎的，院子里有股鸦片香，也不知是从哪间屋里飘出来的。周琪家的门上挡着棉布帘，蒋公达掀开门帘就带头进去了。

夏强也跟着进去。这是一间小客堂间，豁嘴的周琪正坐在一把椅子上喝茶抽烟。房里生着一盆炭火，有暖意，也有炭气，留声机仍在放着："人生难得几回醉，不欢更何待？……"周琪大咧咧地用手指指一只椅子，说："坐！坐！"一面就起身把留声机停了。

蒋公达在旁边一只椅上坐下了。周琪的目光瞟来，非常奇特，能使人心惊肉跳，说："带来了吗？"

夏强觉得这是在同魔鬼进行一次交易，唉声叹气地说："昨天我们母子一夜未睡，今天张罗了一天，实在只有十二两黄金，请高抬贵手做做好事放了我妹夫吧！"

周琪眼睛冰一样冷，闪着青光，向蒋公达瞅瞅，眼神既有凶狠不满，也有失望和尴尬。蒋公达也望望周琪。夏强感到这两个贪赃枉法的军法官又都有一种无法立即舍弃的无奈。

蒋公达说："办这种事就像隔山买黄牛，凭的全是信用！看你人不错，周处长才肯亲自同你谈。林东方是个立刻可以提出去枪毙的要犯。他说是上了合伙人的当，可是合伙人都没抓到！抓到的是他！你该了解他罪有多重！你这点钱怎么能买他的人头？"

周琪火冒三丈，目光如刀："十二两！他妈的十二两又不是我一个人拿！我们一人分一点点，有什么意思？我宁可秉公处理！马上把他崩了！收尸吧！"

炭盆上的洋铁皮水壶里的水开了，带着尖啸声腾起了一团雾气。蒋公达起身将水壶提起放到地上。夏强又想起了"有条有理"的民谣来了！他完全明白了，这军法处实际是一个拿犯人做交易搜括金钱的团体！他也明白，时局变幻，蒋介石元旦在报上发表文告，承认战局不好，情势严重，假装愿意停止战争，但又附加许多条件。文告中甚至哀鸣，说自己"早置生死于度外"。外边风传说蒋要下台，又说杜聿明在永城附近已经被俘，邱清泉战死，李弥、孙元良化装逃脱，徐州剿总五六十万军队全部被消灭……既然大局如此，这些军法官们急于想卖案子捞钱应变，这种心理可以揣度得到。因此，夏强说："唉，实在是小本生意全部积蓄一下子都完啦！不瞒二位，要不是我母亲伤心，我才不肯为这个妹夫倾家荡产呢！金价现在不断飞涨，还在看涨。上海中国银行职员发应变费每人只发几十个银圆，中央信托局员工发应变费是每人二两黄金……"

蒋公达阴下了脸说："别扯那些了！林东方的事，我们是要承担风险的！他一颗人头加上我们这两颗人头，只值你十二两金子吗？"

夏强说："对你们二位，再去借债也要报答的，只有通知上海亲戚再借三两金子，凑成十五两，看怎么样？"

周琪豁着嘴生气："老子不管你到哪里弄金子！不行，谈不好，我明天就判，后天就杀！"

夏强试探："唉，说实话，我跟这妹夫感情并不好。十五两再不行，真要逼我死，那我只能让他死！有什么办法呢！唉！"说完，他装得十分懊丧，却看到蒋公达同周琪互相看看，似想转圜。

果然，蒋公达气咻咻说："唉，话都说到这一步了，大家还是把事办得皆大欢喜的好。我看这个数吧！如何？"他伸出了三个指头。

夏强摇头叹气："实在太困难了！唉，我再想法，凑足十八两来保释我妹夫！不然，没办法啦！"

周琪愠着脸骂了一声娘，说："你他妈的真会做生意！老子是直进直出的军人，搅不过你！这简直像街上商店大拍卖了！我说一句，要不是时局这么坏！人心都散了，大家不能不打个小九九，我才不干这种事哩！二十五两，要是不行！明天我就杀人！你连尸都收不到！"

"唉，二十两吧！两根大条子！欠的债够我背的了！"夏强一副穷途末路的样子。

周琪挥手："不行！二十五两！不答应，你马上就给我滚！"

夏强觉得火候只能到此为止了，叹气说："周处长对我们这么好，你这么说了，我还有什么说的！你行行好，我们设法付二十二两吧！……"他揣摸心理，还不能一口应承，只能一紧一松、一松一紧。

周琪像讨狗肉债，大声一拍桌子："那就二十四两！一个子儿不能少！不行，你马上滚蛋！"

夏强看情况，这个豁嘴很恶，顺坡下驴装得十分为难："好好好！好好好！唉！那……那就这样！"但说："我们做生意，一手交钱，一手交货，大家图个信任。会不会倾家荡产付了钱，人又出不来呢？"

周琪沉重地说："我说了放人，能不放吗？你这二十四两，我们要打点下边，也要往上边烧香呢！"

蒋公达说："你快筹金子！三天后，礼拜四晚上九点来这儿交清。这儿收了金子，那儿你就去大牢里接犯人！铺保是要的！但说穿了，真没有你再加几两金子就行！"

双方击掌约定，夏强摸黑高一脚低一脚地回到吉祥旅店，把谈判的情况全部告诉了母亲。

母亲仔细听了，愤愤地说："这个反动政府如果不垮台，誓无天理！我要是个年轻男人，我也会拿起枪站到对面同他干的！夏强！抗日时，我们夏家是忠勇之家，如今，我们也还该仍是忠勇之家！只是……你二哥夏国，唉！就他叫我不放心！"

屋里的炭火盆快熄灭了，夏强将炭盆端出房去。外边寒冷，刮起了风，窗户纸在夜风中呼呼嗒嗒响。远处有狗吠声传来。夏强舒坦地叹了一口气，说："妈妈，睡吧！今夜睡个好觉吧！东方三天后就可以跟我们回上海了！"他替妈妈把被褥铺好，将自己的大衣给母亲盖在脚下，自己也打算回房去睡。

母亲自从来南通后第一次脸上浮现出一点宽心了的表情来。

一次告别旧梦的旅行

这是一次寻找旧梦的旅行！也是一次告别旧梦的旅行！

夏强和丹丹夫妇陪二哥夏国到北京后，住在王府井金鱼胡同的和平宾馆。一连三天，游览了不少风景名胜。

二哥引起的回忆不多。丹丹和夏强引起的回忆却既深又长。往事如流水，丹丹想起了 1949 年夏天从香港陪父亲到北京的往事。那时，雷香山到香港后就参加了民革，作为特邀代表被邀请到北京参加新政协筹备会议。那真是使人豪情满怀的岁月。当时，在北京，丹丹陪父亲第一次见到了那么多的中共领导人。政府给雷香山父女安排了可以长期居住的宅院，在东总布胡同。那是一幢修葺一新的两层楼洋房，院子不大，门前有个美丽的紫藤架，苍虬庞大，绿叶覆盖。那幢洋房早年是袁世凯时代的德国大使馆，后来曾是评剧名演员小白玉霜的住宅。在东总布胡同那条街上，李济深、张治中、史良等的住宅互相都离得不远。

但，雷香山开完会后，对丹丹说："丹丹，出席这次会议，我感触很深，但也深感惭愧，我觉得我行动迟，见识更迟。为建立新中国出的力太少。我现在想补救，要做出一些应做的成绩。我不是没有能量的，我要到香港与一些已到台湾及未到台湾的友人取得联络，从事反蒋起义活动。"他带着丹丹又回到香港，想不到的是到香港以后仅仅一星期，却在香港轩尼诗道 303 号寓所被暗杀了！

凶手来刺杀雷香山时,是在下午。雷龙夫妇和丹丹都外出了。丹丹回到家里时,啊!只见门虚掩着,地毯上满处是血,雷香山已经倒在客厅血泊中了!她只觉得日月失色,天昏地黑,心一下子碎成了齑粉。扶起父亲,老人临终睁圆了双眼,用手颤抖着摸着丹丹的手,没有说话,留下的只是一声苍老的叹息。凶手逃逸,未曾抓获。后来知道,那是保密局从台湾派来的杀手,完成任务后,先躲藏在吊颈岭,后来就逃往台湾去了。

这就有了丹丹后来的归来。雷香山生前不止一次说过:"丹丹,将来能回上海了,你就回去吧!同夏强在一起,你们一同做点实事!……"当老人被暗杀后,丹丹可以想见夏强在看到报纸后会多么悲伤。而丹丹在父亲遭到不幸后,心都碎了,日夜盼望见到的就是夏强。

半年以后,当那天丹丹从香港经过罗湖桥头通过解放不久的广州乘火车抵达上海见到夏强时,他们在车站上互相紧紧拥抱,双方都沉浸在泪水中,什么话都说不出来。

建国后的头三年,迅速恢复了遭到严重破坏的国民经济,是极了不起的成绩。以后,由上海一同调到北京,都在新闻界工作。在北京生活了十年,那是从 50 年代初到 60 年代初的密云骤风期的十年。北京的北海、景山、天坛、故宫、香山红叶、卢沟晓月、长城八达岭、明朝十三陵、颐和园、碧云寺、动物园、雍和宫……都有过他们双双游览的足迹。在十大建筑物工地,在十三陵水库……都有过他们流下的劳动汗水。政治运动真是多!一个接一个,几乎让人刚喘过气来又突然来了运动。他俩常常总是"披星戴月上班去,万家灯火归家来",疲劳不堪。

若拿 50 年代到 70 年代中国知识分子政治运动做一回顾:1952 年进行了知识分子思想改造运动,前后约八九个月。两年后,批判俞平伯的红学思想及胡适派资产阶级唯心体系花去约一年。1957 年开始"反右"及引发后来的"兴无灭资"等一系列政治运动,时间长达两年多。而到 1966 年爆发"文革",前后整整花了十年。

也不是说所有运动全部一无是处,比如"三反",反贪污反浪费反官僚主义也都必要,但偏差也自不少。比如镇反,许多流氓、恶霸、特务也该打击,但扩大化了,不该杀的杀了也大有人在⋯⋯数十年的许多运动,历史自会做出客观的评价⋯⋯最公正的是 1978 年十一届三中全会已经做出了不再搞运动的决定,说明搞政治运动这种方式,以阶级斗争这种方式进行,其为害已达到了不应继续下去的地步。

在 1957 年"反右"的急风暴雨后,来了 1958 年大跃进时期,先是提出了"鼓足干劲,力争上游,多快好省地建设社会主义"的总路线,展开了大跃进和人民公社化运动。想跑步进入共产主义的愿望不能说不好,但实际是一种"左"的破坏。夏强和丹丹经历过大炼钢铁、深翻地、放卫星⋯⋯怀着要国家富强的愿望,狂热投身在"一大二公"的人民公社化运动中。虽然对一些做法和提法,如砸锅炼铁、"超英赶美"、"破除资产阶级法权"、"卑贱者最聪明,高贵者最愚蠢"⋯⋯产生怀疑,但"左"的情绪也曾鼓舞着他们献出赤诚。全国大炼钢铁、土法上马,实际炼出的土钢都是废铁块,砍伐掉的却是珍贵的无数森林资源。接着,出现了高指标、瞎指挥、浮夸风和共产风为主要标志的"左"倾错误严重泛滥,终于,造成了国家经济生活的严重困境。各公社大办食堂实行"吃饭不要钱",由于根本不具备"吃饭不要钱"的条件,又丰产不丰收,天灾人祸,从而带来了全国范围的大饥荒。夏强和丹丹在北京,粮食定量降到无法吃饱的地步,那时同许许多多人一样,他们也被饥饿和浮肿病困扰。机关食堂里有一度最好的食物是用小球藻制成的每人给你那么一点的所谓"人造肉"。那真是饥饿和艰苦的年代,北京城里到处都买不到吃的。一个飘雪的冬夜,夏强和丹丹带了孩子到王府井闹市,所有吃食店全部都是空的。看到有一支长长的队伍排着,上去一看,原来是卖白水冰棍的,一人还限购两支⋯⋯

当 1961 年夏天,夏强和丹丹双双带着孩子离开北京下放鲁南支援农业第一线时，共和国仍处在紧张饥饿的"三年自然灾害"时期。但夏强和丹丹都是抱着为国家承担困难的信心到艰苦的农业第一线去的。

起程去山东前的一天上午，他们带着孩子来到了天安门前，拍了一张照片留念。那天，他们肚子很饿，孩子也叫饿。去山东后，又度过了一段"瓜菜代"的艰苦岁月。啊！那遥远而难忘的过去今天又凸现在眼前……今天，二哥在傍晚就要上飞机经香港回美国了！夏强和丹丹陪二哥又站在天安门前拍照了！

天气好，阳光和煦。天安门广场人很多，许许多多男女老少脸上都洋溢着幸福的笑容。

二哥说："一切都感到既亲切又陌生，既新鲜又迷乱！北京真是一个国际大都会，既现代化又有中国的特色，超出我的想象太多了！"

丹丹说："改革开放后，变化是大。我们五六年前来过一次，现在看到北京的高层建筑这么多，立交桥和新的道路这么多，市区扩展得这么大，也简直不认识了。"

放在眼前的北京，整个城市平面铺陈，高楼林立，给人兴旺发达的印象；而保留着的那些隐藏在背后的小胡同和四合院，红门绿树，幽深得别有一种情趣……

夏强说："出租车、霓虹灯、大宾馆、游乐场、高级超市、亚运村……过去我们在这儿工作时都是没有的。男男女女的青年们服装新潮，多姿多彩，无论老少，脸上都是笑容，这跟往昔也不一样。"

二哥拿着相机，说："来吧！让我们在天安门前拍张照片留个纪念，要把背后那些高兴的人群和他们脸上的笑容都拍下来，我要把这照片带回美国，给中国人看，也给美国人看！"

天还冷，但有阳光，没有风，合了影，夏强提议："我们到著名的'毛家馆子'去吃中饭好吗？"

二哥问："怎么叫'毛家馆子'？"

夏强笑了："是湖南毛泽东家乡的人来开的馆子，里边供应的都是毛泽东生前爱吃的家常菜，像红烧肉、炒苦瓜、干煸辣椒、清蒸武昌鱼等等。"

二哥也笑了，说："我生活简朴，但这些菜我并不爱吃，专门去吃这些很普通的菜就不必了，我们还是去吃全聚德的烤鸭吧！那是丽莎和我从前一直爱吃的！我们在美国唐人街吃的不像北京的正宗。"

二哥一路上总常提起二嫂，此刻提起二嫂，夏强和丹丹感到他声音又有些动感情了。

于是，坐出租车到前门外"全聚德"吃烤鸭，吃完午饭，顺路又逛前门大栅栏，二哥选购了些同仁堂的成药、景泰蓝的小盒子和小花瓶、千层底布鞋、戴月轩毛笔等打算带回去送人。怕二哥累了，三人又一同坐车回宾馆休息，但二哥不肯休息，说："快走了！时间金贵，我舍不得睡了，还是再多聚聚聊聊吧！"

泡了茶，大家舒适地坐在沙发上聊天。

二哥像有一肚子话要说。他这个历来话不多的人，这次回来有时话仍少，有时话却很多。要走了，心情显得激动，忽然说："夏强、丹丹！我与你们不同！但我不否认今天共产党为中国所做的事情。中国这么大个家，做个管家人确实太不容易。我看到你们现在的生活很幸福，我就放心了。逝去了的便永远逝去了，生活是永远向前的。"

夏强点头说："二哥，我们是珍惜今天的！"

二哥继续说："中国从来没有像现在组织得这样好！现在我看到的是一个日益在繁荣富强走向进步的中国，什么时候我们曾经有过像我们今天这样的一个中国呢？且不说过去在极短的时间里造出了原子弹氢弹，使卫星上天，更重要的是占世界人口五分之一以上有十二亿多人口的国家，不到半个世纪就解决了人民的温饱问题，使人均寿命由1949年的三十五岁提高到现在的七十岁以上。这在世界人类发展史上是一个伟大的创举。母亲生前批评过我，说我忘了父亲给我们起名字时的用心。其实，夏国不敢忘！夏国喜欢看到中国好！"

夏强和丹丹听了，既在意料之外又觉得在情理之中。二哥这样说，不容易，但这是他走一走、看一看又交谈了许多的结果。夏强想起二哥刚回来那晚在重庆说的那番话，那是继续五十年前兄弟间的那场辩论。本来，现在该是答复这番话的时候了，但让二哥自己发表感想岂不更好吗？……

　　果然，二哥又说话了："夏强、丹丹，我可以不喜欢某种制度，但我不能不喜欢这个国家，也许矛盾，但实际也并不矛盾。这个国家现在国际地位提高，引起世界瞩目！她强大了，也不闭关锁国了！进步得快、建设得好！民主法治在健全和完善！尽管过去有过曲折，尽管今天也有可以指摘或不满的地方，但看来什么也阻挡不了她向前发展。我回来后的这些夜里，有时失眠就常想，从晚清以后，中国的每个政权包括那些军阀，都要找一个帝国主义列强做靠山做后台，而现在的中国她本身就是一个重要的大国，不受任何强国的摆布。她顶天立地，就凭这，爱国者就该从心里赞叹和折服。做中国人是扬眉吐气的！台湾问题尚待时日，但统一早是人心所向、大势所趋了！"

　　夏强和丹丹听了二哥这番深思熟虑过的话，觉得二哥的"人心所向、大势所趋"说得很好，感觉到这次相会，尽管是在五十年的分别之后，人事沧桑，有无穷感慨，但，是十分快乐、十分融洽的。

　　不料二哥又率直地说："我要活着再多看看更好的前景。每个人都受着历史的制约，党派和国家也不例外，我并不要中国变得适合我的胃口才满意，我只要中国使中国绝大多数人合胃口我就满意……"说这话时，他的语气很认真。

　　后来，夏强和丹丹送二哥到南苑机场了。二哥一路上都沉默着，只是从车窗里向外张望，似乎要尽量多地留下他对北京的记忆。

　　在机场分手时，夏强说："我们明天就回重庆了！"

　　丹丹说："二哥，你回到美国家中后，就给我们打个电话来。"

　　二哥忽然流泪了，同夏强紧紧拥抱，又同丹丹紧紧拥抱，他掏消毒纸拭泪擤鼻涕，说："我有点舍不得离开你们！……"

丹丹恳切地说："二哥，以后多回来几次吧！下次回来，一定要在重庆家里多住些日子，我们再陪你到想去的地方玩一玩。"

夏强也说："让儿子、媳妇或者孙辈陪着来吧！我们会常常想着你的。"

二哥点着头，老泪纵横了，突然说："我会再回来的！雷老伯启示了我。下次我来……我要把你们二嫂丽莎的骨灰带回来的！她生前总是想念中国！我要把她葬在妈妈的旁边。将来，我自己也会同她葬在一起的！……叶落总该归根啊！……"

二哥提着他的小包推着箱子蹒跚地转身走了！可能怕被看到他不断在哭泣，没有再回头，走着隐没在安全检查的门槛里了。

一种浓烈的亲情使夏强眼眶酸楚发胀，泪水淌了下来，转身看时，丹丹也在低头拭泪。

他俩后来走出机场大厅。夏强亲切地挽着丹丹，在温暖的夕阳余晖中走着。有一种年老互相扶持的情爱。风风雨雨几十年他俩都是扶持着走过来的！今天，二哥下午发自衷心的一番话，使他们又不能不长久地沉浸在对往事的思索中了！

时光何其无情！岁月何其匆匆！人生何其曲折！世事何其奇妙！经历过生离死别、酸甜苦辣、大悲大喜、大苦大难、大起大落的人有福了！因为他们才能大彻大悟、大智大勇、疾恶扬善、明确是非、看清方向、坚定信仰！……

第八章　往来成古今

（一）"渴望让心晒晒太阳"

过阴历年的气氛浓了，上海人心不定，市面萧条，到处在"大减价"、"大拍卖"，但商店、餐馆、旅店生意都清淡，只有舞厅似乎还拥满着醉生梦死的人群。物价贵，采购年货的家庭主妇都在叹苦经。

肥胖的邵师母和哮喘的邵先生老两口决定到宁波老家去过年。他们感到京沪局面紧张，上海生活不易，物价飞跑，煤球奇缺，一些达官富户争先恐后离开上海去广州、香港或去台湾、美国。上海的宁波人多，有许多人纷纷做回乡的打算，似乎家乡总安全些。邵师母就做主让邵先生跟她走。她把原在上海沪西一家毛巾厂做工的侄女曾申和在公交公司当售票员的侄女婿沙玉琳都找来住在她的房子里，那毛巾厂已经停工倒闭，侄女失业，只靠沙玉琳的收入生活。虽然没有小孩，开支也拮据。安顿好后，邵师母来找龚梦兰全家辞行，笑眯眯说："夏师母，没几天就过年了，我明天坐江安轮回宁波老家去过年。那里开支省些，我要多住些日子才回来。侄女夫妇俩住在这里请多照顾，他们都是老老实实的人，你们放心！"

但谁料，邵师母老两口上了招商局专驶沪甬线的江安轮，这轮船按规定只能载一千二百多人，现在竟满载着四千多旅客，下午三点半，从上海十六铺3号码头起锚，驶出黄浦江。不到三小时，行驶到离吴淞口三十里许横沙西南白龙港水域附近时，客轮尾部突然发生强烈爆炸，船尾就缓缓下沉。一时间，旅客的惨叫声、哭号声压没了波涛声。尽管招商局派出了好几艘船去营救，途经出事海域的几只船也救捞，但救起的人不多，绝大部分人都遇难了。

惨案震惊了上海，使整个城市笼罩在极大的悲痛之中。这是从未发生过的严重海难。

最先得知消息的是林东方。

从南通保释回来时，东方笑着说："阎王老爷同我开了个大玩笑，快走到阴曹地府又把我放回来了！真感谢你们啊！……"他回来后，一直住在楼上客堂间里养伤养病，老虎凳伤了他的腿，使他走路有点跛，从嘴里往肺里灌水，吊打时往他胸部背部猛击，伤害了他的肺，使他大口吐血。回来后，夏强陪他治病，让他服药疗养，母亲和小妹常做些富于营养的汤、菜给他吃。方国华也大量送来有营养的食物和补品。东方渐渐在恢复健康。

病中，东方每天都帮助母亲在铅丝上晾衣服、择菜洗菜、洗碗、扫地抹桌，有时还抢着做针线，缝缝补补。他居然能细针密线地将袜子、衣裤补得匀匀贴贴。闲暇时，他总是看报、看杂志、听广播。他很会摆弄收音机。夏强的一只旧收音机被他调弄得很好。他关心时局，天津解放时，他说："北京也快解放了！"蚌埠、合肥解放时，他说："国民党行政院要迁往广州办公了！"蒋介石宣告暂行引退，由李宗仁代理总统时，他说："他不会真的引退的！一定要耍两面派在幕后指挥的！"当李宗仁说是愿意和谈时，他说："打败了就叫和平！实际李宗仁还做不了主，和谈是假的，实际是谈不成的！……"

收音机提供给东方最新的新闻。当江安轮沉没出事的消息电台一广播，东方就听到了。他告诉了母亲，母亲立刻到二楼找到曾申，把电台播的消息告诉了她，她立刻急火火地去外滩招商局打听去了。果然，消息确实。晚上，小沙回来了，夏强也回来了，都意识到邵师母和邵先生一定就都死在茫茫大海中了。

夏强感叹这对老夫妇的不幸遭遇，不禁想到有一次邵先生同他谈过的话，邵先生说："我这人呀，从来没有大富大贵，但也还活得小康。虽不飞黄腾达，但在人面前也算体面。我做人历来小心谨慎，勤俭持家。我是个识时务的人，只想规规矩矩过日子，可想不到这世道竟能叫人活不下去！……"邵先生患过小中风，不大出门，这以后再也看不见他了。这是一个中层阶级的人，他们夫妇不喜欢任何激进，只想国泰民安，但乱世不幸，竟遭到这样的大祸！

邵师母侄女曾申的哭泣声一连几天都常常从房里传出来，母亲和小妹也伤心落泪。夏强知道，母亲和小妹固然是悼念邵师母夫妇，也是由于思念松涛，心情不好。

自从东方回来后，夏强不止一次同母亲和小妹谈起松涛。松涛在哪里？是活着还是已经被杀！一点都不知道。唯一的一点信息是去年八月间，白昚曾说过，松涛确是被捕，但因为被疑是要犯，由毛森直接控制，无从援救。现在离那时瞬已快要半年，松涛仍活着吗？

提起警察局长毛森，夏强心中就有一种像见了蛇似的感觉。在一次偶然的机会中，夏强看到过他。个儿不高，较瘦，面容有点像陈诚，但两只眼小，长得凶恶，毒光四射。白昚警告过，这事别再管，不要再乱找人搭救。人是救不出来的，反倒逼急了毛森会干脆杀了灭口的！本来，也没有一天不想搭救松涛，但谁能救他呢！而且，不幸的事层出不穷。一会儿，小妹被捕，一会东方被捕，顾了东顾不了西，为救东方几乎用尽了一切力气！但现在东方出狱了，松涛仍不知下落，怎么办呢？

夏强感到身上有一种沉重的责任，又无法卸下这副心理的重担。看到母亲和小妹流泪，甚至感到无法劝慰。他同东方祖露心迹，说："尽管局势已经这样急转直下，我仍觉得太慢。我恨不得这政府明天就垮台，上海明天就解放。我实在忍受得够了！太黑暗了！我的心真想跳出来晒晒太阳！"

东方看着夏强的眼睛，沉稳地说："夏强，你不是没尽力！你已经尽了很大的力！我为松涛也常常难过。我感谢你们救了我出来。自从被捕，我既抱有要努力出来的希望，又做好了死的准备，我们现在需要的是一种韧劲。光明越是在望，越不要急躁，努力尽可能地设法多出些力。我这养病，面上看我不急，实际我心里天天急得要死。等到身体再好一些，我要想法改变这种状态的！我们互相多鼓励吧！我们都是党员，因此都并不完全属于自己。我们都该沉着应战！一同来劝劝妈妈和小妹吧！让她们度过黎明前的五更寒，用更大的力量来忍受！"

夏强能体会到东方说这段话的心情。是的，漫长的黑暗隧道终会走尽的，现在已是五更寒了！再忍受着艰辛与痛苦往前走吧！快到尽头熬到天亮了！

有些事，劝慰有用；有些事，劝慰的用处就不大。无论如何，劝慰总是一种抚平创伤的举动。旧历年的临近，虽然因邵师母侄女的哭泣，使这5号房子里充满了一种悲惨的气氛，虽然因松涛的无影无踪，造成了一种揪心的牵挂和思念，年总是要过的。母亲在小妹帮助下，依然忙着用拮据的经济，从飞涨的物价中精打细算地去选购一些必需的米、面、油和年糕、粉丝，将方先生送来的鸡鸭鱼肉做成咸肉、咸鸡、风鸡、糟鱼、香肠，节约着吃。旧历年将来的气氛，无论如何暂时使遭到不幸和身处逆境的人有一种传统的降福的慰藉。

即使要过年，夏强仍然是忙。

他早已决定不给丁一凡写稿了，但丁一凡仍来过两次信要夏强继续写稿。第一封信告诉夏强，中央宣传部有内部指示："我如不能战，即亦不能和。我如能战，则言和又徒使士气人心解体。故无论我能战与否，言和皆有百害而无一利"（夏强记得陈大庆就这么说过），要夏强写稿"遵此精神办理","必须宣传以战谋和的方针"。第二封信要夏强写稿必须审时度势,希望夏强"在此国家危急存亡之秋,近阶段写稿应以总统元旦文告为依据"。夏强客气地回了信,强调忙,留有余地地说:"有好的题材时当遵嘱写稿。"

自从金圆券大贬值,《新联晚报》每月发薪早改为发银圆了。银圆每天价格暴涨,金陵东路上沿街站满了"黄牛",这些被叫作"黄牛"的银圆贩子靠卖出买进赚钱。银圆涨价十分有趣,银圆贩子手里敲打银圆叮当作响,嘴里报着金圆券对银圆的兑换价。夏强一路走着,银圆价一路越涨越高。一些金店、米店里的价格牌,也用粉笔不断改写,价格也越跳越高。面对这种怪现状,人人都摇头诟骂。

晚报的采访写稿任务很重,夏强常常很忙。他把这职位当作阵地,为了隐蔽,也为了使这张报在高压下能够生存不被封闭,写稿时夏强总力求技巧平稳。记者的工作是越来越难了,在宣判冈村宁次的事上,夏强要求采访竟就碰了一个钉子。

1月26日,军事法庭对冈村宁次进行最后一次公审,并要宣判。夏强在1月25日去申请旁听证,但法庭人员说:"这次旁听范围大大缩小,我们明天只请《中央日报》、中央社、《申报》、《新闻报》派记者参加,贵报不在其列!"

夏强据理力争,他不愿看不到冈村被判刑。

军事法庭人员就是坚持给夏强钉子碰,说:"不行!时间紧,要办旁听证也来不及了!"

夏强回到报馆谈了情况,总编辑和采访主任老秦都认为这条新闻必须有独家报道。总编辑出面打电话找了熟人,才算同意发旁听证。安排在大年夜宣判冈村,看来是故意这样做的。大家都要忙着过年,好转移并且冲淡对这件事的注意力。

1月26日上午10点,仍在塘沽路市参议会大礼堂公审。夏强准时到达,发现外边没有像上次公审那样安装高音喇叭,似乎并不要人在外边旁听，一切都显得冷冷清清。在庭内旁听的一共只有二十多人，大部分是记者，还有一些不明身份的军人。

审判十分草率。冈村到后，仍是很优待地坐着，石美瑜到了，他才站起来。戴眼镜蟹壳脸的少将庭长石美瑜穿着军装作了些例行公事性的提问，冈村未作任何辩解，概由江一平和钱龙生两个律师代为申辩，理由大致同半年前那次公审时的申辩相仿。最后，石美瑜问冈村有什么话要说？六十六岁的冈村宁次从座位上起立，老谋深算地说："本人对法庭审判没有任何意见，但对由于日本官兵的罪行给多数中国国民造成物质、精神上的灾难表示歉意。同时对本人因病推迟审判造成工作困难，表示遗憾。"

平淡无味，走走形式的审问到中午结束。夏强草草吃了午饭，等到了下午 4 点，法院再次开庭。这就是判决了！审判人员全体起立，听庭长石美瑜宣读判决书。石美瑜先宣布判处日军侵华独立混成第 82 旅团少将旅团长樱庭子郎和独立混成第 40 旅团中将旅团长伊藤忠夫无期徒刑，然后宣布对冈村宁次的判决。夏强紧张地听着宣判，但简直不能相信地听到的是六个字："冈村宁次无罪……"

夏强心跳加速，血液沸腾，他看到肃立聆判的冈村脸上露出一丝瞬即消失的微笑。居然会判决冈村宁次无罪，这算什么审判日本战犯的法庭？公理哪里去了？正义哪里去了？是非哪里去了？中国人民的利益哪里去了？

人声嘈杂，议论纷纷，旁听的人虽少，但秩序有点乱了。石美瑜是仓促将判决书读完的。有的记者在石美瑜读完判决书时，就走上前去责问。夏强也快步上前，问石美瑜："为什么竟宣判冈村宁次无罪？这是否有政治原因？"

戴眼镜的石美瑜用福建官话回答："本案之审判绝无政治作用，本庭纯粹根据法律审判，愿负一切责任。至于对或不对，唯待国内及国际人士公评。"

一个女记者大声问:"冈村是民国三十三年接任中国派遣军总司令官的,从那时到胜利,日军一直在中国烧杀奸掠大犯战争罪行,难道冈村无罪?"

石美瑜大声说:"退庭!"扭身就走。有的记者想拥进庭长室继续提问,却被法警拦住了。冈村宁次也被法庭派人陪同由后门走掉了。

夏强怀着气恼赶回报馆。他当然明白,冈村被判无罪,绝对是从最高方面来的旨意,小小一个石美瑜是秉承上边指示办案的。说穿了,是最高当局自始至终一直要利用冈村,这些利用冈村的传说在新闻界中早已广为流传了。但面对现在的判决,难禁义愤,他匆匆写了一条新闻:

冈村宁次大将
今日宣判无罪

〔本报讯〕日本在华最大战犯前中国派遣军总司令官冈村宁次大将,1月26日由国防部审判战犯军事法庭举行复审后,于下午4时由石美瑜庭长宣判无罪。事出意外,当时庭上空气紧张,旁听者议论纷纷。冈村在庭上一直从容自得,似早已心中有数,聆判后微露笑容。本报记者质问石庭长,石庭长云:"本案之审判绝无政治作用。本庭纯粹根据法律审判,愿负一切责任。至于对与不对,唯及国际人士公评"云云。

他将稿子交给采访主任老秦时,说:"加个花边框放在第一版如何?"老秦看了稿,气愤地"嗨"了一声。冈村竟宣判无罪,谁都出乎意料,谁都会生气的!

当晚吃年夜饭,夏强回家谈了宣判冈村宁次无罪的情况。年的气氛都被冲走了!东方说:"这是出卖民族利益勾结日本法西斯军阀的犯罪行为,也一定包含了勾结日本战犯反共的阴谋。美国在日本包庇大量战犯，国民党反动派又这样，后患无穷了！"

旧历年上海人再艰难也要过。春节的尾声，街上行人不多，但弄堂里响着麻将牌声，也仍响着散落的鞭炮声，走在路上，也到处看到铺满地上的散碎红色爆竹纸。

夏强决想不到从年初一到年初三这三天稍一疏忽、麻痹，年初四——1月30日上午10点，冈村宁次竟就与二百五十九名日本战犯一起在黄浦码头乘美国轮船约翰·w·维克斯号离开上海被遣送回日本了！

很明显，冈村被宣判无罪后，反响强烈，怕出什么事，于是一不做二不休，赶快偷偷把他送回日本，造成既成事实，了此公案。

冈村被遣返是保密的。夏强在初四上午才得到消息。《新闻报》的老沈把这消息透给夏强。老沈不跑这类新闻，但《新闻报》的记者得到了这条线索，老沈就打电话告诉了夏强，夏强马上赶去采访。这时，那条载着冈村和二百五十九名其他日本战犯的美国轮船，已经驶出黄浦江和吴淞口进入波涛汹涌的海上，朝日本横滨港进发了。夏强赶快写了新闻报道，标题是：

> 冈村宁次偕其他战犯259人
> 竟逃脱惩罚秘密乘美轮返日

采访主任老秦怕这标题太刺激，拿起笔来似想改一改，但想了一会，叹口气说："就这样吧！一点也不过分！"

夏强中午回到家里，心中愤愤难平。吃饭时又是谈冈村宁次，小妹生着气但幽默地说："冈村宁次成了我们过年的下饭菜了！真叫人难以下咽！但我要干一件事！"夏强夹着菜说："干什么事？"小妹说："我要马上油印一批传单，题目为《是谁放走冈村等大批战犯？》我要找些地方散发。就算发现是我干的，我看也无罪！太气人了！"

母亲说："你想做的事是对的！但谨慎些吧！"

东方说："小妹，别那样干！目前你隐蔽些的好。"

小妹看着东方说："看到你，想到松涛，我就感到死不可怕！我认为复仇的愿望能战胜死！爱情能蔑视死！信念可以使人从容地拥抱死！我现在对任何事都不会感到可怕！"

夏强也叮嘱小妹别冒失，但从小妹眼里，他感到小妹说要干什么就会干什么的，别人似乎做不了她的主。

大家刚吃完饭，忽然电话铃响，夏强接了电话，欣喜地听到了丹丹的声音，这是丹丹从南京来的长途。

丹丹自从"失业"后，不像以前那样常来长途了。夏强救出东方后，曾经专门到邮电局给丹丹打过电话，告诉她了全部情况。年前，夏强专门写了信并寄了贺年片给雷老伯全家拜年。丹丹也有信和贺年片寄来给夏强全家拜年。现在，听到丹丹那悦耳的声音，夏强真是高兴。

丹丹说："我在邮电局给你打长途，向伯母小妹你们全家还有东方拜个晚年。"

夏强说："我们全家也向老伯、龙兄龙嫂和你拜年，你们年过得好吗？"

"马马虎虎！来拜年的客人不少，劝爸爸离开南京的也不少。"

"老伯有了打算？"

"还未定去向！他还是看报、听广播、散步、写字，在花园里忙碌，对北平和平解放很感兴趣，对和谈也很关注。我想顺便告诉你些事。"

"好事还是坏事？"

丹丹笑了："你二嫂想要推荐我去中央社或者《中央日报》……"

"不去！"

"当然我不去！我是说有个中华自然科学社办的《科学世界》月刊，

在上海编辑出版，是普及科学知识的，颇有影响，他们要我。现在当局把记者的嘴封着不让说真话，我觉得去编《科学世界》也不错，你以为如何？"

"那你可以来上海了？"

"我很想你！来上海当然高兴，但丢下父亲在南京，不能照顾他，不能陪他，我办不到。"

夏强说："这倒也是！"他知道丹丹孝顺。

丹丹说："因此，这消息既不坏也不好。容我再想想，不过，可能我会放弃的。好在我时间并不浪费，我在读大量的历史书，也在进修英语，你英语好，我不能差，读历史可以更了解今天。"

夏强听到这，笑了，说："那就多读点历史书吧！"随即将邻居邵师母夫妇遇难的事讲了，又将冈村无罪遣返的事告诉了丹丹。丹丹说："这是法律被暴君随意运用！"夏强叫丹丹把这事告诉丁嫂和老柴，说："他俩都一直关心冈村宁次的审判，让他们知道一下吧！"

丹丹问："东方身体好些了吧？"

夏强说："好些了！我让他同你谈几句好吗？"

丹丹说："好！"就听到了电话里东方的声音。

东方说："是丹丹吗？向雷老伯和你们全家拜年！你们为救我费了那么多精力，我衷心感谢。"

丹丹笑着说："东方大哥，别说客气话了！我们出了力但没办成功，还是金条比我们有用！"

东方说："刚才好像听说你在读历史书？"

"浏览罢了！家父这类书多。"

东方说："历史有两种：一种是官方的，说谎骗人的假历史，为自己树权威，让人受骗的；一种是野史、非官方的民间的历史，也许可以看出国家大事的来龙去脉、真实状态。"

丹丹说："你说得真好！我也有相仿的观点。但两个不同的人看同一棵树却未必相同。我读历史书时，是会比较的。"

"你是位有思想的女记者！"东方说，"夏强是幸运而且幸福的。电话打得太长了！我们就谈到这，好吗？"

当夏强又听到丹丹声音时，他将丁一凡来信的内容告诉了丹丹，并且说："我本来已决定谢绝给'麻辣蹄膀'写稿了。但现在变了，我想赶写一遍通讯标题就叫《大战犯冈村无罪遭遣返纪实》寄给他。估计他至多删掉一些激烈句子，但舍不得不用的。为了发出一些声音，我无须放弃重庆《时事日报》这块阵地！"

丹丹笑着说："拥护！当一件事符合我们的意图时，它必定是好事，你就写吧！"

后来，电话挂断了。东方朝着母亲真诚地说："妈妈，你将来会有一个好媳妇。丹丹聪明、真诚、漂亮、能干而又善良、乐观，更重要的是她有好的思想，能同夏强一致前进的！"

东方的身体逐渐好起来了，那条走路不便的腿也好了。

他每天一早步行到杜美花园去呼吸新鲜空气、锻炼身体，有时夏强也陪他去。杜美花园不大，但精致，有许多葱郁的大树，即使寒冷的二月也有诱人的绿色。公园总是扫得干干净净，靠椅或石凳也很洁净。公园门口有报摊，可以买到当天的报纸及杂志。游客不太多，主要是锻炼的老年人。东方走上两圈进行深呼吸，再做自己编的体操活动全身，然后找个僻静处坐下看报，到十一点多钟再步行回成都南路住处的三楼客堂间里休息。

今天一早，夏强同东方一起到了公园，两人锻炼了一会就并肩坐在绿漆靠椅上聊了起来。

东方说："身体渐渐好了，心里就越来越不是味了。你看我该怎么办？"

夏强说："你的伤不轻，内伤必然还没有全好，急不得！"

东方说："你设想一下，我是保释的。他们会不会再来把我抓回去？"

夏强皱眉说："不能说没这可能，但他们既收了金条，必然做了手脚想包住这件事，并不想再来兴风作浪，那样会牵连到他们自己的。"

"那如果我突然失踪了，会不会牵连你们！"

夏强一下子愣住了，稍停，说："你的保单是方先生办的，给小妹作保时也是这两个店铺。据我所知，两个店都是他朋友开的，一个店还有他的股份，要是出了问题，牵连一下倒也不是不可能的。"

东方说："我想过几十遍了，如果我出了问题，那是很容易牵连的。但倘若我突然失踪了呢？连你们和方先生都不知道，还可能怀疑我是给特务又抓了进去，那样，就不该有什么牵连了！你们都往我身上推，一切都说不知道。退一万步说，大不了再花点钱，也就应付过去了，你说会不会是这样？"

夏强想了又想，点头："东方，你真行！我看会是这样！"

东方说："所以，我想，我突然失踪比仍住在你家疗养要好。对我来说，可以去发挥作用，而且，可以摆脱这种砧板上的肉的处境。我必须改变处境！"

"你想到哪里去？"

东方用手指指北面。

"路上安全吗？"

"冒险是必然的。但以前我来去过好几次，一路有些关系。上次栽了跟斗，有经验教训，这次要更慎重，会过得去的。"

"你要我做些什么？"

"只要一点旅费。"

夏强点头，东方的思考是对的，东方走了，万一追究起来，责任也够重的，但他硬了硬心肠，未表露，此时此刻，他有承担苦难的责任。

后来，夏强要去枫林路公交第二保养场采访公交公司工人要求发应变费和改善待遇的事。东方说："走吧！我也回去了。今天同你一谈，我心里轻松了许多。"

两人一同走出杜美公园的大门正打算分道扬镳，忽然奇怪地看到林森中路上法电21路公共汽车上满满载着许多戴大盖帽的公交工人，往外滩方向驶去。而公交公司自己的公共汽车一辆也看不到。夏强警觉地说："好像出事了！前天就听邵师母的侄女婿小沙说，他们工人向公司提出发应变米六石和改善待遇等六项要求，但公司态度强硬，说'无变可应'，不予同意。公交有两千多工人，都愤愤不平打算罢工，别今天真的罢工了！我得赶到公交公司公平路保养场去看一看！公交公司的员工福利会在那里。"

他同东方分手，独自去挤21路公共汽车。

21路公共汽车终点在洋泾浜外滩，车子到了那里，夏强下车又换乘7路车前往公交公司公平路保养场。

到公平路保养场，见冻死在保养场外边的一个女叫花子的尸体还蜷曲地倚墙躺着，收尸的车子还没有来。夏强每次看到冻死的乞丐，心里总有些凄凉和抑郁。夏强看到许多车辆都"抛锚"在车场大门口，司机、售票员都离开汽车东一摊、西一撮地在谈物价、谈公司心肠太硬不顾工人死活，夏强一眼看到邵师母的侄女婿小沙也在人丛中。小沙平时是在枫林桥保养场的。夏强上前招呼问："小沙，你怎么在这里？"

小沙上来说："我们那边的人都到这里会师来了！"他见到夏强来了，对身边的一些售票员和司机说："这是新闻记者！我的邻居，夏先生！……"工人们一哄而上包围着夏强，都纷纷诉苦。有的说："现在半斤钞票买不到一斤粮食了！"有的说："我们的代表正在同公司谈判，要再不解决问题，我们就一直罢工罢下来！"一个老司机干脆说："夏先生！我们工人的生活苦得像咬破了的鱼胆！我来念首打油诗你听，要不要?"

夏强说:"好!你念,我记下来!"

老司机说:"米袋没有隔宿粮,家中老幼饿断肠。工薪只够喝稀汤,哪有力气车出场!"

边上的工人听了,都情绪激动,有的高叫:"罢工!"有的吼着:"不发应变费决不复工!"……夏强记下了打油诗,回身打算去里边再看看。心里却隐隐担忧。工人这样罢工,中断了交通,给广大上海市民带来极大的不便,恐怕得不到社会舆论的同情和支持,反而容易给反动当局提供把柄。一月里,蒋介石颁布命令宣告全国戒严,现在正实行《戒严法》,反动当局完全可以有借口来镇压。但他是记者,工人正在火头上,他不能这样公开来讲。他心里有些焦急,正打算走到里边办公室去看看,却听见大门外"飞行堡垒"驰近的声音"呜——呜——"地响,又有尖厉的哨子声、卡车的隆隆声排山倒海般地临近了。

工人们都跑拢来一起向大门里边集中。夏强立刻向大门口跑,见大门口外五步一哨、十步一岗已布满了大批宪兵、执法队,人影晃来晃去,枪杆子也晃来晃去。黑色的"飞行堡垒"和红色的警备车、绿色的装甲车上架着机枪,枪口瞄准着场内的工人宿舍。那"飞行堡垒"上的广播大喇叭正在高声向工人广播。一个粗哑的男声在吼叫:

"……吴国桢市长明确表示,应变费的要求绝对不予考虑!下令立即复工,否则一律解雇……"

"……淞沪警备司令部陈大庆司令宣布:戒严期间非法怠工或罢工,当依《戒严法》以妨碍治安论罪!莫谓言之不预也……"

情势严峻,白色恐怖已经笼罩在公交公司罢工工人头上了!夏强在这一向,就听到过陈大庆对工人罢工深恶痛绝,曾在一次会议上讲:"工人敢罢工,我就敢杀!我要借人头平工潮!我不相信镇压不了!……"现在,听到了恶狠狠的广播,心里沉重得很。

两个全副武装的执法队士兵,上来拦住了夏强,喝问:"干什么的?"

夏强掏出名片:"记者!"

一个胖执法队士兵用冰冷的语气说:"快走吧,禁止采访,别停留了!"

夏强只好怀着沉重的心情走出大门,离开了公交保养场。

在离保养场不远处的一家小馆店里吃了一碗菜肉馄饨做中饭,远远见军警同工人仍对峙着,那广播喇叭仍在一遍遍杀气腾腾地播放。夏强决定回去。回到外滩报馆里,采访主任老秦正在桌前忙着不知写什么。夏强把公平路保养场公交公司罢工及军警前往包围弹压的情况讲了。老秦说:"这条新闻暂时就别写了!上午得到市政府新闻处电话通知,报上不许登载罢工新闻!违者照戒严法惩处!要我们按中宣部指示,宣传'政府与其无条件投降不如作战到底'、'毛泽东1月14日声明所提八条为亡国条件,政府更不应接受'!"

夏强故意说:"李宗仁唱的调子却和这不一样,说可以宣传和谈的嘛!"

老秦说:"谁都明白他这个代总统做不了主!做主的仍是草字头的那一位!如今是各唱各的调,各吹各的号!他妈的叫我们难办!你也就别继续采访公交了!采访线索本上有些线索——长江线轮船加价记者招待会,发放黄金短期公债中央银行也有个招待会等……找点能刊登的题目做做文章吧!他妈的!……"

夏强回家,把事情告诉了东方。东方认为陈大庆是会借人头平工潮的,建议夏强找小沙谈谈,也问问他公交罢工的情况。夏强本来想去中国银行采访新成立的员工应变互助会,但心里没劲,决定不去,指望傍晚小沙回来好谈一谈。谁知小沙竟一夜未归。他妻子曾申提心吊胆等了一夜。

第二天,沙玉琳白天仍没有回来。夏强打电话到《新闻报》找老沈了解公交罢工的情况。老沈说:"昨天夜里抓了九个人!听说陈大庆决定借人头平工潮！"

第二天夜里，小沙回来了。两天不见，老了一头，胡子巴叉，满面哀伤和疲倦，流着泪告诉夏强说："陈大庆开杀戒了！我们选出来代表大家谋福利的理事长钟泉周和理事王元、顾伯康三人昨夜被捕，刚才，六点钟，就被押到江湾刑场枪杀了！还有六个人都被军法判了徒刑进了监牢了！断子绝孙的反动派！我恨不得跟他拼命啊！这笔账他欠下总是要还的！"他说完，放声呜呜大哭起来。

夏强心里也在落泪，那种渴望让心晒晒太阳的感觉又出现了！

他后来，把事情告诉了东方，说："我多盼望有一个新的天地、新的世界啊！……"

东方突然说："鲁迅有首诗，你一定熟悉：'万家墨面没蒿莱，敢有歌吟动地哀。心事浩茫连广宇，于无声处听惊雷。'我常有这种心情，我得尽快地走，我等不及了！"

夏强心里不禁想，东方引用鲁迅的诗表达的那种感情，与我的感情是相通的。革命者的感情都是一样的呢！

东方讲的话，是认真的。

三天后的一个早上，他去杜美花园锻炼身体，竟失踪了，再也没有回来。

为了不使母亲和小妹担心，经过再三斟酌，夏强还是在晚上把东方"失踪"的真相告诉了她们。

就在那天夜里，夏强做了一个奇奇怪怪的梦。梦很长，梦境很零乱，却也似乎凝聚着一个主题——向往一个美好的人间，一个美好的社会，一个美好的未来。……

他在梦中模模糊糊看到的很像是鲁迅曾描述过的一个故事。这故事很美丽，幽雅有趣。许多美的人和美的事，错综起来像一天云锦，而且万颗奔星似的飞动着，同时又展开去，以至于无穷……那些特务、党棍、暴君、独裁者、贪官污吏、帮会头子、流氓地痞、恶霸、压迫者、铜臭作恶的豪门、龟头老鸨……人类的渣滓呢？那些贫穷、饥饿、不民主、不平等、愚昧落后、凶残暴行、自由的匮乏、侵略的罪恶……人类的仇敌呢？有个声音在说："那些都消灭了！消失了！铲除了！清理了！……都不存在了！……"

梦在转换画面，一切都朦胧，一切都像雾气笼罩。看不真切，似虚似幻。看到出现了英国托马斯·莫尔在《乌托邦》里描绘的那种空想社会主义的景象……出现了孔子所说的大同世界，出现了意大利但丁在《神曲》中描绘的天堂的庄严光辉和欢乐及爱，出现了古希腊柏拉图《理想国》中那种道德、政治、教育的状态，出现了英国雪莱在《解放了的普罗米修斯》中最后一幕的场面：整个宇宙欢呼新生和春天再来的颂歌。旧时代被埋葬了，时间和人类思维的精灵庆贺并欢唱着人类未来的光辉成就。诗歌艺术和科学为人们所享有，"爱"代替"恐惧"而使世界成为乐园。温和、美德、智慧和忍耐将重建大地……出现了马克思、恩格斯在《共产党宣言》中论证的消灭剥削和压迫，取得解放的想象……他阅读过这些书，但并不真正懂得多少，有的只是美好的向往和想象，而反馈在梦中却混乱地搅在一起破碎而紊乱，忽隐忽显，甚至连陶潜的《桃花源记》都出现了——夹岸数百步，芳草鲜美，落英缤纷……眼前有铺天盖地的光亮，亮得心里高兴，天空明净无云，阳光温煦，春风拂面，有悦耳的鸟鸣，有如画的山水，洗尽了眼中尘埃，听到银铃般的笑声……有一个声音在说："这里能随意放声歌唱，这里人同人之间能人人为我、我为人人，这里有真有美和善，这里有永恒和无垠……"

梦境很零乱，甚至颠三倒四。梦境事后追忆，缥缥缈缈，似有似无，但留下了一片光明。他原本是个富于想象的青年，想象丰富，而且想象多于实际，想象超脱于理论。这是年轻人的一种特点，每每会把想象把理想当作现实。想象和理想总是比现实和实际更美丽得多也伟大得多的。在梦醒以后事后回想，梦早已更加散漫而不完整。他已想象不出梦见的那些具体是什么样子，但他觉得那必然是最好的、最美的、最最受欢迎的，使大家幸福的！他在追求这样一片天地！……梦醒了，心里泛出甜味和快乐，有天长地久的满足……

（二）多情花神庙

这是个充满期待、充满斗争的初春。

尽管物价飞涨，时局紧张；尽管满街乞丐，大批穷人为每天的糊口艰难在生死线上呻吟叹息，上海的那些有钱人和醉生梦死恣意寻乐的人，仍在灯红酒绿、歌舞升平中消磨他们的时光。夜晚，车流的灯光像一群野兽的眼睛怒目扫射，静安寺一带的舞厅，会乐里的妓院，虞洽卿路的土耳其浴室，扬子饭店的向导社，南京路上永安等四大公司，东亚旅馆、跑马厅旁的国际饭店，那些五色霓虹灯一到天黑，就闪闪烁烁很有层次和动感地同那些林立的广告牌上的灯光，汇在一起把万家灯火的夜上海照耀得七彩缤纷。其实，欢乐是表面而虚伪的，不景气却是存在而真实的。

无数人的腿和胳臂在他身前身后的人流中乱糟糟地划动，空气中似乎布满了一片阴郁的愁云惨雾。夏强如约在八点钟踏进了霓虹灯千变万化的大沪舞厅的玻璃大门，舞场里灯光幽暗，洋琴鬼正在奏一支流行乐曲。鼓声"嘣擦嘣擦"打着拍子，一个浓妆艳抹的穿旗袍的歌女用微微沙哑的嗓子在唱一支逗引的歌："……如果没有你，日子怎么过？……"舞池里许多男男女女一对一对搂抱着摇晃着在跳狐步舞。这种地方，空气混浊、烟味呛人，烟味中夹杂着女人的香水脂粉味。

他的目光浏览过去，看到了林昆仑。老林理了发刮了脸，西装外穿的是一件半旧的黑呢大衣，戴了副眼镜。夏强差点没认出来，他却用手在招呼夏强。他坐在左边角落里的一只桌子旁，吸着香烟。夏强从一些有客坐着的桌子中间走过去，轻轻坐在老林身旁的椅子上了。

侍者过来，给夏强像老林似的也泡了一杯茶。老林摸出几张大票面的金圆券付账，说："这票子已经发行了几万亿，米价已涨到九万元一石，金圆券快成废纸了！"

侍者转身走后，夏强轻声说："见到您真高兴。"自从那次入党宣誓后，只偶尔能从电话中听到他的声音，现在见面了，他感到亲切和温暖。

林昆仑笑笑："现在还不是我们的天下，只好偷偷摸摸在舞厅见面。将来，到了那一天，我们就不过这种生活了！"

一曲结束，灯光亮了，舞池中跳舞的人又都纷纷回到自己的位子上，场中央四周坐着的舞女们，多数都去坐台子了，只剩下少数坐着等待舞客跳舞时去结识。舞场里暖气不太热，乐队的洋琴鬼们又开始在启奏新的一曲了。

老林说："有重要事，约你出来谈谈。这种地方安全些，人多嘈杂，便于说话。"他详细问了夏强这一向的工作、生活和东方的情况。这些虽然夏强从南通回来后就报告过，但现在可以讲得详细了。听完夏强的话，老林说："我给你扼要传达一个重要文件。"他开始传达，声调很轻，像背诵得很熟地说："我们将在解放战争中获得最后胜利，这连敌人也不怀疑！国民党主力在长江以北被消灭，大大便利了我们渡江南进解放全中国。但敌人不会自行消灭。我们必须使革命进行到底，在全国推翻国民党反动统治，建立人民的共和国。这样就可使中华民族大翻身，由半殖民地变为真正的独立国，使中国人民大解放，将自己头上的封建压迫和官僚资本的压迫一起掀掉。"

夏强激动地听着，每一个字每一句话他都用海绵吸水似的态度吸进脑际。

舞池里又充塞着跳舞的人了。乐队奏的华尔兹圆舞曲，鼓手打着三步舞节奏的"嘣擦擦、嘣擦擦……"，正好掩护住林昆仑的话声。

老林继续在传达那些富于历史预见和进取的思想，说："中国人民革命阵营必须扩大，要容纳一切愿意参加革命的人，但不容许坏人侵入。……人民的根本利益要求彻底消灭一切反动势力并驱逐美国主义的侵略势力出中国！"他传达的话锋芒毕露，字字千钧。

老林又说："今年中国人民解放军将向长江以南进军……今年将要召集没有反动分子参加的以完成人民革命任务为目标的政治协商会议宣告中华人民共和国的成立，并组成共和国的中央政府。"他揿灭烟蒂，又点燃了一支香烟。

夏强的心脏一直强劲地跳动着。他脑海里悸动着一阵亢奋的波涛，呼吸颤抖，默默记下这些关于中国前途和命运的话！体味这些话，又被这些话深深激动。人民解放军将向江南进军！一个人民的共和国和一个人民的政府恍然已在眼前！听完，他开朗地微笑说："太好了！我很受鼓舞！我老觉得这反动政府的统治像一口黑锅扣在头上，现在黑锅要彻底打破了！"

一曲又完，灯光又亮，舞场里又是一阵脚步声和人的流动。

林昆仑脸上平稳安详，稳定如泰岳华山，说："传达的主要就是这些。解放军的江南进军是很快的事了！上海的解放也指日可待。中央既要歼灭上海之敌，又要保存这座城市。市委明确主要任务是开展反对破坏、反对屠杀、反对迁移，保护上海，开展强大的宣传攻势，在宣传上清算国民党罪行，扩大我们党的政治影响及威望，号召人民组织起来拥护我党我军，执行革命政策。你在这方面可以做些工作。"

夏强点头。他心里像注进了一股活水、心智的活水，忍不住说："见到您，听了您说的，我就像吸到了新鲜空气，精神一振，心情一爽！"

又是一曲开始，一个盛装的年轻歌女穿着金色发亮的紧身旗袍上台歌唱，唱的是："……酒不醉人人自醉，胡天胡地度过了青春……"歌声回荡，那种黯然神伤的歌声似乎感染得舞池里的人都在幽暗的灯光中缓慢、懒洋洋地移动着脚步……

林昆仑继续说:"国民党在溃败之际,一定会搬运、盗卖、隐匿物资,还将不择手段破坏一切来不及撤走的重要物资和重要的生产、建筑设施。市委要广大党员广泛开展调查研究,除了查明敌人的军事设施情况以供将来解放军作战需要外,要调查能了解到的工厂、企业、学校、大的资产设备和易遭破坏的要害部位,以及国民党员、特务名单等政治组织情况。你做记者,这些都有可能做到。干这些时,也一定要注意安全。"

夏强点头:"我会努力的!"但又问:"调查到这些材料后,怎么给您呢?"

老林轻声说:"一般的材料秘密存着以后再说。紧急的情报,我在邮政总局有个信箱908号,你可以用一本杂志,将情报写在末几页的文字行距间,然后将边缘用胶水粘牢,寄到908信箱刘放先生收。"

林昆仑有一副举重若轻的大将风度,不到半小时,说完了要说的话,交代了他要布置的任务,最后表情认真地说:"夏强,我们是被黑暗包围着,身边到处有特务军警。敌人愈近灭亡愈疯狂,我们得随时准备有牺牲的可能,但我们的目的是既做好工作,又安全度过这段最黑暗的时期。我这话发自内心,你能体会吗?"

夏强点头:"您放心,我会的!"

老林终于干脆地说:"话已说完,我先走了!"说着,敏捷迅速如游龙地起身走了。

夏强随后也走出了大沪舞厅。他心情很好,像全身给打足了气。走出舞厅,外边清冷的空气使他头脑清醒,街上乱糟糟,行人纷纷在走,车辆拥挤着揿喇叭。夜上海因霓虹灯照耀而发红的天空有些雾蒙蒙的。他感到这个喧嚣而虚假繁荣的大城市有些疲乏和强颜欢笑,有些病态而且老态龙钟。他深深吐了一口气,任务在肩,他心中十分快乐,想努力去做。他觉得自己是在打胜仗的大军中的一名士兵,这使他很自豪。

3 月中旬，夏强请了两天假，匆匆去到南京。

这一向他常做梦，昨夜，又做了一个噩梦：几个凶恶的特务攥着手枪追捕他，其中一个特务像申宜之。他逃到了一处悬崖上，从高崖上纵身跳下……醒来，心仍怦怦跳个不停。夜里没睡好，人感到疲乏，上了火车就靠在车座上打起盹来。

实在太想念丹丹了。如果丹丹不叫他快去南京，他也是会想法去一次的。他有太多的话想同丹丹讲，他又多想看看丹丹，抱一抱她，吻一吻她！那天丹丹打电话给她，说："告诉你一个好消息，一个坏消息！"

他笑了："什么好消息?"

"爸爸要你立即来一次南京，我们马上又能见面了!"

"什么坏消息?"

"我同你可能要离得更远了!"

"怎么呢?"

"你来再谈吧！你后天早上一定来!"

她在他心里是一片光明、一片美丽。他想念同她一起在南京宁夏路依偎着站在窗口看着黄昏降临的情景，想着同她有一次在鸡鸣寺靠着最后一缕暮色从山上往下走的情景。他心里宽阔，觉得萦绕在眼前的丹丹的身影如同玄武湖上的水雾一样弥散开去变成了一无所有的空蒙。于是，柔情似春水一样在心里动荡，他百倍地渴望着见她一面，解开她电话中那个"坏消息"的谜。

现在，夏强怀着忐忑不安的心情，一路思索着丹丹的话，来到南京。他琢磨雷老伯可能带着丹丹要离开南京了！他们会到哪里去呢?……夏强知道，2 月间，雷龙夫妇已经离开行总。行总结束了，每人发了一笔遣散费。雷龙夫妇干脆去香港了！他们去，是因为龙嫂的父亲徐树庄在香港、九龙都购了房产。他将在九龙弥敦道的一个套房给了龙嫂和龙兄。他们夫妇不但去看房子，而且要去香港看看，会晤一些朋友，商量今后怎么在香港经商。夏强不禁想，像徐树庄这种大贪官，出了事仍有如此美妙的结局，足足可以说明国民党当局腐败到什么程度！这样腐败得丧失人心的反动政府岂有不垮之理！

　　夏强很担心雷龙夫妇把雷老伯和丹丹拉到香港去。他觉得像雷老伯这样的人，理应是党的朋友，是愿意参加目前革命事业的人。雷老伯为什么要去香港呢？以前，人家劝他去香港，他不去！现在，他应当留下来不走！他为什么现在去香港呢？是的！南京可能会有战火。解放军南下，首先会进攻南京，这是蒋王朝的首都，当然住在南京是有危险的！但可以到上海住呀！到上海住，要比南京安全得多！雷老伯和丹丹应当在上海迎接解放呀！

　　他觉得自己的猜测不错。丹丹说的"我同你可能要离得更远了"指的一定是去香港。他想，我这次到南京一定要劝止雷老伯去香港！……我这没有任何自私的成分，绝不是因为舍不得离开丹丹，说实话，要说舍不得，我连雷老伯您也舍不得！但首先要考虑的是你们面对这样的大时代，面对这样的时局，该怎么办？你们是该用行动来拥护共产党、拥护解放军的！……这样想着，一早，他从和平门车站下火车坐三轮到达宁夏路揿响门铃时，是豪情满怀、信心十足的。

　　门房里出来满面皱褶的老柴，给夏强开了门，忧心忡忡地说："夏家少爷来啦？雷老和小姐他们要去广州了！"

　　夏强心里一惊，怎么要去广州了？真糟！孙科内阁在广州刚倒台，如今李宗仁经蒋介石同意后，任命何应钦为行政院长组阁。雷老伯你带着丹丹往广州去这是干什么呢？他心里觉得雷老伯是绝对不会去广州的，但老柴说的话又不能是造谣，这是怎么回事呢？他问："雷老伯和丹丹呢？"

　　"都在里边！"老柴说，"东家对我们不错，说给丁嫂、张妈和我都预发一年的工钱，都发银圆，还给些生活费，让我们就住在这里，兼带看守房子。小姐还给丁嫂介绍了个男朋友。"

夏强心里乱了，对老柴说："我进去了！"他心里怀着纳闷和不安朝里迈步。进门，就碰见正在客厅里扫地的丁嫂。

丁嫂见到他，也是亲热地说："夏家少爷来啦？"接着，也是关切地说："小姐要跟雷老到广州去啦！广州离这很远吧？南京的人，有到台湾去的，有到广州去的，有到上海去的，他们去了不会回来了吧？"

夏强说："丁嫂，你打算怎么办？"

丁嫂突然叹口气说："夏家少爷，同你说话，我不瞒你。穷人嘛，能怎么办？如果是日本鬼子来了，我就用一把菜刀跟他拼了！是共产党来了，我怕什么？人都说共产党来了穷人要翻身的。说实话，这国民党呀！人早不拥护它了！像雷老这样的人国民党里不多！你说，小姐他们该去广州吗？留下来不行吗？"

夏强没有心绪多谈了，说："丁嫂，我刚到，一切都不了解呢！我去看看老伯和丹丹！"

丁嫂说："我上楼去通报。"她放下扫帚转身就要上楼去。

正说着，却听见楼上丹丹下楼的声音，说："什么大客人来了，也不上楼来请安！"她话声里带着兴奋，话声刚落，人已出现。见到夏强，她眉眼含笑，仪态、神韵纯洁、洒脱，充满青春活力，说："我在楼上窗口里朝大门望，看到你来了！……"

夏强也笑，放下提包，说："我到楼上去给老伯请安！"

丹丹说："他可盼着你来了，想同你商量事情呢！你快洗洗手、洗洗脸，干干净净的，我再陪你上楼！"

夏强笑了，打趣说："你们不是要去广州吗？何应钦在广州组阁还少个卫生部长呢！"

丹丹大笑了："你这记者不行！自以为采访到了独家新闻。其实你讲过的那个笑话'人皆玳瑁，你独飞龟'就是这种事！再说，国民党历来不重视百姓的卫生健康，没有卫生部！有，我也不干！"

夏强听了丹丹的话，琢磨着是什么意思，笑着说："好吧！我赶快遵命洗一洗！"他从包里取出毛巾，去盥洗室洗手、洗脸。丹丹在一边看着，见夏强飞快地洗毕，说："走吧！上楼！"

她陪夏强上楼到了雷香山房里。雷香山正背着手在踱方步。见夏强来了，老人满面是笑，说："特地让丹丹打电话把你请来，我是刘备请诸葛亮呢！"

丹丹笑："这诸葛亮今天可不怎么样！一见面就讽刺我要去广州！"

夏强笑着说："老伯是长辈，又是智者，老伯决定了去从，总是有道理的。我进门时，遇到老柴和丁嫂，都说老伯和丹丹要去广州，不知是否他们弄错了？"

雷香山笑道："坐下！坐下！我们好好谈谈。他们没有弄错！"说着，用火柴点燃了叶子烟雪茄。

夏强着急了，说："老伯，广州您还是不去的好！"

丹丹说："爸爸，我没说错他吧！他今天像个狗头军师，急躁得很！以前有的那股聪明劲儿一点也没有了！"

夏强听出些什么来了，看着雷香山和丹丹的笑脸，说："啊，我明白了！这是'声东击西'？也是'瞒天过海'？"

丹丹笑了，说："也是'无中生有'、'金蝉脱壳'、'偷梁换柱'呢！"

雷香山笑道："夏强，刘禹锡①那首《西塞山怀古》的诗你熟悉的吧？"

夏强诵道："王濬楼船下益州，金陵王气黯然收……"

雷香山点头，喷出一口烟说："南京龙盘虎踞，三国时，孙权虽筑了石头城，但孙皓昏庸暴虐，王濬兵船东下，金陵王气就黯然收了。后来，宋、齐、梁、陈、杨吴、南唐、南宋康王、南明福王、太平天国

_____

① 刘禹锡（772—842）：洛阳人，唐朝名诗人。

都没有得到金陵王气的庇护。何谓王气，政权是也。初兴时，生气勃勃为百姓办好事，王气就盛，慢慢的君昏臣庸，文恬武嬉，百姓遭殃，人民不满，王气就只好收了！后之视今，就如今之视昔！此时此地，这种切身感受我是很深的！"

夏强体味着雷老伯的话，思考着。

雷香山敲着烟灰说："丹丹，不必再同夏强打哑谜了，把实话告诉他吧！"

丹丹笑了一笑，说："事情是这样的！李宗仁前些天来家里看望了爸爸，要邀爸爸出任他的私人顾问。"

雷香山两只洞达豁朗的眼里含着笑意，说："我对他讲，谢谢盛情，但我年岁大了，身体也不好。他仍说：'德邻是抱着死马当活马医的态度，欲为不可收拾的残局尽最后的努力。'又说了些仰仗啦、帮忙啦的话，我只好说老实话了，我说：你觉得军政大权是否都在你手里？他哑巴了，先是沉默，后来叹气说：'唉！唉！'我说：你有点像块挡箭牌呢！他苦笑笑。我说：我是很快要离开南京的，什么事我都不想干了！我现在想以全部时间和精力同我女儿一起致力于研究历史，我没有空！他才不好再勉强我。我是不愿意让人把我当挡箭牌用的！去年12月底在上海，见到孙夫人时她向我谈的话你都知道，一定还记得吧？"

夏强肃然："当然记得！老伯，您做得对！"

丹丹说："但，有趣的是李宗仁下午来过，晚上南京卫戍司令部稽查处长倪超凡这个大特务就来我们家拜望爸爸了！"

夏强"呃"了一声，说："这个大特务坏透了！"

丹丹说："这特务是坏！他前些时居然派爪牙要买通我们的门房老柴，要老柴监视我们，每周给他送我们的动态，扣我们的信件。结果，老柴把这事告诉了我们，说：'这种昧良心的钱我不要！'我说，钱可以不要，信你也别扣！但得罪特务你也不行！我就编点假情况必要时你告诉他！老柴就是按我这办法在对付特务的！"

夏强说："倪超凡来想干什么？"

雷香山喷着烟，说："老蒋的特务统治是紧紧抓着死也不放的。他人离开了南京去到奉化，特务仍由他控制。就连李宗仁，也是要派特务监视的。倪超凡来看望我，显然是知道李宗仁曾来看望我。而且……"

丹丹说："上次派出所查询林东方的事，也是倪超凡捣的鬼！"

雷香山吸着烟说："这个特务，满面笑容，文质彬彬礼貌备至，说是专诚看望，谈的话却既有威胁又有蕴含，更有试探。他说：'李代总统今天下午来看望香老了？'我说：'是的！'他说：'谈得很多吧？'我说：'不多！'他似乎想了解内容，我就偏不告诉他。他问：'香老打算去台湾吗？'我说：'未定。'他说：'去台湾较好！'我历来反感特务，但明白此时此地对付这种人需要一点策略。我说：'政府迁往广州，我打算去广州！'谈得无味，他没趣地走了。我倒感到了一个安全问题，感到住在南京受到特务的威胁了！"

夏强听到这里，明白这"去广州"的来由了，说："那老伯真的打算去一下广州？"

丹丹打趣说："诸葛亮变成糊涂大王了！"

雷香山说："我找你来，是想告诉你，为了安全，我带着丹丹对外宣布去广州，实际是带着丹丹去香港。到了广州，我们马不停蹄就秘密去香港！谁奈我何！你看如何？"

夏强终于感到要把肚里的话拿出来了，说："老伯，你和丹丹离开南京我赞成，但去香港我不赞成！"

雷香山衔着烟说："怎么呢？"

夏强把自己的真实想法一五一十都说了，恳切地把林昆仑那夜传达的一些有关内容也作为自己的认识谈了，最后说："老伯还是去上海隐姓埋名住一段时间，就住在方国华那里也是方便的。我可以跟他说，他会把一切安排得很方便很周全的。"

丹丹听了，笑了，说："诸葛亮！你这'隆中对'并不高明呢！"

夏强也笑,但问:"为什么?"

丹丹说:"爸爸是深思熟虑过的,也是同我反复再三商量过的。龙哥夫妇在香港,一再要爸爸和我去,住处等一切都准备就绪。但是爸爸去港不是做寓公的。香港有朋友秘密带信来,仍要爸爸去港。爸爸是做出了抉择去的。到上海是一步蹩脚马,去香港是一步当头炮!一步活棋!"

夏强喜悦地说:"葫芦里的药拿出一看我才明白。老伯,太好了!我竟没有想到!"

雷香山沉重地说:"我曾经觉得,我是同盟会的,民国八年改组国民党时我也出过力,拥护过三大政策。现在国民党变成这样子,我很痛心和惭愧!我年岁大了,消极算了!再去跳呀蹦的没有必要!但我越来越感觉到,这不是我一个人的事!我是个有血有肉的活人,我爱中国!中国的事,国民党办不了,共产党看样子能够办得好!我应当追上时代潮流化消极为积极!我想你是会赞成的。所以,去香港你认为如何?"

夏强说:"当然好!当然好!老伯,你是能做出你应有的贡献的!我为你感到骄傲。"

谈到这里,丹丹忽然站起身来,抽身要走。

夏强说:"你干什么走?"

丹丹笑笑,突然脸红,说:"让爸爸跟诸葛亮再好好谈谈嘛!"

夏强笑着说:"老伯同我谈,你走干吗?"

雷香山揿熄了烟说:"丹丹,坐下吧,有的事慢一步再谈吧!夏强来了,坐了一夜火车,够累的,让他休息休息……"

正说着,丁嫂来请大家下楼吃早饭。雷香山就带着丹丹、夏强一同下楼。张妈照例摆着四碟小菜,用香粳米煮了不干不稀黏稠可口的稀饭,用盘子装了她刚去山西路买来的油条和葱油蟹壳黄。

夏强喝着稀饭吃着油条,忽然想,丹丹刚才为什么要走?为什么脸红？为什么雷老伯说，有的事慢一步再谈吧！是什么事呢？想了半天，似有一种预感，却又不能肯定……

一夜潺潺春雨，有不愉快的凉意。到了早晨，天晴了！推窗外望，东边有朝霞，仿佛天要扫尽夜间的郁恼，是一个明朗晴和的白昼。

早饭后，丹丹倡议和夏强一同出去花半天时间游玩花神庙。因为夏强明天一早要回上海。

昨天一早，同雷老伯谈了去香港的事后，早饭后，就有客人来访，同雷老伯谈到中午。夏强打电话到江苏路白公馆，夏国和二嫂白丽莎都不在家。午后，雷老伯午睡起来，又来了客人。夏强就没有机会再同雷老伯谈话了。

下午，夏强打电话去白公馆，二哥夫妇仍未回来。夏强问丹丹："早上，谈着话时，你抽身要走，我问你为什么走，你忽然脸红，后来老伯又仿佛有事要同我谈，是什么事？"

丹丹说："我也不知道。他把你请来，是谈香港的事，但也许还有别的重要的事要同你谈的吧！"

夏强看着丹丹说："你不可能不知道吧？"

丹丹说："好！你既然想知道，明天上午去玩花神庙时我告诉你！"说着，脸忽地又红了。留下了一个悬念。今早，要去玩花神庙了，夏强看到丹丹打扮得好漂亮。她依然不施脂粉，未涂口红，但穿了一件银灰海勃龙短大衣，手拿一条七彩的披肩纱巾，显得特别高贵。她的齐耳短发卷了一下，又搽了点油，乌黑发亮，衬得皮肤雪白，美丽的眼睛光芒四射。夏强说："丹丹，你不把那件事告诉我，我就不陪你去花神庙！"

丹丹摇头笑了："好呀！居然用威胁的手段了！我告诉你，你不去花神庙会后悔的！"

"嗬！花神庙有什么了不起呀！"

"到那里你就知道有多么了不起了！你知道吗？今天是农历二月十二百花生日。既在南京，能不去花神庙看看吗？这一天，南京的花农和农家的姑娘们，都要去烧香礼拜的。据说花神非常灵验，凡姑娘们祈求的事，都能完成心愿的。我来南京，每年都听老南京说百花生日去花神庙的事，但一次都没去过呢！"

"你还迷信？想跟农村闺女一样去礼拜祈求花神赐福？"

"我不迷信，但今天忽发奇想，我要去花神庙祈求幸福还个心愿。"

见丹丹一脸认真的表情，夏强心中一动，似乎有点明白了，也不挑明了，说："丹丹！我陪你去！"

"你不是陪！是一同去！"丹丹柔情地纠正。

"不是姑娘，祈求也灵验吗？"夏强玩笑地问。

"我想，天下任何事都是诚则灵！"丹丹灵巧而风趣地回答，"等我一下，我还要涂一下口红！"

丹丹平时素净惯了，今天把那条七彩的披肩纱巾一围，光彩照人。忽然，又掏出口红和小镜子来，往唇上搽了口红，两片嘴唇在白皙的脸和银灰海勃龙大衣上一衬，鲜艳欲滴。

夏强说："你真美！"

丹丹笑笑说："你觉得美就好！"

两人走出宁夏路，丹丹提议说："雇辆马车去吧！我最爱坐马车了。虽然这东西恐怕也快淘汰了，除了苏州，现在只有南京还能坐得到马车。有人写诗说：'马蹄得得春风疾，鞭丝斜袅夕照微。'坐在马车上，我喜欢那种意境。"

夏强说好。恰巧路上有辆敞篷马车经过，驾车的是个白胡子的老头，戴一顶旧的瓦片毡帽，身躯矮壮，浓眉大眼，车虽破旧，倒还干净。两人雇了马车，就往中华门方向，到雨花台南麓花神庙去。天阴无风，比较暖和了。一路上，听着蹄声散落，两人边谈边看。路边有一对年轻夫妇要搭马车，问："马车去哪里？"车夫说："中华门外！"那对夫妇要马车停下好上车。车夫回说："不行！人家已经包了！"但丹丹说："给人方便吧！请他们上来！"

那对小夫妇上了马车，丹丹和夏强坐一面。他俩坐一面，大家对面坐着。看样子，是一对农村新婚夫妇，都新理的发，男的梳分头，女的是清汤挂面头。女的不过十八九岁，羞答答的腼腆，男的很体贴女的，扶着她肩，好像怕她跌下马车去似的。

有人来对面坐着，夏强和丹丹感到说话不方便了，就不多说，闷了一会。夏强问那男的："你们是哪里的？"

"中华门外牛头山的！"

"新结婚吧？"

男女都笑，笑中满含幸福。

丹丹笑着说："跟新郎新娘同车，太吉利了！"

新郎新娘仍是腼腆地笑。

夏强说："南京好多人都在离开，你们不离开吧？"

"不离开！"男的说，"我们土生土长，又不是当官的，也不是有钱的大财主，不怕！"

夏强点头，觉得他说得好。

丹丹问新娘："你们是干什么的？"

巧了，那新娘说："我们两家都是花农！"

"种什么花呢？"丹丹问。

"我们家种茉莉、米兰，窨茶用的，也种月季！月季的品种可多了！他们家种盆景和苗木。"

"收入好吗？"夏强问。

"以前可以，现在不行，兵荒马乱的，买的人就少了。将来，也许能好些。"新娘回答。

丹丹问："今天是百花生日，你们怎么不去花神庙还愿？"

男的笑了："去年她去了的！是吧？"他问新娘，眼里语气里都带着爱。

新娘羞笑，脸色绯红。

男的继续说："她去年去拜花神庙时，希望我俩成亲。今年，我们成了亲了。今天没空去了，但过几天，要去还愿给花神上香的！"

夏强突然好像完全明白丹丹为什么邀他来花神庙了！也突然好像完全明白雷老伯要同他谈的是什么事了。顿时，心上暖洋洋的，感到浑身沐浴在情爱之中。他看看丹丹，丹丹那美丽的脸上漾着光彩，也正在看他。两人相对，默默无言，感情却在交流，有时无言是胜有言的。

那对新婚小夫妇经过新街口时，就下车要去买东西了。临走，掏钱要付车资。丹丹笑着说："别掏钱了！我们已经付过了。"

新郎不肯，硬要塞钱过来。

夏强笑着将钱挡回去，说："算我俩给你们祝福的一点心意吧！祝你们花好月圆！"

马车远去，那对新婚小夫妇仍在路边笑着招手。丹丹对白胡子车夫说："老大爷，等会儿到了花神庙，我们给你加钱！"

蹄声踏踏。夏强突然捏着丹丹的手，说："丹丹，我真笨！"

丹丹笑着说："现在就明白过来了，还不算顶笨。"

夏强只好咧开嘴笑。同丹丹在一起，真有味道。

终于，马车到了花神庙。这是个规模不大的庙。门口有"花神庙"三字的大匾，披着红布，匾上的字苍劲有力。从庙门朝里张望，就看到不远处庙檐下又有一块"有求必应"的旧黑匾。这庙红墙青瓦，没有殿塔亭坊。虽仍画梁金碧，已有几分风尘残颓，荒草凄迷，旧墙斑驳，霉苔处处。庙前一道水沟上，有石桥，可听到骨碌碌的流水声。桥畔是些松柏和又瘦又高的杨树，已经嫩绿好看。树上拴着几条驴子，踢蹄拂尾。进庙的道路曲折狭窄，庙外有不少块菜地，种着些青菜、芹菜。有些花农设摊卖花，也卖茶叶。茶叶都是用茉莉、白兰花窨成的香茶。丹丹也不还价，买了一斤，说："带回去给爸爸尝尝。"

这庙前庙旁真是热闹。庙前有幽幽的竹林和高大的芭蕉。设摊摆点的花农，不但卖盆景、苗木，还出售鲜花。一束束、一捧捧、一扎扎、一盆盆五色杂陈的鲜花美不胜收。单单花房里培育出的月季花就有火红、米蓝、鹅黄等品种，缤纷绮丽。此外，桂花、茶花、绣球、梅花、紫薇、迎春等都有。买花的人围着欣赏。丹丹上前，买了一支灵芝，头尾花茎俱全，色泽鲜红像珊瑚，她捏着灵芝，身上似乎也多了点仙气。

丹丹带夏强进庙，见一些年轻的农家妇女梳妆打扮，头插鲜花，携带香烛，在莲蕊垫底的一尊花神娘娘座前顶礼膜拜。香烟缭绕，空气氤氲。她们嘴里有的念念有词，有的却紧闭双目似在默诉心中的祈求。

院冷房旷，树老苔深。庙侧有一块开阔地，地面铺满了刚复生的小草，透着翠绿，夹杂着星星点点白色的荠菜花和粉红的石竹花，显得一片宁静和安详。可惜没有几百岁的参天古树，也没有苍翠葱茏的丛林。

夏强同丹丹冒着飘来浮去的香烟，走过开阔地进入庙宇大堂中。那大堂中一百多尊法身不大的花神，环绕排列。一盏琉璃宝灯，高悬庙堂正中央，琉璃晶莹异常，垂下诸多璎珞和晶亮的珍挂，光彩掩映。每一种花，都有一个花神。海棠、芙蓉、芍药、蔷薇、玫瑰、牡丹、月季、茉莉、茶花、杜鹃……令人眼花缭乱。每个花神亭亭玉立均是天女，都薄纱轻绸，彩帛鲜艳，庄严肃穆而又婀娜多姿，但却称不上是形态生动的造像。许多尊花神的塑像前，都有打扮得漂漂亮亮的年轻农家姑娘在跪拜。走着走着，走到那芙蓉花神的神像面前，丹丹忽然停住脚步，手势优雅地指着说："看！这是晴雯①！"

那芙蓉之神身段俏丽，穿的彩色花衣，裙裾鞋袜呈紫蓝青绿诸色，梳双螺发髻，有蝉翼似的面纱，红唇小口，粉白面庞。夏强说："这哪能比得上晴雯之美！"

丹丹眼神活泼，说："我不信神信佛，但既到庙宇，就不容亵渎神祇！当然……"她稍停又说："你的话也是对的！宝玉祭晴雯的诔文上说：'忆女儿曩生之昔，其为质则金玉不足喻其贵，其为性则冰雪不足喻其洁，其为神则星日不足喻其精，其为貌则花月不足喻其色。'写得多好！"

夏强说："丹丹，想不到你把《红楼梦》上的这些佳句背得这么滚瓜烂熟。"

丹丹垂下了头发出一声若有若无的叹息，说："我喜欢的诗同诔文我都会背诵。我喜欢宝玉对晴雯的这种深情，死后还以群花之蕊、水鲛之縠、沁芳之泉、枫露之茗达诚申信，致祭晴雯。倘若换了你，会这么做吗？"说这话时，她心无顾忌，直言不讳，却又咄咄锋芒，有点伤人。

夏强朴实真诚："丹丹，乱说那些不吉利的话干什么！"

丹丹轻盈俊秀地笑了："你不是不迷信的吗？"

青春在血脉里躁动，夏强说："因为爱你，我就不愿听一切对你不利的话！"

有黑尾灰色的白头翁悦耳地婉转鸣叫，声音悠长隽永。这庙特殊，却可惜布局太局促，没有奇峰异石，没有山泉美景，没有好的梁联诗文，无法使人眼界开阔，胸怀一舒。两人踏着青苔蔓草，在丛生的榛莽间绕了一圈。夏强突然说："奇怪！这个庙怎么竟没有被日寇毁在南

---

① 《红楼梦》中人物，贾宝玉房里四大丫鬟之一。晴雯死后，小丫鬟说晴雯做了芙蓉之神。

京大屠杀中?"

丹丹说:"因为留着它我和你要来!"

夏强笑了,说:"你那是玩笑话,我看主要是地方偏僻。"

丹丹说:"是呀!从军事上说,这儿也不是必争之地。但你没看到吗?这庙还是修茸过的。看来是老百姓凑钱自己动手修的呢!"

附近,又有人拈香焚烛,满殿香烟,四壁闪耀。丹丹带着夏强来到雍容华贵的牡丹花神塑像前,停住了脚步,说:"夏强!……"

夏强感到这美丽而聪慧的姑娘似要讲什么不平凡的话了,说:"丹丹!……"

只听丹丹笑着,但是认真严肃地端立着说:"夏强,别笑我!我要同你在这里私订终身了!"说这话时,美丽的她仿佛一身光彩在夏强眼中亮得炫目。

啊!丹丹那天然的纯净和浪漫哟!她好幽默好让人意外哟!夏强不禁笑了,宣誓地说:"我愿意!亲爱的丹丹!我要终生爱你!永远同你相亲相爱!"

丹丹说:"我这人,就像秋瑾①似的'身不在,男儿列;心却比,男儿烈'!我所真心向往的,我会信守终生!"

夏强肃然浮起敬意,说:"你是的!我相信!"

"我不会轻易说爱谁,一旦说了,就雷霆万钧、生死相许!"

夏强感动地望着丹丹:"我相信!我也是这样!"

丹丹身姿袅娜,朝着花神说:"牡丹花神为证,天荒地老,愿我们永远不忘记今天!"她有一种不知收敛的美,却依然有女性的婉约。

夏强如梦如幻:"永远不忘!我们将永远互相热爱,将一同并肩走未来的路!"

---

① 秋瑾(1875—1907):自署鉴湖女侠,浙江山阴人,女革命家,1907年举义事泄,7月被捕就义。

丹丹看着金碧辉煌的牡丹花神，情炽意烫地祷告："我同夏强不久将分别了！这个大时代，风云变幻，人事茫茫，未来常常难卜，但愿我同夏强永远幸福！"

夏强也凝神屏气地祷祝："我同丹丹不久将分别了，我同丹丹永远会幸福的！"说这话时，他想起了来南京前夜里做的那个噩梦，几个特务追赶，他从悬崖上跳下……但他没有把这个噩梦告诉丹丹，怕引起丹丹担心。

丹丹听到夏强的祷祝，嫣然笑了，将手中那支灵芝插在牡丹花神的手中，似是献上一支特别的馨香，说："我是向花神在祈求，你却像花神似的自己在许诺，那我何不向你祈求呢？"

夏强说："我学到过一支歌：'从来就没有什么救世主！也没有神仙和皇帝……只有自己救自己！……'"

丹丹妙眸生辉，娇艳无比，说："别以为我不知道！这是《国际歌》！你那口气倒已经像是共产党人了！"

夏强笑着说："丹丹，爱把我怎么想就怎么想吧！我真太爱你了！如果不是在花神面前，如果不是周边有这么多姑娘在烧香拜神，我一定紧紧抱住你！亲亲你！"

丹丹说："你敢回去在爸爸面前这么说吗？"

夏强神清气爽地说："其实也没有什么不敢！今天回去老伯怕要亲自同我谈这件事了吧？我就告诉他，我和丹丹已经在花神庙里私订终身啦！"

丹丹脸有点红了，笑道："走吧！过去读一些小说，都是才子佳人在后花园私订终身，觉得挺俗！可是我们今天也在这花神庙里私订终身了！还觉得挺神圣的！不过，回去就别给爸爸说了。"

两人逛出花神庙，庙前的花摊依然围绕着买花的人与卖花的花农。一束束、一扎扎、一棵棵、一盆盆鲜花，花香弥漫，色彩鲜艳，使人徘徊不忍离去，而打扮得漂漂亮亮头上插着花的农村姑娘仍三三两两络绎走来，进庙去烧香还愿。

夏强笑着问："等会回去后，老伯见到我，会怎么跟我说呢？"

丹丹神采动人，笑着说："今晚，张妈会办几个拿手好菜的。爸爸说，那就算给我们订婚。他会对你说，夏强，我把我最爱最爱的女儿丹丹交给你了！你可要永远对她好啊！请你回去对母亲说，你们已经订了婚。等到将来局面平定，我就让丹丹回来同夏强结婚，让她当你的好媳妇！……"

夏强感动得霎时间眼眶都湿了。

天黑时下起的欢畅的淅沥春雨，滴滴答答到夜深也没有停歇。

先一会儿，丹丹在楼上弹钢琴，依然弹的是他喜欢的那支舒伯特的小夜曲。后来，琴声停了，估计她也睡了，耳边有的只是哗哗的雨声。夏强在楼下房里，躺在床上盖着被子，既暖和也带着丝丝凉意。窗帘未拉，雨丝密密射在窗玻璃上，淋淋滴滴，发出轻微的沙沙声。夏强辗转反侧，想着下午花神庙订婚的事，想起晚饭时雷老伯那发自内心的笑容和亲切的话语，想起丹丹那慑住了他的精魂和心魄的美丽和聪明、善良及多情。他心情激动，怎么也睡不熟了。

心里混杂交错着甜蜜和苦涩。

在这种时代，有时候，生离和死别并没有区别。

明天早晨，他就回上海了。丹丹随雷老伯也就快要离开南京了！在这种生命无保障、随时可能出事的危险日子里，他很难保住自己不出事，他很难预言什么时候能再见到丹丹和雷老伯……

室内幽晦，窗外淅沥雨声扰人，他有一种难以形容的起伏心情。仿佛坐在火车里驶进了长长的山间隧道，被黑暗所包围，就像那著名的京沪路上的镇江隧道，很长很长……每次他从上海到南京来，或从南京回上海去，经过镇江隧道时，总有这种郁闷难耐的感觉。他不由得轻轻吁了一口气。

但这时，突然门把轻轻一响，门就开了。

　　他看到一个熟悉的美丽而圣洁的身影闪进房来。门又轻轻掩上了。黑影娉婷地飘了过来，却像带来了一片光明！

　　夏强惊喜地轻声慨叹："啊！丹丹！"

　　他忽地在床上坐起，不由自主地伸开了强壮的双臂。

　　真的是丹丹！她就势扑进他的怀里，双手箍住他的颈项，贴着他的脸。

　　他感到了她的心跳。他用他全部青春和热情拥抱她，紧紧地把她搂在怀里。这是一个美丽非凡的肉体，一股温热在双方体内奔流，整个生命似都蒸腾化成了温热。他感到她像藤似的依附在他身上。

　　她声音低柔，叫了一声："夏强！……"但什么话也不再说，什么话也没有说。

　　他便像进入了梦幻。丹丹处女之身那温软而又暖和的诱人神秘与魅力征服了他。他深吻着她，也没说话。他感到血液在她脉管里膨胀燃烧，她在冷空气中却簌簌颤抖。

　　她感受到他健康的身体内那种男性的强烈欲念。他的热烈拥抱，使她感到一种青春期间的满足。这种双方的拥抱是最动心弦的交流。他们互相紧紧拥抱着，贴着脸，吻着，许久许久，不愿分开。夏强忽然感到丹丹脸颊上流着冰凉的泪水。他了解她，明白丹丹为自己浪潮一般涌来的伤感而心碎，说："丹丹，别哭！别哭！……"其实，他自己心上觉得也漫上了泪水。

　　好甜蜜又好悲伤呀！

　　"这是乱世，我们走了！你出了事谁来救你？也许明日一别以后就难以预测。"丹丹仍在流泪，"我猜得到你在做很危险的工作，我愿意同你生死与共，但我又只能随爸爸离开你！……"

　　点点滴滴的泪，淅淅沥沥的雨。

　　这是一个生命与另一个生命的互相温暖。

他心里十分感动，但心乱得不知怎么安慰她，只有吻她的黑发，吻她的眼睛和带泪的脸，嘴里喃喃地安慰着说："放心我！我们将来会永远在一起的！一定会永远在一起的！"他觉得，他和她的灵魂、生命都融为一体了！

他怕她冷，让她睡进被里。她的肌肤白腻平滑，暗夜中熠熠发光。外边夜雨正下得欢畅，温热的被里拥抱着的两颗紧贴着的心彼此能感受到咚咚的跳动。

他热情地抱着她，显得无比温柔和体贴，说："丹丹，你记得那支我们在大学时常唱的歌吗？……"

她记得，那支歌是这样的：

> 喜只喜的今宵夜，
> 怕只怕的明日离别，
> 离别后，相逢不知哪一夜……

窗外仍淅淅沥沥下着雨，雨水在窗玻璃上轻轻滑下。窗外的夜景像泼墨山水一样朦胧。这是一对年轻恋人在乱世度过的最最美丽的一个蔚蓝色的神秘春夜……

（三）"终朝只恨聚无多"

夏强是 4 月 20 日"和谈"破裂那天在偶然中发现了小妹夏盛的秘密的。

那天，夏强收到了丹丹从香港的来信。信写得很简短，只说一切都好，很忙。她叮嘱夏强"注意身体"。夏强懂得这就是要我谨慎小心，注意安全。丹丹的信里充满了思念，使夏强感动。傍晚，夏强关上门在楼下前厢房会客室里写信到香港给丹丹时，拉写字桌右边第一层抽屉拿信纸时，觉得抽屉有点异样，无意中将抽屉整个拉了出来，这才发现在抽屉肚里有人暗塞着一些东西。掏出来一看，原来是一叠油印的传单，还有一卷筒蜡纸。将传单一看，竟有学生支援公交三烈士的檄文《严重抗议国民党屠杀公共交通工人》；有上海学生支援4月1日南京中央大学等11所专科以上学校学生游行要求接受中共八项和平条件被镇压死两人伤百余人的宣言《血的控诉》。

夏强想，果然不出所料，小妹在学联领导下与同学们采取行动了！这当然十分危险。但大局如此，自己不也正在采取行动吗？进步的热血青年怎么能坐等解放不贡献自己的力量呢？大家已看到黎明的曙光，知道黑暗即将过去，盼望解放之心更切。国民党兵败如山倒，为了苟延残喘，正利用手中的宣传工具进行颠倒是非的反动宣传。这时候，开展强大的宣传攻势是当前党的号召，对小妹当然不能阻止，只能赞同，应当引导着她谨慎、秘密地一同来干。

"小妹！我发现了你的秘密！"夏强晚上在三楼客堂间里见到刚回来的小妹时笑着说，"你干这多久了？"

小妹显得有点顽皮："自从我决定干以后，一直在干！"

"你放东西不能那么马虎！以后这种东西尽量别放在家里！"

"遵命！"

"那钢板字刻得真好！仿宋体那么整齐清晰，是谁刻的？"

"你小妹呀！有眼不识泰山了吧？只有标准仿宋体，才无法认出是谁的笔迹，你懂吗？"说着，她像变戏法似的，从衣橱里边取出了一块钢板和一支刻字笔。

"嗬！"夏强叫绝，"你在家里刻蜡版的？"但又警惕地叮嘱："这钢板和笔，以后也要找个好地方收藏，别马马虎虎乱放！"

"当然，有时我刻到凌晨三四点钟，妈妈给我保守了秘密。我同妈妈约定连你也不说。"

母亲龚梦兰刚从厨房走过来，在那里微微笑了。夏强看着母亲喝

彩："太好了！妈妈也参加到我们队伍里来了！这以后……"他对小妹
说："我也有些信件、传单要刻，都不长！要请你刻呢！"

"愿意效劳！"小妹问，"是什么传单和信件？"

"我已经写了稿子。一份传单是给上海各报社、通讯社、杂志社人
员的，说明国民党已拒绝在和平协定上签字，解放军即将渡江，号召
拥护共产党、解放军，要求消除顾虑、多做好事、不做坏事，要求过
去走错了路的人改过自新。一封信是警告性质的，要分寄给国民党的
一些头面人物，一些特务走狗，包括陈大庆这种杀人犯，予以警告，
指出他们寿命不长，劝告他们老老实实，要他们立功赎罪！"

小妹说："拿来！我今夜就刻，很快就能刻好的！"但问："你这怎
么散发？"

"我早就买了各式各样的信封和邮票，戴上线手套封贴，全部分送
到远处的邮筒和邮局寄发！底稿及时妥善烧毁。"

小妹自告奋勇："我帮着你寄！"

夏强摇头："不必！你还有你自己的事！"

母亲说："我可以帮着寄！我上菜场早，菜场那里有邮筒。信放在
我菜篮里，谁也不会注意我这老太婆的！"

夏强说："还是不在家门口附近的邮筒里寄！我会找机会送到远处
寄的。"其实，他主要是不愿让妈妈冒险。

小妹突然嘻嘻笑了起来，说："你这信稿如果寄给白南史一张倒也
合适。还有那个'尖头怪'申宜之！"

夏强也笑："原来就决定给他们一人一份的！"

小妹说："我还有个主意，给你自己也寄一份！"

夏强大笑："对！聪明的主意！一定给我自己也寄一份！"他看到在
一边听着的母亲也开颜笑了。

刚谈着，忽然听到楼下邵师母的侄女婿公交售票员沙玉琳在叫：
"夏伯母！夏伯母！……"小妹忙将钢板、刻字笔等都迅速收到了衣橱

里去。小沙一边叫着，一边楼梯上响着脚步声，他就来了。夏强和母亲迎到门口，见小沙手里提着一小袋米上来了。母亲和夏强明白：他这是还米来了！

这个月，米价涨得越来越吓人。上旬时，一万元的金圆券大钞出来了，米价每石价格冲破了三百四十万元大关。如今又发五万元的金圆券大钞了，米价又在大涨。上礼拜，小沙夫妇为家中无钱买米的事吵了架，小曾哭了一两个钟头。母亲知道后，将家中的米挖了一小袋够他俩吃四五天的给送了过去，还给他们夫妻俩劝解了好半天。

现在，小沙来还米了，将米放下，连连道谢地说："夏伯母，真难为情！那天惊动了您，现在，我们买了米了！我特地来谢谢您的！"

夏强请他在三楼客堂间里坐下，小妹给他倒了杯开水。母亲说："这米用不着还的！我没米吃的时候去找你要！我们是近邻，过去我同邵师母多少年都好得像姐妹一样。这么一点米你都拿来还，那就太见外了！"她叫小妹："你把米提下去给曾姐姐！"

小妹刷括地提起米来，咚咚咚就下楼还米去了。小沙拦也没拦住，只是咂嘴："哎哟！这怎么行！这怎么行！……"

夏强岔开话题问他："小沙，最近你们公司情况怎么样？"

小沙义愤填膺地说："唉！国民党借人头平工潮，压得我们喘不过气来！但法电、英电、上电、上水、上煤等各公用事业和一些毛纺厂、棉纺厂职工都来吊唁，有的还为烈士募捐，大家处在高压下，心里都有仇恨！"说到这，他忽然摸出一张五万元的金圆券大钞说："公司怕工人再闹，刚用借薪名义给我们发了点钱储粮应变。我买了点米，身边还有钱！真的还有钱！借的米是应该还的！"

母亲看看他手里的金圆券大钞叹气说："唉！去年8月刚发金圆券时，强迫市民把金子兑成金圆券，邵师母把好多金首饰什么的拿去到中央银行用二百金圆券兑一两黄金，一共好像兑到了千把块金圆券。可是到现在不过八个月，五万元大钞也出来了！百姓的钱全给搜刮去了，邵师母人也不在了！想想真叫人难过！"说着，就想落泪。

小沙咬着牙说："是呀！比强盗抢人还凶呢！这个政府呀！我诅咒它越快死掉越好！"他看看夏强，突然说："小阿哥，说实话，我觉得你这人真好！你们这一家也好！但你下边前厢房里还放着蒋光头什么的照片，这真没意思！我看你可以收掉了！现在，人谁不骂国民党呀！我是个粗人，说话粗，你别介意！"说着，他忽然掏口袋，摸出一张叠成小方块的纸来，说："我给你们看样东西！"

夏强只好对小沙点头笑笑，看着小沙神秘地将方纸块摊开来放到桌上。

夏强和小妹、母亲看时，是一张写给公交工人的油印信，上面写的大意是国民党即将完蛋、上海必将解放，胜利在望，要求广大职工提高斗志，配合解放；要求高级职员消除顾虑，同全体职工一致；要求工头、领班安心工作，配合接管；警告特务、走狗，老老实实悔过……小沙得意地问："怎么样？看了过瘾吧？"

夏强说："哪来的？"

小沙说："不知是谁塞在我票袋里的！"

母亲说："你别随身带着，万一出问题不好！"

小沙笑笑，说："我起先只以为我有，人家没有！后来才知，他们也都有！哈哈，人心不向着国民党，他有什么办法！现在呀，谁看到了这种传单都高兴！暗底下大家都在传来传去地看！特务再多，他能怎样！"

夏强没有作声，但心里想，我那传单和信一定也给小沙寄一份！还有，他想起了向教授。向教授不知怎样了？我一定也给他寄一张传单去！给坏蛋寄是威吓，给好人寄是鼓舞。

形势急转直下！

4月20日"和谈"破裂。4月21日，人民解放军就以迅雷不及掩耳的态势发动了渡江战役。在西起九江东北的湖口，东至江阴，长达千里的战线上，强渡长江，彻底摧毁了国民党苦心经营了三个半月的长江防线。4月23日，人民解放军就解放了蒋王朝的统治中心南京城！

这比人们想象的要快得多。

夏强在给向教授寄去传单后，挤时间特地匆匆去江湾复兴大学看望了老师。他对老师心怀感激，在这种关键时刻，觉得应当关心老师，力劝老师留下。想不到，在老师家中见到老师时，向教授仍埋着头在书堆中做他的学问。

夏强说："向先生，真是好功夫，大局如此，还在专心做学问。"

向教授笑了，说："这叫作天下愈乱，吾心愈治！"

夏强不禁为教授显示的这种积极的文化建设精神所触动，说："老师在无人顾及之中坚守，令学生钦佩之至！"

向教授说："来劝我走的人不少了！有老朋友，也有当今的官儿，力劝我去台湾，要我就走，关切备至，可我不愿跟着鬼魅走！也有要我去国外的。我想：这儿是我的祖国，这儿正在发生巨大的变化，我还是留在这儿做我的一份事情好。何必离去父母之邦！我不会走的！但看来纠缠不会就此罢休。你今天来得好！明后天，我就要躲起来了！……"他神秘而书呆子气地笑了，"在一个朋友家！哈哈，狡兔三窟！你认为如何？……"

向教授的话，使夏强很感动。夏强当然高兴地安慰并且勉励了老师。

向教授高兴地说："来来来，我给你看样宝贝！"他去书橱里拿出一本《资治通鉴》来，把里面夹着的一封信珍贵地拿给夏强看，说："你快看看，看了保险叫你兴奋！……"

于是，夏强看到了自己寄发给向教授的那张小妹刻印的传单。

南京解放后的第三天晚上，天空乌云密布，雨意充沛，二哥夏国突然一脸疲惫而灰暗地出现在成都南路的家里。

二哥和二嫂白丽莎离南京到达上海半个多月了。他们住在大西路1182弄白南史的那幢洋房里。白南史那年轻的交际花太太已经在一个月前去台湾了。二嫂向例是不到家里看望婆母的，二哥竟也因情绪低沉而没有回家。直到南京解放后的第三天，他们去台湾的船期已定，夏国才在夜间到霞飞巷来看望母亲和弟妹，说是"辞行"。

小妹刚由外边急匆匆回到家里。母亲、夏强和她就陪二哥夏国在楼下前厢房里坐了。

二哥说了离开南京坐火车来到上海后的情况。说白夵夫妇上个月就去台湾了！说火车秩序混乱，东西大部分都留在南京了！……说时连声叹气，如丧考妣。

母亲看着情绪萎靡、面容瘦了的二儿子，带点心疼，关切地问："丽莎好吗？"这个媳妇从不把她这个婆母放在眼里，她却总是在儿子面前尽量对媳妇表示关怀。

二哥干巴地答："她好！"

母亲说："你刚才说已经来了半个多月了！怎么到今天才来呢？"

夏国慢腾腾地看着茶几上那镜框里放着的蒋介石相片，说："心情不好，杂事也多！"

"二哥，你为什么心情不好？"小妹问。

"局势复杂，变化无穷，腐败瓦解之势已成，乱者一呼，百姓皆从。大厦将倾，无可复撑。南京完了！丽莎得到的消息，火车站、飞机场、轮船码头，撤退前都爆炸和焚烧了！李宗仁飞广西桂林去了！……"

"这要你心情不好干什么？"小妹语气尖锐，"我觉得国民党该有这个下场！"

夏国朝她看了一眼，带着不满，没有作声。

母亲心里溢满酸楚："夏国，你要去台湾？"

"嗨！妈妈！"夏国说，"我同丽莎都去。她调中央社台北分社！我随单位撤走！"

"什么时候动身？"母亲问。

"我两天后上船走！丽莎明晚就坐船走！"

"非去不可吗？"母亲问，"我看你们不必去殉葬了！"

"那怎么行？"夏国说，"是必然要去的！中央银行的大批金银都已运往台湾，陈诚、蒋经国都早已在那里主持。台湾正在实行三七五减租，军事上也有了安排……"

小妹直言直语："形势已经很清楚了，还跟着往粪坑里跳干什么！"

夏国似乎忍无可忍了，发泄地大嚷："你小小年纪，懂什么？我要你教训吗？"

"我怎么不懂？国民党为非作歹、压榨屠杀人民，民怨沸天！我听到广播，海军第二舰队也起义了！人都知道选择自己的路走！你们却还糊涂着像蚂蚁附膻似的要去台湾！"小妹回答，"我不该让你清醒清醒吗？"

"乓"的一声，夏国拍茶几了！说："岂有此理！"

一直沉默着的夏强忍不住了，说："小妹讲得对！国民党反动派只剩一个冰凉的躯壳了！你还拍什么桌子！"

母亲探索着儿子深沉而略带忧郁的眼光，说："夏国！不要你们去台湾是为了你们好，我也是反对你们去的！你该劝劝丽莎你们都别走了！留下来，将来会有工作给你们做的！你们漂海去到台湾干什么？前途茫茫，人生地不熟的！何犯着为国民党卖命！"

夏国回答："妈妈，我没法劝丽莎！再说，我隶属军事机关，不去要军法从事的。皮之不存，毛将焉附！我们就像附在礁石上的海蛎子，离不开礁石的！"

夏强说："何必受他的军法管？国民党已经溃不成军了！二嫂那里我去看看她，可以帮着你劝！妈妈的话很对，你该听才好！"他的确心里想去劝劝那一举一动都有风姿的二嫂别走。但心里也明白二嫂白丽莎可不是他能劝得动的。

夏国沉默着，但一脸晦气和怒气，接着是连连摇头："不必了！你们不必管！不必多事！"

母亲终于大义凛然了："夏国！要爱中国！不要爱国民党那个国！你没忘记父亲吧？他用'中国强盛'四个字给你们四个子女作名字。国民党能使中国强盛吗？我们这家人家抗日战争时期是个忠勇之家，现在，仍该是个忠勇之家！你弟妹都知道站在哪一边，你为什么要站到对立面去？你和丽莎别走了！留下来，好吗？"

夏国高声激动地说："不！"

"你一定要去陪着殉葬，做国民党的孝子？"夏强问。

"看吧！看以后怎么样吧！"夏国忍着火气。

"什么意思？"小妹尖利地问。

"我同丽莎商量过，国民党有了教训如果能痛改前非振作起来，也许垮不了！共产党我们不了解！它如果一直好下去，它当然是胜利者！那时我们可以跟着投降。万一，它干得不行，或者也走国民党的老路呢？我们得看看！"

"你走，你会后悔的！"夏强忍不住一字一声地说。

"我不喜欢政治！你这儿还挂着老蒋的照片呢！我是没挂的！我只是一个大时代里的小人物！一个技术人员！就是台湾将来守不住，我仍是我。"

夏强忍不住了："你顽固不化！别拿你的眼光和思想来看我！"

"你没有资格骂我！我知道你历来对我有所不满！你如果骂我，我们从此情断义绝就是，没什么了不起的！……"

夏国发牛脾气了！犟犟地站起身来，向母亲跪下去叩了一个头。这是叩别！母亲立刻睫毛湿了，嘴里哆嗦着说："唉！你这条犟牛！你……"夏国忽然泪流满面，却没有理睬夏强和小妹，站起身说："我……走了!"声音里倒是饱含深情的。

天上飘着沾衣欲湿的微雨。听着二哥"得得"的皮鞋声走出门去经过天井到大门,然后听到他拔闩开门,又走出去"呼"地带上了门。夏强和含着眼泪的母亲及小妹,竟愣在那里没有去送。夏强看到母亲掏出手帕,慢慢拭去脸上的泪水,但脸上却有一种清高孤傲之气。

只是,更使母亲和夏强意外的事发生了。

二哥夏国刚一走,小妹夏盛突然向母亲和夏强宣布:"妈妈,小阿哥!先一会儿,我得到通知,淞沪警备司令部发布紧急命令,要大批逮捕学生。据说黑名单上有我,要我立刻转移!"

夏强问:"转移到哪呢?"

"到浦东一个同学家里去!"

"可靠吗?"

"放心!"小妹说,"我只尽量少地带点必需的衣物走!反正我想,躲也躲不了太久的。解放军很快就该来上海了!"

母亲突然情不自禁地走上去抱住了小妹。她没有说话,但却抚着、亲着小妹的头发。当小妹在襁褓中时,她就是这么抚她、亲她的头发的。小妹有一头乌黑油亮而又浓密好看的头发。

于是,夏强看到母亲的眼帘上细雨蒙蒙,母亲的脸上泪水淋漓了!泪水在灯光下像璀璨的珍珠。不知为什么,夏强也心酸了,他将袋里的银圆和金圆券全部掏出来递到小妹手里,说:"妈妈,让小妹快上楼收拾东西走吧!"

小妹快步上楼,一会儿迅速地下来了。她提了一只蓝布袋,里边是一些衣物和毛巾、牙刷,还有一把雨伞,精神地说:"妈妈,我走了!"她抱住妈妈,亲了亲妈妈的脸,用充满感情的柔和的声音说:"妈妈保重!我不久一定会回来的!"然后,她又对夏强说:"小阿哥!我走了!遗憾不能再给你多刻些蜡纸!"她也抱了抱夏强。夏强紧紧搂住小妹,心里发酸,同母亲一起将她送出了大门。

这时，天突然降起乱箭般的大雨来了！雨声唰唰响起，粗大的雨滴密密降落。母亲和夏强站在门口，淋着雨看着小妹打着黑伞的身影在雨中、在黑暗中隐没。小妹走得匆匆，一直没有回头。

陪母亲进门，关上门到了楼下前厢房，夏强陪母亲坐着。听着雨声，夏强看到母亲的脸上充满了疲劳、忧郁和泪水。他劝慰着母亲说："妈妈，别为小妹担心！她会很好的！我看解放军也快要打到上海来了！上海一解放，她就会回来的！"

母亲先是没有作声，一会儿，夏强听到母亲叹息一声自言自语地感慨着说："俗话说：'终朝只恨聚无多'，'痴心父母古来多'！我也知道是非，知道善恶！知道该支持什么，反对什么！但过去与你父亲及大哥死别，如今又与你二哥二嫂、小妹及你的丹丹生离！这种做母亲的凄凉，我怎么忍受？"

从母亲那被人生磨炼过的安详慈和的容貌上，夏强发现母亲虽然又苍老了一些，但脸上仍映出年轻时美丽的纯情。母亲悠悠几十年的坎坷生涯中，伴随过多少悲伤多少苦难啊！使她坚强生活着的是子女和国家民族啊！夏强动感情了！他理解母亲，此时感到更爱母亲，也更盼上海早日解放，小妹早日回来，全国早日解放，丹丹也早日归来。……

（四）生死考验

离开上海的人不算少，但拿上海的人口来说，就不算多了。连资本家也是一样，有去香港的，去外国的，去台湾的，但多数并没有走！人都知道共产党要打倒的只是蒋政权及四大豪门。

白南史劝方国华去台湾，说他将来也一定要去台湾的，可以互相都有个照顾嘛！方国华敷衍着白南史，不说不去，却说自己还要把一些在做的生意结束结束，把款收收回来。实际他却对夏强说："阿弥陀佛！我才不去台湾呢！这形势谁看不准？我是个生意人，明明看着蚀本生意，哈哈，我是不做的！我同共产党打交道多年，他们讲信用，廉洁。我又有林东方这种朋友在共产党内，我当然不会去台湾。再说……"他神秘地说："我那天去看望了'少将'鲁纬章，问他走不走？他说，不知谁匿名寄了些传单给他，劝他留下。他说那么多人都不走，他根基在上海，也舍不得走。他跟我讲了些大道理，其实这些道理东方以前早同我讲过了，哈哈……"

在夏强报馆里，除了极个别人外，也都不离上海、不去台湾。采访主任老秦的话就代表了大家的心声。他说："我们不是国民党，也不富。在上海有点根基，去台湾落脚处也没有，何必走！……"

老秦本来自命中间偏左，但近半年多以来，不再听他这么说了。夏强感到他是个天真的中间派，有时确也向左靠一靠。但现在由于上海战局形势越来越严峻，他说话小心，采访时谨慎，审稿和用稿更严格掌握分寸。他对夏强说："干我们这行，眼下最危险！出了纰漏不但毁了报纸，命也得搭进去。"他处处战战兢兢，事事如履薄冰。总编辑常常找他去研究稿件和版面，他自己也常找夏强和其他记者研究稿件。他同夏强处得不错，所以找夏强的时候特别多。

这一向，老秦自己在跑军事新闻。

"军事新闻不好跑！"他对夏强说，"从上个月老蒋坐太康舰来上海亲自指挥保卫上海后，军事新闻更难采写了！涉及机密的不能乱采访，暴露性的不能乱采访。处处有人掣肘，最要命的是上海作战机构重叠，指挥混乱，在总的作战机构方面同时存在有三个，一是陈大庆的淞沪警备司令部，统一指挥市区警备及淞沪防务；一是汤恩伯的京沪杭警备总司令部，由南京迁到上海后，对淞沪防务直接进行总的指挥；一是以石觉①为司令的新成立的淞沪防卫司令部，负责守备指挥。表面上有分工，汤恩伯总其成，实际上混淆不清，常常同一内容的命令，三个司令部都下达，各军对上呈报同一事件也要分呈三处。记者采访甲就得罪了乙和丙，采访了乙，就得罪了甲和丙，保不住会出什么问题。”

老秦有意把军事新闻交给夏强跑，原因是他觉得棘手，认为夏强年轻能干，头脑灵活，笔头快却稳重，写新闻能掌握分寸，编辑主任老胡一向喜欢用夏强的稿子。他征求过夏强的意见。夏强说：“老秦，我跑经济新闻已经熟悉，有时你又可以随时调我跑一些该采访的其他重要新闻。姜是老的辣，现在上海面临决战，军事新闻特别重要，还是你跑军事新闻合适。”话是这么说，又觉得跑军事新闻能知道不少内幕，便于收集情报，倒颇想试一试。因此又补一句：“当然，我历来是服从你调遣的，你看着办吧！”

果然，老秦说：“我想，你年轻有为，还是你跑军事新闻比我合适。如果同意，我就向总编保荐你！”

夏强以为这事会定下来了，心里跃跃欲试。谁知老秦找了总编，总编说：“我正要找你呢！京沪杭警备总司令部政工处来通知，凡到军事部门采访的记者，必须是国民党员或三青团员！……”

老秦说：“我也不是国民党员和三青团员呀！”

总编说：“所以打算叫你们采访部的郝一飞跑军事新闻，他姨夫如今是淞沪警备司令部副参谋长，有这后台，跑军事新闻方便得多。”

老秦来向夏强致歉，发牢骚说：“总编辑本来比较开明，如今上边压力大了，就唯命是从了！保荐你没成功，我自己也不行！这郝一飞，从来没写过像样的稿子，又懒又笨，编辑主任老胡顶看不起他。好吧，

---

① 石觉（1908—1986）：黄埔三期毕业，广西桂林人，“第九兵团司令”，上海解放后任“浙江省主席”及“舟山防卫司令官”，后去台湾。

看他怎么干吧！"

今天，夏强下午来到报馆，采访部的记者大部都外出了。他刚在桌前坐下拿起一些稿件的大样在看，老秦来了，拉把椅子坐下，说："给你看样东西！"

夏强拿来一看，是一张石印的传单文告，标题和内容都冒着浓烈的血腥味：

京沪杭警备司令汤为严整战备保卫大上海颁布战令十条

一、违抗命令，临阵退缩者杀！

二、意志不坚，通敌卖国者杀！

三、未经许可，擅离职守者杀！

四、放弃阵地，不能收复者杀！

五、造谣惑众，扰乱军心者杀！

六、不重保密，泄漏军机者杀！

七、坐观成败，不相救援者杀！

八、贻误通讯，致失联络者杀！

九、不爱惜武器弹药及克扣军饷者杀！

十、破坏军纪及懈怠疏忽者杀！

此件自印发至各部队当日起立即与以前颁发之《官兵连坐法》《士兵联保切结办法》《保密法》《防谍法》一体严格执行，不得有误，切切此令！

夏强说："好厉害！是哪里来的？"默默把内容记下了。

老秦笑着小声说："郝一飞上任三把火，当作宝贝拿来给我的！说在军队里颁布了还不久。这就算他采访来的稿子，你看能用吗？"

夏强说："你看这十杀令的第五、第六两条，发表了，如果说是触犯了这五、六两条，就吃不了兜着走啦！"

老秦摇头说："是呀！可郝一飞说这是独家新闻！他交稿时还很得意呢！"

夏强说："拿去请总编辑自己拿主意。皮球踢过去不就行了！"

老秦苍老的脸上显得激动："妙！就这么干！"问夏强："你那篇关于金圆券的文章资料采写到没有？这可是篇引起大家关注的报道！现在连武汉丢掉了都没人注意，读者注意的一是上海的战局，一是物价！"

夏强说："金圆券发行到现在仅仅九个月，原说发行限额是二十亿元，但现在据我得到的数字发行额已达二十九万亿元以上了。单就上海批发物价来说竟涨高了快七万倍。政府把灾难都加在百姓头上了！一种货币发行仅九个月，就几乎等于废纸，在世界货币史上可算是最短命的货币了！可是这篇文章怕写不成！"他指指桌上的十杀令，"他们说这是造谣惑众、扰乱军心也是可能的！"

老秦叹口气："我看，共军已经抵达上海外围，也快开始进攻了。我们办报纸、做记者，到这种地步，也算是穷途末路了！好吧！夏强，看着办吧！我不催你。必要时，你就随便采写点风花雪月、阿猫阿狗什么的，既不惹麻烦，又能充填版面就成。"说完，懊丧地摇着头慢腾腾走了。

夏强可以体谅老秦，也可以体谅总编。他渴望着解放军早日进攻上海。那些由无锡、苏州及嘉兴、嘉善等地逃避战事来上海的居民说："解放军纪律好极了！打仗勇敢极了！……"这使他明白进军上海的日子快临近了。但他也知道，汤恩伯一直让报纸宣传他要使上海成为"斯大林格勒第二"。那意思是说：上海如果发生战争，国民党军队将要逐条街巷逐个房屋地打，使上海毁灭。夏强也知道，构筑上海工事，蒋介石说过："凡是反共的政策，就要力保贯彻；凡是剿共的命令，便要绝对服从。"汤恩伯也公开说："为国所需，一切合法，为战所用，一切合理。"为扫清射界，他规定阵地前三华里至五华里以内，庄稼铲光，坟墓夷平，房屋拆光烧光。为建造"钢铁阵地"，构筑的工事全部都是钢骨水泥，昼夜赶筑。夏强不得不一方面盼望解放军快来，一方面又担心解放军进攻上海会蒙受重大死伤的损失，也隐隐担心上海市在国民党纵兵殃民、负隅顽抗中会蒙受从未有过的浩劫。

如今，夏强实际是只有同母亲才能天天谈一点知心话了。

同林昆仑见面固然不可能，电话也是非到万不得已不能打的。他按约定给邮政 908 信箱寄过几次杂志，但不能常找老林。东方估计早在苏北了！现在他过江来了吗？人在哪里？松涛就像一艘沉没了的船舶，无影无踪，在茫茫人海中难以打听到下落。小妹在浦东怎么样了？二哥二嫂在台湾怎么样了？丹丹又来过信了，大约为了夏强的安全，她信写得简单，没有提雷老伯在香港干什么，也没有写她在干什么，只说一切都好。信中也描述了香港九龙的风光，表达了对夏强的思念，但信末说："我们最近就要起程离开这儿去外地，暂不给你写信了！希望保重！……""去外地"！是去哪儿呢？真不好猜！使夏强老是在心上想来想去。夏强的内心，既火热，又寂寞。

于是，每晚，他都只能同母亲在三楼客堂间里开着电灯谈心，将知道的一些事全都告诉母亲，然后谈自己的快乐与忧虑，谈自己的困难与苦闷。在这种时候，母亲不仅是一个慈祥可爱的妈妈，更是一个忠实可爱的朋友。

一家人，如今只剩相依为命的母亲和儿子两个人了。

母亲在家很寂寞，方国华太太有时来看望她，杨之造、顾青夫妇也来看望她。上海面临战火，但市民们人心比较安定，好像并不那么沉重和害怕。有人说："解放军现在要解放哪里，就能解放哪里，国民党挡不住的！"有人说："上海这地方，从来没人想把它变成废墟的！共产党是要想法保护它的！国民党临走想毁灭它是办不到的！……"

母亲对这些说法也同意。她常常同儿子谈心。谈到最后，总是既支持儿子，却又不放心儿子的安全，每每要叮嘱："夏强！越到这种时候，他们越会发疯的！你要小心！妈妈不能再失去你！……"

今晚，当夏强把汤恩伯的"十杀令"讲了以后，母亲就又这样说了。

夏强也仍是诚实地点头，答应着母亲安慰着母亲，说："妈妈放心！不会有事的！我灵敏得很！"

夜已深了，星月在天，外边马路上"飞行堡垒"的呼啸声又一阵阵疯狂地传来，也有电车的隆隆行驶声传来。

忽然，电话铃声响了！平时，这么晚是不大有人来电话的。

夏强拿起听筒接电话，一下子就听到了一个苍老沙哑的声音，这是林昆仑！他欣喜而紧张，但又突然使得夏强有一种直感，而且是不良的直感。林昆仑的声音急促，话讲得飞快，同以前接触时不同。为什么这样？为什么这么深夜突然来电话呢？老林同他约定，非万不得已，他是不打电话到夏强家来的！今夜，为什么他来电话，声音又这么紧张急促？

夏强答："是我！"

"代我办件事，要办好！"林昆仑说，"明天上午八点，你到虹口公园，在进门朝左一拐找一个在绿色靠椅上看《中央日报》的年轻人取材料。接头时间：'早饭吃了没有？'他说：'吃了生煎馒头！'就对了！材料尽快送到福履理路 43 弄 5 号，找谭太太！她问你是谁，你把名字告诉她就行。"

"听清了！"夏强说，"我照办！"

"好！"林昆仑叮嘱，"以后别来电话了！"

夏强听不顶清，刚想再问一问，电话却挂断了。

夏强挂上电话，将老林嘱办的事，默默在脑子里背诵了一遍，坐在椅上，不自觉地有点发呆，身体内部似有冰凉的潮水一阵一阵涌来。他陷入了思索。

把生命放在一种经常会有死亡危险的状态，能最大限度地体验生的伟大和死的光荣，就必然能最大限度地增强一个人生命的坚韧性和神圣感。

母亲一直在边上看着夏强接电话，看到夏强挂上电话发呆，不放心地问："怎么了？"

夏强怕母亲担心，故意笑笑，说："没什么！明天早上有件事要去办！"

但他明显地感到妈妈眼里射出一种忧郁惶悚的光来。

从深夜到黎明，五光十色的霓虹灯此起彼落地熄灭，华夏高屋那万千个窗户亦串联着归于黑暗。当晨光熹微时，上海特有的粪车的隆隆声、电车的叮当声、公共汽车的马达声和报贩的叫卖声……就响成了一片，形成了这个黄浦江边大都市的晨光奏鸣曲。这时，远郊区的阵地上，正酝酿着一场大血战。解放军的进攻铁钳正朝着上海夹来……

夏强一早从家里出来，搭电车到了外滩，又从外滩搭电车到了热闹拥挤的四川北路，再转公共汽车到了北端，下车赶路到了比较僻静的虹口公园。天已经热了！心中急，脚步快，他感到燥热，也有些紧张。总觉得可能会有一些可怕的眼睛深幽幽恶狠狠地盯着他的行动。他常常前后左右地窥望，幸好没有！没人盯梢！

这公园平常他绝少来，这也不是上海的一个热门吃香的公园。最初它是由英国园艺师设计的一个体育运动场，后来改成了公园，种植了很多的花草树木。公园里如今有不少大树，还有些珍稀植物。今天为有重要任务而来，他听得出老林昨夜那个急促电话的嘱托有多重要！一定是老林自己今天无法在上午八点来办这件事，所以要他来完成。阳光淡淡地、懒懒地照耀着，当刚进虹口公园大门时，他不禁想到了鲁迅。

鲁迅先生那时住在上海虹口施高塔路大陆新村9号，患肺结核，静养期间，民国二十五年 10 月 17 日下午 3 点钟，还到虹口公园散步，归途经过内山书店又同友人谈话。劳累了，病情突发，竟在 19 日晨就去世了。走进虹口公园，夏强忽然想起鲁迅写的一篇杂文中说过的一段话："我们从古以来，就有埋头苦干的人，有拼命硬干的人，有为民请命的人，有舍身求法的人……这就是中国的脊梁……这一类的人们，就是现在也何尝少呢？他们有确信，不自欺，他们在前仆后继的战斗……"此时此地，踏着先前鲁迅曾踏过的土地，他忽然有一种豪情满怀的感觉，走路也轻快了。

公园里游客少，松竹翠绿，还有不少美人蕉、四门炮，开着黄的、红的鲜花。夏强看看手表，离八点还差十分钟，头上有点汗湿，他放慢脚步，进门朝左拐寻找那张绿色靠椅。果然见远处一条绿色漏孔的长条木靠椅上坐着一个看报的人，穿的藏青西装戴副眼镜，外表有一种近乎木讷的纯朴。夏强上前，稍近了，见这人专心看报，头也不抬，是个小个儿、白净脸的近视眼。那报纸正是《中央日报》！

夏强不知怎的感到这人有点脸熟，上前问了一声："早饭吃了没有？"

那人一抬头，说："吃了生煎馒头！"

夏强却"啊"了一声！这不是别人，是中央社上海分社的吴敏呀！只是他今天戴了一副眼镜！

啊呀！这个吴敏呀！同你打交道也不是一次了，可总是把你当作那个营垒里的人看待的！怎么会想到吴敏会是自己人呢？

淡淡懒懒的阳光，被大树的枝丫分割得支离破碎地洒着。夏强四顾无人，坐在吴敏身边，唔唔地说："啊，我来取材料！"他突然想到：吴敏是中央社记者，人事又熟，他跑军事新闻，了解情况肯定方便……

一只麻雀灵巧地飞来，忽然栖落，尾巴一翘，忽又展翅一跃，悠然飞走了。

吴敏用嘴指指旁边那个栽着许多万寿菊的花坛，说："花丛里有包八卦丹，我走后，你取出拿走。"

　　夏强想同吴敏谈谈，但吴敏说完就起身将报递到夏强手中，说："我先走了！"

　　夏强学他原先的样子看起报来，掏手帕拭额上的汗。吴敏像逛公园似的迈着悠闲的步伐独自走了。不多一会，身影就隐没在树木花丛之间。夏强等到看不见他了，四面看看，不见有人，马上去花坛里寻找，果然见一包八卦丹在万寿菊丛中泥土上放着，拾起用手捏了捏，薄薄的，但他能从心上体会到这材料的重要。吴敏是跑军事新闻的，这里边也许是国民党守备上海的方针及阵地情况、兵力配备等情报呢！如果这材料能及时到达解放军手里，肯定会减少伤亡采取措施摧毁敌人的！……想到这，他感到自己像燃烧的炭，正在燃烧着感情、燃烧着心肺、燃烧着生命和血液，猛烈燃烧着，恨不得飞到福履理路去。

　　出虹口公园时，才发现在通向虹镇和天宝路的地方，国民党军队都构筑了钢骨水泥的街道碉堡工事，并且已有士兵荷枪把守，他有一种急于离开的心情。

　　坐公共汽车过外白渡桥下车后，雇了辆三轮到福履理路去。

　　福履理路 43 弄，是条干净的里弄，属于上海那种中等档次的三层楼单开间的房屋。夏强找到了 5 号，这里同方国华在南昌路的房屋形状类似，但没有那儿外表气派。前门不开，夏强兜到了 5 号后门，兴奋地揿电铃。

　　门开了！开门的是一个浓妆艳抹的女人，约莫三十多岁，有一股高贵、富裕的气度，穿一件极讲究的蓝底黑格子旗袍。她和气地问："找谁？"

　　夏强说："我找谭太太！"

　　那气度高贵的女人和气地问："找她有事吗？"

　　"有！你是谭太太吗？"

"你叫什么名字？"

"我叫夏强！"

"啊！对！我就是谭太太！"

夏强从口袋里取出了八卦丹来，说："请收下！"

谭太太接过八卦丹，点点头，关上了门。

夏强也就离开了5号后门，心中有一种顺利完成任务的快意，却也有遗憾，见到了吴敏，也见到了谭太太，都是自己人，却什么都没有谈，太……

办完了事，夏强心中轻松，感到应当给林昆仑打个电话报告一声，但想起老林昨天最末一句的叮嘱——这句话他没有听清，心中又犹豫了。心里翻来覆去地琢磨了又琢磨，责任心驱使他还是打一次电话，就走到一家烟纸店借电话打。

电话拨通了！夏强打算只说一句话："事办妥了！"谁知，电话像是坏了，既不通，也不是人在打电话响着嗒嗒声，而是一种"呜——"的声音。试了两次，不通。夏强纳闷地付了电话钱，离开了烟纸店，心头老是想："老林那儿会不会发生什么不幸了？"

后来，回家吃中饭。在吃饭时，他想把心中的忧虑告诉母亲，终于忍住了。他不愿使母亲再多增加什么忧虑和苦恼了。

夏强照常工作，尽管思想上有负担。但几天之后，浦西方面、浦东方面和西面远处都响起了隆隆的炮声和机枪声，消息传来，解放军的钳形进攻已经开始，激战爆发了！

报纸每天都刊登由京沪杭警备总司令部统一发布的战报，吹嘘"胜利"。但相信的人不多。郝一飞每天把印好的例行战报取回来，就算完成了任务。一天，他对夏强说："哪个混蛋才想跑军事新闻呢！叫我跑我是没办法呀！这战局摆着是打不赢的。我姨夫就劝我少写那种吹牛皮的东西，对我说，他有一种无依无靠的感觉，他所依靠的政权完蛋了！他要成孤儿了！我本想跟他上台湾，他却说有些军官都准备了便服，有的领了上海居民证，他自己能不能活着去台湾还难说。我姨母早带着孩子被送去台湾了。把军官家属送去台湾，是为了怕军官不好好卖命，拿家眷作抵押的。你懂吗？我去不了了！我何必写得罪共产党的文章将来给清算！"

夏强不好说什么，只好对他无表情地看着。

似为讨好夏强，那天郝一飞竟告诉夏强说："你我不见外，我说件有趣的事你听。昨晚，有人在一家花圈店定做了一个大花圈，让给警备司令陈大庆公馆送去。开这么一个大玩笑，害得送花圈的伙计差点进了监牢。结果，送电报的又给陈大庆太太送了一份加急电报，电文仅四个字：'速来收尸！'听说陈大庆一家都气得火冒三丈。"

夏强谨慎笑笑，但未说话。

那天，战报吹嘘蒋军54军的战绩辉煌。这54军全是美械装备，是上海各军中战斗力最强的部队，据守罗店、新镇、月浦、杨行地区。汤恩伯下令逐日在报纸上宣传该军战绩，在上海最高的建筑物——二十四层楼的国际饭店设立了"英雄馆"，规定凡各部队作战有功官兵都可送入英雄馆，尽量供给吃喝玩乐等享受。郝一飞去英雄馆后，写了一篇《英雄馆里英雄多》的短文，介绍54军官兵在国际饭店"英雄馆"里的吃喝玩乐情景。写完，他来找夏强，说："老兄，你给我润色润色！"

夏强看了他的稿，觉得这文章脸熟，细细一读，才知此人文字水平有多低劣，说："啊呀！《中央日报》昨天发了一篇类似的报道，题目好像叫作《英雄馆里看英雄》，你这跟他大致相同，怕上不了版面，还要遭人点点戳戳呢！"

郝一飞红着脸说："唉！那天，我是同《中央日报》记者一同采访的！没想到他抢先写了发表啦！算了，我这篇也就不交算啦！我本来就不想写吹捧文章的！下次我写了别的文章，再烦请老兄替我加工吧！"

夏强问他:"这两天有什么新闻?"

"嗬!我还没告诉你呢!你认识中央社那个跑军事新闻的吴敏吗?"

"吴敏?"

"是啊!他被逮捕啦!"

夏强身上冒汗,但装得平静:"怎么啦?那人有什么问题?"

"弄不清!反正肯定是有问题,而且是十分严重的问题!听说是刺探盗窃军事情报什么的!"

夏强说:"这人我不熟,但倒是认识,也看到过他写的新闻报道什么的。人好像挺老实的!"

"我弄不清!"

"什么时候逮捕的?"

"昨天!"

悲痛猛烈地震撼着夏强。他一时感到头脑麻木了!几天前才同吴敏见过面,谁料他昨天却出事了!他会怎样?夏强突然觉得死亡和被逮捕的危险正在他身边轻步潜行。只要被捕者供出他来或从被捕者那里揪到线索,他马上就也会被捕。他相信自己的同志,但也不能不想到自己面临的这种危险。夏强心酸也心悸了!他起身说:"啊,我还有点事要出去一下!"他觉得必须马上把这事告诉林昆仑,让他知道。虽然上次电话打不通,但这么要紧的事不能不告诉他呀!

到了街上,他去南京路上邮电局里打电话。那里人多,在那里打电话,发现有问题马上挂断是不会让敌人发现自己踪迹的。

电话拨通了,有铃响,他很高兴,以为会是林昆仑沙哑苍老而平实的声音,但不是!是一个陌生人的声音,北方话,问:"谁?"

夏强问:"林老板在吗?"

"在!你是哪里?贵姓?"

夏强觉得不对,敏感地觉得对方是在套他的话,立刻"克托"挂上了电话,心脏剧烈跳动起来。

付了电话钱出来，夏强的心仍"怦怦"跳着。他刚刚为吴敏被捕而难过，此刻又为林昆仑出事而着急。他明白此时此地的上海，刽子手们手中的刀斧是正在乱砍乱斩的！被捕的共产党人，岂有侥幸逃生之幸运！

　　真想哭一场，大哭一场！真想高吼一声，大吼一声！真想控诉！真想亲人解放军快来！快来救救这两个这么好的共产党人！

　　但，人冷静下来了。他还得平静沉稳地对付这种突然发生的不幸！还得防止自己出事被捕！还得继续努力工作！还得接受锻炼和考验！他又安慰自己，也许林昆仑并没有出事！也许是电话出了问题，那接电话的也许并不是坏人！但，为了慎重，还是不再打电话为好。

　　后来，回到家里，独自坐在楼下前厢房的沙发上，闭上了眼。生存好艰难！生活好沉重！环境好恶劣！敌人好凶恶！没有自己的政权，一切都毫无保障，连生命都只能由人摆布！

　　最后，他告诉妈妈，他要躲避一下。他决定暂时到表哥杨之造家里去避避风。说躲就躲，他打电话到报馆找采访主任老秦请假，说家里亲戚有了急病。实际却收拾一些衣物，提了一个包准备悄悄到之造表哥和顾青表嫂家去暂住。他不懦弱，也不是软弱好哭的人，但他忽然地哭了，哭得很伤心很伤心！为松涛、为吴敏，也为林昆仑，为自己同组织失了联系。

　　说来也巧，躲了两天，没有音讯。三天后的那个上午，夏强开始活动。千思万想，认定吴敏、林昆仑都不会连累他。他决定回家，他能理解母亲惦念的心情。

　　路经大新公司，他想起母亲爱吃这里点心部卖的豆沙麻团，就给母亲买了一打装成一盒。提着装点心的盒子刚走出大新公司的西门，就看见在大新公司和大上海电影院门口拥满了人。

　　夏强也挤入人群，听到有人说："枪毙人了！"有人说："枪毙不法银圆贩子！……"

这些天，黑市银圆价不断疯涨！当局正在抓捕银圆贩子，但那么多银圆贩子，抓也抓不尽，黑市依然存在。银圆贩子罪恶不大，为什么要这么在闹市中当众杀死呢？

记者的职业习惯，使夏强想看看究竟。他挤着向前，冷峻若有所思。

布岗的卫兵在驱散靠得太近的群众，吆喝着高吼："走开！走开！……""小心吃枪子儿！"……

两个手被反绑背插死标的人早从黑色警备车上被押了下来。一个身材高大些，一个瘦小些，他们的嘴都被塞上东西堵住。当街被掀倒在地，看不清脸面。看的人多，人头乱挤动，夏强正探着头，步履沉重地走过去张望，想看看两个银圆贩子的面目时，却见执刑的两个军人已经拔枪要发射了。

"乒！""乒！""乒！"……好几枪都打响了！

血！血花飞溅流淌在柏油马路上。

两个银圆贩子躺倒在地，反绑着手。

距离近使一切变得清晰。夏强看清了！这哪是什么不法银圆贩子唷！

是林昆仑！是吴敏！黏稠的暗红色的血浆流满一地了！

啊！啊！……好卑鄙恶毒的敌人哟！你们竟用"不法银圆贩子"的假罪名，屠杀英勇高尚的革命者！

夏强心灵的那根弦索悚然战栗了，心上笼罩着伤心和悲痛，险险晕倒！刹那间，他哀思袅袅，悲愤滚滚，泪流满眶了。他突然意会到，死亡对他来说，犹如每天出现的太阳，抬头可见！但他并不为这胆怯！他痛心的只是同志的死！他像自己心上挨了几枪似的丧魂落魄地迈着沉甸甸的步伐回来，手中那盒买给母亲吃的豆沙麻团，不知什么时候已经丢失在什么地方了。

他只看到老林流着血！吴敏也流着血！都躺在地上。他们被杀害了！他想到了"血债"这两个字，一串串滚烫的热泪流了下来，有一种怒发冲冠想仰天长啸的心情。

这时，进攻上海的炮声、机枪声仍在远处轰鸣，但声音似乎更近一些了。

像有千斤铁板压在心头，夏强认识到：他的遭遇决非属于个人，而是属于中国的沉哀！他的灵魂在受无情的磨砺。

夜里，夏强用焦灼的期待编织那个五彩斑斓的梦，在心里说，啊！快解放吧！……两个亲密战友的死，使他心里像有刀挖。中国必须前进！为这，他愿献出青春的生命和热血！他高昂着头，但内心深处却有沉重的孤独。他记不清是哪个哲人说过的了："考验一个人的勇气，不是死，而是生！"他愿接受这种考验！他仍像疾行在那条深长的隧道中，似乎快要走到尽头看到光亮了！但，不！还非常黑！还有十分艰苦的行程！……

要是丹丹这时在身边多好啊！他没有把林昆仑和吴敏被杀害的事告诉母亲，怕引起亲人的更大不安。但如果丹丹在，他是要告诉丹丹的！不然，怎么叫"生死与共"呢！

（五）新中国！您来了！

隐隐约约的炮声仍在远处轰鸣。

革命者用血与火营造成的上海解放之夜使绝大多数上海市民通夜不眠。

上半夜，总是听到警察局的红色警备车凄厉地在马路上嘶叫疾驶，白色恐怖笼罩全市。

下半夜，炮声枪声不断，拂晓时分，比较宁静了。方国华打电话来给夏强，兴奋地问："你们那里什么情况？我们这里听说解放军已经进来了！是从虹桥、龙华地区攻进来的！"

夏强从床上起来接了电话，母亲在床上起身对夏强说："你问问方先生，他看到解放军没有？"

那边方国华回答："还没敢出去呢！是听邻居说的，等天亮以后再出去看看。"

方国华电话刚断，铃声又起。夏强接时，却是《新闻报》老沈的电话。

老沈问："你们那里解放军来了没有？"

夏强说："快了快了！刚才南昌路的朋友来电话，那里已经解放了！"

老沈说："我在报馆，没回家去。家里来电话说已经解放了。我在报馆参加编报。今天照常要出报呢！"他家住在愚园路。

夏强说："电话畅通，水电正常，真了不起呢！我昨天听编辑主任老胡说，报馆暂不出报，但他安排了几个人值班。"

老沈说："听说交通也会正常的！上海要没有这些职工真不得了！"

后来，两人挂了电话，夏强就给之造表哥打电话。之造表哥不在家，表嫂顾青接电话，说："之造在路局参加护路、护车辆、护资产的任务去了！"他们住处靠近杨树浦，表嫂说那里还盘踞着不少国民党军队，护厂队的人员正在做劝告残敌投降的工作……

夏强和母亲也不想再睡了，一种兴奋的感情激得他们心里很不安。外边天刚亮，东方透出鱼肚白，母子俩漱洗后，母亲将昨天的剩饭加上水煮成泡饭，两人用昨夜的剩菜就着泡饭吃。吃完，夏强说："方先生住的南昌路一带已经解放了，我们这儿肯定也来解放军了！我得出去看看！"

母亲说："现在出去怕仍有危险，晚一点去吧！"

正说着，只听传来噼噼啪啪的枪声，声音很近。

夏强说："像是就在弄堂附近发生了枪战！"

这时，楼下沙玉琳和小曾夫妇咚咚咚上三楼来了。小沙叫着夏强说："小阿哥，听到开枪没有？解放军来了！我们弄堂外的成都南路上，有辆国民党的装甲车抛了锚，但还在同解放军对打。我刚刚到弄堂口看了回来，我们这里就要解放了！"

夏强觉得国民党的残兵不会太多。这几天早听说江湾、吴淞道上人山人海，物资堆积，车辆成龙，秩序异常混乱，有撤退的景象，说是吴淞口、张华浜码头之间，停着许多要撤退和已经开行的船只。夏强估计，市里是不会变成"斯大林格勒"的！解放军的钳形攻势，从东、南、西三个方向，向上海邻近各县进军，同国民党守军展开激战。特别是东、西两线的解放军，像一把巨大的铁钳，向敌人的唯一退路吴淞口方面紧逼。夏强觉得这似是有意先解决上海，后解决吴淞口！是为了市区人民少受损失有意放敌人一条退路的战略。现在，这辆在成都南路上抛锚的铁甲车，显然是顽抗不久的，它会很快被消灭的！

夏强约小沙说："走！我们再出去看看！"

但，"嘀铃铃"电话铃声又响了。夏强接电话，是采访主任老秦的声音："夏强吗？你们那里怎样啦？"夏强把情况讲了，问老秦："你们尚文路的情况怎样？"老秦声调高兴地说："哈哈，从浦东董家渡、周家渡、南码头渡江过来的解放军，早已经进到市区了！我们这里今早就解放了！好高兴啊！"又说："我给报馆打了电话，老胡接电话。我猜，他可能是地下党员呢！他说，今天不出报，但决定出庆祝上海解放的号外。我就去报馆，你去不去？"

夏强说："去！我很快就去！"说这话时，他心里憾意地想：唉！林昆仑牺牲了！我同党的联系怎么恢复呢？

夏强同母亲，还有小沙都兴高采烈。这种高兴，使夏强感到就是一种解放的欢乐！当人从腐朽恐怖的统治下解脱出来见到光明与和平即将随之降临时，就有一种解放的欢乐，是谁发明创造了"解放"这个词儿的？这个词儿真好啊！

外边是没有枪声了，只听到很远很远的地方仍有隆隆的炮声。那意味着在远处解放军在包抄、消灭并阻止敌人逃跑，正在进行战斗。夏强决定同小沙一起赶快上街看一看，让小曾陪着母亲在家里，他同小沙一起下楼。夏强忽然想到一件事，对小沙说："小沙，从我们的厢房里走！我到前厢房还有件要紧事要办呢！"小沙问："什么事?"夏强说："到那里就知道了！"

他俩下楼到了前厢房。夏强拿起放在茶几上的蒋介石照片的大镜框，说："小沙，还记得有一天你对我说的话吗？你说我该把这张照片收掉了！我现在就收给你看！"说着，"呼"的一声，照片框在地上砸散了，玻璃碎片四溅。小沙竖起大拇指笑着说："好！小阿哥！好！"夏强笑笑，拿起蒋介石的照片"哗"的对撕开了，又"哗"的撕成了四片，扔在地上。随后又将李宗仁、孙科的两个镜框也"呼""呼"扔在地上，说："等会回来我再收拾！不过我仍要告诉你一句话！"

小沙问："什么话?"

"小沙！我放这些照片，为的是保护自己，懂吗?"

"那我还是猜对了！"

"怎么了?"

"听一个人讲话，看一个人做事，就知道他是什么样的人！反正我们是近邻，我对你和你们家人就有点看法！早就猜到你们绝不是国民党！你二哥那天夜里来你们吵架的事我全听到了。"

夏强笑了，两人兴冲冲开大门走到弄堂里。弄堂里已经三五个、六七个人一伙一伙地在"交流"情况议论解放了。夏强和小沙走上前去，听到一个人在讲："沪南地区一解放，法商电车公司工人组织的人民保安队就开出了公共汽车和电车恢复了交通……"另一个人说："22路公共汽车开到中正路成都路口，遇到一股躲在浦东大楼里的敌军打枪，交通受阻，有人报告了解放军，就马上消灭了那几个国民党士兵。22路车又恢复交通了！……"

小沙突然对夏强说："小阿哥，我没告诉你，我们前天有计划地把

70多辆汽车都隐蔽在胶州公园防止被敌军劫持破坏，现在我们也一定要出车了！我马上要到公平路保养场去看看。我们也要出车的！"说着，他头也不回地快步独自走了。

夏强后来走出弄堂，到成都南路上，看到停在路边的一辆抛锚的装甲车仍停在那里，边上有些人围着看热闹。夏强也上去看，听人说："先前车里的兵朝外打枪，后来被解放军抓住了两个，有一个跑掉了！……"夏强后来到林森中路上，两边店铺都上着排门。他看到沿街已经贴出了许多红红绿绿用彩色纸写的"欢迎中国人民解放军"和"中国共产党万岁"的标语。路边，有一批解放军全部手捏着步枪，躺在路边地上睡着。地还有点潮湿，他们一定几天几夜没休息了！睡得好香甜。他们太累了！脚上溅着泥水，身上军服泛着白花花的汗迹。黄绿色的军装质地粗糙简陋，小腿上打着绑腿，不戴钢盔，腰里有木柄手榴弹。胜利之师不扰民，他们利用战斗间隙就这么在路上一躺就睡着了。夏强心里好感动！这才是人民的军队呀！在左近，有几个站岗放哨的士兵，都很年轻，荷枪警惕地站着，背着干粮袋，腰插手榴弹，不说话，也不笑。许多人围着看，有好奇的，有高兴的，有端水拿吃的东西来拥军的……夏强心里发热，有见到了亲人来临的感觉。

忽然，人声喧哗。看到本来热闹的林森中路上，由西往东来了游行庆祝解放的队伍。许多人跳着扭着秧歌，喊着口号，自发地上了街，唱着似乎预先就学会、排练好了的歌："解放区的天是明朗的天，解放区的人民好喜欢……"夏强的眼眶里顿时饱含泪水了。他想到抗战胜利那天在山城重庆的游行，今天好像是那天那种欢乐的继续。他身不由己地也走进了队伍，兴奋地跟大家一起喊起了口号，浑身出着汗。但，他心里急着要去报馆出号外，走了一段，就闪身出来，跑去赶车到外滩去报馆，他要为出版那张欢呼上海解放的号外贡献力量。

在那条漫长黯黑的历史隧道中，现在他仿佛走到了出口处，看到了耀眼的光明，看到了辉煌的太阳！呼吸到了新鲜的空气了！好欢乐好开心啊！

这天夜里，夏强老是做梦，梦见了东方！梦见了松涛和雷老伯和丹丹。一切都似在雾霭之中。丹丹不知怎的穿了洁白的裙裾，在天上云霞间飞行，飘浮如同一片明亮的云彩。他仰首叫她，丹丹就从天上飞下来了！但突然醒来，那是梦境，他听到钟敲三下。

上海沉浸在战火纷飞后的解放大欢乐中。战争已被摆脱，人们爱和平，但人们拥护解放军用武力将作恶多端不得人心的反动派消灭和驱赶出去。

上海全部解放后的第二天晚上，母亲和夏强在三楼客堂间里听收音机。收音机里那个女播音员的声音严肃有力带有战斗气息，与上海那些电台上的女播音员格调全然不同。正在播送战讯："……国民党204师通信营长邓德鑫等，于26日傍晚率部投降……国民党123军和182师、333师在25日夜在真如车站被中国人民解放军彻底、干净消灭……"

母亲早些日子那种忧戚的眉宇舒展开了，说："上海是解放了！我看全中国的解放也不远了！今后，中国会好了！"夏强说："妈妈，会的！这场仗实际是为追求光明、美好与保持邪恶、黑暗之争！今后，中国肯定会好的！"他忽然发现母亲脸上因兴奋而洋溢着光彩。母亲的气质比什么时候都美。平时天天看到她，没注意，而此刻，从母亲的美里，夏强仿佛懂得了为什么自己的兄妹常被人家评为漂亮。那是从母亲那儿遗传来的哟！母亲年轻时是十分美丽的。现在老了，可是今天脸上突然掠过年轻时的神态，也就发掘出了随着岁月飞逝了的青春时的美丽。夏强多么希望母亲永葆这种美丽，说："妈妈，您一高兴，人显得好漂亮啊！"可是，母亲摇摇头苦笑笑，她过去常日夜愁思着丈夫和孩子的离散和死亡，现在心里仍散不开愁云。听着广播，不禁又说："你小妹不知怎样了？她也该回来了吧？"这两天，母亲已经多次这样惦挂着小妹了。母亲同小妹那种相依为命的温馨，就是在上海解放的喜悦中也是绝对不可缺少的呀！

但，战争年代的事，谁知道谁能预卜呢？

夏强劝慰着母亲说："会回来的！"但他知道浦东方面战斗曾打得十分激烈。不知小妹和她的同学们怎样了？

这时，忽然听到底下大门关门声："砰！"接着，又听到了由远而近楼梯上的脚步声。脚步声这么熟悉，是一种连跑带跨步的声音！夏强忽然叫了起来："像是小妹！"他说着，就起身走出了房门。

母亲也紧跟着出来。

啊！果然是小妹夏盛！她回来了！真巧、真好啊！

小妹一头扑倒在母亲怀里，只听到她亲热地叫："妈妈！妈妈！……"然后，夏强看到小妹在哭泣，妈妈也在哭泣。夏强的鼻子也酸了！是快乐的哭泣呀！是欢庆的哭泣呀！但夏强也知道小妹这泪水是复杂的！泪水中怎么能没有对松涛的怀念呢！

半晌，安静下来了，听小妹讲述着她浦东躲避的情景和遭遇。有艰难的逃避、忍饥挨饿的经历，有生命危险的逼迫，也有戏剧性的情节……母亲听着，常感动得用手帕擦泪。见到小妹平安归来，母亲心里实在欢喜。夏强那夜睡在客堂间里，听到在厢房里的母亲和小妹，整夜絮絮叨叨谈个没完。夏强躺在床上辗转反侧，也不断想起了那许许多多难忘的人和难忘的事，解放的喜悦掺和着许多生离死别的思念和痛苦，心中就好像一只复杂的五味瓶了。

整整一夜，夏强都没有睡好。

可是，奇怪的事又发生了。第二天清晨，有人来敲门，夏强下楼去开门时，意外看到的竟是编辑主任老胡。

老胡，名叫胡广生，在报社里是个很有威信的人物，但又是个不声不响学者似的人物，戴副深度近视镜。他编辑工作是一流的，标一个标题，改一段文章，都有讲究，令人叹服。夏强进《新联晚报》前，就听松涛说老胡这人好，进报馆接触后对他也是尊重敬佩的。他一贯支持夏强工作，却很少同夏强接触。老秦前天在电话中说老胡可能是地下党员，那天夏强到报馆参加发号外时，见老胡实际已在那里主持。夏强找他谈了自己的情况，老胡很亲切，但没说什么。今天，他怎么突然来家里了呢？

夏强请老胡在前厢房小沙发上坐了。想不到老胡却开口说话了。他口齿极好，话说得十分亲切："我今天来，有两件事。第一件是关于你的！你对我说，你是地下党员，但联系的同志牺牲了。为这事，我专门向组织上做了汇报，你见过一位谭太太不？"

夏强惊异地点头："当然！见过的！见过的！"

"她是地下工委的成员！她有她分工领导的一些基层企业和地区的地下党员的名单。那名单中有你。由于她知道同你联系的那位同志已经牺牲，也由于工作需要，已将你的名字转到我们这里来了。从现在起，我们将一起工作。"说到这里，他满面笑容伸出手来，同夏强热烈握手。夏强浑身沸腾，感到了温暖。

但，老胡又说第二件事了："第二件是关于濮松涛的事！组织上一直在设法想打听到他被囚的地方并营救他。但他被怀疑为特殊重要人物，直接由大特务毛森秘密控制，营救始终不成。你可能不知道，松涛是我发展他入党的。他曾在失踪前的阶段，向我汇报过同你妹妹夏盛的恋爱关系。今天我来，是来告诉你们，松涛已被杀害。敌人溃退前，杀害了不少人！松涛生前遭受过酷刑，但严守秘密，不暴露身份，不出卖人，保护了组织和战友的安全。现在，根据逮捕到的特务供认，在南火车站附近，上海解放前夕毛森曾下令活埋过一些人。正在组织发掘，你和令妹如愿亲自去辨认一下，我当为你们安排。"

夏强说："舍妹在楼上，我叫她下来好吗？"

老胡说："我上去吧！"

夏强带老胡到了三楼，见到了母亲和小妹。老胡将在楼下同夏强讲的关于松涛的事讲了一遍，沉痛地劝慰："松涛是位好同志，我们都舍不得他，但牺牲难免，党会永远记得他的！"

尽管他这样说，小妹仍泪如雨下，母亲仍不断拭泪。

夏强后来送老胡走出弄堂。老胡说："等着我的电话，明天早上，我们同去那里寻找松涛。"

第二天，下倾盆大雨。天井里也湿漉漉的，积着浅水，但还是冒着大雨去了！母亲本来也要去，夏强和小妹坚决要她留在家里。

南火车站附近活埋烈士的地点是一块空地。一个参加活埋的小特务被抓住后，想立功赎罪由他带路找到的。开掘后，发现了一批尸体。正冒雨在发掘，估计有十多位烈士被埋在一个大坑里。

雨，是天穹落下的泪！夏强穿着雨衣戴着雨帽，小妹打一把黑洋伞，老胡穿件风衣打着油纸伞，同另外一些烈士的家属一同淋着雨辨认被发掘出来的遗体。

每具遗体几乎都是残缺或带着重伤血肉模糊的。后来，松涛的尸体发掘出来了。他的西装上衣右臂少了袖子，裤子也已经破烂少了一条裤腿。雨哗哗地下，雨水洗净了烈士脸上的泥土和血迹，松涛遍体是伤，右腿骨已经打断，右臂上有一个痊愈了的枪疤。他眼张着，似乎死不瞑目；嘴张着，似要高声说些什么。啊！他们屠杀自己中国人竟也这样狠毒！……

像天旋地转，小妹涩哑地大哭着一下子就扑倒在松涛身上，她用自己的脸紧贴住松涛的脸呼天抢地凄厉号哭，几乎晕死过去。

凄风苦雨，雨水如冰水浇背，虽是初夏，却透着寒意。后来，在松涛西装上衣的内袋里掏出了一张纸条，上边有松涛写的一行模糊了的字："我盼望一个充满生命芬芳的世界！"看到这一句话，小妹和夏强都更加放声大哭了。

啊！什么事要有成就能不付出牺牲呢？夏强劝慰着拉扶起了小妹，搂着妹妹站在那里想，为了打倒反动政权，建立能使人民幸福的国家，那么松涛与这里一起被活埋的烈士也好，方之也好，林昆仑也好，吴敏也好，那数不清的在前线牺牲的解放军指战员也好，他们都是为这而献身的！如果换了我，我也是会毫不吝惜地奋不顾身奉献生命的！舍弃自己的生命，为了让中国人活得好一些，为了实现理想，总得有人牺牲！用这些烈士的生命放在祭坛上送走这残酷不仁、与人民为敌的政权吧！……他默默在心里说，将来我们的共和国将不再像这个被打倒的反动政权这样！会保护人民、为人民未来的美好生活谋福利！倘这样，烈士的鲜血就不是白流！烈士的肉体虽然消失了，你们的精神永存！你们在九泉之下也会欣慰！

夏强以后几十年里，始终牢牢记住那个可怕的下雨天，他在松涛等的遗体前所想的和心里所说的那些话。

夏强感到新时代来临了！

5月底，夏强得到市委组织部通知，调他到上海总工会筹备委员会去工作。任务主要是做秘书，给上总筹委会的领导同志们起草讲话稿，并且负责审查电影和书刊稿件，负责华东、上海职工广播节目的安排，还要带着人编辑一套工人政治课本和文化课本。

任务很重，但夏强干得很努力。本来在报馆是工薪制，调在上总筹委会却改成了供给制。除了发给一套蓝布列宁装外，每月发给上厕所用的草纸三十张，夏强不吸烟就不发给香烟。出外工作，车费可以报销，在机关里吃大灶伙食，零用钱只够买一二本书。但组织上知道夏强家庭经济困难，给夏强每月两石半米作为津贴补助家用。收入少，夏强感到这是在革命队伍里干革命，心情舒畅，干劲十足。他十分想念丹丹，想把自己的情况告诉丹丹，但到香港的信还不通，他只好捺下想念。

那天，阳光好极了。他上午在家里楼下前厢房坐在桌前正替上总筹委会的领导同志写以"劳资两利、发展生产"为题的讲话稿。

忽然，听到那扇朝着弄堂的彩色玻璃窗上有人敲叩："笃笃！笃笃！笃笃！""笃笃——笃笃——笃笃！"……

啊！仿佛是在梦中！夏强从座位上激动地站起来了！望着那扇彩色玻璃窗，瞪大了眼睛。过去，他同东方和松涛约定过，如果来这里，就用这暗号敲窗。后来，林昆仑住这里时，他也这么同老林约定过这种敲窗暗号。当东方被捕，有一夜下着雨，那个穿警备司令部中尉军服的送信人也用过这暗号叩窗，那是东方教他这么做的。东方从南通保释回来后，曾说过：送信的是在敌人警备司令部做内线的地下党同志。

现在，松涛、林昆仑都牺牲了，这会是谁呢？……会是不知下落的东方吗？

他马上推开前厢房的玻璃扇门。门开了！一片阳光浪涛般喷射过来，使他眼花缭乱。他急急走到天井里，拉闩开了黑漆大门，令他高兴的是，站在门口的那穿解放军黄绿军装戴军帽胸佩"中国人民解放军"白底黑字红边框符号，臂上佩着红底黑字军管会标志的人，正是戴着眼镜的林东方。

"啊！东方！"夏强扑上同正迎着他的东方两人热情拥抱在一起了。

"盼着你来！你真的来了！"夏强激动地说，"快进去坐！妈妈在楼上，可惜小妹不在，她到学校里去了。"

东方没有刮胡子，疲劳的脸上黑黑的络腮胡子钢针似的长得满满的，说："上楼看看妈妈！这下我回来了！会常见面的！"

上了三楼，夏强高叫："妈妈，您看谁来了？"

母亲正在厨房里收拾什么，手里拿着一碗酱油，从厨房出来，看到是东方，忽然失手将酱油泼了一地，母亲又笑又含着泪说："我是常想，你也是该回来了！这下好了，托我保存的东西我可以完璧归赵了！"

东方满面是笑，人情味十足地说："妈妈，那不急！我来不是拿东西的，是专为来看你们的。好想你们啊！一晃离开你们好几个月了！随军来到上海时，我就想着，一到上海就该来看你们。可实在太忙，我负责接收电信局！上海国际电话台是现在中国最大、设备最完善的国际通讯机构。这次在解放上海中，它始终保持全市电话畅通，现在正恢复同一些解放的大城市的电话通讯。"

夏强问："同香港电话通吗？"

东方摇头："中美电路是断了，与香港的电路也不通了。"他忽然敏感地问："怎么？"

夏强叹口气说："丹丹和雷老伯在香港！但现在也许又不在香港了！"

东方安慰说："我想将来同香港的电话是会通的！"他又说："今晚我挤出时间过来看看你们。你们好吗？谈点情况吧！"

夏强匆匆将林昆仑、吴敏、松涛等牺牲的事说了。东方沉默地叹息，说："林昆仑其实不是我的父亲，他原名叫张劲松。为掩护他，我让他用了我父亲的名字。他做策反国民党132师师长的工作，快要成功，却被人出卖牺牲了！我昨天才知道详情。"

夏强恍然大悟，问东方别后情况，东方说："我过江到苏北时，国民党已经封江，很危险，总算找到了关系，顺利脱险过了江，找到了组织。但受了两个多月的审查，临来上海前才恢复了党籍。"

母亲插嘴了："审查？怎么审查法？"

东方笑了："住在一个小房间里，没有行动自由，天天写材料交代情况回答疑问……"

夏强觉得不可理解："你在狱中表现得那么坚强，又千辛万苦冒险去了苏北，怎么去了就审查？"

"革命是不容易的！你想，不审查行吗？你们了解我，组织上不了解呀！万一是特务、叛徒怎么办呢？"东方说，"我们这个党就是这样。他要求党员是用特殊材料制成的！"他突然歉意地对母亲说："妈妈，这次来，我空着双手，什么东西都没有带给您！我真感到不好意思！"听得出，他的话发自真心。

母亲笑了："有什么礼品比解放、比你来更好呢？只要你们平平安安回来了，我这老年人也就高兴了！"

东方问夏强："丹丹他们情况怎样？"

夏强谈了雷老伯去香港的事，说："去香港后她来过信，说一切都好，但后来又说要去外地，现在断了联系。"

东方说："将来，还是动员她回来的好。"他坐的时间短，因为说要赶到南昌路去看望方国华，决定走了，说："等哪天有空，我再来看小妹。"

夏强后来送东方出大门，握别时，东方用力地握着夏强的手说："如今一切都好了！中南、西南的解放，也是指日可待的了！将来，多给丹丹做做工作，让她和雷老伯还是都回来吧！"

他走了！夏强回来，心中却又无限思念丹丹。上海解放了！丹丹他们现在在哪里？什么时候能再同她和老伯见面呢？……

上楼，见到了母亲。母亲正在补一件小妹的外衣，见夏强来了，说："如今就只剩丹丹和你二哥二嫂了！但不知什么时候能团圆啊！"

"会的！"为了安慰母亲，夏强扮作乐观地说，"妈妈，我想，不会很慢的！"其实，他心里并不这样想。

但，天下每多巧事，就在东方来过的这天晚上七点钟，夏强正同母亲在楼上聊天，听到电话铃"嘀铃铃"地响了。

夏强拿起话筒，说："喂，哪一位？"

却万万想不到对方传来的是那银铃似的日思夜想渴望听到的声音，他惊喜地大叫起来："啊！丹丹！……"

这真是从天而降，比梦境还要梦境了！

母亲在一边也放下了手上的针线和小妹的外衣，愣着神说："丹丹？……"

那边，丹丹好听的声音在说："夏强，你们好吗？……"听到这声音，夏强立刻就仿佛又看到她脸上那永开不败的笑容了。

"好好好！当然好！上海解放啦！"夏强心里荡漾着那种拥抱着丹丹时的温暖感觉。

"我当然知道啦！"丹丹好听的声音快乐地说，"太好啦！我一直祈祷你们平安无事！代爸爸和我向伯母致意，问小妹好！长途电话刚刚才修通，我特地抢着来打电话告诉你两个好消息！"她仍旧这样风趣。

"两个好消息？你在香港来的电话？"

"不是在香港！是在——北京！"

"什么？在北京？"

"是呀！告诉你的两个好消息，第一个就是——我们到了北京！应邀来北京已经不少天了！我陪爸爸一起来的！一切都照顾得很好！告诉你爸爸讲的一段话，他昨天说，有件怪事，其实不怪，因为这符合优胜劣败的规律。有良心有正义的国民党人，由于国民党腐烂了，是可以把自己和后代变成国民党的对立面站到共产党人一方面来的！"

"啊！老伯说得好！快讲第二个好消息吧！"

"第二个好消息，不久要召开新政协筹备会，研究成立民主联合政府，新的中国快要诞生了！"

夏强激动得简直不知说什么好，热泪涌出了眼眶。也不知为什么，电话似乎出了故障，断了！他却牢牢拿住话筒不想放下。

啊！新的中国要诞生了！为了你的诞生，为了理想，我们付出了多大的牺牲！付出了多少的汗水、眼泪和鲜血啊！

啊！欢乐每每总是在痛苦之后来临的！正因为有痛苦，才更使得欢乐可贵！生离死别，悲欢离合，奋斗和牺牲，打倒和建立，历史就是这样写成的！历史还在往前走！

刹那间，夏强感到自己的心，完全没有那种在黑夜中压抑的感觉，有的只是沐浴到了太阳的那种热烈与畅快。如今，是夜间，但明早阳光又会绚丽地普照。这些天来，他一直是在太阳普照下生活！暖洋洋的，光明灿烂的！啊！一切的一切，都是永远的记忆！这种精神存在超越时空将成为那一代人永存的灵魂！……

啊！……啊！……啊！……

1996 年 8 月—1997 年 7 月初稿

1997 年 12 月—1998 年 5 月改定

关于《霹雳三年》的对话

金弓：读了你的《霹雳三年》手稿，我觉得这部小说好像是《战争和人》的继续。

王火：是，也不是。说它是，因为这是我在完成《战争和人》后花了三年左右时间写成的长篇，书中写的年代也是顺延下去的。《战争和人》写的是1937－1945年八年抗战；《霹雳三年》是解放战争时期1946年6月至1949年6月那三年。但它显然绝不是《战争和人》的第四部或续篇，因为人物变了（例如童霜等不存在了），写法变了，结构变了，叙事风格也变了。我在写《霹雳三年》时，有意想消除读者把这部小说当作《战争和人》的第四部看，才这样做的！

金弓：有此必要吗？

王火：一是想给读者多些新鲜感，换换人物和写法。二是《战争和人》三部曲已经完整地画上了句号，没有必要又来写它的第四部，何况，"续貂"总是不讨好的。三是这部小说我决定用记者笔法来写记者生活，浓缩了写，限制在五十万字内，不想再长，而且想把新中国成立后的五十年压缩了与过去那三年时空交叉着写。我既不愿重复别人，也有点不愿重复自己。因此，成了现在这样子。

金弓：你为什么要写《霹雳三年》？

王火：这倒是同当初写《战争和人》三部曲时的酝酿与构思有关的，我原曾计划是写抗战八年，然后一部一部写下去。解放战争写一部，新中国成立后再分写成四部。但年龄大了，视力差了，再写那么多，是太困难了。而在生活、思想艺术等方面的酝酿准备已经比较充分。因此，动用了几乎自己全部生活积累提炼以后，瓜熟蒂落地浓缩成了这么一部小说。

金弓：以前报上登过，说你正在写一部《和平和人》，那就是这部小说吧？

王火：原来曾打算书名叫《和平和人》，以与《战争和人》对称，但写着写着，起了变化。后来，书名也想叫《沧桑》，结果仍觉得不切题。最后，起了现在的书名。

金弓：你这部小说，我感到除"苍茫莫愁湖""多情花神庙"等章节文采格调、诗情画意依然保持了《战争和人》的笔法特点，它与《战争和人》的笔法大部分不同。它写的是当年的记者生活，用的是当时的记者语言。你常用干脆简洁、鸟瞰的笔法。常用开门见山记者式的叙述方法，节奏快、纪实性强、结构紧凑、无枝蔓、无赘言，注重于中肯、真实和吸引人。看起来有味、省力。你是复旦大学新闻系毕业的，做过记者，用记者笔法写记者生活有优势，说实话，这是一部有个性的小说，我很喜欢。读你的书时，一下子就把我带到那段难忘的特定环境中去了。不少地方使我激动并且落泪。你写的许多事和人我都熟悉。我觉得这部小说只有你这样的人才能写！你写得十分真实，有你爱强调的独特性。我想问，这是否是你期望的特色？

王火：一代人应该有一代人可以有的贡献。这也正是为什么我要请你做第一位读者的原因。因为你是一位当年有过这方面生活的资深记者，那段历史中的许多人和事你熟悉。当时的记者生涯你也熟悉，你能肯定它，对我是一种鼓舞。这部小说中，确有我独特的生活经历，因此它确如你说的是有个性的。我有当时在上海、南京一带居住和活动的三年记者生活，我参加过审判日本战犯和汉奸的采访，我采访过胡适、吴国桢等人，我同地下党有来往并做过掩护及营救的工作等等。我用记者手法——那种犀利的鸟瞰透视力，写与我熟悉的生活和人物，目的也有使我写的小说增加真实感和个性的动机，当然。这是小说，有虚构、想象和文学塑造，并非纪实文学作品。

金弓：写这类涉及历史的小说，真实感是绝对重要的。真实了才起作用，一看感到虚假，就没劲了！写这类小说，我觉得有两点特别重要，一是小说写的人物、事件，必须合乎史实；二是能以史为鉴。这两点你这部小说做得都不错，你说的是很多真话，这很可贵。我注意到你在"序"中说的，你的思绪"指向历史，掠向现实"这八个字，有一些话你说得很动情，你说："有凝重的思考。也常似直面人生，在同生者和死者对话"，你还说到了书中的"历史含义，忧患意识和沧桑感慨……"我想这本书你是有感而发才写的？

王火：当然是！如果无感，既不想写也写不出，更写不好。正因有感，才非写不可。我写东西常总是有我独特的感受才动笔的。写这种涉及历史的书，自然要说真话。思想上明确的是，我是为了今天和未来才写过去的。我希望历史是一面镜子。

金弓：在这点上，我觉得《霹雳三年》较之你有些作品似乎更贴近现实和读者的心。你已写了多部长篇，这部小说在你是否得意之作？

王火：作者对自己的作品，尤其是长篇，一般在写作时或刚写出来时总是得意的，不得意甚至能写不完。但是否属于得意之作或较之以前的作品孰轻孰重，这得交给读者和评论家们去比较、评断并接受时间的考验了。

金弓：你这部小说显然是以现实主义创作方法为本的？很想听你谈谈

这方面的问题。

王火：我觉得也植入了新观念、新手法，有我新的追求、借鉴和探索。我看小说，从不排除任何流派和任何一种创作方法。我也很喜欢"新"，新的东西凡有长处我都欣赏。不过，我写小说实际从来很少考虑我用的是什么创作方法，我不用框框套死自己。我觉得该怎么写就怎么写。不能缺乏创造力，也不能一成不变，不加丰富和改进。只走前人走过的路方便，但并不美妙（当然，这说说容易，真正找一条新路走是很难的），我常常是顺乎自然地写，我也不赞成一味或胡乱地追新求异或随波逐流。有人唯现代主义是崇，唯新是崇，把那奉为上帝，排斥其他，我不会受这种影响。写小说有一条很重要，就是自己做主，不要听任何别人教你该怎么走，自己的路得自己走。要靠别人教你怎么走，可能你连步子也迈不开了！

浓雾中的火光

毫无光明就是漆黑一片，暗夜既然恰是这种情况，如果你希望描绘夜景，就该设法引进一堆熊熊烈火，让最靠近这火的物体最强烈地染上火的颜色。

——列奥纳多·达·芬奇

　　我为什么又来到这地方了呢？是伸展在面前的人生旅途指引我重新来到此地，还是作家的职业使我有机缘旧地重游？人说，年老的人容易怀旧。也许就是这样，我终于又踏上三十五年前那块熟悉的土地了！那时候，我们一伙大学生，在这里有过火热的生活。有过难忘的记忆。有过尖锐复杂的斗争。——这一切，都像梦似的消逝了。但是，我终于又来到这里，带着两鬓白发来寻找失去了的梦来了。我举目四望，江边两岸添了许多新的建筑物，树木已经变得高大粗壮，当年没有的许多高压线伸向远方，周围的环境熟悉而又陌生。然而，那碧绿的嘉陵江水，那初秋绮丽的景色，那笼罩着远山近水和校园的薄薄晨雾，仿佛并未褪去当年的色彩，依旧呈现在我的眼前。

　　这次离开北京之前，我到一个熟识的油画家朋友那里，向他说："你能画一幅油画送我吗？"他欣然应道："当然，你喜欢我画点什么呢？"我说："我想要一张画，反映我抗战时期的大学生活，使我每一看到，就能激动心弦。"他为难地皱着眉说："呵！可能这应当是一幅很美的画。四川的山河景物我熟悉，但我还把握不住你的要求。"我说："这样吧，我将去嘉陵江上旧地重游。等我回来，我将写一部作品，你看

639

了也许对你画这幅画会有所帮助。"他开颜笑了:"好!那样,也许我能给你一幅满意的作品……"

啊!我终于走在嘉陵江畔了。往事如烟,心潮起伏,说不清是兴奋还是感慨。我怎么能不忆起三十五年前那个初秋刚踏进大学之门时的种种情景呢?一切宛如发生在昨天,仿佛又听见了有人在呼叫我的名字:"巩亮!你来了吗?""巩亮,你还记得我吗?"……

是的。我来了,我记得。我怎么能忘记呢?我永远不会忘记!……

第一章　六个大学一年级新生

从北碚坐摆渡的木船渡江来到缙云坝，踏上江边那布满鹅卵石的沙滩，就可以看见一条高达一百几十级的石梯，爬完这陡峭的石梯，便算跨进这名牌大学的校门了。站在校门口，掩映在校园绿树和花坛中的校舍、图书馆、实验所、礼堂历历在目；回首俯瞰，漩涡急湍的嘉陵江正在哗哗奔流，对岸参差错落的房屋密密地连成一片，雾未散尽，远山朦胧，隐约缥缈。阳光照耀着丘陵起伏的大地，到处闪烁着宝石般的光彩。

这大学没有围墙，因为占地太多建筑物分散，也不可能有围墙。靠东北面是一条干净、喧闹的小街，开设着专让大学生光顾的小饭馆、茶馆、烧饼铺。走过小街向南，便到了学生的宿舍区。

"噫吁嚱，进大学之难，难于上青天！"有人把李白《蜀道难》的第一句"噫吁嚱，危乎高哉！蜀道之难，难于上青天"这么改了一下。巩亮在去宿舍的路上老是想着这句话。现在跨进大学之门了，录取之前的忧虑、焦灼、彷徨，似乎都烟消云散了。

这时约莫上午十点钟。巩亮满头大汗背着行李卷提着一只旧皮箱和一只装有脸盆、书本的网袋，十分狼狈地踏进了阴暗潮湿而又拥挤的三斋三号寝室。放下行李和箱子，刚看清屋里已住进两个同学，他还没来得及开口，忽见其中一个蓄着胡髭的黑瘦子，叼着烟，一阵风地走过来，咧嘴笑着说："巩亮！还认不认识我？"

巩亮用手背拭着汗，定神一看，黑瘦子头发涂油，穿件短袖白府绸衬衫，藏青西裤，皮鞋雪亮，浓眉下两只水貂似的小眼睛，不禁叫了起来："啊！小黑皮孙启先！"陌生地方遇到了老同学，他简直高兴得想拥抱对方，连声说："啊！真巧真巧！我在报上发榜时看到了你的名字，但没敢相信会是你。真太好了！"

孙启先甩掉烟蒂，热烈地握住巩亮的手，上下打量着他，慨叹地说："整整七年不见，我们都从小学生变成大学生了！不过你脸面没多大变化，只是比小学时候更英俊了。哈哈……"

闷热的屋子里漾起了欢乐的笑声。巩亮兴奋地打了他一拳："别开玩笑了！"马上又问，"你睡哪张床？"这寝室里共放了四张笨重结实的双层木床，两张靠南边的门，两张靠北边的窗。巩亮来迟了，四张下铺一张上铺都好像有了主人，靠门两边的两张上铺堆放着行李箱笼和杂物，只剩靠窗口左边还有一张上铺空着。

孙启先指指靠门口右边的那张下铺，笑着说："你看，我到总务处查了同寝室新生的名字，早给你占好铺位了！"

一股热流通过全身，巩亮感激说："你真讲交情！"

"快铺床吧！"孙启先一面帮巩亮打开行李卷，一面指着那个坐在门左边下铺上的同学说，"我给你们介绍一下。"

这是个头发蓬松戴近视眼镜的学生，穿件天蓝色府绸衬衫，黄卡叽裤。自从巩亮进屋，他一直坐在那里闷声不响，这时站起来不冷不热地用一口湖南口音说："我叫徐志轩。"

巩亮上前握住他的手，孙启先在一旁做了介绍："他叫巩亮。"

徐志轩"唔"了一声，点点头，松开了手，自顾自地拿了本书重新倚在床上看起来。巩亮不免有些尴尬，他分明感到徐志轩的高傲，被弄得手足无措了。

"你去洗脸吧。"孙启先投来温和的一笑，"靠宿舍西边有大水缸，那里有水。"

"好。"巩亮从难堪的境地中解脱出来，拿起毛巾、脸盆出去了。

巩亮真没有想到，会在大学里又遇到孙启先。七年前——抗战爆发那年，他们在上海敦仁小学六年级同班同学。孙启先是随家从南京搬到上海来的，讲一口南京话，大家常常笑他，有时叫他"南京大萝卜"。他家里很有钱，从小穿着讲究，但长得黑，又得了个"小黑皮"的绰号。他和巩亮在小学时并不是好朋友。有一次，他欺侮一个小同学，巩亮同他打过一架；又一次，老师表扬巩亮做值日生认真负责，孙启先妒忌了，偷偷将嚼得无味了的口香糖放在巩亮坐的椅子上，糖胶黏了巩亮一裤子，洗也洗不掉；另一次，运动会上赛跑，快到终点时，他用臂肘撞了巩亮一下，挣得了个第一名……这些孩子时代的事，想起来觉得好笑。如今，两个小学老同学不约而同考取了同一个大学同一个系——新闻系，还同住一间寝室，又要共同生活四年了。人都说大学生活是黄金时代，他乡遇故交，加上孙启先刚才的热情和关心，巩亮心头拥塞着高兴。

用凉水洗了个脸，抹了抹身，巩亮拿着脸盆攥着毛巾又回到了三斋三室。进门一看，徐志轩仍旧倚在床上自顾自地看书，好像一直没有挪动过位置。孙启先坐在自己床上，隔着寝室里唯一的一张旧方桌正同对面下铺的一个同学聊天。那人穿一身灰派力司西装，黄皮鞋，打条浅绿花领带，个儿高高的，白净皮肤，两只小眼闪着目空一切的光，听口音是个上海人。

巩亮一进屋，孙启先马上说："来，巩亮，给你介绍介绍，这是孔镇中，也是我们同系的。他父亲是大通银行总经理。"孔镇中正挣起袖子在看金光灿灿的手表，斜睨巩亮一眼。孙启先又给对方介绍："巩亮，我小学时在上海的老同学。他父亲本是大学校长，在上海给敌伪暗杀了。"他掉头问巩亮："好像有好几年了吧？……"

巩亮不欢喜别人兜底翻弄自己的家事，勉强点了点头。

孙启先把脸转过来，眉飞色舞地对孔镇中说："我记得，我在重庆上初三那年，看到报上一条消息，说他和他父亲一起走在上海的马路上，好像是在三马路，突然窜出两个汉奸开枪打死了他父亲。他没有逃，也没有趴在父亲身上号哭，却拔腿去追凶手，紧紧不放。凶手向他开枪，他也不管。终于，被他盯住不放的一个凶手给租界上的巡捕抓住了。当时报纸上夸他勇敢，了不起。那时哪会想到我今天会在这儿同他见面呢！……"

孔镇中本来架子很大，表情漠然，听到这里，似乎起敬了，站起身握住巩亮的手说："呵，你也是上海来的，久仰久仰！"

始终在一旁低头看书的徐志轩，不禁也抬眼瞄了瞄巩亮。

同孔镇中握手时，巩亮闻到一阵香味，也辨不出是对方头上搽的发蜡还是身上洒的香水。他扫了一眼，才发现孔镇中的床上铺垫特别讲究，床头贴满了美国画报上的"封面女郎"和女明星的彩色照片——桃乐赛·拉摩、丽泰·海华丝、琴逑·罗吉丝、伊漱·蕙连丝……那张靠窗口的方桌已被他占了一半，放满了镜子、化妆品、毛刷，饼干罐，还有一只漂亮的三羊牌热水瓶。巩亮不喜欢这类公子哥儿，应付了几句，便转身去打开旧皮箱，将要替换的衣服取出来放在床头。然后锁上箱子，举目看了看靠门放箱笼物件的那两张上铺，见只有徐志轩那上铺还有点空隙，便举起箱子塞了进去。

屋檐下，有几只麻雀叽叽喳喳乱蹦乱叫，像是吵嘴，又像是在逗乐聊天。

孙启先见巩亮收拾停当，拍拍床铺说："来，巩亮，坐一会，歇歇，喝点水。"他拿自己的热水瓶倒了一杯水递过去。

巩亮也确实困乏了。昨天一早，他天不亮离开江津县姐夫家，乘船到达重庆已是下午。夜晚在上清寺一家"鸡鸣早看天"的小客栈里投宿，隔屋的人喝酒猜拳，找了卖唱的女人鬼混，胡琴声嬉笑笑闹到夜深。下半夜，同房的人鼾声如雷，老鼠纷纷出来咬箱子，臭虫也叮人吮血，一宿没睡好。今晨又是黑灯瞎火起床，带着沉重的行李挤上汽车赶到了北碚，摆渡过江来到缙云坝又折腾了一番，直累得腰酸背疼四肢无力。现在，总算可以坐下来慢慢喝一口水了。

他端着杯子，看看在照镜子梳头的孔镇中和仍在低头看书的徐志轩，问孙启先："这间寝室住几个人？"

孙启先伸出拇指和小指说："六个。住这排小房间挺不错了，比住一间房安上十几张双人床的大寝室好得多。这房的六个人已到了五个。"他用嘴指指自己的上铺，"这个人叫叶迅，安徽人，国立八中来的。一来，收拾好东西就不见了，看样子是个交际家。住孔兄那上铺的，叫黄汉云，还没有来。"

"这个姓黄的最好呜呼哀哉不来了，那我就谢天谢地啦！"孔镇中正用右手将他那油光光的长头发往前压了压，变成个 $\mathcal{L}$ 形飞了起来，他半开玩笑半属认真地插了一句，"人都说成都华西坝大学区是天堂，条件好，我该到那儿上学的。他妈的，这儿条件太差，这么小的鬼房间六人住一间，像鸽子笼！我往后得想法搬出去。"

麻雀在屋外树上和屋檐上叽叽喳喳飞来跳去，喧闹地吵得更凶。孙启先皱眉朝窗外看看，骂了一声，问孔镇中："你搬哪去？"

"我早打听过了，对岸北碚，东边东阳镇，西边黄桷镇都有房子出租。那些结了婚的，找了女朋友的，还干脆合租一间。反正只要有钱就行，那既舒服又自由！"

一直埋头看书的徐志轩这时突然插嘴问："学校不干涉？"

孔镇中架起二郎腿，微微抖动着那穿黄皮鞋的脚笑笑说："这种事，他们不管的。学校当局关心的是政治问题。这个学校左派闹得凶，尤其在我们新闻系，人说有共产党……"他突然问孙启先和巩亮："你们俩是三青团吗？"

巩亮摇头："不是，没有参加。"

孙启先点头说："我是，新近还入了国民党。"语气洋洋得意，又反问道："你呢？"

孔镇中摇头笑笑:"我对政治没兴趣。"

孙启先也笑了,好像要说几句俏皮话揶揄一下,但还没有张口,门口响起脚步声,出现一个人,吸引了大家的注意力。这是个面有菜色的瘦子,年龄也不过二十刚出头,但头发稀少,形容憔悴,戴副近视眼镜,满脸风尘仆仆,一件脏污的白布衬衫打着补丁,下身一条灰布长裤也打着补丁。他手拿入学通知书,所有的物件就是一条卷着的破灯草席和一床小被,还有一只装着点衣物书本的旧蓝布袋。学生里穷的不少,但穷成这样子的也不多。他一进门,巩亮看到他赤脚穿的布鞋有一只已经张嘴,同情心油然而起。不料,孔镇中突然厉声问:"你找谁?"

"这不是三斋三室吗?"这人一口京腔带两广味儿。

孙启先问:"你叫什么名字?"

"黄汉云。"

巩亮指指孔镇中的上铺,说:"这个床位是你的。"

黄汉云走过来,要将破灯草席子和那床肮脏的小被放到铺上去。孔镇中霍地站起来,把木梳朝桌上"乓"的一放,火冒三丈地说:"不行!你这席子和被絮太脏!……有虱子没有?你这些东西一放,我在你下面怎么睡?"

黄汉云顿时气得脸色煞白,将孔镇中从上到下看看,咬着牙说:"你是阔少爷,你看我穷是吗?"

孔镇中耸耸肩膀皱着眉头说:"不管怎么样,我不能让这么脏的铺盖架在我头上!"说着,又坐下来,架起了二郎腿,摆出一副决不退让的姿态。

巩亮一肚子火气忍不住了。他站起来仗义地说:"孔镇中,你这就不对了。你这上铺是人家的床位嘛,你不让他睡,他怎么办?"

孔镇中也慢悠悠地站起来,摊开双手耸耸肩膀做了个莫奈何的手势说:"他可以去找学校嘛!那我不管。"

巩亮眸子里闪着火光，说："学校分配他到这儿来的，你讲不讲理?"

黄汉云看来也是个不甘示弱的人，他愤激地挥舞着右手食指，对孔镇中说："我并不想同你睡上下铺！但你不欢迎我就偏要睡，睡定了！"

孔镇中个儿比黄汉云高半头，他不想与巩亮为敌，只向前一步对黄汉云说："你敢！"

巩亮高声说："你这么欺侮人不行！"

孙启先见局面僵了，打圆场说："不要闹不要闹，大家有话好好讲，有事慢慢商量嘛。"

剑拔弩张，只有徐志轩冷眼旁观不声不响。孔镇中正要再说什么，进来了一个矮子，这显然就是叶迅。他浓眉阔嘴，一对眼神叫人难以捉摸。刚才的一幕他一定在门外都听到看到了，一进屋就做和事佬，说："在家靠父母，出外靠朋友嘛！有缘千里来相会，分配到一间寝室也是个缘分。我提个建议。谁来跟黄汉云换个床位，这不就西线无战事了吗？我不行，因为我睡的是上铺……"他扫了大家一眼，随即把目光移向黄汉云那条破席子，语气带着讨好孔镇中的味道。但又马上补一句："嗨嗨，可能睡下铺的人都不喜欢上铺掉灰。其实嘛，用报纸把上铺的板缝糊一糊就行了……"

巩亮为了表示自己对孔镇中的厌恶，断然地对黄汉云说："你睡我的上铺。把我上铺的物件挪到那儿去！"他指指孔镇中的上铺，心想：这你总不能再刁难了吧？

叶迅偷觑着孔镇中不满的神色，却故作糊涂地说："对对对，这样不错！这样大家都满意！"

孔镇中无法再表示反对，鼻孔里哼了一声，拽拽笔挺的西服上衣，摆出少爷架子气鼓鼓地走出寝室去了。

孔镇中一走，叶迅忙转身招呼黄汉云说："来来来。我来帮你搬。"

巩亮和孙启先帮着他们搬了一阵，总算给黄汉云安好了铺位。只有徐志轩稳坐在那儿似乎视而不见听而不闻，低头看他的书，像个打禅入静的和尚。

巩亮心上有些懊恼，他想不到头一天来，同寝室的新生会发生纠纷，碰到这种看不顺眼的事。他对孔镇中、徐志轩都没有好感。

抗战胜利复员以后，原在这儿的大学从四川迁回江南了。现在，这儿是一所中等师范和一个苗圃。我拾级而上，又站立在这当年大学的校门前了。

　　三十五年流逝的岁月，已把那个政治风云动荡的时代带进了似乎很遥远的历史。那一年——1944年，是大后方抗战史上很特殊的年代。当时，盟军在欧洲战场上节节反攻胜利，并在太平洋发动越岛进攻。日寇看见海上交通线有被切断的可能，就企图打通大陆交通线以便勾通同孤悬南洋的日军的联系，同时准备和盟国在中国大陆上决战。这年三月，日寇打通了平汉线；五月，在湘北发动进攻；六月，攻陷长沙；八月底，湘桂战争又起，国民党军可耻溃退，祖国面临危急存亡之秋。国民党军如此腐败无能，正是蒋介石实行法西斯统治的必然结果。人民再也不能忍受了，要求实现联合政府以挽救大后方危机的呼声日益高涨。那时候，我刚跨进大学之门，就面对着尖锐复杂的斗争。国家民族的危亡，个人生活的道路，都需要自己独立思考、探索，做出艰难的抉择。中国应当向何处去？什么是人生的意义？什么是生活的真谛？是向东，向西？向左，向右？……这寻求真理的艰辛哟。今天想起来依然那样新鲜，令人难忘！

第二章　人生有多少十字路口

　　寝室外边，响起了一阵清脆的筷子敲碗的"叮叮"声，吃午饭的时刻到了。

　　"走吧，走吧！吃饭去！说不定新生入学第一天会打牙祭。"小矮子叶迅拿起自己搁在窗台上的碗筷吆喝着说。

　　孙启先也去拿碗，耸耸鼻子，摇头笑笑："你想好事！你没闻到吗？一股萝卜臭，准是清水熬萝卜。"

　　饭厅在南面，嘈嘈杂杂挤满了好几百人，紧紧地摆满了方桌，八人一桌自己组合站着吃饭。饭是装在大木桶里自己盛的，菜每桌一盆。饭厅特有的酸溜溜的馊味儿夹着萝卜味儿闻了刺鼻。叶迅不知挤到哪里去了。巩亮和孙启先在门边一张桌上找到两个空位，一人盛了一碗饭像嚼木屑似的嚼着。

　　"我说是清水萝卜条吧？"孙启先指着桌上那盆无盐少油的萝卜笑着朝巩亮咂咂嘴，表示自己早有预见，"吃不饱等一会我请你下馆子吃大肉面。"

　　同桌的一个穿学生装的瘦高条，有一双看起人来像在生气的眼睛，用筷子拣着砂石和谷稗，嘀咕着骂："妈的，'八宝饭'叫人怎么吃？"他干脆大团大团将饭扔到地上。

　　另一个戴眼镜穿蓝布长衫的中等个儿解嘲地笑笑："考取大学享受贷金就等于有了一张饭票，还不知足？"

巩亮想，抗战七年了，谁都知道国家困难，但如果政府不是这样腐败，何至于使老百姓苦到现在这种地步呢？给大学生一点公费，本来就跟不上物价飞涨，再加上层层贪污舞弊中饱私囊，学生当然只能吃猪狗食了！……他气愤得不想说话，艰难地吞咽着"八宝饭"，吃完一碗，不想再添了，对孙启先说："你慢慢吃，我先走了。"

孙启先将碗里剩的饭"乓"的一声全部扣在桌上，说："一起走，我也不吃了。"

他们在洗碗桶里草草洗了碗筷，走回宿舍，巩亮忍不住说："你把饭全部扣在桌上，太浪费了！"

孙启先做了个鬼脸："浪费？我们大学生该吃这样的东西？孔镇中就不吃这种伙食。我以后要跟老子讲讲条件，让他多给点零用，到馆子里包饭吃！"

巩亮皱皱眉没有作声。两人回到寝室，放好碗筷，孙启先提议："走！散散步去，谈谈心。"

巩亮也想知道一下老同学的情况，欣然地说："好！"两人就漫步到江边林荫道上去了。

正是中午十二点多钟，阳光强烈，但江边林荫道上既晒不着太阳，又有凉风。远处蓝色的缙云山奇峰突兀，山衬大江，风景如画。两人在一棵白杨树下，惬意地坐了下来，阳光透过树叶射下了疏淡的光点。彼此先讲述了儿时以及后来学生时代发生的一些事情，接着，孙启先问："分别七年来，你是怎么过来的？"

"抗战爆发，我们一家就留在上海租界上了。后来，发生了我父亲被暗杀的事，那是民国三十年的秋天。父亲死后，我决定到大后方来投奔姐姐和姐夫，他们在江津。我在那里读完高中，毕业后总算顺利考取了这所大学。"巩亮不想多讲往事，简单说了几句，就问孙启先，"你呢？"

"抗战军兴，我跟着父亲先到武汉，后到重庆。他现在是市党部的副主任委员。我一直在重庆上学，高中毕业，考大学总算还顺利。在我经历中唯一的不幸，是我母亲在重庆大轰炸中犯了心脏病去世了。现在，我父亲又找了一个抗战夫人。他不太关心我，我也对他不感兴趣。这也算是我的人生路上的挫折吧！当然，比起你来，我总算幸运得多。我毕竟是我父亲的独养儿子，我伸手他总得给几个，虽然他很悭吝。好在我考取大学了，我要自己闯一番事业。"

听了这番话，巩亮才知道这位同学的父亲是国民党的党棍儿，不禁想起上午孙启先说他是三青团员和国民党员的话来，问道："你是在中学里参加三青团、国民党的？"

孙启先两只水貂眼闪闪发亮："在这点上，我是近水楼台先得月。父亲常说，我们是党人之家，吃的是国民党的饭，'食君禄，报王恩'嘛！他说：'在事业上我要培养培养你。'我在高中参加了三青团，考取大学后，他第一件事就是给我在市党部办了参加国民党的手续。对了，你怎么没参加三青团？你的政治观点是左还是右？"他站起身来拍拍裤子上的沙土，说，"再逛着谈谈吧，到校园里看看。"

巩亮站起身来，手里玩弄着从地上摘的一根蟋蟀草，跟着孙启先走，说："在江津，我进的那个国立中学很闭塞，三青团也不大活动，大家除了埋头读书准备考大学，别的事儿想得不多。我姐夫和姐姐都是大学毕业的。姐夫做医生，姐姐是学经济的在银行工作。姐夫叮嘱我，国民党是个茅屎坑，别往里边跳。他不希望我做国民党。但共产党是什么，他也不清楚，也不希望我做共产党。他要我少问政治。我多少受了他点影响，但说实话，对国民党当今政府的贪污腐败与无能，我是看够了，也听够了。我跟你不一样，我没有一个吃国民党饭做大官的父亲，对国民党没感情……"

"你对共产党有感情？"孙启先认真地说，"你可要当心那些洪水猛兽！"

巩亮笑笑："对共产党，我既不了解，也没感情。但我进了大学，又学的新闻，倒想了解了解，比较比较，自己判断判断。"

孙启先摇头笑道："嗬，我怎么觉得你思想左倾呢？你那姐夫对国民党的看法也是左的。这是个大时代啊！"他脸上露出一种很懂得政治的表情，"少问政治，哼，那可能吗？不可能的！人人都要做出抉择。我们的路怎么走？我相信我父亲的指点。可惜你父亲死得早了，不然，我想他也许会指点你一条正道的。没有人指点或者遇到瞎子指点就容易走上险道，你要慎重！"

巩亮见他老气横秋，有些生气："你怎么一来就武断地说我左呢？我对你说的是真话。我不盲目相信别人的指点，我想通过自己的了解、比较，然后做出判断。一切要通过我自己的感受。你刚才说什么洪水猛兽，真是那样吗？前不久，中外记者参观团到延安，回来写了不少报道，《大公报》上登了，还出了小册子，难道你没有看？"

他们边谈边在校园里逛着，穿过座座花圃，越过道道林荫，鹅黄的美人蕉，通红的一串红，粉色的凤仙花，碧绿的冬青，别致的龙柏……都使巩亮对这名牌大学的环境产生好感。

孙启先黝黑的脸上笼罩着树荫的阴影，显得更加晦暗朦胧："我不爱看那些！那是拿了卢布的记者写的。我的信仰是反共！别看我们是老同学，过去有交情。如果你真正成了共产党，我就同你——"他伸出右掌做了个姿势，既像是"一刀两断"，又像表示"杀"。

巩亮被他那一本正经的样子弄得笑了起来，说："你是不是对你父亲有点盲从？现在国共正在谈判，要求成立联合政府的舆论也不少，你却要动刀——"他学刚才孙启先的样子做了个挥刀的姿势。

孙启先也咧嘴笑了，说。"也许我是盲从，可你是受骗。你真相信国共能和谈？谈是可以的，和却不能！谁相信这，谁就是傻瓜。国民党没有一天不想铲除共产党，共产党也没有一天不在提防国民党，猫和老鼠能交朋友？"

巩亮思索起来。

正逢新生入学，午饭后的时间，三三两两的男女学生和看上去像教授、讲师的老年人、中年人都在校园里闲逛。穿西装的、穿旗袍的、穿长衫的、穿中山装的，穷的、富的，下江口音的、四川口音的，神气活现的、书生气十足的，烫发的、清汤挂面头的，都在他们眼前掠过。

　　孙启先突然问："巩亮，你为什么要考新闻系？"

　　巩亮诚实地说："我爱好文科，喜欢动动笔。做个新闻记者，可以用笔说出应该说的话来。人世间不平的事太多了，我们这个国家可以抨击的事也太多了。我想，要为民喉舌只有做记者。"说到这里，他问："你呢？"

　　有针尖大的黑色小蠓虫在飞舞，会咬人，叮了人皮肤上就是一个大疱，出奇的痒。巩亮"啪"的一声，打死了个飞来叮在额上的小蠓虫。

　　孙启先说："对老同学我不说假话。我觉得学新闻是块踏脚石、敲门砖，由记者跳上政坛比从一个小公务人员一级一级往上爬容易得多。由名记者成为政治家的人是非常多的，中外都一样。你看，拉铁摩尔之流，国民党要人里边的于右任之流，都是办报起家的嘛。新闻记者是'无冕之王'，跨上政治舞台像鱼跳龙门，我是要好好跳一跳的。也许能比符保卢跳得还高，哈哈！"

　　清风吹拂，艳丽的花，碧绿的草，茂密的树，看上去都悦目明心。但孙启先的话却使巩亮感到庸俗、利欲熏心，只是碍于他对老同学能这么坦率，不想刺他，便说："看来，我们确实都长大了，对许多事都各有自己的看法、想法了。"

　　孙启先听不出巩亮话中有话，点头说："是啊，分别七年这也算各自的成绩吧。不过，巩亮，我还是要劝你，要慎重！像你刚才发表的那一通谬论和你想进新闻系的抱负，我就为你担心，很怕你会上共产党的当呢！你可要警惕。我是你的老同学、老交情了，可不愿意看着你走上一条进监牢甚至送命的危险道路。蒋委员长今年出版了《中国之命运》，你该早读过了？那上面说得再清楚也不过了：共产主义是一定要反对的！我希望我们能走一条道，不是我走右你走左。"

巩亮听了，心里感到有点疙瘩，只好摇头笑着说："七年不见，你可真成了玩政治的了。是跟你父亲学的吧？"

孙启先那张黑皮脸上隐没了笑意，说："巩亮，我可是正正经经跟你说心里话。这个大学里，特别是我们新闻系，左倾学生占优势，有些就是秘密的共产党，他们很会活动笼络人，当心你被他们拉过去。全校的教授助教中也有好些左倾分子，颇得人望，不能低估。我们应效忠党国，挽回这种局面。这也是青云直上的难得机会。我看，你可以先参加三青团。以后我再让父亲给你办参加国民党的手续。我来之前，我父亲有信给这儿的训导长喻斌，拜托他照应我，并且让我……这就不说了。反正，这儿国民党、三青团的主要人物我全见过面认识了，你跟着我干吧，包你吃不了亏！将来好处是会从天而降的。"

巩亮有点清高地呵呵笑了，说："我只想将来当个好记者，任何党派都不想参加。这么重大的问题，我哪能草草率率呢？我得用用眼睛、用用大脑呢！"

孙启先并不放松，说："走，巩亮，我带你去看看新闻系办的两个壁报，你一看就会了解形势了。这儿的营垒泾渭分明，两军对峙刀枪出鞘。我们一进校门，实际就是站在十字路口，非杨即墨。你走哪条路，可要自己下决心拿主意，一失足成千古恨，万不能马马虎虎。"

巩亮对去看看壁报很有兴趣，兴致勃勃地说："好。去看看。在哪里？"

孙启先指指礼堂和教室的方向，说："在礼堂旁边那排教室的走廊上。"

两人绕过路边的冬青树丛正向那个方向走去。忽然，发现油头粉面的孔镇中和一个女同学走在一起。孔镇中摆出一种潇洒的风度，说话时脸上却带着谄媚的表情。那女学生身材苗条，穿一件雅致的浅天蓝旗袍，烫一头大波浪，用一根浅蓝色缎带扎住头发。脸面看不清，但走路的风姿倒十分优美。她同孔镇中保持一段距离，似乎并不亲密。

孙启先鼻子里哼了一声，自言自语地骂了一句："这家伙，真有办法！"他见巩亮也在注视孔镇中，说："看到没有？他已经开始发动进攻了。这个花花公子来上大学，是为了混张文凭好出国镀金。他一来，就清清楚楚打听好谁是校花，谁是出名的'四大美人'了。"

巩亮说："我真瞧不起这样的人！"

孙启先笑着说："哈哈，你的脾气还跟小时候一样！今天为了那个黄汉云，我看到你对着孔镇中眼里冒火，还是那股拼命三郎打抱不平的劲儿。真是江山易改本性难移哪！"

几株蓊郁的龙柏旁，围着一些男女学生，正在嘻嘻哈哈拍照。一个穿丝光卡其米色美军服戴太阳眼镜的男子已端端正正站好，那个花枝招展的女的还在扭扭捏捏不肯合影……

巩亮也笑了，说："在小学时，为了打抱不平，我俩打过一架，那事你还没忘？"

孙启先笑道："忘不了；你在我左胸一拳，打得我疼了好几天，我回去都没敢告诉家里。"

两人脸上笑着。在这初秋时节，看到绿树婆娑、繁花似锦，巩亮对刚才他们之间的那番争论，似乎也忘了。走到礼堂附近，孙启先用手一指右面那排教室："壁报就在那儿。"

两人加快脚步向教室的走廊跑去。在这午饭后的时分，走廊里静悄悄的，没有人，装饰得花花绿绿的壁报栏格外显眼。孙启先指着一张刊名《新闻窗》的壁报说："巩亮，你看看，这是延安和莫斯科在这儿开的分支店，全是共产党的言论！"

《新闻窗》三个字是用扁笔写的大红美术字，引人注目。巩亮上前一看，十几篇稿子抄写得端正秀丽，编排醒目美观，题头也画得很精致。看了看标题，第一篇是《河南、湖南不战而溃原因何在?》。巩亮浏览了一遍，写的是五月初日寇发动河南战役，兵力五六万人，而蒋鼎文、汤恩伯、胡宗南精锐部队四十万却不战而溃，全省沦陷。六月间，敌人发动湖南战役，出动兵力十二万人，湖南守军三倍于敌，且有美国十四航空队全力助战，仍是不战而溃。文章分析说，这都是由于国民党一党专制，贪污腐化，将最精良的部队用于监视中共地区，消极抗日造成的。巩亮忍不住又看了一篇《谈谈中共代表提出的要求》。内容是说中共代表林伯渠在国民参政会上提出议案，主张改组国民政府，改组统帅部，结束国民党一党统治，组织各抗日党派联合政府，以求国内政治问题的根本解决。看了这两篇文章，巩亮心情沉重，不禁想，意大利早投降了，第二战场也开辟了，太平洋上的关岛也被美军收复了，可是中国大陆战场上国民党的军队老打败仗，形势越来越坏，真叫人着急啊!……

孙启先站在一边，观察着巩亮的神情，不以为然地说："这些共产党的言论，总是在拆政府的烂污，唯恐天下不乱。叫人越看越生气!来来来，你看，这个……"

巩亮挪步过去，见到另一张五颜六色的壁报——《新新闻窗》。这壁报版面、美术、字体都不如《新闻窗》，显然缺少编辑人才。但巩亮还是很有兴趣地浏览起来。

孙启先在一边得意地介绍说："这是党团办的，专同《新闻窗》打擂台!我看了就觉得对胃口。你来看看，这篇《必须改编八路军并限期取消中共军事割据》，一下子就挖了共产党的心!作者张树椿就是《新新闻窗》的总编辑。这篇《拥护国民政府对中共问题政治解决之提示》，也打中了共产党的痛处，是刘铭龙写的，他是这儿三青团的负责人之一。"

巩亮把脸凑近壁报去看，不留神踩着块香蕉皮，闪身打了个趔趄。孙启先连忙扶着他说："小心!小心!"见他看着壁报，又问："怎么样?"

巩亮笑了:"什么怎么样?"

"我问你,这两个窗口你欣赏哪一个?"

巩亮见他那种狂热的样子,打趣而又坦率地说:"我还得多看看,多想想。就是我先前对你说的,得了解了解,比较比较,鉴别鉴别,思考思考,然后判断判断。"

孙启先咯咯笑了:"好吧!看来你还是个中间派。说真的,只要你不倒向他们那一边,也行!我们三斋三号这间寝室,我已经观察了一番,孔镇中是个荷花大少,老子有的是钱,他除了想女人,什么都不想,他绝不会喜欢共产党。徐志轩,看来是个书呆子。我打听过,他父亲好像是个中学校长,已经死了。他可能是个读书救国论者,不问政治,除了读书,寝室里死了人他也不管。至于叶迅,我还有点摸不准。跟他谈话,他吞吞吐吐很暧昧。当然,左的可能性大,我还需要观察。剩下的那个黄汉云,我觉得……"他沉吟起来。

巩亮问:"你这评论家怎么不分析了?"

"我觉得此人是个左派人士。"

"何以见得?"

"凭直感。一是此人穷……"

"那我也穷!"

"不一样。此人的举止动静言谈表情都使我感到是另一股味儿。"孙启先说到这儿,皱皱眉,"当然,我也还要观察一段……"他突然眼睛望着前面住嘴不说了。

巩亮心里奇怪,抬眼一看,呵,原来黄汉云正独自迎面朝这里走来呢!只见他急步匆匆,那双破布鞋走起路来拖泥带水"踢啪"作响,看样子,是特意来看壁报的。

孙启先眼睛瞄着黄汉云,用手肘碰碰巩亮,压着嗓子瓮声瓮气地说:"他一定是来看壁报的。注意吧,看看他发表什么感想,恐怕不出我之所料。"

话音刚落，黄汉云已到面前。他对巩亮和孙启先点了点头，便自顾自地往壁报上张望，先看的是《新闻窗》。

孙启先放出试探气球："你看的那个没什么意思。该看这个。"他指指《新新闻窗》。

黄汉云从近视眼镜下斜眼看看孙启先，嘲讽地冷笑一声："党团御用文人狗嘴里能吐出什么象牙来！我不想浪费生命。"说完，照旧看着那篇《河南、湖南不战而溃原因何在？》，还发表起议论来："这篇写得不错啊！我是从广西柳州来的。六月里长沙失守，八月衡阳沦陷，国民党衡阳守军军长方先觉投降了鬼子，令人气愤！上月底，湘桂战事又起，当局无计划地下令疏散，桂林、柳州乱成一团糟。从湖南到广西、贵州道上，难民流离满途，火车拥挤伤人，大官大商乘机发疏散财，真是可耻的溃退啊！唉，我总算狼狈到了这里。幸亏考取这所大学有了一张饭票，可是在柳州小学里教书的父母带着妹妹，今后的命运就不知如何了！"他动了感情，涨红了脸，睫毛都湿润了。

巩亮对黄汉云加深了一点了解，流露出同情心来："呵，你是从广西来的？"

孙启先解释说："当局也有困难嘛，抗战已经打了七年，民穷财尽，苦撑到今天也不容易。日寇集中精锐作困兽之斗，占点便宜也不足为奇。不体谅政府和国家的困难，一味埋怨，也不公平嘛。要谨防共产党以此蛊惑人心混淆视听。我们大学生享受了政府的公费贷金，可不能忘恩负义啊！"

巩亮厌烦孙启先那种卫道士的态度和教训人的语气，猜测到黄汉云准会反驳。果然，黄汉云冷笑一声说："黑暗腐败还要封住人的嘴可不行。民穷不假，财尽未必。那些国难财都装到达官贵人的腰包里去了。孔二小姐结婚费够救济一万难民，可以开办一所完善的大学。我们寒窗苦读侥幸能成为大学生，享受一点贷金还要层层中饱，剩下的不过是八宝饭加萝卜条，我们感谢什么？抗战七年，我们蒋委员长统率的大军打过多少胜仗？打过多少败仗？有多少将领投敌当了汉奸？这些年来，新四军、八路军抵挡牵制了日寇在华六分之五的兵力，这早不是什么秘密了！能说这是什么蛊惑人心混淆视听？……"

孙启先没想到黄汉云貌不惊人竟口如悬河雄辩滔滔，像碰了个硬钉子般心里冒火，却又不能无理蛮横，一时被憋得满脸通红。巩亮也感到意外，没估计到黄汉云会对孙启先讲出这样一番话来。他眼看两人很可能发生争吵，就做出轻松的样子调和地说："不要辩了，不要辩了！我们学的是新闻，今后对天下大事、国家政局、战争形势，讨论的机会必然还很多。大家要同学四年，各抒己见来日方长，用不着今天就把什么话都讲完，留点话以后讲吧！"说完，他笑推着黄汉云和孙启先说："走吧，大家都是刚到学校，我们逛一圈到处看看吧。"

黄汉云已将《新闻窗》浏览一遍，似乎也不想再多说什么。孙启先虽然生气，也不想死辩。两人都无可无不可地随着巩亮离开了教室走廊。

校园里的一棵大樟树上叶片绿中泛红，有不知名的小鸟婉转啼鸣。看着枝叶浓密峥嵘多姿的大树，整齐缤纷的花坛，听着鸟叫，使人觉得学校很美。这里有江水，有山峦，有小镇。早上，会有灿烂的朝霞映照着嘉陵江；傍晚，会有绚丽的黄昏陪伴着缙云山。三人走着，默默无语。巩亮觉得孙启先对黄汉云的推测倒很准确。心想，寝室里六个人，除了叶迅还是个未知数，都被孙启先找到政治态度的答案了。看来，大学比中学复杂得多，刚到第一天，就被形形色色的人们和思潮弄得眼花缭乱了。

正想着，逛到了校长办公室和教务处旁边的传达室。传达室门前的布告板上，贴满了各种各样大大小小的纸张。有上学期残留下来的海报——球赛、诗歌朗诵会、周末晚会、学术报告会；也有出售旧衣、皮鞋、书籍，出让仪器、辞典和寻找失物的启事——真是五花八门！

三人看了一会儿，见传达室门口竖着块小黑板，上写："代订报纸，欲订从速。"黄汉云说："我要订份报纸，你们先走吧！"

孙启先想，这人穷得鞋子"空前绝后"了，居然还订报！

巩亮说："我也要订一份报纸。"又问孙启先："你不订一份吗？"

孙启先随大流地说："订吧，我也订一份。"

三人一同走进传达室。传达是个剃平头眼角布满鱼尾纹的老头儿，见是三个新生，便问："订报吗？"和蔼地将订报登记表递过来。

黄汉云接过表看，嘴里问："有什么报？"

传达念经似的答："《大公报》《中央日报》……"

黄汉云在登记表上发现了有《新华日报》，高兴地说："我订份《新华日报》。"

孙启先朝黄汉云翻翻眼皮，心想，真是个共产党。忍不住高声示威地对着老传达说："我订一份《中央日报》！"又回头问巩亮："你也订一份《中央日报》吧？"

巩亮摇摇头说："不。"

黄汉云在登记表上填写自己的姓名和宿舍号码，说："要看讲真话的报纸，要看替人民讲话的报纸。"

巩亮说："我要订《大公报》。"他觉得自己做得很对，既不订共产党的报纸，也不订国民党的报纸。《大公报》是民营报纸，"无党无派，不偏不倚"。

黄汉云心想，看来，这是个中间派。

孙启先却想，他订《大公报》总比订《新华日报》好。

三个人填表付了钱出来。黄汉云冷冰冰地说："你们逛吧，我要回去了。"他说完，头也不抬地匆匆走了，似乎并不想跟巩亮和孙启先为伍。

受了黄汉云冷落，巩亮心里很不愉快。见他远去，孙启先瞅着他的背影冷笑，热哈哈地对巩亮做个鬼脸："怎么样？我没看错吧？他妈的，这是个姓马的！"

　　巩亮没弄明白，奇怪地问："姓马的？"

　　"马克思的信徒嘛，不是个好东西！"孙启先吁了一口气，仿佛心里有什么郁闷似的。

啊！就在这间现在改作了仓库的大教室里，有过第一次的邂逅。周围是这样的静谧。我仿佛又听见那熟悉的声音，闻到了那幽微芬芳的紫罗兰花的香气……

她说过："爱情原如有些树木的叶子一样，在人们不经意中忽然绿成一片浓荫；在秋光正好的时候，却要随秋风飘零。"她也说过："我希望爱情永恒，不要像一泓清泉进入干枯的沙滩，瞬即干涸消逝。"她常有消极悲观情绪，但也有自己的向往和追求，而且是那样固执。

啊，人总是要从浅薄幼稚走向成熟的吧？要不，为什么我曾显得那么单纯、混沌，为什么在那样火热的年代，我会迷恋那种几乎是一见钟情的奇怪而蒙昧的爱情？……

第三章　晚会上的邂逅

上午，绵绵细雨无声地飘洒着，缙云山、嘉陵江沉浸在烟雾迷蒙中。细雨淋湿了树木、绿草和田野，淋湿了教室，宿舍的屋顶和砖墙。但到下午，天就返晴了。大家在校园里看到了新闻系系会通红的布告，通知新闻系学生晚上开迎新晚会。这在新生中马上卷起了一阵喜悦的热潮。

夜幕刚刚降临，可以容纳一百多人的9号大教室，已打扫得地净窗明，做好了迎新的布置。电灯不够明亮，加点了一盏银光闪闪的汽灯，照耀着教室正面墙上那个新闻系的大系徽。一支光闪闪有雷电气魄的大笔，上镌一个J字（Journalism新闻学），周围装饰着齿轮花纹代表历史巨轮要前进。系徽上端张贴着红色的美术字："新闻系欢迎新同学入学晚会"。课桌一张接一张排成里外两个大圆圈，桌上散放着水果、花生、糖块。教室里弥漫着呛人的香烟味，雾气腾腾。新闻系学生似乎都会抽烟，除了女同学，几乎是人手一支香烟了。人们有站有坐，三个一群，五个一堆，笑语喧哗，高谈阔论，整个教室洋溢着一派热烈的气氛。人们陆续来到，有老同学，也有新生。新生一进教室，马上有两个高年级的女同学笑脸相迎，被请到放在门口的一张桌旁，在一块粉红色的软缎上用毛笔签名留念，然后发给一个精致可爱的系徽别在胸前。

巩亮和叶迅、黄汉云一起来到9号大教室时，天已黑黢黢的了。晚饭后，孔镇中不知从哪里搞到了木板、洋钉和铁丝。乒乒乓乓把木板钉在双层床头，使自己与别人隔开，围出一块一统天下的"领地"来，又拴上一根铁丝在屋内晾毛巾和衣物。听说开迎新晚会，他摇头说："没意思，我有事。"就急匆匆走了。徐志轩不说参加，也不说不参加，那张清癯秀气的脸上没有表情，闷声不吭躺在床上。他是个不合群的人，巩亮也没想约他一同来。倒是孙启先出乎巩亮意外，巩亮问他："我们一块去吧?"他却摇头说："不必，我跟别人约了一块儿去。"巩亮明白，他神通广大，一定是跟《新新闻窗》的人一同前往了。于是，巩亮只好跟着黄汉云、叶迅一起出了寝室。黄汉云这人，有点孤僻、古怪，待人冷淡。论理，刚来时巩亮为他的事打了抱不平，他应当感谢。可是巩亮发现他根本无所谓，既未说过一句表示谢意的话，也未表露过一点亲切的感情。昨夜，巩亮将自己一双半新的球鞋拿给他穿，他摇摇头说："你自己穿吧。"后来巩亮发现，原来叶迅已将一双新布鞋送给了他。那天反驳孙启先时，他说起话来能慷慨激昂，可在寝室里他却总是沉默不语。这同叶迅恰好相反。叶迅的废话很多，甚至有点油腔滑调。在去会场的路上，他嘴不停，一会儿说缙云坝上茶馆里的沱茶不好喝，一会儿骂四川的绅粮囤积居奇哄抬物价，一会儿又谈重庆电影院里正在上映克劳黛·考尔白主演的《一夜风流》庸俗低劣太没意思。听着他东拉西扯、矫揉造作的言谈，想到他那难以捉摸的目光，也不知为什么，巩亮心里不太喜欢这个人。

三人到了9号大教室，巩亮带头在粉红绸子上签名。一个漂亮的女同学走上来看着他签了名字，说："呵，你就是巩亮啊?"笑容满面地递给他一个系徽。随着她的近前，巩亮闻到一阵奇异的淡淡的香味，这是紫罗兰的清香。他接过系徽看看这女同学，忽然心头一动，那一对闪着沉思光泽的大眼，那带着笑窝的苍白的脸庞，美丽极了！她穿一件极普通的天蓝色旗袍，漆黑的头发卷了两道自然的大波浪，用一根天蓝色的带子扎着。据说，这种带子自从明星白杨开始扎了以后，就在大学校园里的女生中流行开了。啊，刹那间，巩亮想起来了，午间，同孔镇中走在一起的那个女子，不就是她吗？当时只看到她的背影，现在看到她的庐山真面目了。巩亮感到这女同学在气质上有一种特殊的东西吸引着人，使人产生好感。他迟疑着说了一声："谢谢！"女同学莞尔一笑，说："认识一下吧，我叫喻珊玉。"她大方地伸出白皙柔软的手。

巩亮回头看时，黄汉云、叶迅都已经各自找自己的坐处去了。他也想找个位子坐下来，喻珊玉却指指左边后排一个位子，说："我占了个位子在那儿，放着件羊毛上衣，你去坐在我旁边吧。"

巩亮觉得她有些特别，又说不出她特别在什么地方，只感到有一种无声的魔力使他顺从地走到左边后排那个放着件红色毛衣的位子旁，拉开椅子坐了下来。

烟气缭绕的教室里嗡嗡嗡地响着人们的谈话声。巩亮坐下来扫视着人群，发现孙启先和几个高年级的同学坐在右边那个角落里，正同一个穿藏青西装打花领带梳飞机头的大高个儿谈得很热烙。看他那谈笑风生的架势，不像是个新生，倒像个老资格的风头人物。巩亮把目光移开，在另一边又看见黄汉云和叶迅正同一个大脑袋的高年级同学在聊天。这个高年级同学额头宽阔，有一种思想家的风度，很像德国大音乐家贝多芬。他坐在黄汉云和叶迅中间，不知在讲些什么，黄汉云和叶迅连连点着头。

这时，有个山东大汉在门口叫嚷；"束川，曹先生来了！"

像贝多芬的思想家应了一声："噢！"站起身来，迎出教室去。

巩亮正想看看曹先生是什么样子，却闻到一阵扑鼻的紫罗兰香味，喻珊玉不知什么时候已坐在他身边。她穿上对襟红毛衣，衬得她的脸更白，眼更亮了。她低声说："看，系主任曹梦生。"

巩亮对系主任曹梦生慕名已久，早听人介绍系主任是位语言学家、日本留学生，五四运动时就是文坛螫名的一员大将，还翻译过马克思的著作。在巩亮印象中似应是一个气度恢宏、精神焕发、戴金丝眼镜西装革履的人物。可是，由束川陪同进来的系主任却是一个又瘦又矮的土老头儿，干瘪、苍老，穿件旧灰布长衫，头发长长的，两眼好像熬了夜尚未睡醒。整个模样完全出乎巩亮意外。这个老人一进来，大家的目光都集中在他身上，看得出大部分学生都很尊敬他。束川和那山东大汉请他在前面中央的位置上坐定。他四面看看，似乎很高兴，脸上露出微笑。汽灯仿佛也格外亮了。

坐在巩亮身边的喻珊玉见曹梦生坐定，又耳语般说："那个大脑袋宽额头的是系会主席束川，那个山东大汉名叫孟汝清，都是系里的风云人物。"

巩亮点头，表示感谢她介绍的好意。

喻珊玉拣了一块糖递给巩亮，又用眼睛瞧着右边角落，示意说："你看到没有，坐在右角落的那个穿藏青西装打花领带的大高个儿，他名叫张树椿，甘肃大财主的儿子，也是新闻系的'大亨'，不过，是另一伙，他身边那几个都是。"随即又纠正，"呵，那个跟他讲话的是个新生，我还不认得。"

巩亮点点头，剥开糖纸，说："他叫孙启先，是我同寝室的。"

喻珊玉抬起那茸密的睫毛覆盖着的眼睛，望着巩亮："我想，你不是个政治上的色盲者。你一定会看出：束川他们是《新闻窗》的，那张树椿一伙，是《新新闻窗》的。"

巩亮微微一笑，不禁想：她是属于哪一边的呢？

这时，有个胖乎乎的同学，来到巩亮左边的位子上坐下了。他闪着威棱的目光，对巩亮笑笑："我叫陈之光，大家叫我'陈胖'。你叫巩亮是不是？这次录取的新生中你的作文考分最高，我们《新闻窗》想请你写篇稿子，随便写什么都行。壁报在走廊上，今天午饭后我见你已经看过了。你就写一篇吧，字数不要太多，千字左右最好。"

巩亮朝陈胖看看，想不到自己中饭后同孙启先、黄汉云去看壁报，竟被他注意了，更想不到他会代表《新闻窗》来组稿。他想：孙启先拉我往那边，我不去；你拉我往这边，我也要慎重，便红着脸说："我刚来，什么都不了解，也没有什么可写的，以后写吧。"说到这里，他瞥了一眼喻珊玉，只见喻珊玉面带微笑，高傲地昂头看着别的地方，似乎并不关心他们的谈话。

陈胖倒也不勉强巩亮，善意地点点头，"那好，那好，以后再写。"

又有两位教授进来了。喻珊玉又扭头给巩亮介绍："前边那个白头发的瘦子叫乔宗苏，是翻译家，从英文译过不少俄国作家的作品。后边那个笑得很和善抽烟斗的胖子名叫闻山樵，英国留学生，教《新闻学概论》的，可是没办过报纸，只是出国镀了金就当了教授。"又补上一句，"新闻系的名教授都在重庆报馆里，当总编辑的当总编辑，当社长的当社长，一星期顶多来一次。"

巩亮又是点头。他隐隐觉得这个美丽而显得高傲聪颖的女同学似乎对自己有好感。这一想，反倒有点局促、拘谨了。

陈胖不知什么时候离开了。不一会儿，巩亮发现他正同黄汉云和叶迅坐在一起，很有兴趣地谈着什么。

喻珊玉突然轻声在巩亮耳边说："你对陈胖的答复很得体。"说这话时，她脸上带着微笑的酒窝，两眼闪着凝想的光泽，并不看巩亮。

巩亮悄悄地问："为什么？"

"因为你做对了。"她用手掌托着两腮，神色柔和，笑窝也更深了，她话音很低，显然不想让附近的人听到，"还是做个自由主义者好。"

巩亮思索着，觉得新鲜："自由主义者？"

一阵噼噼啪啪的掌声打断了他们的谈话，迎新晚会开始了。束川站在主席台前热情地高声宣布："老师们，同学们！新闻系欢迎新生晚会现在开始。现在，先请系主任曹先生给我们讲话。"

曹梦生在掌声中站了起来，严肃中带着亲切的笑容。年龄使他的腮瘪了，颧骨突起。他说的是一口闽南官话，听不清楚，也不好懂。

巩亮不禁想，有趣！语言学家竟讲人们听不懂的话。但他还是注意听，捕捉系主任讲话的内容。曹梦生讲了这次招生考试中，新闻系成了最热门的系，报考有八百多人，但只挑选录取了三十人，都是十分优秀的。然后，他讲了许多勉励新生的话。最后，听见他说："……在我们这三十个新生中，有一个学生，不但考试总分在前三名，而且两篇作文，改卷子的方师勇教授拍案叫绝，坚持给了一百分，开了我校作文得满分的先例……"

唏嘘赞叹之声顿时从四座升起，人们都低低细语在议论打听："是谁？""谁？"忽然有人高声提议："让得百分的才子站起来给大家看看！"掌声像暴风雨般响起了。

曹梦生笑着四顾："巩亮！巩亮来了没有？你站起来让大家看看！"

刹那间，巩亮心里热辣辣地脸红了。他记得当时两篇作文，文言文题目是"论大道之行也天下为公"，白话文的题目是"秋夜"，每篇占五十分，限两小时，用毛笔写。考下来后，自己是满意的，但没想到会得一百分……

曹梦生不认识巩亮，正张眼四处寻找。有认识他的同学，在指指点点："在那里！""在那里！……""巩亮，站起来！"……

"站起来吧，让大家看看你。"喻珊玉在一旁鼓励他。

巩亮终于微笑着站了起来。人们看见他长着一张英俊的脸，修长而浓重的眉毛，明亮而含蓄的目光，棱角鲜明略带自信的嘴唇，一头乌黑的软发，显出一种令人喜欢的风度。他略显腼腆地向大家点点头，人们又鼓起掌来。曹梦生招招手示意他坐下，接着又说："我的话就讲到这里，请乔教授和闻教授讲话吧！"

束川请两位教授讲话。他们都很谦虚。闻山樵说："曹先生的话代表我们了。我看，让新同学和老同学都自我介绍一下吧，让大家互相都认识认识。"

于是，学生们一个挨一个开始自我介绍。大家吃着花生，水果和糖块高兴地嬉笑。一个粗壮的留着艺术家长发的男同学说:"我叫胡石泉,四年级学生,就是四川本地人。有时发表一点诗歌,笔名叫古泉。"一个浙江蓝青官话口音的女生,中等偏高的个儿,不算苗条,但利利爽爽,落落大方,有一双流露出天真无邪目光的眼睛和娟秀的容貌,神情开朗地自我介绍:"我叫章民合。民,就是人民的'民',民主的'民';合,就是应当立即结束国民党一党专政组织各抗日党派联合政府的'合'……"她这样风趣地介绍自己的名字,引得大部分人都拍手笑了。一个又一个,自我介绍各不相同,有的详细,有的简单,有的花俏,有的幽默。巩亮特别注意到喻珊玉,她自我介绍时,说得与众不同:"我叫喻珊玉,是三年级的,一个中间偏左的自由主义者。我喜欢阳光、空气、鲜花、诗歌、友谊与音乐……"这番话也引起一阵笑声,有的表示欣赏,有的并无恶意,也有的带着讥诮。巩亮看到连束川、张树椿也在微笑。但喻珊玉若无其事,脸上那股清高的气味更浓,显得更加美丽。她似乎并不觉得可笑,也不以那些笑的人为然。

各人的自我介绍还在继续,巩亮的心思却分散了。喻珊玉美得像一件巧夺天工的美术品或工艺品。她不但以她的美丽吸引着他,还使他分明感到她身上有一种独特的锋芒,使他发现了自己的稚嫩,油然产生一种自卑感。在这位高年级的女同学面前,他不免有些儿走神了。

当张树椿站起来自我介绍时,巩亮才勉强把注意力集中起来。可是,张树椿只说了两句话:"我就是张树椿,《新新闻窗》的负责人。"

喻珊玉在巩亮耳边悄悄说:"看到没有?这是新闻系里《新新闻窗》的天字第一号。他的对手就是束川和孟汝清——《新闻窗》的一、二号人物。"

巩亮点头,轻轻地问:"张树椿是几年级的学生?"

喻珊玉笑了,轻声说:"谁知道呢?他是老新闻系了。该毕业了他也不毕业,可以一年又一年读下去。因为他的工作岗位就在这儿,由学校党部发给他薪水。职业学生,你懂吗?他就是。他不但参与校里国民党的党务工作，还想在新闻系组阁。"

巩亮惊讶地"呵"了一声，说："怪不得他年龄这么大！"

喻珊玉抿嘴一笑："他绰号叫'竹笋'。不仅是因为体形像，据说一次有人问他'莴苣'怎么写？他不会，说：'你写竹笋不就行了。'这家伙是个肚里没多少学问只会玩权术的小政客。"

巩亮也笑了。

喻珊玉补充说："在新闻系，左派力量大，张树椿一伙人不多，占不到十分之三。但他们是强有力的，因为学校党部和三青团都支持他们。"

巩亮看到孙启先正在大模大样自我介绍，那张黑脸显得趾高气扬："我叫孙启先。我拥护劳苦功高的蒋委员长，反对诋毁最高领袖！我拥护三民主义，反对舶来的共产主义！我是个新生，但我宣布，我已经参加《新新闻窗》，并且担任编委职务。"

孙启先这一说，张树椿带头鼓起掌来。他们那坐在一块儿的六七个人跟着示威地将巴掌拍得很响。孙启先的脸上露出狂热而自得的表情。许多人对他侧目而视，发出哄哄的议论声和窃笑声。章民合不知怎的，"乒"地碰倒了一把椅子，压倒了掌声也吸引了大家的注意力。巩亮觉得她是故意那样做的。

喻珊玉淡然一笑："这个家伙！说话火药味真浓。真是个赤膊上阵的唐·吉诃德！"

巩亮哑口无言。他不想告诉喻珊玉，孙启先是自己的小学同学。他觉得孙启先这番表演，很像美国电影《碧血黄沙》里那只在斗牛场上见了红布就拼命冲锋的公牛。也不知为什么，这使巩亮反感，他皱起了眉头。

别的同学继续心平气和地做了自我介绍。对孙启先刚才的挑衅，无人理会，也未重视。终于，介绍完毕，主持会议的束川宣布："今天这个迎新晚会，我们玩一个击鼓传花的游戏。花，传到谁手里，鼓声停了，拿着花的同学就自己表演一个节目。"

烟雾弥漫的教室里一片欢声笑语。山东大汉孟汝清"咚不龙咚"敲响了鼓。鼓声密如雨点，束川将一枝艳红的月季交给左边坐着的系主任曹梦生，曹先生就依次传下去。拿到月季花的都立刻往下传，生怕会轮到自己表演节目。巩亮正想，万一传到我手里鼓声停了，我表演什么呢？花已传过来了，他慌忙转手递给喻珊玉。她刚要传出去，鼓声戛然停止。她拿着鲜艳的月季笑了，巩亮也笑了，许多人都笑了。

花拿在她手里真好看！一片欢笑声中，喻珊玉大大方方站起身说："好吧！我来背诵一首诗，徐志摩的——《问谁》。"

有人鼓掌。她在掌声中背诵起来，音调抑扬，感情深沉，口齿清晰，全场顿时静了。悦耳的朗诵正如她身上散发出的幽微的紫罗兰香气一样的迷人：

> 因此我紧揽着我生命的绳网，
> 像一个守夜的渔翁。
> 兢兢的，注视着那无尽流的时光——私冀有彩鳞掀涌。
>
> 但如今，如今只余这破烂的渔网——
> 嘲讽我的希冀，
> 我喘息的怅望着不复返的时光：
> 泪依依的憔悴！

巩亮听着，看着喻珊玉那两颗夏夜草丛中露珠似的眼睛，那四射的眼光似在空中寻求什么。她略带凄怆的声音，像是从心灵深处缓缓流泻出来的，那么真切、动人。巩亮不禁有一种感觉：她好像对人生、对社会有一种不可知的消极、厌倦的情绪，她对自己的命运似乎难以把握。为什么呢？……

当他这么想的时候，喻珊玉已经背诵完诗句坐在位子上了。掌声中，她脸色有些绯红，那是兴奋的红晕，似是激动造成的。孟汝清的击鼓声又咚咚在响，花又在传动了。

这次鼓声停时，花正落在章民合的手中，她那开朗秀美的脸上绽开了笑容，爽利地说："我扭个秧歌吧！谁来给我伴唱？唱一个《朱大嫂送鸡蛋》。"

坐在黄汉云、叶迅之间的陈胖站起来自告奋勇说："我来唱。大家都来打拍子！"

章民合青春气息逼人，容光焕发，离开座位走到中央，陈胖就高声打着拍子唱了起来："朱大嫂送鸡蛋呀，咕哒咕哒咕哒叫呀！……十个鸡蛋刚刚好呀……"章民合合着节拍进进退退扭起了秧歌来。陈胖的嗓门响亮，但有点沙哑，他一唱，章民合一扭，许多人都高声唱开了，还用巴掌打着拍子。巩亮是第一次见到扭秧歌，见章民合的舞姿活泼生动，觉得很新鲜。全场除了张树椿、孙启先那一伙外，都很活跃，笑的笑，打拍子的打拍子，哼哼唱唱，热闹极了。连黄汉云、叶迅也在摇头晃脑。巩亮不禁也咧嘴笑了。

可是，喻珊玉轻轻说："喜欢吗？我是喜欢阳春白雪的，不喜欢下里巴人。"

巩亮笑笑，真心实意地说："也有点意思。当然，比起你刚才的诗朗诵这就逊色多了。"

喻珊玉似乎很高兴，说："是吗？"她望着巩亮，目光里带着一种笑意。

巩亮感到耳根发热，没有再说什么。这时，张树椿、孙启先那一伙人突然乒乒乓乓站了起来，故意把桌椅弄得"孔隆隆"响，似乎是抗议，又似乎是示威。他们面部无了笑容，呼呼啦啦一阵风地走到了教室门口，张树椿又突然回过头来，像发表宣言似的说："我们不欣赏共产党的这种所谓艺术！我们不爱看也不爱听，与我们有同感的同学们，走！……"

这意外的号召，使巩亮感到生气。倒不是他怎样欣赏秧歌，而是他讨厌张树椿这伙的态度。他见张树椿在门口等了一会儿，没有人跟他们走。张树椿脸色铁青地冲了出去，会场顿时爆发出一阵哄笑。

束川大声说："同学们，请保持秩序！这是迎新晚会，谁也不能勉强谁走，谁也不能以自己的爱好剥夺别人的爱好。至于秧歌，这是劳动人民爱好、创造的艺术，为什么能爱狐步舞就不能爱它呢？有两句诗：'劝君莫唱前朝曲，听唱新翻杨柳枝'，可以奉赠。让我们的晚会继续进行！"他话音刚落，唱啊扭啊的人更热烈了，情绪高昂如醉如痴。系主任曹梦生和乔宗苏、闻山樵两个教授虽没有唱和扭，也开着笑口表示欣赏。从表情看，他们好像都是主张让晚会这样热热闹闹开下去的。

喻珊玉旁若无人地玩弄着手上的白手绢，看看巩亮，说："本来，我可以先走。但给张树椿一说，我不想走了。"

巩亮笑笑说："迎新晚会，你不该走。"

喻珊玉笑了，笑得很妩媚。她递一块糖给巩亮："为了你，我不走。我想，我们会有那么一些共同爱好和共同语言的。"

淡淡的雾散了。眼面前是一片美丽的橘柑林，绿叶被阳光染成金色，累累果实垂挂枝头。穿过林中的小道，来到了当年住过的宿舍前。那时，这儿的道路不像这么平坦。是一条什么样的路呢？……

　　风吹来，不知哪儿开着木樨花，传来了沁人心脾的香气。

　　现在这里大约是苗圃的职工宿舍了？门前一个简陋的花坛上种着盛开的红色鸡冠花和紫色、黄色、白色的秋菊。左边多了一道石头矮墙围成的一个小院。屋前有鸡舍，屋后竹林葱茏。一个胖胖的七八岁的小姑娘，红红的脸庞，穿件花衣，甩着两条小辫子走出门来，站在石阶上，睁大了两只天真的眼睛，用陌生的眼光瞅着我，用好听的银铃似的声音问，"找谁？你找谁？"

　　啊！找谁？……那时，这儿住着入校的大学新生。我在这里曾有过美好的憧憬，单纯的想象，也有过折磨人的思考，不眠的夜晚……那时同住在这间寝室里的六个人，早在生活的道路上分道扬镳了，我来找谁呢？……

第四章　这一夜，他没有睡好

新闻系迎新晚会结束得不算迟，大约不过九点钟光景。巩亮独自走回宿舍，他有点感到孤单。

今天晚会上，巩亮算是个引人注目的出风头人物了，但从开会过程中到晚会结束，尽管身边坐着喻珊玉，一种不能合群的孤独感总是隐隐在他心头荡漾。散会时，束川曾向他表示了点好感，亲切地说："巩亮，以后找时间我们多谈谈。"那个山东大汉孟汝清也和善地对他笑笑点点头。然而，黄汉云和叶迅却没来约他，同陈胖有说有笑地先走了。喻珊玉同他走出教室，分手时也没说什么话，自顾自地走了，更使他感到感情上和心里似乎都欠缺了什么。现在，这种感觉就更浓了。这能怪谁呢？他既不倒向左派进步同学的一边，也未倒向张树椿、孙启先那伙国民党、三青团右派同学一边，当然会产生这种情况。

外边月光清冽，月亮在云层中穿行。他沿着一条林荫道独自向三斋三号寝室走去。黄灿灿的路灯飘洒着凉飕飕的光。九月的夜晚，清爽宜人，夜风拂面，路两侧法国梧桐的叶片沙沙作响，空气里散发着嘉陵江水的清凉气味，金铃子和蟋蟀在墙缝、土石之间低唱，远处有阵阵狗吠声传来。月光把他的身影拖得长长的。他一边走一边心里朦朦胧胧地想，今天晚上，新闻系的同学是这样营垒分明，而喻珊玉却似乎超然物外。她那样自信地说："我想，我们会有那么一些共同爱好和共同语言的。"这是什么意思呢？难道她认定我是会同她走一样的道路吗？也许，是她看见了我既对张树椿、孙启先他们退出会场流露出不以为然，又婉言谢绝了陈胖的约稿，才做出这样的判断吧？哦，这个姑娘是何等的聪明！

但是，一个人怎么可能会没有一点倾向呢？上学之前，憨厚、固执的姐夫曾经对他循循善诱："我希望你少问政治，用心读好书，学点真本领，将来凭本事吃饭。"姐夫的话，也许是对的。这样，就只能学徐志轩了，看来他就是个两耳不闻窗外事的书呆子……那些学医、学理工的大学生中，也有不少这样的人。但是，自己学的是新闻系，一个未来的新闻记者怎么能像深山古庙里的老和尚似的不接触政治呢？这不，刚来乍到，有人在你面前兴高采烈地扭秧歌，有人表示反对，喻珊玉说她不喜欢下里巴人，你是什么态度呢？……对了，孙启先说不问政治是不可能的。这话看来不错。政治上，孙启先比自己老练得多。他有那么一个在重庆做市党部副主任委员的父亲，当然会传给他这一套的。可是，我怎么办呢？

巩亮想，我要探索人生！说真的，我懂得的还太少，我不能草率。他记得：父亲生前，一直没有参加国民党。多少次有人好心地劝他参加，意思是那样有利于升官发财。他总是摇头笑笑："说实话，我对国民党是不感兴趣的。它干了些什么呢？丧权辱国，军人专制，残暴腐败。我有些好学生莫名其妙地就被抓去杀掉了。我需要多看看多想想，这样的事我不会草率。"父亲是一个爱国者，他是学心理学的，到英国留过学。他对抗日十分坚决，当上海成为孤岛后，仍支持学校里的教职员工和学生们进行一切有关抗日的活动。这说明，他同姐夫是不一样的。他是在寻找自己在生活中的位置，在寻找人生的真谛……这样，当巩亮想起了死在敌伪手枪下的父亲时，心头的一股彷徨犹豫的潮汐就消失了。是呀，应当慎重，既不应当是政治上的色盲，也不应当不通过大脑、不通过鉴别和比较就盲目地投身旋涡中去。

步子似乎轻松起来了。他想，要是能同喻珊玉有谈谈心里话的机会就好了，也许她也有类似的想法呢？……

　　走近三斋三号寝室，有歌声传来，一只公鸭般的嗓子自作多情地用英文唱着最近流行的美国电影《翠堤春晓》中的插曲："One day when we were young ..."

　　跨进寝室一看，只有孔镇中一个人。他点着一根蜡烛在写什么，一边写一边自我欣赏地高歌。巩亮明白，孙启先一定还和张树椿他们在一起；黄汉云和叶迅也一定正同陈胖在一起；徐志轩一定自己找了个什么地方啃他的书本去了。由于为黄汉云的事同孔镇中发生了那场纠纷，巩亮见到他免不了有点不自在。但孔镇中却若无其事友好地点头招呼："回来了？"

　　"回来了。"巩亮回答。他在考虑，睡呢还是做点什么？孔镇中的烛光只照着他用木板拦起的他那块"领地"。寝室里没有电灯，巩亮自己也没有蜡烛。

　　"摆摆龙门阵吧。"孔镇中把蜡烛挪到方桌中间，烛光照亮了巩亮的脸，他学着用四川话说，"会开得好不好？"

　　巩亮瞟了一眼桌上那漂亮的粉红色的信笺和天蓝色的道林纸信封，猜到孔镇中一定是在写情书。他不想谈会议的情况，简单敷衍地说："不错。"

　　孔镇中似乎感觉到了巩亮不冷不热的态度，有点歉意地说："唉，说真话，我对你印象不错。我希望不要为那个广西佬影响我们之间的友谊。其实我这人，有点少爷脾气，心眼儿并不坏。"

　　巩亮听他老王卖瓜夸自己心眼儿好，笑了，说："没什么。我这人好打抱不平，有火气发出来了也就过去了。"

　　"那就好了！"孔镇中说，"说真的，我是很羡慕钦佩你的。不仅仅因为听孙启先介绍了你在抓刺客那件事上举动不凡。我还听说你考得非常棒，阅卷的教授竟给你两篇作文打了一百分，这是破天荒的事。"

　　巩亮不能不谦虚了，说："侥幸而已。"

孔镇中就着烛光对镜瞧瞧自己的脸，用手揪揪他那𝓛形的头发，忽然叹口气说："我要长得跟你一样 Smart（漂亮）就好了！我想你的父母一定都是很漂亮的。我是吃了父亲的亏，眼睛像他，要是我全像母亲，那就不是现在这样子了。"

　　巩亮听了肉麻，心里好笑，不知说什么好，只能不作声。

　　孔镇中摇着头气恼地又叹口气："父亲给我的这笔'财产'不行，我有些事很不顺心啊！"

　　巩亮知道他指的是恋爱追求上的事，不想多问，正要上床睡觉，忽见徐志轩回来了。他一手挟着大厚本的外文精装书，一手拿着两个蜡烛头，进门后，对谁也不理睬，飞也似的脱下衣服鞋袜就上床睡下了。

　　孔镇中向巩亮做了个鬼脸，摇摇头，说："今天你参加晚会，看到我们新闻系的女王没有？"语气里流露出无限崇拜的感情。

　　巩亮先是一怔，不知他指的是谁，但突然想到：难道他指的是喻珊玉？问："你指的谁？"

　　孔镇中怪声怪气地说："学校里有名的校花'四大美人'，一个在经济系，一个在银行系，一个在外文系，一个就在我们新闻系。我们新闻系的这个，名叫喻珊玉。真是个美人儿啊！可以用八个字形容她：高贵、妩媚、苗条、雅致。她的脸是按维纳斯的模式铸造的，但肤色是标准的中国少女的羊脂白玉般的白里透红，你没注意？"

　　巩亮心里一动，难道孔镇中正在追求喻珊玉？"唔"了一声，说："呵，看到了，但你说的那些我没注意。"

　　"长得不错这点总有感觉吧？……"孔镇中问。

　　他的话没有讲完，门外响起一阵"托托托"的皮鞋声，孙启先挟本书叼着香烟进来了。他走路重，老远就听得见他的皮鞋响。进屋时，一阵风扇得蜡烛火焰直摇晃。他见孔镇中和巩亮在谈天，问："你们聊天？聊些什么？"

孔镇中架起大腿，不断摇晃，敷衍说："闲聊。"

孙启先把挟着的书朝桌上一放，巩亮随手拿过来看，原来是一本希特勒的《我的奋斗》。巩亮哈地笑起来："有趣，你想做希特勒的信徒吗？"

孙启先也没回答，接过书朝自己床上的枕头下一塞。他黑脸上气色表情不大好，似乎晚会上造成的不快还在他心里翻腾，忽然说："巩亮，我们去散步好不好？"

巩亮并不想出去，说："这么晚了……"

孔镇中打趣道："怎么？谈什么秘密事，要避着我？"

孙启先对孔镇中解释："哪是什么秘密事呀！今天新闻系的晚会，你不去参加是对的。左派简直疯狂，陕北共产党的秧歌也拿到会上扭了。我们受不了，愤怒退席，到现在我的气还没消。我是找老同学陪我散散步，让我把心里的闷气消散消散。走！巩亮，现在只有九点十五分，还早呢。陪我散步十分钟！"说着，动手去拉巩亮。

巩亮皱皱眉，拗不过他，心想，听他谈谈什么也好，反正我有我的一定之规，就说："你别拽，你别拽，走吧！"

两人走出寝室，踏着月光，听着秋虫奏鸣，向江边林荫道方向走去。

孙启先似乎深思熟虑过了，吸着烟说："巩亮，张树椿和我商量过了，想约你给我们《新新闻窗》写篇稿子。"

巩亮一听，马上笑了，说："怎么会有这样的想法？"

孙启先鼻孔里冒出两缕烟来，认真说："你是个风头人物了。你我老同学了，我相信你会讲这点交情的。"

巩亮也认真但是和缓地说："不行，我不能写。"

"为什么？"孙启先眨着两只水貂眼睛惊愕地问。

"在晚会上，《新闻窗》的陈胖约我为他们写稿，我没有答应。我怎么能给你们写呢？"

"呵，等距离外交！"孙启先不无讽刺地说了一句。

巩亮不作声，沉默地踱着步。

孙启先似乎很难忍受这种难堪的局面，说："巩亮，我们的关系不同，你就是写篇不带政治性的散文、写首短诗也行，不要求你冒犯他们。这总可以了吧？"

巩亮摇头说："我现在没有心思写东西。我不是对你说过吗？我还需要多看看，多听听，多想想。我现在还在探索，还很不清醒。"

"你确实很不清醒！"孙启先用教训口吻刺激他，"国家兴亡，匹夫有责！在今天，大局杌陧，比以往任何时候都需要热血男儿为党国和最高领袖效命出力，而你还要无尽无休地看看、想想。共产党哪天不想搞垮我们，你难道看不见？我真为你着急！"

孙启先的话使巩亮很反感，他不无气恼着说："你何必为我着急？路得靠我自己走，不能靠人抱着我走。别以为只有你的血才是热的，人家的血就是凉的。你用教训口吻说话，谁也不爱吃你这一套！"

孙启先扔掉半截烟，又从口袋里掏出一支来，划着火柴点燃，吸了两口，喷出的浓烟随风而逝。他接着说："生什么气呢？我知道，你对他们也未必有兴趣。但你这种态度，实际上是倒进他们怀抱里了！"

"何以见得？"

"那秧歌舞，算什么艺术，我们受不了，可你倒咧着嘴笑得很高兴。你当我没看见？"

"说实话，要不是你们号令别人跟你们走，也许有些同学就自由行动了。可是你们登高一呼，谁愿意做你们的应声虫呢？人都需要有独立的人格，独立的大脑。"

"请你给《新新闻窗》写稿，也不是要毁掉你的独立的人格和独立的大脑。"孙启先闷闷地抽烟，"你爱写什么可以写什么嘛！"

"假如我骂国民党呢？"巩亮开了句玩笑。

"太幼稚了！"孙启先叹息说，"你什么也不懂。生活的浪潮来了，你还在海边怕湿了鞋。海浪会把你卷走的，你想过没有？"

"不要总是觉得自己正确，什么都懂。"巩亮顶他一句，明显地感到他们谈不拢。

嘉陵江像匹墨绿的缎子在月光下抖动，夜泊江边的木船亮着灯火。对岸北碚像一片星海。江风吹得道旁的树叶窃窃私语。时候不早了，在江边闲逛的男女学生仍不少。从林荫道望下去，可以看到江边沙滩西面有一片郁郁葱葱的林木，朦胧的月光照着一对对身影，正朝那儿慢步走去。

巩亮好奇地问："怎么一对对的人都往那里去了？"

孙启先吸着烟说："那是孔镇中之流热衷去的地方，谈恋爱的人幽静、隐秘的天堂。有个专用名词——'沙滩会'。现在虽已秋凉，情人还在那里做仲夏夜之梦。"他对谈这没有兴趣，又回到原来的题目上来，说："巩亮，我要再拉你一次，希望你站到我们一边。你是优秀的有才华的青年，最好加入国民党。只要你愿意，我们把新闻系的系会夺过来，可以考虑在适当的时候推选你当系会主席，你会很快成为学校里出名的大红人的。经济上，你也会得到津贴。以后的好处，那就不用说了。"

巩亮吃惊地望着他。"你在说些什么呀？"

孙启先说："我这都是知心话……到了周末，我们可以结伴到重庆去跳跳舞喝喝咖啡享受一番。你也不用愁毕业以后的出路。你只要今晚下个决心，你的人生大道就铺平了！老朋友说的这些，难道对你没有一点吸引力吗？你老实说！"

巩亮勉强听完了这番话，纠紧了眉心，觉得像受了侮辱。父亲在被暗杀之前，有个人来为日寇汉奸做说客，希望父亲能表个态拥护"和运"，不要再有抗日言行，答应只要表个态，政治条件和经济条件都可以提。当时，父亲那张威严的、有刀削抬头纹的脸上像涂了霜。父亲说："大丈夫富贵不能淫、贫贱不能移、威武不能屈！……你们这是痴心妄想！"一顿臭骂将那个小丑式的朋友骂了个狗血喷头赶了出去。当然，巩亮无意骂孙启先。父亲骂的是汉奸，孙启先不同，人各有志嘛。他狂热地要为国民党效力，做一个党棍子，谁也改变不了他。但为什么一定要拉着我跟他跑呢？巩亮厌烦极了，说："算了吧！你说的这些我没有兴趣。"

孙启先狠狠甩了半截烟尾，像在发泄怒气，说："好吧，巩亮！作为老同学，我是始终把心掏给你的。你现在没有兴趣，我希望只是暂时现象。经过你的抉择，我相信最后你还是会跟我们志同道合的。不过，站在老同学的立场，我也有个要求：无论如何你不要倒向那一边去。我告诉你，倒向那一边是危险的，那是个火坑！共产党是什么？是苏俄的走卒，他们迟早是要把中国亡给苏俄的。再说，蒋委员长绝不会允许大学里赤化，由不得他们胡作非为！我们已经商谈过，要给他们颜色看的。斗争非常尖锐，你如果真要看看听听，那你就中立吧，我们也不反对。"

巩亮觉得孙启先飞扬跋扈，狂妄得好像他要支配一切人似的，带点讽刺地说："孙启先，我不是三岁的小毛孩。你应当知道，在我上大学之前未遇到阁下的时候，我生活得很好，走路也没跌跤！"

"我是怕你在人生旅途上发生悲剧。"孙启先认真地说着，每个字都像是从牙缝里挤出来的，"像黄汉云、叶迅之流一来就左倾，我觉得他们不但可恶而且幼稚可笑。"

不知什么时候，淡淡的夜雾像若隐若现的轻纱笼罩着江上，也在左边的桦树丛里游荡，空气中散发着潮湿的芬芳。巩亮大口吞着凉爽清新的空气，压抑的心情舒适了一些。他想刺激刺激孙启先了，如实地说："不过，根据我的观察和了解，似乎你们在新闻系里是少数。"

"少数，哼！"孙启先不服气地挥动着右手，"国家，政府都在国民党手里，谁是少数？现在有些人以为左倾很时髦，趋之若鹜。其实，他们不懂一切都得靠实力。新闻系左派再多，派上一个排带着中正式步枪的军警就弹压住了。他们算什么力量?"他显然是迷信武力的,又侃侃而谈,"现在要整编共产党的军队,解决他们的割据问题!要是同意便罢,不同意,迟早要开刀动手术的。那时候,看吧!刑场、监牢,都会张开臂膀欢迎这些左派呢!……我倒不是危言耸听,老同学,我是真正的关心你!"

巩亮觉得孙启先的话里充满了血腥味,但想,为什么现在左倾时髦呢?还不是因为你国民党政府腐败无能吗?前线仗打得那么糟,后方贪污腐化,贫富悬殊,民心丧尽,这能怪谁呢?你孙启先说的那些什么弹压呀、刑场呀、监牢呀,都是可能的,但民不畏死,奈何以死惧之?……巩亮不想再谈下去了,转换口气说:"老同学,就谈到这里吧!今天晚上,那个叫喻珊玉的女同学说她是个中间偏左的自由主义者,我倒觉得挺有意思……"

"哈哈……"孙启先用脚踢着路上的一块小石子,笑了起来,"喻珊玉是个骄傲的公主,轻易看不起人的。我看她跟你坐在一起,好像挺谈得来,她对你感兴趣了吧?"

巩亮脸一红,说:"别开玩笑了。"

"我说的是真话。当然,我并不是说她在爱你了。她非常高傲,但你应当懂得,对你这样才貌双全的人物,她一旦感兴趣,就可能萌发爱情的。你知道她父亲是谁?就是学校里的训导长喻斌教授呀!喻教授也是这学校里党部和三青团的负责人。可惜,他这个掌上明珠独养女儿,却不信仰三民主义,以自由主义标榜。实在莫名其妙,很特别……"

巩亮眼望着那迷蒙蒙的江上薄雾,月光映照着,使雾上仿佛洒着一层闪烁的银粉。他听孙启先谈起喻珊玉,心情变得轻松了,但他不愿表露出来,故意轻描淡写地问:"她怎么特别?"

"听人这么说,我也弄不清楚。"

巩亮说:"她标榜什么自由主义,也许是假的吧?内心里还是跟着他父亲的。"

"不不不，"孙启先说，"是真的。这我知道，张树椿他们都很清楚。她有一套理论，是个爱动脑筋的女人，是全校'四大美人'之一，可是追求不得。她很大方，但追求她栽了跟斗的不知多少。你要当心！"说到这里，孙启先好像想起了什么似的，说："记得吗？中午我们不是看到孔镇中跟个女的走在一块儿吗？那女的就是她。孔镇中这家伙，不知天高地厚。喻珊玉肯定不会喜欢这草包。"

这番谈话，冲淡了刚才两人之间争执的气氛。两人又往回走。月亮周围有一道隐约的银灰色的七彩晕圈。吱吱嘤嘤的秋虫声，飘飘忽忽的江水声，是那么近，又那么远。巩亮没有再说话，他觉得，面对纷繁复杂的大学生活，应当思考，要慎重研究人生的真谛，就应当像喻珊玉那样爱动脑筋。哦，不知不觉间，喻珊玉那带着笑窝的苍白美丽的脸，那妩媚的神色，那出神凝想的闪闪的眼睛，又浮现在眼前了。

孙启先对巩亮不满，但也不愿把老同学的关系彻底破坏，觉得只要他不倒向那一边，也算达到了退一步的目的。见巩亮沉默不语，就找着话说："我们这间寝室里的人现在像是春秋五霸了——孔镇中沉湎恋爱，徐志轩埋头读书，你要保持中立，黄汉云和叶迅是甘心沦为共产党的走卒，我则效忠党国。不过，你放心，你们这三个同我们是不会碰撞的。黄汉云和叶迅我倒迟早要让他们知道一点厉害！"

巩亮打断他的话说："你这人呀！你讲这些话的态度，老使我想起小时候的一些事。老师表扬了我，你就用口香糖害我；赛跑时，我超出了你，你就撞了我一肘……"

孙启先听得不顺耳，装呆卖傻地说："哈，有这样的事吗？你记性真好！小时候不懂事，干的事我早没一点印象了。我只记得你打过我。"他这是反攻一句。

巩亮也不让，说："那是因为你欺侮小同学，我打了抱不平。"

孙启先咯咯笑了："算老账了吗？老同学，说那些就没意思了。"他的笑声有些阴险，在夜空中传得很远。

两人走到三斋三号旁边了，听见后面有急匆匆的脚步声。巩亮回过头去一看，月光下，黄汉云的眼镜片闪闪发光，那个矮子是叶迅，他们也刚回来。巩亮随口叫了一声："黄汉云！"

黄汉云朝他看看，见他同孙启先在一起，一缩脖子只"唔"了一声，严肃得什么也没有说，急匆匆地和叶迅赶到头里回寝室了。

巩亮不禁一怔。黄汉云不屑回答的神情，很可能是在他和叶迅心目中，已把自己看作是孙启先一伙的人了。这也难怪，当人们互不了解的时候，有这样的误会也是很自然的。看来，在两个营垒的夹缝中，做人也不容易呀！他感到有些烦躁了。

就在烦躁的心情下，他和孙启先一起跨进寝室。见徐志轩、孔镇中都早睡了；黄汉云和叶迅正在脱衣上床，连蜡烛也没有点。孙启先去自己床头摸出了蜡烛，孔镇中翻了一个身，嘴里叽咕了一句："轻点好不好?"也没人理他。孙启先擦火柴点亮了蜡烛，四个人都不说话，大家都忙着脱衣上床。

一会儿，孙启先"噔"地吹灭了蜡烛。月光马上像清水似的流泻进了窗户，床前地上映得像白霜一片。

巩亮躺在床上，有些疲劳了。但喻珊玉的音容笑貌幻象似的在眼前出现，仿佛又听到她在那儿朗诵徐志摩的诗了……

这一夜，他没有睡好。

我脚步匆匆，急切地沿着上山的荒凉小径来到墓前。

黄桷树荫下，野草没胫，脚下踩着落叶沙沙响。我终于找到了在日晒雨淋中风化了的那块熟悉的墓碑，墓碑斜陷在泥土中，字迹已经模糊。我想，发生在这儿的故事一定早已无人知晓。知道故事的人早已星散，故事也就必然消失了所以坟墓也湮没了。

今天，我又重来，才又将故事带回来。这样的悲剧，在现在，也许不可能再用同过去一样的那种方式出现。假如那时候，悲剧的主角坚强些，懂得希望在人间，那么，也许不会存在埋在墓里的悲剧。《神曲》中但丁偕古诗人维其略第一次走近地狱大门时，洞开着的地狱大门上，写着黑沉沉的文字："你们走进来的，把一切的希望抛在后面吧！"维其略对但丁说："到了此地，一切的恐怖和畏怯都要放在脑后了！"什么是勇敢？什么是怯懦？当人绝望的时候，也许会不顾一切把怯懦抛在脑后的。但这种不顾一切的"勇敢"又怎么区别于怯懦呢？勇于去死，并不一定都是勇敢的；无谓的死不是勇敢而是怯懦。大写的人，难道能放弃对人生的希望而不顾一切吗？……假如墓中的死者当初接受了竖立诗碑的生者的主张，他们并肩前行，那将是怎样迥然不同的结局？

如今，我又来到这个墓前，想到这些之外，更多的却是想到了喻珊玉。她和墓中人并非毫无相似之处，但却又何其不同！她所经历和制造的，难道不也一样是悲剧吗？

啊！让这悲剧永远埋葬在荒草中吧？……

第五章　墓前的约会

上了四五天课，除了一些"新闻学概论""新闻写作"之类的专业课外，一年级新生还得学"中国通史""英语""经济学""逻辑""修辞学""伦理学"等基础课，此外，每月还有两节连三青团员都不重视的"三民主义"课。大学和中学很不相同，有许多选修课程，各系学生一起上课，同学间彼此难得说话，下了课，各走各的，因为互相不认识。

上课以后，巩亮就觉得很忙。白天在教室上课，空堂时和晚上就到图书馆里抢占个位置自习。他很想动笔练习写点东西。学新闻，倘若没有一支好笔是不行的。但写什么呢？在高中时，写过些抒情的和抗日的诗寄出去，也发表过几首在报屁股上。现在进了新闻系，毕业后要做记者，应当学着写政论文章和特写通讯了。想写，又感到没有什么可写。对一些事情，思想认识处在彷徨之中，那是很难下笔的。想写的念头又老是折磨着他，竟造成一种苦闷。他想，是不是写点短篇小说呢？那也许不会有这样的困难。一天晚上，他决定拿孔镇中这样的人物来作为主角，探讨一下青年对爱情的态度问题，题目叫作《追求》。动起笔来居然很顺利，一篇五千字的小说夜晚花了三个多小时就完成了初稿。第二天早晨他想了一想，决定请黄汉云看看。谁知黄汉云中午就把稿子还给了他，冷淡地说："我觉得不好。"巩亮心里不快，问："怎么呢？"黄汉云脸上毫无笑容地说："大家都忙于学生运动，谁有工夫和心情看这个。如果追求的不是爱情，而是自己应走的道路，我看那就好了。"巩亮觉得他是影射自己，心里老大不快，过后冷静下来细想，觉得也不无道理。即使是一份可口的红烧肉，在大家挥汗如雨想吃清凉食物的炎夏端上桌来也未免不合时宜吧？这一想，他马上"哗"地将小说稿撕成碎片，暗下决心——不急吧，等到我认为可以写而且应该怎么写的时候再写吧。

这天下午只有两节课。下课后，他又来到了图书馆。这幢灰色的没有楼房的建筑，在学校里算是最"豪华"、"雄伟"的了，但在这八百多学生的大学中也只能容纳三百人。而且，砖墙显得单薄，门窗桌椅也都很陈旧了。好在像孔镇中那样从不光顾图书馆的学生并不少，在校外自己租了屋子住的学生也不来图书馆；加上有许多学生爱坐茶馆，缙云坝上就有五六家，学生去那里泡上一碗沱茶或菊花，在躺椅上边喝茶边看书，还可大声聊天、抽烟，消磨几个钟点；这样，白天图书馆里就不拥挤了。巩亮找了个靠窗口的座位，拿出自己订的《大公报》来阅读。

巩亮在高中时没有订过报纸，多半是从老师那里借来阅读。他做过比较，感到《大公报》比《中央日报》合自己胃口，因为上面常常登些老百姓想说的心里话，比如抨击贪污啦，指责奸商啦，批评重庆的灯红酒绿纸醉金迷啦……他就常找那位订《大公报》的国文老师借报看。国文老师姓沈，平日沉默寡言。有一天却问他："巩亮，你天天借这张报纸看，有什么感想吗？"他说："我觉得这比《中央日报》好。"沈老师笑了，眼旁的鱼尾纹挤在一起，搔搔灰白的头发说："也不要上当。这是国民党政学系的报纸，他的伎俩是小骂大帮忙。你懂吗？"巩亮当时愣了，说实话，不太懂。沈老师笑笑："听说你的志愿是将来要考大学新闻系，你就不能不了解报纸的内情。有的报纸打着民办的幌子，实际同当局关系密切，也受其指使。它对老百姓好像装出一副公正的为民喉舌的样子来，实际有所偏袒。有时骂上几句，指出一点当局的弊端，只是小骂，结论还是拥护当局。它既可粉饰民主，又可欺骗百姓。这就给当局帮了大忙。这样的报纸用处很大，所以当局是支持的。我们呢，要用清醒的头脑看它，不要被它搞糊涂了。"巩亮感到沈老师说得新鲜，忍不住问："老师，那你为什么还订这报呢？"沈老师苦笑笑："报纸总要看的呀。真正为老百姓说话的报纸这儿订不到，订了说不定会有囹圄之灾。不订它又怎么办？"巩亮问："老师，什么报是真正为老百姓说话的呀？"沈老师说："你将来如果考取新闻系学了新闻，总会知道的。"后来，巩亮打听了一下在重庆一共有多少种报纸，才知道了共产党办的《新华日报》。听家在重庆的同学说，不但在江津这种小县城里订不到，就是在重庆，《新华日报》的发行也常受阻挠。巩亮始终没看到《新华日报》，对这张报纸怀着一种好奇心。他猜想过，沈老师讲的真正为老百姓说话的报纸，是不是指的就是《新华日报》呢？要不，为什么不让它广为流传呢？又想，《新华日报》既是共产党办的，它当然是帮共产党说话的，难道帮共产党说话就是代表老百姓讲的真话吗？他又有些怀疑了。刚进大学那天，他发现在学校里可以订阅《新华日报》，心里不免动了一下。但看到黄汉云和孙启先选订报纸时那种针锋相对的态度，他终于还是订了《大公报》。不过事后，他曾对黄汉云说："我每天看看你的《新华日报》，你看看我的《大公报》，我们交换看看好不好？"黄汉云虽然冷淡，点头答了一个字："行。"因此，每天在寝室里，巩亮也翻翻《新华日报》了。

只看了几天，就觉得这张报纸有许多特点和优点，它用的不是那种半文不白的"新闻体"，而是用通俗的白话文体。它对于国际国内重大事件的报道很有说服力。例如对于反法西斯战争特别是苏联卫国战争的报道，就有全面的分析和叙述，看了使人对战局的变化和发展一目了然；它的国内战况的报道也使人增长见闻。巩亮读了这张报纸，才了解到在国民党前线大溃败的同时，解放区的八路军、新四军却正在狠狠打击日寇。报上的各种副刊、评论，特别是解放区通讯最吸引巩亮了，在他眼前似乎出现了一片从未见过的新天地——原来在中国国土上还有这么一片没有贪官污吏，没有娼妓鸦片，没有奸商囤积，没有特务横行，没有小老婆和麻将牌……的干净地方！《新华日报》上常常开"天窗"。第一版上有时也空白一块。巩亮明白，这是被国民党"检查"禁止刊登的文章。他不禁想起了沈老师的话，也许开"天窗"的地方本来登的正是"真正为老百姓讲话"的稿件呢！

窗外稍稍偏西的橘红色的阳光耀眼地射进来。他正专心地读着头一版上一条新闻：昆明西南联大两位名教授，由于力争民主自由，极力抨击国民党专政黑暗及反民主措施，被教育部解职……巩亮愤慨起来了！他读过两位名教授的诗文，对他们是敬重的。清高的教授们说一些耿直、正义的真话，为什么竟会遭到这样的待遇？他心中不平，叹了一口闷气。

忽然，空气中飘来一阵淡淡的紫罗兰花香，随即一个有点熟悉的声音在他的耳边轻轻响起："怎么？成了左派人士啦？……"那是带着笑意的悦耳的声音。

巩亮读报很专心，竟连有人走到邻座上来也没有在意，抬头一望，他笑了："呵，是你？"

喻珊玉今天换了一件黑缎旗袍，一头黑发梳在耳后，没有扎绸带。素雅自然的打扮，使她显得圣洁而高贵。脸上仍旧是那带着微笑的酒窝。这几天，他没有见到过她。她是三年级的，不在一块儿上课。男女生宿舍相距颇远，校园又那么大，他虽然常常希望碰到她，却总见不到。有时也想去找她，又怕冒昧，就克制住了。现在，她蓦然站在自己身边，真叫他喜出望外。但是，她悄悄丢了一个纸团在他面前——图书馆里是禁止喧哗交谈的，就转身姗姗地走了。

巩亮急忙打开纸团一看，上边写着："出来吧！外边有阳光、有清风、有诗……我在后门口那家'江南春'小面馆里，想请你吃一碗'鸳鸯'。注意！只等十分钟，过时不候！"条子带有命令的口气，巩亮却很高兴，心激烈跳着。这个美丽的高年级的女同学，确实有些特别，难道她真的对我有好感？什么是"鸳鸯"？……被一种魅力吸引着，巩亮赶快挟起书本收叠起报纸。他瞥见徐志轩正坐在远处专心看书，连忙过去，把自己一厚叠书报朝徐志轩面前一放，说："你给我带回宿舍好吗？我有些事要离开一下。"徐志轩点点头答应了。他很高兴，快步出了图书馆，匆匆赶到江南春去。进门朝店里一看，喻珊玉果然坐在那里，一双带笑的沉静的黑眼睛像两团闪动着的火苗向他射来，她指指身边留着的空位，做了个"请坐"的手势，看看表，笑着说："还有三分零二十秒，你不来，我就走了！"

巩亮说："我用的是闪电战的速度！"他发现桌上放着两碗面条和馄饨，喻珊玉的一碗已经快吃完了。喻珊玉指指他面前的一碗说："尝尝'鸳鸯'，你吃过没有？"巩亮动手拿汤匙又想拿筷子，说："这么古怪的名字，这不是一半馄饨一半面条吗？"

喻珊玉笑了："你用筷子吃吧！一半馄饨一半面条就叫'鸳鸯'。同学来这吃的挺多，味道不错。今天我人不舒服，没吃中饭，现在饿了，所以请你来做陪客。快吃吧，吃了我们去逛逛。"她玩弄着手里挽着的一只提包似的黑网袋。

巩亮连忙遵命动筷子吃起来。忽然发现两个进店来的女同学紧盯着喻珊玉和自己看，店门口也有人行注目礼。巩亮有点不好意思，只顾低头闷吃。喻珊玉说："吃完，跟我走，我们到后边小山上去。"

巩亮轻声说："你看，好些人都在看我们。不，是在看你，也许你太引人注目了。"

"别管他！我历来有个宗旨，我行我素，他人哭笑我不管。走吧，我们走。"她推开碗，起身镇静地缓缓前行，坦然如入无人之境。

走出江南春，巩亮掏手绢擦嘴。外边，太阳西斜，光线不太强烈。那后边的小山覆盖着绿色的树丛和野草，在阳光下变成紫蓝色，这就不如清晨或夜晚有雾气时好看了。有雾时，乳雾轻轻裹住了小山，绕山萦回飘荡，如轻纱游动在翡翠碧玉丛中，那是很美的。巩亮问："到哪里去？”

"山上。"喻珊玉说，"如果你不想同我逛逛，可以请便。"

巩亮笑着解释："我只是问问到哪里去。如果受人摆布，我也应当心里明白。"

"你是个容易受人摆布的人么？"

"那要看什么问题。比如说，现在，我不是在受你的摆布么？你下命令让我十分钟内赶到，我不到八分钟就赶到了。"

喻珊玉扑哧笑了，笑得很开朗，酒窝更深了，语气也柔和了，说："我觉得你很聪明，挺优秀。"

巩亮摇摇头："谢谢你的夸奖。不过，我并不聪明。我来自一个小县城，孤陋寡闻。父亲死后，依靠姐姐姐夫接济一点零用。为了想考取大学，简直连命也拼上了。我对世事了解得很少，来到大学以后，目迷五色，不像有些同学，对什么事都很清楚。我还处在混沌初开，寻找人生真谛和真理的阶段。这一点，也许你已经发现了。"

喻珊玉笑了，玄妙地说："什么叫清楚？什么叫混沌？也许清楚的人正是混沌，混沌的人却很清楚。"

他们走过一段农学院种植园的地带，来到山下，举步向小山上爬去，边说边逛。

喻珊玉不时摘片草茎或者摘枚树叶，在手里撕碎扔掉，又再摘。她点头说："也许，我有这样的发现。但我像个老大姐这样对待你，不是为了别的，主要是我同情你的遭遇。而且，也许你不知道吧？你父亲巩礼明和我父亲曾经是很好的朋友……"

"是吗？"巩亮惊讶了，"你快说给我听听！"他急切想了解喻珊玉所知道的一切。

喻珊玉说："我从你同寝室的一个新生孔镇中那里，知道了你父亲在上海被暗杀的情况，令我感动的是你在当时的表现。为这，我特地在图书馆里查了旧报纸。"她从挽着的那只编织得很精美的黑网袋里摸出一张纸片。上面抄录着那个事件的报道。

巩亮的思绪又飞回到五年前在上海时遭遇到的那悲惨的一幕中去了。仿佛又回到那个秋风萧索的傍晚，听到那"噼啪"的暗杀枪声，看到父亲的血……后来，是母亲那悲怆痛心的号哭……但他克制住了感情，平静地说："那已是早就过去的事了。"

"但是，我看到了你的为人。我最讨厌那种'奶油小生'，我喜欢这样的带有英雄气质的人。"

"我能算什么英雄呢？"巩亮说，"我觉得我是个小人物，进了大学，发现人才太多了，而我，还很幼稚。"

"也许，"这似乎是她喜欢的口头禅，"你慢慢会越来越成熟的，谁都有这么个过程。"她继续说她本来要说的话："后来，我回家，偶然同我父亲谈起了这件事。你知道他说什么？他说：'啊，巩礼明？这是我的一位老朋友。不过，后来我们政见不一致，闹翻了。不过，总是老朋友啊！他的儿子，叫什么名字？'我说了你的名字。他说：'好，以后把他找到家里来玩玩，我要跟他谈谈，照顾照顾他。'"说到这里，她朝巩亮投来一瞥，调皮又亲热，"一定有人告诉过你，我父亲是谁了吧？"

巩亮诚实地点头，却在想，既然喻斌是同父亲因为政见不合闹翻过的老朋友，现在又是这大学里负责国民党三青团的训导长，我还是不沾你的好。他很遗憾喻珊玉会是喻斌的女儿。也不知为什么，这时候，巩亮眼前浮现了黄汉云对他的那种冷淡甚至带有怀疑、隔膜、敌视的眼光，不禁想，也难怪呀，他不了解我。他见到我同孙启先一起在夜晚谈天，已经对我有看法，如果我再同喻斌接近，看法就会更强烈了。这么想着，就说："有人简单向我谈过你和你的父亲。"

"是孔镇中吗？那个可笑的'唐璜'！"

巩亮摇头："不是他。不过，我见他和你一起走过，那是在我来学校的第一天中午。"

"啊，是的。"喻珊玉笑笑，"你不知道我是学校里的校花'四大美人'之一吗？哈，真有趣，有些人选校花，我马上宣布：不参加！不参加也没用，照样选了你当美人。还好，现在没有隋炀帝，不会把我送进宫里当妃子。不过，你们那个同寝室的花花公子孔镇中却有趣了。看来，是个引花沾草的老手，不像你这么稚嫩。他居然找到我，做了自我介绍，连他父亲是银行总经理也介绍了。这几天，一天一封情书，都是抄的尺牍，肉麻当有趣，还两次来找我，都碰了钉子。不过，他也干了点好事……"

巩亮看着喻珊玉："什么好事？"

喻珊玉笑笑："你的事就是我问了他，他告诉我的。那天，我陪他走，是因为他带了封他父亲给我父亲要求照顾他的介绍信，我只好在礼貌上陪他到我家去。陪他到家将他留给了我父亲，我就学徐志摩了……"

"怎么？"巩亮不明白她的话。

她又笑起来，神色非常柔和，笑窝也深下去，背诵了徐志摩《再别康桥》中的四句诗：

> 悄悄的我走了，
> 　正如我悄悄的来，
> 我挥一挥衣袖，
> 　不带走一片云彩。

巩亮哈哈笑了，心里喜欢她风趣得如此可爱，说："你真会幽默。"

喻珊玉摇头，话从她那张棱角鲜明的樱红的嘴里吐出来，声音特别好听："别以为我是个豁达的人。我的心中充满矛盾，思想中交织着分歧。也许怪我看的书太杂太多了吧！没有人了解我。我自己觉得像一只船航行在海中，却不知会驶往何处。许多人追求我，几乎天天收到那样的信件，我都一笑置之，我不喜欢凡夫俗子。"

"那你……"

"我在寻找友谊。"她说，眼睛发出遐想的光望着远方，"有时候，我感到孤独，心里总是空洞洞的，连谈心的人都没有，心里总有一种淡淡的哀愁。你知道不，英国的作家哈代曾把复杂的感情比喻成柔和的折磨、含苦味的甜美、令人舒服的痛苦和沁人心脾的悲伤。我对这深有体会。"

巩亮不禁想，真奇怪！她这些想法真奇怪。同时又感到连她这些奇怪的想法仿佛都富于一种吸引力。

在乱石中慢慢爬着山，在绿树间，在崎岖小径上，一步一步登攀，已经汗涔涔的了。这山上没有峥嵘的奇峰怪石，也没有嵯峨壮观的宏伟景色，有的只是杂树野草，荒冢乱石。巩亮想，喻珊玉为什么会带我到这里来呢？爱情，似乎还很遥远。她来，是寻找友谊的。她说她感到孤独，连谈心的人都没有。为什么呢？巩亮忍不住说："我以为你的朋友很多呢，你是应当有朋友的，你不该孤独。"

山间散发着浓郁的泥土和野花野草的芳香。她继续仰脸向上走着，说："我不是说过吗？我是一个中间偏左的自由主义者，正因为这样，我曾把所有的人都看作我的朋友。但实际上呢，左派的人说我没有正确的目标；右派的人说我左倾。当然，他们都还没有把我当敌人看。于是，我就成了光荣的孤立！不过，我不愿意违背我的初衷。为什么要那么偏激呢？为什么不是左就是右呢？为什么要水火不相容呢？为什么中立就不好呢？我对这些有固定的看法了，但也惶惑得很。我今天就是想约你谈谈这个问题的。我看到你没有替《新闻窗》写稿，那天陈胖向你约稿你婉言谢绝了。我也听说《新新闻窗》约你写稿，你也没有同意。我觉得你还是有头脑、有主见的。"

巩亮插口说："不，我正觉得缺少头脑缺少主见呢！青红皂白还弄不清楚，我只好慎重。新来这儿，只想多看看多听听多想想。人生的道路，我还需要探索。"

"那你不承认你也是个自由主义者？"喻珊玉被一只婉转啼鸣叫得异常好听的翠绿小鸟吸引住了，她侧脸看着树上的小鸟，"你想探索一条什么道路呢？"

"现在还不知道。"巩亮思考了一下，又幽默地说，"我还停留在十字路口的起跑线上呢！……"

"我很欣赏你的坦率。"喻珊玉笑着叹口气说，"不管你怎么说，怎么想，我觉得你跟我似乎有相似之处。我觉得我们也许会谈得来的。"

巩亮点头说："是的，同你在一起，我感到愉快。"他这话是从心里流出来的，表达了真实的感情。说出话后，就有些脸红了。但看看喻珊玉，却发现她异常平静，似乎并没有听见或听见了并不介意。

喻珊玉说："我们这学校的校歌较有意思，你还不会唱吧？歌词有这么几句：'学术独立，思想自由，政罗教网无羁绊……'"

巩亮不禁想起了孙启先说的一些话，问："做得到吗？"

喻珊玉叹口气说："也许，自由主义者可能做到。"

"我们还向上爬吗？你不累吗？找个地方坐一坐吧。"巩亮见她出了汗，提议说。

"好吧，歇一歇。但是，歇一会儿还得往上走。因为我要带你看一个坟墓。我只要心情不好，就常喜欢来这儿逛逛，看看这个坟墓的。"

"坟墓？"巩亮惊讶地问，"谁的坟墓？"

"一个死了的女同学的坟墓。今天，是她的忌辰。她死去整整一年了。她的故事等一会儿我讲给你听。"喻珊玉在一块布满青苔的大石上铺好手绢，坐了下来，指指对面的一块石头说，"你坐呀！"

巩亮也坐了下来。这四周都长着马尾松和槐树。微风吹来清凉的青草气息和松树脂的芬芳。一对白头翁在槐树上飞来跳去，啁啾着发出婉转的啼声，好听极了。喻珊玉在拭汗，沉默着，突然似在艰难地思索着什么。巩亮不禁问："你好像是在思索，是吗？你思索什么？"

"呵，"她微微笑了，露出浅浅的笑窝，绿色的树荫衬着洁白的脸显得更美了，"我在想考考你！我们学的是新闻系，我们都希望做一个好的新闻工作者。你考虑过没有，怎么样才能做一个好的新闻工作者呢？"

巩亮笑了。这个问题，他想过，但思索得不深。真要"考"，就答不完整了，讷讷地说："我想，既然做新闻工作者，就应当为民喉舌。要有良好的品质，主持正义，坚持真理。要公正，要忠实报道，要不畏强暴，不畏权势，必要时甚至不惜以身殉职……"

喻珊玉的眼睛似在遐想，闪动着奇异的光采，像个老大姐那样地说："你说得对。不过，我要问你，要做到这些，我们应当怎么样呢？也就是说，怎么样才能做到这些呢？"

巩亮说："我想，正义的立场是不可缺少的，满腔热血是不可缺少的；爱我们的国家和人民，是不可缺少的！……"

喻珊玉扑哧笑出了声，摇头说："你刚来，将来你听听有些名教授的讲课，比如民营报纸的社长、总编辑的讲话，他们就会告诉你，要办好一个报纸就得'不党、不卖、不私、不盲'，四不主义！……"

巩亮说："我以前在《大公报》上好像看到过。《大公报》就是这样标榜的。"他立刻想到了高中时代的沈老师。沈老师说过《大公报》是"小骂大帮忙"。他沉吟起来，但没有把这番话说给喻珊玉听。

"对了！"喻珊玉说，"要做新闻记者，无党无派，不偏不倚，才能做到公正中立。倘若受党派影响，不是左就是右，能做到公正吗？能做到忠实报道吗？显然不能。让我们离开政治远一些吧！"

巩亮想，这倒确也有道理，有了党派观点当然是站在党派的立场，看各种事情也就会戴上有色眼镜了。但不禁诚实地问："你说你是中间偏左的自由主义者，既是中间，又偏左，怎么解释呢？"

喻珊玉伸手拔着身旁的一株野草，笑着说："中间，这我是不变的。偏左，只是因为我怕绝对的'中'办不到。对左，我在思想感情上比对右要接近一些。因此，我就这么说了。其实，我对政治没有兴趣。你是不是觉得我思想有点混乱？我可是怎么想，就怎么说。"

"可是，你父亲……"巩亮想讲：你父亲是这儿大学国民党区分部的负责人呀！……话到嘴边。没说出来。

喻珊玉完全明白巩亮要说的是什么，站起身来看看他说："你以为父亲与下一代都是那么一致的吗？不，不都是那样的。我的父亲也许如有些人所说的把我当作'掌上明珠'。因为母亲死了，他又只有我这样一个独生女儿。可是，我们在这些观点上，不但不一致，而且很不一致。正是为了要告诉你父女之间的分歧，或者说上下两代之间的分歧可能造成的悲剧有多大，我要带你到一个坟前，让你知道一个故事。"说着，她做了个手势，让巩亮跟着她走。

她的话余音消失了，巩亮却好奇地渴望再听她讲下去。他默默地跟着她，踩着窸窸窣窣的野草走向山顶。

绿草萋迷的小坟就在小山顶朝阳处，坟前有一块被狗尾巴草遮挡住一半的石碑。周围草丛里开着小小的黄花。在这儿，可以看到下边远处静静流逝的嘉陵江。

"就是这儿。"喻珊玉指着小坟，在旁边绿草丛中一块干净、平坦的长方大青石上坐了下来。大青石足够两个人坐。她拍拍身边的空位："来，坐吧！"

巩亮刚坐下，忽然发现墓碑上有一首诗，不禁起身蹲着看了起来。那镌刻在石碑上的诗是：

> 巴山的浓雾遮蔽了太阳，
> 封建的魔影到处游荡。
> 贫穷在豪富者的天平上下沉，
> 生离死别撕裂了我的胸膛。
> 愿你长眠在美丽的嘉陵江旁，

倾听怒涛且当我的歌唱。

我要去寻找明亮的霞光，

为扫除阴霾走上战场！

碑上还写着："邓星华女士之墓，唐澄民立碑献诗"。

巩亮回到大青石上坐下了。他和喻珊玉靠得很近，又闻到那股淡淡的紫罗兰花似的香水味了。巩亮急切地问："这是怎么一回事？"

"一个悲惨的爱情故事。"喻珊玉说，"两人都是这里的大学生，我都认识。两人相爱了，但邓星华家里富有，而且封建守旧，父亲是本地的商人，性子火暴，知道女儿和一个下江来的穷大学生恋爱，就禁止；禁止不了，就不让女儿再上学了。女儿爱着唐澄民，两人只好偷偷见面或请人代转书信，连我也假作去探望邓星华送过信。当时，男的约女的出走，女的没有勇气和决心。不久，两人仍保持接触的事被发现了，邓星华就被锁在家里不准出来，我们去也见不着。以后，她咯血了，得的是肺病。唐澄民常常蹀躞在她住屋周围想见一面。你看，她家就在那一带……"她用手指着嘉陵江对岸北碚西北角的方向，"那片高高的二层楼灰房子的旁边，有些雾气，看不清……"

巩亮随着她手指处眺望，确实看不清。其实看清了也不能消除心头那同情怅惘的情绪。巩亮问："后来呢？"

"当然见不到面，门是关的，窗是闭的。有一次，他还被邓星华的父亲派人揍了一顿，威吓他从此不准再在那儿逛悠。终于，邓星华服毒自杀了，抢救无效。临死前，她写了遗书，请求把她葬在这个青山顶上。她说，她想念学校，想看江水。实际，在学校时她常跟唐澄民到这儿来散步、唱歌、观看江水。她那铁石心肠的父亲总算答应了这个要求，她被埋葬在这里。但在这以后，奇怪的事也就发生了……"

巩亮被悲惨悱恻的故事吸引住了，心头浮起激动的热浪，问："怎么呢？"

"在她葬后不到一星期，唐澄民突然失踪了。没有人知道他去到什么地方。他带走了部分衣物，他的家是在遥远的江南战区，那儿早就沦陷，他当然不是回家的。从此以后，没有人再见过他或者听说过什么与他有关的消息……"

巩亮唏嘘起来。

"……然而，更使人奇怪的是。偶然有一天，有几个同学无意地来到这儿，却在邓星华的墓前，发现她家里竖的墓碑早被打断在一边，另一块新的青石墓碑镌刻着新诗，代替了旧碑的位置，顽强地竖立在墓前。"

故事讲完了，两人都沉默了。巩亮坐在喻珊玉身旁，觉得自己被一团浓雾裹住了。过了一会儿，喻珊玉站起来，在身边草丛摘了一束黄色的野菊花深情地放在邓星华的墓前。巩亮问："唐澄民是到解放区去了吗？"

喻珊玉看着那束黄色的野菊，说："有人这么传说，我们就不必去研究了。"她突然掉过脸来，端庄地说，"巩亮，你知道，我要告诉你的是别把我和我的父亲看作一个整体。他有烈火一样的威严，但我的人生大道，该我自己走。我不像邓星华。我孝顺他，但他做不了我的主。我爱他，因为他是我的父亲，他用全部的爱来爱我。母亲死后他也没有再结婚。但我长大了，我同他在思想上是'花开花落两由之'！我厌恶他放着教育学教授不做，却要从政。我甚至鄙视他，你懂吗？"

巩亮凝视着她幽深的眼睛，茫然地点了点头。

我伫立在墓前，只见湍急的嘉陵江水在不息地奔腾，冲刷着两岸，卷走了泥沙。一只小火轮拖着几只驳船正溯江而上。几声汽笛长鸣，仿佛在召唤着什么……

　　我瞭望对岸的北碚。当然已不是当年的景象了。当年的北碚小巧玲珑，绿树成荫。星期天或假日，我们从缙云坝渡江来到北碚，逛书店，坐茶馆，消磨一天半日，留下了许多难忘的记忆和脚迹。

　　去年春天，我到上海，见到了徐志轩。他一直在新闻出版机构工作，十年内乱中和我一样受过迫害。但现在身体、情绪都很好，是一家出版社的负责人。我们谈起了大学时代的生活，都很怀念北碚和缙云坝。我和他曾在北碚的一家小店吃过醪糟鸡蛋。他说："如果有机会到四川，一定要去北碚，再看一看嘉陵江，洗一洗温泉浴，吃一吃醪糟鸡蛋。"接着，他告诉我："你知道不？孔镇中带了他的美国新夫人来旅游了？"我惊讶地问："他不是大学毕业后结了婚双双同去美国的吗？"徐志轩慨叹地说："他对任何一个女人都是会很快厌倦的，早在美国离婚了。这方面的事，他是避而不谈的。"我愕然了，稍停，问："他入了美国籍？在干什么？"徐志轩点头："他继承了父亲的遗产成了银行家。听说也爱好文学，专门研究中国古典文学作品中的爱情诗。你想见见他吗？"我当时笑了，也不知道为什么要笑。但我诚恳地说："以后有机会，我倒想见见他！"

第六章　在湍急的嘉陵江上摆渡

经历过墓前的约会，巩亮对喻珊玉更加觉得不可捉摸，同时也更被她吸引住了。来到大学不久，他清楚地感到有各种力量在拽拉他——一种是孙启先他们的力量，一种是《新闻窗》那些同学的力量，一种是喻珊玉的力量。至于整天沉迷于恋爱的孔镇中和埋头读书不问一切的徐志轩，也算是两种力量。只不过，同前三种力量相比，后两种力量似乎微不足道了。

巩亮也说不清自己对喻珊玉是否产生了一种"爱情"。正如《少年维特之烦恼》上所说："谁个少男不善钟情，谁个少女不善怀春？"而他却还从来没有体验过恋爱的滋味。虽然喻珊玉曾说："我像个老大姐这样对待你。"但这样一个美丽、聪慧，遇事喜欢独自思考的女同学带点挑逗地同他接近，不能不对他产生一种难以抗拒的吸引力，以致不时会想念起她来。每当在图书馆里看书时，他总仿佛像鲁迅《伤逝》中的涓生在破屋里等待子君似的，希望听到她的脚步声一步响于一步地走过来，然后，突然看到她脸上带着微笑的酒窝。但是，却没有，一连几天也没有。他见不到她，也不敢到她家里或女生宿舍去找她。特别是听孔镇中说："女生宿舍那个女传达有一张凶恶的寡妇面孔。"他更没有勇气去了。他不禁想，大约喻珊玉就是那么一种豁达大方的女同学，她对我并无所谓，我何必敏感呢？一种上进心和渴望用知识充实自己的愿望，使他决定克服和舍弃这种渺茫的爱，回头到书本中、回头到探索自己的道路和寻求人生的真谛中去。这样，除了埋头学习，他对周围的事物格外关心了。他留意着校园里各种壁报的动态和争论，关心着《新闻窗》和《新新闻窗》上的论战……

这天是星期日。一早，巩亮收到了江津姐姐的汇款和一封信，姐姐的信写得很长，使他看了以后，心情久久不能平静。读完信，他决定过江到北碚邮局去取姐姐汇来的零用钱。听黄汉云说，北碚有《新华日报》发行站，实际就是一个书店，他也想顺便去找找有没有他想看的书。自从在《大公报》上看了参加中外记者团的记者去延安考察回来写的长篇通讯《中共十八集团军与陕甘宁边区》，又看了《新华日报》上一些关于解放区的报道之后，巩亮觉得眼前出现了一片新天地，他甚至认定那个打断了墓碑失踪的唐澄民，很可能是到那新天地去了。他不是说"我要去寻找明亮的霞光，为驱散阴霾走上战场"吗？这句诗给他留下了很深的印象，使他觉得自己了解得太少了。那么，就去想法多了解些吧……

这天一早，孔镇中打扮得衣冠楚楚，一转眼就不见了。徐志轩照例夹着书本独自离开了寝室。孙启先被张树椿叫走了。叶迅也不知去向。只有黄汉云在寝室里洗衣服。巩亮告诉他："我要过江去邮局取钱，你有事要办吗？"黄汉云摇摇头，眼也不抬，冷淡地说了两个字："没有。"巩亮这才独自过江。

太阳从小三峡升起的时候，巩亮来到江边趸船上。在这儿有几条陈旧的木船摆渡，每装满一船就驶航。嘉陵江面不算很宽但水流湍急，船要先用篙撑，沿着江岸逆水而上，然后再用桨划，趁水势斜冲到对岸去。过一次江，要半小时左右。巩亮上渡船时已经人满了，却一个熟人也没有。有同学在催："快开船吧，人不少了！"可是船工吸着烟袋不理睬。有同学用四川话在嘀咕："心硬是太黑啰！破木船装这么多人翻了船嘟咯办？"有人在骂："喻斌这家伙不是个东西，拿师生性命当儿戏！"有人高嚷："不能再装人了，快开船！"吵嚷声响成一片，趸船上的船工才来逐个收船钱，放木船启行。巩亮问身边挤站着的一个湖北口音的男同学："这摆渡的木船是属于训导长喻斌的？"男同学回答："这个船码头是国民党区分部和三青团那伙人的，喻斌当然有份。他们生财有道，几只破木船，低价雇几个船工，一天到晚来来回回摆渡，捞的钞票不少。说是赚了钱津贴他们办党务，实际是自己下腰包。训导长在这点上并不清高！"说完，讥刺地哈哈一笑，船上的同学也都带着鄙意地笑了。他忽然想到前几天喻珊玉在墓前说"我甚至鄙视他"的话来。

破旧的木船满载着几十个学生，挤得像沙丁鱼罐头似的，在嘉陵江上漂驶。江面上，激流分成许多股，互相冲撞、咆哮，显出势不可当的威势，仿佛是向破旧的木船示威。船工吃力地划桨，不时吆喝着："别乱动！别乱动！站好！站稳！……"好像船上的人要是摇摇晃晃就会翻船似的。巩亮在船上也捏了一把汗。好不容易，到了江对岸，心跳才平稳下来。

上了岸，爬上一个坡，便到了北碚。这是个挺干净、整洁的小镇，房屋林立，多数是平房和西式二层楼的奶油色房屋，有着漂亮的红瓦屋顶。这里得天独厚，早几年，日机轰炸重庆未曾光顾这里，市街没有受到什么破坏。街道两旁种着法国梧桐，浓荫蔽日。附近还有一个医学院，一个音乐学院和一个艺校。正逢星期天，在街上逛荡的学生特别多，更加显得宁静繁荣。巩亮向路人打听到邮局的所在，正往那里走去，不想迎面碰见孔镇中挽着一个打扮得十分俏丽的女生，正从一家卖醪糟鸡蛋的甜食店里出来。孔镇中仍是那副故作潇洒的傲慢样子，见到巩亮，得意地笑笑，招呼说："巩亮，你上哪里？"巩亮说："到邮局去。"孔镇中指着那女生说："介绍一下吧，音乐学院的高才生蜜丝吕。"又向她介绍："我同班的高才生密司脱巩。"然后问巩亮："今天下午她们学校有一场音乐会，你去不去欣赏？有蜜丝吕的独唱，票我可以给你设法。"巩亮心里明白，孔镇中是在炫耀自己，谢了他的好意，问："你们到哪里去？"孔镇中满面春风地说："我想在北碚找间好点的房子租了住。说实话，三斋三号那间破房子我住够了，我得超脱超脱。"说着，向吕小姐一笑。

巩亮心想，你搬走也好，不想同他多搭讪，就说："那你们快去找房子吧！"谁知孔镇中突然问："巩亮，怎么今天没有跟蜜丝喻一起来逛逛北碚呢？"巩亮没听清，问："谁？"孔镇中笑笑："喻珊玉呀！"巩亮脸倏地红了："我怎么会跟她来呢？……"孔镇中打趣地说："真会保密，当我不知道？你们真巧妙啊，不去沙滩会，却跑到学校后山上去幽会。老实告诉你吧，那天，你们从'江南春'上山去，我亲眼看到了，还想瞒我？"巩亮窘透了，感到有十张嘴也辩不清。那位蜜丝吕也在一边微笑。他慌忙说："没有的事，上山是去看一个坟的。"孔镇中不听他的解释，竟大声说："我等着你请吃糖了。老实对你说吧，喻珊玉已经三年级了，再有一年就要毕业。大学的女生嘛，'一年骄，二年傲，三年心里焦，四年没人要'，到了三年级她们就着慌了，何况你不但是才子，又是美男子。你想打高射炮，当然有希望。"在大学里，把低年级男生追求高年级女生叫作"打高射炮"。巩亮给他说得啼笑皆非，一心想赶快摆脱，说："孔镇中，你们快去逛逛吧。有话我们以后再谈。"他拔步要走。孔镇中见他那窘态，哈哈大笑："不过，我要奉劝你一句：'有花堪折直须折，莫待无花空折枝。'人都说喻珊玉是天鹅肉，这学校里从半空中摔下来的癞蛤蟆已经不少了。天鹅肉送到你嘴边，你可不要让她飞掉……"

巩亮已经走远了，后边的话也没听清。他气恼地想，这个纨绔子弟，真浑蛋！

在邮局领了姐姐汇来的钱，巩亮心里感到温暖。姐姐那和蔼秀丽的面容和那满含期望的眼睛浮现在他眼前；但想起生活的操劳使美丽的姐姐额上已经有了深深的抬头纹，心里又凄恻了。姐姐这次来信说："……通货膨胀，物价飞腾，只能寄这点钱给你。你就节省着用吧！

……最近，国际战局甚好。苏军进攻神速，第二战场开辟，德寇失败似已不远。日本东条内阁垮台，太平洋上美军收复关岛后正逐岛推进，形势喜人。唯国内战局太糟，河南、湖南、广西战事一败涂地，政府腐败无能，令人痛心。你母校上周因反对校长和总务主任克扣公费闹了学潮，被稽查所会同宪兵队逮捕了学生三人。前天，渝江师管区在河坝枪毙了五个逃兵。所谓逃兵，实系抓来的骨瘦如柴的老百姓。大家对特务、贪污、役政，无不愤慨。父亲为爱国而死，他如目睹今日种种黑暗，也当痛心疾首。我与你姐夫对现状看法不尽相同。他只知做他的医生，一切都不管。他叮嘱你的话，不要奉为金科玉律。我倒觉得中国的事中国人怎能不管！你是个大学生了，既学新闻，除用功求学，亦应关心时局。国家兴亡，匹夫有责。人生在世当有目标。记得父亲生前忧国忧民，实为我们楷模。我现在为家务和生活所累，无能为力，但对你寄予极大期望，希能善于体谅我心……"巩亮手里攥着姐姐汇来的钱，体味着姐姐信上的话，真像打翻了五味瓶，酸甜苦辣咸什么味儿都涌上心来了。

他收好了钱，决定到《新华日报》发行站去。他是第一次到这种共产党开的红色书店里去，不免带有神秘感和好奇心。他在街上逛了一圈，终于在一条街的南边，发现了《新华日报》的牌子。那是一间门面的书店，门楣上从右到左横写着"新华日报"四个大字，进进出出的男女青年学生很不少。

北碚的街道虽整洁，但野狗不少，黄狗、黑狗在街上窜来跑去。有些小家小户在门口街边生煤炉，浓烟飘得满街都是。巩亮疾步向书店走去，忽然看见叶迅正坐在斜对面的一个茶馆里喝茶，伸头张望着进出书店的人群，好像是在等谁的样子。巩亮同叶迅接触很少。这个人同黄汉云过从较密。自从那天晚上巩亮同孙启先散步被黄汉云看见以后，黄汉云就不大理睬巩亮了。可是，叶迅对巩亮仍很客气，见了面总是笑笑，有事没事也搭讪几句。在巩亮眼里，黄、叶二人都是左派同学，但叶迅比较随和，所以他对叶迅倒有点好感。此刻，他本想上前去招呼，又觉得没有什么事好谈，一招呼少不了要坐下陪他喝茶，反而耽搁时光，就放弃招呼的念头，佯作没看见叶迅似的，径直向《新华日报》发行站里走去。

星期天的《新华日报》发行站里，人真不少。门口围着一些人在看张贴的《新华日报》。店里的几个店员都穿着朴素，态度和蔼。不少书籍陈列在桌上和书架上任人翻阅挑选。巩亮从桌上拿起一本《群众》杂志站着翻阅起来。

正看得入神，忽然一只手搭在左肩上了。巩亮回头一看："啊，束川！"

束川面带微笑，说："巩亮，你在这里？"他的声调亲切友善。

巩亮说："来看看，我还是第一次来。"

束川点着头发蓬松的大脑袋，问："你想买点什么书？"

巩亮指指《延安一月》和《群众》及《在延安文艺座谈会上的讲话》等，说："这些我都想买。"

束川看着那些书，亲切地说："这些书我都可以借给你看。听说你经济也不宽裕，是姐姐姐夫维持的，是吗？这样吧，以后，我借书给你看。……"

巩亮一时说不出话来，说点感激的话吧，似乎是多余的。他感到有点局促了。

束川轻轻地说："走吧，这儿人多，不是谈话的地方。你还有事吗？"见巩亮摇头，又说："那我们一同回去，边走边谈吧。我早想跟你谈谈了。走！"他象个老大哥似的用手抚着巩亮的肩头，一起出了《新华日报》发行站。

巩亮走到街上，下意识地朝对面茶馆里看看，同叶迅眼光碰个正着。叶迅突然回过头去起身走了。

束川机敏地发觉了，问："茶馆里有认识的人吗？"

巩亮说："叶迅在那里。"束川"唔"了一声，说："叶迅怎么跑那儿喝茶呢？现在特务横行，经常有特务夹在茶客中躲在那里钉梢，看看谁到《新华日报》发行站去，斗争复杂呢。走，我们叫他一块儿回去。他在那儿喝茶不好。"说着，他脚步停了。

巩亮立刻说："我去叫他。"转身向茶馆跑去。到茶馆门口一看，叶迅不见了，又跑回来，告诉束川："奇怪，不在。难道我看错了？不，我肯定看到的是他。"

束川安慰他说："只要他不在那儿就好。你知道吗？他给《新闻窗》写了一首诗，题目叫"我要打倒……"，但写得太露骨了，全是口号。我们考虑到发表了对他、对《新闻窗》都不利，所以未用。我是怕他有些愣，容易吃亏。"

巩亮感到束川是个忠厚人，对他产生了好感。

束川说："巩亮，我们虽然是初次交谈。但我觉得你是一个很好的青年。是可以信任的。"

巩亮有点奇怪，坦率地问："你为什么信任我？"

街上行人不少，好在街上没有汽车，也没有黄包车，他们在街中心缓步走着。听到巩亮的问话，束川笑了："你这种坦率的态度就可以使人信任。当然，我信任你，是有根据的。我看过你入学时的作文卷子。从你的作文中，我看出你有忧国忧民的思想，有热血，向往进步和光明。你跟孙启先虽然是老同学，但你跟他不同。你有正义感，黄汉云刚到的那天，你就为他打抱不平，对吗？你订了《大公报》，又天天向黄汉云借《新华日报》看。可见你想多了解一些事情。我听说喻珊玉主动跟你接近，我看你和她也不同。她不愿跟她父亲一鼻孔出气，自称是个自由主义者，很自信。而你呢，正在找寻真理。我说得对吗？"

这番话说得这样亲切，洞察入微，真像冬天的一盆火，暖了巩亮的心。他被深深感动了，觉得面前仿佛站着一个值得信赖的老大哥，忍不住把姐姐的信拿出来递给束川，说："你真了解我。你看看吧，姐姐给我来的信。"

束川匆匆看了信，感动地说："你有一个多么好的姐姐呀！有这样的姐姐，你真是幸福。"

巩亮收起信，说："束川，你说得对，我确实在找寻真理。自从父亲死后，母亲又病故了。我从上海关山万里来到大后方，在江津依靠姐姐和姐夫上学。他们对我是不错的，也关心我的成长，但是，指导还是有限的，环境也很闭塞。一进大学我感到眼界开阔了，甚至有些眼花缭乱。所以我要多看看，不想盲从。但只要我找到真理，我会很坚定的。这你相信吗？"

束川点头说："我相信。我也赞成你多看看。找寻真理的道路有时候会很曲折的。只要不带偏见，锲而不舍，就一定会找到。"

哗哗的水声随风传来，奔腾不息的嘉陵江展现在眼前了。他们走过一段沙滩和鹅卵石来到渡口，候船的人很多。束川指指江畔右边一块有树荫的斜坡地，说："到那边去坐一会儿，好吗？"

巩亮点点头，两人便向斜坡地走去。看着蓝茵茵的江水向远处山峡流去，水波万叠悠悠荡荡，心旷神怡。忽然，束川高兴地说："巩亮，你看！叶迅来了。"

江风猛烈地扬起了两人的头发。巩亮转过头，果然见叶迅夹着一本书，正沿着沙滩上的小路向江边走来，不禁手卷喇叭高声招呼："叶迅！过来！……"

叶迅应了一声，满面笑容地朝他们跑来，老远就打着四川腔说："你们耍安逸啰！不过江回校吗？"

束川也打四川腔说："啥子安逸哟！候船的人太多了，我们在此地歇息一会儿。叶迅，你到北碚干啥子？"

叶迅走拢了，扬着手里新买的一本书，得意地说："看！我到《新华日报》买了一本《在延安文艺座谈会上的讲话》。嘴干了，又喝了一会儿茶。"

束川关切地说："你不知道，那茶馆里狗很多，以后还是不要一个人去的好。你买了书也要小心，不要就这么拿在手里张扬。万一遇到特务，找岔子麻烦。"

叶迅毫不在乎："我不怕！要是碰到狗，要咬人，我也不是孬种。"说着，往沙地上一坐，问："你们在谈些什么？"

巩亮说："随便谈谈。"

叶迅看看束川，突然变得严肃地说："巩亮，说实话，我感到你思想和我们有距离，所以，黄汉云和我平时并不想多同你接近。你同孙启先关系也太亲密，这种态度实际是倾向国民党和三青团……"

巩亮脸红了。束川似乎不同意叶迅的话，说："怎么那样看呢？"

叶迅向束川解释说："陈胖约他给《新闻窗》写稿，他不干，这我当然会有看法嘛！"

束川笑问："不给《新闻窗》写稿，就倾向国民党吗？"

巩亮忙说："我也没有给《新新闻窗》写稿啊！"

束川点头说："是啊！"

叶迅看着巩亮，那种眼光很特别，说："我是替你担心，怕你被孙启先拉过去。你看看国民党把我们的大好河山都快葬送光了！哼，要是有机会能到延安，我立刻就想飞了去。我决心追求真理和进步，但还没遇到真正的共产党人。我只有等待、寻找。我这人，也许有些偏激，但说实话，我在需要流血牺牲的时候，是不怕流血牺牲的……"

巩亮忽然产生一种形容不出的感觉，叶迅是自我表现呢，还是打击别人抬高自己？是鲁莽直爽呢，还是无所顾忌？……他沉思着没有作声。

束川也觉得叶迅太冒失了，看着渡船的方向，说："叶迅，你先回去吧！那渡船人快要满了，要开船了。我们一会儿就回来。"

叶迅看看束川，又回头看看渡船，站起身拍掉身上的沙土，说：

"好吧，那我先回去了。"

他这里一走，巩亮坦率地说："也不知为什么，我不太喜欢他。"

束川说："人是多种多样的。他有些偏激，不过一个人只要真心向上，就值得欢迎。"

巩亮看见叶迅已经走到江边上了渡船，还回过头来朝这边张望，心想束川说得对，点头说："是啊！……"

束川用手掠掠被风拂到额前的头发，笑笑说："你们那间寝室也很有意思，实际也就是学校的一个缩影。六个人各不相同，走的路子也不一样。有的是大少爷，谈恋爱的专家。有的是书呆子，埋头读书不问国事。有的是国民党三青团分子。有的是进步分子。而你呢？正在十字路口观察徘徊。不过，我相信，在这动荡的大时代中，你们寝室里的六个新生，迟早还会发生变化。"

巩亮听到束川用了"观察徘徊"四个字，陷入了思索。前不久，他曾对喻珊玉说过，自己是站在十字路口的起跑线上，确实是在"观察徘徊"啊！但束川说他们还会发生变化，又使他想不明白了。难道孔镇中会变么？黄汉云和叶迅会变么？他甚至觉得连孔镇中这样的花花公子和徐志轩那样的书呆子，都定型了，他们能变成什么样呢？……他陷入了沉思。

束川像个老大哥似的在继续说："巩亮。你发现没有，在我们系里，不同程度进步的同学是大多数，国民党三青团的人只是极少数，也有些人保持中立。为什么会这样？因为大多数同学都意识到自己的历史责任。我很赞成你姐姐说的话：国家兴亡，匹夫有责；人生在世当有目标。她希望你关心时局，也确实有许多问题值得想一想：中国应当往何处去？怎样才能得到抗战胜利？现在，战局这样糟，应不应该组织各抗日党派的联合政府，改革政治，领导抗战？如果你有兴趣，我们可以一同来研究这些问题，寻求答案。"

水声潺潺，嘉陵江在阳光下闪烁着奕奕的光彩，欢快地奔流。巩亮点点头。束川又突然问："你觉得喻珊玉怎么样？"

巩亮一时竟不知如何回答，发窘地望着束川。

束川也不追问，好像自言自语说："她是一个有个性的女同学，也很聪明。她不想跟她的父亲走，对她来说，是很难得的。不过，我认为，她那自由主义，在政治上很难行得通。"

对岸有只渡船刚到，船上又下来了许多人。巩亮望着那些说说笑笑的人群，问："为什么？"

束川说："你想，在战场上双方已经开枪射击，子弹横飞，那些站在枪林弹雨中间的人，摆出一副昂首超然的姿态，能立得住吗？何况世界上的事，总有是非，对真理与荒谬、进步与反动、善与恶、美与丑等等，怎么能等量齐观呢？依我看，喻珊玉的自由主义，其实就是逃避现实。"

天还有点热，但江边有风，吹在身上凉爽宜人。听到这些话，巩亮想了想，提出一个问题："那么，做记者不应当无党无派、不偏不倚、公正中立吗？"

束川爽朗地笑了，和善地说："有绝对的不偏不倚和公正中立吗？恐怕没有吧？做新闻记者讲究尊重客观事实，说真话。比方说，那天迎新晚会，如果要你写一篇报道，你怎么写呢？你怎样看待和报道张树椿他们退出会场的事件呢？这就会涉及你的观点和立场，你对是非的评价……"

束川的话还没有说完，江边突然传来一阵人声喧哗。巩亮和束川伸颈张望，只见那边闹哄哄地围了一群人。巩亮眼快，说："孙启先，还有张树椿！"

从站着的斜坡上望去，从时散时聚的人群中间，可以看到孙启先、张树椿和另一个穿皮夹克的人，正抓住一个报童模样的少年不知闹些什么。那报童说话声音挺大，正在高声吵嚷。束川忽地站起来，说："走！去看看！"

他俩很快就来到人丛中间。围着的已有好几十人，多数是学生，男女都有。只见那报童挣脱了那个穿皮夹克的人，涨红了脸说："你们拿了我的报纸看，不给钱，也不还报。我问你们要钱，你们说：'《新华日报》是共产党报，共产嘛！还要钱？'我说：'好！你们不给钱，我就不要了。'你们就说我侮辱了你们，要没收我的报纸。你们讲不讲理？告诉你们，想存心欺侮我，办不到！……"

孙启先对围观的人说："别听他胡说。"张树椿把脸一虎，对报童凶吼："你放明白点，你散发非法传单！"那个穿皮夹克的矮个子又扑上前去抢报袋。报童闪身躲开，毫不示弱地说："我送《新华日报》，非什么法？……"穿皮夹克的矮子大声号叫："你卖《新华日报》就是非法！……"说着，竟出人意外地掏出了手枪来，"啪"的打了报童一个耳光，夺走了报袋。报童哭了，一手捂脸，拼命冲过去抓住了那报袋死死不放。

看到这情景，一股无名火顿时从巩亮胸中升起，正想上前，束川已经挤开身边的人挺身而出了，他往穿皮夹克的矮子跟前一站，严厉地说："《新华日报》是政府登记准许出版的。怎么叫非法？"

那报童挨了一巴掌，很坚强，也十分机灵，马上搭茬高声说："报纸能出版，我就能卖。我为什么不能送报？你打人，还拿手枪吓唬人，我不怕！……"

看热闹的人越来越多。这事已激起了大学生们的公愤，纷纷质问那掏出手枪的家伙："你是哪部分的？""你为什么打小孩子？""你一不是军，二不是宪，三不是警，你凭什么持枪威胁人？"束川紧逼一步说："你动手打人，讲不讲理？这报纸是我们学校里学生订的，他送报有什么罪？"有些学生们嚷成一片："揍他！这家伙准是个特务！""他身上准有特务证！把他的特务证扣下来找他上级告他！"……

群众的质问、指责形成一股巨大的压力。见众怒难犯，情势不妙，穿皮夹克的矮子把枪插回腰里藏起来了，张树椿把装报纸的布袋朝报童面前地上一扔，说："还你！快滚！"转身走开了。束川上前一步，将被扔在地上的报袋拾起来拍拍沙土递给报童，说："走吧！上船，我们一块儿摆渡过江。"那报童灵巧地接过报袋，突然飞起一脚，踢在穿皮夹克的矮子腿肚上，说："你打我耳光，我得踢还！"转身挤出人丛往渡船上去了。矮子挨了一脚，不肯干休，拔脚去追报童，束川伸手挡住了他。有人嘲笑说："一巴掌换一脚，公平合理。"那矮子同束川闹起来，说："你拦我干什么？"束川还没开口，孙启先也两步跟过来，冲着束川凶狠地说："你少管闲事！你想干什么，想动手打人吗？"他倒打一耙，依仗着自己比束川壮实，摆出了要打束川的架势。

巩亮在一边早憋满了气。小学时那次同孙启先打架的情景又浮现在眼前。他怕束川吃亏，忍不住飞步上前，突然插到孙启先和束川之间，一抬手挡住了孙启先那只挥舞着的右臂。他的眼睛里像是迸跳着火星，吼道："不要欺侮人！"

孙启先先是一惊，待他看清了是巩亮，眉头一皱，缩回手说："你又多管闲事做什么？……"

巩亮没理他，对束川说："走吧！"拉起束川紧跟着那报童一起上了江防摆渡的木船。

许多本来围观着的学生也纷纷上了渡船。孙启先和张树椿以及那个穿皮夹克的矮子，先是气得像鼓着肚子的蛤蟆，愣在那里站了一会儿才回身朝北碚街上走去。巩亮看到孙启先做着手势，边走边同张树椿交头接耳，不知说些什么。

上了木船，挤得满满的一船人还在纷纷议论刚才的事。船工收了船钱，用篙撑船离了岸。巩亮紧挨在束川身边，默默无语。他因为刚才的一场事，心情很不平静。起先，他在人丛中虽然气恼，但并不想同孙启先当面锣对锣地敲响的。谁料，孙启先要对束川动手，他终于忍不住了。他不禁想，什么事要保持中立看来还很难呢！比如刚才的事，不同情不支持孙启先他们，你就得同情、支持报童和束川。怎么能不偏不倚？怎么能无动于衷不闻不问？……这样想着，他心里忐忑起来。

那报童坐在船头，望着远处白雾缠绕的缙云山，忽然扭回头来，对束川和巩亮笑笑。笑容里有感激也有得意。这是个长得挺聪明秀气的孩子，只是瘦了些，脸色也有些苍白。巩亮也对他笑笑，又想起刚才他那样不畏强暴，心里不禁油然升起一种钦佩之情。

渡船正在回旋的江流中破浪前进，船工掌着舵把子又在叫了："别乱动！别乱动！站好！站稳！……"江上的清风吹得巩亮的黑发覆盖到额上，阳光在他的脸上涂了一层金色。他皱眉思索着，脸上的神情就像一个沉思着的塑像。束川站在他身旁，抬手抚着他的左肩，像对兄弟一般亲切地说："巩亮，经历过刚才的事，我觉得我更了解你了。"

巩亮没有说话，但他的眼睛晶亮晶亮，整个面容仿佛给一种新的思想、一种新的火烧红了！

木船在险恶的嘉陵江激流中，正艰难缓慢地向对岸驶去。

今年初夏，我终于见到了又一次回国观光的孔镇中。嗬，他确是一副银行家派头，人发胖了，挺着大肚子，做工精致的笔挺西装，翩翩的豪富风度，手上的钻戒闪烁刺眼。但岁月不饶人，他的头顶已秃，双鬓也白了。他给我介绍了他那年轻得可以做他女儿的美国新夫人，用怀旧的心情回忆大学时代缙云坝上的生活。在这次友好的相聚中，我们终于发生了一段争辩式的对话。

　　他说："巩亮兄，我们走的道路完全不同，那时候，刚进大学就不一样。"

　　"是呀！"我回忆着说，"那时，我们本来住在一间寝室，后来，很快就分手了。"

　　他笑笑说："唉，岁月流逝，你不觉得你所得到的太少吗？当然，你已是一位作家，比起有些进步同学来很不错了，但你究竟身上有伤痕，而且还不富有，没有值得炫耀的产业。"他的语气有同情和惋惜。

　　我也坦率地笑了，慨然地说："人所追求和羡慕的总是不尽相同的吧？你没有想过吗，当年，和我一样的那些同学，从一开始就没有想做商人。我们有另外的理想。尽管这些年来，我们沐浴过疾风暴雨，但颇感自慰：我们为原来的信念和理想作过不懈的努力，我们始终没有离开过生育自己的土地和祖国，我们没有辜负自己的初衷，为国家民族的前途、人民的利益和社会的进步，尽了应尽的一分义务，因而感到幸福。你大概就不会有这种感受。"

　　他虽然没有肃然动容，却沉吟了，最后，带着感情地说："是啊，逝去了多少年岁，我所拥有的已经不少，但总还像缺些什么。春花秋月，剩下的常是游子的乡思和离愁。我们确不相同，也许你是对的……"

后来，直到亲切握手分别，他没有再露过笑容，似乎一直沉浸在一种复杂的感情中。

第七章　没有惜别之情的分离

巩亮确实不曾想到，就在这个星期天，三斋三号寝室里的六个人，竟就有三分之一——两个人分离出去。

上午，同束川回校，吃过中饭便分手了。巩亮独自回到寝室里，不见一个人。黄汉云和叶迅挂起的一条绳子和孔镇中那条铁丝上都晾着湿衣、湿袜，发出一种刺鼻的难闻的味儿。铁丝上晾的是孙启先的衬裤和臭袜子，滴下的水将地面搞得水汪汪的。孔镇中的铁丝是"禁区"，只准许孙启先晾衣，也对巩亮表示过可以"优待"。巩亮宁肯将湿衣晒到屋外树枝上去，也不愿沾他的光。结果，前天，一件晒在树上的汗衫却被人偷走了。

巩亮看看湿漉漉的地面皱皱眉，忍受着刺鼻的味儿拿起英文新闻写作课的讲义来阅读。刚坐下，孔镇中满头大汗地回来了。他掏出雪白的手绢拭着汗，喜滋滋地说："哈，巩亮，你在这儿，太好了！你帮帮我忙吧，我马上撤走！我在北碚找到房子了。"

巩亮见他情绪很高，说："何必这么急促?"

孔镇中从床下一只木匣里掏出一把刷子，将已经锃亮的尖头皮鞋擦得更亮，说："这间破屋子，我早住够了，去心似箭矣！"他望望黄汉云的床，破席上的被子没有叠，一床小小的破床单很脏；又望望徐志轩的床，床上杂乱地堆着书报和脏衣；再看看湿漉漉的地面，哼了一声："真是鲍鱼之肆，我是非赶快逃掉不可！"

巩亮说:"早上在北碚见面,你不是说下午还要欣赏音乐会吗?"

孔镇中摇头,放下鞋刷。"搬家比欣赏音乐会重要,那种机会以后多的是。"他一边说,一边狡黠地笑着,整理起自己的东西来。

巩亮帮他收拾行李,把杂物装进大旅行袋。孔镇中慌慌忙忙地取下了挂在墙上的领带、衬衫、西装上衣全装进箱子,说:"有些东西下次我再来拿,先把要用的东西带点过去。"见巩亮真心诚意地在帮他出力,他不无感慨地说:"巩亮,你这人不错,所以我愿意跟你说说心里话,作为临别赠言。你对什么事都比较认真、规矩,这当然好。但人生在世,什么都不能太呆板,太傻气。你不像徐志轩是个书呆子,不要跟黄汉云那种穷光蛋走左倾共产的路,也不必学孙启先做'拼命三郎石秀'。依我说,你长得英俊又有才华,完全有条件把喻珊玉那只金丝雀儿逮在手里。喻珊玉确实是挺不错的。不但长得漂亮,多才多艺,而且他父亲是……"

巩亮用力抽着行李卷上的绳索,打断了他:"孔镇中,扯那些干什么?"

孔镇中停下手来,一本正经地说:"我这是为你好呀!我知道,她对你有点兴趣,你要是把她攥到手中,那你就算是掌握了前途和未来。你不认为你自己的长相和才华是笔财富吗?你用这笔财富去猎取了她,你就会得到一个美人,一个好丈人,毕业后的工作、未来的事业,都可从此发轫。"

巩亮有些气恼,觉得纨绔子弟的庸俗话伤害了自己的品格,说:"你胡扯些什么呀!"

孔镇中说:"我是把心里话无保留地掏给你了。说实话,喻珊玉实在太可爱了,我对她本来并不死心,只是因为见她对你有意思,我才放弃的。你父亲死得早,你有了她,也就有了她父亲做靠山。我知道,你对国民党没兴趣。可是,那有什么关系呢?你也可以像喻珊玉那样,我行我素嘛。"

巩亮已经把孔镇中的行李卷捆好。他知道，孔镇中谈的这些确确实实都是他的心里话，但自己与他的人生哲学不同，总摆脱不了对孔镇中的那种厌烦感，反问道："早上见到跟你在一起的那位音专的蜜丝吕，你是为了什么追求人家的？"

　　孔镇中笑笑说："她长得还不错吧？说穿了，就仅仅是为这一条！你知道，我现在有个好老子，钱，我不缺。大学混毕业了，我就去美国镀金，花钱买个博士也不难。我现在只是逢场作戏，我未来的妻子是什么样子，我现在还没有画出蓝图来。"

　　巩亮见他已经把帆布袋扎好，说："好了，走吧！我送你到渡船上去。不过，到了对岸，你可就要自己吃苦了。"

　　孔镇中捋起西装袖子，看看手上的表，笑笑说："你送送我，我当然高兴。不过，这不能麻烦你出力。我已经跟黄桷树下茶馆店的老板说好了，他派个'幺师'帮我挑到江边去。你等一等，我去把他叫来。"说完，掏白手帕拭着汗转身出去了。

　　巩亮也出了汗，便拿着毛巾和脸盆去宿舍后边，从贮水缸里舀水洗了洗。刚洗好回来，孔镇中已带着一个头缠白布脚穿草鞋的青年回来了。那青年人用绳子挽好行李，挑起担子说："走吧！"

　　巩亮心里已不想送孔镇中了。但刚才说了送他，又不愿言而无信，只好陪他去江边。

　　孔镇中笑笑说："代我跟同寝室的几位说一声吧，就说我搬走了。君子绝交也不说恶声，何况除了那个姓黄的，大家都还过得去。我走后，你可以睡我的铺位。我围出一片小天地来，这些板呀，铁丝的我都不拆，留给你。"

　　巩亮摇头说："算了，我懒得再搬，谁爱睡就让谁睡吧。"三人一起走出三斋三室，向江边林荫道走去。

　　正是中午，太阳光强烈，仍有"秋老虎"的余威。那挑担子的青年人晃晃悠悠一颠一颠飞步走在前面，孔镇中和巩亮紧紧随后跟上，吹着江风身上仍然冒汗。一会儿，就到了江边的林荫道上。江上有汽笛声："呜——"是轮船在破浪行驶。巩亮看着那只驶往合川去的轮船，说："这以后，你上课要来回渡江了。"

孔镇中打趣说："给你未来的岳父多孝敬点船钱，我也心甘情愿。"又说，"我已将课程尽量集中选在四天上。为了住得舒适方便些，我宁可来回花点时间。再说，我已托人继续在东阳镇或黄桷镇找房子。找到好房子，就再从北碚搬过来。"

巩亮心里明白，孔镇中一定是急于要去同那音乐学院的女生同居、幽会，也不想多管他的闲事。看看快到江边校门下台阶的地方了，就说："好吧，孔镇中，我就送到这里止步了。"

孔镇中热情地伸出汗津津的手来，叹口气说："唉，我这人就是好动感情，真要离开，却又有点离情别意了。"他紧握住巩亮的手不放，"你送我，我很感激。我还是要劝劝你一切都不必太认真，包括读书在内，不要太用功了。现在这战局你又不是不知道，鬼子垂死挣扎，像疯狗咬人。政府今天弃守祁阳、零陵，明天弃守全县、梧州，按这打法，我们能不能在此安心把书读下去也是问题。我父亲来信，重庆朝野对时局均无信心，何论其他。我的意思是：'好花不常开，好景不常在'，倒不如自己找点快乐。北碚音乐学院有些学生星期六晚上开Party（舞会），我有了房间，也要举行。如果你愿意，以后带了喻珊玉来参加。"

巩亮觉得"话不投机半句多"了，放开孔镇中的手摇头说："我对跳舞没兴趣。"见那年轻人已将箱子行李挑到江边上的趸船，说："你快下去吧，渡船快开了！"

孔镇中笑笑说："还有，以后要有机会，周末跟我一起到重庆玩一次，就住在我家里。我可以用'雪佛兰'轿车陪你兜风，看电影、吃馆子、跳舞，保险叫你玩得痛快。"他点着头转身匆匆走下石梯。在通往趸船的那片沙滩上，有群小男孩高兴地在跳跳蹦蹦，又叫又喊，望着江中那艘火轮沿江追跑。

巩亮独自沿着林荫道走回寝室，心里波涛起伏。孔镇中方才讲的话，使他忧心忡忡。一是战局，战局确实太坏，湘桂大溃败造成人心惶惶，照此下去，恐怕真的难以安心读书了。再就是喻珊玉，孔镇中那些话，撩拨得他心烦意乱。他仿佛突然看到了喻珊玉那双幽深的眼睛，就像掩映在流云里的月亮；每一想起，就有一股热流涌上心头。喻珊玉曾对他说："有时候，我感到孤独，连谈心的人都没有。"这话烙进了他的心底，时常想去安慰她的寂寞，排遣她的孤独，想不断看到她，听她讲话，闻到她头发上和手绢上散发出来的那种素淡的紫罗兰芳香……他觉得不是像孔镇中所说的他能将她攥在手心里，而是他被她攥在手心里了。可是，这一切，却同她那担任训导长兼着国民党、三青团负责人的父亲喻斌无关！他心中丝毫没有孔镇中所说的那种寻找"靠山"的念头。在他看来，存有这类龌龊的念头，就是对自己心灵的污辱，对喻珊玉的亵渎……他感到一种过去未曾经历过的寂寞。为什么会这样呢？自己也说不清。总之，他渴望见到她，向她倾诉胸中积聚的一切。

遗憾的是，到哪里找她呢？他不愿去她家里，虽不知她家在哪里，打听总是方便的；他知道她在女生宿舍里有铺位，听说常住宿舍很少回家，但今天是星期天，她会待在宿舍里吗？可能不会。听孔镇中说女生宿舍传达室里的那个老妇人喜欢摆出寡妇脸来给男生看，他也不想去乱碰钉子。他终于克制住了心头的想念，独自沿着林荫道走回寝室去。他想回寝室独自再看一会儿书，来解除寂寞。

走着，走着，看见前边大黄桷树下茶馆里外全坐满了在喝茶、看书、摆龙门阵的同学们。四川本地的习惯已经传染了大学生。大学生们把茶馆当成了上课以外最好的栖身之所。花一点点钱，泡上一盖碗沱茶或者白菊花，再或干脆来一碗"玻璃"（白开水），就可以在躺椅上消磨盘桓数小时。愿看书，可以悠闲地看；愿谈天，尽管墙上用红纸贴着"莫谈国事"的标语，仍可以高谈阔论；当然，下棋、打瞌睡就更无问题了。巩亮摸摸口袋，早上从邮局里取出的汇款还原封未动地在裤袋中的手绢包里。他忽然想，不如回寝室去拿了书，也到黄桷树下泡碗茶，边休息边看看书，排遣一下心中的杂念与寂寞，就加快了脚步。

没想到，忽然有人高声叫他："巩亮！巩亮！"

他抬头循声望去，原来是孙启先同张树椿一起，坐在黄桷树下的躺椅上喝茶聊天。孙启先正招手在喊："巩亮！过来，来喝茶！"

巩亮不想过去，犹豫一下，对着孙启先摇摇手，指指寝室的方向，表示他要回寝室。在经历了上午那场冲突以后，他对孙启先产生了一种反感。他觉得孙启先一伙的行为，简直不像有文化教养的大学生，倒很像希特勒法西斯的"盖世太保"，尤其是孙启先，简直同《打渔杀家》里的那个装腔作势的"教师爷"没有两样，使他感到羞与为伍。

转了一个弯，便见不到孙启先他们了。他走在一道竹篱笆外有冬青树的小径上，心想，孔镇中走后，寝室里只剩五个人了。五个人里，他既不喜欢叶迅，也不喜欢孙启先，对黄汉云不满意，对徐志轩也没有兴趣。"道不同不相为谋"呀！下学期要设法找个好的寝室，同室的人即使不是志同道合的，至少也该像井水与河水那样互不侵犯才行。

想着，走着，迎面看见陈胖站在不远处，两手拿着一张报纸，七八个同学围着他，一边看一边议论纷纷。他好奇地走上前去，见他们看的是一张当天的《新华日报》，头号大标题很触目："重庆各界各党派各阶层代表冯玉祥、覃振、邵力子、黄炎培、沈钧儒等五百余人集会，要求改组国民政府成立联合政府"。另有一行小标题是："全国舆论及美国民主人士亦提出同一要求"。

陈胖正在那儿愤愤地说："河南、湖南、广西打得一败涂地，军政腐败，再不建立联合政府是不行的了！"

一个大高个儿的学生插嘴："当局现在是防民之口，胜于防川。"

一个干瘦穿长衫的四川学生议论："挽救目前时局危机的唯一办法，就是立即召开国是会议，改组国民政府和统帅部，成立联合政府。"

陈胖见巩亮站在身边，也没有招呼，自顾说："除了反动的家伙，除了糊涂蛋或者冷血动物，都是人同此心，心同此理！"

巩亮已经把头条标题下的新闻报道匆匆浏览一遍，心想，这报纸该是上午见到的那个报童送来的，孙启先他们捣乱，说不定就是因为报上刊登了这条新闻呢！……

"中国缺乏一个为推进战争到胜利所必需的民主制度。现在人民自由毫无保障。要有保障，只有组织联合政府。"陈胖还在继续发表感想，慷慨激昂，"《新华日报》刊登过八路军、新四军历年战绩。七年中，大小战斗九万多次，毙伤敌伪军八十几万人。解放区现在人口已增至八千万，正规军近五十万，民兵有二百万。今年以来，政府一直在惨败，解放区却不断在收复失地消灭敌伪军。政府居然还厚颜无耻地不承认解放区，要'限期取消'抗日的军队，真是荒谬绝伦可笑之至！……"

这些具体数字和情况，巩亮从前没看过《新华日报》，是不清楚的，听了当然觉得新鲜，但也有点将信将疑。他想，如果真是如此，抗战胜利就有希望了。他站了一会儿，但没有听到更多吸引自己的内容，兼之陈胖对自己似乎视而不见，便决定回寝室看书，就轻轻移步离开了他们，继续走回三斋三号寝室去。

进了寝室，别的人依旧没有回来。孔镇中的床铺上空荡荡的，只有他搽头发用的那种"司带康"发蜡的气味仍在。巩亮用一把破扫帚将肮脏的湿漉漉的地面扫了一下，然后朝自己床上一坐。心里估计，黄汉云可能会从自己的上铺搬到孔镇中那铺位上去。一想，又觉得不一定。因为，那样就同孙启先面对面地对床睡了。他们之间极不协调，见面互不搭理，虽未吵架，大家心里有数，分歧和矛盾是尖锐的。两人挪到那么靠近的床位上，孙启先不乐意，黄汉云也不愿意。看来，倒是叶迅可能搬到那床位上去……唉，大学里的情况竟同自己在江津那个小县城里上的国立中学差异如此之大！政治见解的对立是这样水火不容，政治上的斗争几乎每日每时在发生、扩展，逼使每个人都必须表态。即使像孔镇中、徐志轩，好像都避开了政治，实际也有自己的态度；即使像自由主义的喻珊玉，她说她对政治没有兴趣，而束川却已经对她有了政治上的估价，她自己有孤单寂寞之感，不也说明是她想远离政治的结果吗？……

巩亮强迫自己安下心来，又重新拿起未看完的英文新闻写作讲义继续阅读。不多一会儿，忽然传来一阵"托托"的脚步声，一听那急促和沉重的硬底皮鞋的声音，就能猜到是孙启先回来了。果然，当巩亮抬起头来时，孙启先已经叼着烟出现在门口。那冷漠的黑黑的脸上配着一双阴郁的眼睛，射出一种骄横自得而又顽固自信的光。此刻，当他同巩亮的目光相碰撞时，明显地在克制自己，似笑非笑装作友善地说："巩亮，怎么刚才叫你喝茶，你不理？架子真大啊！"

"我急着要回来看书。"巩亮回答，又继续看他的讲义。

"孔镇中这家伙搬走了？"孙启先看看他那搬空了的床铺。

巩亮点点头："他搬到北碚去了。刚才我送他到了江边。"

"这家伙！好在有个靠囤积居奇发国难财的银行家爸爸供他挥霍。这下搬到北碚，不但找女朋友，连嫖妓女也方便了。"孙启先随手扔掉烟蒂，又用皮鞋踩灭。

巩亮吃惊地看着孙启先，被他说话的粗鲁震惊了，也想不到大学生里会有那么腐化的人物。

孙启先往自己床上一躺，叹口气说："巩亮啊，你这人真是一点交情也不讲了！我原先以为我们是小学同学，到了大学又是同学，很不容易，我们是会互相扶持同舟共济走一条道的。谁知你丝毫不听老同学的劝告，一头栽到共产党那边去了！……"

巩亮皱皱眉说："你这是什么意思？"

孙启先的声音激动得有些发颤，怪模怪样地笑道："什么意思？你自己不懂吗？我说你是完全站到共产党一边去了！今天在对江，你同束川裹在一起，这且不说；我们同束川发生冲突，你就算不帮我这个老同学，至少也该保持中立吧？可是你呢，公然挺身而出，对我横眉怒目。说实话，我念旧，张树椿又用手拽我的衣服要我克制，要不，那就大家都难看了。你难道事前事后都没想过吗？"

巩亮脸上了无笑容，坦率而严肃地说："确实我没有多想，我不过是路见不平，出于义愤才站出来的。你们就是不对嘛！我的性格你该知道，从小就是这么个脾气。"

孙启先好像抓住了什么把柄，说："呵，你的意思是说，你并没有站到共产党一边？"

巩亮坦然地说："至少，到现在为止，我还不认为我是这样。未必跟束川在一起，或者帮他说了话，就是站在共产党一边？"

"当然！"孙启先猛地从床上撑起身来，"据我们了解，这个束川，肯定是拿卢布的，张树椿他们早叫他'束川斯基'了！他同你谈些什么？难道他没有在你面前散播过蛊惑人心的共产党言论吗？"见巩亮面上木然毫无表情，他继续说："你既然没有站到他们一边，那是你的幸运。巩亮，作为老朋友、老同学，我对你是仁至义尽的，一心为了你好。我告诉你，明天我就要搬走了，我要同张树椿他们一起去住了。我搬走以后，希望不减少接近的机会。临别之前，我想再劝告你几句，做人心上得有把秤，遇事得先称一称，值不值得，够不够分量？跟共产党走是不会有好处的，搞得不好要掉脑袋。你别看现在'束川斯基'之流操纵了新闻系的系会，我们是不会容忍的。我们将努力纵横捭阖，在最近就向敌人收复失地！"

巩亮反驳一句说："大敌当前，日寇正在垂死挣扎。前方惨败，难道你不认为我们的大敌是日本帝国主义？"

727

孙启先摇头冷笑："从长远的观点来看，从历史上来看，从国内形势来看，最危险最有威胁的敌人是共产党！毋庸置疑。"

巩亮愕然地望着孙启先，他说话时那股狂势的劲头，那股强烈的跋扈自信，使巩亮十分吃惊。

孙启先喷溅着口水，挥动着拳头说："巩亮，你应当考虑你的前途。"

巩亮望着窗外，绿树在秋天的阳光下生意盎然，白云像乘风破浪的白帆在蓝天浮动。沉默一会儿，巩亮发自内心地问："你认为国家的前途不要考虑？"

孙启先一愣，没有想到巩亮会突然提出这样一个问题，瞬即镇定下来，说："谁说不考虑？委员长早说过了：'抗战必胜，建国必成。'拥护国民党，才有国家的前途。"

"你不觉得政府腐败无能？最近的战局难道你不焦灼？"巩亮又平静地问。

听到这话，孙启先紧绷着黑脸几乎跳了起来："巩亮，你真的左倾了！完全受了共产党的骗，论调和他们毫无二致。你要明白，他们是想推翻政府！"

巩亮摇头，说："不，我是自己在思考、比较，才提出问题的。我并没有推翻政府的想法。但我确确实实认为政府像现在这样，无论如何不行。"

孙启先擦火点烟，深深吸了一口，吐出一团浓烟来，说："不要动摇对政府的信心吧！巩亮，国家至上，民族至上，一个主义，一个领袖。我们从小不是每逢纪念周都要唱党歌吗？'三民主义，吾党所宗'！……"

巩亮想，这倒也是，从小上学，学校里都按规定每星期一早上做"纪念周"，唱"党歌"，背"总理遗嘱"。但是这种仪式，谁也无所谓。也许孙启先是通过大脑考虑过的，他巩亮却从来不认为那是他的信仰。

他忍不住说:"唱是唱的,但那不是我的党歌,更不是我的主义。我不像你是国民党员。我现在还不想盲从那些东西。"

孙启先耸耸肩做个怪相,说:"正是因为我感到你是个带点自由主义色彩的人,我才这么努力争取你。也许,这是最后一次对你推心置腹了。我同张树椿他们商量过,只要你同我们站在一起,成功的道路就展现在你的面前。比如说,你每月会有比较多的固定收入,无须依靠你的姐姐、姐夫负担了。毕业以后,你可以有选择良好职业的机会,中央通讯社、中央日报社随你挑,而且,不会让你当普通记者。最近,最高当局为组织一支青年军抗日,将要发动一次'十万青年十万军'的运动,也就是'十万知识青年从军运动'。大学生里必然有大批人从军。假如你能响应号召从军……"

巩亮再也忍不住了,红着耳根,几乎像是被火烫了似的说:"你是想收买我吗?我是不会被收买的!从军抗日虽不是坏事,可我不想受命去干你们想干的事,我不想受人利用!"

孙启先吐出一个烟圈,说:"你听我说呀!假如你能响应号召从军,只需做个姿态,就可以穿上军装坐飞机出国游历一次——印度要我们派个青年大学生的代表团去加尔各答等地访问。你去游历十天半月后回来,仍旧照样上你的大学,不要你上前线。"

巩亮诧异地问:"那是为什么?"

孙启先刚要回答,门口脚步响,进来了叶迅。叶迅一头撞进来,他那两只狐疑的眼睛朝孙启先看看,又朝巩亮看看,说:"呵,你们在,在聊天?"接着径自在徐志轩的铺位上坐了下来,搭讪地问:"你们在谈些什么呀?"

孙启先不满叶迅进来打岔,没好脸色地看看他,也不回答,吐了一个像"O"字的大烟圈,对巩亮说:"走,我们出去逛逛。"

巩亮也没理叶迅,但不想同孙启先出去,摇摇头,说:"我不想逛。"

叶迅倒挺识相，看出两个谈心的人不喜欢他在一边打扰，站起来说："你们谈吧，我还有事要出去。"说着，真的走了。只不过，临走看了巩亮一眼，那难以捉摸的眼神冷冰冰的，充满诡秘。

叶迅一走，孙启先骂了一声："他妈的！……"接着又对巩亮说了起来："你带个头，那对发动大家从军会有大作用。张树椿和我也准备从军，陪你一起出国游历。当然，我们不是真的去当青年军，如果我们走了，这个学校的阵地岂不完全出让给'束川斯基'他们了吗？那是万万不行的。我们这些骨干只能名义上从军，要去而复来。回来后，立即大干一场，非把共产党在学校里的势力赶出去或彻底打败不可。我说的'收复失地'也就是这意思。怎么样？和我们一同干吧，好不好？"

巩亮厌倦地听着，心里明白了。他们是要借自己做"带头羊"，诱使同学们上当，这纯粹是利诱、欺骗，也太侮辱人了！

"我不干！"巩亮坚决地摇头说。

"为什么？"孙启先甩掉烟头，也很生气。

"请让我继续保持一个行路人的自由吧！"巩亮缓和了一下口气说，"路在面前，我自己会走，谁拉我也无用。听你谈的这些，使我受益；正如我听听别人谈别种意见，也同样受益。但我有一条原则，我思考问题不是仅仅从我自己的私利出发。如果那样，未免太渺小了！我爱我们的国家，为她的前途担忧，正是忧国忧民，我觉得不该盲从。路再修远，也要上下求索。"

孙启先的眼光就像被风吹起的两团鬼火似的，看了叫人害怕。他知道无能为力了。他多少还是了解这个小学同学的性格。在小学的时候，有一次演老师编的一个小剧——朝鲜义士炸死日本关东军司令本庄繁。老师指定巩亮演本庄繁，巩亮不干，说："我恨日本鬼子，我才不演日本人哪！"无论老师怎么劝说，就是不演。又有一次，考算术。他和巩亮中间坐的是全班功课最好的陆文东。有一道难题，他和巩亮都做不出来。陆文东做出来了，故意摊开考卷给他俩看。他马上斜眼看着照抄了一遍。巩亮不看，陆文东轻声说："看呀！"巩亮摇摇头，一定要自己思索着做出来。结果，陆文东做的那道题错了，他也跟着错了，巩亮却做对了……想到这些往事，孙启先叹息一声，不无遗憾地说："好吧，你再上下求索吧！反正一个人只知道左不知道右，那是不行的。你得冷静权衡一下命运的天平，我只仍希望你不要左倾。右边有美女、鲜花、金钱、美好的前途；左边等着你的是艰难辛苦、危险、牢狱，甚至死亡。我是明天一早就搬走了。只是你如果有所决定，随时可以来找我。我就住在学校国民党区分部后边的那个小院里。"

他说起"美女"，马上使巩亮觉得他可能影射的是喻姗玉。这牵动了巩亮的神思，不禁也叹了一声。马上又想到，这下，剩了四人，这间寝室实际上不是就被黄汉云和叶迅这两个左派占领了吗？他们竟还想要"收复失地"，可笑！但他没有把这想法说出来。他觉得，他同孙启先已没有多少话好谈了。孙启先要搬走，他竟连一点惜别之情也没有！

踩着野草，我走下山来，继续在缙云坝上寻找那失去了的梦⋯⋯

时间的逝波卷不走纯真的记忆。记忆在心海中洗涤，反而愈洗愈加记得分明。

我到当年的礼堂周围来了。这儿过去我们叫大礼堂，现在却感到它又小又简陋。师范把它改成了图书馆的阅览室，门外种着许多一串红和美人蕉，都开放着色彩鲜艳的花朵，有些师生正在里边阅读书报。当年，校长蔡心仪和训导长喻斌每每在这里演讲，系主任曹梦生也在这里做过修辞学方面的学术报告。蔡老先生已经八十多岁，听说仍在南京的一个大学里带研究生。喻斌是在抗战胜利后的第二年因心情抑郁患脑溢血死在成都华西坝的。系主任曹梦生新中国成立后，担任过母校的校长，60年代初病故于上海。我一直遗憾，那些年为什么始终不能抽空去看望一下他。而今天，这种憾意更浓了⋯⋯

我记得，在大礼堂附近，当年有些木牌制成的布告栏，除了张贴学校的布告或通知之外，平时总是贴满了学生们的各种启示。透过这五花八门的布告、通知、启示，可以感受到学校生活脉搏的跳动。

那次，系友来校的布告，我就是在这儿看到的⋯⋯

第八章 为什么？为什么？

下午，巩亮经过大礼堂附近那块布告栏时，看到了一张蓝色图画纸上用彩笔装饰着花边的布告：

> 今晚六点三十分在大礼堂
>
> 由在重庆做记者的系友返校
>
> ## 谈 时 局
>
> 请本系同学准时参加，欢迎外系同学旁听
>
> 新闻系系会启

这消息使巩亮高兴得有些激动，决定晚上不去图书馆自习，早早约徐志轩同去参加这个会。

星期天，孔镇中搬走后，第二天，孙启先也搬走了。黄汉云和叶迅从上铺搬到了他们留下的铺位上，四个人都睡了下铺。孙启先走后，巩亮发现黄汉云对他更加不睬不理了，叶迅当着黄汉云的面，也是如此。巩亮心里纳闷，是不是自己同孙启先谈话被叶迅看到后告诉了黄汉云，造成他这样的？他想找黄汉云解释一下，又觉得黄汉云翻脸无情，比叶迅还要偏激，何必非要向你卑躬屈膝，就不愿意解释了。黄汉云和叶迅大约参加了《新闻窗》的工作，有时去"新闻馆"开会，有时到茶馆里泡杯茶编写东西，似乎很忙。新闻系的同学喜欢在嘈杂的茶馆里写作，是因为系主任曹梦生曾提倡过："新闻系学生应该学会一

种本领，在最嘈杂的地方也能充耳不闻专心致志地写出新闻报道和论文来。"他还带领学生到茶馆店里上过一次课。所以许多同学总到茶馆里看书写文章，锻炼这种本领。可是巩亮不习惯，他喜欢安静，徐志轩好像也这样。他俩常常一起待在寝室里，接触机会也就多了。

孙启先搬走后的第三天下午，两人无课，都在寝室里。巩亮在看书，徐志轩在补一只袜子。针忽然断了，巩亮发现，马上把自己的针线拿过去给徐志轩用。徐志轩谢了他的好意，忽然说："我觉得，你这人不错。"

巩亮抬头看着徐志轩："呵，怎么？"

"你的眼神明朗，使人觉得你对人生、对前途、对自己都充满了信心。"

"呵，我是愿意这样的。"

"你毫不矫揉造作，你很有正义感。比如黄汉云来的那天，你为他打了抱不平，我虽冷眼旁观，可是有感受的。"

确实，巩亮的正义感是很强烈的。在读高中时，在那国立中学里，一个姓靳的军事教官蛮不讲理、欺压学生，没有敢出头反抗的，巩亮带头出来把他赶走了，冯玉祥到了江津，在那国立中学里演讲，要大家献金慰劳前方将士和灾民，他第一个响应，捐了三天的贷金伙食钱，那三天里，自己掏钱一天只买两只大饼吃，真是满腔热血。此刻，听了徐志轩的称赞，只淡淡地说："这不算什么，我不说点公道话，别人也会说的。"

"不见得！"徐志轩缝着袜摇头说，"至少我看孙启先和叶迅都不会说。我说你这人有正义感，从你对孙启先的态度上也看得出。我上高中时，同学里那些吃国民党三青团饭的家伙，多数是坏蛋。我对这种人历来是敬鬼神而远之。我发现你和孙启先虽然是老同学，却不同流合污，我就知道你这人不错。"

巩亮想不到外表像个书呆子的徐志轩，实际是个善于观察很有头脑的人。他很感兴趣地问："你觉得叶迅这人怎么样？"

徐志轩说："我还要看看。不过，我不喜欢这个人。我要告诉你一件事，不过你不要生气，也不要张扬。"

巩亮点头说："说吧，我不张扬。"

徐志轩问："你有时不是在一本黑薄面的本子上记些什么的吗？"

"是啊，有时我写点日记。"

"昨天下午，你不知到哪里去了，我在床上假寐，叶迅居然到你床上乱翻，偷看你的日记。他以为我闭着眼，其实，他干的事尽在我的眼底。我看此人诡秘，不正派，干的事欠光明磊落！"

巩亮听说叶迅偷看自己的日记，气得脸红，忙问："你没看错吧？"

徐志轩放下针线，从口袋里掏出"万金油"来往额上搽，有点生气地说："怎么，你怀疑我挑拨你们之间的关系？当然，我告诉你，但并不希望你让他知道这是我说的。"

巩亮说："你别误会，我丝毫没有这种意思。我只是想弄清楚，他为什么要看我的日记？"

"那就难说了！也许是好奇，也许是想了解你的隐私。反正，我没有看错。他先是到你床上坐下，以为我睡着了，朝我瞅瞅，咳咳嗽，见我没有动静，就动手翻你的东西，鬼鬼祟祟，找到笔记本，就看了。"

巩亮叹口气："好在我那日记中也没什么了不起的东西。"但立刻想到，自己曾把同喻珊玉在墓前谈话的事和同孙启先谈话的事，记在日记上了。前天，又曾写过一段隐讳地表示思念喻珊玉的话。叶迅当然都看到了。这个人还左倾呢，这样偷偷摸摸，算什么进步？巩亮心头涌起一阵反感，懊恼地摇头："唉，大学生真太复杂了！"

徐志轩似乎深有同感："是啊，下学期我要找间新的寝室住。我只希望同寝室的人都是努力求学的，让我离政治远一点。学校是读书的地方嘛，跑到大学里来搞政治，有什么意思？"

巩亮真心诚意地说:"我原先也有过类似的思想,以为学校就应该是读书的地方,不习惯某些事情。又想想,这样还是好的。我在江津县上高中,那里像个密封的罐头,除了埋头读书,什么都不知道。进大学后才知道了许多前所未知的事,可以帮助我们了解国家大事,思考国家前途。比如目前战局,就值得关心,要是继续败溃,只怕连一个平静读书的环境也很难维持了。你说是不是?"

徐志轩说:"你看到过蚕吗?在一定的时候,它会自己作茧自缚,傻吗?并不!它是在实行自己的转变过程。当一朝破茧而出时,它就能长着翅膀飞了!"

巩亮思索着说:"你这是说你正准备这样做?"

徐志轩沉吟不语,点点头。

巩亮忍不住说:"可是,蚕只能变成蛾。要飞,为什么不做一只鸟呢?许多茧子还没等你咬破,就被送到缫丝厂的沸水里去了!"

徐志轩眉间似有难言的苦衷,叹息说:"我父亲是一个爱国的、有正义感的人,本在中学里教书。去年因为讲课中对时局说了些公道话,指责政府腐败,指责特务在学校里横行,他又写了一篇文章发表在一家有进步倾向的杂志上,抨击了国民党将领一批又一批投敌。中学训育主任是特务,同他不和。他竟因此肇祸,有一天突然失踪。母亲也是中学教师,四出探访,直到今天父亲也没下落……"说到这里,他的眼眶湿润了,两串热泪滚落下来。

巩亮心像被利爪攫住了似的疼痛,油然对徐志轩产生了深切的同情。原来徐志轩沉默寡言,埋头读书,不问政治,是有原因的。他看着徐志轩清癯秀气的脸庞,想安慰几句,又无从开口,心头塞满了对法西斯特务政治的愤恨。他忍不住眼眶也湿润了,过了好一会,才找到一句话说:"也许,他被囚禁在什么秘密的地方,有一天会突然回来……"

徐志轩额上似出现了淡淡的皱纹,点点头:"是呀,我们也希望这样，但也许是永远见不到他了……"他将针线还给巩亮，似乎不愿再谈下去，也似乎不愿再浪费时间，拿起一叠书来，说："我走了，我到图书馆去。"

他的脚步声踽踽远去，四周静得连树叶飘落地面的声音也听得清。巩亮坐在那儿，沉默了半晌，一颗心像被冰水洗过。他突然感到对徐志轩亲近起来了……

今天，看到布告，巩亮便决定约徐志轩一同到礼堂去。吃完晚饭时，在饭厅门口见到了徐志轩，巩亮热呵呵地说："晚上有系友回来谈时局，我们一块儿去，好吗？"

徐志轩犹豫了一下，摇摇头说："不去了，没意思。有那时间我不如看点书。你一个人去吧。"

巩亮知道他孤独惯了，也不勉强，但看到黄汉云和叶迅一起有说有笑从面前经过，心头立刻又升起一种寂寞之感。他见时间还早，又独自回到寝室，拿起从图书馆借到的高尔基的《母亲》来看。他本来最爱看小说，功课再忙，他总要挤时间来读。鲁迅、茅盾、巴金的作品看得滚瓜烂熟。屠格涅夫的六大名著中精彩的段落都会背诵，托尔斯泰的《战争与和平》读过三遍。嚣俄、左拉、辛克莱、哈代、杰克·伦敦……他都喜欢。现在，把《母亲》拿在手里，却看不进去，眼面前竟出现了喻珊玉的身影。自从墓前的约会后，他始终未再见到喻珊玉。大学三四年级的文科学生，选修的课程已经不多，一些学分积累得多的学生已在外边兼点工作做了。一年级新生同三四年级同学不易在上课时遇见。巩亮只要在校园、江边、教室周围漫步时，总是东张西望，希望能忽然碰上喻珊玉，但见不到，总是失望。喻珊玉这些天在干什么？真是她挑逗一下又故意躲开，还是自己自作多情闹了一场误会，抑或她本来就是一个豁达随便的少女，一切都出自无心？巩亮自己也说不清楚。他只是觉得自己仿佛被一张网罩住了，进入了一种幻梦似的境地，只要寂寞之感袭上心来，他眼前就会浮现出喻珊玉那挺秀的身影。她那双深潭似的眼睛，她那种沉静得近乎冷漠的神态，她那紧抿着的小嘴和甜甜的酒窝，甚至她那高傲的沉默和矜持，都会点燃他心中的渴望。此刻，想到晚上的系会上也许能有见到喻珊玉的机会，更使他的心不禁战栗了。

巩亮独自在六点十五分来到大礼堂。他怕太迟了会失去早一点看见喻珊玉的机会。可是心里又琢磨，喻珊玉会来参加吗？谁知道！他来时，礼堂周围已聚集了不少人，有新闻系的同学，也有外系的同学，人们正纷至沓来，陆续走进大礼堂里去。他四面注视了一下，不见喻珊玉的影子，等了一会儿，仍然不见，只好独自走进礼堂去。礼堂门口，站着孟怀远、陈胖和粗壮的胡石泉。孟怀远亲切地笑着招呼："巩亮，你来了？"陈胖微微一点头，不冷不热，也没张嘴。

巩亮走到孟怀远身边，问："老孟，今晚返校的系友，叫什么名字？是哪家报社的？"

孟怀远有一副好嗓子，热情地介绍："两个系友，一个叫李光明，是《新民报》的记者；另一个叫邵文勇，在《民主报》干外勤。李光明是个胖胖高高戴眼镜的，邵文勇是个脸皮黄黄的瘦高条子。"又风趣地说，"等会你好好看看，我给他们画的相像不像！"

边上听到的人都哈哈笑了。巩亮见孟怀远很亲切，心想，老孟同束川最接近，一定是听束川说了什么，所以态度这么好。陈胖就不一样了，他同黄汉云、叶迅接近，自从那次为《新闻窗》约稿遭到拒绝后，他的态度始终很冷落。巩亮倒也不怪陈胖，只是觉得他们自以为进步，就看扁了别人，拒人于千里之外，骄傲自大得有些好笑罢了。

巩亮向孟怀远点头告别，进了大礼堂，在前面第八排靠左侧找了个空处坐下来。这里，周围空位很多，前后同学都是些陌生的脸孔。他独自坐在那里，因为没有看见喻珊玉来有些失望。外边的同学仍在蜂拥进大礼堂里来。他觉得在这样的场合，喻珊玉也不大可能来了，便从学生装口袋里掏出一把马粪纸做的英文单词卡片，默默无声地专心拼读起来。环境是嘈杂的，到处是纷乱的嗡嗡声，干扰很大，他努力使自己不去听也不去看。

正专心在拼读英文单词，忽然感到身边飘来了一个人。他并不在意，仍旧默默看着卡片默诵，不料却闻到一阵淡淡的紫罗兰幽香，一个好听的声音在耳边响起："这么用功吗？"

他一抬头，出乎意外地看见一双沉静闪耀的黑眼睛，流露出温和、忧郁的神情正凝视着他。这是喻珊玉！他惊喜得差点叫了起来："啊，你？……"

"怎么，不认识了？"她风趣地揶揄着说，在巩亮身边的空位上坐了下来。

他笑了，发现她的脸色有些苍白，显得瘦了，轻声地问："你脸色不太好，是病了？"

她点点头："可不！"语意双关地说，"好在也不会惊动什么人来看望我的病！"

他听出她话里隐含着一种怨怼，歉疚地想解释，涨红着脸说："一点也不知道，你病了……"

但她没有让他解释下去，岔开话题问："这几天，你在忙些什么？"

他满肚子的话，不知从何说起，脱口道："上课、下课、吃饭、自习、睡觉。还有就是苦恼、烦闷、彷徨、寂寞。"

喻珊玉微微笑了，没有作声。

大礼堂里的电灯不甚明亮。前排靠近讲台的灯泡大些，后排是昏黄的小灯泡，在香烟烟雾中显得更暗。络绎进来的同学越来越多。书呆子徐志轩竟也来了，大概经过考虑还是被这个会议吸引来了吧？他在最前排上坐了下来。大礼堂里，烟雾腾腾，劣质的香烟熏得人想咳嗽。人还在不断拥来，真是盛况空前。巩亮和喻珊玉附近也早被人塞满了，巩亮发现上次迎新晚会上唱《朱大嫂送鸡蛋》扭秧歌的章民合也坐在旁边，正朝他点头微笑，他也点头回笑。喻珊玉却好像没有看见，过了一会儿，突然用手臂碰碰巩亮，说："看，来了！"

大礼堂门口进来了一群人，掌声立刻"啪啪"响了起来，只见系主任曹梦生、乔宗苏教授和束川、孟怀远、陈胖等陪着两个人走向主席台，一个胖胖高高戴眼镜穿藏青西装的人，估计就是李光明；另一个瘦高条子上身穿件米黄色咔叽夹克，当然是邵文勇了。喻珊玉望着这沸腾的场景，感叹说："大家太关心时局了！局面真是艰难，抗战七年多，打得人困马乏，明明应该胜利在望，谁料今春到现在，摆在面前的却是极为艰难而且十分危险的局面。敌人明明快要死亡，却还在中国战场上势如破竹。再败下去，重庆和我们这儿都要震动了。谁不想来听听知道内幕内情的记者谈时局呢？连我也被吸引来了！……"

听着这番话，巩亮觉得他同喻珊玉的心靠得更近了。

这时，束川和系主任曹梦生等陪两个系友在第一排座位上坐定，然后束川走上讲台宣布开会，讲了一段短短的开场白，介绍了两位系友，最后说："大家都十分关心时局，现在请两位系友返校谈谈见闻，可能他们会提供一些使我们了解情况的资料，帮助我们进一步了解当前时局的症结所在。是不是请邵文勇校友先谈谈？"他征求意见地朝邵文勇笑笑点头，用手做了请邵文勇上台讲话的姿势。

黄黄瘦瘦的邵文勇是一个老练、精干的新闻记者。在他走上台去的时候，喻珊玉对巩亮说："他今年五六月间，到过湖南前线，正逢十二万日寇在湘北发动进攻。湖南战局失利，几十万大军一触即溃，他差点落在敌人手里跑不出来。回来后写了一组湖南战局见闻，反响很强烈。你看过没有？"

巩亮摇头说："未到大学之先，我在那个小县城江津，闭塞得很。再说，也忙于复习考大学，常常报也不看。"

喻珊玉突然意在言外地问："难道你现在比那时候更苦恼、寂寞？……"她显然是在试探刚才见面时巩亮说过的话。

巩亮自然地"唔"了一声，还没有体会出喻珊玉的言外之意，邵文勇已经开始讲话了。

会场里满屋香烟的烟雾。邵文勇扫视着听众，用河北口音说了几句谦虚的话，接着说："最近很忙，但新闻系的老师和同学们让回来谈谈，只得从命。我谈的不是什么内幕，只想介绍一些外国公开发表了的材料，大家可能没有看到过。所以介绍一下。我也不准备谈自己的观点，仅仅只是客观报道，因为现在即使是新闻记者，谈国事也是容易出纰漏的，我不想招惹更多的麻烦。请大家听了自己去体会、评断，想一想为什么别的国家反法西斯战争临近胜利，而我们却节节溃败。想一想如何才能挽救当前时局危机？……"

又是一阵海涛般的掌声。喻珊玉轻声对巩亮介绍说："他说是'客观报道'，其实，绝不会客观，他未毕业时，在我们系里，始终是左倾的。"

巩亮点点头，脑子里已被邵文勇提出的问题吸引住了。心想，问题提得好呀！为什么别的国家反法西斯战争临近胜利，我们却节节溃败？为什么？为什么？……只听见邵文勇说："最近，美国《新共和》杂志上发表的《远东的混乱》一文中说：'国民党政府已为无效能与贪污腐化所侵蚀，通货恶性膨胀，官吏奸商勾结囤积居奇，中国人民生活困难。'……"巩亮不禁想起两年多以前，自己从上海经安徽、河南、陕西辗转到大后方的路上，只见官商勾结公开贩运鸦片，靠近前线的地区竟灯红酒绿娼妓成群，军队敲诈勒索横行不法。河南是汤恩伯十三军的驻地，更是民不聊生、灾情严重，土地龟裂，蝗螟遍地，老百姓不堪驻军骚扰，甚至公开说："最恨日本鬼子来烧杀，也恨十三军来驻扎。"何其触目心惊！

"'……更为重要的事实是中央政府在目前对打共产党似乎比打日本更为关切……重庆数十万最精锐的部队浪费在西北共产党统治的边区作军事封锁，由胡宗南指挥，有些新近从中国归来的美国观察家认为中共虽只有有限的资源，但在目前抗日战争中所做的事情却比重庆政府为多。'"邵文勇念完一段《新共和》的文章，又继续说："美国《民族》杂志上发表了史蒂华的《胜利须在中国争取》一文，说：'为了最后反攻，驱逐日寇出中国，中国需要远较现在为多的军队。有些军队是因为中国内部的政治问题而死僵着的。中央军中最精锐的一支五十万军队，因军事封锁中共而调置在陕甘宁边区。而中共的全部兵力，虽然确数多少尚未被人知道，但十八集团军与新四军的正规部队除在装备上较差些，在组织上与指挥上是出色的，与正规军配合作战的游击部队，数量更多。他们指挥得力，纪律良好，能发挥最大的军事效果。但是要运用对付中共的中央军和应用被中央军包围进攻的中共军队，就需要中央当局和共产党领袖之间的不同意见能有政治的解决。'"

听到这里，巩亮对喻珊玉悄声说："他谈得很好。我觉得这些外国观察家提供的材料，倒是可以帮助我们解答为什么今天老是打败仗的。"

喻珊玉缄默，两只深潭似的黑眼睛又沉静得近乎冷漠了。她玩弄着手里的一方小手绢，看看四周，有点坐立不安。巩亮不觉得她不以为然，只感到她好像心里充塞着压抑和矛盾，很不平静。为什么呢？……巩亮默不作声了。

邵文勇又在说："豫湘战役惨败以后，英国首相丘吉尔在英国下院讲演，尖锐抨击了中国军政的腐败——这当然不是指的中共。他说：'我必须在这里以最大遗憾指出，尽管美国予中国以丰富的援助，但那个庞然大国仍遭受了严重的军事挫败，包括陈纳德将军所属美国飞机用以起飞的宝贵飞机场的损失在内。这是最大的令人失望和烦恼的事。'政府对此很恼火。说失败的责任是盟国的援助'微不足道'。美国陆军部针对这一指摘，发表了援华物资空运情况，指出：印华区从印度越过喜马拉雅山空运至中国的货物，在一个月中已达四千六百万磅之数，包括飞机汽油、军需品、卡车、吉普车。九月中某一天即穿山越岭运输二百五十万磅以上，即每两分半钟有一架飞机飞越喜马拉雅山之最高峰。这是全世界最困难的航空线……"

巩亮听着，陷入了沉思，从国外的评论看来，要挽救危局，必得廓清政治。前几天《新华日报》发表的消息，提出改组国民政府成立联合政府不是没有道理的……这时，喻珊玉忽然轻轻碰了他一下，悄声说："你在这听吧，我要先回去了。"

巩亮掉过头来，发现她脸色苍白，双眉紧蹙，刚想问："为什么？你不舒服？"喻珊玉已经站起身来，从人丛中挤过去了。巩亮想送她，但见她没有表露这样的意思，又想听邵文勇的演讲，就坐在那里没动，两眼不由自主地随着喻珊玉飘忽的身影，心里暗想：难道她不舒服又病了？她为什么不听完再走？她的脸上为什么笼罩着一种难以形容的不悦的表情？她为什么如此匆匆地离开？……

巩亮思绪纷乱地目送喻珊玉走出大礼堂的旁门，刚将神思拉回来要听邵文勇讲话时，出乎意外地电灯熄灭了。礼堂后边黑黝黝的人群中，突然响起了野兽咆哮般的叫吼声："打呀！——""打！——"随即砖块、鹅卵石……乒乒乓乓，哗哗啦啦，飞到了讲台上、人群中。礼堂里一片黑暗，喧哗的人声夹杂着怪啸。有人受伤了，惨叫起来："啊！——"人们嚷着叫着往礼堂出口拥去。巩亮心里火烧火燎又气愤又激动，听到有人高嚷："电线被割断了！"有人在呼喊："同学们！这是特务破坏！不要怕！"像是孟怀远的浑厚嗓门。有人在高声招呼："同学们，不要挤！各站原地！反对特务捣乱会场！"像是束川那沉着的声音。也有人在高叫："大家镇定，监视特务！抓住他们！……"

巩亮在黑暗中站立在自己座位前不动，他看不清是谁在捣乱，但立刻想到可能是张树椿、孙启先一伙。他心里气愤极了！怪不得人们都说张树椿一伙是特务学生，多么卑鄙可耻的手段！多么野蛮粗暴的行径！为什么用这种法西斯褐衫党的行径不让人讲话？为什么不敢让人讲真话？……

"大家镇静，在原地不要动！……"漆黑的礼堂里，响彻着坚定沉毅的声音。一些人已经在混乱中挤出去了，但还有不少人立在原地。巩亮忽然发现章民合正站在自己旁边，虽然看不清她的脸，但这确实是她。她也是镇定地站着不走也不动的。巩亮叫了她一声："章民合！"

章民合气恨得声音发颤："他们以为这会使人害怕？办不到！只会使人更仇恨法西斯！"

巩亮点头说："要是我现在看到扔石头的，我会扑上去把他揍倒在地上！"

章民合没有说什么，但巩亮感到她那开朗的面容十分严肃，两只时时露出天真无邪的眼睛似乎在瞅着他。一会儿，她忽然问："巩亮，刚才喻珊玉为什么突然走了？"

巩亮从未想过这问题，一下被问住了，说："可能她不舒服……"

"是吗？"章民合的声音里似有疑问。巩亮在黑暗喧嚣中清晰地听到一声冷笑："'鬼屋'里的人嘛！……"

大礼堂里仍然乱哄哄。巩亮语塞了。他不明白章民合说的"鬼屋里的人"是什么意思，只是明显地感到章民合对喻珊玉的怀疑与不信任。难道喻珊玉的突然离开会同特务的这番捣乱破坏有什么联系吗？他绝不相信。他终于说："我相信她是不舒服。"

章民合又不作声了。这时，礼堂进口处有几根火柴同时"嚓"、"嚓"亮了，一瞬时，点燃了七八支蜡烛。光明又重新进入了这黑暗的礼堂，一阵欢呼声响了起来。束川、孟怀远，还有陈胖、胡石泉等七八个人每人手里都高擎着一根蜡烛走了过来。烛光将他们的脸照得亮闪闪的，一个个就像光明的守卫者，表情都很严肃。孟怀远额上还流着血，显然是刚才被石块砸伤的。留在礼堂里的多数是新闻系的学生，黄汉云、叶迅都在，竟连徐志轩也没有走。巩亮看到邵文勇仍在，系主任曹梦生和乔宗苏教授仍坐在第一排，陪着邵文勇在交谈。他们是那样沉静。巩亮深深感动了。

束川高举着蜡烛，气度轩昂站在前排椅子上，愤激地大声说："刚才，是特务破坏，系友李光明受了伤，已经有人陪他过江到北碚包扎去了。这样胆大妄为野蛮卑鄙的事，在我们这学校还是第一次发生。是谁干的？我们都心中有数。但他们是不能得逞的！今天中国的主要问题是什么？他们不让我们讲，想用捣乱、制造流血堵住我们的嘴，办得到吗？办不到！他们还是只敢偷偷摸摸在黑暗中干坏事，因为他们终究是少数几个魑魅魍魉，光明一到，就逃跑了！同学们，在前进的路上荆棘遍地，在法西斯特务统治下，我们以后势必还要碰到许多意想不到的困难甚至危险。但是我们不能不关心国家大事。当前的时局，已经使我们无法平静地听弦歌之声埋头读书了，我们要加强团结，决不放弃斗争！……"

掌声像暴风雨般响起来，震撼人心。巩亮也鼓起掌来，浑身热血沸腾。但他突然发现叶迅在附耳对黄汉云不知说些什么，黄汉云拿眼睛瞅着他，那眼光是冷淡而异样的。

我很遗憾丹丹不在身边。她在北京的医院里工作，当然不可能一起来，如果一同来了，那多好呀！我会指着嘉陵江畔和缙云坝上许许多多地方，把经历过的那些故事一一讲给她听的。

　　那时候，我们青年一代为了国家民族的生死存亡，为了人民民主和社会进步，仅仅想表达一点愿望，就要受到残酷的打击、摧残和镇压。有许多人为了真理，为了新中国的诞生，甚至献出了生命。像胡石泉，就是在重庆解放前夕，牺牲在渣滓洞里的。当时，他是重庆一家民营报纸的记者；像孟怀远，他是在上海解放前夕遭特务逮捕后被暗害的……现在回溯这段历史，我感到豪迈而光荣，也感到一种庄严的悲痛。那时候各种道路摆在面前，黑暗邪恶的路上会有鲜花和黄金向你引诱，进步的道路上却遍布刀刃棘刺。拿我来说，在十字路口决定向前迈进，曾花费多少思考和比较，曾做出多艰难的抉择呀！

　　丹丹，你们年轻一代也许并不理解这一点。今天，由于前人的奋斗，社会主义和人民共和国的光辉照亮着你们前进的大道。当走在这条父辈披荆斩棘开辟出来的社会主义大道上时，即使道路尚待开拓伸展，山路仍不平坦，甚至两侧可能会有塌方，青年人岂能忘掉那过去开路先锋的艰难和功勋？岂能放弃今天继续创业的重任和职责？……

　　我想写信告诉丹丹：一个人要使青春发光，就必须去追求和树立革命的信念和理想，并为之奋斗终生，而不是让精神空虚，无谓地蹉跎岁月。这对我们40年代时的青年来说是如此；对你们80年代的青年来说，也该这样。

第九章　路漫漫其修远兮

清晨，巩亮醒来，明亮的晨光已经将寝室照得耀眼了。睁眼一看，徐志轩床上空着，定是夹了书本去树丛里朗读英文去了。叶迅捧着一本笔记倚在床上心不在焉地看着，眯起两眼仿佛在思索什么问题。黄汉云蹲在寝室门口洗衣服，肥皂泡沫甩得到处都是，一边搓洗一边低声唱着《茶馆小调》："……谈起了国事容易发牢骚呵，引起了麻烦你我都糟糕，说不定一个命令你的差事就撤掉，我这小小的茶馆贴上大封条……"

这支《茶馆小调》是从昆明西南联大传来的。最近，在校园里十分流行，到处听到人唱。学生在缙云坝上茶馆里喝茶时哼哼唱唱的更多，巩亮也听熟会哼了。黄汉云接着在唱："……倒不如大家痛痛快快地谈清楚，把那些压迫我们，剥削我们，不让我们自由讲话的混蛋，从根铲掉！……"

巩亮躺着，有些疲乏，不想起来。黄汉云的歌声，又引起了他深深的思索。

昨天夜里，他睡得很迟。系友返校讲时事的晚会被破坏以后，他思想上起了很大的波澜，对杌陧的时局忧心如焚，对蜩螗的国事痛心疾首。邵文勇提出的问题总是萦绕在他的心头，他那沙哑的声音响彻耳畔："想一想为什么别的国家反法西斯战争临近胜利，而我们节节溃败，想一想如何才能挽救当前时局危机？……"像心中贮着的汽油点上了火，巩亮的情感戏剧性地爆炸了。尤其是昨晚特务学生的捣乱，他们采用那种可恶的法西斯手段，真是蛮横、卑鄙至极，一下子擦亮了巩亮的眼睛。想起前不久，孙启先那样露骨地引诱他，千方百计要拉他下水，就感到恶心。一霎时，巩亮做出了决定性的抉择，国家兴亡，匹夫有责！站在十字路口上观望的他，看清也看准了道路，他要同进步的同学们一起推动着时代的车轮前进！夜里回到寝室，徐志轩和黄汉云、叶迅都还没有回来，巩亮心里十分不平静，有点纷乱，但作了决定，马上动笔给《新闻窗》写一篇短文，抨击并抗议特务学生昨夜破坏捣乱会场的罪行！他拿出稿纸，点上了蜡烛，怀着激情，专心致志地写起稿来，以致徐志轩、黄汉云和叶迅先后回到寝室，他也没有同他们说话。他一气写完稿，最后加上一个标题——《致本校希特勒的徒子徒孙们》。放下笔，他才发现黄汉云、叶迅和徐志轩都睡了。他仍毫无睡意，心里琢磨起来，是交给黄汉云和叶迅呢，还是交给束川？他听说黄汉云和叶迅都帮助《新闻窗》在做点编辑和组稿、写稿的工作，交给他们既方便，又可以消除隔阂和误解。他想：就等明天一早交给黄汉云吧。做了决定，他才脱衣上床，疲乏地躺了下去。

但是，他睡不着，月光明亮，照进窗来，秋虫鸣奏。在这夜深人静的时分，还隐约能听到嘉陵江流水在低沉地咆哮，又搅乱了他的心，刚刚做出抉择又踌躇了，不是为了别的，而是为了喻珊玉。他仿佛看到喻珊玉婷婷立在面前，用手掠一掠乌亮的黑发，昂起美丽而光辉的脸说："中立，这我是不变的！……"

"唉……"他闷闷地叹了一口气，翻了个身，心想，我倘若做出了抉择，她会同意吗？每当他想起她的时候，心里是甜甜的；触及这件事的时候，又感到心里有苦味了。他相信喻珊玉看到他未经同她商量就在《新闻窗》上发表这封公开信，一定会不以为然。不，不是不以为然，而可能会生气。也许会气得脸红落泪吧？巩亮料到：他这公开信一旦在《新闻窗》上发表，他同孙启先之间的老同学情谊立刻就会破裂，他绝无遗憾，但如果喻珊玉为此气得脸红落泪的话，他就会难过了。当然，他要向她解释，甚至劝说她。可是，有用吗？喻珊玉不是一般的姑娘，她不会让人随便牵着鼻子走，她有自己独特的见解，固执得像一根弹簧。那么，事情会怎样发展？……

喻珊玉并没有明确向巩亮表露过爱情却又好像已经充分表露过了爱情。巩亮也没有向喻珊玉说过一个爱字，但在思想感情上早已被她牵引，想看到她，想同她待在一起，想同她谈了又谈。这不就是爱情吗？他觉得，尽管没有表白，他们的爱情已在各自的心中生了根，而他做出的抉择不就是要把那根拔起来吗？他心痛了，陷入一种无法解脱的矛盾之中。

蓦然，晚会上，喻珊玉脸色苍白双眉紧蹙突然先匆匆离开的事，又浮现在眼前了。章民合的声音也好像响在耳边："巩亮，刚才喻珊玉为什么突然走了？"这不是分明在怀疑喻珊玉吗？事情也真怪，为什么偏偏她一走特务们就动手了呢？她为什么突然离开呢？也许是身体不适？也许是巧合？还是……

想着想着，心里更乱，翻来覆去像烙饼似的，总睡不着。寝室里，有节奏地响着轻轻的鼾声，像小合唱。徐志轩的呼吸声最响，黄汉云和叶迅的呼吸声像伴奏。他估计已该有一点钟左右了，心里着急，怕失眠，就尽量使自己定下心来，决定要找机会问问喻珊玉，还要找束川谈谈。他下了决心要睡，心里数着数目字，从一数到一百，又从一再数到一百，数着数着，终于入睡了。

现在，他躺在床上感到困乏，听着黄汉云仍在唱《茶馆小调》："……最好是今天天气哈哈哈哈，喝完了茶来回家去睡一个闷头觉……"心头翻腾着昨夜睡着以前思索的事，很不安宁。他叹口气，觉得应该起床了，就捞起放在枕边的衬衫和长裤来穿，趿鞋下了床。这时，黄汉云端着盆清衣服去了，叶迅仍倚在床上心不在焉地看笔记。见他起来了，叶迅打招呼似的说："起来了？"

巩亮明白，如果黄汉云在一旁，叶迅未必会这么主动地打招呼，既然他友好，自己怎么能不友好呢？他回答说："起迟了，昨晚没睡好。"说着，伸了个懒腰。

"怎么啦？"叶迅问，"我好像看你在写什么，写得很迟。"

巩亮诚实地答："昨天晚会上的事使我生气，我给《新闻窗》写了一篇稿子……"

叶迅阴阳怪气的脸上有一种不好捉摸的表情，"唔"了一声，稍停说："嗬，你这倒是一种变化。我记得曾几何时，你是拒绝给《新闻窗》写稿的呢！"

巩亮反感他的语气和表情，皱了皱眉，先没作声，接着，一边系鞋带，一边说："你认为我现在给《新闻窗》写稿不对吗？"

叶迅笑笑说："没那意思。我是见你变化得挺突然。你写了些什么呀？"

他这一说，巩亮不想理他了，鞋已穿好，站起身来打算拿牙刷毛巾去漱洗。叶迅却对着门口嚷了起来："汉云，巩亮昨天开夜车给《新闻窗》写了一篇稿子呢！哈哈……"

原来，黄汉云端着空脸盆进寝室来了。叶迅这一嚷，巩亮倒做了决定。他停止拿毛巾牙刷，回转身来说："黄汉云，我给《新闻窗》写了篇稿子。"去枕边将稿子拿出来递给黄汉云，又看看叶迅，说："交给你们吧！"

黄汉云感到意外，先是一愣，看看叶迅，叶迅脸色暧昧；又看看巩亮，巩亮神情激动。也许是出于平日的印象，黄汉云不愿接受巩亮递过来的稿子，冷冷地摇头："交给我干什么呢？你交给《新闻窗》的编委吧，交给陈胖。"说着，他背转身去桌上拿书，那脸色像西北风似的寒冽，像冰水一般瘆人。

巩亮涨红了脸。碰这么一个不硬不软的钉子，使他感到受了侮辱，想不到满腔热情会换来一盆冷水，想不到热心地开夜车写出的稿子，黄汉云竟拒绝接受。想起黄汉云初来时受到孔镇中欺凌，他挺身而出打了抱不平，如今却换来这样冷酷的对待，他寒心透了！依他的脾气，真恨不得三下两下将稿纸撕得粉碎，谁一定要写呢，你们不要就算了！又一想：黄汉云不能代表《新闻窗》，也不能代表左派。他自以为进步，戴着有色眼镜看人，总有一天，他会自己脸红的。要是把稿子交给束川，他一定会高兴的。对，等会儿就去找他。巩亮想通了，便把稿子折成一个四方块放进上衣袋里，径自拿起洗脸用具，出门去了。

早饭后，巩亮到104号教室去上"新闻采访"课，刚进教室找了个位子坐定，来了个人在他身旁一坐，原来是孔镇中。孔镇中头上发蜡搽得乌亮，一套笔挺的"司泡铁克斯"格子西装配着一条蓝花领带，色彩倒也协调。手里抱着几本精装的英文小说，也并非专为摆"派头"，他想出国，平时钻英文确是下功夫的。他是忙人，除学外文外，每周必去重庆度周末，平日又要忙于应付女朋友，有些课就根本不上。但"新闻采访"却从未缺过，这是为了将来出国可以兼个什么报社的特派记者当当。这课程由兼着路透社特派记者的赵谷融教授讲授。赵教授写过一本《采访十八年》，讲"新闻采访"课比较生动，孔镇中当然舍不得放弃。孔镇中见到巩亮，满面微笑，两只小眼睛眯成一条缝，轻声说："一日不见，如隔三秋。"

巩亮同他点头，把左臂缩回来，让他坐舒适，问："好几天不见你了，在忙些什么？"

孔镇中笑笑，神秘地挤挤眼睛，引用一首舞场流行歌曲中的两句歌词作答："香槟酒气满场飞，钗光鬓影晃来回。"

巩亮带点劝告地说："好些课都不见你上，是不是在找女朋友的事上花的工夫太多了？"

孔镇中笑笑："窈窕淑女，君子好逑嘛！"

巩亮问："今天怎么有空来上课？"

孔镇中凑过脸来，说："上课是假，来找你是真。"

上课铃"嘀铃铃"响了，但是赵教授没有来。赵教授是大记者，常常缺课，学校要靠这些在社会上出风头的教授来撑新闻系的门面，他缺课也总是听之任之。看来，这两堂课又是空白了。

巩亮问："你找我干什么？"

孔镇中看看手上崭新的"浪琴"表，说："看来，赵大胖子又不会来上课了。正好，我请你到'伊甸园'里喝咖啡，谈谈知心话怎么样？"

巩亮说："去那里干什么，有什么事你就说吧。再说，赵谷融说不定过一会儿就来了。"

同学们有的已经站起来走了，桌椅碰得乒乓响，人声嘈杂，有埋怨赵教授不来的，有高兴不上课哈哈笑的，有吹口哨的，有哼歌的。黄汉云和叶迅一起夹着书走了，徐志轩也夹着书走了。

孔镇中站起身来拉巩亮："走吧，走吧！一件十分要紧的事，我急着要推心置腹地同阁下举行外交谈判呢！"

巩亮猜不透他葫芦里卖的什么药，见教室里的人走得差不多了，勉强站起身来说："好吧！"

学生们谈天都常在茶馆里。茶馆一家接一家应运而生，沿着江边林荫道往西顺着街边开设着，并且在路旁的大树下也拦出地盘放上桌椅。"伊甸园"据说是银行系和经济系有些学生集资凑股开设的，是茶馆中最别致的一家，用整根的松树棒搭成了美国西部流行的那种酒吧式样的木屋，木屋里外的草坪上放着些设计得挺艺术的小桌、躺椅，播放着西洋轻音乐唱片，打着"文艺沙龙"的招牌招徕顾客，出售咖啡和西点，价钱比土茶馆高，是学生中的高级休憩地点。

巩亮随孔镇中到了"伊甸园"，在木屋酒吧旁僻静处的草地上一张小圆桌前坐了下来，离一些打桥牌、下棋和谈情说爱的人远远的，孔镇中叫了两杯咖啡，又叫两客果酱土司。巩亮要掏钱，早被他一把拽住，抢着付了账，两人就谈起来。巩亮问："是什么要紧事儿呀？"

孔镇中明知巩亮不抽香烟，却热情地摸出金烟盒递过一支"骆驼牌"，用上海话说："吃香烟哦?"见巩亮摇头，他自已用打火机点上火吸了一支，微笑着说："我想问你，你对喻珊玉到底有没有意思?"

巩亮莫名其妙，皱着眉笑："你问这是什么意思?"

孔镇中叹口气，说："我知道，她对你不错。可是，你是落花有意流水无情。据我了解，她父亲对你颇不感兴趣。发现了喻珊玉对你不错，她父亲已经在对她施加压力进行限制了。"

"你怎么知道的?"

"有人给我送情报。"孔镇中油滑地挤挤眼睛，"我随时密切注视着你和她之间事态的发展。"

留声机唱片播放的是《璇宫艳史》里的插曲《风流寡妇》。巩亮有点不耐烦，说："你明明白白说吧，不要吞吞吐吐好不好? 我还要去图书馆呢!"

孔镇中喷一口浓烟，"唉"了一声，露出一种失恋似的苦恼："司马相如的《凤求凰》琴歌说得真好:'有美人兮，见之不忘。一月不见兮，思之如狂。'……"他又抽一口烟，说，"好吧，坦率告诉你吧，我正在追喻珊玉。'君子不夺人之所好'。我希望如果阁下对她不那么热衷，把她让给我……"

巩亮知道孔镇中追求喻珊玉从未死心，那天在北碚说的话全是虚情假意。也听喻珊玉说过她对孔镇中是嗤之以鼻的，根本不把他的追求当作一回事。巩亮也鄙夷孔镇中的为人。这位花花公子在追求喻珊玉的同时，不是正跟音乐学院的高才生蜜丝吕在鬼混吗? 巩亮忍住气恼，有意刺他一下："你那位音乐学院的高才生蜜丝吕呢?"

孔镇中厚颜无耻地喷了口烟："孔雀东南飞了! 她有夜莺般的嗓子，可是缺少一颗灵巧的心。"

巩亮不想跟他谈下去，有点生硬地说："并不属于我的东西我似乎无权转让。你找我谈这件事我无法答复。"

远处几个打桥牌的学生大声笑闹起来。孔镇中两只小眼露出狡黠的光芒，笑着说："只要你这样说，也就是给了答复了。不过，我可以奉告几句，你虽然还自以为中立，实际早被看作是左倾人物了。我们的喻斌训导长是不会同意他的女儿同一个赤色分子结合的。他可以容忍爱女打自由主义的旗帜，但不会让她投入进步分子的怀抱中去。这是一。第二，喻珊玉有个性，有思想，却又十分孝顺父亲，这就是她的矛盾和痛苦的源泉了。她会反抗她的父亲，只是，这种反抗是有限度的，按她的气质说，她也许也会左倾的，可是她没有。她走到目前这一步就不会再向前了。这是她对父亲的孝顺和喻斌对她的制约的结果。《政治学》上谈到三权分立或者上院下院时，涉及的'牵制'和'平衡'，就是这么一回事。第三，我父亲和训导长是老熟人，我做他的乘龙快婿，他是可以接受的。"

看来，他是作了充分研究、分析和判断来谈话的。巩亮听了，说不出心里是什么滋味，打断了他的话，茫然地问："你为什么非追她不可呢？"

孔镇中将刚吸了不多几口的香烟扔掉，笑笑说："她像一件上帝制造的最精美的艺术珍品，是一朵带刺的玫瑰，正因如此，更增添了她对我的吸引力。我知道她是难追求的。但我要拿出一切手段来追。我不信她真能抵御我的连续进攻。你看……"他从口袋里摸出一只黑丝绒金边盒，打开盒盖给巩亮看，"看！……"

一颗足足有豆粒大的金刚钻镶在白金戒指上，被黑丝绒盒子衬托得光彩夺目。

巩亮的心被刺痛了。他先没有作声，只觉得喻珊玉的圣洁、高尚，以及美好的气质，被孔镇中泼了污水。他恨不得一拍桌子拂袖而去，又终于克制住了。他相信自己的心灵和喻珊玉是相通的，她决不会被孔镇中这样的纨绔子弟用金钱夺去。

留声机的唱片换成了舒伯特的《小夜曲》。巩亮听着乐曲，推开孔镇中拿金刚钻戒的手，嘲弄地说："好吧，祝你成功！但愿世上还会有不爱金刚钻的女人!"

孔镇中琢磨着巩亮的话,收起黑丝绒金边盒再抬起头来时,巩亮已经走了,那杯咖啡和那客果酱土司一动未动地放在桌上。他叫了一声:"巩亮!……"但是没有回答,他失神地坐在椅子上,牙齿紧咬着嘴唇。

巩亮离开孔镇中,从"伊甸园"向东,走过一排茶馆。刚才孔镇中讲的那番话,搅得他心乱如麻。他想同喻珊玉见见面,又觉得这不是时候。无意间他发现茶馆里的人比平时少,有点奇怪,为什么平时拥挤的茶馆今晨人少了呢?想起来了,上午第一、第二节课时间,训导处和三青团在大礼堂联合召开"十万青年十万军"动员大会,昨天就出了通知,要全校学生参加。为此还将上午第一、第二节课大部分调到了下午。只有赵谷融讲的"新闻采访"要将就他从重庆赶来上课的时间,所以没有调课。这件事,他早就忘了,现在又浮上来。他知道,不去开会的人很多,有的是抵制,有的是懒散。巩亮原来是不打算去参加这个会的,现在忽然想到训导长喻斌要出面主持大会,便决定去看看。他到学校以后还没见过这位大名鼎鼎的喻斌呢,就急步向大礼堂方向走去。

大礼堂里,昨夜特务学生扔掷的鹅卵石、砖块已被清除,打扫得干干净净,舞台上挂着大字红纸标语:"响应十万知识青年从军运动"。会场里稀稀落落坐着一些人,气氛并不热烈。礼堂外的门边和窗旁却聚着一群人在张望。巩亮挤过去,看见台上有一个人在演讲,别人告诉他那就是训导长喻斌。

喻斌是个讲究仪表的人,穿一身浅灰色的西装,白衬衫、黑领带,显得大方、威严;高高的个儿,花白的双鬓,脸色白皙,额头宽大,鼻梁高直,架着金丝眼镜,长眉毛下有一对好似沉思的眼睛,完全是一派教授风度。把这样一个具有学者气质的人说成是"特务头子",巩亮一时竟感到难以相信。喻斌讲话声音不高,低沉沉的,却有鼓动性。

他激动地劝学生要爱国，投笔从戎，挽救危亡。因为讲得激动，甚至取下眼镜，掏出了雪白的手帕来擦拭眼睛。

他说："不管你是什么党派的观点，不管你是什么立场，参军抗日，总没有理由说不对的吧？有血性的青年就该投笔从戎。现在，战局蜩螗，大家都对前方的失利关心。若追问这不能令人满意的现象是怎样造成的？我们是中国人，我们罪孽深重，我们中国人都应该挺胸承认，负起自己的责任。当然也有客观原因，盟军的战略是'欧洲第一'，所以中国的军事到今天这样吃力。我们的幅员辽阔兵力不足，有知识的战士更少。现在迫切需要我们大家共赴国难……"归根结底，他号召大家报名响应十万知识青年从军运动。

巩亮正伸头挤在窗口朝里张望，听着喻斌演讲，忽然感到左肩有人轻轻拍了一下。回头一看，原来是束川站在身后。束川对他笑笑："巩亮，你也在听？"巩亮点点头。束川将夹在胁下的用牛皮纸包好的几本书塞过来，说："给！"

巩亮想，呀，他真是言而有信！束川那友好的态度和笑容，使他自然而然地想到了早上黄汉云和叶迅的态度，又自然而然地想起了放在上衣口袋里的那篇稿子。他决定把稿子交给束川，伸手从口袋里掏出来递给束川，轻声说："束川，给，你拿着。"

束川接过稿子就抽身走了。巩亮夹着书朝窗口里又瞅了一眼，这时孙启先已上了台，正在慷慨激昂地表态，挥动着拳头，喷溅着口水，可谓声嘶力竭："……我响应号召，立刻……报名从军！……"巩亮觉得很无聊，不想再看下去了，便挤出人群，刚走两步，忽听束川的声音叫道："巩亮，来！……"巩亮掉头张望，见束川在不远处教室走廊上向他亲切招手，连忙跑了过去。

束川显然已经读过了巩亮的稿子，面带微笑，迎着巩亮说："我们散散步，到江边去谈谈好吗？"

巩亮点点头说："好。"他望着束川那贝多芬式的面容、和善的目光，急切地问："我的稿你看了？"

"看了。"束川声音里带着喜悦，"巩亮，看了你的稿子，我很高兴。你的思想上起了很大的变化，应当祝贺你。屈原说：'路漫漫其修远兮，吾将上下而求索。'但他那个时代限制了他，只好披发行吟于泽畔，最后自沉于汨罗江。我们这个时代不同了，是能够求索到真理的。"他深沉睿智的眼睛炯炯发光，显得很兴奋。

他俩向江边的林荫道走去。远处缙云山那苍翠泛紫的山峦耸立在晴天的白日之下，像肃穆默立的一排披着甲胄的武士。嘉陵江对岸北碚那栉比鳞次的房屋都裸露在眼前。暑天暴涨起来的嘉陵江水已经退落了，变得碧绿，在缓缓地流动。不知为什么，每当看到绿色的江水，巩亮总是会想起两年前路过成都，在望江楼上见到过的一副楹联："引袖拂寒星，古意苍茫，看四壁云山，青来剑外；停琴伫凉月，予怀浩渺，送一篙春水，绿到江南。"同时，心里就会泛起一股怀念江南的乡愁。此刻，听了束川的话，想起自己离乡背井走过的道路，这种感情又浮上心来了。他沉思着说："唉，其实，比起你们来，我求索真理开始得太迟了，觉悟得也太迟了。现在总算看清出路在哪儿了。以后，希望你多开导我。"

两人沿着林荫道漫步，法国梧桐和美国白杨的叶片不时被风吹得打着转转零落掉下，一片，两片……束川听了巩亮的话，点着头说："互相帮助永远是需要的。因为世界上的事情很复杂。有时，在一些事情外面会包裹着一层虚假的美丽的外衣，使人目迷五色，看不到本质。比如刚才我们看到的那'十万青年十万军'的一幕，像演戏似的搞得挺慷慨激昂。有的同学就会想，参军抗日，还能不对？管他什么军队呢，不都是打日本吗？有血性的青年就应该参加。实际呢，谁响应这个号召谁就上了当。这是个天大的骗局。中国的抗战有两条路线，两种军队。搞这十万青年军的目的，说穿了就是要给蒋介石扩充军队，给蒋介石建立一支法西斯党卫队，建立一支御林军来做他反共的资本。试想，直到今天，前方战局惨败到这种程度，蒋介石的精锐却屯兵陕甘宁边区周围，组成这样一支队伍他肯拿来抗日吗？有点政治头脑的学生是不会去上他的当的。让孙启先之流去给他的主子当爪牙吧！……"

巩亮听了，心里一动，忍不住把孙启先那天拉自己参军的事告诉了束川，最后说："孙启先答应，只要我当个'带头羊'，做个姿态，就可以穿上军装先出国游历一次，到印度逛上十天半月，回来后仍旧照样上大学，不必上前线。"

两人沿着江岸的一个陡坡向下边江畔寂静处走。束川说："卑鄙！你要是相信了他的话，就会像鱼儿吞了钩，由不得你自己了。"

巩亮摇头说："不！看来，孙启先说的也有些实话。他说过，如果我们真的去当了青年军，这个学校的阵地岂不是会让给'束川斯基'他们了吗？"束川听到孙启先称他"束川斯基"，哈哈笑了，巩亮也笑着继续说，"孙启先还说，我们这些骨干名义上参军，实际上是去而复来。回来后立刻大干一场。非把共产党在学校里的势力赶出去或彻底打败不可！他们把这叫作'收复失地'。"

"啊，原来如此。"束川的眉头拧拢来，又松开了，"不过，这恐怕只能是他们的痴心妄想！当然，这是要认真对待的……"说到要认真对待时，他的神情异常严肃，那思考的目光给人一种信心。突然，他深情地凝望着巩亮说："巩亮，我很高兴，我们互相之间的了解加深了。我信任你，你也可以信任我。正因为这样，我要求你小心谨慎。因为我能想象到今后斗争的残酷。我们不怕牺牲，但也不能作无谓的牺牲。因此……"他掏出巩亮写的那篇稿子在手里一扬，"这稿子发不发还要考虑。"

束川的话说得平静，声音也不高，却字字打动巩亮的心坎。巩亮听完，两眼不觉湿润了。这几年来，自从父亲被汉奸暗杀，妈妈病逝，他仅感受到姐姐的爱抚。现在从一个本来素昧平生的进步同学口中，吐露出这种兄弟般的真心诚意的关心，使巩亮的心像卷起了狂飙的大海。他忍不住激动地说："束川，不要为我担心。说实话，我倒是为你担心呢！他们的目标在你们，不会在我。时至今日，有爱国心的青年，难道能只考虑自己的安全而不凭良知办事吗？我要求，《新闻窗》把我的稿子发表出来，不要过多为我考虑。他们总不能把所有人的嘴巴封住，我说的是事实，众目共睹赖不掉的事实。我不说，别人也会说的。"

"是的，《新闻窗》是要表态的。但用你的名字发表这稿子，你就会成为孙启先之流的目标，要策略些。"束川想了想说，"这样吧，给你改个笔名重抄一遍发表。"

巩亮说："改也行，不过我不怕。我不是屠格涅夫笔下的那个罗亭，我不愿自己说话像巨人，行动像矮子。"

束川笑笑说："策略一点是有益无害的。特务心毒手辣，何必亮出靶子去挨揍呢？"

巩亮不作声，算是同意了。他俩走到了江畔两片开阔的布满卵石的岸滩边。阳光灿烂，江水奔流。前面不远是渡口，一些过江的男女同学都在一条旧木船上等待摆渡。巩亮瞥见叶迅也在，忽然想起早上交稿给黄汉云和叶迅遭到拒绝的事来，便一五一十告诉了束川。束川静静听完，安慰他说："你不要在意。我找机会同黄汉云谈谈。"一会儿又说："人同人之间要有了解。你同黄汉云他们之间就是因为缺乏了解，自然有些隔膜。不过，你要知道，由于你同喻珊玉有所交往，对你产生一些看法的人也不止黄汉云一个。"

提到喻珊玉，巩亮顿时想到了昨晚在特务捣乱会场后章民合对喻珊玉的怀疑，心中痛苦起来，不禁把章民合的话也告诉了束川。巩亮诚恳地皱着眉说："束川，难道你也怀疑她吗？"

额宇宽广的束川用两只深邃的大眼真诚地望着巩亮，摇头说："不，根据我们的了解，她不是什么特务，虽然她有一个不光彩的、很坏的父亲。"

巩亮舒了一口气，也许这就是爱情。当谁用鄙视、怀疑的态度谈起喻珊玉时，他就烦恼、痛苦和不安，当谁不是采取这种态度或者对喻珊玉给予一点肯定时，他就感到欣慰，心头的重压也减轻了。巩亮说："束川，说实在的，我跟喻珊玉交往并不太多，了解也很有限，她也没有给我很大的影响。至少，我认为受你的影响比受她的影响要大得多。"

束川点头表示相信。他脚踩在一块大卵石上，眺望着远处江面上的一只破浪而过的小火轮——这是从合川开往重庆的轮船，说："据我看，喻珊玉这个人很矛盾，她标榜自由主义，就说明了这个问题。时代的潮流使她意识到反动的路走不得，家庭的原因又使她不能毅然走进步的路。她就把自己放在一个尴尬的十字路口，情绪经常是消沉的。她需要找到志同道合的人来支持自己，所以她像钟子期找到了俞伯牙那样，认为你是知音。结果，你和她并不那么相同，她也许会失望的。"

巩亮心里浪潮翻腾，似有千言万语想告诉束川，可一时又感到语塞，不知从何说起。束川对喻珊玉的评价是恰如其分的，自己现在该怎么办呢？他看看滚滚流逝的江水，心里难受，难道爱情就会像这江水一样就此逝去？难道在人生的道路上他们果真不能携手共进？……

束川似乎能看穿他内心的苦恼与波动，亲切地说："巩亮，你既然把我当老大哥看待，我就应当诚恳地劝告你，在喻珊玉的问题上，要拿定主意，她是一个自尊心很强的女同学，既自信又盲目。你们交往，就应当努力说服她，同你一起进步，做无愧于这个大时代的进步青年。这样，也许会冒同她分离的危险。但我祝愿你成功，不希望你妥协。你可能是被丘比特的金箭射中了！不，你不要摇头，从你的眼睛里我早发现了这一点。你应当懂得，爱情如果没有一致的政治观点，如果没有一致的生活道路，是不可能长青的。我不认为你必须同她分道扬镳，但如果你不能说服她，在人生的道路上同你奔向一个目标，谁知道这爱情能不能开放花朵呢?"

巩亮听来,束川的话通俗、真诚而深刻,使他思绪万端,心里像有一团乱麻,简直理不出个头绪来了。

束川又说:"巩亮,人生是什么? 你想过没有?"

巩亮说:"人生,是战斗!"

束川点头说:"是的! 人生是战斗,因此也是考验。我相信,你是会经得住考验的。"

巩亮沉默地思索起来。束川忽然说:"我给你讲的都是大道理,你爱听吗? 不会说我爱卖狗皮膏药吧?"

巩亮诚实地说:"正是大道理,我才爱听。因为我感到需要。过去,也没有谁给我讲过这样的大道理。"

束川相信巩亮说的是实话,高兴地说:"那好! 我给你的书,你好好读读,有的也许一时还不能全懂。但至少,你会懂得中国向何处去,我们要建立一个怎样的新中国。"

巩亮把夹在胁下的用牛皮纸包着的书打开一看,面上的一本是《新民主主义论》。他听到束川叮嘱:"书,看时要收藏好,不要给别人发现,免得节外生枝。"

巩亮兴奋地点头,说:"一定!"

我不能不来寻找"鬼屋"！

蠢立在江边的"鬼屋"，现在是师范教师的家属宿舍。虽经修整，仍看得出油漆粉刷过又遭风侵雨蚀的痕迹。我走近它，我的心因激动而迸跳。

我仿佛又回到了那个有明亮月光的秋夜，听到了广东音乐《平湖秋月》那缠绵悱恻的旋律，在二楼那个窗口看见了喻珊玉，在一根又一根地擦燃火柴，瞬息即逝的火光划破了黑暗，照亮了她那白皙美丽的脸庞……

我迈动脚步下意识地从那个陡坡下去，往东边走，去到了沙滩。

我又仿佛同喻珊玉并肩走在一起了。月光下，嘉陵江水静静地流淌，我和她的影子透过薄雾映在地上，随着脚步移动而移动……

她走了，走得不留一丝迹影；留在我心底的，只有夜的记忆……

第十章　夜的记忆

下午，上"新闻学概论"时，英国留学的闻教授讲得枯燥无味，令人昏昏欲睡。巩亮始终心不在焉地坐在那儿，只把闻教授写在黑板上的提纲依样画葫芦地抄到笔记本上。下了课，他故意到新闻馆门口逛一圈，目的是想遇见喻珊玉，可是连影子也没碰到。

晚饭，菜是炒地瓜片，淡而无味，他草草吃了一碗八宝饭就算了事。夜晚降临，凉风习习，他放弃了去图书馆自习，硬着头皮心情忐忑地往女生宿舍走去。心里只有一个念头——马上见到喻珊玉。

绿树掩映的女生宿舍被密密的细竹竿编成的竹篱笆包围着，门首有好几棵枝繁叶茂的夹竹桃。传达室里亮着一盏十五支光半明不灭的小灯泡，平时像只石狮子似的坐在那儿的刘寡妇不见踪影。几个高年级的男生正等候在传达室里外，他们见了巩亮，一齐打量着他。巩亮不免局促，踱到树荫下，呆呆地看着刘寡妇喂养的一只狸猫"妙呜——妙呜"地在门边一只破碗里细嚼剩饭。

从传达室门口朝里张望，可以瞥见一间女生宿舍的后窗。灯亮着，有个女生对着镜子正在卷头发。巩亮不愿偷窥，又回身走到门边。门边，两个男生抽着烟在断断续续地闲聊。穿西装的瘦子头发梳得很"飞"，说："听说'第一夫人'用牛奶洗澡，跟电影《罗宫春色》里的希腊女王克里潘屈拉一样。"另一个穿长衫的"眼镜"说："你知道孔祥熙在美国存的黄金有多少？"谈话间，里边出来了两个打扮得花枝招展的女生，他们立即迎上去，分成两对走了。又过一会儿，刘寡妇出来了，对另外几个男生宣布："人不在，都上自习去了。"巩亮看见他们失望地走开了，才凑上前去对刘寡妇说："麻烦你给我找一找新闻系的喻珊玉。"

刘寡妇抬起泪囊浮肿的眼皮瞅着巩亮，发现是个陌生的面孔，便操一口蓝青官话教训起来："你是新生吧？没事好好上晚自习，别来这里多跑！"

巩亮脸红了，幸好灯光不亮，嗫嚅着说："我找喻珊玉有事。"

"你们是亲戚？"

巩亮摇摇头："麻烦给找一下吧！"

刘寡妇紧板着脸："她这两天都没在这里住，你上她家去找。她爹是训导长喻斌，她家就住'鬼屋'，你不知道？"

巩亮二话不说，转身离开了女生传达室，心想，看来，只好硬着头皮上"鬼屋"去找了。就迈步朝东边"鬼屋"的方向蹀去。

"鬼屋"在缙云坝东边，离校门大约一华里，是一幢西式二层楼洋房，临江矗立在一处坡岗上，据说原来是川军一个师长的别墅。师长早年性子暴烈常好无辜枪毙人，为了忏悔过去，晚年吃斋念佛，带了姨太太在这儿盖了别墅颐养天年。但住进新屋后，传说屋子常常闹鬼，师长经常发生幻觉，那些被他杀了的人老是出现在面前。终于，有一夜，吓得肝胆俱裂一命呜呼。师长死后，姨太太害怕，搬了出去，改嫁走了。别墅闹鬼的事传出后，人们就把它叫作"鬼屋"，无人再敢居住。两年前，训导长喻斌看中了这幢房子。他是学教育学的，不信鬼神，认为川军师长是相信因果报应，迷信鬼神自己吓死的。他让学校总务处将"鬼屋"修葺一新，请中文系的罗玉壁教授挥毫写了"临江庐"三字的一块匾额挂在门口，带着独养女儿搬了进去。父女俩住在那里，平安无事。这件事传开了，倒给喻斌带来了好名声，说他父女俩不迷信，有科学头脑，有胆识。然而，喻斌掌握学校国民党、三青团大权，常秘密叫些特务学生到他住处开会，进步学生依然把那屋子叫作"鬼屋"。喻珊玉知道后，就搬出来住进女生宿舍，只是喻斌好说歹说，她又对父亲有股孝心，才有时也回家住几天。

巩亮朝"鬼屋"的方向走着。月光如洗，凉风退去了中午的热意，夜雾从江边升起，像缥缈流动的烟云，弥漫在地面上、树丛间、远山中。巩亮终于望见那幢矗立在坡岗上的屋子了。那儿没有电灯，透过树影雾气，只见点点昏黄的烛光忽隐忽现。巩亮怕遇到熟人，故意避开大路。他走在一条田埂小路上，脚下踩着拂腿肚的马尾草、蟋蟀草、马齿苋，滑腻腻的。雾气湿衣，秋虫在田野里奏鸣。他心想在靠近"鬼屋"之前最好不遇到熟人，尤其不要遇到喻斌，假如遇到他，那就太尴尬了。他渐渐靠近"鬼屋"了，一抬头，看见二楼一扇窗户里，有一星火光忽地一闪，转瞬间又熄灭了。一会儿，那火光又亮了，瞬即又熄灭了。这不像烛光，一会儿闪亮，一会儿熄灭，是怎么一回事呢？他加快了脚步，希望赶快走到那里。他听喻珊玉说过，她住在二楼，要是那儿就是她的房间，那就太幸运了。他快步走着，那奇怪的火光又亮了，一会儿又熄灭了。透过夜色和迷雾，他看清了，是一个人在窗口擦火柴，火柴的闪光照亮了那白皙的脸，正是喻珊玉！她站在窗口，擦着火柴，看着火柴熄灭了，又擦第二根。她这是在干什么呢？……

蓦地，火光不再亮了，二楼漆黑一团。巩亮心里焦灼起来：糟了！难道她离开了？那我怎么办呢？他的脚步一下变得滞重了。他犹豫起来，要不要硬着头皮去敲门，万一是喻斌出来，他将怎样回答呢？他实在不希望见到喻斌。他对这个人有一种说不出的厌恶。这不仅是因为听到同学们对这位训导长的许多议论，也还因为喻斌是隔在他和喻珊玉之间的一堵墙。喻珊玉曾说过，喻斌同他父亲认识，因此说要找他谈一次话，但实际上并未兑现。巩亮倒不一定想同喻斌见面，但听了孔镇中那番谈话，他终于明白喻斌说话不算数的原因，是他反对喻珊玉同他巩亮接近。唉，为什么喻珊玉偏偏是他的女儿呢？……

一阵清风吹过，飘来了广东音乐《平湖秋月》那缠绵悱恻的旋律声。巩亮停脚聆听，是轻风从楼上窗子里吹送来的。接着，窗户里射出烛光，肯定是喻珊玉在那里播放唱片。这像她的情调。听着这动人的乐声，巩亮仿佛听到一种召唤，他不再犹豫了，一定要见到她！

走着走着，巩亮感到不知不觉间露水已经使他的头发、睫毛和褪色的蓝布学生装都微湿了。一只惊起的夜鸟"吱——"地飞过，忽然，他看到楼下有个窗户里也亮起了烛光。他判断，"鬼屋"里一定不止一个人。他不禁加快了脚步。

《平湖秋月》的旋律声仍在飘来。他终于走到通往"鬼屋"那条大路附近了。这儿有很多黄桷树，蟋蟀在砖石和泥土里"嚯嚯"的叫得很起劲。忽然他听到一阵脚步声，立即猫下身子隐蔽在树荫里，接着，在不甚明亮的月光下，看见几个幢幢的黑影，从大路那边走了过来。他估计是过路的人，就隐身不动。但是，一阵风吹过，传来了熟悉的声音，隐隐听得"……束川斯基他们昨晚是尝到滋味了！"另一个沙哑的嗓门大声笑起来，"哈哈，我是崇拜武力的！"人影走近了，巩亮一下看清是孙启先、张树椿和另外两个不认识的人。咦，他们夜晚来干什么？呵，看来是到喻斌家里去的。是去开会吗？临江庐还是被叫成"鬼屋"，果然，今夜这些"鬼"又来了！……

张树椿、孙启先等四个人过去了。巩亮从矮树丛立起身来，心里不无遗憾。来得太不巧了，偏偏碰上特务学生来找喻斌，那我怎么能再去找喻珊玉呢？他站在树荫里，思索着该怎么办。进，不行，只能退了。他心里有点懊丧，决定回去，从暗处闪身出来，沐浴着银样的月光，回身走向归途。转身时，他朝"鬼屋"看看，见四个黑影已经走到"鬼屋"门前，消失在树影里。《平湖秋月》的音乐声不知什么时候停歇了，"鬼屋"楼下窗户洞里亮着烛光，而楼上窗户里的灯光却忽然熄灭了。

巩亮心里一动，为什么楼上窗户洞里的烛光突然熄灭了呢？难道她下楼去了？依她的性格，她是不会同张树椿、孙启先一伙混在一起的。她会不会出来散步？好奇夹杂着期待，使巩亮突然想：不能走，我要看看，等着看看，看看喻珊玉会不会出来，看看她会不会同那伙特务学生混在一起。有了这样的目的，倒变得胆壮了，他回转身来，抄一条小路机灵地向坡岗上走去。

走近"鬼屋"，楼下亮着烛光的窗户里传来说话声。巩亮绕过一些桐树，轻轻地把身子挪近窗口，朝里张望。屋里窗台上，有一盆细枝纤纤片片云翠的盆栽文竹，透过文竹的枝间空隙，看到喻斌坐在一张沙发上，左边是孙启先和一个不相识的人，张树椿和另一个看不清面目的人背对着玻璃窗坐着。张树椿抽着烟指手画脚不知在说些什么，隔着玻璃窗听不真切。屋里没有喻珊玉的身影，巩亮感到欣慰。看了一会儿，巩亮没有听到开门声，不免又有些失望。他踌躇一会儿，悄悄从临近窗户的台阶上踮脚下来，退进树荫里。他决定再等一等，看看动静。

草棵里，秋虫"曜曜"、"嘀铃铃"的合奏声十分凄凉。站在这高高的坡岗上，看到月光下嘉陵江水像匹锦缎泛着波光，对岸北碚的万家灯火闪闪烁烁，巩亮感到难言的寂寞。他凝望着黑影幢幢的"鬼屋"，一心期望门会突然"吱呀"开了，喻珊玉从里边走出来。但却没有。他又朝楼上望望，也不见楼上出现灯光。他"唉"地叹了一口气，回身打算归去。没想到转过身来，迎面站着一个人，他"啊"地吓了一跳，嘴里不由自主地问："谁？"

空气里散发着紫罗兰的清香，荡漾着一阵甜润的压低了的银铃般的笑声。巩亮听清了也看清了，是喻珊玉！她亭亭玉立在树荫下，风动树梢，月光透过大树枝洒下跳跃的光斑，使她浑身闪动着一种令人炫目的光彩。她大约刚洗过头，黑发迷人地披在双肩，这使巩亮立刻想到了屠格涅夫的《贵族之家》，她多像《贵族之家》中的丽莎哟！……

喻珊玉用一种风趣的声调问："啊，什么风把你吹来了？"

巩亮又惊又喜，语气里带着激动："是你啊？你怎么在这儿的？"

喻珊玉扑哧一声又笑了："像尼采一样，孤独地散步。"

巩亮也笑了，走近了她，"你什么时候出来的？怎么我没有看见？"

喻珊玉用手指指"鬼屋"的后边："路总不是一条，门也不是一个。我从后边小门出来的，发现你像梁上君子趴在窗户上朝里偷看……"

巩亮笑着说："你父亲和张树椿、孙启先他们好像在谈话。"

喻珊玉的表情看不清，语气却是气恼的，"也许，你已经听说这儿是'鬼屋'了，我讨厌那些鬼常常跑来。"突然，她对巩亮说："我知道，邀约你到我家里，你是不会去的。有那些人在，你去也不方便。走吧，今宵月光雾气如此之好，我们散步去。"

巩亮正想同她谈谈，欣然说："好，去哪儿呢？"

喻珊玉手指月光下的江边："前面那一带，是学校里'沙滩会'的区域，我们不去凑热闹。如果你愿意，我们从陡坡那儿下去，往东走。那里清静，没有人，我常常独自在那儿散步。江边有些干净、干燥的沙滩地，可以坐着谈心。"说着，她迈开了步，巩亮就跟着她从陡坡往下面江边走去。

雾气氤氲，走在这空旷的秋夜月光下的江畔，看到嘉陵江水正向山峡间涌去，巩亮的心也如同从高峡急流间飘入了星垂月罩的平野。巩亮说："我先前看到你在窗户口擦火柴，擦了一根又一根，是干什么呀？"

喻珊玉笑笑："我喜欢在夜晚无聊时不点灯，像安徒生童话中那个卖火柴的小女孩似的，擦着火柴，一根又一根，看着火柴烧尽熄灭。我爱那种悲剧的美的童话意境。"她的声音有些凄凉。

巩亮默默地听着，说不出话来。

微风轻拂，吹得雾气东飘西荡。月光明亮，两人的影子透过薄雾朦朦胧胧映在地上，随着脚步移动而移动。巩亮回头看"鬼屋"，它矗立在那坡岗上，黑森森的使人产生阴暗的感觉。他刚想开口说话，听见喻珊玉问："你来找我干什么？"

巩亮沉吟了一下，如实地说："也不知为什么，就是想来找你。心里似乎有许许多多话要同你说。比如说，我就很想知道，为什么那次墓前谈话后，你就避着我，那么多天不同我见面？"

喻珊玉轻声一笑："这吗？为了给你考验，看看你怎么样？这不，你忍不住，不就自己跑来了吗？"

月光下，穿着一件浅蓝色旗袍的喻珊玉，身影婀娜，步履飘忽，脸上像大理石般白皙光润。她迎风张开双臂似要拥抱苍穹，说："啊，我多么喜欢让带凉意的江风痛痛快快吹个够啊！"忽然，她用优美的女声对着滔滔的嘉陵江轻轻歌唱起来："女郎，单身的女郎，你为什么留恋这黄昏的海边？……"

她唱的好像是用徐志摩的诗谱成的歌。她并不是从头唱到尾，而是随心所欲唱那适合自己心境和感情的段落。她唱得那么富有魅力，那么动人心弦。巩亮听着，觉得喻珊玉美极了！忽然，喻珊玉舞蹈起来了，歌声伴着她的舞姿，飘飘欲仙。她的黑发潇洒地披在肩上，她的旗袍在月光雾气中仿佛变成了银白色，使人有如真正看见了徐志摩诗中的那个只身在海边临风舞蹈的女郎。

"……你看我凌空舞，学一个海鸥没海波……"歌声在夜空中回荡。

巩亮站在月光雾气中的江边，有一种梦幻似的感觉，不禁赞叹地说："你唱得真好，跳得真美！"

喻珊玉停止唱歌，也不舞蹈了，突然走回来多情地凝望着巩亮："是吗？Adonis！"

Adonis，希腊神话里的一个美男子。他是司美和恋爱的女神维纳斯的爱人。巩亮听她这样叫，微微笑了。他听得出喻珊玉是从心里喊出来的，带着真挚的爱，这使他感到温暖和幸福。他指指眼面前在月光雾气中泛出银白色的沙滩地，说："坐一下？"

喻珊玉点点头，在沙滩上坐了下来。巩亮靠近她坐着，闻着紫罗兰的幽香。月光下喻珊玉的脸上洁白光亮，眼睛像两汪澄清的秋水，嘴唇的线条柔和而美丽。他期待着一个眼神、一个手势或者一句话。但是，什么都没有。他情不自禁将身子靠拢过去。但，刚一靠近，喻珊玉忽然站起身来，说："别这样！……"

巩亮好像清醒了，想起了束川的话，心里跳得像擂鼓似的，脸也发热了，忙说："坐下吧，我有事想问问你。"

喻珊玉大大方方地坐下了，一边看着若隐若现的星空，自言自语地说："啊，看不到银河，也找不到牛郎星和织女星呢！"一边回答巩亮："好吧！Adonis，快问吧！"

巩亮思索着措辞，说："昨天晚上，我们在一起听返校的系友谈时局，为什么你突然匆匆先走了？是不舒服了吗？"

喻珊玉回眸朝巩亮看着，两眼闪着探究的光，说："没有不舒服。"

"那你为什么匆匆先走？"

"怎么？"喻珊玉敏感地问，"也许……是有人说我什么了？"

巩亮觉得应当诚实地告诉她，点头说："是的。后来发生了特务学生捣乱会场的事，这你一定已经知道了？"

"我知道了。"喻珊玉冷冷地点头，"你对我有什么看法？怀疑？还是……"她语气和表情都带着严厉和气恼。

"我对你还能有什么怀疑呢？"巩亮诚恳地说，"但确实有同学奇怪，你为什么匆匆早走。难道你事先知道他们要破坏？"

"走，是我的自由，谁也无权过问。"喻珊玉掠掠被风吹乱的黑发，愤愤地说，"反正，我问心无愧！"

"但是，你应当知道，你父亲是喻斌，而大闹会场的就是那伙特务学生。有人奇怪你为什么早走，也是事出有因的。"

喻珊玉声音气得颤抖了："如果这是你的看法，猜想我会不会是假的自由主义者，会不会是伪装中立搞圈套来欺骗人……那我马上可以同你……"她做了个分袂的手势，"因为你侮辱了我的人格，损害了我的自尊心。但如果确实是旁人的看法，是那种进步分子像章民合之流的多疑，那我不怪你。你应当把实情告诉我。"

巩亮心里紧张，说："你说对了，看来你也是了解情况的。章民合是提出了疑问，她问我，你为什么早走？我觉得你应当说明，让大家了解你。"

"我何必稀罕别人对我的了解？我不是为了人家而活着的！"喻珊玉鄙夷地说，"但你既然并不怀疑我，我应当如实告诉你事情的经过。"

巩亮用一种期待的眼光看着喻珊玉。她太有性格了，这种性格同她的容貌太不一致了……

喻珊玉说得很快："情况是这样的，我同你坐在一起的时候，不久，我发现国民党、三青团那伙人断断续续都挤进来了，坐在后边一些连椅上。虽然灯光昏暗，但我都看得很清楚。在头一天夜里，我知道，他们的头子——'Big Shot'——'大亨'，这是张树椿的绰号，到临江庐来过。我听到他们谈话时高声嚷过什么打呀打的，我敏感地想到，来者不善，他们是一定要捣乱的。这一向来，我知道，这伙人都疯狂了，他们有一种世纪末心理，一心想蛮干。我怕他们捣乱，怕出事。依我的内心，我觉得邵文勇讲得是不错的，大家想听，我也想听。我又怕他们捣乱蛮干。怎么办呢？我一时冲动，决定马上去找父亲，我要把他拉来，让他也听听！我要对他说：'如果他们捣乱，出了事，人们十目所视、十手所指的将首先是你！'于是，我作了决定，就匆匆走了。"

"但是你没有能达到目的，是吗?"巩亮坦率地问。

月光下，嘉陵江水闪烁跳跃，远山间淡淡地飘浮着乳白的薄雾，江边的凉风使人有了寒意。

喻珊玉深深地点头："是啊，我跑得浑身大汗也没有找到他，他不在家。后来，找到了他，可是他坚持说不会出什么事的。……可是，实际上我后来知道，发生了一出《三本铁公鸡》，简直糟透了！"喻珊玉的话里有气愤也有懊丧。

巩亮用手抓起一把把沙子，又让沙子从指头缝隙里流泻下来。砂子在月光下闪出银白色的光泽。他一边玩弄着沙子，一边说："我看，你父亲早就知道内幕了。张树椿他们不听命于他就这么干，恐怕不可能吧？"

话没有说完，喻珊玉触了电似的说："你不必这样损害他。你不知道吗？他是个学者，但他有他的政治信仰。他要卫护自己的信仰，这是他的自由。为了这，我也有过我的痛苦。但是尽管如此，我总认为他是不会容忍采取打的手段的。他不是那样的人！张树椿之流未必都听他的话。"

巩亮忍不住坦率地说："不要把你父亲看得那么神圣！他是学者，可是他干的事并不一定都符合学者身份。你也许听不见，在同学中并不认为他是很清高的……"他想起了渡船的事，但怕刺伤喻珊玉，没有说出口。

喻珊玉激动了："请不要说了，我不爱听！我对他有所不满，但他是一个尽了责的父亲，对我死去的母亲也有忠贞的爱情。母亲死时，我只有十岁，他带着我直到今天。家里放着母亲的照片，他亲手写了一副对联：'累卿患难相从，十五年如一日；嗟予情怀难续，黄泉下重相见。'他没有过再结婚的念头……我希望你尊重一个女儿对父亲的看法。"

巩亮不作声了，心想，人是复杂的，包括喻斌，也包括她和我。沉吟了一会，为打破僵局，望着月光下喻珊玉那美丽而激动的脸，坦率地说："你父亲对我有什么看法没有？我猜是有的，不是吗？"

喻珊玉双手抱膝坐在沙上，风拂动着她那长长的黑发，她眼望月光下闪着银鳞流逝的江水，望着远处天边被淡云遮掩显得寂寞稀疏的星星，点头说："应当诚实告诉你，有。他本来想约你到临江庐来玩，要同你谈谈，后来就改变了主意。有一天，他对我说：'有人代表我同巩礼明的儿子谈了话，但话不投机。那是个很难改变主见的青年！'"

巩亮暗忖，该是孙启先同我谈话后向喻斌报告了什么，忍不住用一种轻蔑的语调说："是有人向他打了我的小报告了？"

喻珊玉点点头："这两天，我同他为了你正闹得很不愉快。"

"为了我？"巩亮惊讶了。

"是啊，有人说你与束川来往频繁，思想左倾；说你在追求我，两人已经怎么怎么。他终于严肃地问我有没有这样的事。我说：'你有些事我是不过问的，我有些事也不喜欢别人管。'他说：'你该了解一个做父亲的心！'我说：'你也该了解一个做女儿的心！'当然，闹了起来。我想知道是谁打的小报告，但他不说。这疙瘩，恐怕不容易解开了。"

巩亮心里有股火烫的激情在冲突，他顿时觉得更爱她了，忍不住说："唉，你讲的事使我想起了一个诗人的两句诗：你征服不了生活，生活就征服你！"

喻珊玉正用手玩沙，将沙堆成一个尖塔，但沙是干燥的，看看要堆成，又突然倾塌了。她很专心地堆了又倒，倒了又堆，叹口气说："是的，我也懂得幸福是从来不对弱者微笑的，春天给人希望，并不等于秋天给人满足。巩亮，我想，你就离政治远点吧！如果你认为……"话说半句，她停住了。

巩亮不由得也叹一口气："唉，我今天来，主要是要告诉你，对未来，我已经做出了抉择。如果说，我本来是站在十字路口做观察家的话，现在，我已经知道为了未来应该走哪条路了！"

喻珊玉大吃一惊，用手将被风吹乱的黑发掠向肩后，说："何必草率呢？未来？也许那是沙漠里虚幻的海市蜃楼。你应当把握住的不是未来，是现在！……"

月亮升得更高了，把它那清冷的银光洒照在嘉陵江两岸。远处缙云山的山巅在月下似是积雪的山峰，凉凉的夜风吹送来江水拍岸的轻微涛声。巩亮体味着喻珊玉的话，摇头说："不，我做出抉择不是草率的，是通过比较、鉴别，通过多次思想上的交锋与搏斗才做出抉择的。如果我们只看到眼面前，看不到将来；如果我们只为自己，不为人民大众，那我们未免太浅薄、太自私了！如果认为未来是虚幻的，那我们面对黑暗的现实还有什么希望？能为未来的理想斗争，我们的生存才有意义。珊玉！……"他第一次这样亲切地叫她的名字，"我爱你！我希望你和我能走同一条道路。我们不能分道扬镳！世界上最不会保守秘密的事，那就是爱情。我知道你的心和你的感情！但我想，爱情包含着双方共同的志向、情趣，同时又是由共同的进步信念和理想结合起来的。离开这些，爱情可能真是沙漠里虚幻的海市蜃楼了！……"

喻珊玉沉默着，低下了头。当她抬起头来时，月光照着她的脸，巩亮看到在长长的黑睫毛下，她那美丽的眼睛里含着两汪晶莹的泪水。

巩亮惶恐了，说："珊玉，你不认为我的话是对的吗？"

喻珊玉摇头，用手背拭去已经流淌在面颊上的泪水，说："如果你要幸福，你就听我的，让我们离开世俗，离开党派的斗争，离开政治。让我们用爱情的醇酒灌溉心灵。只要我毕业了，即使你还没有毕业，我们也可以一同走！父亲可以给我钱，也可以为我们创造条件，像鸟儿比翼双飞，我们可以去美国，到哥伦比亚新闻学院，我们可以成为被人羡慕的对象……"她的声音妩媚而温柔。

巩亮皱起了眉头。喻珊玉想的同他完全不一样，距离太大了！当他刚经深思熟虑对生活道路做出了抉择的时候，喻珊玉的话格外使他觉得不可接受了。喻珊玉拿自己的父亲作为靠山，更使巩亮感到这似乎侮辱了他的人格与自尊，使他心里升起了怒火。他不禁直率地说："你不是自命是自由主义者吗？可是，你现在怎么又这样说呢？……"

喻珊玉手里玩弄着沙子，甩一甩黑色的长发说："你为什么不了解我呢？生活在现实之中，当我开始思考，如你所说的通过比较，我对父亲的信仰是反感的，我不会去走他那条路。但我也不能像你那样做出抉择去做马克思的信徒。我孝顺我的父亲，为了不同他决裂，不使他过分伤心，我觉得我只能这样。为什么我们非得卷入党派斗争呢？我只要求你，像我一样，不要把政治看得至高无上。至高无上的应当是爱情，我们之间的爱情！如果你愿意接受这一点的话……"

巩亮激动起来了，脸上发烫，摊开双手说："也许我可以谅解你，但我不能赞同你。我今夜来找你，不是想向你投降的，更没有打算依附于你父亲的权势和金钱……"

"那，你是想我向你投降？"喻珊玉反问，话声透着倔强，似乎也生气了。

"不，我们应当服从真理！"巩亮忽然想起契诃夫的一句话："人生的快乐和幸福不在金钱而在真理。"他略为和缓地说："当国家面临抗战胜利又可能在敌人铁蹄下毁灭时，当这个腐败无能的政府日渐法西斯化而使人民无法再忍受时，我们却把祖国和人民的命运，把我们自己的未来丢在一边，说，'我们要离开这些远一点！'这对吗？我需要爱情，我也确实不知为什么这样深爱着你，但你要我做的，我却做不到，我的良心不允许！……"他说不下去了。感到她负荷着传统思想的因袭重担而又为新思潮所激荡，但她追求的个人幸福势必要被埋葬在严威和冷眼中，被埋葬在最黑最黑的深夜之中，正像鲁迅十几年前所写的《伤逝》中的那个子君一样。这使他既苦恼又感到心灵受了创伤。

出乎巩亮意外，喻珊玉既不反驳，也不争辩，却带着怒气用手将堆成尖塔了的沙堆"啪"地打倒，自言自语地说："是啊，在沙上是堆不成宝塔盖不成房屋的。"她从沙地上站了起来，望着夜空摇摇头，忽然说："你，请回去吧！你应该知道我的性格，我是我自己的，我不允许谁改变我的主见！"她看也不看他，自己向江水潺潺的方向走去。

沉默和夜雾同时渐渐深浓。

巩亮愣在那儿，看着这个美丽的但是却仿佛身上有刺的女同学的背影，心头交汇着十分复杂矛盾的感情。

月光下，喻珊玉像穿着一件银色的衣服，又舞蹈起来，唱起了婉转动听的歌：

> ……
>
> 女郎，回家吧，女郎！
> "啊，不；你看我凌空舞，
> 学一个海鸥没海波。"——
> 在夜色里，在沙滩上，
> 急旋着一个苗条的身影——
> 婆娑，婆娑。

呜咽的嘉陵江在絮语叹息，夜雾飘浮在远山近水之间。

巩亮望着渐渐远去的喻珊玉，忽然感到不能忍受这种轻视。他向正在唱歌的喻珊玉望了一眼，赌气地顿一下脚，"嗨"了一声，转身就走。走了一段路，心里又在想。如果她叫我一声："Adonis！你回来！……"那我就马上折回身去，紧紧拥抱她……

但，当他走上陡坡快要看不见江边沙滩的时候，仍没有听见喻珊玉叫他。

朦朦胧胧的月光和潮湿的雾气融合在一起，给嘉陵江蒙上了一层淡淡的轻纱。他回头望了最后一眼，只见月光雾气中，喻珊玉那银色的身影仍在原处徘徊，只是歌声已听不见了。她的身影被像霜一般的沙滩衬托着，就像一个立在大舞台上的剪影，扑朔迷离，缥缈而虚幻。

啊，这个倔强而带辣味的姑娘哟！拍岸的水声因为秋风横扫而更响了，秋风带来凉意，他懊丧地独自徜徉，走回宿舍。

江边，太阳高照，雾早散尽了。

我伫立在江边，感情澎湃，看着滔滔的嘉陵江水陷入沉思。来到这里，难道仅是为了找寻旧梦？逝去的峥嵘岁月就好像当年江边的篝火，始终在我心坎上燃烧……

那时候，秋季常有白色的浓雾。我曾在这里久久凝望雾中江边船户点燃篝火时发出的红色火光。假如我那位油画家的朋友，用色彩、线条、明暗的对比、静动的衬托，构思出这样一幅非常美的画来，题目就叫《浓雾中的火光》。那也许只是一幅风景画。但在我的心上，我可以透过画面想到：追求真理和进步的青年，当时是如何拨开障眼的浓雾看到了熊熊大火映照着新世界的。

啊！心海里的波涛激荡扬波，那一个难忘的有着浓雾的黑夜哟……

第十一章　蒙蒙的雾

白天，下午只有两堂课，余下的时间，巩亮独自夹了束川借给他的书，到靠近黄桷镇方向的树林里阅读。昨夜同喻珊玉不欢而散，使他心里十分枞陧。他想借读书使自己安定下来。他先读了《新民主主义论》，正如束川所说，不能一下全懂，但对中国向何处去这个问题确实找到了答案。他多么向往能建立那样一个光明的新中国啊！新闻系有些进步同学平时说话很大胆，有人就曾公开说："中国的希望在延安！"读了这本书，巩亮心头的这种想法浓烈了，对现实也更不满意了。到快吃晚饭的时分，他漫步回去，一路上东张西望，想见到喻珊玉，却没有如愿。

晚饭后，太阳还未落山。暮霭升起，远处江上、山间隐隐约约像有一层炊烟似的白雾在游荡。他回到寝室，本想找书呆子徐志轩谈谈心，徐志轩出去了，黄汉云也不见踪影，只有叶迅躺在床上，似养神又似思考，先是闷声不响，一会儿突然问："那个'正义'是你的笔名吧？"

吃晚饭时，巩亮在食堂里听人说《新闻窗》上发表了一个署名"正义"的作者的公开信，谴责前晚破坏系会的暴徒们，反应很强烈。现在叶迅问起，他坦然地反问："唔，怎么？"

"写得很好啊！写得很好！"叶迅微笑着捧场。

巩亮决定自己去看一看《新闻窗》，也不作声，就离开寝室快步到张贴壁报的教室走廊去。

自从昨天夜晚在江边沙滩同喻珊玉分手后，今天一天，巩亮的情绪都受影响。他不能忘怀于喻珊玉，他爱她，确实坠入情网了。但是，又觉得自己和她思想距离太大，存在着一道难以填平的深沟。两个性格都倔强的人碰在一起，互不退让，只能溅发出火星来，造成无法转圜的僵局。他整天痛苦烦躁，坐立不安，眼面前老是浮现出喻珊玉美丽的面容，听到她高傲的声音："Adonis！算了吧！这是一场两个人各有其打算的恋爱，你不会向我投降，我也不会向你屈服，让我们各行其是各走各的路吧！……"他心里像缺少了什么，走路时仿佛被一根绳索拴住，浑身都不带劲。

还有一个问题也是一个谜——是谁向喻斌报告，说我同束川来往频繁又在追求喻珊玉的呢？可能是孙启先，又不像孙启先。孙启先对我同喻珊玉之间的关系并不那么了解呀！……像有火光在心头一闪，巩亮忽然想起了那天徐志轩在寝室里告诉他叶迅偷看日记的事。徐志轩没有必要造谣。那么，告密者是叶迅吗？叶迅到底是个什么样的人呢？这人总使人感到他鬼祟、不可捉摸。他那么接近黄汉云，在黄汉云和我的关系上，他到底起了什么作用？为何当黄汉云面，对我冷淡，黄汉云不在，他又显得热络起来？……这个人，到底是好人是坏人？是进步的学生还是喻斌的秘密走狗？想起这些，巩亮心里乱极了。

他头脑里乱七八糟地想着，情绪很坏。走到墙报栏那排教室附近，他抬头东望，只见《新闻窗》旁围着七八个人。他以为是看他那封公开信的，就匆匆走上去。谁知，刚近前，看清了那是孙启先和一些三青团的特务学生站在那里，他们发现巩亮来了，目光一齐射了过来。孙启先那张黑脸蕴含杀气，指着《新闻窗》上的那封公开信，质问道："巩亮，这是你写的吗？"

巩亮不免一愣，但不愿隐讳，走过去朝《新闻窗》望了一眼，说："唔，怎么样？"

孙启先用鬼火般的眼光瞅着巩亮，向周围的同伙说："是吧？尽管用了化名改了笔迹，我一猜就是他！"又扭头冷笑道，"好呀！老同学，这下我算彻底认识你了。你既然公开在《新闻窗》上亮相，就莫怪我不客气啦！"说着，"哗啦"一声，伸手将张贴在《新闻窗》上的那封公开信整个撕了下来，三下两下扯成了碎片扔在脚下踩了一脚又一脚。边上的一伙帮凶欢叫起来。

巩亮气得满脸通红，抗议说："孙启先，我为你悲哀！你们的本事似乎就剩下用拳头用武力这一条了，有理为什么不敢用嘴用笔说呢？你撕了我的公开信，正好证明我说得对。是非自有公论，想用拳头打倒真理，堵住正义的呼声，那是妄想，办不到！"

孙启先故意哈哈狂笑，趾高气扬地说："好啊！……"他恶狠狠地举起拳头，"这就是真理！总有一天你会尝到滋味，懂得你要付出什么代价的！"

巩亮尽管单身一人，但不甘示弱，尽量使自己平静，一字一声地回答："总有一天，你会认识到拳头并不代表真理。如果不准备付出代价，我们也就不能捍卫真理。"

孙启先并不认真听巩亮的话，他狂妄地高叫一声："走！"一挥手，带着那些狐群狗党扬长去了。

巩亮看着被撕毁的《新闻窗》，又看看孙启先一伙特务学生消失在昏暗的暮色里，心中怒涛翻滚，咬着牙想，今夜，我一定重写一封公开信贴上，署上"巩亮"的名字！一转身愤愤地向东面疾步走去。他想到新闻馆去看看束川在不在那儿。此时此刻，他感到有无数心里话要告诉束川，同束川商量。

"巩亮！"突然，他听有人叫他，回头一看，束川穿一件洗得褪了色的蓝布大褂，正向他走来。

"束川！我正要去找你！"巩亮高兴地迎上前去，激动地说："我气愤极了！刚才……"他一口气把刚才的事讲了一遍。

束川静静地听着，先没有吱声，稍一沉吟，说："走吧，我们去散散步。"

血一样红的夕阳恹恹地落在缙云山后去了，嘉陵江上罩上了一片凝重的紫灰色。秋风从远处吹来，使两山相峙的江上发出隐隐的呼啸声，巨大的灰蓝色的暗影从江岸边悄悄爬了上来。天色向晚，阳光褪尽，暮色追踪而至，氤氲雾气升起在江水丘壑之间。

巩亮向束川说："我本来打算去新闻馆找你的。正巧，你竟来了！"

束川摸出烟来，点上火抽着，说："我同你们寝室的徐志轩正在谈心，听人说看到三青团那伙打手在撕《新闻窗》同你闹了起来。我怕你吃亏，让徐志轩去图书馆自习，就匆匆赶来了。这一向，法西斯打风一开，他们气焰嚣张，很有狗急跳墙的势态，是什么坏事都干得出来的，不可不防！今后要充分注意到这一点。"他深深地吸着香烟，将白色的烟雾喷吐在暮色中。

巩亮沉默着，觉得束川的判断很有道理。

束川问："书开始看了吗？"

巩亮点头说："看了，就像跨进了一个陌生的理想天地，许多地方都使我感到新鲜、兴奋。"

束川笑笑："那就好。继续看吧！看完，我再给你换。"

雾气浓重，四周一片朦胧。江岸边停泊的一艘木船旁，船工在鹅卵石堆积的沙滩上烧起了篝火。通红的篝火在江畔淡淡的夜雾中燃烧，美极了！远处，有散步的同学唱起了《嘉陵江上》：

> 那一天，敌人打到了我的村庄，
> 我便失去了我的田舍、家人和牛羊，
> 如今我徘徊在嘉陵江上，
> 我仿佛闻到故乡泥土的芳香。
> ……

听着歌声，看着篝火，巩亮心情沉重。他慢慢对束川谈起了昨夜同喻珊玉龃龉，从他们见面一直详细讲到分手；又谈到了他对叶迅的怀疑，以及叶迅偷看日记的事。

远处歌声继续飘来：

　　江水每夜呜咽地流过，
　　都仿佛流在我的心上……

两人在雾气中迈着步，脚下响着被踩擦的草声，路边有各种秋虫鸣叫。束川静静听着巩亮的叙述，听得很仔细。听完，点头说："叶迅这个人值得注意。他在你和黄汉云甚至陈胖之间是起了挑拨作用的。但是，你的行为是自己最忠实的辩护者，拿我和孟怀远来说，相信的是你，而不是那些不可靠的话。"

巩亮感到温暖和欣慰。同束川谈话，总有这种感觉。束川的话很诚恳，一瞬间，他竟觉得自己的睫毛湿润了。

束川轻轻地继续说："最近，我常同徐志轩接触，他也坦率地讲了他对黄汉云及叶迅的看法，提供了一些叶迅的情况。徐志轩是个很朴实本分的人，但他并不是书呆子。你把怀疑暂时全作为秘密藏在心里吧，我们需要保持警惕，更要有真实的凭证。"

听了束川的话，巩亮才想到，这一向徐志轩的确有些变化。比如，他的情绪比过去开朗了，有时还哼哼歌。他有空也跑到新闻馆去看报纸和杂志。怪不得前晚系友返校讲时局的会他先说不参加，后来却参加了，还一直坚持到最后才走……想到这些，巩亮心里高兴。看来，这也是束川同他接近的结果。三斋三室的六个新生，曾几何时，先走了孔镇中，后走了孙启先，现在又有一个问题人物叶迅。想起束川曾说过他们都会变化，巩亮似乎有了更深的体会。

天暗下来，有月光，但不明亮，常被云块遮掩。雾气渐浓，似云似烟。从江边林荫道上眺望，远处隐约的山，对岸灯火闪烁的北碚，江边崖下横贯在大片沙滩和卵石地带的嘉陵江，都像被透明的蝉翼纱包裹着。江边通红的篝火仍在熊熊燃烧。由于夜色的衬托，由于雾气更浓，篝火反而显得更美了。凝望着眼面前这黑夜雾气中被火焰映照着的水光山色，束川慨叹着说："啊，夜色这么黑，可是却衬得篝火更红了！"

巩亮理解束川的意思，他们停下来沉默地看了一会，束川说："看来，你昨晚同喻珊玉的谈话是失败了？"

巩亮诚实地说："她很倔强。我很难使她改弦易辙。"

"那她对你呢？"束川问。

巩亮思索着说："我，也有我的信念。我也不想让她改变我的信念。"

束川仍在望着浓雾和沙滩上吐着火舌的篝火，说："如果你爱她，再努力争取她吧！自然，在爱情问题上，头脑要清醒，不能陷入盲目。"

巩亮默默点头说："唔，我应该再努力争取她。"他这么说，心里却想，我同喻珊玉之间的爱情是否陷入了盲目呢？事实上，确实是带有盲目性的。这爱是怎么产生的，不就是始于迎新晚会上的邂逅吗？不就是因为她在我心目中美得像《贵族之家》中的丽莎或《伤逝》中的子君，而我在她心目中像 Adonis 才形成的吗？昨夜的龃龉，不也正源于这种互相并不真正了解的盲目吗？……

他正心情忐忑地思忖着，又听到束川像个老大哥似的说："巩亮，你应当告诉她，爱情，有狭义的和广义的。除了对某一个异性的爱，还存在着某种更广义的爱，值得我们为之生或为之死。这种伟大的爱，许多志士仁人早就追求过，就是爱真理、爱人民、爱祖国。狭义的爱融进广义的爱中，才会有生命力，放出光彩。我希望你尽力帮助她，使她像这篝火一样放光放热。当然，这可能很困难。重要的是，不论成功失败，自己要坚定。"

巩亮点头："你说得对。我有勇气来应付可能到来的失败和不幸。我记得有那么一句名言：'高尚的生活，常在壮丽的牺牲中。'假如我不能争取她，我也不会退回去。"他说话时铿锵有力，显示了决心和信念。

秋风里，细树枝儿颤抖着沙沙沙地低吟，远处东阳镇方向传来低沉短促的狗吠。两人一同踱步向前，束川说："当前，时局危机十分严重。国民党后方政治的腐化与前方军事的挫败压得大家透不过气来。要改变这种局面，我们应当有所作为。你注意今天《新华日报》上一条消息没有？大前天，成都华西坝上两千学生集会要求建立联合政府，影响很大。我们这儿也将举行一次游行示威，反对国民党的法西斯特务统治，要求组织联合政府。当然，他们是要破坏的，但我们将突破重重阻挠表明我们的态度。你参加吗？"

巩亮兴奋地答："当然！我当然参加！"终于忍不住又说，"我也要再同喻珊玉谈一次，邀她也参加。你看可以吗？"

束川笑了，点头说："邀她参加吧！示威游行是公开举行的，谁都可以参加。人，应当站在真理一边，站在人民的利益和祖国光明前途一边。也许你的爱情可以使她起变化。耐心诚恳地同她谈吧！"

淡淡的月光从云隙里渗出，洒在奇妙变幻的黑黝黝的山峰间，江岸弥漫着一层轻纱般的烟云。

巩亮又深深点头。提起时局，他心里那郁闷压抑之感又升起来了。他觉得最好来一场暴风雨洗涤这污浊的大地，他愿意学高尔基赞美的海燕，迎着暴风雨翱翔，接受暴风雨的考验。

再往前走，就是通向"沙滩会"的石梯了，那是学校里男女学生幽会的地方。两人停住了脚步。束川用手指指西面说："往那儿逛吧！"就一起又踱过去。走到一条居高临下通往渡口的小径旁，巩亮忽然想，束川一定是共产党员。他很想问："束川，你是不是？"又觉得太冒昧了。他们是秘密的，你问他，也未必肯告诉你。但他相信自己不会猜错。从束川的言行、为人，巩亮认为他都应该是的。

夜色漆黑，夜雾越来越浓，像黑色的咖啡中渗进了乳白的牛奶。远处，沙滩边的那堆篝火仍在旺盛地燃烧，射出熊熊的红光。束川诗意盎然地说："我们眼前有浓雾，有黑夜，但太阳出来，夜就要过去，雾就要散去。我们透过夜雾，看到熊熊的火光，应当想到黎明来到时一个光明灿烂的世界就会降临。"他忽然兴致勃勃地说："走，我们从这条小径下去，逛到那堆篝火旁去看看！"

巩亮高兴地说："好！"两人向篝火所在的地方逛去。这时的校园里和江边，特别安静，学生大半在图书馆或者教室里自习，这一带江边黑黝黝的很少见人。束川走着，忽然瞥见前边雾蒙蒙的暗处闪过两个鬼祟的黑影。他心里警惕的一动，对巩亮说："走吧，不去了！我们离开这里到人多一些的地方去。"巩亮刚才也看到左边大树背后有鬼祟的黑影一闪，顿时明白了束川话里的含意，应了一声说："对！"

但是，已经迟了！月亮又被乌云吞没，在黑黝黝的浓雾中，忽然闪出了五六个黑影，头上扎着布，脸上鼻子以下也蒙着布，凶恶地向他俩冲来。束川一推巩亮的肩膀，说："跑！"两人拔腿就奔，蒙面人紧围过来。巩亮隐隐感到这伙暴徒的目的主要是对着束川的，咬牙对束川说："你快跑！我掩护你！"但想不到那伙蒙面黑影一扬手，淅沥沥撒出了沙子。束川"啊"了一声，眼被沙子迷住了。巩亮也觉得一只眼钻进了沙子，酸疼刺心，也"哟"地用手蒙住眼睛。束川闭着眼停住了脚步高叫："巩亮！别管我！你快跑！"但巩亮决定不跑了。无论如何，不能丢下束川逃跑的！他看见束川已被两个人揪住，他高喊着："救人哪！……救人哪！……"同时不顾一切冲上前去，却被一个蒙面人拦住，两人搏斗起来。

呼救声在夜空中随着秋风飘散。巩亮在同那个蒙面人搏斗的时候，束川已被揪拥着从小径往崖下沙滩走去了。巩亮一看不见了束川，他明白了：这是特务绑架束川！他一面挥拳拼搏，一面高声呼救："来人啊！特务抓人啦！来人啊！……"喊声未落，一拳打在他脸上。他已不顾自己的安危了，一脚蹬倒一个对手，躲开另两个对手的纠缠，没命地飞下小径去追赶被绑架走了的束川。

这是一段崎岖的下崖小径。夜黑，脚下磕磕绊绊，后边三个蒙面人又赶了上来。他性急慌忙，鼻子淌着血，一不小心，脚下被藏在暗处的一个蒙面特务一绊，他"啊……"了一声，一个趔趄栽下去一丈多远，跌倒在覆盖着绿草和砂土的地上。他不顾疼痛，一个鲤鱼打挺爬起身来，继续高叫着，"救人哪！救人哪！……"迎着追来的四个黑影扑了上去。冷不防，有一个矮子手里拿着短棒朝他头部一击，一股黏糊糊带腥的东西沿着脸面淌下来。他感到受伤了，咬牙切齿狠狠地朝面前那大个儿肚子上飞起一脚，大个儿"呀"的摔了几尺远，哼着趴下了。他扑上去抓住大个儿一只上衣口袋，大个儿一滚，口袋撕掉了。他同大个儿在地上扭成一团，趁势狠咬了对方右手一口。这不过是几秒中的搏斗，巩亮还没有来得及撑起身，两手就被另外两个人抓住了，那矮子举起木棒对着他头上一击，他感到一阵晕眩，哼了一声，想放声再叫，但叫不出来，瞬即人事不知地被甩在长满野草的砂土地上了……

这时，远处传来了杂沓的脚步声。

当时的新闻馆，现在是师范总务处办公室。那年，在夜雾中，我受伤后，就昏昏沉沉躺在这里。来到这里，触景生情，我不能不想起章民合来。在我受伤后，她曾那么尽心地照顾我，使我每一想起，就会产生感激之情。大学时代，孟怀远曾向章民合表达过爱情。她对老孟是有好感的，但她对他说："我现在要跟革命恋爱。等到光明来到，我们胜利的那天再说吧！"但在光明来到之前，老孟在上海解放前夕被杀害了！接着，胜利了，她忙于工作，后来又有了坎坷遭遇，一直独身。

50年代时，章民合和黄汉云一起，在北京一家刊物工作。那时，她这个40年代在大学里搞学运的地下党员，已是刊物的负责人了。黄汉云在她领导下工作。我那时在上海一家出版社工作，到北京看过他们。章民合仍是爽朗明快，爱说爱笑。黄汉云见到我，仍像大学时那样冷淡，摆出一副原则性特强的样子。他提拔得很快，不久就做了章民合的副手。1957年，章民合错划右派，听说黄汉云是很出力的。章民合去西北劳动后，他就代替了她的职务。但"文化大革命"中，黄汉云也受冲击，后来又被"造反派"看中，"亮相结合"了，干得很起劲，终于陷入了泥潭，犯了十分严重的政治错误。粉碎"四人帮"后，经过审查，他总算得到了宽大的对待，当然是不能重用了。听说他从此消极，办了退休让儿子顶替。有人见他常在北海公园散步——一个踽踽独行其貌不扬的老头儿，照样不苟言笑，只是眉目之间常流露一种"等着瞧"的神情。

章民合的错划，在"四人帮"垮台后得到改正，党籍恢复。人们对她在受冤屈期间的表现评价极高。改正后，她先在一家省报任副社长，去年，又被调到北京在新华总社工作。但我却不知道，也未见过她。上个月，她参加新闻工作者代表团去欧洲考察前，我同她在北京饭店的一次宴会上偶然相遇。那当然是非常令人激动的，但又太匆匆了！

　　我们谈起一些老同学，黄汉云的情况就是她告诉我的。但她很恕道，她说："巩亮，你知道，我从大学时代开始就一直以左派自居的，但实际也有一种极'左'的情绪。黄汉云比我更厉害。这是一种使我们的革命蒙受过极大损害的情绪，而我曾错把这种情绪当作'革命'。终于，我自己也被这种'左'伤害了。说这些，不是忏悔。一个革命者不需要忏悔，需要的是总结经验教训而继续前进……"

　　过一会儿，她凝望着我说："知道你那位在音乐学院任教的夫人已在'文化大革命'中患病去世了，请接受我的哀悼。听说你们的一个女孩很漂亮，已经工作了吧？"

　　我说："丹丹就在北京做医生。"

　　她说："你看上去还是很年轻。"

　　我说："你也不老。大学时代有两句话：'革命使我们永葆青春，勇敢使我们克成伟业。'也许我们始终是这样。"

　　她开朗地笑了。不知为什么，她的睫毛竟湿润了。临分别时，她告诉了我住址和电话号码，伸出手来，说："见到你真高兴，使我想起了很多很多过去了的事。我下个月就能回国，如果你有空，以后请常来谈谈……"

第十二章　束川失踪以后

　　躺在阅览室大桌子上的巩亮注射了镇静剂，沉睡了六七个小时醒来时，已是日上三竿时分了。他头部被厚厚的纱布包裹着。睁眼之前，首先闻到的是一股紫罗兰的幽香。多么熟悉亲切的香味啊，这是喻珊玉独有的香水味呀！巩亮睁开眼，阳光反射在白色的墙壁上，照得两眼热辣辣的，使他感到晕眩。他渴望能看到喻珊玉，奇怪极了，睁开眼时，首先映入眼帘的不是喻珊玉，却是章民合那张开朗的脸，有点疲乏，也有淡淡的忧愁，两只真挚无邪的黑眼睛关切地注视着他。平时，章民合是个泼泼辣辣的女同学，可是此刻显得异样温柔。这突然使巩亮想起了在江津的温柔的姐姐……他听到章民合那浙江蓝青官话的口音兴奋地对人说："醒了！醒了！"接着，他看到了山东大汉孟怀远关切的面容。在一旁看书的徐志轩也走了过来。他们三个都站在大桌子旁，眼睛和脸上露出欣慰。孟怀远声音洪亮地问："巩亮，你觉得怎么样？"徐志轩用手指指头部问："还痛得厉害吗？要不要在额上搽点万金油？"他用下巴指指章民合，"她和老孟从夜里守到现在还没睡呢。系主任曹先生和闻教授他们都来看过你了。"

　　巩亮十分感激，但没有回答，心里在想，紫罗兰香味从哪儿来的呢？难道章民合也用这种香水？不，不是的。喻珊玉曾炫耀地说过，这种香水是一个亲戚从印度加尔各答带来的。章民合向来很朴素，平时从不搽什么香水，连头发也只草草挽成两个短小的辫子甩在脑后。

那么这紫罗兰的幽香从哪儿来的呢？忽然，他嗅出了，是从枕旁一块白色的抽丝手绢上散发出来的。白手绢的一角上还绣着一朵彩色小花。这是喻珊玉的手绢呀！他下意识地侧脸端详着那块手绢出神。这时，他听到章民合用讥讽的口吻说："呵，自由主义者喻珊玉小姐刚才光临过了，停留了十分钟。枕旁这散发着布尔乔亚气味的手绢，看来是她有意留给你的，向你说明：喻珊玉到此一游。"

章民合虽是个女同学，但心直口快，带几分男子气概。见巩亮没有作声，又说："喻珊玉在追求你吧？她一定是看中了你功课好、聪颖、机敏、勤奋、勇敢，长得像她心目中的骑士。她来，最关心你的是两条：一条是怕你脑子受伤以后会变成傻子；一条是怕你脸上有伤损坏了面容。见你两颊也裹住了纱布，她总是问：'脸上受伤没有？将来会有疤吗？'我跟她开了个玩笑，说你将来半边脸可能会像《夜半歌声》里的宋丹萍。她叹了一口气，留下了这条手绢放在你的枕边就走了。这是证明她来过了。其实，依我看，你真成了宋丹萍，她就不会再钟情于你了。"

巩亮听了，心里气闷。说这些干什么呢？他觉得章民合不但瞧不起喻珊玉，似乎还有些憎恶她，这就使他更不愉快了。

"章民合，你别东扯西拉了，说那些干什么？"孟怀远插话了，语气里带着责怪。

但，章民合泼辣地朝老孟嚷道："不该把喻珊玉来过的情况如实告诉巩亮吗？这算什么东扯西拉？说实话……"她朝躺在大桌子上的巩亮说："巩亮，说实话，我不忍看着你上她的当！谁知她是个什么样的人物呢？表面上的自由主义者、中间派，实际上呢，谁知道！我是怕你成了一只蜘蛛张开的网上的俘虏，怕你成为黏在可怕的情网上的一只蜻蜓呢！"

听了章民合的话，巩亮不禁皱起了眉头，觉得头脑晕乎乎的，伤口也疼痛。屋外，有麻雀吱喳鸣叫，环视四周，他发现是躺在新闻馆进门向右拐，走廊尽头的那间阅览室里。房间很大，窗台上，有几盆品种并不怎么佳妙的菊花，有紫红的，有嫩黄的，也有洁白的。靠西边窗口，墙上钉着用美术字剪贴的一句口号："做民众的喉舌。"还有一张邹韬奋的语录："如能保全报格——即保全言论上的独立精神，不受无理的干涉和利用——我当然要用尽心力保全这个具有七年历史获得多数读者同情与爱护的刊物，如需丧失报格才能保全，则宁听受暴力的封闭。"另外还贴着一大张"中央图书杂志审查会"发表的"取缔剧本一览表"，内列不准出版或上演的剧本凡一百十六种之多，包括郭沫若的《高渐离》、曹禺的《原野》以及欧阳予倩、阳翰笙、熊佛西、老舍、李健吾、陈白尘、阿英、田汉、洪深等的剧本。这是束川他们有意张贴在这儿，借以展示国民党的法西斯统治的。这些他都熟悉。可是，他怎么会到了这里呢？他朦朦胧胧记得，夜里，束川被绑架走了，他在江边追赶，同人搏斗，受了伤，晕厥了，接着，闻声而来的人把他扶起。他满面是血，说："束川，被……绑架走了！……"然后，又晕厥了。再苏醒过来时，是在明亮的灯光下，似乎有医生给他在包扎伤口。然后，又什么都不知道了……现在，束川怎么样了？想到束川，他就不平静了，艰难地用舌头舔舔嘴唇，吃力地问了一句："束川呢？"

孟怀远俯着那巨人似的身子，抚慰他说："还没有找到他。但我们已经向学校提出了这个问题。昨夜，校长被我们喊醒，来看过你。系主任也来看过你。喻斌也被我们喊醒，但他未来。校长答应先报告北碚警察局和宪兵队。我们也组织了力量，同各个进步系会也联络起来，正在分头继续寻找。你不要着急。"

章民合在一边拿了块口袋大小的料子，在手里扬了一扬说："巩亮，这是你紧紧握在手里的一块料子，是只口袋。"

巩亮记起来了，晕倒之前，他抓住那大个儿的一只上衣口袋撕了下来，还咬过那家伙一口。当时，暴徒蒙着脸，看不清面目，但他觉得那大个儿的身材轮廓很像张树椿。便想撕一只口袋、咬一口做个记号，好追查打手。此刻，他艰难地说："章民合，你把那口袋料子给我看看。"

章民合把那块口袋料子递到巩亮右手里。巩亮举起来仰脸细看，心里一沉。这是一块深藏青色的凡立丁料子，张树椿平日穿的不就是这样一件西装上衣吗？他愤激地扬着口袋料子说："你们看，这像不像从张树椿上衣撕下来的口袋？"

孟怀远接过去细细观察，章民合已经嚷起来了："像！张树椿平时穿的就是这料子颜色的西装上衣。"

徐志轩也凑过来看衣料，说："确实像！巩亮，昨晚你定是同张树椿搏斗的？"

巩亮忍着头上伤口的疼痛说："昨夜，束川被绑架走了，我追赶时，有一高一矮两个蒙了脸的人打我，他们手里还有棍棒。当时，我就觉得那个高的像张树椿，但看不真切。后来打我的人增到四个，我就向那大个儿扑上去，撕下这块口袋布，还在他右手上狠狠咬了一口。"

孟怀远琢磨着说："太好了，巩亮！我们今天就找张树椿追查，有了这证据，同喻斌之流交涉就有力量了！"

巩亮一边听着，一边又在搜索着记忆，脑子似乎有点迟钝，又有点疲乏，想不起更多的事情来，他自言自语地说："我怎么会到这里来了？"

章民合说："有些同学听到喊救声奔到江边，发现你晕倒在那儿，淌着血。后来老孟他们也去了。"

孟怀远说："我见是你，叫了几声，你睁眼说了束川被绑架，又晕过去了。我把你交给徐志轩他们，跑到江边察看。趸船上没有人，只有一只空渡船。但远远漆黑的江面上隐约有只木船正驶向北碚。我们怀疑束川就在那只船上，却没法去追。天亮了，我又去江边，发现脚印已不清晰，只有你搏斗昏厥的地方有你的血迹。"

徐志轩那清瘦秀气的脸上布满关切，说："我本来在图书馆自习，头疼，夹了书出来散步呼吸新鲜空气，忽听呼救声，临时喊了几个不认识的同学一起跑向江边，发现了你。后来，老孟把你交给了我们，轮流背着你就近到了这里。有人说东阳镇有个开业的外科医生，是德国耶拿大学的博士，便把他请了来。那医生技术不错，给你洗了创口，打破伤风针，进行了包扎。"

巩亮愁闷地说："唉，我担心束川啊！……"他简直像要掉泪了。

孟怀远、章民合和徐志轩都没有作声。大家对束川有着深厚的感情，都为他的安全担忧。沉默一会，孟怀远突然说："我去找人侦察一下张树椿的动静，看看这伙特务现在在干些什么。"他叮嘱章民合和徐志轩说："你们还是在这里守护巩亮，不要离开。"又对巩亮说："闭上眼睡一会，不要多说话，也不要多想，更不要着急。我去去就来。"说完，他噔噔噔地走了。

巩亮愁闷地闭上了眼。徐志轩又从口袋里掏出一本外文书来看。这是一本供美军阅读的袖珍本《战地钟声》，他是通过阅读这些外国文学作品来提高英语水平的。章民合静静地坐在巩亮躺着的大桌子旁，不声不响，安静得像一个尽忠职守的护士。巩亮闭着眼，又闻到了枕边那紫罗兰的幽香，章民合刚才说的话也在耳边回旋。他并不喜欢章民合的话，可又不禁想，在我伤得这样重的时候，喻珊玉却只停留了十分钟！这使他生气。在这束川失踪、自己被打伤的情况下，他感到自己的心与进步同学们靠得更紧了，跟喻珊玉却似乎扩大了距离。他不能不隐隐感到一种遗憾、一种躁恨。他心头交汇着对束川的怀念和对喻珊玉既爱且怨的复杂感情。心想，大家都在找束川，我呢，只能躺着，多心焦！他睁开了眼，用手撑着想坐起来，忽然一阵晕眩，立刻"啊"地又闭上了眼。章民合和徐志轩连忙过来扶他躺下。章民合不无埋怨地说："怎么能起来呢？你得躺下好好再睡一会儿呀！"巩亮只得叹口气又躺了下来，他这才发现自己睡的是一个白洋布小枕头，枕套中间绣着一个新闻系的系徽——一支光芒四射的彩色的笔和一个代表推动历史前进的银色齿轮。他头上渗透纱布淌出来的鲜血已经将枕头染污了。巩亮抱歉地说："啊，谁的枕头？给我睡脏了。"

章民合笑笑，开朗地说："我的枕头，我心甘情愿给你睡的。你这样的血是不脏的！"她的目光真挚，语气亲切，胸怀坦荡，似乎心里没有半点尘埃。她从暖水瓶里倒了半杯开水在瓷缸里，递给巩亮说："我扶你起来喝点开水。我这暖瓶不保暖，水是温的，正可口。"

她和徐志轩扶巩亮喝了点水，又让巩亮躺下。

徐志轩靠在桌边轻声说："巩亮，快睡一下吧，争取早点恢复健康，还有不少事要做呢！他们绑架束川，目的自然是为了想破坏示威游行。可是，那是妄想！等你恢复过来了，我们一块儿游行！"

徐志轩的话使巩亮心里激动，他不禁又睁开了眼，看着徐志轩说："志轩，我真没有想到，我以前一直以为你只埋头读书是个书呆子。"

徐志轩握住巩亮的手，说："我本来是在一种沉重的压力下变成书呆子的。我也曾确实想埋头读书两耳不闻窗外事。但束川和老孟他们用钥匙开了我的心窍。"他指指墙上那条邹韬奋的语录，说："我想的道理跟这段话也是一样。作为一个当代青年，我怎么能对时局和国家民族的前途毫不关心？我看到过我父亲的结局，也想到过我可能遇到的结局，没有什么了不起的！而现在，看到了束川被绑架和你的负伤，我就更坦然了。'民不畏死，奈何以死惧之！'"

他的话不但使巩亮高兴，章民合也很欣赏。章民合正启口要说些什么，听见一阵脚步声，原来是黄汉云和叶迅急急匆匆一起进来了。两人进来后，四处张望了一下，黄汉云问章民合："老孟呢？"

章民合回答："他不在这里。"靠西的一扇窗户被一阵秋风吹开了，乒乓地撞击着。章民合忙去关窗。接着又问："有什么事吗？"

黄汉云看看徐志轩，又看看躺在桌子上的巩亮，冷冰冰回答："没什么事，我们……"他又回头看看身后的叶迅，说，"走吧！"

两人吞吞吐吐匆匆忙忙出去了。章民合拴紧了窗插销，关好了窗，不满地瞅了他们的背影一眼，说："什么事这么神秘！"又对徐志轩说："听说你们那间寝室来时六个人，走了一个'恋爱专家'，又走了一个特务，如今就剩你们四个。他俩自命最进步，经常在一起，看不起巩亮，也看不起你这书呆子，是不是？"

徐志轩把握在手里的那本书塞进口袋，笑笑说："还用问吗？巩亮受了伤，先前他俩来了，站了不到五分钟，一句关心的话也没说就走了。刚才来，又是那副凛凛然的样子。其实，要了解一个人需要时间，路遥知马力，日久见人心嘛！"

章民合说："你这是什么意思？"

徐志轩不答，却指指巩亮，说："让巩亮好好安静睡一会吧，我们聊天会吵扰他的。"

章民合见巩亮闭着眼似是睡了，站起身来轻声对徐志轩说："我去对大门口站岗的同学打个招呼，一般的人管谁都不让进来，好让巩亮休息一会儿。"说完，她踮着脚跟轻轻地走出去了。

徐志轩重新拿出外文书来看了不到一页，又见章民合急急忙忙跑了进来，说："喻斌向新闻馆这儿走来了！这个特务头子，还带着他的几个狐群狗党，里边有那个黑皮孙启先。我估计是来看巩亮的，黄鼠狼给鸡拜年！我已经叫一个把门的同学去找老孟、陈胖他们多来些人，对这伙坏蛋不可不防啊！"

徐志轩把书往口袋里一插，说："好吧，看他来说些什么！"

巩亮并没有睡着，早已听到章民合连珠炮似的那番话了。他睁开眼沉吟着说："他现在来，一定有了什么锦囊计。可惜老孟不在这儿，要是早点把他们找来就好了！"

正说着，只听见新闻馆的大门乒乒乓乓地响，前边把门的同学在高喊："章民合！……"接着传来一阵纷乱的脚步声。巩亮侧脸注视着阅览室门口，喻斌那修长的穿灰西装的身影已经出现了。他依然是一副学者派头，戴着金丝眼镜的脸上平和文静，两只眼睛透过镜片闪着一种难以捉摸的光，胡髭修得很光，头发梳得很平熨，一条黑领带配着白衬衫显得素雅。紧跟着他的是七八个学生。里边，有孙启先等几个特务学生，也有几个新闻系在把门的进步同学。

喻斌缓步走近巩亮躺的桌前，似乎很惊讶地说："啊呀，怎么会发生这样的事了呢！唉！……"巩亮看着喻斌，没有表情，也不说话。

喻斌十分关切问："伤得怎么样啊？不太严重吧？"

巩亮仍未作声。章民合在一边插嘴说："要是再严重的话，特务打手就要送他的命了！"

喻斌看看章民合，两只似乎平和的眼里露出一丝寒光，一闪即逝，又朝着巩亮十分和蔼地说："你叫巩亮，我早知道了。其实，我们是世交，我还是你的父执呢！我同你父亲年轻时交称莫逆，后来多年不见，知道他在上海遇害了。我是不胜怀念的。唉，你受了伤，我很难过。你知道吧，我曾经让珊玉告诉你，要邀你到家里玩玩、谈谈，等你伤好了，你来吧！"他回身对孙启先说："他长得跟他父亲很像啊，尤其是眼睛和鼻子，简直惟妙惟肖……"

巩亮突然感到喻斌此时此地讲这些，是想造成一种假象，使人以为他和喻斌关系亲密。他气得血往脸上冲，头部伤口又是一阵刺心的疼痛，心像被拨动了的琴弦一般因愤怒而颤抖了。

喻斌又意在言外地对着在场的人说："唉，我来之前，调查了些情况，对昨夜的事众说纷纭，令人莫衷一是。比如，巩亮现在受了伤，这是事实。束川直到现在，大家也找不到他，也是事实……"

孙启先叼着烟插科打诨地插嘴："人都把束川叫作'束川斯基'，他保不住秘密偷跑到延安去了吧？"

有的特务学生咯咯笑了。喻斌向他们摇摇头，继续说："这件事怎么会发生的，就众说不一了。我总觉得说他被绑架还不可全信。他，一个穷学生，谁要绑架他呢？"说到这里，外边络绎拥进不少人。有的站在阅览室门口，有的走到了巩亮躺着的大桌周围。巩亮一看，孟怀远、陈胖、胡石泉和其他许多新闻系的同学都来了。巩亮心里激动，脑子像转着石磨似的想着怎样来对付喻斌。

喻斌还在发表意见:"现在,既然众说纷纭,谁的话都不能立刻作为相信的依据,需要慢慢调查,慎重处理。因为别有用心之徒唯恐天下不乱,会利用一切可乘之机煽动学潮,大家不能上当!"

他话没说完,巩亮双臂一撑,坐起来了,说:"我是当事人,束川被绑架我是亲眼目睹的,这难道会是假的吗?我被暴徒打成这样子,这也难道是假的吗?束川当然只是一个穷学生,但他是新闻系系会的主席,是在同学中有威信的人物,特务对他下毒手,并不奇怪!如果无视这些事实,借口众说纷纭,甚至造谣想把清水搅浑,那实际是包庇特务,谁也不能容忍这么做的!……"他说这番话时,慷慨激昂,边上进步的同学点头叫好,孙启先等那几个特务学生张口结舌,喻斌气得脸色煞白满面怒容。

喻斌打断他说:"巩亮,不要偏激。你受了伤,不应该多说话,更不能激动。等你好一点了,你上我家来。我可以好好听听你的看法。"他用的是一种熟人兼长辈的宽厚体谅的口吻。

巩亮说:"不!"

孟怀远挺身而出了,他一激动,说话声音就大得像铜钟,带有一种威力:"训导长,束川已经失踪了,巩亮也被歹徒打伤了,这是谁也改变不了的事实!隐瞒、推托、拖拉,都不允许。至于是谁干的,是本校的特务干的,还是勾结校外特务一起干的,这我们并不是一点不知道,有的人却可能全知道。我们只希望使束川回来,并且使伤害人的凶手受到制裁!这点,你作为学校国民党三青团负责人,特别有责任!我们希望训导长看清形势,妥善处理这件事,不要激怒公愤,使得事情的发展不可收拾。"他这话刚完,马上引起了周围学生的强烈反应,嗡嗡嘤嘤的不平之声响成了一片。

喻斌忽然勃然大怒了,满脸平和之气刹那间消失了:"从你的话里听来,你似乎已经掌握了可靠的证据,知道这件事是谁干的了!这点,大家都是听清了的吧?……"他面向众人,似乎是要大家做证,"那很好嘛！你就说出来，由你负责了！至于我，我毫无所知，愿意洗耳恭听。我知道，有些左倾分子受异党蛊惑，在酝酿游行示威，制造学潮。你，孟怀远就是主要组织者之一。你们正在找借口，好大闹特闹，给政府和学校制造麻烦。但我希望不要无事生非，不要使行动越轨，走得太远了！"

陆续来到新闻馆阅览室的人越来越多，黄汉云和叶迅也来了，都挤在窗口又看又听。

阅览室里空气紧张，孟怀远正要回答，巩亮却抢先开口了，说："我首先要声明！训导长刚才说我与他是世交，他是我的父执等等，实际我同他没有任何交往！"

孙启先突然无赖地插了嘴："巩亮，别说谎了！我们是老同学，别人不知我可知道。怎么能说没有任何交往呢？'此地无银三百两'，你这是违心之论嘛！"

巩亮愤慨地说："这话是什么意思？你以为你当了走卒，别人也会跟着当走卒吗？了解的人都知道，我同喻珊玉是有交往的，但同喻珊玉的父亲没有任何交往！刚才他自己就证明，他还是第一次认识我。何来交往？你们休想混淆视听！我明确告诉你们，束川被特务绑架的事件必须追究，谁也休想动摇我的意志。我决不会背弃真理与正义，站到邪恶的一方去！"

他讲得很激动，许多同学都被他鲜明的态度感动了。章民合甚至泪湿了眼眶。

喻斌似乎像挨了一棍，表情阴森。他不想同巩亮交锋，突然说："好吧，就先谈到这里吧！但我还要再说一句，现在众说纷纭，仓促就下结论是不行的。如果说可疑，据我调查，也有人说你巩亮可疑。但我对你是了解的，我不认为你可疑。我希望同学们在复杂的事物面前保持冷静，不要被挑动，以免受骗上当！"说着，他盯了巩亮一眼，就要走出阅览室去，孙启先等也转身紧跟着他。

"你不要走！"气得脸色绯红的巩亮，突然大喝一声。

孟怀远也跟着高喊："不要走！"声音就像打雷。

喻斌一愣，孙启先忙去护卫着他。空气顿时紧张了。

"训导长，你刚才说对这件事你一点也不知道，恐怕不是事实吧？我可以奉告，昨天打伤我的暴徒中，有一个肯定就是张树椿！张树椿干的事你能不知道吗？今天，你来了，他没有来，为什么？因为他来不了啦！昨天搏斗时，我在他右手上咬了一口，同时……"巩亮目光炯炯地揭露，从枕下掏出那块藏青色的西装口袋在手里一扬，"看吧，这就是罪证！是从张树椿那件西装上衣撕下来的口袋。现在，我要求你向全校师生保证，叫张树椿穿着他那件西装，站在大家面前。否则，你得负责惩办凶手，交出束川！"

断断续续来到阅览室里外的学生少说也有一百几十人，顿时议论纷纷，愤怒指责，大哗起来，都给巩亮叫好。

孟怀远看着狼狈不堪的喻斌，高声对大家说："我们已经调查清楚啦，张树椿已经躲藏起来不敢露面了！"

孙启先无赖地跳起来："什么躲起来了？他昨夜也突然失踪了，谁知束川的失踪是真是假呀？谁知是不是搞的苦肉计呀！……"

进步学生们起哄了，有怒骂的，有愤愤指责的。喻斌大声挥着手说："张树椿失踪的事确是事实，因为尚在调查所以未曾张扬。束川失踪和张树椿失踪，我们都一律报案。至于，束川失踪是真是假，确需查考。当年，抗战爆发前，日寇寻衅也在南京制造过藏本失踪事件的嘛！"说到这里，他不顾众人的一片气愤抗议，带着孙启先等人，挤出一条路，溜出了新闻馆。

过分的激动和愤怒，使巩亮的脸色一会儿绯红一会儿苍白。他是咬牙支撑着身子同喻斌舌战的，现在，喻斌走了，他感到疲乏了。心头的气恼纠结在一起，结成了一个疙瘩，排遣不开。他创口疼痛，头部晕眩，鼻尖冒着虚汗。徐志轩和章民合连忙扶他躺下。孟怀远在一旁请逗留在阅览室里的同学们离开，连声说："大家快离开吧，让他安静休息一下……"人们散去了。

阅览室里像经历了一场大风暴，除了地面上留下许多足迹和尘土，一切又归于宁静。巩亮疲惫地闭着眼，心头的浪潮仍在澎湃汹涌。当他再睁开眼看时，发现人已散了，留在身边的仍只有孟怀远、章民合和徐志轩。他忍不住委屈地对孟怀远说："老孟，刚才喻斌的话你听清没有？他竟说有人说我可疑！……"他气得嘴唇瑟瑟地抖。

章民合劝慰说："你气得这样干什么？有那么个寓言，狐狸偷吃了鸡又来做法官，当然鬼话连篇。我们都相信你，你的言行证明你是一个非常好的人。"

但，孟怀远却皱着眉一挥他的大手："不，这倒不是没来由的，叶迅就在说巩亮可疑。他怂恿黄汉云出面和他一起制造舆论，说巩亮和喻珊玉关系密切，和喻斌暗中也许有什么来往，怀疑巩亮与特务有勾结，要加以提防。但他同喻斌一样，没有想到巩亮却抓住了张树椿的罪证，更没想到我们对巩亮是完全了解的。这家伙真是愚蠢，可以肯定是一条狗！"

章民合脸上露出诧异的神态问："有证据？"

孟怀远说："披着羊皮的狼总是狼。"他含笑地朝徐志轩看看。徐志轩没有作声，平静地低着头从口袋里摸出一盒万金油来搽。

听了这话，巩亮愤慨地说："唉，他们真坏，竟说张树椿也失踪了，我真怕束川被暗害了啊！……"说着，掉下泪来。

谁之，完全出乎意外，孟怀远高兴中带着神秘，轻声地说："告诉你们一个好消息！刚才陈胖带来口信，束川安然无恙。他被绑架在渡船上，趁夜雾跳到江中，随波游了二十多里，受了一些伤，但上了岸，人很好，在一户船工家里住着，已派人秘密看望他去了。"

三个人都愣住了。忽然，巩亮兴奋地双手一撑坐起来："啊！我太高兴了！"

我站在新闻馆前，久久不愿离开。喻珊玉的身影又出现在我眼前。

　　回想往事，我毫不后悔。两种追求，我终于要了一种，丢了另一种。我和她的分手是不可避免的。

　　多少年来，她的声音曾不止一次在我耳边回响。我仿佛听到她长叹了一声说："我感到生活空虚，你却感到生活充实。你谈的是一个人应当怎样度过自己的青春，在大时代中，青年人应当怎样走人生的道路，我并非丝毫不懂。只是，我没法像你那样……"

　　这是她向我告别前的话语。我常想，倘若她有一种坚定的追求进步的信念，与我们同走一条路，多好！但阶级和社会的局限，她那种醉心于个人奋斗的向往，使她不可能那样。这剩下的就只有遗憾了。你征服不了生活，生活必将征服你！何况，她本来就是一个消极、低沉的人。她爱的诗，她爱的曲，她爱的意境，都是那样的。如果政治上没有正确坚定的方向，在人生的道路上是经不起风暴的袭击、世俗的诱惑的。这样的人，不但过去有，今后又何尝没有呢？……

第十三章　紫罗兰的香味消失了

　　午后两点钟光景，有路过北碚的火轮，鸣响着嘹亮的汽笛。当船已远去，余音还在峡谷中随风缭绕。新闻馆阅览室里静悄悄的。靠近巩亮睡着的大桌子的那扇南窗，被章民合用她的一床旧花被单挡了起来，阳光照着被单，室内亮着一种杏黄色的柔和光辉。

　　徐志轩和孟怀远走了，章民合独自守着巩亮。她给巩亮喂了一遍药，等巩亮睡着了，她感到疲乏，坐在一把椅子上伏在大桌边沿，头埋在臂弯里也睡熟了。巩亮睡了一觉醒来，头上伤口仍有些疼痛。他睁眼四顾发现章民合伏在桌沿睡得很香，看到她那一头乌发扎成的两条小辫垂在肩上，随着呼吸起伏微微蠕动，巩亮心里涌起一种异常感激的情绪来。他本来是侧着睡的，左臂压得麻木了，想翻个身松动松动，又怕惊醒了章民合，就忍住不动，希望让她多睡一会。

　　喻珊玉的小手绢仍搁在枕边，散发着令巩亮心动的紫罗兰幽香。上午同喻斌交锋的情景又浮现在眼前。老奸巨猾的喻斌居然摆出一副"世交"、"父执"的架子，故意在同学中散布迷雾，实在令人愤慨。自己当时给了反击是做得对的。确实，谁也休想动摇自己的意志，甚至喻珊玉也不能使自己背弃真理。这难道是一时的感情冲动吗？如果没有这些日子对生活、时局、人生的思考，没有江边沙滩上同喻珊玉的龃龉，没有眼前这血的教训，是不会一下子就冒出那番话来的。但现在，闻着手绢上的紫罗兰幽香，巩亮又隐隐感到痛楚了——这血的教训能不能擦亮喻珊玉的眼睛呢？他不知道。

巩亮不由自主地吁了一口气，闭上眼睛想念起束川来。束川受了伤，不知伤势怎样？张树椿躲起来了，孙启先和喻斌竟厚颜无耻说是"失踪"。他们散播这种谣言要干什么呢？如果束川回到学校，不会遭到诬陷吗？……斗争形势这样复杂险恶，在没有经验的巩亮看来，简直理不出头绪束手无策了。他心里真为束川担心，想到要不是自己昨天同孙启先发生冲突，束川也许就不会来找自己谈话，他们也不会在夜雾中散步，发生束川被绑架的事了。他忽然觉得对不起束川，眼眶里涌出泪水来。

章民合仍熟睡着，枕边手绢上的紫罗兰幽香仍在氤氲四散。但忽然，香味似乎浓烈了。巩亮又仿佛听到一阵轻微的窸窸窣窣的声音。他睁开眼一看，啊！不知什么时候，喻珊玉那婀娜苗条的身影已站在面前了！她是轻悄悄地进来的。那两只有时闪着稚气光泽的大眼，她那带着酒窝的白皙的圆脸，立刻又使巩亮想起了《伤逝》里的子君。她仍旧穿着平日爱穿的那件素雅的蓝旗袍，漆黑的长发卷了两道自然的大波浪，依旧用一根天蓝色的缎带扎在脑后。但，此时此刻，喻珊玉的脸色为什么如此苍白？眼神为何如此哀伤？巩亮不由自主地"啊"了一声："你？珊玉！……"

喻珊玉应了一声，看着熟睡的章民合，将一听 Klim 奶粉放在巩亮枕边，柔声地说："是的，我轻轻地来了。上午我来看过你，我知道你有人照顾，但我不能不再来看看你。"她没有说完，发现章民合醒了，就住口不说了。

章民合睁开惺忪的眼睛，看看喻珊玉，又看看巩亮，用一种毫不掩饰的冷淡的语调说："嗬，你来了？"

喻珊玉并不由衷地笑笑，带刺地说："不欢迎吗？"

"如果你是从第三条道路上走到我们这儿来的，我想一定走得很辛苦了。"章民合不冷不热言外有意地说，"那么，我应当说，欢迎。请坐！"她递过去一把椅子放在左边。

喻珊玉笑笑，笑得很冷。她没有坐，又带刺地说："你站错地方了，我怎么敢坐在进步分子的左边？"

巩亮心上烦恼，不欢喜她俩见面说话就都带刺，埋怨说："你们这是干什么？说话都像无花的蔷薇。"

章民合两条秀眉不满地抖动了一下，笑着说："是啊，其实谁也不必勉强谁。大时代嘛，谁爱走怎样的路谁爱说怎样的话，别人做不了主。"

喻珊玉也笑笑，笑里带着气恼，说："我是来看巩亮并想同他谈谈的，并没有时间同谁辩论。章小姐，你是否可以开恩让我们单独谈一谈。"

巩亮有点出乎意外，觉得谈谈也好，沉默不语。章民合看看巩亮的脸色和眼神，似乎明白了，涨红着脸说："我不过是受同学们的委托在这里照顾他的伤病而已。我没有权力干涉你们的自由，但我不能擅离职守。我在门外过道里坐着，恐怕不会妨碍喻小姐密谈吧？"

巩亮仍旧沉默。喻珊玉说："那就谢谢了！"

章民合"哗"的一声，摘下了遮窗的那床花被单，随手扔在一把椅子上，午后的阳光马上照亮了阅览室。她有些愤愤地端起一把椅子走到阅览室门外去。她刚一出门，喻珊玉就生气地说："这个一脸马克思气的进步分子，老是怀疑我。她的眼睛是凹凸镜，看人都是变形的！"

巩亮语重心长地说："珊玉，你用自己的行动改变人们对你的看法不好吗？"

喻珊玉冷笑笑，撇撇嘴，带点任性地说："我行我素，他人哭笑我不管！我有独立不羁的性格，不需要戴有色眼镜的人了解我！"

巩亮说："你刚才对她说的话刺太多，你不该那样对待章民合的。"

喻珊玉在椅子上坐下了，笑笑说："难道也刺痛了你？"

巩亮说："你这是什么意思？"

喻珊玉叹口气苦笑道："不谈这个了！巩亮，你知道，我是违背了父亲的命令来的。这，并不容易。我来，你不欢迎？"

巩亮的眼里流露着一种令人信赖的热情，老实地说："当然欢迎！我常常想你。"

喻珊玉甜甜笑着，说："我上午来时，你还昏睡。章民合骗我，说你要像宋丹萍了，我就去找东阳镇那个外科医生。你知道，Adonis，我是多么怕你损坏了面容啊！我向他了解了你的伤情。他说，不会损坏你的容貌，只要脑震荡恢复，你很快就可以起来活动的。Adonis，真想不到你会那么狠地同人家搏斗，简直像个战神！你没有想过吗？假如你毁坏了面容，真的像了宋丹萍，茫茫人世哪里能有一所古老的楼房能让你蛰居？我能在哪里听到你的夜半歌声？你为什么要卷进政治浪潮呢？我真想同你好好诚心诚意地谈一谈。"

巩亮躺着，一句一句体味着喻珊玉的话，叹口气说："是啊，我也真想同你再坦率地好好谈一谈啊！你希望我们之间怎么样呢？"

喻珊玉温情地用两只大眼看着巩亮，说："你知道徐志摩有这么四句诗吗？"她吟诵起来：

> 任凭秋风吹尽满园的黄叶，
> 任凭白蚁蛀烂了千年的画壁；
> 就使有一天霹雳震翻了宇宙，
> 也震不翻你我"爱墙"内的自由！

诵完，她用一种企求的眼光看着巩亮说："怎么样？Adonis，能领会吗？……"

巩亮忍不住坦率地说："珊玉，你受徐志摩这类诗人的影响太深了，你老是有些消极、颓废的情绪。而我却喜欢昂扬、积极，甚至为了一个理想和目标，不惜献出热血。你老是喜欢说'我'或者'我们'，这就使我痛苦，矛盾。我是十分爱你的。但在今天这种大时代中，我不愿做一个糊里糊涂自私自利的青年。祖国的前途、民族的命运，能不关心吗？我爱你，但我更爱人生的真谛！一个人怎么能没有崇高的理想和信仰呢？那样活着，行尸走肉，太没有意思了。我不能不爱真理，不能不爱祖国……"

喻珊玉摇头，打断巩亮的话："够了！唉，我什么时候不要你爱国呢！你卷入政治旋涡有什么好处，难道不可以超脱一点吗？像你这样一个高才生，完全有条件在学术上取得成就，未必就是不爱国吗？你不这样做，今天在《新闻窗》上发表宣言，明天在江边同人搏斗，自以为是在为真理斗争，实际是被人牵着鼻子下了水，毁掉你自己。你昨晚差点连性命也丢了，多么危险，难道还不能从中解悟到一点什么吗？"

巩亮躺不住了，涨红了脸双手一撑坐了起来，说："你该了解，可能我的血管里流动的是我父亲的热血，他为抗日而死，我也愿为反抗法西斯流下鲜血。你说学术上取得成就，但现在的局势弄得大家连书也不能安心读下去了，可能吗？我们是新闻系的学生，毕业后是为民喉舌的新闻战士，怎么能'超脱'呢？又哪里有世外桃源让你超脱呢？珊玉，我们都会唱《毕业歌》，你睁开眼看看，现在的情景不仍然是'听吧，满耳是大众的嗟伤！看吧，一年年国土的沦丧'吗？想到这些，我就热血澎湃，我不是冷血动物，岂能无动于衷！难道你从我的言行，从束川被绑架和同学们的愤激情绪中，也不能解悟到一点什么吗？"

天空晴朗，蓝得可爱，窗外远处，嘉陵江上传来了船工、纤夫雄浑的号子声。听了昂扬的号子声，使人好像能看到船工掌着舵、纤夫拉着纤，迎着险滩恶水，顶风行舟的那种英雄气概。

"你这些话就像灌成了唱片似的一遍遍重复，我不爱听！"喻珊玉看着地上，摇摇头，"我起先以为爱情可以使人改变，现在看来，对你，那只是一种乌托邦。"她突然脸带伤心地说:"你去爱章民合吧!我已经感觉到了!……"

"你说什么?你简直真是……"巩亮的心猛地收缩了,气急败坏地说,"哪有这样的事呢?你太不了解我了!你这也亵渎了她。她是一位十分好的女同学!"他朝门外望望,章民合一定就坐在走道的椅子上,但从巩亮躺坐着的地方看不到她。

喻珊玉看着窗外的蓝天,继续摇头,说:"也许,你们是般配的,志同道合嘛!她恨我,反映了她对你的钟情。她对你的照应,真是衣不解带日夜不寐。你睡着,她就伏在你脚头陪伴。你们是会心心相印的,这我可以理解。"

巩亮摇头冒火地说:"我真反感了!看你说的呀,真是无中生有!你不要把我看得那么渺小吧!也不应当对章民合的同学情谊泼脏水。你不是说要诚心诚意同我谈吗,为什么又岔到莫须有的事上去了呢?"

喻珊玉侧着脸似在倾听远去了的江边纤夫号子声,叹口气,嘴唇微微颤动了一下,说:"上午,我父亲他们来,你说了些什么,难道忘了吗?我都知道了,背给你听吧,你说:'我同喻珊玉是有交往的,但同喻珊玉的父亲没有任何交往';'谁也休想动摇我的意志。我决不会背弃真理与正义,站到邪恶的一方去'。我懂得你说的是什么意思,我喻珊玉当然也动摇不了你的意志。能说我不了解你吗?"

巩亮语塞了,交杂着矛盾的感情。上午的那番话当然会叫喻珊玉伤心,但这无从解释,也解释不清。他只是问:"珊玉,你现在来,是你父亲叫你来的?"

喻珊玉摇头:"我不是一个鞭子下才会转动的陀螺!"

巩亮又沉默了。

喻珊玉似乎窥察出巩亮的心理状态了,紧追一步说:"其实,你无须敷衍我了。我并没有冤枉你吧?如果你早已有了如你常爱说的抉择,认为我是'邪恶的一方',可以明说。我可以轻轻地走,正如我轻轻地来。我也可以'轻轻地招手，作别西天的云彩'……"她把徐志摩《再别康桥》的诗句做了改动，用自己的话轻吐出来。巩亮忍不住说："珊玉，不要那样去理解，我可以把心掏给你。你知道，我曾经站在十字路口，但现实教育了我，使我看清了前进的道路。我痛恨特务统治，也痛恨你那在学校里掌握国民党三青团特务势力的父亲。请原谅。我知道，你对他的反动也是反感的，但你又从父女感情上爱着他，你多矛盾啊！有人对我说，你很聪明，但是逃避现实。如果你有勇气正视现实，再向前跨一步，我们就真正志同道合，也不会像现在被感情折磨得这么痛苦了！……"

喻珊玉仔细地倾听，手里揪玩着一方手绢，摇头说："不要絮絮叨叨了。要我成为我父亲的敌人吗？我办不到。"

巩亮用手摸摸包扎着的疼痛的伤口，皱眉说："勃罗脱斯刺死恺撒大帝后有句名言：'我爱恺撒，但我更爱罗马！'我说这话，不是要你去杀死你的父亲，我只不过是希望你摆脱狭隘感情的羁绊，去寻找光明！"

喻珊玉摇头，凄然地说："卢梭说过：'人是生而自由的，但却无往而不在枷锁之中！'我不能像勃罗脱斯那样。因此我无力打开这复杂的枷锁。"她两眼注视空中，似乎在出神地凝想。

巩亮久久地望着她："我觉得你非常像鲁迅《伤逝》中的子君。历史重演，这真是悲剧。"

她回避着他的目光，没有说话，吐出一声轻轻的叹息。

巩亮的心沉甸甸的，近乎恳求地说："珊玉，为什么要让这悲剧重演呢？你本来也有一颗善良的心。你想追求个人的幸福，但是，如果没有人民的幸福，你个人的幸福又有什么价值？你不觉得这样下去，很容易在黑暗势力的干涉下成为这个社会的牺牲品吗？珊玉，你想想吧！"

"不要说了。"她长叹一声，"也许你是对的。我感到生活空虚，你却感到生活充实。你谈的是一个人应当怎样度过自己的青春，在大时代中，青年人应当怎样走人生的道路。我并非丝毫不懂，只是，我没法像你那样……"

"珊玉，听从我的劝告吧，因为我爱你！"巩亮声音里带着强烈的爱。

喻珊玉突然露出她那好看的酒窝，黯然地笑笑："何必互相折磨呢？看来，我们不可能一同走了。我走的路，也许只是荆棘没有鲜花，我只能独自走下去再说……"

巩亮的心像泼上了镪水："你这是什么意思呢？"见喻珊玉是要分手，他看看那罐放在枕旁的奶粉，生气地说："倘若这样，你……这奶粉，你拿去！"

喻珊玉咬咬嘴唇，伸手拿过奶粉，吐出了一个字："行！"她走近窗子，开了窗扇，砰地将奶粉扔了出去。

巩亮气得说不出话来。半晌，才说："好大的脾气！"

喻珊玉没有搭理，声音发颤地说："你的点化，使我大彻大悟，原来这完全像是一场误会。也许是因为我们互相说不服对方，最后两个倔强的人终于只能分道扬镳。也许是你说服了我，但我无法照你指的路走，于是只好各奔东西。我走我自己的路。"

她说的"分道扬镳"和"各奔东西"，使巩亮立刻想到了三斋三室的六个人，有的已经分道，有的还在等待真面目的进一步暴露而分化。巩亮心跳得激烈起来，遗憾地说："你自己的路是什么呢？"

"不知道。"她的声音突然变得很低了。

巩亮难过地问："就这样结束了吗？"

喻珊玉垂下眼睑，黑色的眼睫毛显得特别长。过一会儿。她抬起眼来，深深地望着巩亮，说："我毁掉我们之间的一条生锈的锁链，为你走自己的路创造了条件，你应当感谢我。"

巩亮心里难过，说不出话来。

喻珊玉似乎疲倦了，婷婷地站起身来，叹一口气，"我该走了。A-donis！别了，保重吧！"她伸出手来同巩亮相握，脸上装出挺坦然的样子，但眼睛却闪着凄恻的光。

她的叹息声很轻，打在巩亮心上却很重。他同她握手，起先没有说话，后来终于说："我唯一的希望是，倘若你不能同我走一条路，你就在十字路口再斟酌吧！不要走到歧途上去……"他被痛苦哽塞住，说不下去了。

喻珊玉微微一笑："放心。路，我自己总是会走的。"她转过脸去，不让巩亮看见她眼里噙着泪水，头也不回地走了出去，浓郁的紫罗兰的幽香在屋子里消失了。

我离开新闻馆，漫步在江边的林荫道上。在这常使我梦中神往的地方，似乎我要寻找的一切都在复活。人生如大山，峰峦迤逦，起伏不定；人生如长河，波涛滚滚，澎湃未已。在即将离别这块曾经记载过峥嵘岁月的土地时，一股热流涌动在我的心上，不知为什么，我竟有无限惜别之情。

　　我已经找不到大礼堂边那排有拱形走廊的教室了。那时，走廊水泥柱上在初秋总是爬满了密密匝匝的紫藤。如今，旧房早已拆除，代替它的是两幢三层楼房。我不能忘记当年在这里揭露特务重见束川的情景……

　　束川没有毕业就离开了大学，那是因为特务要逮捕他。他干过多年地下工作，新中国成立后，长期在公安部门任职。但"十年内乱"中，却突然大祸临头，被捕入狱，关押了四年，审查了他的"叛徒嫌疑"。根据就是那次被特务绑架而又脱逃归来。前年，在北京遇到他的时候，贝多芬似的形象未改，虽年近六十，却找不到一根白发。他早已恢复职务，又在精神抖擞地工作了。他简单讲了自己那段不幸的遭遇。最后说："巩亮，你猜不到吧，他们审查我叛徒嫌疑的材料是叫谁提供的？"我问："谁？"他说："叶迅。"我惊叫起来："叶迅？他在哪里？"束川说："抗战胜利后，叶迅到了南京，在一所大学里做职员。新中国成立后，在镇反中，他坦白交代了自己的问题。因为有立功表现，得到了宽大处理，仍在那大学里干总务。'文革'中，进了牛棚。他提供我的假材料当然是受胁迫想立功才被利用来干的。但却使我感慨万

811

端了！……"我也不禁陷入了沉思。

后来，我问束川："你知道孙启先、张树椿哪里去了？"

束川说："张树椿不知在哪里，孙启先在香港。人也不是一成不变的。听说他起先到过台湾，但在派系倾轧中郁郁不得志，后来就到了香港。这些年思想有所变化，在香港办了一个报纸，有时自己还写点文章，讲点爱国的话，主张祖国统一。他还通过关系，表示很思念家乡，想回来观光。我们也表示了欢迎。"

我想，人世沧桑岁月无情，不管一个人一生的道路如何曲折，只要他决心做好事，愿意对国家、人民做出贡献，历史总会对他的功过给予公正的待遇的。

望着湍急的嘉陵江，望着葱绿的缙云山，我虽然知道自己已经快进入老年，但感到祖国河山青春常在。这使我的血仍旧热辣辣地在肌肤和血管中奔腾，心田也顿时注满了活力。

第十四章　我们万众一心

第二天一早，巩亮就不肯再躺在新闻馆里了。

昨天午后，各院系选派的学生代表向校长请愿，要求责成喻斌归还被绑架的束川，惩办凶手张树椿等，保证学生人身安全，但未得要领。训导处甚至出了一张歪曲事实的布告，威胁学生如果不遵守校规，"要严加处理，以儆效尤"。于是，从今天起，学生在进步教授的支持下，由学生自治会领导罢课了。听说大家罢了课，巩亮尽管伤口仍疼，时有头晕，却怎样也躺不住了。尤其是看到章民合、徐志轩昨夜又照顾了他一夜，都很疲劳；孟怀远、陈胖等百忙中也来看望，其他许多同学也常三三两两来探视，并送来水果、鸡蛋、饼干、米花糖……他更不安了。一早，孟怀远来时，他尽量装得精神焕发，隐瞒了头晕和伤口疼痛的情况，说："我感觉一切都正常了，想马上搬回寝室去。"

孟怀远用手摸摸他的额头，说："热度好像是退了，但你急什么呢？"当着章民合和徐志轩的面，老孟又说："你暂时就不回去吧。现在，你好好休息。等一会，我们陪你到有拱形走廊的那排教室旁去，你可以看到一出好戏。"

巩亮不明白老孟的话是什么意思，看着老孟脸上那种得意而又神秘的表情，心里纳闷，问："什么好戏呀？"

孟怀远轻声地说："今天上午，束川要回来了！他和我们布置了一出除奸的好戏。这个'奸'是谁？你一定能猜到。我们已有充分证据证明他是特务。他伪装进步混到我们中间捣鬼，今天要他在照妖镜下露原形。等这出戏演完，就进一步揭露喻斌这个特务头子。束川要回来参加领导示威游行了！"他的表情兴奋而又激动。

巩亮听了，像喝了烈性酒似的浑身热血迸流，不住地说："那太好了！那太好了！"他心里猜测：这个"奸"是谁？脱口问："是叶迅吗？"见孟怀远点头，他又不禁惋惜地问："黄汉云难道到现在仍不知道叶迅是坏蛋？"

徐志轩在旁边说："不，他知道了。现在，蒙在鼓里的是叶迅。"

孟怀远看看徐志轩，夸奖地对巩亮说："在揭露叶迅的事上，多亏了徐志轩。我们以前把志轩看作不问政治的书呆子，那真是不了解他。束川却能了解他，并且接近他。事实说明，看表面是不行的。叶迅表面上很进步，实际却是条恶狗！汉云有时对人对事偏激，所以前一向上了叶迅的当。现在当然自己也明白了。他对你和徐志轩都怀有歉意呢！好了，现在这些暂时不谈，你要好好休息，还有战斗在后面呢！"

章民合在边上说："老孟，我的护理任务到此完成，我把巩亮交还你了。听说孙启先一伙盗用新闻系系会名义在学校里出了海报，造谣说张树椿失踪了，疑是遭到异党分子劫持暗害；又说束川是异党分子，平日操纵系会，现在为在学校制造学潮故意躲藏起来……"

孟怀远说："这都是喻斌定的调子，喻斌昨天上午来看巩亮时已经说过了。"

章民合接着说："《新闻窗》要进行反驳，同学们正在写稿的写稿，编抄的编抄，忙得一塌糊涂。我去帮忙吧。"

孟怀远点头说："行！我们都可以去忙各自的事。巩亮在这里自己休息就是。等会儿，我来邀你一同去。"

巩亮点头说："可以。"又对章民合和徐志轩说："民合、志轩，我知道你们是不需要我道谢的，但我必须说谢谢你们。没有你们的关心与照顾，我是不会好得这么快的。我从心里面感激你们！"

徐志轩摇摇头亲切地微笑，表示不需要感谢。

章民合两只眼睛像两颗珍珠似的放出光亮，使人感到她的脸部充满了生气和光彩。她微笑着说："巩亮，昨天午后，喻珊玉走时，我发现她神情悒郁，你也显得异常，我就猜到你们之间发生了什么事，使我想起了一首外国诗人的小诗：'生命诚可贵，爱情价更高，若为自由故，两者皆可抛！'我是钦佩你的。但是，你的伤还没有好，你还需要克制感情的波动。真正的爱情是跟政治联系着的，是跟整个社会的解放联系着的……"

老孟不想让她说下去，打岔说："让巩亮休息休息吧！"

章民合说："让我说完！"她又继续说，"说实话，我是从来不相信那种一见钟情的爱情的。没有根基的爱情，怎么能不随风而逝呢？你和喻珊玉之间，观点和道路不同，她一身布尔乔亚的气味，如果各自东西，也不值得遗憾。听说，那位恋爱大王孔镇中一直在紧紧追她。其实，他们倒是天生一对！……"

巩亮有点生气，即使现在，他也不愿别人用这种轻蔑的态度来说喻珊玉的闲话。那会损害他珍藏在心底的感情。他涨红了脸说："你并不了解她……"

章民合自嘲地笑笑："巩亮，不要以为我老是怀疑她、挖苦她。我有点偏激，但实际也是恨铁不成钢。我对我们的同学，看到人家的进步就高兴，看到人家的沉沦就痛心。对喻珊玉我也并不例外。只是，喻珊玉对我似乎存在着一些误解……"她苦笑笑，目光纯洁无邪，脸上毫无羞赧的表情，"其实，我就是一个大大咧咧的人，我心里藏不住话。今天，当着老孟和徐志轩的面，巩亮，我向你表明，反正，今后喻珊玉是看不到她想看的笑话的。"她的嗓音像幽奥的山谷中泻下来的一条溪流，叮叮咚咚，打入人的心坎。说话时，心直口快，显得胸怀中没有一点灰尘和污垢。说完，掠掠披到额前的几丝黑发，抱起自己那用来遮窗的床单和一些杂物就要走。但看看枕头，又对巩亮说："这个枕头就送给阁下了。上面有法西斯特务残害你流出的鲜血。你留作纪念，激励自已前进吧！"她朴实大方地又说了声："好了！再见！"就飘然提起水瓶抱着东西走了。

孟怀远爽朗地笑了："章民合就是这样的人！她跟秋瑾是同乡，从小仰慕鉴湖女侠的为人。你们看，性格不也有点像吗？她对看得起的人，总是心直口快说心里话的。"

徐志轩点头赞赏："她像个老大姐，跟她在一块儿不别扭。"

巩亮被刚才章民合的一席话说得心里热乎乎的。他明白，章民合说的都是真心话。昨天午后喻珊玉说过："你去爱章民合吧！……"那时，巩亮感到完全出乎意外。刚才，章民合又点穿了这一点，巩亮又是出乎意外。本来，他觉得喻珊玉很美，章民合长得平常。现在，他忽然发现，章民合是美的。她的眼睛不如喻珊玉大，她也没有甜甜的酒窝，她也不像喻珊玉那样会修饰头发、注意旗袍的剪裁，讲究风度，但，从她那番朴实真诚的话里，从她那水晶般的豪爽性格，巩亮感到她有喻珊玉所不具备的美。这种美，使人感到高尚，充实。巩亮遗憾地想，我刚才为什么那么迟钝呢？我应当说："老大姐！没有那样的事，我理解你的诚恳与高尚，也请相信我的为人！"遗憾啊！为什么我竟一句话也不说，就让她走了呢？多对不起她啊！他终于诚恳地对孟怀远和徐志轩说："你们说得对，她真是位非常好的老大姐！"

孟怀远站起身来了，说："我和徐志轩要走了。巩亮，好好休息一会儿吧，过些时候我们来找你。"

巩亮点点头，让他们走了。他踱到窗口，早上升起的雾正逐渐散去。朝阳照耀着远山、江岸。他又想到喻珊玉了。在这全校罢课的时刻，她大约会像一只离群的孤雁那样迷惘吧？他被一种难言的惆怅裹住了，无法排遣。忽然，他发现这两天新送来的报纸都杂乱地堆放在墙角一张小桌上，还没有上报夹。他已有两天没有看报了，便走过去翻看起报纸来。

头部仍有些疼痛。他拿起报纸又回躺到大桌子上，枕着章民合留下的枕头，先从《新华日报》上找寻他关心的消息。消息是令人沮丧的，广西战局仍是溃败！敌人会从贵州威胁四川吗？令人愤慨的是国民党政府阻挡不了敌人，却实施法西斯统治向人民进攻。读着这类消息，巩亮心里冒火，烦躁极了。他翻开另一页，被一条综合报道吸引住了。八路军解放南乐、濮阳、献县、平谷等城，消灭一批敌伪军。他仔细读过，不禁慨叹，这才是中国的脊梁、中国的希望，也是中华民族的骄傲啊！脑海里忽然想，束川一定是共产党！孟怀远呢？也一定是！……他们奋不顾身地反对国民党法西斯统治，不也是一场挽救危局的战斗么？……

土纸印的报纸很费眼力，看一会儿，巩亮感到头晕，就闭上了眼睛休息，不知不觉间竟睡熟了。

不知过了多久，他仿佛听到一声轻轻的呼唤："巩亮，醒醒，起得来吗？"

睁开眼，东面的阳光透过玻璃窗明亮地射入屋内，照得一层层的土黄色木头报架发出闪闪的金光。老孟和徐志轩站在大桌子前。老孟说："走，巩亮，马上去揭露那个特务，你能去吗？"看着巩亮那裹着纱布的头，纱布上凝结着乌血。

徐志轩在一边加油："去吧，巩亮！我搀扶你！"

巩亮来了劲儿，忍住头部疼痛，忽地一下子坐了起来，翻身下地说："走！我一切都很好，用不着搀扶。"又举举左脚，"看，打瞌睡没脱鞋，就是等着你们早点来呢！"

三人大步出了新闻馆，沿着江边林荫道直奔大礼堂西边那排有拱形走廊的教室。西风已经有萧瑟之气，吹拂路边挺拔高耸的白杨树叶纷纷飘落，露出了纤细柔劲的枝条。天空蓝得像平静的大海。巩亮走在路上迎着阳光浴着金风，心情舒畅又夹杂着紧张，想象不出今天这场好戏怎么个唱法，问："老孟，为什么要到那里去揭露他？"

孟怀远左手搀扶着巩亮的右臂，轻声地说："那儿是学校中心地带，在那一带的同学们最多。要当众让狗显原形！《新新闻窗》出了专辑正同我们唱对台戏，说张树椿也失踪了，束川被绑架是假的，甚至说你可疑。叶迅也在同学中间散布你的谣言，想转移视线好浑水摸鱼。不当众揭露他不行啊！"

　　路上，遇到很多同学。传达室附近的布告板上，贴着歌唱家郎毓秀在北碚开独唱音乐会的海报，那未贴牢的一角在秋风中飘飞，却没有人围观。学生们的注意力全被罢课吸引了，三三两两地聚在一起议论纷纭，校园里反倒比平时显得热闹了，只是气氛紧张，似乎孕育着风暴。巩亮头上包扎着带血的纱布，引人注目，相识的同学见到他都打招呼，不认识的也都关切地看着他。快走近大礼堂时，人更稠密。很多新闻系同学围在大礼堂前圆形花圃附近，加上别系同学熙熙攘攘总有四五百人。花圃背后就是一丈多宽的拱形走廊。平时，早晨常可在此听到学生朗读外语。走廊水泥柱上爬满了密密匝匝的紫藤，树干虬结重叠地拧成一片。放在开花的时节，一串串葡萄似的紫藤花垂挂着，映着阳光，斑斓鲜亮。此时，紫藤叶也凋零了。巩亮一到，人头攒动，里三层外三层都争着看。巩亮忽然一眼瞥见叶迅正和黄汉云在一起，两人都注视着他，他假作没有看见，随着孟怀远走了过去。人丛中熟识的脸庞很多，章民合也在。她穿一件秋叶绿旗袍，罩了件火红的毛线上衣，更显得青春焕发。她双手交叉在胸前，斜倚在走廊的水泥柱上，用一种严肃的神态在同身旁的两个女同学讲话。见到巩亮，她远远地微微点了点头，但没有像平时那样微笑。

　　巩亮没有经历过这种场面，也不知揭露叶迅的戏怎么开场。四五百人群集在一起，像一锅即将沸腾的开水，人人都拿眼睛瞅着他，不免心情紧张，感到有些头晕。他暗暗激励自己，镇静！支持住！支持住！……

　　孟怀远同两个学生自治会的负责人低声说了些什么，突然踩上一张早从教室里搬来放在走廊上的椅子，高声说话了。他个儿本来高大，站立在椅子上显得更高。他那嘹亮如铜钟般的鲁西口音，豪爽剽悍，无论声音和态度都像一个严峻的法官。只听他铿铿锵锵一字一句地说："同学们！有道是'若要人不知，除非己莫为'。今天，我们要在这里揭露一个特务。这个特务，干了许多坏事，直到现在，还戴着假面具！"

走廊前的人，一个紧挨一个，无数攒动的脑袋似汇成了湍急滚动的江流。

老孟这一说，巩亮悄悄看看叶迅，只见他微微一露惊惶，又瞬即若无其事地同黄汉云说着什么。黄汉云不断点头，脸上没有表情。可是，巩亮同时发现许许多多人都在盯着自己。他被一双双火辣辣的眼睛瞅得难受，但心里明白等一会儿谜底一揭就真相大白了，依然不动声色地听着孟怀远继续说话。

孟怀远用炸耳朵的嗓子说："为了抗议特务有计划地绑架束川，为了要求喻斌保证今后不再发生这类法西斯暴行，现在大家罢了课。但是特务分子还在秘密捣乱，想把水搅浑，企图浑水摸鱼。不揭露，大家看不到真相。所以，我们拿一个特务作标本，让大家看看他的丑恶嘴脸。希望同学们守秩序、保持宁静！……"

人群的浪潮似在孕育风暴，掌声雷动，为孟怀远的话叫好喝彩，表示支持。巩亮注意瞅着叶迅，叶迅脸上平静。巩亮想，他一定以为对我的陷害生效了，以为今天他达到卑鄙目的了，揭露的是受冤屈的我，而不是他……就在这时，只听孟怀远喝叫一声："叶迅！……"

叶迅猛地一惊，张着嘴，似乎呆了，眼珠骨碌碌转动，阴阳怪气的脸变得苍白。孟怀远指指边上另一只空着的椅子，说："叶迅，你站上来，谈谈巩亮的事情。"

叶迅忽地又一怔，脸色转红了，用手搡搡黄汉云说："汉云，你上去说吧！你说得比我好。"

黄汉云摇头说："快，你快上去说！"他用力一推叶迅，"去吧！大胆说。"

　　人们给叶迅让开一条路，他只得上前站上了椅子，忽然昂头摆出一副正气凛然的样子，蠕动着喉结说："好吧！我谈谈我的怀疑。我怀疑的那个人就是——他！"他用手一指巩亮，"我认为他完全可能是个特务！"

　　走廊像个戏台，台下的观众轰动了。站在走廊上孟怀远身旁的巩亮也沉不住气了，只觉得血往脸上冲，愤怒的目光像两条闪电直射叶迅。这时，身旁的徐志轩在他耳边低声说："让他作茧自缚。"巩亮强压住怒火，直盯着叶迅，痛斥道："你血口喷人！……"徐志轩又轻轻拉了他一下："让他说，别急。"巩亮才克制住了。

　　叶迅在巩亮痛斥时稍一慌张，又立刻稳住了，瞟了孟怀远一眼。见孟怀远脸上平静，好像支持他似的，又鼓起劲来继续口沫飞溅地说："我说的一切，黄汉云可以证明。第一，巩亮同本校某权威人士两家过去就是世交，关系不同一般，有何勾结应当让他自己讲。第二，巩亮同某权威人士之女秘密来往十分频繁，我亲眼目睹就有多次，密谈了些什么也应由他自己讲。第三，巩亮和《新新闻窗》负责人也是三青团负责人某某关系也不一般，过去他们是小学同学，来此以后常常密谈，他们有何勾结应当由巩亮自己讲。第四，前晚，我因头疼独自散步呼吸新鲜空气，突见巩亮与束川一起走向冷僻的江边，当时我未在意，后来才知束川失踪，说是被特务绑架，我就奇怪了！因为我回想：第一，当时我看见他俩似在激烈争吵；第二，当时我并未看见周围有特务学生；第三，听说昨天上午，本校某权威人士作为父执去看望巩亮，慰抚有加，据说那位权威人士说：'也有人说你巩亮可疑，但我对你是了解的，我不认为你可疑。'试想，给他打包票的是个什么权威呢？此人对什么样的人才肯打包票呢？真是'若要人不知，除非己莫为'啊！他伪装进步，实际是大干坏事，我怀疑束川可能害在他手里！他受伤可不可能是束川自卫造成的呢？再或可不可能是苦肉计呢？大家想一想吧，我这是不是冤枉他？"他慷慨激昂，那张平日阴阳怪气的脸上此刻十分虔诚，使人觉得他讲的都是千真万确的事实，毫无虚假。

巩亮听着叶迅的长篇大论，也看到了群众被挑动的气氛。嗡嗡的议论声响成了一片，他简直按捺不住了。但从孟怀远的沉着，从倚在走廊水泥柱上朝他看着的章民合的眼神，从身边徐志轩的暗示，从那些夹杂在人群中的新闻系同学的不带恶意的目光，使他沉住了气。同时不禁毛骨悚然地想，叶迅这个特务多么阴险毒辣呀！他同喻斌之流演出了一出多么巧妙的双簧呀！要不是束川、孟怀远这些同学对我已有深刻的了解，被他这样陷害，真是跳下黄河也洗不清呢！十月秋天的阳光照在身上，他浑身汗津津了。他虽然保持着镇静，可是用什么来具体揭发叶迅的卑鄙证明他的特务身份呢？巩亮心中无数，有些烦躁起来。

谁知，形势急转直下。叶迅说完这些后，对黄汉云说："汉云，你上来补充。"说着，像头猫似的轻轻跳下了椅子。没想到，黄汉云跳上椅子，看看孟怀远，突然出人意外地伸手指着叶迅说："同学们！大家注意，这才真是个特务！他名叫叶迅。大家别放跑了他！……"

人群骚动了。陆续来到的人越聚越多。愤怒和不平突然爆发成一阵海潮似的喧啸，显示出一种足以镇住一切的威严。叶迅一下慌了神，心虚地嚷道："你胡说什么？……你……"声音立即被人群呵斥淹没了。他举目一看，周围站着胡石泉等几个高大的同学，不让他走，也不让他乱动。

黄汉云用手扶扶眼镜架，诚实地说："同学们，由于我看问题偏激，表面化，我是一个上当的人。叶迅一直披着羊皮，我还把他当作好人呢！在对待巩亮的问题上，他不断挑拨我同巩亮的关系，我对不起巩亮，我在这里向他道歉！"他朝巩亮站立的地方看着，频频点头致意。巩亮向他招手含笑，眼眶发红，那意思是："汉云，不要道歉，我对你不存在任何芥蒂。"

新闻系的同学带头鼓起掌来，引起一阵热烈的掌声。

黄汉云高声说："他刚才说巩亮的那些话，全是玩的障眼法，是他伙同特务捣的鬼，想把黑白搅在一起，好替特务开脱！……"

叶迅脸色铁青，垂死挣扎般地高叫："你浑蛋！你拿证据来！……"

黄汉云镇定地说："好！第一，你平时老在我面前挑拨我和巩亮的关系，你老是利用我的偏激情绪攻击巩亮，你这是为什么？第二，你老是到处打听新闻系同学们的情况，束川的情况、孟怀远的情况、陈胖的情况等，你都十分关心。你经常窜到新闻馆东翻西看，还特别注重《新闻窗》的编辑情况。第三，在三斋三室，你偷看过巩亮的日记，也偷看过我的日记。你偷翻徐志轩的信件，被我撞见了，我问你干什么？你说：'这个书呆子古怪得很，我想了解了解他。'你这些做法都是特务行径！"

风吹得攀满走廊的紫藤残叶哗哗舞动，围集的学生纷纷嚷嚷。叶迅浑身瑟瑟抖动，狼狈地大吼："你无中生有！……"胡石泉像老鹰抓鸡似的拽住了他的后衣领，他大叫："我抗议！我抗议！……"

徐志轩高声挥手说："千真万确！你偷看巩亮的日记我可以做证！……"

叶迅又挣扎着大叫："就算看了，就是特务了呀？"

黄汉云鄙视地看看他，说："对！大家可能会说，那些都还够不上特务。那么我拿点证据给大家看看吧！"他从学生装上衣口袋里拿出几条碎纸，匀出椅子上的一块地面，说："徐志轩，你也站上来，你把这件事说一说。"

徐志轩掏出万金油往太阳穴上抹了抹，挤开人丛踩上椅子，说："这是叶迅有一天丢掉的一个撕碎了的纸团。他丢在寝室后窗下的垃圾堆里，被我瞥见拾到的。原来是特务叶迅打给喻斌的小报告。我念一念！"他把撕成六条的碎纸拼在掌上大声念了起来："训导长钧鉴：兹将一些琐碎情况报告如下：①今日傍晚束川又与巩亮散步交谈，此为本周中第二次谈话，翻阅巩之日记未记谈话内容，但知束川曾借书给巩亮看，巩亮将书锁藏箱中，尚未能设法看到书名；②我自今日起参加《新闻窗》编务，内幕一有所得，当及时报告；③束川、孟怀远等正与学生会之姜铁、丁易生等策划示威游行……"徐志轩在沸腾的人声中说："这是一张未写完的小报告，叶迅没有署名，但熟悉的人一眼就可看出是他的笔迹。"

巩亮听着，涌出了泪水，徐志轩真是个有心人啊！他冷眼旁观，掌握了这样有力的凭证，抓住了这个万恶的特务。他激动得一步上前，紧紧握住了徐志轩的手。

群众震怒了，有人举起了拳头，有人怒吼："揍他！""打死这个狗特务！"人潮向前面拥挤过来。叶迅像一头落进了陷阱的恶狼，涨红了脸，一脸懊丧地嗥叫："伪造，完全伪造！……"他装出一副受害的模样，在群众的吼声中像条死狗似的打着哆嗦，蹲下身去站不直了！

孟怀远站到前面，做着手势制止大家往前拥，又对胡石泉说："把叶迅架到椅子上站着，叫他自己供认！"

胡石泉等人把叶迅架上椅子。群众的咒骂声像打雷似的此起伏落。离得近的，伸出拳头往叶迅身上捅，有的用口水唾他。叶迅"啊哟啊哟"叫唤。孟怀远做手势使大家安静下来，对叶迅大声说："你说吧！"

叶迅畏缩地咕噜一句，不敢正眼看人："说什么呢？……"

孟怀远大声说："你是不是特务？"

叶迅惶悚地站在那里，结结巴巴地说："是……上边……叫我这么……干的……"他答得拖泥带水，又挨了椅旁一个同学一拳。叶迅"啊"的带着哭声高喊，又连忙说："训导长要我把水……搅浑！……"说着，双手捂着脸唔唔啊啊哭起来了。人群吼声更响，喊"打"的声音又雷一样轰轰响了！

突然，孟怀远摆动双手，用压倒一切的高嗓门叫大家安静，说："同学们！你们看，我们新闻系系会主席束川回来了！"他声音里充满喜悦的激情，用手一指，"看啊！他正站在那里同我们一起看这出打'狗'的好戏哩！大家欢迎……"他带头鼓起掌来，掌声真像暴风雨一般，真像暴风雨一般啊！

巩亮这才兴奋地看到，不知什么时候，束川早由陈胖等几个同学陪着站在东边靠近大礼堂的那一角人丛中了。束川仍旧穿一件旧蓝布大褂，他那酷肖贝多芬的脸上缺少血色显得憔悴，但精神抖擞。他也鼓着掌，穿过人群让开的一条路，从容地向孟怀远站立的地方走来。巩亮忽然感到自己的热泪涌满了眼眶，迎着束川猛扑上去，在人群的欢呼声中，他们紧紧拥抱住了。巩亮抽泣着什么话也说不出来。束川动感情地说："好好好，好好好，我们应当高兴！你看，我不是平安回来了吗？"旁边的人看到这情景，都流泪了。章民合也在流泪，两行清莹的泪水珍珠般地落下来，挂在她微笑着的脸上。

叶迅仍战战兢兢站在那张椅子上。束川的出现使他魂飞魄散，他低垂着头不敢正看一眼。

束川同巩亮一起走过来了，孟怀远才叫胡石泉把叶迅拉下来看守在一旁，然后迎着束川说："上去，向大家讲一讲吧！"

束川点点头站上了椅子。他那紧拧的眉头上罩着一层阴云，眼光像喷着火，霍霍四射。他在四五百同学雷鸣似的掌声和欢呼声中用犀利的目光向在场的人扫了一眼，高声有力地说："同学们，前天晚上，我遭遇了一场不幸。有一伙人利用黑夜绑架了我，将我劫持上了渡船要驶往北碚去……"他一说话，全场肃静，四五百双眼睛注视着他，倾听着他诉说。

"绑架我的人都蒙了面，用的是喻斌掌握的渡船。绑架了我以后，以为胜利了，就说起话来。我听出有张树椿，有孙启先，还有外边的特务。张树椿骂他的伙伴不得力，连一个巩亮也对付不了，害得他受了伤。孙启先还说：'先绑一个，不行再绑第二个，一定叫他们的游行示威一场空！'我估计落入他们之手很可能被暗害，船到江心，利用他们不防，一头窜到江里。我虽会水，但夜黑水急，还是负了伤，最后顺流漂流到二十多里外才上岸。你们看……"他举起右手，把长衫袖子一捋，手臂上全是一道道血红的刀划似的伤痕，都是被江边锯齿形的岩石割开的口子。全场响起了一片唏嘘声。

束川说："我在黎明前！带伤跑到了土沱附近的一个村庄上，遇到了一个好心的船工，才又和学校里的同学们取得了联系。"他的声音变得更高昂有力了，"现在，同学们，事情真相完全清楚了。特务叶迅供认的情况也证明，在我们学校里，训导长喻斌是幕后操纵特务的头子。这一向来，学校里一件又一件法西斯暴行全是他一手导演的！今天，我们已把报社的记者请来了……"他用手一指，原来，人丛后面站着一伙新闻记者呢！不知什么时候，章民合已去陪着他们了，阳光下，她那件红色毛衣特别耀眼。人们欢呼起来，鼓着掌向记者表示欢迎，记者们也都笑着向大家招手，纷纷举起相机拍照。

束川高声说："来采访的，有《商务日报》《新华日报》《新蜀报》《新民报》《大公报》的记者。《世界日报》和《国民公报》的记者也来了。只有一贯造谣生事颠倒黑白的中央社、《中央日报》和《扫荡报》的记者我们不请！"大家高兴地哈哈笑起来，又鼓起了掌。热烈的掌声雨点一般打在巩亮心上，他看清楚了：站在记者们中间的有他见过面的校友邵文勇和李光明。他心里格外兴奋。

束川继续兴高采烈地说："我们要求新闻界的各位记者先生们，支持我们的正义要求，真实地报道我们受残害、遭绑架，因此罢课抗暴的情况。我们抗议学校当局倒行逆施，指使怂恿特务实行法西斯！我们要求严惩罪魁祸首特务头子训导长喻斌和特务分子张树椿、孙启先等，我们呼吁从速建立联合政府，挽救时局危机！我们呼吁给人民以民主！……"

他脸上的表情和手臂挥舞的动作，鼓舞着人们的情绪。他的话说得流畅自然，高昂激烈。巩亮从他的话里听得出来，游行示威是一定要进行的！喻斌之流的破坏，并不能阻挡进步潮流汹涌澎湃向前冲突进！

不知谁唱起歌来了："起来！不愿做奴隶的人们！把我们的血肉筑成我们新的长城……"

大家都热血沸腾地和唱起来："……中华民族到了最危险的时候，每个人被迫着发出最后的吼声！……

"我们万众一心，冒着敌人的炮火，前进！冒着敌人的炮火，前进！前进！前进！进！"

这首在抗战初期脍炙人口激动人心的爱国歌曲，这两年唱的人逐渐少了。此时此地唱起来，多么鼓舞人心呀！唱着歌的学生们一个个被爱国热情所激励，都热泪满腮。

雄壮的歌声回荡在缙云坝的上空，像一阵狂飙冲上云霄。天又高又蓝，又宽又广，像被水刚刚洗过，日光明亮，照得天地和远山近水一片光辉……

现在，我站在绿色的江边高坡上，眷恋地环顾这过去熟悉而今天又显得陌生的环境。这美丽的山山水水，这整齐的树木和房舍……我即将离去，眼前却总像闪现着那白色浓雾中出现红色火光的惊心动魄的情景。

我们那时曾多么向往于在浓雾中看到火光的意境啊！只要想起当年的情景，谁的心头能不熊熊燃烧起爱国之火……那次从傍晚开始的火炬游行，在我过去经历过的峥嵘岁月中是永远难忘的。那是多么雄伟壮丽的场景！那是由革命的激情点燃的火把汇成的爱国铁流！我愿保持这种爱国的激情终生不渝。

我突然感到有所发现。倘若那位画家朋友在面前，我会对他说："请快动笔吧！画出我们那在黑夜浓雾中举行火炬游行的情景，画出我们心里和脸上的火一般的革命激情，画出我们高举起的红色火把……"

如果有这样一幅画，我将把它悬挂在我书桌旁的墙上。每当我看着它的时候，我将变得年轻，我将永远有当年那种为祖国母亲伟大前程战斗的豪情壮志。

历史是一条长河，我愿永远是长河中壮心不已奋力搏泳的一个浪花。

啊，别了，缙云坝！再次告别回忆中的这段历史，我觉得我们的这段生活过得如此充实，青春年华没有白白流逝，它曾经为我们社会主义人民共和国的建立放射过光和热。我将留下美好的回忆，带走昂扬奋发的心绪，永远永远……

我很快就要结束四川之行回去了。我想章民合也该回国了。回去以后，我要去看望她，把我到缙云坝上的全部感受带回去告诉她。那也许是三天三夜也谈不完的！……啊，真奇怪！我为什么竟如此急切地想回去见到她呢？……

尾声：分道扬镳

　　三斋三室宿舍里六个大学一年级新生，分道扬镳以后，现在只剩下三个人了。孔镇中搬走，孙启先迁移，叶迅在被揭露出来的当天中午也灰溜溜地卷起铺盖像条丧家犬似的跑了。据人说，喻斌给他做了安排，让他转学到重庆沙坪坝另一所大学里去仍旧做大学生。这种特殊学生历来是可以从这个学校转到那个学校里去的。人们说：张树椿现在是躲起来了，保不住伤一好就又会回校。孙启先报名从军后，已被确定为"青年军"的代表，参加出国去印度访问，并已离缙云坝去到重庆集中。这显然是避风，去外国兜个圈子等到风浪小一些他还是可能回来的。斗争正未有穷期！

　　第二天一早，又是个大雾天，远山近水雾蒙蒙，树丛里，沙滩鹅卵石地带，农舍炊烟中，雾一团一团变幻流动，然后，逐渐淡了，化了。当报纸由北碚送到缙云坝时，大家看到《新华日报》上登了束川被绑架事件和学生罢课驱逐训导长喻斌的消息。从重庆沙坪坝、成都华西坝和昆明，各大学学生团体都打来了声援电。报纸来到缙云坝，零售的都被抢购一空。学生们看了报，情绪更高涨了。喻斌之流十分狼狈。

　　傍晚，远处山峦间和嘉陵江上白雾弥漫，学校里的八百学生，到了六百人，教授、讲师、助教也有一部分参加了集会。在大礼堂里，学生会的主席和束川、孟怀远等都上台演说，要求建立联合政府挽救危局；抗议特务横行，要求取缔特务反对法西斯。会议结束，六百多人的游行示威开始。这时，夜色浓黑，白雾更重，人们高举着火把像一条火龙蜿蜒游动，穿行在缙云坝上，也穿行在东阳镇、黄桷镇之间的道路上。火光射穿浓雾，在暗夜中熊熊燃烧，口号声、抗日歌声响彻云霄，吸引了居民百姓男女老少都出来张望，也引起了远远近近猎猎的狗吠声……

　　队伍像滚滚洪流，向前，向前。巩亮头上虽仍裹着纱布，却早忘了伤口的疼痛。他和束川、孟怀远、章民合、徐志轩、黄汉云、陈胖、胡石泉等都手执火把一边游行，一边狂热地高呼口号。在茫茫夜雾中，看着游行者手中红艳艳的火把，人们的表情都是振奋的，没有一个人脸上有哀愁、忧郁和颓丧。生活是这样的充实！巩亮觉得自己的目光里燃烧着火焰，不禁想起束川遭绑架那晚在江畔看篝火的情景来了。他似乎又听到束川那番诗意盎然的话。从这一支支火把汇成的熊熊火流中，他仿佛看到夜色在败退，浓雾就要消逝，从游行队伍那排山倒海脚步声，他仿佛听到了一个新世界即将来到的强劲步伐。巩亮想：现在是秋天，还会有严冬，但春天总是要来到的！也不知为什么，他突然激动得流泪了！……

　　在这多雾的黑夜里，乳白色的雾散成一片轻柔的薄纱，飘飘忽忽地笼罩了缙云山和嘉陵江。雾，白茫茫，灰蒙蒙，湿漉漉，大家睫毛上挂起了一层细细的珍珠，身子像在云中飘浮。一根又一根火把的燃烧，汇成了这样壮观的铁流。巩亮触景生情，又突然想起那个夜晚，在"鬼屋"前看到喻珊玉在窗口擦火柴的情景来了。一根又一根小小的火柴，点燃又熄灭了！啊，拿那瞬息即灭的火柴跟这壮烈的火把比，拿寂寞孤独的一个人和这团结斗争的群众洪流比，他觉得可思索的问题是很多的。他想：唉，要是珊玉能在这游行的队伍里有多好！她现在在哪里？她是否也看到了这灿烂的火光呢？巩亮在心里对自己说："我要再找找她，再劝她！把我此刻的心情和想法告诉她！……"

巩亮当然不会知道：就在此时，在校园后的小山上，在那个镌着诗碑的墓前，秋虫哀鸣，雾气缭绕，寒霜湿鞋。喻珊玉穿着她平日爱穿的那件淡淡的蓝旗袍，乌黑的长发仍卷着大波浪垂在脑后，头上扎一条天蓝的绸带。她独自来到这里已经好一会儿了。她孤零零满怀矛盾地踯躅在黑暗中，站在荒草萋萋的大青石上远望着游行的"火龙"。她在想些什么？谁知道？谁能说？……

　　人们发现她在这里的时候，已是第二天太阳升起、黑暗早已消逝的上午时分了。她像熟睡似的平卧在坟前那块曾同巩亮合坐过的大青石上。她的眼角上有干了的泪痕，使人想见，昨天夜里，她那两只晶亮的黑眼睛，曾飘过晦暗的雨云，凝成睫毛上的泪滴，纷纷抖落下来。她像一颗孤零的流星，消失在浓雾翻滚的黑夜里。在她的手上，拿着一只空的安眠药瓶。地上，有一只空的水壶，身旁还有一个空火柴盒，脚边是一堆点燃过熄灭了的火柴杆。

　　阳光照在她的躯体上。这只离群的孤雁，终于折断了自己的翅膀。再也不会苏醒过来了。